中华译学倡立之传字旨

以中华为根 译与学并重

弘扬优秀文化 促进中外交流

拓展精神疆域 驱动思想创新

丁酉年冬月 许钧撰 罗卫东书

中华译学馆·中华翻译研究文库

许 钧◎总主编

# 中国文学译介与传播研究

## （卷三）

冯全功 卢巧丹◎主编

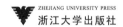
ZHEJIANG UNIVERSITY PRESS
浙江大学出版社

# 总　序

改革开放前后的一个时期,中国译界学人对翻译的思考大多基于对中国历史上出现的数次翻译高潮的考量与探讨。简言之,主要是对佛学译介、西学东渐与文学译介的主体、活动及结果的探索。

20世纪80年代兴起的文化转向,让我们不断拓展视野,对影响译介活动的诸要素及翻译之为有了更加深入的认识。考察一国以往翻译之活动,必与该国的文化语境、民族兴亡和社会发展等诸维度相联系。三十多年来,国内译学界对清末民初的西学东渐与"五四"前后的文学译介的研究已取得相当丰硕的成果。但进入21世纪以来,随着中国国力的增强,中国的影响力不断扩大,中西古今关系发生了变化,其态势从总体上看,可以说与"五四"前后的情形完全相反:中西古今关系之变化在一定意义上,可以说是根本性的变化。在民族复兴的语境中,新世纪的中西关系,出现了以"中国文化走向世界"诉求中的文化自觉与文化输出为特征的新态势;而古今之变,则在民族复兴的语境中对中华民族的五千年文化传统与精华有了新的认识,完全不同于"五四"前后与"旧世界"和文化传统的彻底决裂与革命。于是,就我们译学界而言,对翻译的思考语境发生了根本性的变化,我们对翻译思考的路径和维度也不可能不发生变化。

变化之一,涉及中西,便是由西学东渐转向中国文化"走出去",呈东学西传之趋势。变化之二,涉及古今,便是从与"旧世界"的根本决裂转向对中国传统文化、中华民族价值观的重新认识与发扬。这两个根本性的转变给译学界提出了新的大问题:翻译在此转变中应承担怎样的责任?翻译在此转变中如何定位?翻译研究者应持有怎样的翻译观念?以研究"外译中"翻译历史与活动为基础的中国译学研究是否要与时俱进,把目光投向"中译外"的活动?中国文化"走出去",中国要向世界展示的是什么样的"中国文化"?当中国一改"五四"前后的"革命"与"决裂"态势,将中国传统文化推向世界,在世界各地创建孔子学院、推广中国文化之时,"翻译什么"与"如何翻译"这双重之问也是我们译学界必须思考与回答的。

综观中华文化发展史,翻译发挥了不可忽视的作用,一如季羡林先生所言,"中华文化之所以能永葆青春","翻译之为用大矣哉"。翻译的社会价值、文化价值、语言价值、创造价值和历史价值在中国文化的形成与发展中表现尤为突出。从文化角度来考察翻译,我们可以看到,翻译活动在人类历史上一直存在,其形式与内涵在不断丰富,且与社会、经济、文化发展相联系,这种联系不是被动的联系,而是一种互动的关系、一种建构性的力量。因此,从这个意义上来说,翻译是推动世界文化发展的一种重大力量,我们应站在跨文化交流的高度对翻译活动进行思考,以维护文化多样性为目标来考察翻译活动的丰富性、复杂性与创造性。

基于这样的认识,也基于对翻译的重新定位和思考,浙江大学于 2018 年正式设立了"浙江大学中华译学馆",旨在"传承文化之脉,发挥翻译之用,促进中外交流,拓展思想疆域,驱动思想创新"。中华译学馆的任务主要体现在三个层面:在译的层面,推出包括文学、历史、哲学、社会科学的系列译丛,"译入"与"译出"互动,积极参与国家战略性的出版工程;在学的层面,就翻译活动所涉及的重大问题展开思考与探索,出版系列翻译研究丛书,举办翻译学术会议;在中外文化交流层面,举办具有社会影响力的翻译家论坛,思想家、作家与翻译家对话等,以翻译与文学为核心开展系列活动。正是在这样的发展思路下,我们与浙江大学出版社合作,集合全国译学界的力量,推出具有学术性与开拓性的"中华翻译研究文库"。

积累与创新是学问之道,也将是本文库坚持的发展路径。本文库为开放性文库,不拘形式,以思想性与学术性为其衡量标准。我们对专著和论文(集)的遴选原则主要有四:一是研究的独创性,要有新意和价值,对整体翻译研究或翻译研究的某个领域有深入的思考,有自己的学术洞见;二是研究的系统性,围绕某一研究话题或领域,有强烈的问题意识、合理的研究方法、有说服力的研究结论以及较大的后续研究空间;三是研究的社会性,鼓励密切关注社会现实的选题与研究,如中国文学与文化"走出去"研究、语言服务行业与译者的职业发展研究、中国典籍对外译介与影响研究、翻译教育改革研究等;

四是研究的(跨)学科性,鼓励深入系统地探索翻译学领域的任一分支领域,如元翻译理论研究、翻译史研究、翻译批评研究、翻译教学研究、翻译技术研究等,同时鼓励从跨学科视角探索翻译的规律与奥秘。

　　青年学者是学科发展的希望,我们特别欢迎青年翻译学者向本文库积极投稿,我们将及时遴选有价值的著作予以出版,集中展现青年学者的学术面貌。在青年学者和资深学者的共同支持下,我们有信心把"中华翻译研究文库"打造成翻译研究领域的精品丛书。

许　钧

2018 年春

# 目　录

## 第二编　中国文学译介与传播：文本与策略

## 第三编　中国文学译介与传播：渠道与效果

## 第四编　中国文学译介与传播：个案与综述

第一编

中国文学译介与传播：理论与思考

# 试论中国文学外译研究的理论思考与探索路径

## ——兼评《中国现代文学在法国的译介与接受》

### 许　钧

近几年来,中国文化"走出去"的动机、方法、路径、成效,成了中国学界普遍关注的问题。对于译学界而言,"中国文化要'走出去',文学的译介与传播是必经之路"①。中国文学在域外的译介与接受,渐成中国译学界的研究热点,从具有代表性作家的作品译介,到中国文学在英语世界、法语世界,乃至西班牙语世界的翻译与传播,探索的视野不断扩大,研究也开始呈现多样、深入和系统的趋势。但从目前的研究状况看,研究的方法比较单一,很多个案的研究出现了程式化的重复现象,缺乏理论思考的厚度。同时,具体作家的作品译介的分析,缺乏对整个译介环境与整体状况的把握,分析的结果往往见树不见林,少见具有普遍参照价值的探索与思考,得出的结论也可能失于片面。本文拟结合高方教授新近出版的法文著作《中国现代文学在法国的译介与接受》②,就中国文学外译研究的相关问题做一探讨。

---

① 周新凯,许钧. 中国文化价值观与中华典籍外译. 外语与外语教学,2015(5):70.

② Gao, F. *La traduction et la réception de la littérature chinoise moderne en France* (coll. Perspectives comparatistes). Paris: Classiques Garnier, 2016.

## 一、理论问题与研究视角的选择

　　研究中国文学的外译问题,关注点不同,研究的路径就会有别。目前国内学界探讨中国文学外译,有个基本的关注点,那就是在理论与实践的层面,看中国文学是否有"走出去"的必要,如何"走出去"并"走进去"。这样的研究所关注的文学译介的根本诉求自然与中国文化"走出去"的国家战略的实施是相吻合的。如果换一个角度,比如从输出国转向接受国的角度来思考,那么研究的视角就有可能改变,关注的问题也会有别。为什么要译介中国文学?出于不同的立场,答案有可能大相径庭。高方教授的《中国现代文学在法国的译介与接受》如书名所示,考察的是中国现代文学在法国的译介问题。作者没有采取输出国与接受国二选一的排斥性立场,而是将文学译介的根本理论问题作为思考的起点,展开研究与探讨。

　　为了方便问题的展开与探讨,有必要先对高方教授的这部著作做一简要介绍。这是一部用法语撰写的专著,系高方在其博士学位论文基础上精心修订而成的专著,全书共 403 页,经以法国比较文学学会会长、《比较文学研究》杂志主编、巴黎索邦大学维洛尼克·热莱教授为首的审读委员会严格审读通过,收入由其主编的"比较文学视界"丛书,由法国学界引以为荣的法国加尼埃经典出版社于 2016 年在巴黎出版。高方是在 21 世纪之初选择该课题作为博士论文选题的,当时的选择在今天看来可以说具有学术的前瞻性。这篇博士论文是从 2003 年开始做的,历时五个春秋,于 2008 年通过由中方与法方著名学者组成的答辩委员会的答辩,并于 2010 年入选全国高校百篇优秀博士学位论文。就笔者所知,2008 年诺贝尔文学奖得主勒克莱齐奥对高方博士的这一研究予以特别的关注和高度的评价,欣然为之作序,认为该书是论述"中国文学在法国的接受领域内具有奠基性的著作"①。

关于高方教授的《中国现代文学在法国的译介与接受》一书,学界已经有评论,称"读罢全书,我们最深的感受便是作者贯穿在行文中的高度理论自觉。这一理论诉求既体现在该书的谋篇布局上,更贯穿于全书的各部分之间"②。就学术探索而言,理论思考既是出发点,也是推进研究的原动力。考察目前国内有关中国文学外译研究的状况,我们发现对为什么要译介中国文学这一根本问题的探讨大都停留在国家需求的功能层面,少有在思想、文化与文学层面的理论思考。由于工作的缘故,笔者常有机会审读有关中国文学译介的研究结项成果,涉及中国当代小说英译、中国典籍外译、中国当代文学英译与国家形象构建等方面的研究。从研究的课题看,这些研究都很有价值,而且都有一个显著的特点,那就是收集的材料较全。此外,历史发展的描述也很客观详尽。作为研究成果,应该说是值得肯定的。但是,我们在进行这些课题的研究时,是否还应该有深层理论的思考? 我们的研究要梳理清楚翻译了什么,描述清楚是怎么翻译的,这是第一步。在此基础上,能否再进一步,考察为什么要翻译,为什么有这样的选择,为什么要采取这样的翻译方法和策略?

理论思考,首先要提出理论问题。回顾翻译学的发展历程,我们可以看到,翻译学要成立,必须要有自己的基本理论问题和研究范畴。法国的语言学家、翻译学家乔治·穆南的博士论文《翻译的

---

① Le Clezio, J-M. G. Préface. In Gao, F. *La traduction et la réception de la littérature chinoise moderne en France* (coll. Perspectives comparatistes). Paris: Classiques Garnier, 2016: 10.

② 吴天楚. 现代性的追问和中国现代文学法译的多维思考——评《中国现代文学在法国的译介与接受》. 中国外语, 2017(2): 106.

理论问题》做的就是翻译学的基础工作,确立翻译的基本理论问题,尤其是提出了翻译为什么是可能的这一核心理论问题。做中国文学外译的研究,实践层面的梳理固然重要,但在理论的层面,有一些绕不过去的问题需要加以澄清。高方选择了中国现代文学在法国的译介与接受作为研究的对象,在进入具体的译介历程的描述和具体翻译情况的梳理之前,给自己提出了一些具有重要价值的问题:中国现代文学的特质是什么? 法国译介中国现代文学的深层原因何在? 考察中国文学的译介,如果对中国文学的特质不了解、不关注,就无法深刻地认识中国文学译介的必要性和可能性。就如同讨论一部作品的翻译,对这部作品的个性与价值没有深刻的理解,那么无论是讨论怎么译还是考察译了什么,都难以从根本上去把握这部作品译介的状况,去揭示这部作品译介的价值。中国作家协会在发布《2015 年中国文学发展状况》报告时,在文学批评这一领域,有这么一段话:"文学译介研究,包括海外中国当代文学研究,近年已成为学界的热点话题。随着批评的国际视野进一步打开,相关的论著也从量的增加向质的提高的方向发展,特别是有关译介和传播效果的问题受到较多关注。这一方面呼应着'中国文学走出去'、提高国家文化软实力的国家战略,一方面也是文学发展实际所要求的理论总结。比如王宁《诺贝尔文学奖、世界文学与中国当代文学》,孙立盎《陕西当代文学的世界性因素研究》,过婧、刘云虹《中国文学对外译介中的异质性问题》,褚云侠《在"重构"与"创设"中走向世界——格非小说的海外传播与接受》,冯强《现代性、传统与全球化:欧美语境中的于坚诗歌海外传播》等,不再仅仅满足于对海外出版和学界的一般情况梳理,或是对译本的简单比对,而是从中国学者的立场出发,对文学译介的历史和现状展开一定的反思和批判。"①其中所强调的反思和批判,就是理论思考的体现。高方的译介研究,确如有的评者所言,有着高度的理论自觉。考察中国现代文学在法国的译介,以对中国文学"现代性"的追问作为起点,是有其深层的理论诉求的。中国现代文学对"现代性"的追寻,或换言之,中国文学的"现代性",对于法兰西而言具有何种参照价值? 法国为何要译介这样的文学? 正是针对这些问题,高方在其著作的第一章展开了思考和探寻。其思考的理论向度,在第一章的安排中有直接的体现。该章的章名为"翻译之镜中的现代性",第一节探讨"中法文化视域中的中国现代文学定义",从现代性的西方之旅、中国文学的现代化路径、对中国现代文学概念和历史分期的反思与批评等三个方面展开,在此基础上,分"译'异'为我用""翻译,因时而为,因需而行""寻找自身:现代化还是西方化?"三个小节,对翻译生发的深层原因进行了富有启迪性的研究。这样的研究,无论对于法国学界而言,还是对于中国学界而言,都可以引发对相关问题的思考。

从基本的理论问题出发,对中国现代文学的特质加以探寻,在此基础上进而考察中国现代文学的翻译历程,便有了指向性,那就是中国现代文学的特质在法国的译介中是否有体现。需要指出的是,高方对于中国现代文学的理解,是从翻译的视角展开的,是从"翻译之镜"去探寻的。翻译研究,要有翻译学者的立场,也要有翻译研究的独特贡献。高方的研究,从其视角的选择中,我们可以看出其作为翻译学者的明确立场。而同时,她对中国现代文学的法兰西之旅的考察,还有更深一层的学术追求。这在她著作的绪论中有确切的表达:该研究"试图从一个新的角度审视中国现代文学,并以'异'的明镜,或者用安托瓦纳·贝尔曼的话说,以'异'为

---

① 中国作家协会创研部.2015 年中国文学发展状况.人民日报,2016-05-03(16).

媒介,拓展对中国现代文学理解的可能性"①。从翻译的角度去审视中国现代文学,拓展学界"对中国现代文学理解的可能性",研究的视角的独特性,会给学术研究拓展新的视野和可能性。作为翻译学者,不仅要在译学的探索上有所贡献,更要争取为别的学科的研究提供参照性与拓展性的贡献。高方的双重追求,既有明确的意识,也有实在的努力。《中国现代文学在法国的译介与接受》一书的一些阶段性成果,既在译学界引起了反响,也在中国文学界得到了关注。她用法文撰写的《意识形态与翻译——鲁迅在法国的译介与接受》②一文发表在重要的国际译学刊物 *Meta* 上,得到了国际同行和国内同行的肯定,该文获得了江苏省第十四届哲学社会科学优秀成果二等奖（2016 年）。而她撰写的有关鲁迅、巴金和老舍等中国现代作家的作品在法国译介的论文先后发表在中国文学批评期刊《文艺争鸣》《小说评论》上,受到了中国文学界的普遍关注,如有关鲁迅研究的年度综述对高方的研究予以了特别关注。③由此联系到国内目前中国文学外译研究的现状,我们认为,译学界与中国文学界在理论层面的互动对促进相关研究尤为重要。

## 二、历史把握与探索重点

根据高方的研究,敬隐渔翻译的鲁迅的《阿 Q 正传》于 1926 年在《欧罗巴》杂志发表,标志着中国现代文学在法国译介的起点,

① Gao，F. *La traduction et la réception de la littérature chinoise moderne en France* (coll. Perspectives comparatistes). Paris：Classiques Garnier，2016：17.
② Gao，F. Idéologie et traduction：La réception des traductions de Lu Xun en France. *Meta*，2014，59(1)：47-71.
③ 崔云伟,刘增人.2011 年鲁迅研究综述.东方论坛,2012(6):72-73.

至今已经有 90 多年的历史。要对中国现代文学在法兰西的译介与接受历程进行考察,需要从两个方面进行扎实而富有挑战性的工作,第一个方面是要对译介历史进行系统和详尽的梳理,第二个方面是要探索中国现代文学如何走入法兰西语境,将译介活动"置于包括语言、社会、文化与意识形态在内的各种因素汇集的复杂系统中加以思考与考察"①,进而揭示一个各种翻译要素相互作用,同时与翻译外部的历史、文化与社会语境相互协力的动态的翻译历史过程。要做好这两个方面的工作,不仅需要研究者掌握翔实的资料,更需要研究者对翻译活动的本质有深刻的理解,对影响翻译的各种因素和制约翻译活动的文化场域有历史的把握。

考察与研究译介活动,必须建立翻译的历史观,对翻译活动有历史的把握。在全面考察中国文学外译的研究状况的基础上,有学者指出:"翻译具有历史性,认识和理解翻译也应树立明确的历史观和历史价值观。"②以此角度来反观高方对中国现代文学在法国译介与接受的研究,我们可以看到,高方在研究中始终牢牢把握对翻译活动本质特征的认识,从历史发展的高度来揭示中国现代文学在法兰西语境中译介与接受的阶段性与发展性。

文学翻译,不是在真空中发生的。如果我们坚持认为翻译不是简单的文字转换,而是跨文化交流活动,那么,要考察文学译介活动,就应该将之放置于一个文化交流的空间和历史发展的进程中进行。目前的文学译介研究,往往对原文与译文进行静态的对比,从翻译方法和策略的角度,指出一些问题,对翻译的成效进行某些考量。比如对于葛浩文的翻译,有研究者认为他为了读者接受,采取删改的方法,对原文进行了调整,就此得出"忠实"不再是

---

① Gao, F. *La traduction et la réception de la littérature chinoise moderne en France* (coll. Perspectives comparatistes). Paris: Classiques Garnier, 2016: 23.

② 刘云虹. 中国文学对外译介与翻译历史观. 外语教学理论与实践,2015(4):5.

可行的翻译标准的结论。这样的研究看上去很有道理,但如果考虑到历史的发展性与文学空间的复杂性,那么我们在研究中就有可能发现所谓的一些"删改"的方法,并不是新时期文学译介的普遍标准,而是在一定的历史发展阶段,在一定的文学交流空间采取的"变通手段"。对此,笔者曾在有关翻译重新定位的讨论中明确指出:"翻译在历史的发展中不断发展,同时也在推动历史的发展,我们不能把对翻译的阶段性认识当作对翻译的终极性理解,把一时的变通当作恒久性的普遍准则。"①对于当下文学译介研究中出现的缺乏历史观,对翻译活动的历史性与复杂性缺乏深刻认识的问题,我们应该予以重视,也可以从高方的研究中得到某些重要的启示。在对中国现代文学在法国的译介进行历史梳理之前,高方认为应该首先在理论上回答两个问题,那就是中国现代文学何以与法国文学建立起接触与交流的关系,又是通过何种途径进入法兰西语境的。要回答这两个问题,那就必须对文学译介活动发生的文化场域和文学空间进行考察。为此,高方在其研究中借助歌德对于世界文学的有关阐述与理论,从世界文学关系构建的角度,就文学译介发生的深层原因加以探讨,同时根据艾田蒲关于欧洲中心主义的思考和批判以及卡萨诺瓦有关"文学与权力关系"的论述,就中国现代文学译介赖以进行的文化场域的历史与现状进行研究,指出了"中法文学交流不平衡性"。这样的研究是有明确的问题导向的,高方在其著作中写道:"在世界文学内部,不同国别文学之间存在着对话的不平等性,这一现实是否已经发生了改变?这种不平等性是否依旧存在?我们的研究目标并不在于穷尽描绘整个世界文学场域,以及国别文学之间的各种现实关系,我们所关注的是中国文学和法国文学在世界文学场域中所各自占据的位

① 许钧.关于新时期翻译与翻译问题的思考.中国翻译,2015(3):8.

置,以及它们之间呈现的复杂历史关系。澄清以上问题有助于我们更好地理解中法文学场域之间的交流,更好地考察翻译现象、接受事实以及中国现代文学在法国的实际影响。"①

有了明确的理论诉求和对翻译活动历史性和复杂性的认识,高方根据所掌握的大量资料,对中国现代文学在法国的译介进行了"分类的描述性研究"和"分期的分析性梳理",前者在客观地回答"法国到底翻译了哪些中国现代文学作品"这一问题的同时,重点考察翻译文本的选择和影响翻译的要素,后者则在回答"翻译什么与如何翻译"的问题的同时,重点探讨中国现代文学进入法兰西语境的发展性,揭示各种翻译要素相互作用,尤其是翻译外部因素与翻译内在因素相互协力的动态翻译过程。翻译事实的历史梳理和把握与译介问题的重点考察和理论思考紧密结合,形成了高方译介研究的明显特色,这对当下的中国文学外译研究应该说具有参照价值。

### 三、研究路径与方法

目前的中国文学外译研究遇到一个发展的瓶颈,那就是方法的单一和研究模式的雷同。

笔者有机会遇到不少年轻的学者,他们在研究中普遍感到,撰写中国文学译介的论文,好像有一种程式化的倾向。虽然探讨的是不同作家不同作品的译介,但往往给人一种千人一面的写作套路。年轻学者有困惑,笔者同样感到这样的问题确实存在。近几年来,笔者的研究重点之一就是中国文学的外译。从学生论文指

① Le Clezio, J-M. G. Préface. In Gao, F. *La traduction et la réception de la littérature chinoise moderne en France* (coll. Perspectives comparatistes). Paris: Classiques Garnier, 2016: 10.

导来看,早在 21 世纪初,笔者就感觉到随着中国综合国力的增强,中国文化必须要"走出去",而对于译学界来说,中国文学的外译研究是考察中国文化"走出去"的重要途径。为此,笔者指导多名博士研究生开展相关的研究,包括对中国当代文学、现代文学与中国典籍在法国的译介与接受展开系统的研究。从 2012 年起,笔者又与《小说评论》的主编李国平商议,在该杂志开设"小说译介与传播研究"专栏,就中国文学的外译展开探索。在约稿和审稿过程中,笔者确实发现了研究方法程式化的问题,为此与李国平主编交换过意见,也有过探讨。关于译介研究的理论与方法,可以说,谢天振的《译介学》一书具有开拓性的价值,使学界在理论的层面获益不少,但关于研究方法,学界似乎缺乏进一步探索。

从研究方法的角度看,当下的文学译介研究比较常见的有三种:一是基于语料库的文本分析,这是一个比较有效的方法,得出的研究结论似乎也很客观和科学;二是历时梳理的方法,可以提供比较翔实的资料,有助于了解中国文学在域外有哪些作品得到译介;三是影响翻译要素的考察,使用的是一种综合性的方法。关于方法的使用,笔者曾经指出:"遇到不同的问题,采取相应的研究方法,需要研究者有足够的判断力,也需要研究者有开阔的视野。"①方法的使用,要基于研究对象、研究目标来确定。此外,我们的研究的交流对象也很重要。比如对于中国文学界来说,译学界目前所做的一些有关词语译介的分析和文本的对比,由于语言的障碍,对他们不可能产生学术影响。另外,有的研究对具体作品译介展开分析,但对作品本身没有研究,对作品的理解流于表面,这样一来,关于原文与译文有关词语与表达的对比,便有可能出现偏差,失却比较的价值;对于中国文学界而言,这样的一些对比性文章,

---

① 祝一舒,许钧.科学研究、问题意识与研究方法.山东外语教学,2014(3):7.

就有一种"隔"的感觉。就这些问题的存在,《小说评论》的李国平主编提出两点建议:一是译介研究要为中国文学界通过外译的考察更好地了解自身提供参照;二是通过外译研究,拓展文学的视野,为中外文学交流与发展提供新的路径。关于《小说评论》开设的"小说译介与传播研究"栏目,我们在研究中特别注意李国平提出的两点,通过几年的努力,展开的研究与中国文学界有很好的互动。去年,《光明日报》发专文,对此栏目的研究加以肯定,指出:"如何提升中国文学的海外影响力,如何让中国文本与世界视阈建立更密切深入的联系是中国文学'走出去'的关键命题。除了思考作品自身如何从文学内部突破限制与世界文坛对话以外,作品的译介与传播也是实现中国文学'走出去'战略需要探讨的重要命题。'小说译介与传播研究'专栏的开设正是对这一命题的积极呼应。"[1]

讲研究方法,应该与研究目标一致。有了明确的研究目标和理论思考,有了学术判断力,在运用具体的研究方法时就能更加贴近研究对象,深入到研究的深层,而不是浮在表面,为使用方法而使用方法。我注意到有些研究译介的文章,采取了一些比较科学的方法,比如采用读者问卷调查,分析也很认真,用定量的方法,统计图表也规范。但是,如果问卷的设计没有理论思考做基础,没有明确的研究目标,或者读者的选择没有标准,研究样本数量欠缺,看上去再科学的方法,都不可能导向科学而富有价值的结论。最近受委托审阅一个有关译介与国家形象构建的研究成果,课题非常有价值,收集的材料也比较全,有文本分析,有个案分析,有数据分析,但是缺乏理论的思考,比如:国家形象包括哪些基本特征?

---

[1] 张楚悦. 如何从"受关注"到"受欢迎"——关于"小说译介与传播研究". 光明日报,2016-11-07(13).

构建国家形象有何途径？国外读者通过翻译构建了怎样的中国形象？这与中国读者的阅读体验与形象构建有怎样的不同？重材料轻思考，研究方法便失却了意义。高方对中国现代文学在法国的译介研究，如我们在上文所讨论的，有理论的指导，确定了研究的问题系，形成了环环相扣的结构和严密的逻辑。同时，对研究对象有历史的把握，在对中国现代文学在法国的译介进行了分类的梳理和历史的分期分析之后，选择了中国现代文学中具有代表性的鲁迅、巴金和老舍三位作家作为个案，宏观把握与个案分析相结合，开阔的视野与比较的方法相呼应。特别值得指出的是，在个案研究中，作者以珍贵的第一手材料为基础，比如罗曼·罗兰对《阿Q正传》的认识和评价，国内一直有不同的说法，高方在里昂的鲁迅翻译档案中找到了罗曼·罗兰为推荐敬隐渔的翻译而写给《欧罗巴》杂志主编的信，澄清了学界的有关疑问。高方在研究中，有两个方面的明确追求。一方面，通过对三个个案的考察，考察影响译介的基本因素，深化译介理论，比如通过对鲁迅译介的考察，深刻地揭示了意识形态与翻译的关系，而通过对老舍译介的考察，揭示了在老舍作品中所表现出的异国情调和浓厚的人文色彩是法国译介与传播老舍作品的决定性因素。另一方面，通过对个案的考察与分析，为国内学界理解、阐释相关作家提供新的路径与可能。比如通过对老舍的考察，高方发现在法兰西的语境中，通过研究与翻译的互动，老舍在法兰西的棱镜中形成了多重的形象，因此她指出了中国文学界对老舍的理解与阐释既有相似性又有相异性；而通过对在法兰西语境中老舍多重形象的特征与形成的原因的分析，高方深化了学界对老舍的理解，为国内学界拓宽了老舍研究的视野。①目的明确，视野开阔，再加上得当的方法，就有可能做出有

---

① 高方.试论法兰西棱镜中老舍的多重形象.外语教学,2013(5):75.

价值的研究。

讲研究方法,还应该与研究路径结合起来。确定方法,必须先确定研究路径。现在有些年轻学者关于研究方法单一的困惑,实际上是研究路径的问题。视野不开阔,路径狭窄,写出的论文就有可能出现千篇一律的毛病。当下对于中国文学译介的研究,除了要有理论的高度,建立翻译历史观,关注译介所涉及的一些基本的问题,还应该不断拓展研究路径,拓展研究范围。有关这方面的问题,值得译学界进一步关注和探讨。

## 四、结　语

在新的历史时期,译界学人在翻译研究中,在关注译学前沿问题的同时,积极响应国家的战略需求,对中国文学在国外的译介与传播展开多方位的研究。针对当下中国文学外译研究在理论、路径与方法层面出现的一些问题和困惑,本文结合高方关于中国现代文学在法国译介与接受的研究,指出当下的译介研究应该具有明确的理论诉求,对翻译活动历史性和复杂性要有深刻的认识,在此基础上,增强学术判断力,拓展研究路径,丰富研究方法。通过译介研究,一方面深化翻译理论建设,另一方面,为中国文学界拓展研究视野,通过"异"之镜,丰富学界对中国文学的认识。

(许钧,浙江大学外国语言文化与国际交流学院教授;原载于《中国比较文学》2018 年第 1 期)

# 中国文学"走出去":问题与实质

谢天振

一

中国文学如何才能切实有效地"走出去"? 随着中国经济实力的增强和国际地位的提升,从国家领导人到普通百姓大众,这个问题被越来越多的人所关注。追溯起来,中国人通过自己亲力亲为的翻译活动让中国文学"走出去"的努力其实早就开始了。不追得太远的话,可以举出被称为"东学西渐第一人"的陈季同,他于1884 年出版的《中国人自画像》一书中即把我国唐代诗人李白、杜甫、孟浩然、白居易等人的诗翻译成了法文,他同年出版的另一本书《中国故事》则把《聊斋志异》中的一些故事译介给了法语读者。至于辜鸿铭在其所著的《春秋大义》中把儒家经典的一些片段翻译成了英文,敬隐渔把《阿 Q 正传》翻译成法文,林语堂把中国文化译介给英语世界,等等,都为中国文学、文化"走出去"做出了各自的贡献。

当然,有意识、有组织、有规模地向世界译介中国文学和文化,那还是 1949 年以后的事。1949 年新中国成立以后,新中国的领导人迫切希望向世界宣传新生共和国的情况,而文学作品的外译是一个很合适的宣传渠道,因此对中国文学作品的外译非常重视,于1951年创办了英文版的期刊《中国文学》。该期刊自1958年起改为定期出版,最后发展成月刊,并同时推出了法文版。前后共出版了590期,介绍中国古今作家和艺术家2000多人次,在相当长的时期里,它是新中国向外译介中国文学的最主要的渠道。该刊于"文革"期间停刊,"文革"后复刊,但后来国外读者越来越少,于2000年最终停刊。

创办了半个世纪之久的英、法文版《中国文学》最终竟不得不黯然停刊,令人不胜唏嘘,同时也发人深省。研究者郑晔博士在她的博士论文《中国文学在现当代美国的传播和接受——以〈中国文学〉(1951—2000)的对外译介为个案》中总结了其中的经验教训,归纳为四条。一是译介主体的问题。她认为像《中国文学》这样在国家机构赞助下进行的译介行为必然受国家主流意识形态和诗学的制约,这是由赞助机制自身决定的。译本和编译人员不可能摆脱它们的控制,只能在其允许的范围内做出有限的选择。这种机制既有好处,也有坏处。好处是国家有能力为刊物和专业人员提供资金保障,并保证刊物通过书刊审查制度得以顺利出版发行;坏处是由于国家赞助人的过多行政干预和指令性要求,出版社和译者缺乏自主性和能动性,刊物的内容和翻译容易带有保守色彩,逐渐对读者失去吸引力。二是用对外宣传的政策来指导文学译介并不合理,也达不到外宣的目的,最终反而让国家赞助人失去信心,从而撤资停止译介。三是只在源语(输出方)环境下考察译者和译作(指在《中国文学》上发表的译文)并不能说明其真正的翻译水平,也不能说明这个团队整体的翻译水平,必须通过接受方的反馈才能发现在译语环境下哪些译者的哪些翻译能够被接受,哪些译者的哪些翻译不能够被接受。四是国家垄断翻译文学的译介并不可取,应该允许更多译者生产更多不同风格不同形式的译本,通过各种渠道对外译介,由市场规律去淘汰不合格的译者和译本。①

"文革"结束以后,在 20 世纪八九十年代,我们国家在向外译介中国文学方面还有过一个引人注目的行为,那就是由著名翻译家杨宪益主持编辑、组织翻译、出版的"熊猫丛书"。这套"熊猫丛书"共翻译出版了 195 部文学作品,包括小说 145 部、诗歌 24 部、民间传说 14 部、散文 8 部、寓言 3 部、戏剧 1 部。但正如研究者所指出的,这套丛书同样"并未获得预期的效果。除个别译本获得英美读者的欢迎外,大部分译本并未在他们中间产生任何反响"。因此,"熊猫丛书"最后也难以为继,同样于 2000 年黯然收场。

"熊猫丛书"未能取得预期效果的原因,研究者耿强博士在他的博士论文《文学译介与中国文学"走向世界"——"熊猫丛书"英译中国文学研究》中总结为五点。一是缺乏清醒的文学译介意识。他质疑,在"完成了'合格的译本'之后,是否就意味着它一定能获得海外读者的阅读和欢迎?"二是"审查制度"对译介选材方面的限制和干扰。三是通过国家机构对外译介的这种模式,虽然可以投入巨大的人力、物力和财力,也能生产出高质量的译本,但却无法保证其传播的顺畅。四是翻译策略。他认为"要尽量采取归化策略及'跨文化阐释'的翻译方法,使译作阅读起来流畅自然,增加译本的可接受性,避免过于生硬和陌生化的文本"。五是对跨文化译介的阶段性性质认识不足,看不到目前中国当代文学的对外译介尚处于起步阶段这种性质。②

---

① 有关《中国文学》译介中国文学的详细分析,可参阅:郑晔.中国文学在现当代美国的传播和接受——以《中国文学》(1951—2000)的对外译介为个案.上海:上海外国语大学博士学位论文,2012.
② 详见:耿强.文学译介与中国文学"走向世界"——"熊猫丛书"英译中国文学研究.上海:上海外国语大学博士学位论文,2010.

　　另一个更发人深省,甚至让人不无震撼的个案是杨宪益、戴乃迭夫妇合作翻译的《红楼梦》在英语世界的遭遇。众所周知,杨译《红楼梦》在国内翻译界备受推崇,享有极高的声誉,代表了我们国家外译文学作品的最高水平。然而研究者江帆博士远赴美国,在美国高校的图书馆里潜心研读了大量的第一手英语文献,最后惊讶地发现,在国内翻译界得到交口赞誉、推崇备至的杨译《红楼梦》,与英国汉学家霍克思的《红楼梦》英译本相比,在英语世界竟然是备受冷落的。江帆在其题为"他乡的石头记:《红楼梦》百年英译史研究"的博士论文中指出:"首先,英美学术圈对霍译本的实际认同程度远远超过了杨译本:英语世界的中国或亚洲文学史、文学选集和文学概论一般都直接收录或援引霍译本片段,《朗曼世界文学选集》选择的也是霍译本片段,杨译本在类似的选集中很少露面;在相关学术论著中,作者一般都将两种译本并列为参考书目,也对杨译本表示相当的尊重,但在实际需要引用原文片段时,选用的都是霍译本,极少将杨译本作为引文来源。其次,以馆藏量为依据,以美国伊利诺伊州(Illinois)为样本,全州六十五所大学的联合馆藏目录(I-Share)表明,十三所大学存有霍克思译本,只有两所大学存有杨译本。最后,以英语世界最大的 Amazon 购书网站的读者对两种译本的留言和评分为依据,我们发现,在有限的普通读者群中,霍译本获得了一致的推崇,而杨译本在同样的读者群中的评价却相当低,二者之间的分数相差悬殊,部分读者对杨译本的评论极为严苛。"①

　　杨译本之所以会在英语世界遭受"冷遇",其原因与上述两个个案同出一辙:首先是译介者对"译入语国家的诸多操控因素"认

---

① 详见:江帆.他乡的石头记:《红楼梦》百年英译史研究.上海:复旦大学博士学位论文,2007:194-195.

识不足,一厢情愿地进行外译"输出";其次是"在编审行为中强行输出本国意识形态",造成了译介效果的干扰;最后是译介的方式需要调整,"对外译介机构应该增强与译入语国家的译者和赞助人的合作,以求从最大限度上吸纳不同层次的读者,尽可能使我们的对外译介达到较好的效果"。①

进入 21 新世纪以后,我们国家有关部门又推出了一个规模浩大的、目前正进行得热火朝天的中国文化"走出去"工程,那就是汉英对照的"大中华文库"的翻译与出版。这套标举"全面系统地翻译介绍中国传统文化典籍"、旨在让"中学西传"的丛书,规模宏大,拟译选题达 200 种,几乎囊括了全部中国古典文学名著和传统文化典籍。迄今为止,这套丛书已经翻译出版了一百余种选题,一百七八十册,然而除个别几个选题被国外相关出版机构看中,被购买走版权外,其余绝大多数已经出版的选题都局限在国内的发行圈内,似尚未真正"传出去"。

不难发现,新中国成立 60 余年来,我们国家的领导人和相关翻译出版部门在推动中国文学、文化"走出去"一事上倾注了极大的热情和关怀,组织了一大批国内(还有部分国外的)中译外的翻译专家,投入了大量的人力、物力、财力,然而总体而言,如上所述,收效甚微,实际效果并不理想。

## 二

2012 年年底,莫言获得诺贝尔文学奖之后,国内学术界和翻译界围绕中国文学、文化"走出去"问题展开了广泛讨论,并想通过

---

① 详见:江帆. 他乡的石头记:《红楼梦》百年英译史研究. 上海:复旦大学博士学位论文,2007:201.

对莫言获得诺贝尔文学奖背后翻译问题的讨论得到对中国文学、文化典籍外译的启示。我当时就撰文指出,严格而言,对莫言获奖背后的翻译问题的讨论已经超出了传统翻译认识和研究中那种狭隘的语言文字转换层面上的讨论,而是进入到了译介学的层面,这就意味着我们今天在讨论中国文学、文化外译问题时不仅要关注如何翻译的问题,还要关注译作的传播与接受等问题。在我看来,"经过了中外翻译界一两千年的讨论,前一个问题已经基本解决,'翻译应该忠实原作'已是译界的基本常识,无须赘言;至于应该'逐字译''逐意译'还是两相结合等等,具有独特追求的翻译家自有其主张,也不必强求一律。倒是对后一个问题,即译作的传播与接受等问题,长期以来遭到我们的忽视甚至无视,需要我们认真对待。由于长期以来我们国家对外来的先进文化和优秀文学作品一直有一种强烈的需求,所以我们的翻译家只需关心如何把原作翻译好,而甚少,甚至根本无须关心译作在我国的传播与接受问题。然而今天我们面对的却是一个新的问题:中国文学与文化的外译问题。更有甚者,在国外,尤其在西方尚未形成像我们国家这样一个对外来文化、文学有强烈需求的接受环境,这就要求我们必须考虑如何在国外,尤其是在西方国家培育中国文学和文化的受众和接受环境的问题"①。

莫言作品外译的成功让我们注意到了以往我们在思考、讨论翻译时所忽视的一些问题。一是"谁来译"的问题。莫言作品的外译者都是国外著名的汉学家、翻译家,虽然单就外语水平而言,我们国内并不缺乏与这些国外翻译家水平相当的翻译家。但是在对译入语国家读者细微的用语习惯、独特的文字偏好、微妙的审美品味等方面的把握上,我们还是得承认,国外翻译家显示出了我们国

---

① 谢天振. 莫言作品"外译"成功的启示. 文汇读书周报,2012-12-14(3).

内翻译家较难企及的优势,这也就是由这些国外翻译家翻译的中国文学作品更易为国外读者接受的原因。有些人对这个问题不理解,觉得这些国外的翻译家在对原文的理解,甚至表达方面有时候其实还比不上我们自己的翻译家,我们为何不能用自己的翻译家呢?这个问题其实只要换位思考一下就很容易解释清楚,试想一想,我们国家的读者是依靠我们自己的翻译家来接受国外文学、文化典籍,通过自己翻译家的翻译作品接受外来文学、文化的呢,还是通过国外翻译家把他们国家的文学作品、文化典籍译介给我们的?设想在你面前摆着两本巴尔扎克小说的译作,一本是一位精通中文的法国汉学家翻译成中文的,一本是我国著名翻译家傅雷翻译的,你会选择哪一本呢?答案是不言而喻的。实际上可以说世界上绝大多数的国家和民族接受外来文学和文化主要都是通过他们自己国家和民族的翻译家的翻译来接受的,这是文学、文化跨语言、跨国界译介的一条基本规律。

二是“作者对译者的态度”问题。莫言在对待他的作品的外译者方面表现得特别宽容和大度,给予了充分的理解和尊重。他不仅没有把译者当作自己的“奴隶”,而且还对他们明确放手:“外文我不懂,我把书交给你翻译,这就是你的书了,你做主吧,想怎么弄就怎么弄。”正是由于莫言对待译者的这种宽容大度,他的译者才得以放开手脚,大胆地“连译带改”以适应译入语环境读者的阅读习惯和审美趣味,从而让莫言作品的外译本顺利跨越了“中西方文化心理与叙述模式差异”的“隐形门槛”,并成功地进入了西方的主流阅读语境。我们国内有的作家不懂这个道理,自以为很认真,要求国外翻译家先试译一两个章节给他看。其实这个作家本人并不懂外文,而是请他懂外文的两个朋友帮忙审阅。然而这两个朋友能审阅出什么问题来呢?无非是看看译文有无错译、漏译,文字是否顺畅而已。然而一个没有错译、漏译,文字顺畅的译文能否保证在译入语环境中受到欢迎,得到广泛的传播并产生影响呢? 本文前面提到杨译《红楼梦》在英语世界的遭遇就是一个很好的例子:英国翻译家霍克思的《红楼梦》译本因其中的某些误译、错译而颇受我们国内翻译界的诟病,而杨宪益夫妇的《红楼梦》译本在国内翻译界评价极高,被推崇备至;然而如前所述,研究者在美国高校进行实地调研后得到的大量数据表明,在英语世界却是霍译本更受欢迎,杨译本备受冷遇。[①]这个事实应该引起我们的有些作家,特别是我们国内的翻译界反思。

三是"谁来出版"的问题。莫言作品的译作都是由国外一流的、重要出版社出版的,譬如他的法译本的出版社瑟伊出版社(Seuil)就是法国最重要的出版社之一,这使得莫言的外译作品能很快进入西方的主流发行渠道,也使得莫言的作品在西方得到有效的传播。反之,如果莫言的译作全是由国内出版社出版的,恐怕就很难取得目前的成功。近年来国内出版社已经注意到这一问题,并开始积极开展与国外出版社的合作,这很值得肯定。

四是"作品本身的可译性",这也是一个需要予以注意的问题。这里的可译性不是指一般意义上的作品翻译时的难易程度,而是指作品在翻译过程中其原有的风格、创作特征、原作特有的"滋味"的可传递性,在翻译成外文后能否基本保留下来并被译入语读者所理解和接受。譬如有的作品以独特的语言风格见长,其"土得掉渣"的语言让中国读者印象深刻并颇为欣赏,但是经过翻译后它的"土味"荡然无存,也就不易获得在中文语境中同样的接受效果。莫言作品翻译成外文后,"既接近西方社会的文学标准,又符合西方世界对中国文学的期待",这就让西方读者较易接受。其实类似

---

① 详见:江帆.他乡的石头记:《红楼梦》百年英译史研究.上海:复旦大学博士学位论文,2007.

情况在中国文学史上也早有先例,譬如白居易、寒山的诗外译的就很多,传播也广,相比较而言李商隐的诗的外译和传播就少了,原因就在于前两者的诗浅显、直白,易于译介。寒山诗更由于其内容中的"禅意"而在正好盛行学禅之风的 20 世纪五六十年代的日本和美国得到广泛传播,其地位甚至超过了孟浩然。作品本身的可译性问题提醒我们在对外译介中国文学作品、文化典籍时,要注意挑选具有可译性的,也就是在译入语环境里容易接受的作品首先进行译介。

三

以上关于莫言作品外译成功原因的几点分析,其触及的几个问题其实也还是表面上的,如果我们对上述《中国文学》期刊等几个个案进行进一步深入分析的话,那么我们当能发现,真正影响中国文学、文化切实有效地"走出去"还与以下几个实质性问题有关。

首先,与我们在对翻译的认识上存在误区有关。

大家都知道,中国文学、文化要"走出去",里面有个翻译的问题,然而却远非所有的人都清楚翻译是个什么样的问题。绝大多数的人都以为,翻译么,无非就是两种语言文字之间的转换。我们要让中国文学、文化"走出去",只要把用中国语言文字写成的文学作品、典籍作品翻译成外文就可以了。应该说,这样的翻译认识不仅仅是我们翻译界、学术界,甚至还是我们全社会的一个共识。譬如我们的权威工具书《辞海》(1980 年版)对"翻译"的释义就是:"把一种语言文字的意义用另一种语言文字表达出来。"另一部权威工具书《中国大百科全书·语言文字》(1988 年版)对"翻译"的定义也与此相仿:"把已说出或写出的话的意思用另一种语言表达出来的活动。"正是在这样的翻译认识或翻译思想的指导下,长期以来在进行中国文学作品、文化典籍外译时,我们考虑的问题也就只是如何尽可能忠实、准确地进行两种语言文字之间的转换,或者说得更具体一些,考虑的问题就是如何交出一份"合格的译文"。然而问题是交出一份"合格的译文"是否就意味着能够让中国文学、文化自然而然地"走出去"了呢?上述几个个案表明,事情显然并没有那么简单,因为在上述几个个案里,无论是长达半个世纪的英、法文版《中国文学》杂志,还是杨宪益主持的"熊猫丛书",以及目前仍然在热闹地进行着的"大中华文库"的编辑、翻译、出版,其中的大多数甚至绝大多数译文都堪称"合格"。然而一个无可回避且不免让人感到沮丧的事实是,这些"合格"的译文除了极小部分外,却并没有促成我们的中国文学、文化切实有效地"走出去"。

问题出在哪里?我以为就出在我们对翻译的有失偏颇的认识上。我们一直简单地认为翻译就只是两种语言文字之间的转换行为,却忽视了翻译的任务和目标。我们相当忠实地、准确地实现了两种语言文字之间的转换,或者说我们交出了一份份"合格的译文",然而如果这些行为和译文并不能促成两种文化之间的有效交际的话,并不能让翻译成外文的中国文学作品、中国文化典籍在译入语环境中被接受、被传播,并产生影响的话,那么这样的转换(翻译行为)及其成果(译文)恐怕就很难说是成功的。这样的译文,尽管从传统的翻译标准来看都不失为一篇篇"合格的译文",但恐怕与一堆废纸都并无实质性的差异。这话也许说得重了些,但事实就是如此。当你看到那一本本堆放在我们各地高校图书馆里的翻译成外文的中国文学、文化典籍无人借阅、无人问津时,你会做何感想呢?事实上,国外已经有学者从职业翻译的角度指出,"翻译质量在于交际效果,而不是表达方式和方法"①。

为此,我以为我们今天在定义翻译的概念时倒是有必要重温我国唐代贾公彦在其所撰《周礼义疏》里对翻译所下的定义,他的翻译定义是:"译即易,谓换易言语使相解也。"我很欣赏一千多年前贾公彦所下的这个翻译定义,寥寥十几个字,言简意赅,简洁却不失全面。这个定义首先指出"翻译就是两种语言之间的转换"(译即易),然后强调"换易言语"的目的是"使相解也",也即要促成交际双方相互理解,达成有效的交流。我们把它与上述两本权威工具书对翻译所下的定义进行一下对照的话,可以发现,贾公彦的翻译定义并没有仅仅局限在对两种语言文字转换的描述上,而是把翻译的目的、任务也一并包含进去了。而在我看来,这才是一个比较完整的翻译定义,一个在今天仍然不失其现实意义的翻译定义。我们应该看到,两种语言文字之间的转换(包括口头的和书面的)只是翻译的表象,而翻译的目的和任务,也即促成操不同语言的双方实现切实有效的交流,达成交际双方相互之间切实有效的理解和沟通,这才是翻译的本质。然而,一千多年来我们在谈论翻译的认识或是在进行翻译活动(尤其是笔译活动)时,恰恰是在这个翻译的本质问题上偏离了甚至迷失了方向:我们经常只顾盯着完成两种语言文字之间的转换,却忘了完成这种语言文字转换的目的是什么,任务是什么。我们的翻译研究者也把他们的研究对象局限在探讨"怎么译""怎样才能译得更好、译得更准确"等问题上,于是在相当长的历史时期内我们的翻译研究就一直停留在研究翻译技巧的层面上。这也许就是这六十多年来尽管我们花了大量的人力、物力、财力进行中国文学、文化典籍的外译,希望以此能

---

① 葛岱克.职业翻译与翻译职业.刘和平,文韫,译.北京:外语教学与研究出版社,2011:6.

够推动中国文学、文化"走出去",然而却未能取得预期效果的一个重要原因吧。

其次,与我们看不到译入(in-coming translation)与译出(out-going translation)这两种翻译行为之间的区别有关。

因为对翻译的认识存在偏颇,偏离甚至迷失了翻译的本质目标,于是对于译入与译出这两种翻译行为之间的区别也就同样未能引起充分的重视,只看到它们都是两种语言文字之间的转换,而看不到两者之间的极为重要的实质性差别,以为仅是翻译的方向有所不同而已。其实前者(译入)是建立在一个国家、一个民族内在的对异族他国文学、文化的强烈需求基础上的翻译行为,而后者(译出)在多数情况下则是一个国家、一个民族一厢情愿地向异族他国译介自己的文学和文化,对方对你的文学、文化不一定有强烈的需求。这样,由于译入行为所处的语境对外来文学、文化已经具有一种强烈的内在需求,因此译入活动的发起者和具体从事译入活动的译介者考虑的问题就只是如何把外来的文学作品、文化典籍译得忠实、准确和流畅,也就是传统译学理念中的交出一份"合格的译作",而基本不考虑译入语环境中制约或影响翻译行为的诸多因素。对他们而言,他们只要交出了"合格的译作",他们的翻译活动及其翻译成果也就自然而然地能够赢得读者,赢得市场,甚至在译入语环境里产生一定的影响。过去一千多年来,我们国家的翻译活动基本上就是这样一种性质的活动,即建立在以外译中为主的基础上的译入行为。无论是历史上长达千年之久的佛经翻译,还是清末民初以来这一百多年间的文学名著和社科经典翻译,莫不如此。

但是译出行为则不然。由于译出行为的目的语方对你的文学、文化尚未产生强烈的内在需求,更遑论形成一个比较成熟的接受群体和接受环境,在这样的情况下,译出行为的发起者和译介者如果也像译入行为的发起者和译介者一样,只考虑译得忠实、准确、流畅,而不考虑其他许多制约和影响翻译活动成败得失的因素,包括目的语国家读者的阅读习惯、审美趣味,包括目的语国家的意识形态、诗学观念,以及译介者自己的译介方式、方法、策略等因素,那么这样的译介行为能否取得预期的成功显然是值得怀疑的。

　　然而令人遗憾的是,这样一个显而易见的道理却并没有被我们国家发起和从事中国文学、中国文化典籍外译工作的有关领导和具体翻译工作者所理解和接受。其原因同样是显而易见的,这是因为在一千年来的译入翻译实践(从古代的佛经翻译到清末民初以来的文学名著、社科经典翻译)中形成的译学理念——奉"忠实原文"为翻译的唯一标准、拜"原文至上"为圭臬等——已经深深地扎根在这些领导和翻译工作者的脑海之中,他们以建立在译入翻译实践基础上的这些翻译理念、标准、方法论来看待和指导今天的中国文学、文化典籍的译出行为,继续只关心语言文字转换层面的"怎么译"的问题,而甚少,甚至完全不考虑翻译行为以外的诸种因素,如传播手段、接受环境、译出行为的目的语国家的意识形态、诗学观念等等。由此我们也就不难明白:上述几个个案之所以未能取得理想的译出效果,完全是情理之中的事了。所以我在拙著《隐身与现身:从传统译论到现代译论》中明确指出:"简单地用建立在'译入'翻译实践基础上的翻译理论(更遑论经验)来指导当今的中国文学、文化'走出去'的'译出'翻译实践,那就不可能取得预期的成功。"①

　　再次,是对文学、文化的跨语言传播与交流的基本译介规律缺乏应有的认识。一般情况下,文化总是由强势文化向弱势文化译

---

① 谢天振.隐身与现身:从传统译论到现代译论.北京:北京大学出版社,2014:13.

介,而且总是由弱势文化语境里的译者主动地把强势文化译入自己的文化语境。所以法国学者葛岱克教授会说:"当一个国家在技术、经济和文化上属于强国时,其语言和文化的译出量一定很大;而当一个国家在技术、经济和文化上属于弱国时,语言和文化的译入量一定很大。在第一种情况下,这个国家属于语言和文化的出口国,而在第二种情况下,它则变为语言和文化的进口国。"①历史上,当中华文化处于强势文化地位时,我们周边的东南亚国家就曾纷纷主动地把中华文化译入他们各自的国家即是一例,当时我国的语言和文化的译出量确实很大。然而当西方文化处于强势地位、中华文化处于弱势地位时,譬如在我国的晚清时期,我国的知识分子也是积极主动地把西方文化译介给我国读者的,于是我国的译文和文化的译入量同样变得很大。今天在整个世界文化格局中,西方文化仍然处于强势地位,与之相比,中华文化也仍然处于弱势地位,这从各自国家的翻译出版物的数量也可看出:数年前联合国教科文组织的一份统计资料表明,翻译出版物仅占美国的出版物总数的百分之三,占英国的出版物总数的百分之五。而在我们国家,我虽然没有看到具体的数据,但粗略估计一下,说翻译出版物占我国出版物总数将近一半恐怕不会算太过吧。

与此同时,翻译出版物占一个国家总出版物数量比例的高低还从一个方面折射出这个国家对待外来文学、文化的态度和立场。翻译出版物在英美两国以及相关的英语国家的总出版物中所占的相当低的比例,反映出来的正是英语世界对待发展中国家包括中国的文学、文化的那种强势文化国家的心态和立场。由此可见,要

---

① 葛岱克.职业翻译与翻译职业.刘和平,文韫,译.北京:外语教学与研究出版社,2011:10.

让中国文学、文化"走出去"(其实质首先是希望走进英语世界)实际上是一种由弱势文化向强势文化的"逆势"译介行为,这样的译介行为要取得成功,那就不能仅仅停留在把中国文学、文化典籍翻译成外文,交出一份所谓的"合格的译文"就算完事,而必须从译介学规律的高度全面审时度势并对之进行合理的调整。

最后,迄今为止我们在中国文学、文化"走出去"一事上未能取得预期的理想效果还与我们未能认识到并正视在中西文化交流中存在着的两个特殊现象或事实有关,那就是"时间差"(time gap)和"语言差"(language gap)①。

所谓时间差,指的是中国人全面、深入地认识西方、了解西方已经有一百多年的历史了,而当代西方人对中国开始有比较全面深入的了解,也就是最近这短短的二三十年的时间罢了。具体而言,从鸦片战争时期起,西方列强已经开始进入中国并带来了西方文化,从清末民初时期起中国人更是兴起了积极主动学习西方文化的热潮。与之形成对照的是,西方国家中开始有比较多的人积极主动地来认识和了解中国文学、文化就是最近这二三十年的事。这种时间上的差别,使得我们拥有丰厚的西方文化的积累,我们的广大读者也都能较轻松地阅读和理解译自西方的文学作品和学术著作,而西方则不具备我们这样的条件和优势,他们更缺乏一定数量的能够轻松阅读和理解译自中国的文学作品和学术著作的读者。从某种程度上而言,当今西方各国的中国文学作品和文化典籍的普通读者,其接受水平相当于我们国家严复、林纾那个年代的阅读西方作品的中国读者。我们不妨回想一下,在严复、林纾那个年代,我们国家的西方文学、西方文化典籍读者有着怎样的接受水

---

① 这两个术语的英译由史志康教授提供,我以为史译较好地传递出了我提出并使用的这两个术语"时间差"和"语言差"的语义内涵。

平:译自西方的学术著作肯定都有大幅度的删节,如严复翻译的《天演论》;译自西方的小说,其中的风景描写、心理描写等通常都会被删去,如林纾、伍光建的译作;不仅如此,有时整部小说的形式都要被改造成章回体小说的样子,还要给每一章取一个对联式的标题,在每一章的结尾处还要写上"欲知后事如何,且听下回分解",等等;更有甚者,一些译者明确标榜"译者宜参以己见,当笔则笔,当削则削耳"①。明乎此,我们也就能够理解,为什么当今西方国家的翻译家们在翻译中国作品时,多会采取归化的手法,且对原作都会有不同程度甚至大幅度的删节。

时间差这个事实提醒我们,在积极推进中国文学、文化"走出去"一事中,现阶段不宜贪大求全,编译一本诸如《先秦诸子百家寓言故事选》《聊斋志异故事选》《唐宋传奇故事选》也许比你花了大力气翻译出版的一大套诸子百家的全集更受当代西方读者的欢迎。有人担心如此迁就西方读者的接受水平和阅读趣味,他们会接触不到中国文化的精华,读不到中国文学的名著。这些人是把文学交流、文化交际与开设文学史课、文化教程混为一谈了。想一想我们当初接受西方文学和文化难道都非得是从《荷马史诗》、柏拉图、亚里士多德开始的吗?

所谓语言差,指的是操汉语的中国人在学习、掌握英语等现代西方语言并理解与之相关的文化方面,比操英、法、德、西、俄等西方现代语言的各西方国家的人民学习、掌握汉语要来得容易。这种语言差使得我们国家能够有一批精通英、法、德、西、俄等西方语言并理解相关文化的专家学者,甚至还有一大批粗通这些语言并比较了解与之相关的民族文化的普通读者,而在西方我们就不可能指望当地也有许多精通汉语并深刻理解博大精深的中国文化的

---

① 详见:谢天振.译介学(增订本).南京:译林出版社,2013:63.

专家学者,更不可能指望有一大批能够直接阅读中文作品、能够轻松理解中国文化的普通读者。

语言差这个事实告诉我们,在现阶段乃至今后相当长的一个时期里,在西方国家里阅读中国文学和文化典籍的读者注定还是相当有限的,能够胜任和从事中国文学和文化译介工作的当地汉学家、翻译家也将是有限的,这就要求我们在推动中国文学、文化"走出去"的同时,还必须关注如何在西方国家培育中国文学、文化的接受群体的问题——近年来我们与有关国家互相举办对方国家的"文化年"即是一个相当不错且有效的举措,还必须关注如何扩大国外汉学家、翻译家的队伍问题,关注如何为他们提供切实有效的帮助,从项目资金到提供专家咨询、配备翻译合作者等。

文学、文化的跨语言、跨国界传播是一项牵涉面广、制约因素复杂的活动,决定文学译介的效果更是有多方面的原因,但只要我们树立起正确、全面的翻译理念,理解译介学的规律,正视中西文化交流中存在的"语言差"和"时间差"等实际情况,确立起正确的指导思想,那么中国文学和文化就一定能够切实有效地"走出去"。

(谢天振,上海外国语大学高级翻译学院教授,广西民族大学相思湖讲席教授;原载于《中国比较文学》2014 年第 1 期)

# 中国文学"走出去":问题与思考

胡安江

## 一、中国读者与中国现当代文学

当前我们谈中国文学"走出去",主要谈的还是中国现当代文学"走出去"的问题。对于"中国现当代文学"的界定,夏志清教授认为它大致始于八国联军攻陷北京的那一年——1990 年。也许正是因为这个背景,夏教授认为中国现当代文学无论形式技巧还是思想内容都借鉴了太多西方文学的元素,因而真正专属于中国的东西并不多。①至于中国现当代文学在美国的接受状况,他说:"中国内地数量众多的大、中学生对中国现当代文学怀有浓厚兴趣,而他们的美国同龄人却不以为然。"②值得注意的是,夏教授的这番言论发表在十余年前,如果我们重新审视今日中国青少年对于中国现当代文学的阅读与认知,恐怕那种所谓的"浓厚兴趣"已经几近荡然无存了。不仅如此,知名版

---

① Hsia, C. T. *C. T. Hsia on Chinese Literature*. New York: Columbia University Press, 2004: 3.

② Hsia, C. T. *C. T. Hsia on Chinese Literature*. New York: Columbia University Press, 2004: 3.

权代理人黄家坤还指出:"由于工业革命所带来的新的科学和技术知识以及现代社会的人文思潮,也逐渐受到亚洲国家青年学生和知识分子的关注和认可,形成了阅读西书的风潮和习惯,也逐渐具备了相当可观的市场需求……了解西方——那个与我们如此不同又更加接近的世界,已经成为中国读者非常大众的话题。"①换言之,当下的中国读者对于自己的本国文学开始抱持一种"不以为然"的漠视态度。

这绝非危言耸听。环顾今日之大学校园,几乎无人知晓和阅读莫言、铁凝、王安忆、余华、贾平凹、苏童、韩少功、阎连科、毕飞宇、刘震云等中国现当代作家的作品。甚至更具讽刺意味的是,数量不菲的中文系学子转而对外国作家及其作品表现出浓厚兴趣;而他们阅读与研究外国文学作品,绝大多数人依赖的却是翻译作品。与此同时,国内出版业对于外国文学作品也呈现出前所未有的出版热情。这从各大书店令人眼花缭乱的畅销书排行榜一望便知。仿佛在当下的中国,最知名的文学写作者非村上春树、东野圭吾和每年的诺奖作家莫属。与之相呼应的是我们的影视业,其对于美、英、日、韩文学剧目的引进与改编可谓不遗余力。这样的阅读惯习、舆论导向与媒体姿态使得中国文学仿佛一夜之间就被大多数人心甘情愿地抛诸脑后了。这就是中国读者趋之若鹜地阅读西方的真实现状。当然,这也是中国现当代文学作品在本国读者心目中的现实地位。

## 二、西方读者与中国现当代文学

如果这是对国人阅读本国文学之"怪现状"的真实描述,那么,中国现当代文学作品在西方读者那里到底拥有怎样的文学地位

---

① 黄家坤.一个文学代理人眼中的中国文学//中国作家协会外联部.翻译家的对话 II.北京:作家出版社,2012:186.

呢？西方读者是否也如他们的中国同伴一样对于异域文学有着如此这般如饥似渴的阅读热情呢？"纸托邦"(Paper Republic)创始人、美国翻译家陶建(Eric Abrahamsen)的这番话也许能说明一定的问题："中国人非常急迫地向外推广本土文学，而海外读者根本没有'中国文学'这一概念。……海外读者可能看过一两本中国作家的书，但绝谈不上对整个中国文学有什么概念和看法。……海外从出版社、媒体、学者到普通读者，大部分的读者对于中国文学一无所知，也不是抵制，也不是不喜欢，就是一个空白。"①对于此，美国汉学家桑禀华(Sabina Knight)也坦承："在美国提到中国作家，连美国知识分子都可能只知道高行健和莫言而已。"②这些令人尴尬的现实与中国读者对于外国文学如数家珍般的熟晓程度，形成了一种逆天的认知反差。然而，国人却往往将我们对别国文学的素稔归咎于对象国经济地位的隆盛。于是，社会上便开始弥漫着一种天真论调，以为一旦我们的综合国力提升到一个别国无法忽视的程度，我们的文学就会自然而然地"走出去"了，甚至别人还会"哭着抢着"来翻译。事情果真如此吗？中国不是已经成长为世界第二大经济体了吗？显然，我们忽视了一个基本的事实，那就是一个国家的文学在世界文学多元系统中的地位，不是非得等到其经济地位改善后方能得到认可的。拉美文学难道不是众所周知的这方面极其典型的例证吗？

那么，这种反差到底是怎样形成的呢？事实上，"英语业已成为人类资本大半配额"的先天现状、(西方)世界对于中国文学的"东方主义"凝视及其根深蒂固的"欧洲中心主义"心态，以及西方

---

① 刘爽爽. 翻译中国文学有多难：像用细水管连接水坝. (2016-09-27)[2016-09-28]. http://culture. caixin. com/2016-09-27/100992596. html? NOJP.

② 桑禀华. 解读中美文化交流中的差异//中国作家协会外联部. 翻译家的对话 III. 北京：作家出版社，2015：191-196.

媒体对于中国政治与中国历史长期的负面报道,使得中国文学在西方读者的眼里,一直是中国政治的"附庸",从而让他们对这种"中国政治副产品"的中国文学心存抵触。①与此同时,自20世纪50年代以降的中国"疾风暴雨"式的系列文学外译活动,为了彰显社会主义的意识形态和主流诗学,又进一步强化了西方读者的这种"副产品"印象。此外,众所周知的西方知识界"重英语原著,轻外语译本"的"文化精英主义"和"学院做派",又在很大程度上加剧了中国文学与英语世界之间的龃龉关系,从而促成了以英、美为代表的西方世界对于翻译和翻译作品的事实性歧视。②如此一来,"百分之三"现象(每年在美国本土出版的图书中,翻译作品的比例仅占百分之三左右,这一情况在欧洲国家也大抵如此)每年总会如约而至,而且还魑魅魍魉地、魔咒般地如影随形。正是上述的无知与误解,"中国文学作品不具阅读和出版价值"③的偏见才在从出版商到读者的西方图书行业甚嚣尘上。

## 三、翻译"中国"与翻译"文学"

尽管心怀善意的海外翻译家和汉学家们大多声称中国翻译文学不受重视的重要原因是他们的出版商不懂中文,但我们却不应据此就以为语言因素是横亘在中国文学和英语世界之间的最大障碍。

事实上,造成这种极不理想的接受现状的根本原因远非如此

---

① 桑禀华.解读中美文化交流中的差异//中国作家协会外联部.翻译家的对话 III.北京:作家出版社,2015:191-196.
② 胡安江,梁燕.多元文化语境下的中国文学"走出去"研究——以市场机制和翻译选材为视角.山东外语教学,2015(6):68.
③ 刘亚猛,朱纯深.国际译评与中国文学在域外的"活跃存在".中国翻译,2015(1):10.

表面和简单。在"语言"的表象之外,深藏的却是各类赞助人体系与各种利益之间的互动与博弈。西方文学系统内部的专业人士(文学编辑、文学评论家、书评者、教师、译者等)、文学系统外部的各类赞助人(政府首脑、出版商、媒体、学术期刊、教育机构等),以及主流意识形态、主流诗学、权力势差、文化失衡等多种因素之间的权力游戏与权力交易,在很大程度上操纵着西方读者阅读中国现当代文学的兴趣。因此,我们不难理解,为什么海外的商业出版社在选择翻译中国现当代文学作品时,总是青睐那些因政治话语、灾难叙事或者性爱题材而成为"禁书"的作品,在大多数情况下均罔顾文学作品自身的文学性。而且,西方读者根深蒂固的、历史形成的对中国的无知、误解与偏见,使得他们严重依赖中国文学来作为了解中国的文献资料,从而对文学进行畸形的"政治化"与"伦理化"的解读。于是,人们不难得出结论,西方世界对于中国文学的翻译,与其说是在翻译"文学",毋宁说是在翻译"中国"。

于是,中国现当代文学的文学质性被严重忽视;不仅如此,英语世界还从传播与接受的现实考虑与市场推广出发,在中国文学英译和推介的过程中,有意识地发掘并放大中国文学作品中那些所谓的政治叙事、灾难叙事、女性叙事、社会犯罪以及符合西方主流文学传统的"寓言反讽"和"伦理写作"等叙事手法,以种种"变形记",拉近中国文学与西方读者之间的审美距离。①

因此,如何让文学回归文学的"正途",或许是我们在文学"走出去"进程中需要认真思考的重大理论问题之一。

---

① 胡安江,彭红艳. 从"寂静无声"到"众声喧哗":刘震云在英语世界的译介与接受. 外语与外语教学,2017(3):1-2.

## 四、归化与异化

如果说上述的分析还多停留在外部制约因素的讨论,那么就"翻译行为"这一本体要素而言,我们的文学外译确确实实走了一条蜿蜒崎岖的道路,而且还继续在蹒跚而行。美国著名诗人罗伯特·弗罗斯特(Robert Frost)有一首脍炙人口的诗歌《未选择的路》("The Road Not Taken")。在诗中,叙述者面对树林里的两处岔路,选择了其中"人迹稀少"(less traveled)的一条。当然,这首诗中的"路"是"人生抉择"的隐喻。有意思的是,在翻译行为所指向的"策略抉择"方面,历来也有两条路摆在翻译者的面前。一异化,一归化。如果我们对中外文学翻译传统以及中外文学译介史有最基础的认知的话,那种关注目标读者"可接受性"、缩短对象国受众与翻译文本心理距离的"本土化"的归化翻译策略,实乃文学传播与接受环节之首选。按照今天的流行说法与话语体系,就是用目标读者听得懂的语言来讲述本国故事。然而,就是这条跨文化传播中最普遍的规律,却被很多人作为叱责中国文学"走出去"进程中"曲意逢迎"的说辞与理由。于是,长期以来,我们义无反顾地走在一条"人迹稀少"的"异化翻译"之路上。抱着"忠实"与"充分性"的美好"译"愿,致力于传播"原汁原味"的"中国声音",甚至有人还主张应该采用"一种相对国际性的、普世性的并带有中国文化和语言表达特色的中国式英语"来推广中国文化。[①]长此以往,也许我们离世界文学舞台的中央,不是越来越近,而是渐行渐远。

众所周知,美国学者劳伦斯·韦努蒂(Lawrence Venuti)是一

---

① 傅惠生.《汉英对照大中华文库》英译文语言研究.外语教学理论与实践,2012
(3):29.

位反"民族中心主义"翻译暴力的"异化派"斗士,然而他也不得不承认:绝大多数出版商、书评者和读者认可的译本,无论是诗歌还是散文,小说还是非虚构,都是那些读起来流畅的文本。换言之,好的翻译应该不是"翻译",而是"原创"。①毕竟,将翻译文本当作"翻译"而不是"原创"来读,是针对"精英读者"而言的。按照韦努蒂自己的说法,这要求读者"不仅精通外国语言,而且熟悉外国文学及其主流传统;不仅熟知译入语语境中外语文本的接受状况,而且还精通那些有关翻译的元语言和价值维度的符号学概念"②。这样的读者群体毕竟是小众的,而文学"走出去"的初衷与所指向的读者群体,毫无疑问应该是大众读者。

以创建于 1935 年的企鹅出版集团为例,近百年来,他们为世界各地的读者出版了无数的"企鹅经典"。按照集团创始人之一里欧(E. V. Rieu)的说法,他们的译丛就是要努力地"用现代英语为普通读者呈现可读性强而且引人入胜的伟大译本";"这样的译本没有不必要的阅读困难和迂腐之风,而眼下已有的众多译本中充斥着的陈词滥调和外国习语与我们的现代风格格格不入"。③ 正是在这样的指导原则下,企鹅丛书和企鹅译丛都将"流畅"(fluency)作为自己的编辑政策与翻译政策。因此,在选择作家和译者时,他们往往更倾向于选择那些非学术型的作家(non-academic writers)和非专业

---

① Venuti, L. *The Translator's Invisibility: A History of Translation*. Abingdon, Oxon: Routledge, 1995: 1.

② Venuti, L. Translation, interpretation, canon formation. In Lianeri, A. & Zajko, V. (eds.). *Translation & The Classics: Identity as Change in the History of Culture*. Oxford: Oxford University Press, 2008: 27-51.

③ Connor, P. Reading literature in translation. In Bermann, S. & Porter, C. (eds.). *A Companion to Translation Studies*. Hoboken: Wiley-Blackwell, 2014: 425-437.

人士的译者(non-specialist translators)。[①]这也就是所谓的"企鹅出版风格"(the Penguin house style)和"企鹅兵法"(the tactics of Penguinification)。简言之,就是以当下大众读者的阅读惯例作为出版的重要考量。具体来讲,就是不让读者在阅读时感受到任何的文化冲击,进而实现译本与目标文化规范和价值体系的无缝对接。[②]毫无疑问,这些出版和翻译理念,尤其是他们在此过程中对于"大众读者"这一目标对象的明确与倚重,是我们在"走出去"进程中需要借鉴和效法的。

因此,是否应该反思并重新寻回那条"未选择的路"——归化之路?这是我们在文学"走出去"进程中需要认真思考的重大实践问题之一。

## 五、出版与出局

关于中国出版业在世界出版业中的地位,有论者称:从版权交流的单边化和出版人的国际活跃度来看,中国出版业在"全球化"的游戏中,是切切实实的后来者。[③]事实上,文学代理人/出版经纪人的"缺席"、权威书评媒体的"缺失"、国内版权贸易机制的"不在场"、相关媒体的"不作为"等各种传媒制度缺陷,严重阻碍着中国文学"走出去"的可持续发展与长效机制的建立。

在这些制约条件中,如何发挥出版业在文学"走出去"进程中

① Connor, P. Reading literature in translation. In Bermann, S. & Porter, C. (eds.). *A Companion to Translation Studies*. Hoboken: Wiley-Blackwell, 2014: 425-437.

② Connor, P. Reading literature in translation. In Bermann, S. & Porter, C. (eds.). *A Companion to Translation Studies*. Hoboken: Wiley-Blackwell, 2014: 425-437.

③ 参见:北京出版交流周.《风声》再次被改编影视,被卖出20多国版权的却是《解密》?. (2017-06-17) [2017-6-18]. https://site.douban.com/210084/widget/notes/13276908/note/625170571/.

的枢纽作用,尤其是如何充分利用大众出版、教育出版和专业出版这三大出版领域在文学"走出去"进程中各自的积极作用,是我们需要认真思考的重大现实问题。与此同时,关注新技术背景下出版业在数字出版方面的新变化,以及在此背景下读者数字阅读习惯的新特点,并深度探讨如何在媒体融合的大趋势和大背景下,适时调整我们文学外译与传播的思路与路径,则是需要我们认真思考的重大决策问题。

学术界有一条金科玉律:不出版,就出局(publish or perish)。对于在新技术和新媒体背景下的中国出版业而言,又何尝不是如此? 出版什么? 何时出版? 如何出版? 向何处出版? 为何出版? 这些都是在传统媒体深受新媒体挑战的今天,作为传统传媒业重要支柱的图书出版业需要认真思考和抉择的关键性问题。从出版业沟通与联系写作者和读者的中枢作用来看,对于出版业在文学"走出去"中的重要性,其实怎么高估都不为过。当然,未来的图书出版,无论是传统的纸质出版,还是当下的数字出版,对于目标读者阅读需求与阅读习惯给予最充分的关注,其意义无疑是重要而积极的。除此之外,出版行业在制度建设,尤其是在国际版权贸易制度与文学代理人制度方面,需要大力扭转"后来者"的角色。否则,我们的出版业到头来反倒是在为外国文学做"嫁衣裳"。

## 六、结　语

如果说前述的这些症结性问题还主要属于现实操作层面的话,那么如何在强势文化面前摆正自我的文化心态,如何使弱势文化走出自身文化的封闭圈,如何改变汉语作为"小语种"的命运格局①,以及如何通过翻译的斡旋,调停文化与文化之间的冲突与矛盾等诸问题,则是中国文学"走出去"进程中需要面对和解决的理论层面的症结性问题。因此这些问题在短时间内的"难以逾越",注定了中国文学"走出去"是一桩"日积月累、和风细雨"的工作。②为此,我们必须有充分的心理准备。

当然,在大力倡导"走出去"之余,需要在政策层面上建立起"请进来"的目标读者和国际传播人才培养机制,鼓励对象国的年轻人来中国留学,进行访问、考察和交流。当这些潜在的目标人群有了"中国经历",归国以后,就成了传播中华文化的"点点星火"。中华文化在世界各个角落才有可能成就预想中的"燎原之势"。相较而言,这样的做法对于中华文化"走出去"而言,可能才是最明智的长远之计。

（胡安江,四川外国语大学翻译学院教授;原载于《中国翻译》2017 年第 5 期）

---

① 石剑峰.毕飞宇:中国文学"走出去",还需要几十年.东方早报,2014-04-22(A24).
② 莫言.在第二次汉学家文学翻译国际研讨会闭幕式上的致辞//中国作家协会外联部.翻译家的对话 II.北京:作家出版社,2012:9-11.

# 文学翻译模式与中国文学对外译介

## ——关于葛浩文的翻译

刘云虹　许　钧

## 一、引　言

2012 年 12 月 10 日,在瑞典首都斯德哥尔摩音乐厅举行的 2012 年诺贝尔奖颁奖仪式上,中国作家莫言从瑞典国王手中领取了该年度的诺贝尔文学奖。至此,纠结了中国作家甚至包括普通读者在内的整个读书界大半个世纪的"诺奖情结"终于得以释放或缓解,然而,随着所谓"后诺奖"时代的到来,国内学界的氛围也由以往的焦虑和渴望转变为疑惑与反思。

正如有学者所指出的,莫言获诺贝尔奖主要涉及两个问题:"一个是莫言该不该获奖的问题,另一个是莫言凭什么获奖,或者说为什么获奖的问题。"①第一个问题不是译学界关注的重点,第二个问题却与翻译密切相关。我们看到,在文学界、翻译界乃至读

---

① 曾艳兵.走向"后诺奖"时代——也从莫言获奖说起.广东社会科学,2013(2): 188.

者大众的热切讨论中,莫言作品的翻译、翻译与创作的关系①、译本选择与翻译方法、翻译对中国文化"走出去"的影响等一系列与翻译有关的问题成为普遍关注的焦点。毫不夸张地说,莫言获奖后,翻译的重要性受到整个国内学界和读书界空前的关注,译者的地位与作用、翻译策略与翻译接受、文学译介与文化传播等诸多相关问题也得到广泛的重视。从莫言获奖引发对翻译问题的种种讨论,到"公认的中国现代、当代文学之首席翻译家"葛浩文出场,再到对中国文学、文化如何"走出去"的探寻,在这样的语境下,翻译界部分学者和媒体对翻译方法与翻译观念等涉及翻译的根本性问题也提出了各种观点,我们认为有必要对文学译介中的翻译方法甚或翻译模式等相关问题做出进一步思考,澄清一些模糊的认识。

## 二、莫言获奖与葛浩文的翻译

2012 年莫言获得诺贝尔文学奖,这一度成为中国学界和文化界最关注的核心事件,各种媒体上都充斥着相关的报道、介绍或讨论。之所以如此引人注目,原因自然不言而喻:诺贝尔文学奖数十年以来一直让中国作家乃至整个文学界饱尝了焦虑、渴望与等待,在经历了鲁迅、沈从文、林语堂、老舍、巴金、北岛等一次又一次与诺奖的擦肩而过之后,莫言终于让这根深蒂固的"诺奖情结"有了着落。然而,除此之外,可以说还有另外一个重要原因:莫言是一位真正的中国本土作家,从来没有用中文之外的其他语言进行写作,外国评论家和读者,当然也包括诺贝尔奖的评委们,除极少数汉学家以外,绝大多数都必须依赖莫言作品的外文译本来阅读、理

---

① 许方,许钧. 翻译与创作——许钧教授谈莫言获奖及其作品的翻译. 小说评论,2013(2):4-10.

解和评价莫言,于是,翻译对莫言获奖的决定性作用以及与之相关的诸多问题使单纯的获奖事件有了林林总总、引人关注也值得探讨的后续话题。

在中国驻瑞典大使馆举行的见面会上,莫言曾表示:"翻译的工作特别重要,我之所以获得诺奖,离不开各国翻译者的创造性工作。"①诺奖的获得离不开翻译,这不仅是莫言出席此次官方活动时的表述,也是他在不同场合多次表明的态度,更是在他获奖所带来的各种话题中深受国内媒体和学界关注的问题之一。如果说,一直默默耕耘的中国文学因为莫言的获奖终于在国际舞台受到热切的瞩目,那么,一直静静付出的翻译者们也借此一改昔日的"隐形人"身份,从幕后被推至台前,并收获了极为珍贵的肯定与赞美。一时间,莫言作品的英译者葛浩文、法译者杜特莱夫妇、瑞典语译者陈安娜以及日语译者藤井省三等都迅速成为国内媒体和学界的新宠,而在他们之中,由于英语在全球无可比拟的地位,葛浩文自然成为最重要也最具代表性的一位。其实,在中国文学的视野下,无论那个曾在呼兰河畔"热泪纵横"的"萧红迷",还是那个执着于中国现当代文学研究并推动其在英语世界传播的学者,葛浩文远不是陌生、遥远的名字。然而,尽管早已被了解甚至熟知,葛浩文在中国学界最绚丽的出场无疑得益于莫言的获奖以及由此产生的对翻译、创作与获奖三者之间关系等问题的大规模探讨。

实际上,莫言获奖后翻译的重要性以及译者的中介作用备受关注,这在目前的文化语境下应该说是一个不难理解的现象。虽然全球的汉语学习热已经是不争的事实,但汉语仍然是远居英、法等西方语言之后的非主流语言,中国文学要想在世界范围内得到

---

① 沈晨. 莫言指出翻译的重要性:"得诺奖离不开翻译". (2012-12-08)[2012-12-10]. http://www.chinanews.com/cul/2012/12-08/4392592.shtml.

阅读、理解与接受,翻译是不可逾越的必然途径。于是,随着葛浩文的出场,国内学界围绕莫言获奖与葛浩文的翻译而展开的广泛探讨中涉及的首要问题就是翻译的作用。诺贝尔文学奖一经揭晓,国内各大媒体便不约而同地将莫言的获奖与其作品的翻译联系在一起,有关翻译在莫言获奖中起关键作用的报道不胜枚举,例如,《解放日报》的《莫言获奖,翻译有功》、《人民日报》海外版的《文学翻译助力莫言获诺奖》等。于是,葛浩文被媒体称为"莫言唯一首席接生婆",陈安娜则是"莫言得奖背后最重要的外国女人"。与媒体的热烈反应相比,文化界和翻译界学者们的思考自然要冷静、缜密得多,但概括来看,除个别持谨慎态度,例如有所保留地提出"莫言作品之所以能获得国际认同,固然不能缺少翻译环节,但其获奖的原因却远没有这么简单"①之外,绝大部分都对以葛浩文、陈安娜为代表的外国译者在莫言获得国际认可的过程中所发挥的重要作用给予了肯定。例如,有学者认为,"如果没有汉学家葛浩文和陈安娜将他的主要作品译成优美的英文和瑞典文的话,莫言的获奖至少会延宕十年左右,或许他一生都有可能与这项崇高的奖项失之交臂"②;还有学者提出,"中国的近现代史上文学贡献比莫言大者不在少数,单是林语堂就被提名诺贝尔文学奖多次,但最终却都是无果而终。究其原因,作品由汉语译为英语的水平不足是重要原因,这次在一定程度上可以说是外国的译者成就了莫言"③。这些言辞并不激烈却立场鲜明的论述可以说是颇具代表性的。

随着国内媒体和学界围绕莫言获奖与葛浩文的翻译的讨论逐

---

① 熊辉.莫言作品的翻译与中国作家的国际认同.重庆评论,2012(4):7.
② 王宁.翻译与文化的重新定位.中国翻译,2013(2):7.
③ 冯占锋.从莫言获诺奖看文学翻译中的"随心所译".短篇小说(原创版),2013(10):77.

渐深入,焦点话题也由翻译的作用问题进一步上升至中国文学、文化"走出去"的策略或战略问题——尽管有学者不主张诸如"策略"或"战略"这样的提法,但在国内目前的文化语境下,似乎非这样的表述不足以显示中国文化"走出去"这一问题的重要性和迫切性。也就是说,在莫言获奖之后葛浩文的翻译所引发的持续不断的话题中,受到广泛关注的不仅是单纯的翻译与创作、翻译与获奖的关系问题,而且是翻译对中国文学、文化"走出去"的影响和作用等具有更深层次意义的问题。诺贝尔文学奖设立以来的一百多年历史里,获奖者大多为欧洲和北美作家,除莫言之外,亚洲仅有印度的泰戈尔、以色列的阿格农和日本的川端康成、大江健三郎四位曾获得这一奖项,在这样的基本事实下,语言问题一直被普遍认为是文学作品能否赢得国际认可的关键所在。因此,对于深受语言因素制约的中国文学、文化如何才能"走出去"的问题,翻译必然成为其中绕不过去的核心与焦点。这已经是翻译界、文学界和文化界的共识,正如有学者所指出的,"大家也都知道中国文学、文化'走出去'这个问题的背后有一个翻译问题"①。应该说,如何在中国文学、文化"走出去"这一目标下来看待翻译及其相关问题,这并非十分新鲜的论题,然而,在莫言历史性的获奖和葛浩文翻译受到空前关注和热议的背景下,对于这一问题的讨论呈现出了更为清晰的指向性,探讨和研究的主要内容在很大程度上集中于译者模式和翻译策略两个层面,也就是说,由什么样的译者、采用什么样的方法和策略进行翻译才能有效地促进中国文学、文化"走出去"。对于译者模式问题,文化界和翻译界的观点可以说相当一致,基本上都认同汉学家译者模式或汉学家与中国学者相结合的翻译模式。以 2012 年 12 月中旬由上海大学英美文学研究中心和上海市比较

---

① 谢天振.中国文学、文化"走出去":理论与实践.东吴学术,2013(2):45.

文学研究会举办的"从莫言获奖看中国文学如何'走出去'——作家、译家和评论家三家谈"学术峰会为例,针对"中国文学的外译工作怎样才能成功?""中国文学到底怎样才能'走出去'?"等问题,郑克鲁提出"文学外译还是让目标语翻译家来做"①,季进认为"真正好的翻译是汉学家与中国学者合作的产物"②,而这些正是与会的国内著名作家、翻译家和评论家中绝大多数人所持的观点。当然,并非所有的汉学家都能胜任推动中国文学、文化"走出去"这项工作,鉴于此,有学者对这一译者模式的理性建构进行了颇为深入而有益的思考,指出"汉学家译者模式的选择标准,大致应该以葛浩文为参照蓝本。总结起来,即:中国经历、中文天赋、中学底蕴以及中国情谊。这四者的结合,无疑是汉学家译者模式选择中最理想的一种类型"③。如果说,葛浩文、陈安娜等国外著名译者对中国文学"走出去"所发挥的推动作用已经由莫言的获奖而在很大程度上得到了有力证明,以葛浩文为参照的译者模式也因此得到了媒体的推崇和学界的认可,那么,对于中国文学译介中应采用什么样的翻译方法与策略这一更具有普遍意义的问题,或许出于对葛浩文翻译方法的不同认识,或许出于翻译方法这一问题本身所蕴含的丰富内容与复杂关系,目前却存在着一些模糊的认识,这有待国内学界特别是翻译界进行更为深入而理性的思考。

---

① 张毅,綦亮.从莫言获诺奖看中国文学如何"走出去"——作家、译家和评论家三家谈.当代外语研究,2013(7):54.
② 张毅,綦亮.从莫言获诺奖看中国文学如何"走出去"——作家、译家和评论家三家谈.当代外语研究,2013(7):57.
③ 胡安江.中国文学"走出去"之译者模式及翻译策略研究——以美国汉学家葛浩文为例.中国翻译,2010(6):12.

## 三、葛浩文翻译方法与文学译介

如果说中国文学、文化"走出去"必然离不开翻译,那么在这一过程中我们需要的究竟是怎样的翻译? 如果说葛浩文堪称文学译介的汉学家译者模式的参照和典范,那么他究竟采用了怎样的方法和策略来翻译中国文学作品,国内文化界和翻译界对此又是如何认识的? 由于莫言获奖后媒体对翻译问题空前热切的关注,伴随着汉学家葛浩文的名字迅速进入公众视野的除了他的翻译作品、他对中国文学的执着热爱和有力推介,还有他在译介中国文学作品时所采用的特色鲜明的翻译方法。在众多的媒体上,"删节""改译"甚至"整体编译"等翻译策略成了葛浩文翻译的标签。

或许文学经典的评价标准实在难以形成普遍的共识,诺贝尔文学奖似乎从来都无法远离争议和质疑,国外如此,国内也同样如此,只不过由于翻译问题的加入,原本就已经十分热闹的局面变得更为复杂。2013 年 1 月 10 日,评论家李建军在目前国内文学评论重镇之一的《文学报》"新批评"专栏发表长文《直议莫言与诺奖》,对莫言的获奖提出了强烈质疑。针对莫言作品的翻译,他认为,文化沟通和文学交流上的巨大障碍使得"诺贝尔文学奖的评委们无法读懂原汁原味的'实质性文本',只能阅读经过翻译家'改头换面'的'象征性文本'。而在被翻译的过程中,汉语的独特的韵味和魅力,几乎荡然无存;在转换之后的'象征(性)文本'里,中国作家的各各不同文体特点和语言特色,都被抹平了"。基于这样的认识,李建军数次提及葛浩文的翻译对莫言作品的美化,并指出,"诺奖的评委们对莫言的认同和奖赏,很大程度上,就只能建立在由于信息不对称而造成的误读上——对莫言原著在语法上的错误,修辞上的疏拙,细节上的失实,逻辑上的混乱,趣味上的怪异,他们全然无从判断;同样,对于中国的文学成就,他们也无法准确而公正地评价",因此,除了诺奖的选择和评价标准本身的偏失之外,莫言的获奖"很大程度上,是诺奖评委根据'象征性文本'误读的结果——他们从莫言的作品里看到的,是符合自己想象的'中国''中国人'和'中国文化',而不是真正的'中国''中国人'和'中国文化'"①。显而易见,在李建军看来,莫言是在以葛浩文为代表的翻译家的帮助下才得以受到诺奖的垂青,也就是说,打动诺奖评委们的并不是莫言作品本身,而是"脱胎换骨"、彻底"美化"的译文。并且,在这样的翻译所导致的"误读"中,中国文学的真正成就甚至中国文化的真正内涵都一并被误读了,这或许是比莫言的作品究竟应不应该获奖更值得深思的问题。在这个意义上,我们似乎可以再追问一句:中国文学、文化"走出去"固然是举国上下的共同目标,但倘若"走出去"的是在某种程度上被误读、误解的文学和文化,那如此的"走出去"到底还值不值得期盼?评论界从来都不缺观点,也不缺各种观点之间的交锋,何况是莫言获奖加葛浩文翻译再加评论家的"酷评"如此吸引眼球的事件。2013 年 4 月 7 日,《收获》杂志执行主编、作家程永新在微博上对李建军针对莫言的评论文章表示了不满与愤慨,认为"李建军对莫言的攻讦已越过文学批评的底线,纯意识形态的思维,'文革'式的刻薄语言,感觉是已经疯掉的批评家要把有才华的作家也一个个逼疯"②。两天后,《文学报》主编陈歆耕在接受《新京报》电话采访时对此给予了回击,他表示,"李建军万余字的文章,程永新仅用 100 多字便将其否定,这种做法简单、草率、缺乏学理依据"③。2013 年 4 月 10 日,评论家杨光祖在博客上发表《关于〈收获〉主编程永新质疑〈文学报〉

① 李建军.直议莫言与诺奖.文学报,2013-01-10(22).
② 程永新.里程微博.(2013-04-07)[2013-04-08].http://weibo.com/u/2201421755.
③ 江楠."新批评"文章不代表《文学报》立场.新京报,2013-04-10(C11).

的一点意见》,直问"中国的作家,中国的文坛,什么时候能够成熟起来呢?能够容忍不同的声音?能够给批评家成长一个宽容的空间?中国的作家能不能既能听取廉价的表扬,也能听取严厉的、逆耳的批评呢?"①看来,莫言的获奖以及随之而来的翻译问题所引起的震动远远超出了文学界或翻译界的单纯范围,已经引发了中国文学、文化"走出去"大背景下整个国内文化界与学术界对相关问题的普遍关注、探讨甚至争论。

　　除了国内评论界,国外汉学界和美国评论界对葛浩文的翻译也有种种观点和认识。德国汉学家顾彬曾经表示,莫言的获奖在很大程度上是因为他遇到了葛浩文这位"杰出的翻译家"②,尽管如此,他对葛浩文的翻译方法却颇有微词,认为他的翻译"在很大程度上是创造了译本畅销书,而不是严肃的文学翻译",因为,"他根本不是从作家原来的意思和意义来考虑,他只考虑到美国和西方的立场"。③对于这样的评价,葛浩文尽管没有正面回应,却始终坚持自己的立场:"为读者翻译"。美国当代著名小说家厄普代克曾经在《纽约客》上以"苦竹:两部中国小说"为题对苏童的《我的帝王生涯》和莫言的《丰乳肥臀》的译本进行了评价,在这篇被认为对于中国文学在美国的影响而言颇为重要的评论文章中,作者提到了葛浩文的翻译并对某些译文提出了批评:"这样的陈词滥调式的英语译文,的确显得苍白无力。"④对此,葛浩文显然是不能接受的,他直言:"厄普代克那个评论非常有问题。也许他评艺术评得好,可他连翻译都要批评,他不懂中文,凭什么批评翻得好不好呢?

①　杨光祖.关于《收获》主编程永新质疑《文学报》的一点意见.(2013-04-10)[2013-04-11].http://blog.sina.com.cn/s/blog_6c5c75d701018exn.html.
②　李建军.直议莫言与诺奖.文学报,2013-01-10(22).
③　李雪涛.顾彬中国现当代文学研究三题.文汇读书周报,2011-11-23(18).
④　厄普代克.苦竹:两部中国小说.季进,林源,译.当代作家评论,2005(4):39.

他说 Duanwen was now licking his wounds 这句英语是什么陈词滥调,也许对他而言,这在英文里是陈词滥调,可是我回去看原文,原文就是'舔吮自己的伤口',还能翻成什么?"[①]

　　以上评论家之间、汉学家之间、评论家与译者之间的种种争论与交锋尽管都直接或间接地涉及葛浩文的翻译方法,但有褒有贬,没有定论,也并非真正意义上对翻译方法的探讨。如果说,学界对此应该如杨光祖所言给予更宽容的空间的话,那么,最近一段时间来自翻译界的对葛浩文翻译方法的某种认识,以及由此产生的对中国文化"走出去"这一背景下的文学译介与文学翻译方法的讨论与呼吁,却不能不引起学界尤其是翻译理论界足够的重视。

　　谢天振教授是国内翻译研究的重要学者之一,长期致力于译介学研究,并从译介学的角度对中国文学、文化如何更好地"走出去"这一有着重要现实意义的问题进行了积极的思考,提出了不少鲜明的观点。由于汉语的非主流语言地位,翻译活动肩负着促进中国文化更好地"走出去"这一可谓艰巨的历史使命,然而,"中国文化'走出去'不是简单的翻译问题",谢天振认为不能简单、表面地看待中国文化"走出去"进程中翻译的作用与影响,并一再提醒学界注意两个现象:"何以我们提供的无疑是更加忠实于原文、更加完整的译本在西方却会遭到冷遇? 何以当今西方国家的翻译家们在翻译中国作品时,多会采取归化的手法,且对原本都会有不同程度的删节?"[②]这两个现象或者"事实"揭示出的无疑是翻译方法和翻译策略的问题,对此可以有两点最直接的理解:一是中国文学作品忠实的、完整的译本在西方的接受不尽如人意;二是归化和删节是西方在译介中国文学时惯常采用的翻译方法。毋庸置疑,无

---

① 季进.我译故我在——葛浩文访谈录.当代作家评论,2009(6):52.
② 张毅;綦亮.从莫言获诺奖看中国文学如何"走出去"——作家、译家和评论家三家谈.当代外语研究,2013(7):55.

论翻译方法还是翻译策略,都向来与翻译观念息息相关,正因为如此,他指出:"今天我们也开始越来越多地关心中译外的问题,越来越多地关心如何通过翻译把中国文化介绍给世界各国人民、让中国文化'走出去'的问题。然而,建立在千百年来以引进、译入外来文化为目的的'译入翻译'基础上的译学理念却很难有效地指导今天的'译出翻译'的行为和实践,这是因为受建立在'译入翻译'基础上的译学理念的影响,翻译者和翻译研究者通常甚少甚至完全不考虑翻译行为以外的种种因素,诸如传播手段、接受环境、译入国的意识形态、诗学观念等等,而只关心语言文字转换层面的'怎么译'的问题。因此,在这样的译学理念指导下的翻译(译出)行为,能不能让中国文化有效地'走出去',显然是要打上一个问号的。"①基于此,他认为,"我们在向外译介中国文学时,就不能操之过急,贪多、贪大、贪全,在现阶段不妨考虑多出节译本、改写本,这样做的效果恐怕更好"②,同时,他多次强调并呼吁,在中国文学向外译介的过程中"要尽快更新翻译观念"③。对于这样的认识,在深入加以分析之前,我们想先提出两点。第一,翻译活动是涉及两种语言的双向交流,在语言、文化、历史、社会以及意识形态等多种因素的作用下,译入翻译和译出翻译必然具有一定的差异性,这应该是翻译活动中的客观事实,也是翻译界的基本共识。第二,随着翻译研究的不断深化,人们对翻译的理解、对翻译复杂性的认识也逐步深入,翻译界可以说已经明确认识到翻译不仅是单纯的语言转换行为,而是受文本内部与外部诸多要素共同制约的复杂活动。

---

① 谢天振. 新时代语境期待中国翻译研究的新突破. 中国翻译,2012(1):14.
② 张毅,綦亮. 从莫言获诺奖看中国文学如何"走出去"——作家、译家和评论家三家谈. 当代外语研究,2013(7):55.
③ 谢天振. 从译介学视角看中国文学如何"走出去". 中国社会科学报,2013-11-04(B02).

在这样的基本事实下，倘若仍然提出"翻译者和翻译研究者通常甚少甚至完全不考虑翻译行为以外的种种因素，诸如传播手段、接受环境、译入国的意识形态、诗学观念等等，而只关心语言文字转换层面的'怎么译'的问题"这样的论断并将此归结为翻译观念的陈旧，是否有失偏颇？是否有悖于国内译学界在三十多年的艰难探索中所取得的研究成果？

莫言获诺奖所产生的巨大影响力使国内媒体对翻译问题产生了浓厚兴趣并给予了空前的关注，而且，这样的关注不仅涉及事件本身，还进一步延伸到译学界对翻译理论问题的探寻。《文汇报》2013年9月11日头版"文汇深呼吸"专栏刊登了"中国文化如何更好地'走出去'"系列报道之七《"抠字眼"的翻译理念该更新了》。文章第一段即开宗明义地提出："做翻译就要'忠实于原文'，这几乎是绝大多数人对于翻译的常识。但沪上翻译界的一些专家却试图告诉人们：常识需要更新了！这种陈旧的翻译理念，已经成了影响中国文学和文化'走出去'的绊脚石。"随即，文章以"很多典籍有了英译本却'走不出去'"为例，并援引谢天振的话指出："翻译的译出行为是有特殊性的。如果译者对接受地市场的读者口味和审美习惯缺乏了解，只是一味地抠字眼，讲求翻译准确，即便做得再苦再累，译作也注定是无人问津。"接着，文章论及莫言的获奖与葛浩文的翻译，认为"莫言摘获诺奖，其作品的外译者功不可没，其中包括莫言作品的英译者、美国汉学家葛浩文。要知道，葛浩文不仅没有逐字逐句翻译，离'忠实原文'的准则也相去甚远。他的翻译'连译带改'，在翻译《天堂蒜薹之歌》时，甚至把原作的结尾改成了相反的结局"。基于这样的认识，文章表示，"莫言热"带给翻译界的启示应该是"好的翻译可'连译带改'"，并强调"一部作品的最终译文不仅取决于原文，还取决于它的'服务对象'，以及译作接受地人们的语言习惯、审美口味、公众心理等非语言层面的因素。或许，只有从根本上认识这一点,卡在中国文化'走出去'途中的障碍才能消失"①。一千余字的文章并不算长,却字字掷地有声,直指翻译标准、翻译方法以及翻译立场、翻译观念等翻译范畴内的根本性问题,并立足中国文化"走出去"的宏大背景对所谓"传统的翻译观念"提出责问,"陈旧的翻译理念""中国文学和文化'走出去'的绊脚石"等字眼屡屡让人触目惊心。当日中国新闻网以"专家:翻译'忠于原著'成文学'走出去'绊脚石"为题转载该文,9 月 16 日《济南日报》以及人民网、新华网、中国经济网等国内主要媒体以"文学翻译'忠于原著'成为'走出去'绊脚石"为题也纷纷对该文进行了转载。

在此,我们首先就文章的内容澄清一点,文章在表明葛浩文采用的是"连译带改"式的非忠实性翻译方法时,以莫言的《天堂蒜薹之歌》的译本为例,称葛浩文"甚至把原作的结尾改成了相反的结局"。《天堂蒜薹之歌》的结尾确实发生了变化,可这一改动背后的事实究竟如何呢? 在一次访谈中,葛浩文对此进行了说明和解释:"莫言的《天堂蒜薹之歌》,那是个充满愤怒的故事,结尾有些不了了之。我把编辑的看法告诉了莫言,十天后,他发给了我一个全新的结尾,我花了两天时间翻译出来,发给编辑,结果皆大欢喜。而且,此后再发行的中文版都改用了这个新的结尾。"②可见,改动原作结尾的是莫言本人,只不过他是在葛浩文的建议下进行修改的,这似乎可以被理解为译者与原作者之间的互动与合作的一次生动例证,甚至是翻译中可遇而不可求的境界,但无论如何也不能算作葛浩文的单方面改动,更不能简单地由此得出译者不忠实于原著这样根本性的结论。

---

① 樊丽萍."抠字眼"的翻译理念该更新了.文汇报,2013-09-11(01).

② 李文静.中国文学英译的合作、协商与文化传播——汉英翻译家葛浩文与林丽君访谈录.中国翻译,2012(1):59.

或许,这只是不经意间的"疏忽",但文章意欲传达的核心观点却昭然若揭:以"忠实"为原则的翻译观念阻碍了中国文化"走出去"的步伐,仿佛只有葛浩文的"连译带改"的翻译方式才是中国文学对外译介能获得成功的唯一模式。

## 四、文学译介的复杂性与不平衡性

在莫言获奖以及莫言作品在西方的译介所引发的对翻译作用与翻译方法、对中国文学与文化如何更好地"走出去"等问题的持续关注与讨论中,在翻译界尤其是翻译理论界,这样一种呼吁更新翻译观念、转换翻译方法的声音不绝于耳,并在媒体的助力下似有形成主流认识之势。翻译界利用这一契机,对翻译方法与翻译观念等根本性问题进行反思,这对翻译研究的深化,进而对促进中国文学、文化更好地"走出去"无疑都是及时和必要的。然而,倘若翻译理论界和媒体在这样的思考中将葛浩文的翻译定性为"连译带改"的翻译,并将这种"不忠实"的翻译方法上升为译介中国文学的唯一正确方法,甚至是唯一正确模式,并据此对以"忠实"为原则的翻译观念提出质疑,这是否同样有简单化、片面化看待问题之嫌?对此,我们认为有必要就文学译介中的翻译方法和翻译观念等问题展开深入思考,对某些观点和认识进一步加以辨析,澄清以下几个方面的问题。

(1)翻译方法与翻译忠实性。"忠实"是翻译研究的根本问题之一,也是翻译活动的基本原则之一,从伦理的角度来看甚至是保证翻译自身存在的内在需要。然而,在莫言获奖与葛浩文的翻译所引发的讨论中,忠实性却一再被用来对所谓的传统翻译理念提出质疑,一时间,翻译"忠实于原文"不仅被视为需要更新的陈旧翻译观念,更被看作"影响中国文学和文化'走出去'的绊脚石"。而葛浩文采用删节和改译等翻译方法在中国文学译介中获得的成功仿佛成为这种观点的有力论据和有效证明,或者,换句话说,葛浩文在译介中国文学作品中的删节和改译等似乎被理解为与忠实性观念和原则相对立的翻译方法。

事实果真如此吗?我们不禁想问一问:"忠实"到底是什么?或者,当人们在谈论翻译的忠实性时,翻译到底应该忠实的是原文的什么?是文字忠实、意义忠实、审美忠实、效果忠实抑或其他?国内翻译界曾经对村上春树的"御用"译者林少华的翻译有过不小的争议,有学者认为林少华用"文语体、书面语体"来翻译村上春树作品的"口语体",林译因而在风格和准确性上都存在问题。然而,有意思的是,一方面,学术界对林译的忠实性提出质疑,另一方面,林少华在报纸、杂志、博客等诸多媒体一再表明他对文学翻译的理解,阐述他所信奉的以"审美忠实"为核心价值的翻译观,并指出,文学翻译的忠实性应体现在译文的"整体审美效果"上,也就是说,"文学翻译最重要的是审美忠实",因为,"无论有多少理由,翻译文学作品都不该译丢了文学性"。①当然,我们无意于在此评价关于村上春树作品汉译的争论,只是这个例子多少可以提醒我们关注这样一个事实,即翻译的忠实并非仅在于语言和文字层面,忠实于原文远远不能被局限于"抠字眼"的范畴,无论在翻译观念中还是在翻译行为中,对于忠实性原则的理解都存在着不同的层面和维度。既然译学界对翻译活动的复杂性已经有了越来越深刻的理解,那么对翻译的"忠实"也应当具有更加理性的认识。正如翻译史一再表明的,文字层面的忠实并不等同于伦理层面的忠实,同样,删节、改译等翻译方法折射出的也并非必然是"忠实"的绝对对立面。

再看另一个问题:如果说葛浩文在翻译中对原文的删节和改

① 林少华.文学翻译的生命在文学——兼答止庵先生.文汇读书周报,2011-03-11(03).

译已经在客观上有悖于人们对"忠实"一词的基本理解,那么,翻译的忠实性原则在他的翻译过程中究竟是否存在?葛浩文在一次访谈中谈起自己的翻译计划时曾说道:"还有家出版社邀我重翻《骆驼祥子》。《骆驼祥子》已经有三个译本了,都不好。最早的译本是抗战时一个日本集中营里的英国人翻的,他认为英美读者看中国的东西要是一个悲剧的话,会接受不了,所以就改了一个喜剧性的结局,完全歪曲了原著。后来北京外文出版社又出一本,可是他们依据的是老舍根据政治需要改过的版本,又是照字面翻译,没了老舍作品的味儿。还有一个译本是一个美国人翻的,夏威夷大学出版社出的,这个译者不知道文学作品的好坏,英文的把握也很有问题。我觉得这实在对不起老舍。"[1]我们知道,伊万·金 1945 年翻译出版的《骆驼祥子》英译本对老舍作品真正走向世界具有重要意义,之后,不仅"以此英译本为基础,转译为法、德、意、瑞士、瑞典、捷克、西班牙等许多语种",而且还"带动了海外的老舍其他作品的翻译与研究活动"。[2]而葛浩文此番意欲重译《骆驼祥子》的原因很明确,并不在于原译本过于陈旧等历史原因,而是要"对得起"老舍,力求忠实地再现老舍作品的精神价值和美学趣味,译本既不能"歪曲了原著",也不能"没了老舍作品的味儿"。这个事实或许至少可以从一个侧面说明,葛浩文在翻译中对忠实性原则不仅没有忽略,而且还有所追求。

如此看来,葛浩文所惯常采用的删节和改译等翻译方法不应被片面地视为一种对翻译忠实性的违背,更不应被借以否定以"忠实"为基本原则的翻译理念。如果说林少华强调的是"审美忠实",那么,在葛浩文那里,"忠实"不在于语言层面,而在于意义层面,正

---

[1]　季进.我译故我在——葛浩文访谈录.当代作家评论,2009(6):50.

[2]　孔令云.《骆驼祥子》英译本校评.新文学史料,2008(2):152.

如他所说,"只要我在翻译词汇、短语或更长的东西上没有犯错,我的责任在于忠实地再现作者的意思,而不一定是他写出来的词句。这两者之间有细微差别,但也许是一个重要的区别"[①]。应该说,从这个意义上来认识葛浩文的翻译方法与翻译忠实性原则之间的关系更为公允。

(2)翻译方法与翻译观念。对于翻译方法与翻译观念之间的关系,译学界普遍认同的观点是:翻译是一种语言层面上"脱胎换骨"的再生过程,因而也是一种具有强烈的主观意识和理性色彩的活动,正是在这个意义上,翻译被认为是一个选择的过程,从"译什么"到"怎么译"的整个翻译过程中译者时时处处面临选择,包括对拟翻译文本的选择、对翻译形式的选择、对文本意义的选择、对文化立场与翻译策略的选择等等。无疑,任何翻译方法的运用也同样不是盲目的,而是自觉的、有意识的,渗透着译者对翻译本质、目标与价值的主观理解与认识。在《选择、适应、影响——译者主体性与翻译批评》一文中,我们曾以林纾、鲁迅和傅雷的翻译为例,详细分析了翻译方法与翻译观念之间的密切关联,无论是林纾的"意译"、鲁迅的"直译",还是傅雷对"以流畅性与可读性为显著特征的译文语体"的运用,三位译者对翻译方法的选择都是以实现其心目中翻译所承载的价值为目标的,也就是说,"正是在翻译救国新民、翻译振兴中华民族、翻译重构文化的不同目标与理想下,林纾、傅雷和鲁迅在各自的翻译中做出了不同的选择"[②]。

葛浩文自然也不例外。那么,在翻译中国文学作品的过程中,葛浩文对翻译行为以及翻译的价值目标具有怎样的理解呢?作为译者的葛浩文虽然并不从事翻译理论研究,却对文学翻译持有鲜

---

① 葛浩文.作者与译者是一种亲密又独立的关系.文学报,2013-10-31(04).

② 刘云虹.选择、适应、影响——译者主体性与翻译批评.外语教学理论与实践,2012(4):52.

明的立场与态度并在不同场合多次有所表述,例如在一次演讲中他表示,"我们的工作目的是尽量取悦于一位不了解目标语国家语言的作家,尽力去忠实他的原作吗? 答案当然是否定的。作者写作不是为自己,也不是为他的译者,而是为了他的读者。而我们也是在为读者翻译"①。又如在一次访谈中他明确指出,"我认为一个做翻译的,责任可大了,要对得起作者,对得起文本,对得起读者,我要多想的话,恐怕早就放弃了,所以我不大去想这些问题。我觉得最重要的是要对得起读者,而不是作者"②。可见,正如我们在上文所提到的,"为读者翻译",这是葛浩文对于文学翻译一贯所持的立场与态度。为读者而翻译,葛浩文所面对的是出版社编辑这个特殊的读者以及"他所代表的英美读者",如何让后者接受并喜爱充满异域情调和陌生氛围的中国文学作品,他必须在翻译策略和翻译方法上有所选择。媒体和学界普遍认为,葛浩文式的"连译带改"翻译策略常常体现在作品的开头部分,究其原因,葛浩文曾在访谈中做出如下解释:"英美读者习惯先看小说的第一页,来决定这个小说是否值得买回家读下去;中国作家偏偏不重视小说的第一句话,而中国的读者对此也十分宽容,很有耐心地读下去。国外的编辑认为小说需要好的开篇来吸引读者的注意。"③在《苦竹:两部中国小说》中,厄普代克曾说,美国读者那颗"又硬又老的心,我不敢保证中国人能够打动它"④。倘若美国读者的心真的如此难以打动,他们又往往没有慢慢探寻和品味的耐心,那着实必须有一下子就能吸引眼球的精彩开头不可。因此,为了吸引读者,

---

① 葛浩文.作者与译者是一种亲密又独立的关系.文学报,2013-10-31(04).
② 季进.我译故我在——葛浩文访谈录.当代作家评论,2009(6):46.
③ 李文静.中国文学英译的合作、协商与文化传播——汉英翻译家葛浩文与林丽君访谈录.中国翻译,2012(1):59.
④ 厄普代克.苦竹:两部中国小说.季进,林源,译.当代作家评论,2005(4):37.

"除了删减之外,编辑最爱提的另一个要求是调整小说的结构",以刘震云的《手机》为例,"编辑认为中国三四十年前的事情是很难吸引美国的读者的,他们想要看的是现在发生的故事",在这样的情况下,葛浩文没有完全忠实地翻译原著的开头,而是"把小说第二章讲述现在故事的一小部分拿出来,放在小说开头"①。通过这个例子可以清楚地看到,在坚持"为读者翻译"的葛浩文那里,翻译的目的是为了接受,是为了更多的不通汉语的英语读者能喜爱中国文学作品,因此,读者的期待与喜好对翻译中是否删改原著以及如何删改就具有了决定性意义。试想,如果每部小说的开头都像哈金的《等待》的开篇第一句"孔林每年夏天都回到乡下去和他的妻子离婚"一样精彩,一样符合美国读者的审美标准的话,葛浩文也无须费力地在翻译中加以处理了。对原著的删改远不是翻译中必然采用的方法,更不是翻译中固定不变的模式,而是翻译观念作用下译者的一次选择。

(3)翻译方法与译者责任。莫言获奖后,创作与翻译、作家与译者之间的关系一直是颇为引人关注的话题,莫言对翻译采取的开放态度被认为不仅给译者很大的发挥空间,也因而对他的获奖发挥了至关重要的作用。莫言对译者毫无保留地信任,但其他作家却不尽然,比如另一位在海外颇具影响力的作家余华认为"在文学翻译作品中做一些内科式的治疗是应该的,打打针、吃吃药,但是我不赞成动外科手术,截掉一条大腿、切掉一个肺,所以最好不要做外科手术"②,而昆德拉对译者的不满几乎是众所周知的,"作品《玩笑》的最初三个英译本让他大为不满,尤其不满译者动辄在

---

① 李文静.中国文学英译的合作、协商与文化传播——汉英翻译家葛浩文与林丽君访谈录.中国翻译,2012(1):59.

② 高方,余华."尊重原著应该是翻译的底线"——作家余华访谈录.中国翻译,2014(3):60.

不同地方换用同义词来表达原文中同一个词的意思的做法。他曾公开对译者表示不满,说'你们这些搞翻译的,别把我们又是糟蹋,又是凌辱的'"①。可见,作家对翻译的态度,可以说因人而异,莫言在多种场合表示了对译者的信任和感谢,这或许因为"他很清楚汉语与英语之间不可能逐字逐句对应的,与其他语言之间也是如此",又或许因为他明白"翻译可以延长一部文学作品的生命,并可以揭示原来文本中所隐藏的东西"②,但恐怕另一个更为重要的原因在于,他遇到了葛浩文这样一个"真心喜欢莫言的所有小说",并如顾彬所言,"采用一种非常巧妙的方式"进行翻译的好译者。

无疑,莫言对葛浩文的态度不是盲目的,他所说的"想怎么弄就怎么弄"完全是出于对葛浩文的了解和信任。而这信任的另一面就是译者的责任问题。翻译是一个充满选择的过程,选择必然具有主观性,也就必然意味着责任。对任何一个有责任心的译者而言,翻译过程中做出的每一个选择都不是随意的、盲目的,而是有清醒意识和明确目标的,力求通过解决翻译中遭遇的各种矛盾而实现翻译的价值。在这个意义上,具体到葛浩文的翻译方法,他对原文的删节、改译甚至整体编译无一不是其主观性和主体意志的体现,每部文学作品都具有各自的特色,删不删、改不改以及如何删、怎么改,都需要译者根据文本内外的不同情况做出判断,进行选择。况且,译者对于翻译过程中的每一次选择都必须谨慎行事,一方面各种选择之间存在互为因果、互相影响的密切关系,另一方面各种选择都是语言、历史、文化、社会、政治等文本内部与外部诸多因素共同作用的结果。因此,如果说翻译活动中有很多不可为而为之的艰难,完全忠实于原著不易,那么,删节、改译等体现

---

① 王丹阳.想当莫言,先得"巴结"翻译?.广州日报,2012-11-02(AII10).
② 葛浩文.作者与译者是一种亲密又独立的关系.文学报,2013-10-31(4).

主观性和创造性的行为也同样不易,正如葛浩文所言,"既要创造又要忠实——甚至两者之间免不了的折中——那股费琢磨劲儿"①完全是一种挑战。而这艰难与挑战的背后所折射出的正是译者作为翻译主体的责任意识。莫言曾这样描述他与葛浩文的合作:"我与葛浩文教授1988年便开始了合作,他写给我的信大概有一百多封,他打给我的电话更是无法统计,……教授经常为了一个字、为了我在小说中写到的他不熟悉的一件东西,而反复磋商,……由此可见,葛浩文教授不但是一个才华横溢的翻译家,而且还是一个作风严谨的翻译家……"②毋庸置疑,这一百多封信和无法统计次数的电话所体现的正是译者对原作、对原作者、对翻译活动所承担的一份责任。

对作家和译者之间关系的理解可以说见仁见智,或像毕飞宇一再表示认同的那样,"一个好作家遇上一个好翻译,几乎就是一场艳遇",或像余华认为的那样,"像是拳击比赛,译文给原文一拳,原文还译文一拳,你来我往,有时候原文赢了,有时候译文赢了,十个回合以后打了一个平手,然后伟大的译文出现了"③。然而从伦理角度来看,译者与原文之间首先具有一种责任关系,"翻译可以成全一个作家也可以毁掉一个作家",这种颇为极端却又富有深意的说法或许是对译者责任的最好诠释。甚至,我们有理由认为,比起亦步亦趋地按照原文直译,当葛浩文采用删节和改译等翻译方法时,他对作者和读者所承担的责任都更为重大,因为无论原作者还是读者,对于从原文到译文究竟发生了什么样的变化基本上是无从知晓的。想必正是在这个意义上,葛浩文坦言,"作者与译者

---

①  王丹阳.想当莫言,先得"巴结"翻译?.广州日报,2012-11-02(AII10).

②  文军,王小川,赖甜.葛浩文翻译观探究.外语教学,2007(6):78-79.

③  高方,余华."尊重原著应该是翻译的底线"——作家余华访谈录.中国翻译,2014(3):60.

之间的关系可能是不安、互惠互利且脆弱的"①。

　　无论是删节还是改译,葛浩文的翻译方法不仅具有强烈的主观色彩,更必然对原作、原作者和读者负有更大的责任,如何能将这样一种"不安而脆弱"的关系理解为文学译介中的唯一方法和固定模式呢?

　　(4)翻译方法与文化接受的不平衡性。翻译就其根本目的而言是为了促进不同文化之间的交流,而交流必然依赖并取决于对来自异域的他者的接受。因此,在文学译介,尤其是在两种存在显著差异的语言和文化之间进行文学译介时,读者的接受是翻译过程中译者必须考虑的首要问题。葛浩文之所以坚持"为读者翻译"的理念,无疑正是出于对翻译接受的重要性的认识。然而,翻译的接受远不是简单的语言问题,目标语国家的文化语境、读者的接受心态以及源语与译语文化之间的关系等都是在其中产生重要影响的因素。

　　目前国内对于外国文学作品的翻译以忠实于原著为原则,出版的一般都是全译本,改译、节译或编译等处理是不被接受甚至不能容忍的,这是因为,中国对外国文学,尤其是西方文学的接受已经有了相当长的历史,无论文化接受语境还是读者接受心态都达到了较高的水平,忠于原著的翻译不仅在读者接受层面不会产生障碍,更成为社会对于翻译活动的一种要求。反观中国文学在西方国家的译介,可以说还处在刚刚起步的阶段,媒体有过这样的统计:"目前作品被译介的中国当代作家有 150 多位,只占中国作家协会会员的 1.3%。中国每年出版的引进版外国当代文学作品数量却十分巨大。在美国的文学市场上,翻译作品所占比例大概只

---

① 　葛浩文.作者与译者是一种亲密又独立的关系.文学报,2013-10-31(4).

有 3％左右,而在 3％的份额中,中国当代小说更是微乎其微。"①
可见,中译外与外译中之间的不平衡极为明显,中国文学输出与西
方文学输入之间存在着巨大的逆差。这一事实导致的必然结果就
是中国与西方国家在文化接受语境和读者接受心态两方面的显著
差距。而由于这样的差异和不平衡性,为了最大限度地吸引西方
读者的兴趣从而推进中国文学在西方的接受,译者在翻译中就必
然以读者为依归,对原著进行适当调整,使之在更大程度上契合读
者的阅读习惯与期待视野。就葛浩文的翻译而言,他在翻译中国
文学作品时采用的翻译策略与方法,也正是以西方读者的接受为
出发点,以便在西方目前的文化接受语境下更有力地推荐莫言等
优秀作家的作品。

　　实际上,在中国文学翻译史上也不乏类似的例子,最有代表性
的就是林纾对西方文学作品的翻译。在今天的翻译研究视野下,
林纾的翻译往往由于他在翻译中采取的"意译"的翻译方法以及由
此产生的对原著的种种背叛与不忠实而备受责难,然而,在当时特
定的历史与文化背景下,"林译小说"却将翻译在文化交流中具有
的"媒"和"诱"的作用发挥得淋漓尽致,进而在中国近代文学史上
做出了卓越的贡献。究其原因,文化接受语境无疑是其中极为重
要的一点,我们知道,在林纾所处的晚清时代,文学界和评论界对
外国小说怀有一种"根深蒂固的偏见",普遍认为"吾国小说之价
值,真过于西洋万万也"②。出于这样一种对西方文化的态度与对
本土文化价值的立场,为了加强翻译小说的可读性从而激发读者
的阅读兴趣,虽然林纾极力提倡借助外国小说来实现改良社会、救
国新民的目标,但翻译中重要的只是保留原作的内容,完成译介小

---

① 刘莎莎.莫言获奖折射我国文学翻译暗淡现状.济南日报,2012-10-24(A15).
② 王宏志.重释"信、达、雅"——20 世纪中国翻译研究.北京:清华大学出版社,
　　2007:172.

说"知风俗、鉴得失"的使命,任何被认为符合这一需要的删改都不是问题。同样,我们也看到,正如任何翻译活动都必然具有历史性一样,林纾的翻译以及他采用的达旨、译述的翻译方法也是特定历史文化语境下的阶段性产物,并随着历史文化语境的改变最终退出了历史舞台。以史为鉴,我们可以试想,目前国内对葛浩文的翻译方法的推崇正是中国和西方对于异域文化接受程度的差异的反映,也正是中国和西方在文学译介上的不平衡性的体现,那么,随着差异的缩小以及不平衡现状的改变,葛浩文式的翻译方法是否也如同林纾的翻译那样,终将在新的历史时期中成为中国文学译介史上的曾经?

在中西方文化接受语境存在明显差异的情况下,除了读者的接受之外,另外有一点不得不提的就是商业利益问题。在市场和商业利益的作用下,正如葛浩文所言,"译者交付译稿之后,编辑最关心的是怎么让作品变得更好。他们最喜欢做的就是删和改"。如此情形下,作为译者的葛浩文常常要一再坚持和"斗争",为的就是"不能让编辑这样随意改动"并"尽量保留更多的原文"①。诚然,倾向于市场化的译本最终对文学译介本身无益,可遗憾的是,经济利益至上的商业性出版社恐怕难以为了文学的前途而无私奉献。这种与出版者在斗争与妥协之间的博弈远非个案,其他的译者也同样经历,王安忆的《长恨歌》出版前,出版社主张将书名改为《上海小姐》,理由是"有这样一个书名做噱头好卖",但译者白睿文一再坚持忠实于原名的翻译,最终《长恨歌》的英文版辗转到美国非营利性的哥伦比亚大学出版社才得以出版。②无论葛浩文还是白

---

① 李文静.中国文学英译的合作、协商与文化传播——汉英翻译家葛浩文与林丽君访谈录.中国翻译,2012(1):59.
② 姜智芹.中国当代文学海外传播研究的方法及存在的问题.青海社会科学,2013(3):149.

睿文,译者的无奈和坚持都显而易见,对原文的某种删节和改译恐怕,如林丽君所言,真的是译者"完全不能控制的事情"[1],是无论如何也不能将之与翻译方法本身的唯一性或正确性相提并论的。

以上几个方面的问题都从不同层面揭示出文学译介活动的复杂性与丰富内涵,而在中国与西方国家在语言、文化、社会、意识形态等方面都客观存在着巨大差异的背景下,中国文学译介过程中尤其凸显出无法避免的阶段性和不平衡性等特征,而葛浩文——其他译者也同样——对翻译策略与方法的选择与运用是特定历史时期中主客观多重因素共同作用的结果,具有显著的历史感和时代氛围,也强烈体现着译者的主体意识。在这个意义上,如果将葛浩文的翻译方法绝对化、唯一化和模式化,甚至据此而质疑以忠实为原则的翻译观念恐怕是有失偏颇的,也无益于在中国文化、文学"走出去"的深层次意义上来讨论翻译的作用和价值等根本问题。

## 五、结　语

葛浩文对莫言作品的译介无疑是出色的,在一定程度上帮助莫言获得了重要的国际声誉,也使中国文学在其世界化进程中迈出了关键的一步。这是不争的事实,然而,我们是不是应该思考这样一个问题:中国当代作家逐渐被译介到国外,包括莫言、余华、毕飞宇、苏童、刘震云等在内的一批作家都非常优秀,而葛浩文本人也已经翻译了中国二十多位作家的作品,为何获得诺贝尔奖的是莫言? 可见,一方面,虽然好的翻译是中国文学得到国际认可的必要条件,但并不是仅凭好的翻译就能获奖,莫言作品本身的精神价

---

① 李文静. 中国文学英译的合作、协商与文化传播——汉英翻译家葛浩文与林丽君访谈录. 中国翻译,2012(1):59.

值、艺术魅力与东方文化特质等才是其获奖的关键因素。另一方面,作为译者的葛浩文的成功在很大程度上得益于他的眼光和选择,因为他选择了莫言这样一位足以引起西方读者兴趣的作家。因此,删节和改译等翻译方法可以说在一定程度上促使莫言获得诺贝尔奖,也使得葛浩文的翻译收获了极大的赞誉,但对两人的成功而言都并非决定性因素。

可以肯定,随着莫言的获奖,莫言的国际知名度已经达到了新的高度,中国文学在世界范围内的影响力不断增加,西方国家对中国文学、文化的接受程度也将随之提高,那时,无论西方读者还是中国作家,都会逐渐不满足于目前的翻译处理方法,会对翻译的忠实性和完整性提出更高的要求,毕竟原汁原味的译本才能最大限度地再现文学的魅力。正如莫言所说,"世界需要通过文学观察中国,中国也需要通过文学来展示自己的真实形象"①。这是双方的需要,也是历史发展的必然。

文学作品的译介和传播确实是个非常复杂的问题,涉及主客观层面的多种因素,如果说用"外译中"的眼光来看待"中译外"是把问题简单化了,那么,将目前获得成功和认可的翻译方法视为中国文学对外译介中唯一正确的方法、唯一可行的模式,这同样是一种片面的认识。针对部分学者和媒体对葛浩文式翻译方法的推崇、对所谓传统翻译观念的质疑,翻译理论界应当以翻译活动的本质与目标为出发点,对相关问题进行深入的反思,对某些认识予以澄清和引导。

(刘云虹,南京大学外国语学院教授;许钧,浙江大学外国语言文化与国际交流学院教授;原载于《外国语》2014 年第 3 期)

---

① 刘莎莎.莫言获奖折射我国文学翻译暗淡现状.济南日报,2012-10-24(A15).

# 中国文学对外译介与翻译历史观

## 刘云虹

翻译旨在打破文化隔阂,促进不同文化之间相互了解与融合,是涉及自我与他者的一种双向交流活动,因此,在文化、社会、历史以及意识形态等多重因素的作用下,译入翻译和译出翻译必然在共性的基础上存在一定甚至显著的差异性。以往,无论是实践层面还是研究层面,翻译界主要把目光投向"外译中",对翻译的探讨也往往基于对我国翻译史上的三次翻译高潮的考察与反思,相比之下,对"中译外"的关注、实践和思考都存在某种程度的忽视。随着中国文化"走出去"成为当前我国文化建设的重要战略,被视为最好的文化传播与推广方式之一的文学对外译介受到各方的热切期待与普遍关注。翻译路径、形式和目标在新的历史语境下发生的根本变化促使译学界对于涉及中国文学译介和传播的一系列问题展开探讨与思考,而中国文学,尤其是中国当代文学整体"出海"不畅的事实更引发了文化界、文学界、译学界和媒体对翻译方法、译介模式和翻译接受等翻译根本性问题的种种疑问、质疑甚至争议。鉴于此,如何从翻译活动的本质出发,从文化平等交流这一根本目标出发,积极有效地推动中国文学"走出去",这需要译学界在翻译历史观的观照下,从历史和发展的角度对当前文学对外译介中存在的诸多问题与困惑加以理性的探讨。

## 一、中国文学对外译介的问题与困惑

我们知道,在大力实施中国文化"走出去"战略的进程中,无论政府部门还是关心文化建设的各界人士,对中国文学的对外译介与传播都寄予很高的期望,也付出了相当大的努力。就政府层面而言,我国政府对文学的对外译介一直积极推进并大力扶持,20世纪八九十年代起通过"熊猫丛书""大中华文库"等国家重大出版工程向世界系统推介中华文化经典,近些年来更有"中国图书对外推广计划""中国当代文学百部精品译介工程""中国文学海外传播工程""中国当代少数民族文学对外翻译工程"等诸多文学对外译介扶持项目,重视程度不可谓不高,支持力度也不可谓不大。然而,尽管随着莫言摘得诺贝尔文学奖、阎连科获卡夫卡文学奖以及麦家的《解密》、姜戎的《狼图腾》等作品在海外热销,中国文学在国际舞台的认知度和影响力有了一定提高,中国文学海外传播处境堪忧却依然是不争的事实。

由于期待与现实之间的巨大落差,中国文学"走出去"不仅受到了翻译界、文化界乃至整个学界的共同关注,也引发了各界的普遍焦虑。作为文学和文化传播不可或缺的重要途径,翻译在种种关注与焦虑之下面临诸多的问题与困惑。

第一,究竟应该翻译什么? 无论就"译入"翻译还是"译出"翻译而言,相对于"如何翻译",更为首要的问题是"翻译什么"。"择当译之本"不仅关系到翻译成果在异域文化的影响力和生命力,更决定着中国文学、文化"走出去"的内涵与实质。也就是说,代表中国文学、文化"走出去"的究竟应该是什么样的作品、什么样的文学? 从翻译史的角度来看,各国在文学译介与传播的进程中都首先将本民族最优秀的、最具代表性的经典作品介绍出去,我国在文化"走出去"战略的实施中首先依托的也是"大中华文库"这样向世界系统推介中国文化典籍的重大出版工程。但目前各界对这一问题的看法却颇有争议,既有文化工作者从新媒体时代"如何定义'什么值得翻译'"的角度提出质疑——"传统对外译介的扶持目标,常常集中于成套的经典、长篇小说、大部头的作品,仿佛把中国文化变成世界级经典'送出去、供起来'就是文化译介的最佳出路"①,也有汉学家以瑞典通俗作家史迪格·拉森(Stieg Larsson)的"千禧三部曲"(Millennium Trilogy)成功"走出去"为例,对严肃文学在文学译介中的地位发出责问——"严肃文学是否为一个国家唯一应该向外传播的类型? 是不是只有某一种类型的小说能够'走出去'?"②到底是被认为面向"小众",似有曲高和寡之嫌的严肃文学、经典文学,还是因更"好看"而受众面更广的通俗文学更应该"走出去",这俨然成为中国文学对外译介中一个两难的选择。

第二,究竟应该如何翻译? 自从莫言的获奖与葛浩文的翻译在学界引发广泛的关注以来,翻译方法成为当下中国文学对外译介中各方热议和争论的焦点话题。部分学者和媒体推崇删节、改译甚至"整体编译"的翻译方法,将这种"不忠实"的翻译方法视为译介中国文学唯一可行的翻译策略,明确提出"在现阶段不妨考虑多出节译本、改写本"③,进而据此对以忠实性为原则的翻译观念提出质疑,甚至将之视为"影响中国文学和文化'走出去'的绊脚石"④。但同时,文学界和评论界对此却多有不同的声音,文学评论家李建军不仅指出"葛浩文式的'偷天换日'的'改写',实在太不

---

① 蒋好书.新媒体时代,什么值得翻译.人民日报,2014-07-29(14).
② 葛浩文.中国文学如何"走出去".文学报,2014-07-03(20).
③ 张毅,綦亮.从莫言获诺奖看中国文学如何"走出去"——作家、译家和评论家三家谈.当代外语研究,2013(7):55.
④ 樊丽萍."抠字眼"的翻译理念该更新了.文汇报,2013-09-11(01).

严肃,太不诚实,简直近乎对外国读者的欺骗"①,甚至对中国文学对外译介中的翻译问题深表忧虑,认为包括诺奖评委们在内的国外读者阅读到的实际上是"经过翻译家'改头换面'的'象征性文本'"②,而不是真正的中国文学和中国文化。作家高尔泰则因无法接受葛浩文对其作品的删改,最终"不识抬举"地坚决拒绝了葛浩文的译本,在他看来,葛浩文对原著的处理中,"所谓调整,实际上改变了书的性质。所谓删节,实际上等于阉割"③。对于葛浩文式"连译带改"的翻译,高尔泰直言,受到文化的过滤,"被伤害的不仅是文字,还有人的尊严与自由"④。可见,如何选择恰当的翻译方法,到底是忠实于原著还是连译带改,这是目前中国文学对外译介中一个重要的现实问题,围绕这一问题存在着诸多疑问和争议,亟待各界的探讨、澄清与回答。

第三,究竟如何才算"走出去"? 毋庸置疑,在当前中国文化"走出去"背景下的文学对外译介中,对"当译之本"的选择和对翻译方法的选择仍然是翻译界首先必须面对的。翻译不会发生在真空当中,同样,选择也必然意味着立场与态度,也就是说,"翻译什么"与"如何翻译"在很大程度上取决于主体对翻译价值目标的认识和理解。因此,在很大程度上可以说,这样的双重之问实际上指涉着另一个问题,即中国文学究竟如何才算"走出去"? 尽管目前恐怕还没有一个统一的标准来界定和判断是否"走出去",但走不出去的事实却似乎比比皆是,正如有学者所举例的,"无论是长达半个世纪的英、法文版《中国文学》杂志,还是杨宪益主持的'熊猫丛书'以及目前仍然在热闹地进行着的'大中华文库'的编辑、翻

---

① 李建军.为顾彬先生辩诬.文学报,2014-02-13(08).
② 李建军.直议莫言与诺奖.文学报,2013-01-10(22).
③ 高尔泰.草色连云.北京:中信出版社,2014:92-93.
④ 高尔泰.草色连云.北京:中信出版社,2014:89-90.

译、出版，……这些'合格'的译文除了极小部分外，却并没有促成我们的中国文学、文化切实有效地'走出去'"①。如此，即便有优秀翻译家的准确翻译，即便是着力推介中国文化典籍的国家出版工程，中国文学"走出去"的境遇和效果依然远远不容乐观，《中国文学》"国外读者越来越少，最终于 2000 年停刊"，"熊猫丛书""最后也难以为继，而于 2000 年黯然收场"，"大中华文库"这套丛书"除个别几个选题被国外相关出版机构看中购买走版权外，其余绝大多数已经出版的选题都局限在国内的发行圈内"②。不难看出，这些观点意欲表明的是，中国文学的"走出去"与否就根本而言取决于读者的接受，只有得到了读者的广泛接受，这样的译介才是成功而有意义的。读者接受对于文学译介的意义自然是不言而喻的，但同样有学者明确指出，"评价一部书或一套书，尤其是评价像'大中华文库'这样的具有战略意义的出版物，仅仅以当下的市场销售与读者接受情况来衡量便得出否定性的结论，是值得商榷的"③。同样值得商榷的还在于，仅出于对当下读者接受效应的考虑便对严肃文学和经典文学的译介提出质疑，对以忠实性为原则的翻译方法和翻译观念多有诟病，并由此对中国政府主导下的主动译出模式持怀疑甚至否定的态度。究竟如何评定中国文学"走出去"的效果，如何看待文学译介中的读者接受以及更深层次的文学"走出去"的目标与意义等问题，这需要学界尤其是翻译界进行全面的审视。

---

① 谢天振.中国文学"走出去"：问题与实质.中国比较文学,2014(1):5.
② 谢天振.中国文学"走出去"：问题与实质.中国比较文学,2014(1):2.
③ 许多,许钧.中华文化典籍的对外译介与传播——关于"大中华文库"的评价与思考.外语教学理论与实践,2015(3):13.

## 二、功利主义的翻译与文学译介的阶段性

随着国际上文化交流的日益频繁,翻译活动越来越呈现出丰富性和复杂性。翻译观念、翻译选择和翻译接受的问题一直是文学译介与传播中的根本性问题,而在中国文化"走出去"的时代语境中,这些问题更引发了一系列困惑与争议,甚至评论界有观点认为,阅读经过翻译产生的"象征性文本",导致的结果只能是对中国文学与中国文化的误读。另有学者直言,"当代中国文化界普遍被一种'被翻译焦虑'裹挟",并且,在他们看来,正是这种焦虑的存在,"使得葛浩文关于'翻译可以只考虑海外受众而不必重视原文'的论调成为翻译界的主流"①。无论是翻译的困惑,还是"被翻译焦虑",在很大程度上都与文学译介中的观念和心态有关。从以上涉及翻译什么、如何翻译以及中国文学究竟如何才算"走出去"的诸多问题中,我们不难发现,在"走出去"的热切期待与迫切愿望下,翻译界和文化界对于中国文学的对外译介与传播或多或少地表现出一种急功近利、急于求成的心态。概括来看,这种心态往往表现在以下三个方面。

(1)希望中国文学一经翻译便马上被接受。中国本土作家的作品终于得到诺奖的肯定,以莫言为代表的一批中国当代作家在海外逐渐受到更为广泛的关注,这无疑在一定程度上提高了中国文学的国际影响力,文学界乃至整个文化界都为之欢欣鼓舞。然而,当悠久的"外译中"历史让我们今天对外国文学作品普遍充满热情时,我们能否一厢情愿或理所当然地认为中国文学作品在国外的境遇也同样美好? 有媒体指出,"当代文学难掀海外图书市场

---

① 邵岭. 当代小说,亟待摆脱"被翻译焦虑". 文汇报,2014-07-14(01).

波澜,少数作品走红未能形成规模效应"①,这可以说就是目前中国文学作品对外译介与传播现状的写照。面对如此的现实,在所谓的"后诺奖时代",各界对中国文学"走出去"的期待和热情中已经越来越多地呈现出某种"强势认同焦虑",以及随之而来的对创作的焦虑、对翻译的焦虑、对出版与传播的焦虑等。于是,有人提出,中国作家应该按照"国际公认的文学标准"也就是西方小说的标准来写作,也有人质疑,"译者被急于得到翻译的中国文坛'宠坏'",甚至"'被翻译焦虑'裹挟之下的当代文学创作,没有产生很多给人留下深刻印象的作品"。②

实际上,文学翻译与文化传播是一种双向交流,而中西方在文化交流上存在显著的"时间差",西方国家不仅对中国文化十分陌生,"更缺乏相当数量的能够轻松阅读和理解译自中国的文学作品与学术著述的读者"③。同样,翻译活动的基本事实在于,翻译涉及的不仅是语言和文本,还要受到历史、社会、文化语境中多重因素的影响与制约,基于不同的时代背景、接受环境、集体规范、意识形态、读者期待等,各国对异域文学和文化的认可程度和接受情况也必然存在差异。或许,正如麦家所预言的,"今天我们是怎么迷恋他们,明天他们就会怎么迷恋我们"④。无论如何,中国文学在异域的接受前景值得期待,但从今天的遥远、陌生到明天的青睐甚至迷恋需要时间和等待,译介与传播活动的基本事实、客观规律以及中国文学在世界文学中的边缘地位都告诉我们,一蹴而就的接受并不现实。

---

① 肖家鑫,巩育华,李昌禹."麦家热"能否复制.人民日报,2014-07-29(12).
② 邵岭.当代小说,亟待摆脱"被翻译焦虑".文汇报,2014-07-14(01).
③ 谢天振.中国文化"走出去"不是简单的翻译问题.社会科学报,2013-12-05(6).
④ 张稚丹.麦家谈《解密》畅销海外:我曾被冷落十多年.人民日报海外版,2014-05-23(11).

(2)仅以当下的读者接受为考量。"没有读者的翻译是无效的交流"①,这是学界对于中国文学对外译介的一个普遍观点。诚然,对任何一部作品而言,如果没有读者的广泛接受,就不可能形成有效的传播,其译介和出版的价值也无从体现。但同时,我们也应该看到,文学译介与传播的途径多种多样,对文学译介与传播效果的考察也包含不同的层次和内容,除了读者的青睐和市场销量,国外获奖情况、图书馆馆藏量、海外汉学研究等同样是不容忽视的方面。况且,仅就读者而言,也有专业读者和普通读者之分,阅读目的和价值取向各不相同,而普通读者也是一个相当庞杂的群体,因审美情趣、文化素养和阅读期待的不同而可能存在显著的个体差异,难以一概而论。如果说作为美国译者,葛浩文可以旗帜鲜明地坚持"为读者翻译",也可以在很大程度上"只考虑美国和西方的立场"②,甚至"所考虑的没有离开西方'市场'二字"③,然而,从增强国家文化软实力和中华文化国际影响力的战略高度来看,倘若仅仅以当下的读者接受为考量,并据此在翻译活动面临的种种选择中进行取舍,对经典文学在文学译介中的地位、对政府主导的传播模式、对翻译求"真"的本质追求提出质疑,甚至让市场销量和畅销书排行榜成为衡量、评价中国文学是否"走出去"的唯一标准,这显然值得商榷。不同文化的相遇必然经历碰撞和冲突的过程,才能逐渐走向理解、认同与融合,更何况是中西这样两种迥然相异的文化,无论其间的过程多么漫长,一味地迎合与被动适应可能并非明智的选择。

(3)为"走出去"而"走出去"。我们看到,在各界关于"中译外"翻译方法的讨论和争议中,翻译在某种程度上被与诸如"象征性文

---

① 高琪. 季进:中国当代文学如何走向世界. 苏州日报,2014-04-04(B02).

② 李雪涛. 顾彬中国现当代文学研究三题. 文汇读书周报,2011-11-23(18).

③ 姜玉琴,乔国强. 中国文学"走出去"的多种困惑. 文学报,2014-09-11(19).

本""影子""包装""欺骗"等颇具负面色彩的用语关联在一起,与对中国文学、文化的误读和曲解联系在一起。试想,如果关心的只是中国文学是否"走出去",而不问"走出去"的究竟是什么,如果关心的只是中国文学是否被接受,却不问被接受的是不是真正的中国文学与文化,那么,这样的"走出去"到底还值不值得期待? 中国文学的对外译介承载着中国文化对外传播与交流的战略意义,而"思想文化的传播恰恰是当前中国对外文化传播中最薄弱的环节"①。联合国教科文组织 2012 年的一份调查显示,"1995 年以后,中国与美国、日本、英国和法国,分列于世界文化贸易的前五位。中国出口的文化商品 50% 以上是游戏、文教娱乐和体育设备器材,是'世界文化硬件出口第二大国'。但在'文化软件'的出口上,远远落后于五强的平均水准"②。正因为如此,虽然中国戏曲、中国功夫等传统文化在国外颇受青睐,但中国文化经典在西方遭到误读甚至歪曲的例子却屡见不鲜。因此,无论对译介内容的选择,还是对翻译方法的运用,都应基于把中国文化中最本质、最精华的部分介绍给世界这个根本目标。为了更好看、更易于接受的目的而对原著进行文化过滤,淡化甚至抹平中国文学在语言文化上的异质性,或者为了适应市场的需求而使严肃文学和经典文学让位于通俗文学,这样的翻译即使"走出去",也无法促进多元文化之间的深层次交流,也就难以承担起中国文化"走出去"的历史使命。

针对目前中国文学、文化"走出去"背景下涉及翻译的种种问题与困惑,如何警惕翻译观念与翻译行为的功利主义倾向,真正以平等的双向文化交流为目标,这是译学界和文化界应充分予以重视并深入加以思考的关键所在。我们知道,翻译远不是单纯的语

---

① 王彦."文化逆差"致中国经典频遭误读.文汇报,2014-12-03(01).
② 王彦."文化逆差"致中国经典频遭误读.文汇报,2014-12-03(01).

言转换行为,翻译活动涉及语言、文化、社会、意识形态等文本内外、翻译内外的诸多要素,而这些密切关联、相互影响的要素无一例外都是特定时代的产物,具有鲜明的时代特征。当梅肖尼克提出"翻译的概念是一个历史概念"时,他意欲强调的正是"时代可能性"对于翻译活动的制约。[①]同时,正如梅肖尼克所言,"每一种语言文化都有其自身的历史性,不可能与其他语言文化具有完全对应的同时代性"[②],因此,作为"一种文化建构",翻译在两种语言文化相互碰撞、交融的过程中必然呈现出深刻的历史性,是一种处于不断发展之中的、具有阶段性特征的活动。正是在这个意义上,歌德提出翻译的三个阶段以及与之相对应的三种翻译方法:第一阶段,为了帮助读者理解外来事物,译者力图让外国作品中的异域色彩自然融化在译语中;第二阶段,译者按照译语文化规范进行改编性翻译,不仅注重语言层面的归化,更力求思想、内容、观念层面的归化;第三阶段,译者通过逐句直译,追求译作与原作完全一致、真正取代原作。[③]贝尔曼也有类似观点,在他看来,从一种语言文化到另一种语言文化的"文学移植"有其不同的阶段和形式:异域文学作品首先有一个被发现、被本土读者关注的过程,此时它还没有被翻译,但文学移植已经开始;接着,如果它与本土文学规范之间的冲突过于激烈,它很可能以"改写"的形式出现;随后,便会产生一种引导性的介绍,主要用于介绍对这部作品所进行的研究;然后,就是以文学本身为目的、通常不太完善的部分翻译;最终必定

---

① Meschonnic, H. *Pour la poétique II : Epistémologie de l'écriture , poétique de la traduction*. Paris : Gallimard, 1973 : 321.

② Meschonnic, H. *Pour la poétique II : Epistémologie de l'écriture , poétique de la traduction*. Paris : Gallimard, 1973 : 310.

③ 谭载喜. 西方翻译简史(增订版). 北京:商务印书馆,2004:105-106.

出现多种重译,并迎来真正的、经典的翻译。①

可见,对异域文化的接受是一个具有历史性和阶段性的过程,翻译的形式、方法与目标等也不可能是单一绝对或静止不变的。这是文学译介与文化传播中应得到充分关注的基本事实。就当前中国文学、文化"走出去"的特定语境而言,这一基本事实提醒我们至少应在以下两个层面明确认识并展开思考:一是汉语在全球范围内仍然是非主流语言,中国文学在世界文学中仍然处于边缘地位,中华文化在整个世界文化格局中"仍然处于弱势地位",中国文学的对外译介、传播与接受必然遭遇困难和波折,远非一劳永逸可以完成和实现的;二是无论哪个时代、何种语境下的"现阶段"都是随着历史发展过程中不同语言文化之间相互关系的变化而不断变化的,任何阶段性的翻译观念和方法不应遮蔽中国文学、文化"走出去"的本质目标与根本追求。

## 三、翻译历史观观照下的中国文学对外译介

翻译具有历史性,认识和理解翻译也应树立明确的历史观和历史价值观。对此,许钧曾有深入的思考,提出树立翻译的历史价值观在于两个方面的内容:首先,要充分认识翻译对于人类历史的发展所做的实际贡献;其次,要从历史的角度来看翻译的可能性。②从翻译历史观出发,针对目前中国文学对外译介的现状及其中凸显的某种功利主义倾向,一方面要对中国文化"走出去"进程中的"现阶段"有清醒的意识,用更具有现实意义的目光来看待并应对中国文学对外译介中的困惑与问题,另一方面应以辩证的目

① Berman, A. *Pour une critique des traductions: John Donne*. Paris: Gallimard, 1995: 56-57.
② 许钧. 翻译论(修订本). 南京:译林出版社,2014:273.

光更加理性地看待文学译介和传播中的阶段性方法、模式与翻译的根本价值、目标之间的关系,充分认识到,面向一种双向的、平等的因而也才能是真正的文化交流,一个开放而多元的翻译空间仍亟待有效地建立。在这个意义上,历史性、发展性和开放性应是我们在推进中国文学对外译介过程中必须坚持的立场与态度。

## (一)历史性

翻译是两种文化之间的交流与互动,但从翻译史的角度来看,目前中国文化的输出与异域文化的输入之间存在明显的不平衡。中国对外国文学尤其是西方文学的接受已经有了相当长的历史,相反,中国文学在西方国家的译介,无论在时间上、数量上还是效果上都相差甚远。据媒体统计:"目前作品被译介的中国当代作家有 150 多位,只占中国作家协会会员的 1.3%。中国每年出版的引进版外国当代文学作品数量却十分巨大。在美国的文学市场上,翻译作品所占比例大概只有 3%左右,而在 3%的份额中,中国当代小说更是微乎其微。"[①]长期存在的出版物版权贸易逆差虽然近年来已逐步缩小,但"相对于庞大的全球图书市场,我国出版业的海外市场容量还极为有限"[②]。蓝诗玲对中国文学在海外出版窘迫和受关注度微乎其微的现状曾有多次描述:"2009 年,全美国只出版了 8 本中国小说"[③]、"你若到剑桥这个大学城浏览其最好的学术书店,就会发现中国文学古今(跨度 2000 年)所有书籍也不过占据了书架的一层而已,其长度不足一米"[④]。这些数据多次被

① 刘莎莎.莫言获奖折射我国文学翻译暗淡现状.济南日报,2012-10-24(A15).
② 王化冰.从 1∶7.2 到 1∶2.9,近十年来我国版权贸易逆差正在逐渐缩小——出版业输出引进这十年.人民日报,2011-09-06(20).
③ 白烨.麦家"走出去"的解密.人民日报,2014-07-01(24).
④ 蓝诗玲.让中国感受到排除和边缘化的全球文化究竟是什么.(2010-08-14)[2014-02-03].http://book.sina.com.cn/news/c/2010-08-14/1201271809.shtml.

媒体和学界引用,也确实很能说明问题。"现代中国文学取得主流认可的步伐依旧艰难"①,这不仅是这位英国汉学家对中国文学"走出去"的忧虑,更是我们在中国文学对外译介过程中必须正视和积极应对的现实。

中西方文化接受上的严重不平衡导致的必然结果就是,中国与西方国家在文化接受语境和读者接受心态两方面存在显著差距。当中国读者易于也乐于接受异域文学,并对阅读原汁原味的翻译作品有所追求甚至有所要求时,西方国家无论在整体接受环境还是读者的审美期待与接受心态上,对中国文学作品的关注和熟悉程度可以说仍然处于较低的水平。在这样的情况下,如何最大限度地吸引西方读者的兴趣,从而让他们对中国文学作品的态度从陌生、排斥到了解、接纳乃至喜爱,就成为译者在选择翻译方法与策略时必然要考虑和重视的问题。因此,在对翻译之"真"的追求与加强作品可读性的具体目标之间,在对作品中文化异质性的保留与尽量消除文化隔阂的实际需要之间,就需要某种程度的权衡或妥协。也就是说,译者根据目的语读者的审美情趣与阅读习惯,在翻译中采取相应的调整措施,一方面删除原著里不易为读者接受并可能会造成接受障碍的地方,另一方面加强原著中易于被读者认同甚至赞赏的部分,从而力图使译作被最广泛的读者群所接受、所喜爱。在这个意义上,正如许钧所明确指出的:"在目前阶段,为了更好地推进中国文学在西方的接受,译者在翻译中有必要对原著进行适当调整,使之在更大程度上契合读者的阅读习惯与期待视野。"②

基于这样的认识,对于目前中国文学对外译介中存在的删节、

---

① 蓝诗玲.让中国感受到排除和边缘化的全球文化究竟是什么.(2010-08-14)[2014-02-03]. http://book. sina. com. cn/news/c/2010-08-14/1201271809. shtml.

② 许钧."忠实于原文"还是"连译带改". 人民日报,2014-08-08(24).

改译等在某种程度上有悖于翻译忠实性原则的翻译策略与方法，学界应充分考虑到中西文化交流的差异性与阶段性，进而以历史的目光对其合理性与必要性加以理性的看待。

（二）发展性

两种语言文化之间不可能具有"完全对应的同时代性"，同样，从翻译史和文化交流史的角度来看，某一种语言文化背景下的"译入"翻译与"译出"翻译在其生产、传播与接受等诸多层面也必定呈现出差异。正如有学者所指出的，"当今西方各国的中国文学作品和文化典籍的普通读者，其接受水平相当于我们国家严复、林纾那个年代的阅读西方作品的中国读者"①。因此，一方面，在目前中国文学的对外译介中，出于对接受语境和读者的考虑而采取的删节、改译等翻译方法应被视为合理且必要的。而另一方面，翻译活动具有历史性与阶段性，这就意味着任何历史语境以及阶段性的模式和特征都不是一成不变的，相反，所有历史的都必然是发展的，都将随着语言、文化、社会等具有显著时代特征的因素的演变而发生变化。正因为如此，林纾的翻译以及他采用的删节、改译等"意译"翻译方法尽管在中国近代翻译文学史上书写了灿烂的一页，但也随着历史的变迁，随着中国对西方文化了解和接受程度的日益提高而最终退出了历史舞台。

目前，中国的快速发展和经济实力的不断上升促使中外交流的广度和深度日益拓展，"世界对中国的信息需求越来越多，中国各个领域前所未有地全方位呈现在国际社会面前"②，以推动跨文化交流为根本目标的翻译也因而承担着更为重要而迫切的责任。

---

① 谢天振.中国文学"走出去"：问题与实质.中国比较文学，2014(1)：9.
② 周明伟.重视"中译外"高端人才培养.人民日报，2014-08-01(24).

应该说,"讲好中国故事""传播好中国声音""展示好中国形象",不仅是我国推动对外文化交流的需要,实际上也正符合了世界了解中国、了解中国文化的愿望。不少作家都对此有深切体会,麦家在接受采访时就曾表达了这样的感受:"随着中国经济的崛起,中国的影响力与日俱增,这使得他们对中国的好奇心不断积累,渴望了解中国。……正是这种强烈的好奇心和缺乏了解之间的反差,让当地媒体蜂拥而来,他们不仅仅关注我的作品,更是十分希望通过我来了解中国文化、了解中国。"①《2013 年全国图书版权贸易分析报告》指出,中国出版"走出去"的格局近年来已经发生了根本性的变化,"2004 年—2013 年,这 10 年间,图书版权引进增长了 6585种,输出增长了 5991 种,引进和输出比例由 2004 年的7.6∶1,缩小到 2013 年的 2.3∶1,图书版权贸易逆差呈逐年缩小的趋势"②。不难看出,我国"译入"与"译出"之间的逆差近年来逐步缩小,这至少也从一个侧面说明了中西文化关系正在历史发展和时代演变中不断发生着变化。

随着中国实力的进一步增强以及中国文化在对外交流中的内容日益丰富多元、影响力日益提高,中西文化交流的差距和障碍将逐渐缩减,西方读者对中国文学的接受程度也会有明显改善。当然,这个过程也许会很漫长,但一切都在可以合理想象和预见的范围内。在这个意义上,用历史的、发展的目光来看待中国文学的对外译介,我们应充分意识到,任何为"现阶段"需要而采取的翻译策略和翻译方法既不能被绝对化,也不能被模式化,更不能被视为唯一正确的方法。也就是说,无论翻译什么,还是如何翻译,都体现出一种历史的选择,对于目前在学界引起困惑和争议的删节、改译

① 肖家鑫."文化传播是个慢活".人民日报,2014-07-28(12).
② 张洪波.中国出版"走出去"格局发生根本变化——2013 年全国图书版权贸易分析报告.中国新闻出版报,2014-08-27(9).

等不尽忠实的翻译方法,在肯定其合理性的同时,我们也要辩证地认识到,这样的翻译方法只是在目前中西文化交流明显不平衡的情况下,为了促进中国文学更好地"走出去"而采取的一种选择、一种"权宜之计"。可见,"将目前获得成功和认可的翻译方法视为中国文学对外译介中唯一正确的方法、唯一可行的模式,这同样是一种片面的认识"①。原汁原味的翻译不仅是翻译求"真"的本质诉求,也是历史发展的必然趋势,可以想见,当世界对中国、中国文化的了解与接受达到较高水平时,异域读者必然不满足于"改头换面"式的翻译,进而"会对翻译的忠实性和完整性提出更高的要求,毕竟原汁原味的译本才能最大限度地再现文学的魅力"②。

### (三)开放性

翻译是一个充满选择的过程,每一次有意识的选择都在很大程度上取决于翻译的价值目标,也就是说,都以通过解决翻译中遭遇的各种矛盾达到实现翻译价值为目标。因此,在探讨中国文学如何更好地"走出去"时,首先要弄清楚的一个问题就是:中国文学"走出去"究竟出于什么样的诉求? 我们知道,翻译不仅具有历史性,也有深刻的文化属性,是一种文化建构,翻译不仅深深地作用于文学史的书写,更与一个国家或民族的思想史、文化交流史乃至整个社会的发展史密切相关。在这个意义上可以说,中国文学"走出去"并不是某位作家、某部作品的诉求,也不是某个社会群体或某种文学类别的诉求,更不是一时一事、不计长远的"权宜"或"迎合",而是中国文化走向世界、与异域的他者文化进行平等交流与

---

① 刘云虹,许钧.文学翻译模式与中国文学对外译介——关于葛浩文的翻译.外国语,2014(3):16.

② 刘云虹,许钧.文学翻译模式与中国文学对外译介——关于葛浩文的翻译.外国语,2014(3):16.

对话的诉求。当我们真正立足于这样的目标来探讨文学译介活动时,如何促进中国文化更真实、更有效地走向世界,向他者开放、向异质文化开放,这理应成为我们考察翻译、推进翻译事业的基本出发点。目前,当中国文学在世界文学中仍然处于边缘位置时,当全球范围内中国的文化影响力远远落后于其经济影响力时,我们显然更迫切需要将中国文学的对外译介与传播置于中国文化与世界多元文化相知相融、共同发展这个开放的视野下来考察。这既是翻译的本质属性所决定的,也是我们这个多元、发展的时代所要求的。

在当今全球经济一体化时代,尤其在目前中西方文化交流具有明显不平衡性的背景下,推进中国文化的对外开放、交流与传播,必须坚持文化自觉,也就是说,"首先要认识自己的文化,理解所接触到的多种文化,才有条件在这个正在形成的多元文化的世界里确立自己的位置,经过自主的适应,和其他文化一起,取长补短,共同建立一个有共同认可的基本秩序和一套与各种文化能和平共处、各抒所长、联手发展的条件"①。这就意味着,在中国文学的对外译介中,首先要构建一种中华文化价值观,有意识地从文化史和思想史的角度对历史悠久的中华文化进行梳理,对于中华民族五千年历史中积淀下来的最本质、最优秀、最核心的文化价值真正做到有"自知之明",进而有选择地将最能代表这样一种核心价值的文学作品翻译、推介到异域文化中。只有形成了明确、有力的中华文化价值观,文学译介才能有助于避免中国文化在西方国家遭受误读甚至曲解,有助于树立真实的中国形象;也只有形成了明确、有力的中华文化价值观,文学译介才能真正从文化交流与对话

---

① 费孝通.全球化与文化自觉——费孝通晚年文选.北京:外语教学与研究出版社,2013:83.

的意义上发挥作用,否则,即便得到广泛的接受,翻译所制造的似乎也只能是一堆缺少自身独立的精神价值和思想内涵的"产品"。

　　中国文学对外译介不仅要具有文化自觉的意识,更应体现出国家、民族在文化交流层面的一种自主的立场与选择。在中国文学对外译介所引发的关注和讨论中,各界对政府主导下的主动译出模式一直存有争议,认为一厢情愿的"送出去"不符合文学译介与传播的基本规律,与国外读者的需求与期待也相距甚远,所产生的效果自然不好。对此,我们同样需要用开放的目光,将中国文学的对外译介置于中国文化走向异域、融入世界并与其他文化一起维护人类文化多样性的大视野下来看待。就历史发展的角度而言,从封闭走向开放,主动地以开放的心态与异质文化进行交流与对话,进而在自我和他者的碰撞与融合中理解自身、丰富自身,这是人类文明发展的必由之路,也正是翻译的历史价值和创造精神的体现。就目前各国向世界推广本国文化的做法而言,法国、德国、西班牙、日本、韩国等许多国家都在以政府主导下的各种模式来推进本国文化更好地"走出去"。例如,法国在华设立的资助翻译出版的"傅雷计划"、德国的歌德学院、西班牙的塞万提斯学院等都是政府主导的对外文化交流与文学译介的推广平台;又如,日本文化厅从 2002 年就开始实施一个名为"现代日本文学翻译与普及事业"的文学译介推广项目,到目前为止,已选定翻译出版包括夏目漱石等名家的经典作品在内的 123 种优秀现当代文学作品[①];再如,韩国政府在文化体育观光部下设韩国出版文化产业振兴院和文学翻译院,两家机构共同实施韩国文学与出版产业"走出去"战略。可见,政府在文学对外译介中发挥支持和导向作用,这应该说是各国在推进文学、文化"走出去"进程中一个比较普遍的做法。

---

① 　戴铮.日本文学急于"走出去".东方早报,2010-03-28(A14).

就中国文学对外译介而言,在西方文化长期强势存在的历史语境下,为避免中国文化遭受标签式或猎奇性的误读与曲解,在构建中华文化价值观基础上,以鲜明的立场和自主的选择对文学译介加以引导和示范,这是重要而不可或缺的。因此,对于政府主导下的主动译出模式,不能局限于当下的读者接受来评判,而应将其置于文化双向交流的长期目标和宏观视野下来认识。

## 四、结　语

翻译是不同语言、文化之间消除隔膜,相互沟通的必经之路,跨文化交流既是翻译活动的本质特征,也是其目标与价值所在。在新的时代语境下,中国文学对外译介成为中国文化"走出去"战略的一个重要载体,肩负着向世界展示中国形象、传播中国文化的历史使命。正如莫言所说,"世界需要通过文学观察中国,中国也需要通过文学来展示自己的真实形象"①。然而,文学译介和文化传播之间的密切关联并不必然或直接意味着我们对于翻译活动的认识与理解被真正置于多元文化交流的立场和视野下。在目前看来,如何充分关注文学译介的阶段性和文化交流的不平衡性,克服文学译介中的功利主义倾向,进而切实从跨文化交流这一翻译的本质属性与根本目标来考察翻译活动,这仍然亟待翻译界和学界进行深入的思考。

在当前中国文学对外译介一方面成为各界普遍关注的现实问题,另一方面也存在诸多困惑和争议的情况下,任何绝对化或功利性的观念都无益于在中国文化走向世界的深层次意义上来推进中国文学的对外译介与传播。为此,我们更需要立足于翻译的历史

---

① 刘莎莎.莫言获奖折射我国文学翻译暗淡现状.济南日报,2012-10-24(A15).

价值观,以一种历史的、发展的、开放的目光,为建立开放而多元的翻译空间、为实现不同文化间平等而长远的交流创造条件。

（刘云虹,南京大学外国语学院教授;原载于《外语教学理论与实践》2015 年第 4 期）

# 试论中国文学外译中的认同焦虑问题

## 周晓梅

## 一、引　言

身份(identity)又译认同、同一性,是"一种与生俱来的、无意识的行为,且对所有的个体而言都是必要的。……而且,认同过程是可以共享的,拥有相同认同过程的个体为了保护或提高其共有的认同,会倾向于行为一致"①。在跨文化交流的语境中,文化身份能够赋予主体一种深层次的归属感,帮助其获取、处理和分享相关的文化信息,也可以帮助主体认识自身与他者,确立一定的文化价值取向②,并在寻找自身优于其他群体文化特征的过程中,提升

① Bloom, W. *Personal Identity*, *National Identity and International Relations*. Cambridge: Cambridge University Press, 1990: 53.

② Wan, C., Chiu, C. Y., Peng, S. et al. Measuring cultures through intersubjective cultural norms: Implications for predicting relative identification with two or more cultures. *Journal of Cross-Cultural Psychology*, 2007, 38(2): 213-226.

自信心,建立更好的自我形象①。中国政府一直致力于推进中国
文学的外译,并通过一系列政策进行优秀文学作品的传播,就是希
望在国外读者中获得深层次的文化认同,塑造良好的国家形象,增
强国家软实力。

然而,在当前中国文学外译的过程中,由于作品传播和文化交
流的效果不甚理想,译者和研究者均出现了一定程度的认同焦虑。
本文认为,认同焦虑主要源于主体文化身份结构的失衡。那么,如
何塑造我们的文化身份? 如何获得西方社会的认同,达到传播的
目的从而重建我们的文化自信? 这些问题与我们当前的中国文学
外译活动密切相关,无法回避。分析文学外译中的文化身份问题,
了解中外读者在阅读兴趣和理解方式上的差异,对译介的文学作
品进行及时而恰当的评价,有助于我们选择更加适合在异域文化
中进行传播的作品,选取更加有效的翻译策略、文化立场和推广
模式。

## 二、译介与传播的困境:文化认同焦虑问题的突显

身份一方面关乎主体自身的特征,通过主体与其所在群体之
间的关联使其更深刻地理解自身;另一方面又将主体与他者区分
开来,突显了主体的异在感和对于归属感的诉求。按照心理学家
埃里克森(Erik Erikson)的界定,它是"一种熟悉自身的感觉,……
一种从他信赖的人们中获得所期待的认可的内在自信"②。换言

① Tajfel, H. & Turner, J. C. The social identity theory of intergroup behavior. In Worchel, S. & Austin, W. G. (eds.). *Psychology of Intergroup Relations*. 2nd ed. Chicago: Nelson-Hall, 1985: 7-24.

② 转引自:赫根汉. 人格心理学导论. 何瑾,冯增俊,译. 海口:海南人民出版社, 1988.

之,一个人通过发现自身与一个群体、种族、国家的人们共有某些相对一致或类似的特质和气质,能够获得归属感和认同感,并与其他社会群体区分开来。文学作品是理解主体的文化身份,进而了解某一国家文化的重要途径,因为文化身份问题与语言交流密切相关,人们在用语言交流思想的过程中,总会通过赋予语言一定的意义来界定自身的文化身份。①因此,要深入解读一部文学作品,我们需要厘清主体的文化身份问题,了解其中关涉的国家或地域的文化特征。

应当说,当主体对本国的文化怀有自信心和自豪感时,是非常希望能与其他国家或民族的人们进行交流,促使他者理解自己的观点、主张和立场的;也只有当他者能够充分认识到主体所持文化的重要性,重视和尊重其文化特征,并愿意以平等交流的方式去理解其文化认同时,主体的文化立场才能逐渐被接受。但是,认同问题往往在差异中突显,在危机中被唤起。因为主体在与他者进行比较的过程中会渐渐发现各种差异,这些差异会直接影响文化交流的效果,同时也会让主体认识到自身的不足,进而产生认同焦虑。

在中国文学作品外译的过程中为什么会出现认同焦虑呢?这主要是因为我们目前的文学作品传播力和影响力相对有限:一方面,我们有着迫切译出作品的心态,急需扩大本国文学作品在海外的影响,提升外译作品的传播数量和质量;另一方面,文学译作的影响力却主要限于学术圈,普通外国读者对这些作品的接受度实际上非常有限,甚至还存在一定程度的忽视、抵触和误读。在"中国文学海外传播"学术座谈会上,《文艺报》总编阎晶明指出,"中国

① Hall, S. Who needs "identity"?. In Hall, S. & Gay, D. P. (eds.). *Cultural Identity*. London: SAGE, 1996: 6.

文学海外传播"这一命题实质上指的是"中国当代文学海外传播",
我国经典传播的成果还是值得骄傲的,但是当代文学的海外传播
则始终让人感到焦虑。因为仅仅把作品翻译成英文,并不代表作
品已被受众接受,更称不上得到了传播。诗评家唐晓渡也结合自
己参加第八届柏林文学节的经历,指出尽管他者对中国诗歌作品
充满了好奇和期待,但中国诗歌在其他国家的传播效果并不
理想。①

　　让我们来看一下为什么中国文学作品会出现传播力受限的问
题。这首先是由于传播语境不够完善。中国当代诗人西川认为,
当前传播中的主要问题并不是翻译质量,而是如何选择作品的问
题,因为现在我们译介的作品很难进入西方的主流媒体,也缺乏真
正意义上的中国文化社区。曹顺庆也指出,我们国内的学问受汉
学家影响很大,但实际上不少汉学家对于中国文化和中国文学的
理解是有问题的,而且中国文学也缺乏与西方直接沟通的平台。
其次是本土经验的问题,尽管作家认为他们的创作源于本土经验,
但在美国《当代世界文学》杂志社社长戴维斯-昂蒂亚诺看来,本土
经验的问题是指不仅译者翻译起来很困难,而且读者理解也存在
问题。诗人王家新也指出,本土经验必须要与个人经验结合起来,
作品才能真正具有文学价值。再次是国外读者的口味和接受度问
题。荷兰汉学家柯雷认为,关于中国文学传播的问题,我们还应当
开展对翻译家、出版社、评论家和作者的研究。②因为当前的文学
外译更多的是一种送出去的传播活动,这与我国当初主动地去翻
译和接受西方文学不同:那时我们自身有学习西方文明的需要,而

---

① 西川,曹顺庆,阎连科,等."中国文学海外传播"学术座谈会纪要.红岩,2010
　　(5):174-188.
② 西川,曹顺庆,阎连科,等."中国文学海外传播"学术座谈会纪要.红岩,2010
　　(5):174-188.

现在的文学传播则是我国主动向国外推介文学作品。因而国外读者的接受度、阅读兴趣、倾向性等因素会直接影响中国文学作品的传播效果,很有研究的必要。

为了应对这种认同焦虑,目前的一种倾向是,主体产生了对于自我文化合法化的诉求,为了寻求平等的文化交流机会,难免会产生与他者的冲突和认同危机。在关于当代中国文化的认同和传播的讨论中,认同危机作为一种普遍存在的问题引起了学者们的广泛关注。罗岗认为,现代文学认同应有两个方向:一个是认同者与认同对象之间在情感上的联系;另一个则是在理智现实层面,将现代文学与现代中国联系起来,强调现代文学在启蒙救国方面的作用。王晓明指出,还有一种较深的文学认同,它"强调文学对于促进国民性进步、在国民精神的领域里建立现代意识的作用"[1]。因此,如何更准确地了解读者的心理和需求,更好地引导读者,加深大众读者对于中国文学作品的理解和认同,从而更加有效地促进译作传播是我们需要解决的重要问题。值得注意的是,另一种倾向是,与研究者较高的关注度相比,一些作家对认同焦虑问题表现出了相当程度的冷静。当代著名作家阎连科就表示,焦虑是中国政府的,而非中国作家的。他认为,作家与其关心作品的传播,还不如努力创作好的作品,更加准确地表达直抵灵魂的内心体验。[2]池莉也曾经说过:"我认为一个作家,如果他的母语读者在相当长的时期内喜欢他、被他深深影响,就算这个作家一个字都没有在外国翻译出版,他也是最好的作家。"[3]作家更关注本国的读者当然

---

① 王晓明,杨扬,薛毅,等.当代中国的文化和文学认同.雨花,1995(10):26.

② 西川,曹顺庆,阎连科,等."中国文学海外传播"学术座谈会纪要.红岩,2010(5):174-188.

③ 高方,池莉."更加纯粹地从文学出发"——池莉谈中国文学译介与传播.中国翻译,2014(6):51.

可以理解,但是这实际上也透露出一丝无奈,毕竟能得到更多读者的欢迎和认可无疑是令人欢欣鼓舞的。而要理解并促进作品在不同文化语境中的接受与传播,我们需要进一步分析主体的文化身份结构(identity configuration)。

### 三、认同焦虑的根源:文化身份结构的失衡

如何界定和理解文学外译中主体的文化身份呢?一般而言,我们可以通过分析主体的文化身份结构来解读其文化立场。因为翻译是在不同文化语境中的语言交流,其中关涉的主体,即作者、译者和读者均具有双重的文化身份(dual cultural identities):一种是对于本族文化的认同(home-identity);另一种则是对于目的语文化的认同(host-identity)。①这两种文化身份对于我们理解文学外译中主体的态度、立场和价值取向而言起着极其重要的作用,并直接影响着作品传播和文化交流的效果。

相比较而言,文化身份结构趋于平衡的主体更能以宽容的心态进行文化交流,这分为两种情况:(1)若主体对于本族文化和目的语文化均持较高的认同感,就能更有效地按照要求进行符码转换(code-switch),也可以更好地融入这一文化交流环境中②;(2)若主体对于这两种文化的认同感均较低,则通常具有较高的文化敏感性,拥有四海一家的情怀和全球化思维(global mindset),

---

① Lee, Y. Home versus host-identifying with either, both, or neither? The relationship between dual cultural identities and intercultural effectiveness. *International Journal of Cross Cultural Management*, 2010, 10(1): 55-76.

② Molinski, A. Cross-cultural code-switching: The psychological challenges of adapting behavior in foreign cultural interactions. *Academy of Management Review*, 2007, 32(2): 622-640.

因而也可以从两种文化的束缚中解脱出来①。对于中国文学译介活动而言,最理想的目的语读者是对于两种文化持较高认同感的那部分读者,因为他们能以积极的心态了解中国文学,并能以宽容的心态接受中国文化。

反之,如果主体的文化身份结构失衡,就会导致文化交流的效果不够理想。这也分为两种情况。一种情况是主体对本族文化持较高的认同感,而对目的语文化的认同感较低,就容易产生相对于其他群体的优越感,从而出现民族中心主义的倾向。在现阶段文学外译的过程中,尽管我们意图通过小说更加真实具体地展现中国社会的现状,让读者理解和接纳中国文化,然而,我们希望塑造的国家形象却往往与西方读者实际上对于中国文化的印象相去甚远。这主要是因为中文小说的译入以英语世界国家的读者为主导,而这些读者对于中国文化持有较低的认同感,中国在他们心中更多是一种作为"他者"的存在;其中相当一部分读者对于作品中神秘、黑暗、丑陋、古怪的元素更感兴趣,因而出版商也倾向于引进揭露社会阴暗面和不和谐层面的作品。②美国著名的华裔小说家汤亭亭(Maxine Hong Kingston)的成名作《女勇士》(*The Woman Warrior: Memoirs of a Girlhood Among Ghosts*)面世后,获得了美国主流文学界和媒体的一致好评。她被誉为语言艺术家(artist of words),评论者认为其作品中充满了幽默和机智,又展现了对人生悲剧的敏锐洞察力和严肃态度。③然而,与汤亭亭的文

---

① Levy, O., Beechler, S., Taylor, S. et al. What we talk about when we talk about "Global Mindset": Managerial cognition in multinational corporations. *Journal of International Business Studies*, 2007, 38(2): 231-258.

② 王颖冲,王克非. 现当代中文小说译入、译出的考察与比较. 中国翻译,2014(2): 33-38.

③ Furigay, S. Taking flight: Acclaimed author Maxine Hong Kingston to speak on "Open Borders of the American Language". *Targeted News Service*, 2012-10-26.

学造诣相比,西方学者、评论家和读者似乎更加关注作者的"种族"和性别,她的作品也因此始终居于边缘地位。在《女勇士》中译本的译序中,屈夫(Jeff Twitcher)指出,美国读者之所以会对这本书抱有浓厚的阅读兴趣,主要是出于一种猎奇的心理,因为这是一本描写中国的书,书中充满了动人、神秘的异国情调①。在克诺夫出版社(Alfred A. Knopf)介绍汤亭亭另一部代表作《中国佬》(*China Men*)的文章中,作者的中国人身份被着意强调,该书甚至被描绘成"充斥着恐怖和迷信的元素,偶尔还有些猥亵"②。对此,汤亭亭一再声明自己的身份是美国人,她的书并非描写自身家世的非小说,而是具有普遍意义的美国小说。她认为,一些美国评论家对其作品的夸奖实质上是一种文化误读,这源于他们刻板的东方式幻想、西方中心主义的解读模式以及对华裔美国作家的美国人身份合法性的不认同。她说:"我怀疑他们(美国白人评论家)中的大多数人使用了某种下意识的方式来感受它(《女勇士》)的特质;我怀疑他们夸奖错了东西。"③

另一种情况是,主体对于本族文化的认同感较低,但对于目的语文化的认同感较高,这样则会产生焦虑、压力和被边缘化的感觉,而且会因为过于遵从异文化而丧失了自身的文化根基。④这种文化身份结构的不平衡性导致了我们当前中国文学外译中的认同焦虑问题。汤亭亭曾经谈及在小说的创作过程中,她在借用一些

① 屈夫.译序//汤亭亭.女勇士.李剑波,陆承毅,译.桂林:漓江出版社,1998:8.

② Buckmaster, H. China men portrayed with magic; *China Men*, by Maxine Hong Kingston, Alfred A. Knopf. *The Christian Science Monitor*, 1980-08-11.

③ 杨春.汤亭亭拒绝美国的文化误读.(2015-06-07)[2016-01-29]. http://cul.qq.com/a/20150607/017343.htm.

④ Lee, Y. Home versus host-identifying with either, both, or neither? The relationship between dual cultural identities and intercultural effectiveness. *International Journal of Cross Cultural Management*, 2010, 10(1): 55-76.

中国神话传说的同时,着意混用了东西方神话故事,例如兔子和鲁滨逊的例子,这一方面是由于其童年记忆的混淆,另一方面则是出于创作的需要,将这些神话元素进行了移植和合并。①但对于她篡改中国神话的批评,汤亭亭回应道,"我们需要做的远不止于记录历史……我保持中国古老神话生命力的方式就是用全新的美国方式将它们讲出来"②。这其实还是源于作者对美国文化持较高的认同感,有研究者即指出,在汤亭亭的笔下,中国文化与西方文化并不平等:中国文化始终处于一种卑微的地位,《女勇士》中的一些文化差异就是为了迎合英语读者而有意营造出来的。③

对于这一问题的理解,我们可以参考张子清在《女勇士》中译本前面的总序中关于华侨文学和华裔文学的区分。在他看来,华侨文学是由移居在美国的第一代华侨用英语或汉语创作的;华裔文学则专指出生在美国的华裔作家创作的文学作品,这些作家接受了良好的西方教育,习惯于用地道的英文进行创作,并"从美国人的视角观照中国文化,对中国文化和美国现实进行了深沉的反思"④。华裔作家难免会遭遇认同焦虑,因为一方面,他们在很大程度上远离了中国文化,对于中国的想象更多是留在他们记忆深处的一个个故事,这些故事或许不够真实,却以碎片的形式构成了其最基本的文化根基;但另一方面,他们又面临无法融入美国主流文化的身份困境,需要用写作为中国人和中国文化正名。相比于中国文化,华裔作家往往对美国文化的认同感更高,这在一定程度

---

① 张子清.东西方神话的移植和变形——美国当代著名华裔小说家汤亭亭谈创作//汤亭亭.女勇士.李剑波,陆承毅,译.桂林:漓江出版社,1998:193-201.
② Pfaff, T. Talk with Mrs. Kingston. *New York Times*, Late Edition (East Coast), 1980-06-15(25-26).
③ 王光林.翻译与华裔作家文化身份的塑造.外国文学评论,2002(4):149-156.
④ 张子清.东西方神话的移植和变形——美国当代著名华裔小说家汤亭亭谈创作//汤亭亭.女勇士.李剑波,陆承毅,译.桂林:漓江出版社,1998:193-201.

上也决定了其在创作中会持美国人的价值观,采取倾向于美国的文化立场。

## 四、认同焦虑的消除与中国文学"走出去"

我们目前的文学外译已经取得哪些进展,又有哪些宝贵的经验呢? 值得肯定的是,得益于我国官方渠道的积极推动和中外译者、媒体、出版商等的共同努力,目前文学外译的成效还是相当显著的。根据"中国文化海外传播动态数据库"的统计,截止到"十一五"结束的 2010 年,全国出版物进出口经营单位累计出口图书、报纸、期刊、音像制品、电子出版物等达 3690.5 万美元,出版物已推广至世界 190 多个国家和地区。图书版权输出的结构相对优化,对美、加、英、法、德、俄等发达国家的输出总量增长迅速,与"十五"末相比,图书版权输出总量增长近 14 倍。自 2005 年中国图书"走出去"工程实施以来,中国出版界除了利用传统方式之外,还逐步在海外设立了海外出版分社、海外办事处、海外分公司等分支机构;"走出去"的产品形式也渐趋多元,除传统的实物出口和版权输出之外,还增加了数据库、网络出版、电子书等的出口。外文局一直坚持采取中外合作的方式,请外国人润色、把关或共同翻译,同一部书稿必须经过中外两名译者的合作才能出版,由此保证了译作的质量,同时这也是一种对读者认真负责的翻译态度:译者通过有效沟通,根据国外读者的特点对译文进行相应的调整和修改,这样更有利于译作的海外传播。中国外文局副局长兼总编辑黄友义指出,我们必须正视自己的文化地位处于弱势的现实,既要主动出击推介相关的作品,也要争取合作,因为中外合作是最好的传播途径。国内出版社可以通过联合出版、版权转让、寻找文学代理人

(literary agent)等形式,与国外的出版社建立更有效的合作关系。①

在此,让我们参照一个中国文学作品"走出去"的成功案例。2014年,麦家的长篇小说《解密》的英译本在35个国家上市,且上市首日即刷新了中国作家在海外销售的最好成绩,《纽约时报》《金融时报》《经济学人》、BBC电台等30多家海外主流媒体都对麦家及其小说创作进行了报道,并给予了较高评价。首先,其成功源于作品世界性的写作题材、作家卓越的写作才华、丰富多元的形式和严密的叙事逻辑,这些要素使得作品无论对于本土读者还是外国读者而言都具有极大的吸引力。美国《纽约时报》援引哈佛大学王德威教授的评价,称麦家小说的艺术风格"混合了革命历史传奇和间谍小说,又有西方间谍小说和心理惊悚文学的影响"②。其次,其成功源于海外著名出版机构的推动。《解密》的英国译者翻译的部分章节后来被转到了英国企鹅出版社的编辑手中,引起了后者的浓厚兴趣。《解密》和《暗算》同时被列入该出版社的"企鹅经典"书系,由于这一书系早在1935年就已诞生,早已成为国际文学界最著名的品牌,"企鹅"对麦家的青睐,很快引起西方其他出版社的重视,纷纷签下了《解密》和《暗算》的版权,其中包括美国的出版业巨头FSG出版集团、西班牙语国家第一大出版集团环球、被誉为"法国出版界教父"的罗伯特·拉丰(Robert Laffont)的出版社等。再次,《解密》的主题与国际热点事件"棱镜门"不谋而合,因而具有较强的巧合性、时效性与针对性。③在这一文学作品传播的成功案

---

① 鲍晓英.中国文化"走出去"之译介模式探索——中国外文局副局长兼总编辑黄友义访谈录.中国翻译,2013(5):63-64.

② Tatlow, D. K. A Chinese spy novelist's world of dark secrets. *New York Times*, 2014-02-20.

③ 饶翔.中国文学:从"走出去"到"走进去".光明日报,2014-04-30(01).

例中,我们不难发现,作品本身的题材、作家的叙事手法、批评家的积极推介、海外主流媒体的宣传和出版机构的推动均对作品的传播起到了积极而有效的促进作用,这非常值得我们学习和借鉴。

可见,要消除文化认同焦虑,更好地促进中国文学作品的海外传播,我们需要厘清与文学认同相关的主体的文化身份。与文学作品相关的文学认同(literary identity)大致可以分为作者、机构(institution)、读者、社会语境和文本本身五个范畴,因而出版商、评论者、书商、教师、研究者、图书馆管理员、译者、管理者和官员的相关活动对于某一区域文化认同的形成而言,起着重要的作用。①不难看出,与文学认同相关的主体贯穿了作品的选择、翻译和推介过程,我们大致可以将其分为精英读者(评论者、教师、研究者等)、译者和大众读者,并对其制定不同的策略。

其一,对于精英读者而言,我们更需要选择合适的作品进行译介。澳大利亚作家休·安德森(Hugh Anderson)曾组织编译过当代中国女作家的短篇小说集《吹过草原的风》(*A Wind Across the Grass*),在他看来,当代中国文学作品的文学标准、艺术表现力以及对于世界的看法都值得肯定,但与历史和思想斗争关系紧密,且"说教性过强,缺乏洞见和深刻的人物性格"②。作品本身的文学性和人文意义才是精英读者真正关注的,也正是这一点将经典文学作品与一般畅销书区别开来,让我们不至于以销量作为衡量文学作品价值的标准。正如莫言所说:"翻译过来或翻译出去,仅仅是第一步,要感动不同国家的读者,最终还依赖文学自身所具备

---

① Segers, R. T. Inventing a future for literary studies: Research and teaching on cultural identity. *Journal of Literary Studies*, 1997(13): 279.

② 欧阳昱. 澳大利亚出版的中国文学英译作品. 四川大学学报(哲学社会科学版), 2008(4):115.

的本质,也就是关于人的本质。"①可见,对于真善美的追求,对于人类感情的尊重,对于作品创作方法的关注,是成功的文学创作需要具备的重要元素,唯其如此,作品才能焕发出无可比拟的魅力,获得各国读者的青睐。庞德所译的《神州集》(Cathay)就是一个很好的例证。这部由庞德半翻译半创作出来的作品,得到了评论者压倒性的赞叹与好评,就连其敌人都不敢菲薄。福特就称赞书中的诗歌拥有至高无上的美,其中的意象和技法更是为诗歌创作带来了新鲜的气息,认为该书"是英语写成的最美的书……如果这些诗是原著而非译诗,那么庞德便是当今最伟大的诗人"②。一部作品可以令人如此折服,足可见原作和译作的文学性才是真正能打动评论家,并让读者敞开胸怀的重要元素。

其二,我们应当重视和肯定译者的作用,鼓励其提高翻译质量,并利用各种宣传渠道对作品进行推广。以莫言作品的传播为例,其作品在海外大受欢迎,当然离不开作者高超的文学创作手法和对历史人物的巧妙处理,也离不开才华出众的翻译家葛浩文(Howard Goldblatt)。M. 托马斯·英奇(M. Thomas Inge)教授曾盛赞其译文是大师手笔(a masterful translation),刘绍铭也曾直言:"如果《红高粱》的英译落在泛泛辈之手,莫言是否仍得世界级作家美誉,实难预料。"③此外,《红高粱》被改编为电影并获得了柏林国际电影节金熊奖,在国外大放异彩,也让莫言的作品拥有了更大的知名度,并获得了广泛的认可。④需要注意的是,当两种文化存在明显的强弱对比时,译者和大众读者都会倾向于选择强势

---

① 许钧,莫言.关于文学与文学翻译——莫言访谈录.外语教学与研究,2015(4):614.
② 赵毅衡.诗神远游——中国如何改变了美国现代诗.上海:上海译文出版社,2003:19.
③ 刘绍铭.入了世界文学的版图——莫言著作、葛浩文译文印象及其他//杨扬.莫言研究资料.天津:天津人民出版社,2005:508.
④ 姜智芹.中国新时期文学在国外的传播与研究.济南:齐鲁书社,2011:105-110.

文化进行了解和学习。美国传教士林乐知(Young John Allen)与光绪进士任廷旭合译《文学兴国策》一书,就是因为当时中国教育以科举为中心,不重视教育的普及;严复在翻译赫胥黎的《天演论》时,加入了许多与作者观点相左的斯宾塞的观点,就是要使这一译作迎合当时中国时代环境的需要,让读者真正产生危机意识;而拜伦的《哀希腊》一诗被梁启超、苏曼殊、马君武、胡适等一再译介,在中国近代风靡一时,"除了这首诗本身感人至深外,更重要的是它出现在一个汉族知识分子和革命者立志要推翻清王朝统治的历史时刻"①。要让更多的国外大众读者了解和接受中国的文学作品,我们就要在确保作品翻译质量的同时,努力促进主体身份结构趋于平衡,帮助读者以更加平和宽容的心态看待中国的文学作品,接受中国文化。

其三,我们要充分考虑到大众读者的阅读兴趣和理解方式,多选择受他们欢迎的文学作品。毕竟,受众对于文学作品在异域文化中的传播和推广而言起着至关重要的作用;而且,一些在中国深受好评的作品对于国外读者而言未必同样具有吸引力,姜戎的《狼图腾》在中国创下了逾四百万册的销量,签下了十六个国家和地区相应语种的翻译版权,但其译本在国外的销量相对于国内却不够理想。②一般而言,国外读者更倾向于选择与自身的文化立场和价值取向较为相近或类似的作品,毕竟,他们对于作品的理解更多的是始于一种文化想象,因为按照本尼迪克特·安德森(Benedict Anderson)的界定,民族是"一种想象的共同体——并且,它是被

---

① 邹振环.影响中国近代社会的一百种译作.北京:中国对外翻译出版公司,1994:155.
② McDougall, B. S. World literature, global culture and contemporary Chinese literature in translation. *International Communication of Chinese Culture*, 2014 (1):56.

想象为本质上有限的,同时也享有主权的共同体"①。国外读者心目中的中国形象和中国文化,主要是基于各种媒介渠道获得的阅读经验而想象出来的。正如谢天振所指出的,"西方人对中国开始有比较全面深入的了解,也就是中国经济崛起的这二三十年的时间"②。所以,我们需要充分考察这些读者的背景知识和阅读习惯。由于文学作品总是存续于一定的历史阶段,因而总会带有一定的历史、民族和时代特点,读者在阅读过程中可以了解相关的历史特征、风土人情、意志情感等,这也是吸引读者的重要元素。"熊猫丛书"的译介效果不太理想,有一部分原因就是译者遵循了严格的直译,一味强调遵循原作和尊重作者的通识,却没有细致地考虑西方读者的阅读习惯和中西读者在作品理解和接受方面的差异,有些译文在西方读者读来甚至是"荒唐可笑"的,这无疑阻碍了作品的传播。③基于此,我们需要尽量多考虑外国读者的阅读感受,首先尽力让他们对作品中的文化元素产生兴趣,觉得作品新鲜有趣,产生阅读意愿,然后再清晰地解释并展示这些元素,促使读者接受和认同作品。

中国文学外译中存在的一个问题是:长期以来,我们都将目的语的主要读者设定为以英语为母语的读者群(anglophone readers),不断地以其为受众进行文学作品推介,然而,这些读者却大都对外国文学作品尤其是译作存在抵触情绪,有些读者甚至会刻意避开文学译作,因为他们认为译作是再创造出来的作品,并非文学作品

---

① 安德森.想象的共同体:民族主义的起源与散布.吴叡人,译.上海:上海人民出版社,2011:6.

② 谢天振.中国文化"走出去"不是简单的翻译问题.社会科学报,2013-12-05(6).

③ 姜智芹.中国新时期文学在国外的传播与研究.济南:齐鲁书社,2011:6.

本身。①池莉也曾指出,迄今为止,最积极活跃地译介中国文学作品的是法国的出版社,因为法国在民族性、历史性、革命性、文化性等方面与中华民族文化颇具相似之处。②因此,我们需要关注与我们有着相似文化身份背景或经历的读者群,尤其要关注海外华人,因为这些读者虽远离故土,却对中国文化耳濡目染,渴望追寻和探究自己的文化根基,也会格外留意与中国文化相关的文学作品。总体而言,在现阶段的文学作品外译和传播过程中,我们既需要依赖精英型读者,即学者、评论家、汉学家等的深入研究,促进读者对于中国文学作品的理解,通过优秀的译者帮助读者接触优秀的文学作品,又要拓宽多种渠道对作品进行宣传和介绍,从而促进文学作品在大众读者层面得到认同。

## 五、结　语

由以上分析可见,在中国文学外译中我们期待建立的国家形象与西方读者心目中的中国形象存在一定的距离,这导致了文学作品在海外传播的受限,也引起了主体文化身份结构的失衡,从而造成了现阶段的认同焦虑问题。要消除这一焦虑心理,我们需要平衡自身的文化身份结构,选择和译介国外读者更感兴趣和欢迎的作品,在保证译作质量的同时,通过各种渠道扩大作品的知名度和影响力,促使我们的文学作品获得更广泛的认同。

---

① McDougall, B. S. World literature, global culture and contemporary Chinese literature in translation. *International Communication of Chinese Culture*, 2014 (1): 53-54.

② 高方,池莉. "更加纯粹地从文学出发"——池莉谈中国文学译介与传播. 中国翻译,2014(6):50.

本文为国家社科基金项目"汉籍外译的价值取向与文化立场研究"(项目编号:13CYY008)和上海市教委 2014 年度科研创新重点项目"汉籍外译中译者的价值取向与文化立场研究"(项目编号:14ZS081)的阶段性成果之一,并得到国家留学基金资助(项目编号:201606485014)。

(周晓梅,上海财经大学外国语学院教授;原载于《外语与外语教学》2017 年第 3 期)

# 中国当代文学在西方译介与接受的障碍及其原因探析

许 多

## 一、引 言

在新的历史时期,随着中国文化"走出去"的战略实施进程的加快,中国传统文化经典与中国现当代文学在国外,尤其在西方译介与接受的状况受到了学界的普遍关注。国内外语与翻译界的重要学术刊物《外国语》《中国翻译》《外语教学与研究》等杂志,就中国文学在国外的译介问题展开了研究与讨论,发表了深度的研究文章,还联合发表了与莫言、毕飞宇、余华、苏童、阎连科等具有国际影响力的当代著名作家的系列访谈。中国文学界的《小说评论》更是予以了持续的关注,开辟了"小说译介与传播研究"专栏,从2013 年开始,就中国当代文学在域外译介的基本状况、译介的重点、译介的方法、译介的效果进行持续探索,整体思考与个案研究相结合,涉及近 20 位重要的中国现当代作家的作品在英语、法语、德语、西班牙语、俄语、日语、韩语、泰语国家的译介和接受问题,在学界产生了积极的反响。①上述研究表明中国文学,尤其是中国当代文学在国外的受关注度在逐步提升,近十年在域外被译介的当代作家作品的量和质都有明显提高,但不少学者也指出,就总体而言,中国当代文学在西方的译介与接受程度不高,传播渠道不畅,值得重视。本文拟就此问题为出发点,结合中国当代文学在西方的译介与接受的主要障碍展开思考,进而就其原因进行分析。

## 二、译介与接受的状况与主要障碍

进入 21 世纪以来,中外译家一起合力,中国当代文学外译的成就不可否认。但对于中国当代文学外译的途径、方式和效果,我们则可以听到不少质疑的声音。

从理论的角度看,对中国文学外译的可能性,中国文学批评界有一种彻底否定的观点,小说家兼批评家刘庆邦就认为:"翻译有一个问题,我们中国的作品,文字它是有味道的、讲味道的,每个人写作带着他自己的气息,代表作者个人的气质,这个味道我觉得是绝对翻译不出来的,就是这个翻译家他不能代替作者来呼吸,所以他翻出来的作品就没有作者的味道。"②批评家李建军针对莫言的

---

① 如姜智芹的《中国当代文学海外传播与中国形象塑造》(《小说评论》2014 年第 2 期)、曹丹红、许钧的《关于中国文学对外译介的若干思考》(《小说评论》2016 年第 1 期)被《新华文摘》全文转载(见《新华文摘》2014 年第 15 期和 2016 年第 9 期);过婧、刘云虹的文章《中国文学对外译介中的异质性问题》(《小说评论》2015 年第 3 期)在中国作家协会创研部的报告《2015 年中国文学发展状况》中作为 2015 年度文学理论的代表性成果之一被引,认为相关的研究文章"不再仅仅满足于对海外出版和学界的一般情况梳理,或是对译本的简单比对,而是从中国学者的立场出发,对文学译介的历史和现状展开一定的反思和批判"(见《人民日报》2016 年 5 月 3 日第 16 版)。

② 参见:中广网.中国作家馆落地京城　摆脱与世界"不对等"困局. (2010-09-01) [2017-05-03]. http://www.chinanews.com/cul/2010/09-01/2506082.shtml.

获奖,坚持认为"文化沟通和文学交流上的巨大障碍,使得诺贝尔文学奖的评委们无法读懂原汁原味的'实质性文本',只能阅读经过翻译家'改头换面'的'象征性文本'。而在被翻译的过程中,汉语的独特的韵味和魅力,几乎荡然无存;在转换之后的'象征(性)文本'里,中国作家的各各不同文体特点和语言特色,都被抹平了"①。按照他们的观点,中国文学的外译在本质上就是不可能的,其译介的障碍是根本性的。翻译的可能性与不可能性,是翻译学的基本理论问题之一,在此我们不拟做深入讨论。就目前研究阶段而言,我们可以借用道家的观点来看待翻译的可能性问题:译可译,非常译。按照德国哲学家本雅明的观点,文学翻译不是简单的转换,而是原作生命在异域的再生。翻译学者许钧认为,"语言表层的同等与同一,不是翻译要达到或所能达到的,而译作与原作的同源性,确保了译作与原作不可能隔断的血缘关系"②。鉴于此,许钧在多个场合指出,翻译追求的,不是与原作的同一,而是与之建立血脉承继的关系。从原作到种种语言的译作,由一生二,二生三,原作文本的生命经由翻译而在时间上得以延续,在空间上得以拓展。正是这一个个李建军所谓的"象征性文本",构成了原作生命生成意义上的"实质"。翻译作为人类的跨文化交流活动,其可能性是在具体的翻译活动中一步步拓展,一步步实现的。

从翻译的实践层面看,中国当代文学的外译确实存在着种种障碍或困难。有学者曾就中国文学外译的状况和问题做了分析,归纳了四个方面:一是文学作品译入与译出失衡,中外文学互动不足;二是外国主要语种的翻译分布不平衡,英文翻译明显偏少;三是中国当代文学译介和传播的渠道不畅,外国主流出版机构的参

---

① 李建军.直议莫言与诺奖.文学报,2013-01-10(22).
② 许钧.从翻译出发——翻译与翻译研究.上海:复旦大学出版社,2014:53.

与度不高;四是中国现当代文学在国外的影响力有限,翻译质量尚需提高。① 近几年来,上述几个问题虽有了不同程度的改善,但并没有本质性的改变。就中国当代文学而言,莫言获奖之后,中国作家的作品在西方受到的关注度明显增强,但仍然无法改变中国文学在西方中心主义观念统治下的"世界文学共和国"中的"边缘性"地位。国内的文学界,对此也有比较清醒的认识,如阎连科认为:"我们必须承认,中国文学在世界上很'弱势'。"② 在国外译介较早、作品译介较多且在国际文学界也有相当地位的苏童也很明确地表示:"凭我个人的认识,中国文学在西方,欧美文学在中国,这两者将长久性地保持非对等地位。这几年也许会有更多的中国文学在海外出版,但无法改变其相对的弱势地位。"③

　　从中国当代文学译介的接受情况看,国内学界有一种比较有代表性的观点,就是中国政府和有关部门为中国文学"走出去"做了很多努力,但收效甚微,很难"走进去"。就翻译的路径而言,中国文学的外译,不同于外国文学的汉译。外国文学汉译,几乎没有外国人自己翻译的例证。而中国文学外译,有两种路径:一是目标语国家的译者的翻译,二是出发语国家的译者的翻译。后一种翻译路径,国内学界有不少诟病,认为中国政府力推的各种中国文学甚至中国文化的外译工程违背翻译的基本规律,难以达到好的效果。这样的一些观点,需要认真对待与思考。但应该意识到,中国文学在国外接受度不高,其直接原因并非产生于翻译路径的选择。实际上,据有关资料,中国当代文学译成英语的,至今约有四百种,

① 高方,许钧. 现状、问题与建议——关于中国文学"走出去"的思考. 中国翻译,2010(6):5-9.
② 高方,阎连科. 精神共鸣与译者的"自由"——阎连科谈文学与翻译. 外国语,2004(3):22.
③ 高方,苏童. 偏见、误解与相遇的缘分——作家苏童访谈录. 中国翻译,2013(3):47.

译成法语的也基本是这个数量,在这个数量当中,纯粹是中国译者译的不超过百分之十。但是我们注意到,中国文学有一些重要作品是中外译者合作翻译的。比如葛浩文的很大一部分英语翻译,就是与他的华人妻子林丽君合作的。顾彬(Wolfgang Kubin)对中国文学的德语翻译和研究,也有他的华人妻子张穗子的功劳,他们在 20 世纪 80 年代末还创办了半年刊德文杂志《袖珍汉学》(*Minimasimica*),专门译介中国文学中具有代表性的小说、散文和诗歌作品。在 20 世纪 90 年代,在法国著名大学攻读博士学位的一批留学生和一些华人学者,也直接参与了中国当代文学的法译,比如陆文夫的《美食家》、苏童的《妻妾成群》等法文译作,都是法国翻译家与中国学者合作的结晶。可以说,目标语国家的译者和出发语国家的译者,他们或独立或合作,为中国文学的外译付出了很多努力,做了大量的工作。但从中国当代文学作品在国外的介绍、传播的情况看,虽然有一些译作也取得了成功,有很好的销量,比如 20 世纪 80 年代末在法国出版的《美食家》,"受到了法国读者的广泛关注和热烈的欢迎,且产生了持久和深入的影响,该书一版再版。据陆文夫先生说,《美食家》的法文译本至今已累计出版了近六万册"①。发行量较大的,还有姜戎的《狼图腾》、麦家的《解密》等,但是"一部中国小说要想在英语世界取得成功是异常艰难的。目前在西方已建立起文学名声的中国作家屈指可数,虽然莫言、余华、阎连科、苏童等人已拥有了相对稳定的读者群,但其他众多中国作家并没有在英美读者心中形成清晰的形象。《解密》在英国的出版商企鹅出版社的执行总编亚历克斯·科什鲍姆(Alexis Kirschbaum)认为'中国文化对大多数西方人而言仍然是

---

① 祝一舒.翻译场中的出版社——毕基埃出版社与中国文学在法国的传播.小说评论,2014(2):7-8.

十分陌生的概念。一位中国作家……得拿到诺贝尔奖才能在西方被人认知'"①。科什鲍姆的评说有些夸张,但是在当今国际的文学场中,中国当代文学的传播与接受度不高是学界几乎一致的看法。从总体的接受状况看,中国当代文学作品外译的印数相对较低,受读者的关注不够,作品翻译后难以形成持久的影响,等等,都是我们可以观察到的现象,需要我们加以关注与思考。

从译介的效果看,存在的问题似乎更让人担忧。如果说究其本质,文学翻译是跨文化的交流活动,那么中国文学的外译,其根本目的,就是让世界通过阅读、阐释与欣赏中国的文学作品,对中国文化、对中国人的精神与社会生活的方方面面有进一步的理解,进而推进文化与思想的交流,丰富世界的文化。中国当代文学的外译,固然不能离开其文学的相互理解与丰富的本质诉求,但明显承担着重要的思想、文化交流的使命。中国政府之所以重视中国文学的外译,其重要目的之一,就是要增强中国的软实力,增强中国文化在国际上的影响。那么,上述的目标是否达到,是我们考察中国文学外译效果的重要因素之一。就译介的质量看,学界给予的评价基本是肯定的,其依据是英、法、德、俄等主要语种的国家,有一批热爱中国文化、长期关注当代中国文学、译介中国文学的翻译家。但就中国当代文学在西方的接受来看,其接受的重点不是文学的,换句话说,中国文学的外译,没有在国际的文学场域建立起属于中国文学自己的象征地位和实质地位。此外最为值得关注的是,中国政府主导的文学外译工程,常被西方的媒体诟病,被视作是意识形态的推行。就中国文学外译所直接影响的中国形象的构建而言,国内有学者也提出了一些引人深思的问题。如在 2017 年 1 月 7 日举办的南京翻译家协会年会上,胡开宝教授在其主旨

---

① 吴赟. 译出之路与文本魅力——解读《解密》的英语传播. 小说评论,2016(6):114.

报告中指出,上海交通大学的中国形象研究中心通过研究,观察到中国当代文学的外译作品越来越多,像莫言这样的作家在西方的影响力也越来越大,但是西方对其作品的接受,不但无助于提升当代中国形象,反而会产生一些副作用。中国当代文学外译接受的这些现象的存在,其原因何在,值得探究。

## 三、译介与接受障碍探因

在上文中,我们就中国当代文学在西方译介所遭遇的主要问题和障碍,在理论、实践、接受倾向与接受效果等层面做了考察与思考。可以看到,学界所观察到的种种问题,在客观上确实是存在的。对其存在的原因,近年来学界有不少探讨,主要聚焦于意识形态、接受语境、文化心态等因素。

一是意识形态因素。仔细观察中国文学在西方的译介情况,我们可以非常清楚地发现,接受国的主流意识形态像一张巨大的网,控制着中国当代文学译介的方方面面和从文本选择、翻译方法到译本传播的整个过程。中国当代文学,从时间上来看,就是指1949年新中国成立以来的文学,而对于西方世界来说,1949年以后的中国,是共产党领导的中国。西方的大部分国家与新中国的意识形态可以说是敌对的。西方对中国当代文学的译介选择,受意识形态的影响甚至干预因而不可避免。以此为衡量,我们就不难明白为何中国当代文学中的一些写政治的粗暴、写当代社会的黑暗、写当代中国人的苦难、写社会风气沉沦的作品,会特别受到西方的追捧。西方翻译与出版界有一个现象,就是在中国被禁的书,常在西方得到出版,其根本的原因就在于此。而中国当代文学作品在西方翻译常遭遇删改,有学者认为是为了便于读者接受,有译者也是往往以"为读者"为名,在翻译中对原作进行处理、变通,甚至删改。如果我们仔细去观察分析中国当代文学作品中被删改的一些文本内容,其删改原因有多种,但意识形态这只手的作用不可忽视。有学者指出:"翻译中的删改,是意识形态,特别是主流意识形态干预翻译的最典型的例证。在不同的历史阶段,不同的国家虽然在传统的翻译观的影响下,一般都要求译者在翻译中应该尽可能忠实于原作,全面完整地传达原作的内容,但由于意识形态在起着直接或间接的干预作用,翻译中常有删改的现象出现。"①其实,这样的一些删改现象,在外国文学的汉译中也是存在的,而且也往往出自同样的原因,虽然程度不同,但本质是一致的。因此,在考量中国当代文学外译的影响因素时,意识形态仍然是我们要关注的首要因素。中国当代文学在西方接受难或者产生接受的偏差,最根本的原因就在于此。我们需要特别指出的是,西方对于中国当代文学过度意识形态化、过度政治化的解读、阐释与译介,在很大程度上遮蔽了中国文学的文学性与诗学价值,也直接影响了西方普通读者对中国文学的认知与接受。贾平凹就意识到这一问题的严重性,指出审视中国文学时,除了"要看到中国文学中的政治,更要看到政治中的文学。如果只用政治的意识形态的眼光去看中国文学作品,去衡量中国文学作品,那翻译出去,也只能是韦勒克所说'一种历史性文献',而且还会诱惑一些中国作家只注重政治意识形态的东西,弱化了文学性。……中国文学中优秀的作品翻译出去,介绍出去,一定得了解中国,了解它的历史,了解它的社会,了解它的文学艺术,要整体来看,全面来看"②。

二是文化接受语境与文化心态因素。刘云虹认为,中国文学外译的障碍主要源自"文化接受语境与接受心态",而"中西方文化

① 许钧. 翻译论. 武汉:湖北教育出版社,2006:220.
② 高方,贾平凹. "眼光只盯着自己,那怎么走向世界?"——贾平凹先生访谈录. 中国翻译,2015(4):57.

接受上的严重不平衡导致的必然结果就是,中国与西方国家在文化接受语境和读者接受心态两方面存在显著差距。当中国读者易于也乐于接受异域文学,并对阅读原汁原味的翻译作品有所追求甚至有所要求时,西方国家无论在整体接受环境还是读者的审美期待与接受心态上,对中国文学作品的关注和熟悉程度可以说仍然处于较低的水平"①。刘云虹的分析是切中要害的。考察中国当代文学在西方的译介,学界基本达成了一个共识:中西文学译介的不平衡。无论是译介的数量、质量,还是译介的影响,中西文学译介的不平衡是全面存在的。这种不平衡性的产生,原因多种多样。除了上文我们已经指出了意识形态的和政治方面的原因,应该说接受国与输出国之间的文化关系起着非常重要的影响作用。而文化关系又直接涉及文化强弱、文化立场、文化接受心态、文化接受传统等重要方面。有学者在分析中国文学对外译介受阻的原因时,常常把原因归结为翻译方法的问题,认为是翻译传统的忠实观阻碍了在新时期中国文学对外译介的活动中采取变通策略。针对这样的观点,有学者从文化自省的角度指出:"文化输出的成效,主要取决于目标文化的输入意愿,而这种意愿又在很大程度上取决于输入国与输出国的文化地位对比……笔者认为,中国文学的翻译和传播策略存在问题,主要原因不是受到传统翻译观的影响,而是中国(主流)文化的自我形象与他者形象之间出现了差距。因此,解决问题的关键不是纠正翻译观,而是进行自我反省……'只有在认识自己的文化,理解并接触到多种文化的基础上,才有条件在这个正在形成的多元文化的世界里确立自己的位置。'……文化自省,最终目的应是促进自我了解、自我完善。"②这里所强调的,

---

① 刘云虹.中国文学对外译介与翻译历史观.外语教学理论与实践,2015(4):5.

② 张南峰.文化输出与文化自省——从中国文学外推工作说起.中国翻译,2015(4):92-93.

是文化输出国的文化自省与文化的定位的问题。确切地说，文学对外译介要取得积极的效果和影响，一方面输出国对自己的文化要有准确的理解，另一方面也要对接受国的文化有充分的理解。在这个意义上，文学的交流，就是文化的交流。从中国文学外译的接受情况看，涉及的因素实际上要复杂得多。文学的译介"涉及所译著作所属的文化地位和译者及译者所属民族的文化立场。一个译者，面对不同的文化，面对不同的作品，具有不同的态度和不同的立场。而态度与立场的不同，所采取的翻译方法必然有别"①。文化强弱关系，会直接影响译介的进与出，也会直接影响翻译文本的选择与翻译原则与方法的使用。我们在观察西方读中国当代文学译介时，常常听到国外译者对中国当代文学作品的批评，如葛浩文对中国当代文学欠缺文学性的批评，顾彬对中国当代文学语言使用层面上的批评。实际上，我们从这些批评去考察译者在译介中国当代文学作品过程中采取的方法，不难发现翻译的处理方法，与译者在文化的层面对中国当代文学的认知与认同是直接相关的。文化的定见或偏见，会影响到翻译从文本选择到翻译策略再到文本传播的整个过程。在很长一个时期里，中国当代文学的外译与接受所遇到的障碍与困难，可以说都与文化层面的"傲慢"与"偏见"有关，其中所凸显的许多问题，值得译学界密切关注和思考。

三是翻译副文本对于读者接受的影响。副文本是解读文本，也是构建文本的重要形态。我们考察中国文学译介，不能忽视副文本的作用。译本前言是副文本的重要组成部分，就中国现当代文学的翻译来讲，其主要功能之一是译者对译著进行整合性的梳理与挖掘，在文本内容、思想和艺术这几方面细致地关联着正文

---

① 许钧.翻译论.武汉：湖北教育出版社，2006：208.

本,成为读者进入正文本的主要路径之一。其具体作用在于介绍作家,评价作品,指导读者从宏观上把握小说的艺术特色,并方便读者更好地解读作品。在这一点上,蓝诗玲在翻译韩少功作品《马桥词典》时提供了很好的范例。在译者前言部分,她这样评价韩少功和这部小说:"《马桥词典》和韩少功一样,既是国际的,同时又是地域的、独特的。韩少功将本人置身于从儒家到弗洛伊德的多种文化影响之下,在语言的探索中,他毫无畏惧地游走在不同国家和不同时代之间,他认为建立普适性、规范化的语言是不可能的,这样做只会带来各种荒诞和悲剧。他的文学参照体系包括中国与西方历史和文化——道家、十字军东征、美国反共产主义思潮、现代主义艺术和文学——这样产生的小说既有迷人的中国色彩,在艺术手法上也被西方接受。无论是传统文学还是魔幻现实主义,哲学思辨还是讲述故事,他都游刃有余。韩笔下的马桥居民就像任何读者期待的那样具有普适意义,而且立体鲜活。虽然韩少功的人物住在马桥,'这个小村庄,几乎在地图上找不到',但是我们要记住爱尔兰现代诗人派屈克·卡范纳的断言:'地域性文学具有世界意义;因为它处理着人性的基本要素。'"①就像韩少功的《马桥词典》所探索的,方言、生活和马桥人完全值得占据世界文学中的一席之地。蓝诗玲在前言中对于《马桥词典》英译正文本的详细而具体的论述,事实上为读者提供解读译著的权威视界与思想,这在一定程度上可以让西方读者产生阅读期待,也可以让读者能够更加容易地进入译著世界。因此,这种类型的副文本成为文本不可或缺的一个部分,与正文本相互依存,充分地构建了一个语言文化的体系,对于推动中国新时期小说走向世界大有裨益。但是,副文

---

① Han, S. G. *A Dictionary of Maqiao*. Lovell, J. (trans.). New York: Columbia University Press, 2003: xi.

本也不总是能够为读者提供进入正文本的正确路径,相反有可能对文本产生遮蔽、拆解乃至颠覆的负面效应。我们同样可以从西方出版社在翻译出版中国新时期文学时的译者前言中得到印证,即译者借助序言来引导读者的阅读导向,序言有意无意地承担着文学翻译之外的政治目的,从而为引导西方读者对中国新时期文学的"政治性解读"定下基调。葛浩文就写过此类评论和介绍,从中我们不难看出,其引导性非常强,其对普通读者产生的影响不可低估。我们若对中国当代文学在西方主要语种翻译的副文本,尤其是译本封底的介绍文字做一归类与分析,不难看到为了迎合政治、文化与市场需求,达到宣传和推销小说的目的,副文本往往有意突出和强调小说中仅仅作为潜文本的政治与国家大事,而对于小说的文学特质与诗意创造常常只字不提,有目的地引导西方读者对中国文学乃至对中国文化与中国当代社会的误读。可以说,中国当代文学在西方世界的接受困境和与接受相关的不少问题,在很大程度上产生于这些副文本造成的负面影响。

四是对中国当代文学缺乏深度的研究。我们在上文可以看到,对中国当代文学的片面性的认知与意识形态化的阐释,造成了中国当代文学在西方译介与接受的重重困难。由于现阶段中西文化确实存在不平等的关系,其接受语境与接受心态必然产生不利于中国当代文学外译的种种因素。在考察中国当代文学在西方的接受状况时,我们不难发现西方对中国文学的文学价值的忽略与遮蔽,而这一问题的产生,固然有上文讨论的三个重要方面的原因,但我们应该看到,对中国当代文学缺乏深度的研究,也是西方对中国当代文学产生接受偏差的重要原因。无论是英语、法语,或是德语对中国当代文学的译介,我们可以发现一个很普遍的现象,那就是中国当代文学的翻译往往缺乏研究的基础,或者说翻译与研究之间没有形成互动的关系。"选择一部作品,要求译者对这部作品的各种价值要有深刻的理解,包括对原作风格的识别、对原作审美价值的领悟,甚至对作品所蕴涵的细微意义也要有着细腻的体味。一部作品,一个作家,一个流派的译介,离不开研究这一基础。"①对所译作品,缺乏深入和全面的研究,既有可能影响译者对作品的理解与阐释,也有可能影响所译作品向读者的推介与引导,进而影响中国当代文学在西方的整体形象的构建与价值的认知和接受。中国古典文学与中国现当代文学在国外的译介,有一个值得注意的重要差异:中国古典文学的译本,往往有长篇的译本序,这类的序言凝聚着专家或译者对作品的深度研究与较为全面的阐释,而中国当代文学的译本,译序不多,即使有,也往往是重政治性解读而轻文学性解读。从西方对中国当代文学的研究状况看,这些研究既缺乏历史的把握,也缺乏对中国当代文学整体性的认识,更缺乏对中国文学异质性(包括语言、文化和诗学三个层面)的深刻认识。中国当代文学的文学价值被低估、被西方主流媒体所忽视、被学术界所轻视,在一定程度上,都与西方译界与学界对中国当代文学少有深度和全面的研究直接相关。

造成中国当代文学在西方的译介难、接受影响力有限的原因有多重,学界还在国外主流媒体关注度不高、出版与推介渠道不畅等方面进行过很有价值的探讨,这里不再赘述。

## 四、结　语

在中国文学"走出去"的战略实施过程中,中国当代文学在西方的译介与接受问题受到了学界高度的关注。通过上文的探讨与

---

① 许钧,宋学智. 20 世纪法国文学在中国的译介与接受. 武汉:湖北教育出版社,2007:32.

分析,我们可以看到,近年来,中国当代文学在西方的译介与接受状况有了明显的改善,但在对中国当代文学异质性的认识、译介与接受的实际效果、中国当代文学的地位等多个层面,还存在种种困难和不少障碍。而这些障碍的产生,有着多方面的原因。通过考察影响中国当代文学在西方译介的主要因素,我们可以清醒地认识到,文学的译介与接受,时刻都会受到意识形态、文化传统和接受形态因素的影响,而在关注翻译文本之外,我们还应该关注影响文学接受的副文本系统及其产生的深刻作用。此外,对中国当代文学缺乏深层次的研究,也是阻碍对中国当代文学的整体形象和价值形成正确认识与评价的重要原因。对中国当代文学在西方的译介与接受的探讨与反思,尤其是对翻译模式、翻译方法与译介效果的考察,不能不关注上述的重要影响因素。

本文为"江苏高校优势学科建设工程二期项目"(项目编号:20140901)的部分成果。

(许多,南京师范大学外国语学院副教授;原载于《外国语》2017 年第 4 期)

# 中国文学译作在西方传播的
# 社会学分析模式

## 汪宝荣

    20世纪末,社会翻译学在西方兴起并迅速发展。如今,社会翻译学作为翻译学分支或子学科的地位已经获得普遍认可。[①]目前应用于该领域的社会学理论主要有布迪厄的场域理论(field theory),拉图尔的行动者网络理论(actor network theory),卢曼的社会系统理论(social systems theory)。[②]近年来,西方社会翻译学最新进展之一是译作生产与传播过程研究,例如,有学者通过分析有关行为者如何利用各自的资本合作构建与运作一个行动者网络,考察了中国台湾地区现当代小说在美国成功翻译和出版的过程。[③] 由于种种原因,中国文学译作在英语世界普遍遭遇生产不

① 张汩,沃尔夫. 翻译研究中的"社会学转向"——米凯拉·沃尔夫教授访谈及启示. 东方翻译,2017(6):48.

② Buzelin, H. Sociology and translation studies. In Millán, C. & Bartrina, F. (eds.). *The Routledge Handbook of Translation Studies*. London: Routledge, 2013:195.

③ Kung, S.-W. C. Translation agents and networks: With reference to the translation of contemporary Taiwanese novels. In Pym, A. & Perekrestenko, A. (eds.). *Translation Research Projects 2*. Tarragona: Intercultural Studies Group, 2009:123-138.

易、传播不力的困境,这严重制约着中国文学、文化"走出去"的进程。针对这一现状,有学者建议"应加强对传播途径和方式的研究",以及"通过案例分析,推广有效的途径"。①张奂瑶、马会娟通过梳理国内研究现状发现近年来国内学者开始关注中国文学在英语世界的传播,"尝试将译作传播过程的各个环节与最终的传播效果联系起来",但"专门探讨图书经纪人、编辑、出版人、读者等译介活动中重要中间人的成果仍十分鲜见"。②笔者认为,目前这方面成果少,主因是这种"落地"性质的研究不好做,尤其是很难收集到充足可靠的国外资料,另一个原因则是缺乏新颖适用的理论分析模式。本文尝试提出一个用于分析中国文学译作在西方传播过程及路径的理论模式,希望对从事本领域研究的国内学者有所启发和助益。

## 一、理论假定及文化生产子场域的运作机制

本文所称"译作传播过程"是指译作出版后营销、流通、评价和接受的路径和流程,不包括译作的生产和出版环节。本文提出的分析模式综合运用了布迪厄的场域理论③和拉图尔的行动者网络

① 高方,许钧. 现状、问题与建议——关于中国文学"走出去"的思考. 中国翻译,2010(6):8-9.
② 张奂瑶,马会娟. 中国现当代文学英译研究——现状与问题. 外国语,2016(6):85-86.
③ (a) Bourdieu, P. *The Logic of Practice*. Cambridge:Polity Press, 1990. (b)Bourdieu, P. The forms of capital. In Halsey, A. H., Lauder, H., Brown, P. & Wells, A. S. (eds.). *Education:Culture, Economy, and Society*. Oxford:Oxford University Press, 1997:46-58. 关于该理论的重要概念"惯习"(habitus)在翻译研究中的最新理论拓展,参见:汪宝荣.《重绘惯习概念在翻译研究中的位置》评介. 天津外国语大学学报,2017(1):75-79.

理论①。笔者曾概述这两种社会学理论,并讨论了将它们整合应用于翻译生产和传播过程研究的可行性和必要性②,此处不赘。需要指出的是,任何理论和概念都具有"探索、推理"(heuristic)的性质。古安维克指出,"严格说来,惯习、场域等概念不是旨在把握真相,而是为我们考察社会现实提供一个有利的观察点";对这些概念的应用是在"假定"的层面上操作的,而"假定"正是科学话语的条件,例如,"我们'假定'法国有一个文学场域,各种文化生产者(包括译者)在场域内互相争斗,设法使自己的产品胜过他人的产品,这种争斗又得到文化生产者在以往的争斗中获得的惯习的支持"。③本文也提出如下理论假定。其一,中国文学译作是一种"文化产品",它在目标市场的传播依靠一个有效运作的营销网络,也即由有关的人类和非人类行动者共同构建并运作的"行动者网络"。其二,这个行动者网络是在目标国的文化生产子场域中运作的,这个子场域有着特定的运作机制(见下文具体分析)。其三,参与中国文学译作传播过程的行为主体包括人类和非人类行动者;这些行动者有着各自的资本,包括经济资本、社会资本、文化资本和符号资本(symbolic capital,又译"象征资本"),因而被其他行动者"招募"(enroll)进入场域,然后通过资本转化相互联结,最后构建一个译作传播行动者网络。

---

① Latour, B. *Reassembling the Social: An Introduction to Actor-Network-Theory*. Oxford: Oxford University Press, 2005.

② (a)汪宝荣. 葛浩文英译《红高粱》生产过程社会学分析. 北京第二外国语学院学报,2014(12):20-30.(b)汪宝荣. 葛浩文英译《红高粱家族》生产过程社会学分析//王洪涛. 社会翻译学研究:理论、视角与方法. 天津:南开大学出版社,2017:252-272.

③ Gouanvic, J.-M. A model of structuralist constructivism in translation studies. In Hermans, T. (ed.). *Crosscultural Transgressions: Research Models in Translation Studies II*. Manchester: St. Jerome, 2002:99.

　　我们把目标国设定为美国,并假定美国存在着一个文化生产场域,那么其他国家文学作品在美国的翻译出版与传播就构成一个文化生产子场域。西方是中国文学"走出去"的主要目的地之一,而美国是西方世界的中心,因此本文把中国文学译作的目标国设定为美国是有意义的。目前,西方各国对中国文学译作的接受度有所不同,如在英美两国较受冷遇,在德国、法国、意大利等国则较受欢迎,但这些西方国家的图书传播机制和市场运作模式大同小异,因此本模式大致适用于西方的语境。值得注意的是,"由于文化霸权主义和唯我为上意识盛行,美国人普遍抵制英译作品",因此美国的翻译图书市场一向"低迷"。①具体表现在:截至1990年,美国每年出版图书近20万种,翻译图书仅占3%左右,而同期法国的翻译图书占比近10%,意大利超过25%;当今"美国(人)的文化排外心理依旧存在,而且相当盛行"②,导致这种"低迷"现象没有明显的改观。根据布迪厄的文化生产场域理论,我们把美国的翻译图书市场界定为一个"有限制文化生产子场域"(sub-field of restricted cultural production),且其内部存在着不断的争斗③,尤其是不同国别文学作品对市场和读者的争夺。由于地缘政治因素和语言文化上的相近,欧洲国家的文学作品在美国较受欢迎,而中国文学"并不特别受欢迎",甚至不及印度、日本、越南文学。④由此可知,目前中国文学作品在美国文化生产子场域的内部争斗中处于下风。布迪厄指出:大规模生产子场域(如英文原创作品在美国的出版与传播)的运作受市场法则支配,其目的是"追逐经济

①　Wimmer, N. The U. S. translation blues. *Publishers Weekly*, 2001, 248(21): 71.

②　葛浩文. 关于中国现当代文学在美国的几点看法. 当代作家评论,2014(3):188.

③　Bourdieu, P. *The Field of Cultural Production: Essays on Art and Literature*. Cambridge: Polity Press, 1993: 53.

④　葛浩文. 中国文学如何"走出去"?. 文学报,2014-07-03(24).

利益",而有限制生产子场域则主要基于"符号资本的积累"也即
"一种公认、合法的信誉"而运作。①由此可推断出参与中国文学译
作在美国生产及传播的人类行动者(如作者、译者、出版商)追求的
目标(至少是短期目标)主要是"为自己扬名立万",追求一种"获得
认可的资本"(capital of consecration),也即一种使文学作品及作
者、译者、评论人等在场域内"获得认可的权力"。②这些行动者自
然也有逐利之图,但他们在场域内获得的声誉和信誉即符号资本
"只有在特定情况下,且往往从长远来看才能为他们带来'经济'利
润"③。这显然是由有限制文化生产子场域较小的生产规模(图书
印刷发行量)和市场需求(读者群及销量)决定的。

## 二、译者招募出版社的运作机制

根据行动者网络理论,在一个项目启动之前,须有某个行动者
去招募其他行动者,才能发起并构建一个交互关系网络。这个行
动者一般是翻译出版项目的发起人或机构。就中国文学向英语世
界的译介与传播而言,目前主要有三种发起主体:一是输入国译者
(多为声誉卓著的汉学家或海外华裔学者),二是输出国政府资助
的专门外宣机构(如我国外文局及其下属的外文出版社)或出版公
司④(如把刘慈欣的科幻小说《三体》成功推向美国市场的中国教

---

① Bourdieu, P. *The Field of Cultural Production*: *Essays on Art and Literature*. Cambridge: Polity Press, 1993: 75.

② Bourdieu, P. *The Field of Cultural Production*: *Essays on Art and Literature*. Cambridge: Polity Press, 1993: 75.

③ Bourdieu, P. *The Field of Cultural Production*: *Essays on Art and Literature*. Cambridge: Polity Press, 1993: 75.

④ 输出国政府资助机构对外译介本国文学文化的传播途径与输入国译者或商业机构主导模式很不相同,需专文讨论,本文只探讨后者。

育图书进出口有限公司),三是英美商业出版机构①。此外,中国作家通过国外代理人也能发起个人作品在目标国的翻译和出版,如余华通过他在美国的出版代理人,即兰登书屋旗下克诺夫出版集团(Knopf)的副总裁兼编辑,在美国成功出版了他的 7 本小说和短篇小说集。②但了解行业内情的美国汉学家兼译者白睿文(M. Berry)透露,由于在美国出版翻译文学的利润不大,代理人往往"把译者和译作看作'小菜'"③,因此目前看来中国作家与国外代理人联合发起的模式还不是主流。

以上第一种和第三种目标国发起模式中,由商业出版机构发起的较直接,由输入国译者发起的比前者多了一道环节即招募出版社,自然也多了不少风险(出版社可能不接受译者的翻译出版选题)。以下先分析译者招募出版社模式的运作机制,然后考察在商业出版机构主导下的译作传播路径。

鉴于美国的大众读者对翻译文学普遍不感兴趣,"美国的出版界对译作有一种根深蒂固的忧虑"④,译者招募出版社(尤其是大型商业出版机构)的难度肯定不小。因此,译者拥有的个人资本至关重要。过去的实践证明,在美国能成功招募出版社的中国文学译者一般是声誉卓著的汉学家或海外华裔学者,因为他们在文化生产场域内被公认的资历、学术地位和声誉(即文化资本)以及与

① 美国的不少大学出版社也愿意出版中国文学英译本,但大多因财力有限很少做图书广告,且出版的翻译书主要用作大学教材或读物,受众面进一步受限。因此,本文重点讨论美国商业出版机构的运作模式。

② 高方,余华."尊重原著应该是翻译的底线"——作家余华访谈录.中国翻译,2014(3):61.

③ 花萌,白睿文.多方努力,共促中国当代文学的世界性阅读——翻译家白睿文访谈录.中国翻译,2017(1):82.

④ Kinzer, S. America yawns at foreign fiction: Publishers, fixated on profit and blockbusters, offer less from abroad. *The New York Times*, 2003-07-26(B7).

出版社、同行及其他有关机构建立的良好工作和社会关系(社会资本)能转化成可观的符号资本,从而"说服"出版社接受他们的翻译出版选题。不难想见,在这种颇为苛刻的译者招募出版社模式的运作机制下,初出茅庐的译者的胜算微乎其微,就连已在场域内崭露头角的译者也会频频受挫。例如,白睿文出生于美国芝加哥,2004 年获哥伦比亚大学现代中国文学与电影博士学位,他的导师是现任哈佛大学东亚系教授、被誉为美国的中国现当代文学研究"第三代领军人物"的王德威。在决定翻译王安忆的《长恨歌》之前,白睿文已经出版了三部中文小说译作,其中两部由哥伦比亚大学出版社出版,另一部余华的《活着》由兰登书屋旗下的克诺夫出版集团出版①,但他在译完《长恨歌》后联系了 20 多家美国的"主流出版公司"均遭拒绝,"绕了一大圈",最后不得不找其导师王德威帮忙。王德威设法弄到一万美元出版赞助费,哥伦比亚大学出版社才同意出版该书。②根据本文提出的分析模式,白睿文招募美国主流商业出版社失利,是因为当时他在美国文化生产子场域中积累的符号资本还不足以招募到这种出版机构。此外,在包括美国在内的很多西方国家,译者招募出版社模式的运作机制有一个渐进升级的过程,即一般从大学出版社或小型商业出版社逐渐拓展到大型商业出版机构。③ 例如,著名美国翻译家葛浩文(H. Goldblatt)的翻译生涯始于 1978 年,但他最初翻译的几本中文小

---

① Yu, H. *To Live*: *A Novel*. Berry, M. (trans.). New York: Anchor Books, 2003.

② 季进. 另一种声音——海外汉学访谈录. 上海:复旦大学出版社,2011:104-105.

③ 这不是单向的,因为有时候出版社也会主动招募译者,尤其是声望高的资深译者。同时,译者的声誉越高(即符号资本越多),招募他的出版社的资本实力往往也越强。

说"都是美国的大学出版社或很小的商业出版社出版的"①,直到1993年他才成功招募到大牌的商业出版机构——维京企鹅图书公司(Viking Penguin),出版了莫言在美国的第一本小说《红高粱家族》。王德威指出,继《红高粱家族》之后,葛浩文持之以恒地积极翻译中文小说,因而"出版的途径已经相当畅通"②。这个出版社渐进升级的过程正是葛浩文的符号资本逐渐累积的过程。一旦译者的个人资本累积到足够的量,招募大型商业出版社就水到渠成了。

最后需要提及两点。一是哪些美国商业出版社愿意出版中国文学英译本。目前在美国出版翻译图书较活跃的主要是两大国际出版业巨头,即企鹅图书公司(Penguin Books)和兰登书屋(Random House)。两者在2013年合并组建了巨型国际出版集团"企鹅兰登书屋"。总部设在伦敦的企鹅公司以出版质优价廉的平装书见长,能进入大众市场,出版的文学书尤以"企鹅经典"系列最有市场影响力和号召力。兰登书屋总部设在美国纽约,旗下的克诺夫出版集团积极出版翻译文学书,集团包括万神殿(Pantheon)、维塔奇(Vintage Books)、铁锚(Anchor Books)等品牌出版社。此外,与企鹅兰登共同列入美国出版业"五巨头"的哈珀柯林斯(HarperCollins)和麦克米伦(Macmillan)也不时推出翻译文学书。最后,成立历史较短(1947年成立)、规模不大的格罗夫大西洋出版公司(Grove Atlantic Press)对出版翻译文学也相当热心。该社早期致力于把法国文学译介给美国读者,近几年日益重视中国当代文学,如阎连科小说《为人民服务》《受活》《四书》《炸裂志》等的英译本北美版均由这家出版社出版。二是参与中国文学译作传播过程的有哪些行动者。在本分析模式框架内,参与中国文学译作传播过程

①　Heller, S. A. Translation boom for Chinese fiction. *The Chronicle of Higher Education*, 2000, 47(2): A23.

②　季进. 另一种声音——海外汉学访谈录. 上海:复旦大学出版社,2011:104.

的行为主体既有人类行动者,包括作者、译者、出版商、出版代理人、书商、评论人、读者等,也有非人类行动者,包括原作、译作、影视产品、媒体、网络、技术等。他(它)们合力构成、运作一个行动者网络。

## 三、中国文学译作在西方传播的社会学分析模式

从理论上推定,当前在美国及其他西方国家,商业出版机构主导下中国文学译作的传播路径(由此可析出一个研究所需的社会学分析模式)大致如下。

首先,在译作出版前,出版社依靠其业内声誉(符号资本)、业务合作关系(社会资本)、财力物力(经济资本)等资本手段招募包括亚马逊、书库(Book Depository)等大牌电商在内的图书分销商加入图书营销网络。出版社的资本越多,招募的书商就越多,整体营销实力也就越强。被招募的书商本身的资本也有助于图书销售,但书商的营销运作主要借助出版社拥有的资本。

其次,在译作出版后,出版社利用其社会资本和符号资本,招募尽可能多的书评人参与到图书传播网络中。[1]同时,作者(中国作家)、译者、出版代理人等也会利用各自的社会资本和符号资本积极招募书评人。因此,哪个人类行动者是招募主力须看具体案例。换言之,任何一个行动者都可能是招募主力。如招募很成功,进入图书传播网络的书评人不仅数量多,而且往往身份多样、背景各异,包括主流媒体的责编、专业评论家、专栏撰稿人、国际知名作

---

① 此处"招募"不是指出版社出钱请人写书评、做宣传,因此不涉及出版社的经济资本。葛浩文指出,美国人注重独立评论,出版商会把新出的书送给媒体和学术刊物,但是否评论一般由后者自行决定(引自:季进.另一种声音——海外汉学访谈录.上海:复旦大学出版社,2011:129.)。笔者认为,即便如此,出版社的声誉和业务关系网无疑会对书评人招募产生重要影响。

家、记者、汉学家、翻译家等。发布书评的载体和平台有纸质印刷品、电子刊物、广播电视和互联网(如专业文学翻译或书评网站)。印刷类媒体(含电子版)可分为学术性、普及性、图书行业性三类。这些媒体不仅性质、种类及影响力各异,面向的受众也不同:学术性书评主要面向专业读者,普及性媒体刊登的书评主要面向大众读者,行业性刊物主要面向图书发行销售业界人士。[①]由此可见招募各种身份、背景的书评人的重要性。书评人因其在场域内享有的地位和声誉(文化资本,可转化为符号资本)被招募,并通过其书评影响潜在读者的购买与阅读决策。[②]与此同时,媒体、网络、技术等非人类行动者也被招募进来,这些在当今这个信息快速传播的网络时代尤其重要。这些有着各自资本的人类和非人类行动者相互招募,并通过资本转化共同构建一个推动图书营销和传播的行动者网络。

再次,原作与译作也是译作传播网络中不可或缺的行动者。此外,在特定情况下,还有根据原作改编、输出到国外的中国电影。我们把原作及译作视作一种文化产品,优秀的原作和译作具备有利于传播的文化资本。这种文化资本体现在作品的文学艺术性、社会政治意义、历史文献价值等多方面,因作品主题内容和艺术形式不同而不同。事实上,编辑出版、营销推介及书评引导等人类行动者实施的传播行为都是外在因素,只有作品才是直接面向读者和购买者的,是真正进入流通渠道的产品,因此,原作和译作必须既是高质量的,又有吸引力。很多时候,这样的作品本身作为行动

---

① (a)汪宝荣,全瑜彬.《兄弟》英译本在英语世界的评价与接受——基于全套英文书评的考察.外国语文,2015(4):66-67.(b)汪宝荣.阎连科小说《受活》在英语世界的评价与接受——基于英文书评的考察.南方文坛,2016(5):61-62.

② 葛浩文指出,书评在美国不一定能拉动图书的销售,除非作家本人得了国际文学大奖(如诺贝尔文学奖),"那销路一定好"(引自:季进.另一种声音——海外汉学访谈录.上海:复旦大学出版社,2011:131.)。笔者认为,葛浩文说的也许是事实,但仍不能抹杀书评引导读者和购买者的作用。

者也能招募书评人。那么,什么样的中国文学作品能吸引美国读者呢?就小说而言,葛浩文指出,美国读者喜欢看性爱描写、政治成分较多的,或者是侦探小说。①他的话或许不能全信,但至少部分反映了不少美国读者的阅读口味。葛浩文还指出,"可读、易懂的译作在美国市场才有销路"②,但从他的译文风格看,尽量保留原作中包含的美国读者感兴趣的中国文化元素(如成语、谚语、文学熟语等中国文化特色词)也能吸引读者③。"电影先行,小说跟进"被普遍认为是一种中国文学海外译介传播的成功模式。白睿文指出:"电影在帮助中国文学进入美国市场方面功不可没。"④余华也承认,中国电影"曾经帮助中国小说走进西方"⑤。例如,由张艺谋导演、改编自莫言和余华同名小说的电影《红高粱》(1988)和《活着》(1994)有力地推动了小说在英语世界的销售:截至 2008 年年初,《红高粱家族》英译本(1993 年初版)已经发行了两万册左右⑥,而《活着》英译本(2003 年初版)的销量当年就突破了三万册⑦。鉴于一本英译书在美国的销量想要上万,原作一般要有能获诺贝尔文学奖的水准⑧,《红高粱家族》和《活着》无疑创造了中国当代文学在英语世界的销售奇迹,电影可说是功不可没。电影

---

① 引自:季进.另一种声音——海外汉学访谈录.上海:复旦大学出版社,2011:124.

② Goldblatt, H. The writing life. *The Washington Post*, 2002-04-28(BW10).

③ 汪宝荣.葛浩文英译《红高粱》生产过程社会学分析.北京第二外国语学院学报,2014(12):26.

④ 花萌,白睿文.多方努力,共促中国当代文学的世界性阅读——翻译家白睿文访谈录.中国翻译,2017(1):80.

⑤ 高方,余华."尊重原著应该是翻译的底线"——作家余华访谈录.中国翻译,2014(3):62.

⑥ 河西.葛浩文与他的汉译之旅.新民周刊,2008-04-09(15).

⑦ 高方,余华."尊重原著应该是翻译的底线"——作家余华访谈录.中国翻译,2014(3):61.

⑧ Wimmer, N. The U. S. translation blues. *Publishers Weekly*, 2001, 248(21):71.

享有的广泛知名度(符号资本)转化为小说的符号资本,具有的强大的影像传播力拉动了小说的销售。

最后,读者是译作传播过程中的最后一环,是不可替代的重要行动者。读者被招募并参与传播网络运作的过程大致如此:(1)潜在读者被出版社的经济资本和符号资本打动,有了购书或读书的意向;(2)看过电影的读者被电影的符号资本招募,读过书评的则为评论人的文化资本和符号资本招募,没有看过电影或书评的读者经某人或某个机构推荐(社会资本的运作),也会产生购书或读书的欲望;(3)被招募的读者凭借其文化资本(能读懂翻译作品的足够学历)和经济资本(买书的钱或借书费用)进入传播网络中;(4)读者通过实体书店、网上书店、图书馆或互联网完成购买或阅读行为。第一批读者的购书阅读举动能为作品积累符号资本,通过他们的口耳相传或推荐能招募更多的购买者和读者。换言之,读者大众既是传播网络的被招募者和参与者,也是招募人和拓展者。读者大众既是专业性或媒体书评的阅读者,也是译作的评论者和反馈者。一部译作的销售业绩不俗,必然有赖于一个高效运作的营销传播行动者网络。销量固然是衡量传播效果的一个重要尺度,但对译作的评价和接受更能具体反映中国文学在西方译介与传播的成绩。这可以通过精心设计、严谨实施的问卷调查进行考察,但从作为专业读者的书评人的评论和大众读者在图书网站给出的买家评价(customer review)中也能找到一些较可靠的依据。[1]

---

[1]  参见:(a)汪宝荣,全瑜彬.《兄弟》英译本在英语世界的评价与接受——基于全套英文书评的考察.外国语文,2015(4):65-71.(b)汪宝荣.阎连科小说《受活》在英语世界的评价与接受——基于英文书评的考察.南方文坛,2016(5):60-66.(c)胡安江,胡晨飞.美国主流媒体与大众读者对毕飞宇小说的阐释与接受——以《青衣》和《玉米》为考察对象.小说评论,2015(1):86-94.(d)缪佳,汪宝荣.麦家《解密》在英美的评价与接受——基于英文书评的考察.中国现代文学研究丛刊,2018(2):229-239.

需要指出的是,以上逐个分析各个行动者,纯粹是为了行文方便。其实,这些行动者都是网络中的一环,他(它)们环环相扣,交互联结,构建了一个行动者网络(见图1),共同参与完成了一部译作的传播过程。

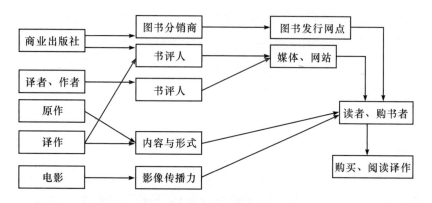

图1　中国文学译作在西方传播网络的构建与运作

## 四、结　语

本文基于纯学术研究的目的尝试提出一个用于分析中国文学译作在西方传播过程及路径的研究模式,旨在帮助研究者从理论上进行考察分析。本模式具有探索、推理的性质,据其进行案例分析所得的结果或许不能准确反映真实的传播过程。在此意义上,本模式是否适用、是否有效,及其适用性、有效性的程度都有待国内翻译学界同行的检验。本模式的提出主要根据布迪厄的场域理论和拉图尔的行动者网络理论。事实上,国外学者早已尝试把这两种社会学理论综合运用于翻译研究中①,开辟了一条译作生产

① Buzelin, H. Unexpected allies: How Latour's network theory could complement Bourdieusian analysis in translation studies. *The Translator*, 2005, 11(2): 193-218.

与传播过程及路径研究的可行途径，但目前同类研究在国内尚罕见，有待进一步拓展的空间很大。笔者曾运用这两种社会学理论尝试分析了《红高粱家族》英译本在美国生产与传播的过程及效果①，但可能由于这篇论文发表在台湾地区的一本学术期刊上（随后被收入大陆出版的一部论文集），至今未能引起大陆翻译学界足够的关注。

不难看出，研究中国文学译作在西方的生产与传播过程及路径确有难度，而且难度很大。几年前，笔者把《〈红高粱家族〉葛浩文译本生产与传播之社会学探析》一文的初稿寄给一位国内知名的翻译学者（因不便透露其姓名，此处做匿名处理），请他审读指导。这位专家在发回的文稿中做了多处批注，提出了不少尖锐的问题，包括"你对美国或西方的文学场域熟悉吗？""你对《红高粱家族》英译本的翻译、出版、营销过程了解多少？""这两个社会学理论分开讲也可以"等等。他的观点是"中国文学译作在西方生产与传播过程研究在中国很难做"。笔者基本上认同他的观点，承认他提出的几个问题击中了我的研究软肋，但对"这两个社会学理论分开讲也可以"的建议持保留意见。笔者认为，只用其中一种理论不能有效分析译作的生产和传播过程，本文提出的分析模式也就不成立了。众所周知，越是难度大的课题，越有可能出突破性成果。笔者撰写此文以图抛砖引玉，希望国内同行积极开展中国文学译作在西方的生产与传播研究，把这位学者提出的棘手问题逐个解决。

---

① (a)汪宝荣.资本与行动者网路的运作:《红高粱家族》英译本生产及传播之社会学探析.编译论丛,2014(2):35-72.(b)汪宝荣.《红高粱家族》葛浩文英译本在美国生产与传播的社会学分析//潘文国.英汉语比较与翻译·第11辑.上海:上海外语教育出版社,2016:442-471.

本文为国家社会科学基金项目"翻译社会学视阈下中国现当代小说译介模式研究"（项目编号：15BYY034）成果。

（汪宝荣,杭州师范大学/浙江财经大学外国语学院教授;原载于《天津外国语大学学报》2017 年第 4 期）

# 中国文学的"走出去"与"送出去"

## 韩子满

近年来随着文化"走出去"上升为国家战略,中国文学"走出去"也成为文学界和翻译界的热门话题,相关论述非常多。仅在中国期刊网上,以"文学"和"走出去"作为题名关键词进行组合搜索,就可以检索到一百多篇学术论文。这些论述分析了我国文学外译与传播的各个方面,极大地加深了人们对于中外文学交流和文学翻译的认识,为中国文学更加有效地对外传播提供了许多真知灼见,中国文学外译也成为翻译研究领域一个新的增长点。然而值得注意的是,虽然多数学者和相关人士都赞成中国文学、文化"走出去",对于政府部门和相关机构在"走出去"过程中的积极作用持肯定态度,但也有部分人士对"走出去"提出了质疑,尤其是对于政府部门的作用表示强烈的怀疑。他们大体上把现行中国文学"走出去"的战略概括为"送出去",对这种战略的成效感到很不乐观。

表示质疑的人虽然数量不多,但在相关领域都有比较大的影响,其论述也逻辑严密,颇有说服力,如果我们不加以细致分析和辩驳,这种质疑极有可能在学术界及社会上产生一定的影响,干扰人们对中国文学外译的认识。因此,我们有必要对这些质疑的意见加以分析,对"走出去"和"送出去"加以辨析,以期统一认识,从当代文学国际传播的普遍规律来分析中国文学外译的必要性、可能性与应遵循的原则。

# 一、"走出去"与"送出去"释义

"走出去"这一提法来自党的十七届六中全会通过的《中共中央关于深化文化体制改革推动社会主义文化大发展大繁荣若干重大问题的决定》,之后得到了学术界和其他各界的普遍认同。与传统上常用的"对外传播"和"对外翻译"相比,这一比喻性的说法更加突出了中国文学内在的吸引力,反映出中国文学依靠自身质量走近他国读者这一事实。"走"是动词,其主语是"文学",说明文学传播到其他国家,靠的是作品自身,而不是其他什么因素,同时文学自己就会"走",不以某些人的意志为转移,长远来看是无法人为阻止的;与"对外翻译"相比,这一说法的涵盖范围更广,把翻译之后的传播与接受环节都考虑了进来。翻译只是"走出去"的一个环节,既可能发生在"出去"之前,即先在国内翻译,然后再到其他国家传播,也可能发生在"出去"之后,即先为其他国家的专家所了解,甚至在他国懂汉语的群体中传阅,然后再翻译为他国语言。总之,真正的"走出去",是不会出现翻译完了却不出国门的情况。既然是"走出去",自然就会"走入"别的国家、别的文化,就会为他国读者所阅读。既然是"走出去",就已经出了国门,就不可能还在国境之内。而且,由于这一说法的重心落在了"文学"之上,突出了"文学"自身的要素,没有了"对外传播"和"对外翻译"所暗含的文学输出的意思,仅从字面来看淡化了政府主动作为的因素,更容易为他国所接受。

不过,由于这一说法提出后,我国政府加大了推动力度,采取了多项措施来促进中国文学在海外的传播与接受,学界和其他民间机构也积极跟进,整体而言采取了非常积极的姿态,因此给人一种感觉,即目前的中国文学"走出去",更多的是我们主动作为,主

动把我们的文学作品送到外国读者面前,对于文学作品自己的
"走"反而不大强调。这引起了一些人的质疑。在他们的质疑声
中,有一个字经常出现,或者虽然不直接提及,但明确指向这个意
思,那就是"送"。在他们看来,我们目前的做法,实际上是在把我
们的文学主动"送"给他国读者,其前景并不光明。在他们眼里,中
国文学现在不是"走出去",而是被"送出去"。换句话说,与"走出
去"相比,"送出去"强调的是我国的主动作为,是一种错误的战略,
遭到了这些人的批评。

## 二、"送出去"的提出及反对的理据

其实,如果从整个中国文化"走出去"的角度来看,最早提出
"送"字的是季羡林,而且他是高度肯定"送"的作用的。他在分析
"东学西渐"时说道:"我一向特别重视文化交流的问题,既主张拿
来主义,也主张送去主义……既然西方人不肯来拿我们的好东
西,那我们只好送去了。"[①]但季先生的看法没有受到响应,"送"反
而成了一个贬义词。

对"送出去"提出质疑最多的是翻译学界。早在 2009 年刘亚
猛就提出,"实行与'拿来主义'相对称的'送去主义',主动将中国
优秀文化作品译成西方语言供西方读者阅读,则实在看不出有达
到其预定目标的任何可能性"[②]。虽然说的是文化,但所举的例子
大多是文学作品,因此也可以看作是对文学"送出去"的质疑。他
认为,"送出去"之所以不会成功,是因为提倡"送出去"的学者把文
化或智力"产品"等同于普通物质性的商品,而在没有"诉诸暴力强

---

① 季羡林.东学西渐与东化.东方论坛,2004(5):2.
② 刘亚猛."拿来"与"送去"——"东学西渐"有待克服的翻译鸿沟//胡庚申.翻译
   与跨文化交流:整合与创新.上海:上海外语教育出版社,2009:64.

加于人的情况下",文化产品的跨文化交流通常是"买方市场",卖方再努力送货上门都没有用。王东风对于国家资助文化"走出去"没有提出异议,但提出,"翻译原本是宿主文化的一种文化诉求,因此只有宿主文化自发的翻译活动才能引起宿主文化本身的兴趣和关注,这是一个翻译活动能否成功的关键"①,与刘亚猛不谋而合,都强调应该由目标文化主动作为,对于"送出去"其实还是持保留态度。王友贵没有明确提到"送"字,讨论的也是"中华学术外译",但仔细阅读他的分析不难发现,他反对的其实就是"送出去",讨论的内容也适用于中国文学的外译。他认为,"中华学术外译"文化工程很难成功,原因在于这一工程不是"应输入国的需要而动,毋宁说是应输出国的需要"②,看到了"输出"的主动性,把中华学术外译看成了"送出去"。他以自己提出的"翻译需要说"来论证自己的观点,而"翻译需要"又是根据我国1949—1977年的翻译史提出的,举的例子中也有许多文学作品的翻译。根据他的说法来推断,国外(特别是西方国家)对中国文学还没有强烈的需求,强行"送出去"违反了翻译的规律,自然不会成功。

文学批评界同样有响亮的声音。北京师范大学文学院的赵勇就表示,"我很怀疑这样的'送'究竟能有多大效果,甚至会不会遭人反感。……故依我之见,如何由我们的'送去'变为他们的'拿来'实为关键"。他的根据也是目标语文化自身的需要,认为"拿来"之所以能够成功,因为"是从我们的需要出发的,自然也经过了我们的选择"。"送"不能成功,则是因为对方没有需求。他没有说明,我们是否可以了解他国的文化需求,我们可否根据他国的需求有针对性地"送"。但从他对"送"坚决的否定态度来看,他是不相

① 王东风.中国典籍走向世界——谁来翻译.汉语言文学研究,2014(1):7-8.
② 王友贵.从1949—1977年中国译史上的翻译需要审视"中华学术外译".外文研究,2013(1):73.

信我们可以了解他国文化需求的。"他们的'拿来'是关键",也就意味着中国文学只能坐等他国来拿来取,我们自身不能有什么主动作为。当然,他的本意是我们应注重提高文学的质量,要"足够好",要"蕴含一种普遍价值观",似乎还是强调文学作品要靠质量自己"走出去"。①北京师范大学文学院是中国文学对外传播研究的重镇,是"中国文学海外传播研究中心"的所在单位,是近年来中国文学"走出去"的有力推动者之一,在这样的学院竟然还有教授对"送"出去表示质疑,说明"送出去"的说服力还有待提高。

文学创作界也有人对"送出去"表示怀疑。毕飞宇曾以鲁迅先生的"拿来主义"为参照,提出对于外国接受我国文学,我们应该"换位思考",要看到"外国也存在一个'拿来主义'的问题。我觉得我们最好不要急着去送,而是建设自己,壮大自己,让人家自己来拿"②。他还提出,"在'走出去'这个问题上,我觉得我们有些急,有中国行政思维的弊端"。他的这种看法和赵勇其实是一致的,只不过更加激烈,因为他还说,"不能死乞白赖地投怀送抱,这不体面"③。而且他也认为文学应该靠自身的质量"走出去",只不过他没有具体阐述如何才能提高质量。

## 三、"送出去"的可能性

上述人士都是中国文学圈内的重要人士,对于中国文学都有一颗火热的心,都在以实际行动为中国文学的发展贡献着令人称道的力量。应当承认,他们对"送出去"提出质疑,绝不是为了冷嘲热讽,最多只能说是他们对中国文学现状有些"恨铁不成钢",对当

---

① 赵勇.中国文学"走出去"靠什么.同舟共进,2012(3):77-78.
② 高方.文学在中国太贱.中华读书报,2012-06-27(05).
③ 高方.文学在中国太贱.中华读书报,2012-06-27(05).

前国际文学的不平等感到无奈。他们的这些说法印证了部分文学界和翻译界人士的感性认识,更符合翻译学研究中的一些常识,具有不言自明的可信度。但仔细分析一下不难发现,他们提出的各条理由,都不太站得住脚。正是因为这些理由站不住脚,我们才说,"送出去"是完全可能的。

说文化产品与"普通物质性的商品"有多大差别,跨文化交流是"买方市场",那是把文化交流理想化了,没有看到商品化和全球化对于包括文学在内的跨文化交流产生的影响,也没有看到当今国际文学交流的新动态。对于跨文化的文学交流,其商品化主要表现在两个方面。一是通俗作品的比重急剧增长,至少从销量和普通大众的接受度来说,占到了绝对的多数,在目标文化中产生的影响也最大。无论是罗琳的"哈利·波特"系列,还是丹·布朗的小说,都是如此。大众影视作品可以看作是通俗文学作品的延伸,也是如此。而且,不仅是强势文化国家的通俗作品向弱势文化国家传播,弱势国家的作品也会向强势国家传播。比如韩国的影视剧就不仅席卷了大中华地区,同样也席卷了日本。相对于中国和日本,韩国文化无论如何也算不上是强势。商品化的第二个表现是高雅作品放下身段,在流通环节走商品推销的路子。以往高雅作品出版后,推介的方式往往是开研讨会、发表系列评论文章等,现在的重点推介方式则是作家签售、读者见面会。通俗作品更是会走商品推销的路子,除了作家签售、读者见面会外,往往还会有影视开发、全球同步发售等推销手段。如此一来,文学与"普通物质性的商品"就有了很多的相似之处,至少在传播这一点上,都需要有必要的"推销"措施。全球化则为这种推销提供了极大的便利。全球化加快了文学信息的传播速度,也使得文学作品的流传更加便利,"全球同步发售"等推销手段也才成为可能。而且,对于畅销作品和获得知名大奖的作品,各国还纷纷抢购,如获得诺贝尔奖的作品、"哈利·波特"系列。这样的作品跨文化交流,面对的就不是"买方市场",而是发售初期典型的"卖方市场"。因此,刘亚猛先生的理由站不住脚。

说我们的文学作品质量不够高,所以不应该"送出去",是忽视了文学外译的两个常识。第一是文学作品能否成功外译,与其文学质量没有必然的关系。公认质量高的作品未必能够在目标语文化中流行,在目标语文化中流行的也有可能只是二三流的作品。在英语世界中大受欢迎的寒山诗,还有清末林纾翻译的哈葛德的作品,以及《乱世佳人》持续的流行,都是二三流作品在其他文化中流行的例子。第二是当前文学外译的目的并不仅仅是着眼于文学,而增强中国文化在海外的影响力,建设国家的文化软实力才是最根本的目的,中国文学"走出去"还要有"政治思维"和"市场思维"。[①]因此,只要作品在海外有很好的销量,产生了一定的知名度,帮助国外受众增加了对中国的了解,增强了他们对中国的好感,文学"走出去"的目的就实现了。正因为如此,中国文学外译必须注重销量,而且也的确有学者认为,销量可以反映国外读者的接受度。[②]

说"翻译需要"是文学对外传播得以成功的前提,看起来非常有说服力,许多国家的文学翻译史似乎都印证了这一点,多元系统理论和操纵派理论等翻译理论也反映了这一点。勒弗菲尔认为,文学翻译受目标语文化的"意识形态"和"诗学"的影响,也就说明目标语文化的思想和文学需求对文学翻译能否成功起着重要作用,或者说王友贵所说的"翻译需要",两大主要内容就是思想和文化需要。但这同样不能否定"送"的可能性。

---

① 韩子满.中国文学"走出去"的非文学思维.山东外语教学,2015(6):77-84.
② 孙艺风,何刚强,徐志啸.翻译研究三人谈(下).上海翻译,2014(2):13.

首先,这两种需要其实很难判定,我们不能先判定他国的需要然后再推动文学传播。所谓一时一地的思想与文学需求,大多只是学者们根据业已发生的文学交流事实,事后来推断当时目标语文化在思想和文学上是否需要从外部引进文学,但至今还没有见到哪位学者在文学交流发生之前就能够预判这种需要。考察一下各国的文学翻译史不难发现,在某些作品,尤其是某一类作品传入某一文化之前,该文化并不知道自己的思想或文学需要是什么。某一类作品在某一文化中成功传播,也不全是该文化有意选择的结果。最常见的情况是,有多类作品同时或先后传入某一文化,一段时间之后,某些特定类别的作品成功传播,其余的则逐渐被人忘记。这是目标语读者选择的结果,当然反映了该文化的需要,但选择的前提是有多类作品已经传入该文化。除非是生活必需品,有时候我们并不知道自己的需求或需要是什么。苹果公司创始人乔布斯有一句名言,那就是"很多时候人们并不知道自己想要什么,直到你把他们想要的东西展示出来"①。苹果公司的产品都是高端消费品,并不是生活必需品,满足的是人们精神层面的需求,在这一点上和文学作品,包括外国文学作品没有什么不同。

其次,需要并非一成不变,死板地根据某一文化的需要来判断文学传播容易出错。思想需要也好,文学需要也好,在文学交流中最终都表现为读者的阅读需要,因此从目标语读者的阅读需求来考察文学"走出去",是一个可行的视角,在有关中国文学外译的讨论中,这也成为最常用的视角之一。有些学者坚信中国文学必须由国外的译者来翻译,其理由就是这样的译者更能了解目标语读者的阅读需求。谢天振就认为,这些译者更能把握"译入语国家读

---

① 参见:Ciotti, G. Why Steve Jobs never listened to his customers. (2013-03-06) [2016-04-02]. https://www.helpscout.net/blog/why-steve-jobs-never-listened-to-his-customers/.

者细微的用语习惯、独特的文字偏好、微妙的审美品味"①。但读者阅读需求总会因时而变，甚至变动不居。以目标语文化某一时的读者阅读需求为依据，制定文学对外传播策略，往往收不到应有的效果。有学者在论及中国文学在美国的传播时就发现，"美国读者其实也有势利的一面。迎合未必就能得到好感，却因强化了出版界的成见，堵塞了其他题材的生路"②。中国文学界误以为美国读者只喜欢中国的伤痕文学，不积极译介其他类型的中国文学，殊不知其他类型的文学，比如移民文学已逐渐受到美国读者的青睐，在美国热销。换句话说，美国读者的阅读需求已经改变，中国文学界却没有意识到。另外，不迎合读者需要，文化交流也有可能成功。吕澂曾分析了国内开始翻译大乘佛经时的社会文化状况。他发现支谶的翻译并不是为了迎合当时国内的需要，而是为了弥补国内佛教传播的不足。③竺法护的翻译与此类似，也是为了纠正当时人们"忽略了西域大乘经典的传译"这一缺憾。④宗教和文学虽有所不同，但二者都是为了满足人们的精神需求，都不是"普通物质性的商品"，其跨文化传播理应有相通之处。佛经传播的这种情况值得我们关注。

再次，与文学传播相关的需要具有非功利性的特点，读者对于"送"过去的文学作品未必排斥。人们阅读文学，多数时候并没有明确的目的，至少没有特别实用性的目的，其阅读目的很难预测，其阅读需要因而也难以预测。研究人员阅读的目的性会比较强，因为他们需要了解作品的思想性和文学手法，一般的读者只是为了放松或愉悦身心，或是仅仅出于好奇心阅读文学，其阅读目的难

---

① 谢天振.莫言作品"外译"成功的启示.文汇读书周报，2012-12-14(03).
② 南桥.只有伤痕，中国文学在美国.南方都市报，2009-09-14.
③ 吕澂.中国佛学源流略讲.北京：中华书局，1979：289.
④ 吕澂.中国佛学源流略讲.北京：中华书局，1979：297.

以言说,甚至飘忽不定。以中国文学"走出去"的重点方向欧美国家为例,新星出版社总编辑止庵就认为"欧美人读书是属于正常阅读",而所谓正常阅读就是"非实用性阅读""非功利性阅读",是要看"闲书"。①闲书种类很多,必定包含文学作品,但具体是哪些文学作品,就很难预测了。不过这倒也不可怕,我们把自己的作品主动"送过去",供其选择就可以了。只要"送过去",他们就有可能阅读。如果不主动"送过去",由于语言文化的阻隔,他们就不大可能主动来选择中国文学。还有学者指出,"从总体来看,英语世界对中国当代文学译介的驱动力往往来自对陌生世界的好奇心理"②。既然他们有阅读中国文学的欲望,我们主动"送过去",只要方式得当,不引起他们的反感,岂不是可以方便他们的阅读,省去他们主动甄别筛选的麻烦。至少从逻辑上讲,我们主动"送出去"并不会减弱他们的好奇心。

此外,反对"送出去"的那些人,其观点中有自相矛盾的地方。比如,毕飞宇提出"中国文学向海外输出的最大问题不在翻译,而在缺乏职业的文学代理人"③。这等于是间接地承认了"送"的作用。据"中国图书出版网"上一篇文章的介绍,在美国的作者如果要出版著作,首先自己需要向文学代理人或文学代理公司"寄上一份荐稿信",努力向对方推销自己。代理人或代理公司与作者签约后,又会向出版社极力推销作品。④两个环节都需要主动推销,都

---

① 岛石,谭潭.美国畅销书主体:悬疑小说　中国畅销书主体:青春文学.中国图书商报,2007-01-23(A03).
② 吴赟.英语视域下的中国女性文化建构与认同——中国新时期女性小说的译介研究.中国翻译,2015(4):42.
③ 高方.文学在中国太贱.中华读书报,2012-06-27(05).
④ 参见:中国图书出版网.文学代理人推动美国大众出版繁荣.(2007-12-26)[2016-03-24].http://www.bkpcn.com/Web/ArticleShow.aspx?artid=070119&cateid=B03.

需要"送"。这种西方国家内部的"送"与我国文学对外传播的"送"本质上有多大区别呢?

除此之外,还有两点可以说明文学"送出去"是可能的。一是主动"送出去",特别是政府牵头"送出去",已成为除英语国家之外多数国家(地区)文学外译的常态,并取得了良好的效果,中国没有理由成为例外。《PEN/IRL 国际文学翻译形势报告》指出,"送出本国(地区)文学"已成为世界各国(地区)的经验,"各国(地区)文学的外译离不开政府的支持"。[①]二是海外受众对中国的关注有助于中国文学"送出去"。葛浩文注意到一个现象,"每次新闻报道中报道了中国的事情,中国的文学作品销量就会好一些"[②]。尽管西方新闻中"中国的事情"未必是正面报道,但这一现象说明,社会大众对中国关注度的增加有助于中国文学传播,为西方读者关注"送出去"的中国文学提供了机会。随着中国在世界上影响力的提升,各国新闻中有关中国的报道越来越多,各国读者关注中国文学的概率也就越来越高。

### 四、"送出去"的必要性

此外,我们也必须看到,无论是从我国文学对外交流的现实来看,还是从国家建设文化软实力的战略出发,主动把我们的文学作品"送出去",对中外文学交流加以人为干预,加快我国文学在海外的传播,都是我们无法逃避的必然选择,有其内在的必要性。

当前我国文学对外交流总体形势不错,特别是莫言 2012 年获得诺贝尔文学奖以后,中国文学对外传播的势头一直很好,但两个

① 马士奎.英语地位与当今国际文学翻译生态——《PEN/IRL 国际文学翻译形势报告》解读.民族翻译,2013(3):36-37.
② 葛浩文.从翻译视角看中国文学在美国的传播.中国文化报,2010-01-25(3).

基本态势并没有根本改观。首先是整体上处于入超状态,引进的多,输出的少,传播到海外,尤其是西方世界的文学作品还不够多。许钧等曾分析过这种现象,并称之为"文学作品译入与译出失衡",认为这种失衡导致中外文学"互动不足"[①]。从图书版权的贸易来看,据统计 2008 年引进与输出的比是 6.5∶1[②],到了 2013 年有了很大的改善,达到了 2.3∶1[③],但仍然是出去的比进来的少很多。虽然我们没有见到文学作品的版权贸易情况,但情况不会比整体的图书贸易情况好多少。之所以输出的不多,不外乎两个原因。第一个原因是文学译作读者数量有限,出版和发行都无利可图,海外出版机构缺乏必要的动力。国内学术界经常哀叹我国文学译作在国外销量不佳,其实外国文学译作在我国当下的销量同样不够理想。"如今的外国文学作品,能卖到上万册的已经算得上畅销书了",而在 20 世纪 80 年代,"一本外国文学作品动辄销量几十万册"[④],这就使得出版文学译作很难赢利。有西方学者就发现,严格意义上的文学翻译,即小说或散文翻译,通常"充满风险、代价高昂,或者说至少人们认为是这样的。而且即便有资助通常也没有利润"[⑤]。有研究荷兰文学对外传播的学者也发现,海外出版商决

① 高方,许钧. 中国文学如何真正"走出去". 文汇报,2011-01-14(12).
② 李蓓,卢荣荣. 中国文化"走出去"急需迈过翻译坎. 人民日报(海外版),2009-08-14 (04).
③ 洪波. 中国出版"走出去"格局发生根本变化——2013 年全国图书版权贸易分析报告. 中国新闻出版报,2014-08-27(9).
④ 李岩. 文学翻译:无奈近黄昏. 中国民航报,2014-03-28(11).
⑤ Buzelin, H. Translations "in the making". In Wolf, W. & Fukari, A. (eds.). *Constructing a Sociology of Translation*. Amsterdam: John Benjamins Publishing Company, 2007: 141.

定是否出版荷兰的文学作品,一个主要的考虑就是有没有资助。①
第二个原因是其他国家主动出版我国文学作品的意愿不强。许钧
曾注意到美国不重视翻译,不重视外域文化的情况②,其实愿意积
极翻译他国文学的国家一直就不多,至少西方发达国家翻译引进
第三世界国家文学的积极性一直就不高,雅克蒙德提出的文学翻
译的南北不平衡状况③并没有消失。

其次是输出的质量不高,传播出去的文学作品中,能够代表中
国文学精华的还不够多,还不足以反映中国文学的全貌,一些质量
不高甚至质量低劣的作品掺杂其中,导致海外读者对中国文学的
印象不够客观。海外读者关注中国文学往往带有其他目的,其阅
读动机并非纯粹出自文学欣赏。早在 1953 年美国汉学家海陶玮
(James Robert Hightower)就发现,"学习中国相关知识的学生,
知道中国文学数量不少,但对中国文学的兴趣往往是其他特殊兴
趣的副产品"④。这种现象直到 20 世纪末仍然没有改变,1990 年
宇文所安(Stephen Owen)还认为,"当代中国文学的受众对政治
的兴趣超过了诗歌"⑤。甚至于到了 21 世纪,情况依然如此。有
人发现,美国书店里销售的中国文学大多是"伤痕文学",反映出的
政治倾向非常明显。当地的出版社必然会迎合读者的这种倾向,

---

① Milton, J. The importance of economic factors in translation publication: An example from Brazil. In Pym, A. et al. (eds. ). *Beyond Descriptive Translation Studies*. Amsterdam: John Benjamins Publishing Company, 2008: 164.
② 高方,许钧. 中国文学如何真正"走出去". 文汇报,2011-01-14(D12).
③ Jacquemond, R. Translation and cultural hegemony: The case of French-Arabic translation. In Venuti, L. (ed. ). *Rethinking Translation*. London: Routledge, 1992: 139-158.
④ Hightower, J. R. Chinese literature in the context of world literature. *Comparative Literature*, 1953, 5(2): 117.
⑤ Owen, S. What is world poetry? The anxiety of global influence. *The New Republic*, 1990(19): 29.

推出的中国文学译作自然不够全面客观。此外,由于海外长期有少数人对我国深怀偏见,更有可能故意散播带有政治倾向的作品,以此来达到妖魔化中国的目的。时任外交部副部长傅莹就注意到,"外界对我国发展变化的了解很有限,……倒是一些怀有个人目的或恩怨的人利用栖身国外的便利,大量发表充满个人成见的文章、书籍,反而成为境外了解中国的信息来源"①。这其中应该就有文学作品。要想纠正海外读者对我国文学的曲解,使他们对我国文学有一个更加客观公正的了解,我们就非常有必要主动把自己的文学"送出去"。

加强文化软实力建设,特别是增强中华文化在海外的影响力和亲和力,已成为国家大力推行的一个战略,作为其中一个重要的组成部分,文学对外传播也必须积极主动作为。要想服务于文化软实力建设的大战略,要想扩大中国文学在海外的影响,坐等他国主动来引进翻译我们的文学是不现实的。即便对方引进了,也未必符合我们的期待,更不可能达到我们的目的。我们必须主动作为,把我们挑选出来的作品主动"送出去",从源头上对中国文学的传播效果加以干预,减少甚至是杜绝低劣的、负面的文学作品在海外的流通,引导甚至塑造海外受众对中国文学和文化的看法。从这个意义上讲,中国文学实际上成了我国文化外交的一个有力武器,成为营造正面国际舆论的一个重要阵地。对于这一点,我们没有必要羞于承认。文学交流用于文化外交,早已是各国通行的做法。②可喜的是,我国主管外交的领导们已经认识到了这一点。前国务委员唐家璇在谈到中国文化"走出去"时曾经指出,"特别是中国文学的翻译,是需要大力加强的一个重要方面"③。同时,主动

① 傅莹.在彼处:大使演讲录.北京:外语教学与研究出版社,2011:50.
② 韩子满.中国文学"走出去"的非文学思维.山东外语教学,2015(6):80-81.
③ 陶德言,徐曼.翻译应成为促进文化"走出去"的积极因素.参考消息,2012-12-07(11).

把文学作品"送出去",也体现了"主动外交"的特点,这符合我国近年来的外交实践发展趋势。傅莹就指出,"最近十多年里,我国外交的主动性明显提高"①。文学界和翻译界作为文学"走出去"的实际执行者,在意识和行动上没有理由落后于外交界,理应充分认识到"送出去"的必要性。

## 五、"送出去"的原则与策略

既然"送出去"完全有可能实现中国文学对外传播的目标,在当前也是十分必要的举措,那么我们不妨说在今后相当长的一段时期内,中国文学的"走出去"在很大程度上就是"送出去"。因此,此前学者们有关中国文学"走出去"的各种合理建议也完全适用于中国文学"送出去",比如重视市场运作,比如设立文学代理人,等等。除此之外,结合中国文学对外传播的最新发展,以及其他国家和地区推动文学"走出去"的经验,我们认为,中国文学"送出去"应遵循以下两个原则。

一是政府在"送出去"的过程中应该起重要作用,但也应调动各类非政府力量,而且政府不应直接参与具体事务的管理。"送出去"的一个主要方式就是提供资助,为文学在海外的传播提供资金支持。这种文化投资通常都不会有明显的经济回报,而且数额比较庞大,必须由政府来承担大头。另外,"送出去"要想取得理想的效果,就必须有规划,有组织,不能一哄而上,胡乱送。这就要求政府积极协调各类参与者,在宏观上对"送出去"加以必要的规划。但政府的资助也不是无限的,不可能满足所有的"送出去"之需,这就需要企业、研究机构、个人等非政府力量积极出资,填补政府资

---

① 傅莹.在彼处:大使演讲录.北京:外语教学与研究出版社,2011:46.

助的空白。非政府力量不仅可以弥补政府力量的不足,而且在海外运作更方便。在西方世界普遍对我国政府持有偏见的今天,非政府机构在境外的运作空间比政府力量要大得多。政府机构往往专业力量不足,特别是决策者未必完全了解细节,如果过度介入具体事务的处理,有可能会好心帮倒忙。外文出版社在杨宪益夫妇版《红楼梦》译介过程就曾因为过度作为,成了"文学外译的阻力"[①],这个教训值得记住。

二是要有长远眼光,不追求立竿见影的效果,只要作品"送出去"以后不引起海外受众对我国文学和文化的反感,就可以算作成功。文化软实力建设是一个长期工程,不可能一蹴而就,需要有一个积累的过程。就文学"送出去"来看,要想海外受众对我国文化和文学有好感,首先要帮助他们接触中国文学,接触中国文学中优秀的作品,读到反映中国文化真实面貌的作品,这样慢慢积累下来,他们就有可能为中国文化所感动,进而产生好感。有一种观念需要特别注意,那就是强调传播效果的"原汁原味",要求海外受众产生完全符合我们期望的感受,表现在翻译上就是要求译文绝对准确,原原本本地反映原作的内容。这种观念其实违反了文化交流的基本规律。人们在接受另一种文化时,并非脑海一片空白,等着其他文化来填充。恰恰相反,在接受他国文化时,人们脑海中充满了根植于自己文化的观念和信念,有着迥异于原文化受众的期待视野,其接受的异域文化必然会打上本文化的烙印,最终的接受结果必然是杂合的。霍米·巴巴等人的研究已经令人信服地证明了这一点。[②] 具体到翻译上,译文也必然是杂合的,"原汁原味"是无法做到的。但是我们可以确保海外受众接触到的都是正面的内

① 江帆. 文学外译的助力/阻力:外文社《红楼梦》英译本编辑行为反思. 中国比较文学,2014(1):50-65.
② Bhaba, H. *The Location of Culture*. London: Routledge, 1994: 102-122.

容,在其杂合化的最终接受中,对我国文化和文学的印象没有或者尽量少一些负面的东西,多一些正面的东西,这样日积月累他们就会对中国文化产生应有的好感。

就具体策略而言,有两点值得注意。

一是重视国内出版社的作用,可以打破出版界现有条块分割的局面,将文学输出与文学引进结合起来,把国内一些出版社打造成文学作品输出的重要渠道。目前无论是学术界,还是文化主管部门,都比较重视海外出版社在中国文学、文化"走出去"中的作用,"中华学术外译"项目还要求申请者必须联系好海外出版社。这么做确实有道理,海外出版社更加贴近海外受众,作品由他们出版发行,推广起来会更方便更有效。但在如何联系海外出版社方面,各界对国内出版社的作用普遍不够重视。有加拿大的出版商发现,出版社要想向海外推销自己出版的文学作品,自身就需要对外国文学"感兴趣"。一些出版社出版外国文学,目的就是要在国际文学市场上占有一席之地。①换句话说,引进他国文学作品的出版社,往往与国外的出版社有紧密联系,更擅长把本国的作品输出给国外的同行,甚至作为交换条件,在引进他国作品时要求对方也出版自己的作品。我国每年引进出版的海外文学作品数量可观,如果相关出版社在此过程中要求海外出版社也出版自己出版的中国文学作品,对方或许会答应。这就要求我国调整目前的出版格局,打破少数出版社集中出版翻译文学作品,却很少出版本土作品的做法,允许这样的出版社出版更多的中国文学作品,同时也鼓励主要出版国内文学作品的出版社,如人民文学出版社等多出版海外的文学作品,培育一批既出版翻译作品,又出版本土作品的出版社,

---

① Buzelin, H. Translations "in the making". In Wolf, M. & Fukari, A. (eds). *Constructing a Sociology of Translation*. Amsterdam: John Benjamins Publishing Company, 2007: 141.

让这些出版社与海外出版社商谈,以交换的形式推广中国文学作品,或许可以收到更好的效果。

二是灵活运用迂回策略,选取重点国家集中突破,实现中国文学从海外到海外的传播。中国文学"送出去",首选的目的地当然是英语国家,这是由英语国家在当前国际舆论中的实际地位决定的。但现实情况是,英语国家出版发行我国作品的意愿并不强烈,对我国文学文化的偏见也很深。我们主动"送过去"肯定会有效果,但可能需要一个比较漫长的过程。这时我们不妨换一种思路,先在其他国家,尤其是其他西方国家大力推广中国文学,在这些国家培养中国文学的爱好者,通过这些国家使中国文学的影响力扩大到英语国家,最终达到在英语国家形成中国文学爱好者的目的。比如说,法国整体而言对中国文学比较友好,翻译出版的中国文学作品比较多。如果我们能够加大针对法国的"送出去"的力度,促使更多的中国文学作品在法国出版,使更多的法国读者喜欢中国文学,他们对中国文学的看法就有可能影响英语国家的知识界与出版界,帮助中国文学在英语国家打开局面。这种迂回策略在其他国家有先例。荷兰文学曾长期受到德国出版商的青睐,因为德国要反抗法语文化和英语文化的霸权。当一些荷兰文学作品在德国有了很高的知名度以后,法国的出版商开始主动出版这些作品。[①]法国对我国文学友好,不排除有反抗英语文化霸权的考虑。我们不妨利用这一考虑,在法国推广我们的作品,等这些作品在法国产生影响之后,或许英美的出版商也会主动出版这些作品。

和其他翻译研究一样,探讨中国文学"走出去",我们应该着眼

---

① Heilbron, J. Responding to globalization: The development of book translations in France and the Netherlands. In Pym, A. et al. (eds.). *Beyond Descriptive Translation Studies*. Amsterdam: John Benjamins Publishing Company, 2008: 195-196.

于现实,从现实中寻找问题的症结,并尽量在现实的启发下提出合理的解决办法。如果我们局限于现有的翻译理论,特别是西方多元系统论或是操纵理论等,必然会得出中国文学的海外传播完全受制于目标语文化的结论。但我们只要将眼光投向中国文学"走出去"的现实,考察一下其他国家和地区文学海外推广的实际,就会得出更为乐观的结论,就会发现主动作为,积极推广的可能性和必要性。毕竟,当前的中国文学"走出去"与翻译研究派各位学者所关注的文学翻译在性质和运作方式上与以前相比已经有了很大的不同,了解了这一点,就可以理解为什么我们说中国文学的"走出去"目前也就等于是"送出去"。

（韩子满,上海外国语大学英语学院教授;原载于《外国语文》2016 年第 3 期）

# Glocal Chimerican 葛浩文英译研究

## 孟祥春

## 一、引　言

在文化与文学领域,"大同"导致单调,"差异"促成交流。鲁迅的"拿来主义"、季羡林的"送去主义",以及当下倡导的文化与文学"走出去",其根源都在差异。文学"走出去"须依赖翻译:文学共性使翻译成为可能,文学个性使翻译成为必要。王德威认为,中国当代一些作家的作品固然不错,但"能不能推到国际上,能不能在国际文学界占据一席之地……这个牵涉到有没有一个好的翻译者"①。就中国现当代文学"走出去"而言,葛浩文是最具里程碑意义的汉英翻译家,其成功在很大程度上可归结为他文化意义与翻译策略意义上的 glocal Chimerican 身份,即"全球视野,文化中美,译写吾国,语取东西"(A cultural Chimerican, Goldblatt thinks global, acts local, and speaks glocal.),其英译对中国文学"走出去"具有"启示"与"颠覆"双重意义。

---

① 季进.另一种声音——海外汉学访谈录.上海:复旦大学出版社,2011:103.

"葛浩文研究"随着莫言获得诺贝尔文学奖而渐成"显学",其中,葛译研究是热点之一。目前,学界对葛译论争颇多,其中的四组论争或问题最为重要。(1)葛浩文再现了作者,还是借助作者呈现了自己?(2)他是否过于重视市场?其英译是否体现了"东方主义"?(3)他的理论与实践表现为何种"张力"?他是否应该坚持自我?(4)他具有何种意义与地位?对中国文学"走出去"有何价值?解决这些问题有助于对葛译进行更为准确的描述、评估与定位,并有助于反思中国文学"走出去"所面临的宏大课题,即谁在译,该谁译,该译谁,为谁译,如何译,以及何时译。

## 二、"我译"与"译我":忠实还是背叛?

### (一)"译我"即创造

莫言获得诺贝尔文学奖之后,葛浩文得到了更多的赞誉和审视。旅美作家 Anna Sun 认为:"莫言语言啰唆重复,了无新意,鄙陋粗俗,缺乏美感。妙手葛浩文的英译本就审美的统一性与可靠性而言,实际上比原作更胜一筹。"①对此,Dylan Suher 表示完全认同。②顾彬主张莫言小说英译本应署上两个作者的名字,因为葛浩文"创造了'国外的莫言'"③。Aimee Levitt 则说:"读者拿起莫言、王朔、苏童或其他任一中国当代小说家的英文译著,他往往是在读葛浩文。"④这些论断都指向同一个问题:葛浩文是"我译"还

---

① Sun, A. The diseased language of Mo Yan. *The Kenyon Review*,2012(Fall).

② 参见:http://www. asymptotejournal. com/article. php? cat＝Criticism&id＝48http://www. sinovision. net/society/201512/00361726. htm,检索日期:2015-06-12。

③ 参见:http://www. nandu. com/nis/201305/07/47019. html,检索日期:2015-06-14。

④ 参见:http://www. chicagoreader. com/chicago/howard-goldblatts-life-in-translation/Content? oid＝9260454,检索日期:2015-06-12。

是"译我"？

如果说哈金、谭恩美等华人小说家的创作读起来像是一半翻译，那么，葛译中国小说读起来更像一半创作。葛浩文既是在翻译作者，也是在呈现自己，是"我译"与"译我"的统一，前者指向"忠实"，后者通向"创造"。葛浩文的创造性以 glocal Chimerican 这一特质为支撑，其创造不仅体现在微观层面的词句，同时还体现在整体的风格重塑。下文试以葛译小说篇名与译文语言风格分析说明。

葛浩文往往跳脱出原作篇名，综合考量小说主题、内容以及读者的审美趣味，融通再造。譬如，他把白先勇的同性恋主题的小说《孽子》译成 Crystal Boys，"在台湾，男同性恋群体被称为'玻璃圈'，而男同性恋者被称为'玻璃'。因此使用了 crystal boy 这一说法"①。这给人以新奇与神秘感。旅美作家黄运特说："由葛浩文翻译的优美而精妙的《四十一炮》有了一个有诗意又具拟声的标题 Pow！"②显然，Pow！比原标题更具听觉冲击。再如，李昂的《杀夫》被译成了 The Butcher's Wife，去除了源语的暴力惊悚元素，西方读者更易接受；莫言的《红高粱家族》被译成 Red Sorghum：A Family Saga，既有原野意象，又有色彩元素，同时还凸显了西方读者钟情的"家族传奇"；阿来的《尘埃落定》英文名则以小说的线索"红罂粟"作为标题（Red Poppies），颇具画面与色彩感；刘震云的《我不是潘金莲》译成了 I didn't Kill My Husband，既表明了女主角上诉时反复的陈述，又制造了悬念；毕飞宇的《玉米》译成了 Three Sisters，点明了人物；毕飞宇的《青衣》一名包含的形象与韵味难以向西方人一语传达，葛译 The Moon Opera 源

---

① Goldblatt，H. Translator's note. In Pai，H. *Crystal Boys*. San Francisco：Gay Sunshine Press，1990：unpaged.

② Huang，Y. Mo Yan's bombshells. *The Chicago Tribune*，2013-01-04.

自主人公青衣旦筱燕秋曾出演的《奔月》一戏，既点出了主人公的成名剧，又隐约传达了"人生如戏"的主题，可谓多重契合。葛译《生死疲劳》一名更显示出了非凡的创造力。原书名来自《佛说八大人觉经》："生死疲劳，从贪欲起；少欲无为，身心自在。"此处，"生死"与"疲劳"为并列结构，前者指六道轮回中的"生老病死"，后者指"窘困疲乏"。葛浩文没有照直译成 *Life, Death and Exhaustion*，而是以小说叙述者的口吻把这一标题译成了 *Life and Death Are Wearing Me Out*，既传达出了佛教生死轮回的观念，又带出了以"第一人称"叙述的人物，还传递了人物的人生慨叹，其创造力让人叹为观止。

葛浩文呈现的是"第三种风格"，即带有鲜明自我印记与原作风格的"杂糅"风格，它既属主动创造，也是无可避免的。Lucas Klein 认为，葛浩文受到了福克纳的影响，也受到了马尔克斯的主要英文译者 Gregory Rabassa 和 Edith Grossman 的影响，因此，"在文学风格的养成方面，他运用这种风格以英文来再现（represent）或再创（recreate）莫言的声音"①。葛浩文说："莫言劲健、天马行空、高度形象化的风格很适合我……而《狼图腾》英译本全是姜戎的风格，但也全是我的风格。姜戎所用的形象、故事、结构，都是姜戎——封面上他的名字比我的大——但言词都是我的。"②总体而言，葛译风格比莫言简洁，比姜戎细致，不如毕飞宇的细腻凄美、王安忆的温婉淡雅、贾平凹的乡土朴素、王朔的不羁痞气、苏童的古典气韵，但葛浩文总是"尽可能贴近原文的风格，独

---

① 参见：http://www.asianreviewofbooks.com/new/?ID＝1775 #！检索日期：2015-06-12。

② Kabat, M. Beijing Bookworm International Literary Festival—Howard Goldblatt and *Wolf Totem*. (2008-03-13)［2015-06-12］. http://www.thebeijinger.com/blog/2008/03/13/beijing-bookworm-international-literary-festival-howard-goldblatt-and-wolf-totem.

特的语言以及语法结构,然而,为了可读性,译者把标准的汉语译成标准的英语"①。由此,他不经意间就融合了自己与作者的风格,从而呈现出"第三种风格"。不少读者抱怨葛浩文的译作过于"葛浩文化",对此,葛浩文回应说,如果用别人的言说方式,他一句也译不出。

简而言之,葛浩文是以自己的言语与风格再现他人的叙事,借他人的叙事呈现自我;原作者在"创造故事",葛浩文在创造性地"重述故事"。

### (二)在"忠实"与"创造"的平衡中从翻译"文字"走向翻译"文学"

"忠实性"是翻译的伴生问题,译者总会以某种方式经受"忠实性"评判。不少学者论及了葛译的"忠实"问题,如文军②、刘浚③、胡安江④、姜小玲与施辰露⑤、邵璐⑥。西方不少学者往往对葛译的"忠实性"进行"有罪推定"。厄普代克认为"葛浩文教授或许紧随汉语文本,逐字翻译",因此有媒体评论认为葛译"所失良多"。⑦葛译小说偶有结局修改、内容删减,以及叙事结构的部分调整,前者如《天堂蒜薹之歌》,中者如《沉重的翅膀》《红高粱家族》《狼图腾》《碧奴》与《格萨尔王》,后者如《丰乳肥臀》。葛浩文经常会"应

① Goldblatt,H. & Lin,S. L. Translator's preface. In Zhu,T. *Notes of a Desolate Man*. New York:Columbia University Press,1999:vii.
② 文军,王小川,赖甜.葛浩文翻译观探究.外语研究,2007(6):78-80.
③ Liu,J. Faithful to the original. *China Daily*,2008-03-12(18).
④ 胡安江.中国文学"走出去"译者模式及翻译策略研究——以美国汉学家葛浩文为例.中国翻译,2010(6):10-15.
⑤ 姜小玲,施辰露.莫言得奖,翻译有功.解放日报,2012-10-03(05).
⑥ 邵璐.莫言英译者葛浩文翻译中的"忠实"与"伪忠实".中国翻译,2013(3):62-67.
⑦ Updike,J. Bitter bamboo:Two novels from China. *The New Yorker*,2005-05-09:84.

作者的要求,或者在作者的许可之下,对原文进行某些删减"①,或者"在翻译和编辑过程中,对原文进行某些改变或结构重整,所有这些都经作者允许"②。由此,不少人认为葛译背叛了原作。

传统上,"忠实"与"创造"往往被看是"二元对立",而不是"二元互彰/参",因此,二者之间的缓冲区很难照顾到。"忠实"就是要让译者成为别人;"创造"则是要译者成为自己。葛浩文只能处在二者之间的缓冲带,从而与作者在"文学"中相遇,因此,其译作可以描述为"两个灵魂寓于同一个身体"(two souls dwelling in one body)。葛浩文坦言自己很享受"忠实"与"创造"之间的张力及妥协,但他清楚,"创造"是有界限的,譬如说,"诗人在译诗时创作的诱惑太大了,看看庞德的英译汉诗就知道了"③。

葛译的"忠实性"与"直译"和"意译"以及与"异化"和"归化"有着某种相关性。葛浩文处于一个永恒的矛盾之中:他既要消弭差异,使翻译可理解,又要呈现"差异",使翻译有必要。实际上,译者保留多大程度的"异国风情"(exoticism)或者创造多大程度的"在家感"(at-homeness)取决于个人体悟与诉求、读者、时代等诸多"翻译外"因素。在美国,"'意译'派在出版方面更胜一筹,因为无论是商业出版社还是大学出版社都推崇意译派的译著……在那些'可译'的小说里,'可读性好'的译作才能出版"④。因此,葛译"异

---

① Goldblatt,H. Translator's preface. In Zhang,J. *Heavy Wings*. New York: Grove Weidenfeld,1989: unpaged.

② Goldblatt,H. Translator's Note. In Mo Yan. *Red Sorghum*. New York: Penguin Books,1993: xii.

③ Kabat,M. Beijing Bookworm International Literary Festival—Howard Goldblatt and *Wolf Totem*.(2008-03-13)[2015-06-12]. http://www. thebeijinger. com/blog/2008/03/13/beijing-bookworm-international-literary-festival-howard-goldblatt-and-wolf-totem.

④ 葛浩文. 葛浩文文集:论中国文学. 北京:现代出版社,2014:199.

化"与"归化"相融通,"直译"与"意译"相协调,既照顾源语特色,又照顾目的语读者,很好地体现了其 glocalism 特质。但不容否认的是,葛译"归化"与"意译"的倾向性更为明显,这显然是为"可读性"服务的。

葛译以"忠实"为原则。为此,他甚至会"尽可能忠实于莫言的有时前后并不一致的文本"[1],如果实在无法"忠实"再行变通。葛浩文说:"为求忠实,我首先试图忠实于作者的语气,尤其在对话中。如果直接翻译不合适,我就发挥己见,变通处理文本以达目的。"[2]然而,译者可以减少主动的"创造",却无法完全避免无意识的、非策略性的"背叛"。在《丰乳肥臀》中,莫言写道:"天公地母、黄仙狐精,帮助我吧⋯⋯"葛译是:"Father of Heaven, Mother of Earth, yellow spirits and fox fairies, help me, please."显然,葛浩文不甚了解"黄仙"就是民间所说的能附身的"黄大仙",为"黄鼠狼"讳,译成 yellow spirits 读者则难以理解。《青衣》中的"(京剧)码头"葛译为 pier 有误,实际上,在京剧行当,"跑码头"即到外地演出,京剧码头有"戏风隆盛、名角汇集"的含义;"女大十八变",葛译 a girl changes dramatically at eighteen。这些失误,不影响葛译总体的"忠实",批评家应心存宽容。

葛浩文认为民族文学要参与"全球文学生产"(global literary production),变成"世界文学",翻译几乎是唯一的办法。然而,逐字翻译不意味着"忠实",忠实的翻译也未必就是好的文学。要在异域再现原作,就不能执着于字词,而是必须进行整体的呈现。在这一点上,顾彬的评判十分精当:"他(葛浩文)很多成功的小说仅

---

[1] Goldblatt, H. Translator's Note. In Mo Yan. *The Republic of Wine*. New York: Arcade Publishing, 2010: v.

[2] Goldblatt, H. Translator's preface. In Huang, C. *The Drowning of an Old Cat and Other Stories*. Bloomington: Indiana University Press, 1980: ix-xii.

仅译了原著的三分之二,这也是所谓的整体翻译,他不拘泥于词句。他强调说,他将小说本身及其精神成功地翻成了英语。"①

简言之,葛译在"忠实"与"创造"甚至"背叛"这一永恒的矛盾中,不囿于翻译"文字",而是走向了翻译"文学"。

### 三、文化姿态:以"东方主义"飨"西方市场"?

#### (一)葛译"东方主义"控辩

"东方主义"一般指西方对东方,尤其是其"异质"的形象、情调、政治等进行的以自我为中心的描述与想象。在葛浩文遭受的种种批评中,"东方主义"倾向或许是最为严重的指控。姜玉琴与乔国强写道:"葛浩文在翻译中国文学时,始终坚守着一条底线,即经其手所翻译的作品,必须得以描写和揭露黑暗为主……以'市场'作为翻译中国文学的准则,其本身就是一种文化霸权主义思想在发挥作用……以这种思想为指导的文学翻译,不但会加深西方人对中国人形象的进一步误解与扭曲,还会使中国文学离着所谓的世界中心越来越远,而成为'非文明'的代称。"②因此,有人要为葛译祛魅。③

首先,姜、乔二人的葛氏文本选择"抹黑"论站不住脚。难道葛浩文是在借巴金、杨绛、莫言、毕飞宇、阿来、王安忆等人来抹黑中国?对少部分的确是揭露了黑暗的作品,葛浩文曾说:"小说的本质往往是要让我们不自在,它作为一面镜子,抓住人类的黑暗面。不管其启迪与教益价值如何,小说有时把我们带入我们最好不去,

---

① 李雪涛. 与顾彬对谈翻译与汉学研究. 中国翻译,2014(2):58.
② 姜玉琴,乔国强. 葛浩文的"东方主义"文学翻译观. 文学报,2014-03-18(19).
③ 张艺旨. 为葛浩文的翻译美誉祛魅. 文学报,2014-05-08(23).

但又不得不去的地方。"①小说具有启迪与意义,而挖掘包括黑暗面在内的人性正是小说的价值之一。

其次,葛译不但没有体现文化霸权,反而体现了葛浩文的glocal Chimerican 特质和对中国文化和文学的"同情"。葛浩文热爱阅读中国文学作品,与东北现代作家群交情颇深,与当代中国诸多著名小说家和批评家关系良好,视早逝的萧红为自己文化与文学意义上的永恒"恋人",而且本人还娶了一位中国妻子。葛浩文曾说,在美国,日本文学比中国文学有着更大的影响力,进入英语的日语词汇非常多,而"来自中文的词语大多源自帝国分子和传教士往往误读或误听的中国特有表达(chinese-isms),如'苦力''工合''黄包车''godown'(意为'仓库',实际上源于马来语。笔者注),以及'功夫'等等。我认为,是时候更新并增加这一可怜的名单了"②。为此,在葛译中,"状元""师傅""炕""干娘"以及"生旦净末丑"等很多中国特色事物往往被采取音译,这为这些词语进入英文提供了可能。更为可贵的是,葛浩文利用一切可能的场合,包括其译作的副文本,对中国文化和语言特质进行解释,如在《青衣》书末附有词汇解释(包括"菩萨""伟人""二郎神""水袖"等),在《师傅越来越幽默》译者前言中解释"师傅"的意义与用法,在《狼图腾》附录对"旗""走资派""四旧""黄帝"以及"蒙古包"等进行解释,这种"异国情调"处理得不好则会影响译作的可读性与可接受性。在一次访谈中,葛浩文曾说:"丽君比较倾向减低这种'异国情调',而我不觉得强调中国文化或语言特质就一定是在传达异国风情。我想原因之一在于她是中国人,可以抛弃自己的中国性(Chineseness)

---

① Goldblatt, H. Foreword. In Ba Jin. *Ward Four*. San Francisco: China Books, 2005: 8.

② Goldblatt, H. Translator's Note. In Mo Yan. *Sandalwood Death*. Norman: University of Oklahoma Press, 2013: ix.

而不怕被人指责,而我却不能。我不是中国人,如果也那样做就变得像殖民者了。"①

再次,葛译的言说方式是"语取中西",即采撷汉英两种语言的言说特色与精华,化为一体,是"归化"与"异化"的真正融合,这与所谓的"文化霸权主义"格格不入。"语取中西"是葛译一个非常显著的特点。这样的例子在葛译中比比皆是,此处不再赘举。

最后,葛译非但没有让中国文学成为"非文明"的代称,或者让中国人成为"蛮夷",反而极大地促进了英语世界对中国当代文学的认知。诚然,由于西方根深蒂固的"自我中心主义"与"帝国心态",很多西方读者和批评家往往把中国文学作品看成社会历史或政治文本,从而进行政治化的解读,过去二十年西方主流报刊刊登的中国文学作品评论清楚地表明了这一倾向,甚至莫言获诺贝尔奖在西方引起的最大批评也是因为莫言缺乏西方所期望的政治立场。葛浩文说,诚然,一些中国作家因社会政治姿态(sociopolitical postures)受批评,但这"对西方的学者、译者和读者而言往往是吸引力之一",而同时,他特地借用刘绍铭的话强调说:"艺术不仅超越国界,也超越意识形态。"②葛浩文的文本选择,基本上首先是基于"文学性"的选择,至于读者与批评家政治性的或"东方主义"的解读,则是葛浩文无法左右的。

## (二)"市场"是"读者"更为直白的说法

文学"走出去",当然包括走进美国,甚至主要是美国。可是,"美国出版界出版的翻译作品的比重一向小于其他国家,这意味着文化贸易失衡。3%的权重因此促成了美国于 2007 设立的'最佳

① 李文静.中国文学英译的合作、协商与文化传播.中国翻译,2012(1):58.
② Goldblatt, H. Introduction. In Goldblatt, H. (ed.). *Worlds Apart: Recent Chinese Writing and Its Audiences*. Armonk: M. E. Sharpe, Inc., 1990: 3-8.

译作奖'(BTBAs)"①。然而,在美国的文学译作中,来自中国的作品极少。W. J. F. Jenner 说得很直白:"中国文学研究专家之外的西方读者没有义务阅读当代中国作品。"②中国在西方最为成功的当代小说《红高粱家族》在过去二十年里总计"在美国卖了接近 5 万本"③,而一般的中国小说英译本如果能卖到 1000 本,就是一个大数字了。面对这样的现实,中国文学"走出去"能否忽视"市场"?而葛浩文是否又过于关注市场呢?

对葛浩文而言,文本选择就是文学价值判断与"市场"预判,因此译者最大的错误就是文本选择错误。葛浩文主要是译己所爱,而且其译作风格与主题多样,但他的抽屉里总有几部完成或者半就的作品,出版商出于市场考虑不愿出版。葛浩文从事中国文学翻译动机是单纯的"喜欢"。葛浩文说:"我每每发现一部作品让人兴奋,便会因此萌生将其译成英文的冲动。换言之,'我译故我在'。当我意识到,自己已忠实地服务于两个地区的读者,那种满足感让我欣然把或好或坏或平庸的中文作品译成可读、平易,甚至有市场的英文书籍。"④葛浩文甚至调侃说,文学翻译是只有疯子才会做的事情,而他却颠痴若此。

葛浩文在整个文学传播体系与市场面前颇为无助。他要时时

---

① Kellogg, C. The best translated book awards announces fiction longlist. (2014-03-11)[2015-06-12]. http://articles. latimes. com/2014/mar/11/entertainment/la-et-jc-best-translated-book-awards-fiction-longlist-20140311.

② Jenner, W. J. F. Insuperable barriers? Some thoughts on the reception of Chinese writing in English translation. In Goldblatt, H. (ed.). *Worlds Apart: Recent Chinese Writing and Its Audiences*. Armonk: M. E. Sharpe, Inc., 1990: 177-197.

③ Olesen, A. & Nordstrom, L. Chinese writer wins Nobel literature prize. (2012-10-11)[2015-0612]. http://www. newsday. com/news/world/chinese-writer-wins-nobel-literature4-prize-1. 4103841.

④ Goldblatt, H. The writing life. *The Washington Post*, 2002-04-28.

面对原作的疏漏,必须部分地承担起"编辑"的责任,而他自己的自主权却较为有限。有些译作叙事结构的调整与内容的增删,如《丰乳肥臀》《狼图腾》《碧奴》以及《格萨尔王传》等,大多是出版商或编辑的"操纵",而葛浩文只是替罪羊而已。以书名翻译为例,李锐的《旧址》译成 *Silver City*,虹影的《饥饿的女儿》译成 *Daughters of the River*,都是出版商的主意,葛浩文只能妥协接受。葛浩文主编的某本书,由著名设计师操刀,封面上的图片极为非主流,且配上了极为惊悚和煽情的介绍性文字,葛浩文无法左右。对此,葛浩文委屈地说:"最让我困扰和最委屈的是,出版社的编辑会修改甚至删减翻译,但有些读者在比较中英两个版本之后,也不问清楚,就一口咬定是我删改的。他们不知道,很多时候一部作品翻译版权卖出后,出版社可以全权处理。"①

毋庸置疑,译作如果没有"市场",那么其文学价值就无从实现。此处"市场"意为"付费阅读消费",不管听起来多么庸俗,它其实就是"读者"更为直白的说法。换句话说,"读者"即"市场"。葛浩文多次强调,他为目的语读者而译。他追求的"可读"与"平易"完全是站在读者的立场,"有市场"就是在忠实原作的同时要适当地考虑读者的审美趣味。作为 glocal Chimerican,葛浩文能很好地做到这一点;反过来,正因为葛浩文能做到这一点,也才配得上 glocal Chimerican 这一身份。无论如何,"市场"即"读者",自绝于"市场"的翻译注定会失败。

---

① 孙咏珊. 葛浩文:文化桥梁. (2012-09-07)[2014-06-20]. http://www.cciv.cityu.edu.hk/nanfeng/renwu/020/.

## 四、从实践到理论：“具体”颠覆“抽象”？

### (一)葛氏的翻译思想

葛浩文从来没有接受过科班翻译及相关理论训练，虽然其翻译思想受欧阳桢影响较大。他有限的理论几乎完全是对“自我”与“己事”的认识与体悟，是后馈式、反思性、印象式的，而不是学界不少人认为的葛浩文有意识地运用某些理论或原则指导自己的翻译。葛浩文认为，翻译理论不能直接指导实践，因为他是在翻译“文学”，而文学又必须拥抱“具体”，拒绝“抽象”。

有学者曾提到葛浩文翻译的“快乐原则”。胡安江引用了葛浩文的话说：“当我意识到自己是在忠实地为两个地区的读者服务时，那种满足感能让我在整个翻译过程中始终保持快乐的心情。”①据此，胡安江认为，“总的来说，葛氏翻译时秉承与信守的‘快乐原则’与‘读者意识’，以及在此理念下葛译对于‘准确性’、‘可读性’与‘可接受性’的追求与强调，构成了汉学家译者模式的另一种言说类型②。胡安江把“快乐”提升到“原则”的高度，似有误解，这点对照葛浩文原文便可发现。其实，葛浩文的心路历程大致是：读到让人“兴奋”(exciting)的中文作品时萌生翻译冲动(urge)，而自己能服务于两个群体，因而获得一种自我“满足”

---

① 葛浩文原文：And, every once in a while, I find a work so exciting that I'm possessed by the urge to put it into English. In other words, I translate to stay alive. The satisfaction of knowing I've faithfully served two constituencies keeps me happily turning good, bad, and indifferent Chinese prose into readable, accessible, and—yes—even marketable English books. Tian na!

② 胡安江. 中国文学“走出去”之译者模式及翻译策略研究——以美国汉学家葛浩文为例. 中国翻译, 2010(6):14.

(satisfaction),这种满足让他欣然地翻译优劣不一的中文作品。可见,"快乐"是触发的,是客观结果与状态描述,因而无法成为具有先导性的"原则"。

葛浩文的翻译思想主要包括翻译功用论、策略论、认识论、过程论与标准论。笔者已把葛浩文的翻译思想归结为"在全球文学生产大语境下,以'忠实'为前提、以'可读、平易、有市场'为基本诉求、以目的语读者为中心、凸显自我的'再创作'①。"全球文学生产大语境"体现了葛浩文的全球视野;"忠实"让其翻译成为翻译;"可读、平易、有市场"是翻译的标准论,确保了翻译取得成功;"凸显自我"是对译者的解放与主体性的高扬;"再创作"属于认识论,抓住了文学翻译的本质,提升了译者地位。葛浩文曾撰"The Writing Life"一文,题目面上是"我的写作生涯",但实质是"我的翻译生涯",其核心思想即"翻译是再创作"。葛浩文认为翻译是"阅读、批评(或阐释)与创作的三事合一",这是其翻译过程论,极具启发意义。

需要指出的是,葛浩文在翻译过程中更注重自己的文学与批评直觉,他在具体的翻译实践中拒斥理论,但这并不意味着他否认理论的价值。他曾明确指出,翻译理论有助于译者更好地认识自己和自己的事业。理论是抽象的,实践是具体的,但在葛浩文那里,具体除了诠释抽象之外,还往往颠覆抽象,这就是其理论与实践之间的"张力"。

## (二)实践中的"新我"与"故我"

直面批评是翻译工作的一部分。葛浩文既是论争的对象,也

---

① 孟祥春.葛浩文论译者——基于葛浩文讲座与访谈的批评性阐释.中国翻译,2014(3):77.

是迫不得已的参与者。对他而言,最难的不是翻译本身,而是翻译之后的事情。他说:"翻译工作使我感到最困扰的是后来要面对的大众评论。这可能跟我的国籍有关,某些人碰巧发现原文和译文有不同,就会直接批评'一个外国人怎么会懂中国文化和语言'。"①葛浩文往往会通过译作的序和跋等副文本来阐明其文化立场、翻译态度和策略,这是他对可预见的论争的提前回应。另外,他也在报纸与学术期刊撰文,或发表演讲、接受访谈,或隐或显地回应批评。在众声喧哗的批评中,葛浩文面临着一个重要问题:他应该坚持"自我"还是拥抱他人期待的"新我"? 葛浩文所谓"连译带改"(freely edited as he translated)的风格曾饱受诟病,不少批评者和读者认为他逾越了翻译的界限,希望他有所改变。在这种压力下,"和过去有所不同的是,他的翻译风格有一点点改变……葛浩文坦率地承认,莫言获奖后,人们的关注和扑面而来的'对比'太多了。所以在翻译莫言的作品《蛙》时,他选择了乖乖地忠实原著"②。

"乖乖地忠实原著"似乎预示着葛浩文要呈现一个"新我"。如果这真的意味着葛译的大变化,那么,对《蛙》及其以后的译作在英语世界的传播接受而言未必是福祉。第一,译者的"主体性"受到了更大的限制,因而微观层面的再创作受到了影响;第二,"乖乖地忠实"则意味着"直译"比重大大增加,这会极大地影响"可读性"和可接受性;第三,"忠实"在微观层面上很多时候意味着背叛了"文学性"。其实,"乖乖地忠实原著"就是要葛浩文"成为别人",这既不可能,亦非必需。但可喜的是,葛浩文固然追求"忠实",但并没有打算真正地放弃自我。在与笔者的访谈中,葛浩文曾说:"有人

---

① 孙咏珊. 葛浩文:文化桥梁. (2012-09-07)[2014-06-20]. http://www. cciv. cityu. edu. hk/nanfeng/renwu/020/.

② 樊丽萍,黄纯一. 莫言作品英译者选择"妥协". 文汇报,2013-10-24(06).

认为,我的翻译太葛浩文化了,英语读者不是在读莫言,而是在读葛浩文,对此,我只能说声对不起……译者永远不能'放弃自我'(surrender one's ego)。我只能是我自己,我只能是葛浩文。"① 有意思的是,葛浩文曾进行了一次独特的自我采访,是 Howard Goldblatt 与 Ge Haowen 的对话,认为"葛浩文是 Howard Goldblatt的中国自我(Chinese alter-ego)",并要"我行我素"。② 对此,谢天振完全支持。③

## 五、葛浩文的意义与定位:"个案"还是"现象"?

### (一)葛浩文的意义

葛浩文是当下西方最具有里程碑意义的一位汉英翻译家,对中国文学"走出去"具有"启示"与"颠覆"双重意义。

启示之一:葛浩文代表了中国现当代文学英译的一种成功的译者模式。当前,"中国文化与文学仍然在寻求世界认可",然而,"由中国政府发起,由本土译者主译的中国文学对外译介总体来说不是很成功"④。其原因在 Jenner 看来主要是"母语是汉语的译者面对的一项几乎不可能的任务:从容地运用英语,熟悉并对句子节奏和语域敏感。不是从小就生活在其中,这种能力就很难获得"⑤。因此,"中国文学的对外翻译,归根结底需要依赖一批精通

---

① 孟祥春."我只能是我自己"——葛浩文访谈.东方翻译,2014(3):49.
② Goldblatt, H. A Mi Manera: Howard Goldblatt at home: A self-interview. *Chinese Literature Today*, 2011, 2(1): 98.
③ 谢天振.顶葛浩文的我行我素.文汇读书周报,2014-04-04(03).
④ 马会娟.英语世界中国现当代文学翻译:现状与问题.中国翻译,2013(1):64.
⑤ Goldblatt, H. Introduction. In Goldblatt, H. (ed.). *Worlds Apart: Recent Chinese Writing and Its Audiences*. Armonk: M. E. Sharpe, Inc., 1990: 3-8.

中文的外国翻译家与学者"①。葛浩文用实践证明了西方汉学家承担中国文学翻译的必要性与可行性。黄友义认为:"在我看来,中译外绝对不能一个人译,一定要有中外合作……如果是文学作品,我建议第一译者最好是外国人。目前的问题是,能够从事中译外的外国人不多,满足不了现实需求。"②必须指出的是,西方汉学家翻译中国文学作品并非总会带来优势,对文化、人情与风物的把握不到位是常见的缺陷,而中西译者合作往往可以较好地避免这一点。

启示之二:译者需具有 glocalism 特质与言说方式。在中国文学"走出去"的过程中,译者未必能具有葛浩文那样的"自我"和修为,但是"全球视野"与"本土情况"相融通,目的语的言说方式与本土的话语相结合,应当是每个译者的自觉追求。就葛浩文而言,glocal Chimerican 这一特质是其成功的秘诀之一,而 glocalism 对所有译者具有普适意义。

启示之三:中国文学翻译与海外传播需重视"文学性"的呈现。一般来说,本土译者更加"忠实",但译文的"可读性"与"可接受性"相对较低,对"文学性"的整体呈现相对不足。一个很重要的原因是译者并没有真正地把文学翻译看成再创作,从而合理而大胆地凸显自我。葛浩文的成功正是因为他凸显了自我,把阅读、阐释(批评)与创作合而为一,是真正地在翻译"文学"而不是"文字"。

启示之四:在当今全球化语境下的消费主义文化中,文学的翻译与跨文化传播不能再单纯依靠作者或译者的个人行为,而是应该合理利用文学代理机制,甚至如刘江凯建议的,"在海外建立推

---

① 刘莎莎. 文学翻译亟须扭转"贸易逆差". 深圳特区报,2012-10-15(B01).
② 鲍晓英. 中国文化"走出去"之译介模式探索——中国外文局副局长兼总编辑黄友义访谈录. 中国翻译,2013(5):63.

广中国文学代理机构"①。莫言作品获诺奖,原因之一在黄友义看来是"他使用了文学代理人这个现代的国际推广手法,因此他的小说出版的文种特别多"②。胡燕春也指出,"译介工作是中国当代文学走向世界的桥梁,但是现在遭遇无以承受之重的境况,进而沦为传播屏障,不免在一定程度上延误了相关作品的国际化进程。所以,建立完善与规范的中国文学海外推广与代理机制势在必行"③。

启示之五:对西方读者而言,译者个体的文本选择往往比官方体制性的选择在西方更受信赖和欢迎,其原因正如黄友义所说,"国家发起的翻译出版工程,有些外国人总觉得这是政府机构在做宣传"④。显然,"作家要由译者'挑选',像葛浩文那样富有经验的'星探'(talent-spotter),其力量是巨大的"⑤。

葛浩文的"颠覆"意义在于他颠覆了文学翻译传统意义上的"忠实"观,走向整体的翻译和文学意义的忠实。葛浩文几乎颠覆了传统上对作者"意思"的理解,因为他在"作者的意思"和"译者所理解的意思"之间做出了明确区分,认为译者只能抓住后者。葛浩文的另一个颠覆意义在于,他不仅关注译本"文内"的情况,而且还拓展到"文外",进行翻译之外的补充批评,如对莫言进行热忱的赞扬与宣传,把翻译和批评相统一,这与本土译者的常规做法大不一

---

① 柴爱新,白春阳.中国当代文学海外传播:翻译与推广非常重要.今晚报,2012-10-22.

② 鲍晓英.中国文化"走出去"之译介模式探索——中国外文局副局长兼总编辑黄友义访谈录.中国翻译,2013(5):64.

③ 胡燕春.赢得跨越语际与文化的传播契机——莫言的国际影响及对中国文学的启示.光明日报,2012-12-18(14).

④ 鲍晓英.中国文化"走出去"之译介模式探索——中国外文局副局长兼总编辑黄友义访谈录.中国翻译,2013(5):65.

⑤ Wood,F. Beware the fox fairy. *The Sunday Times*,2002-05-31.

样。另外,葛浩文往往在小说末尾附加小说主要人物表和发音方式,如《天堂蒜薹之歌》《生死疲劳》《丰乳肥臀》等皆是如此。Jonathan Yardley 写道:"西方读者很难把人名区分开来,幸运的是,葛浩文提供了'主要人物表',我自己就时不时地要翻到后面,去看一下谁是沙月亮,谁是沙枣花,谁是司马亭,谁是司马库。"①

值得一提的是,葛译还证明了王德威的判断,即中国从来不缺少好的文学,只是缺少好的译者;同时还表明,翻译文学的"文学性"与"市场"之间可以找到一个合理平衡点。

## (二)葛浩文的定位与评估

众多学者、作家如夏志清、柳无忌、金介甫、王宁、谭恩美、莫言等给予了葛译及其贡献以高度评价。葛浩文翻译质量之高与贡献之大学界已有共识。葛浩文是中国文学英译领域的里程碑式的人物,起着承前启后的作用。Dylan Suher 认为,"没有几个译者能像葛浩文一样主宰着一种语言的当代文学(翻译),更鲜有人有理由去质疑这种主宰"②。其隐含的信息是,中国现当代真正优秀的英译者并不多。也难怪厄普代克把葛浩文看成"中国当代小说英译孤独领地里的独行者"③。严格来说,葛浩文不仅是"个案",同时还代表了一种"现象",即代表了西方汉学家或学者翻译中国文学的一种模式,他并不"孤独",蓝诗玲(Julia Lovell)、陶忘机(John Balcom)、杜博妮(Bonnie McDougall)、闵福德(John Minford)等一批人同样活跃,他们译著日丰,而且水准同样十分高,早已引起

---

① Yardley, J. *Big Breasts and Wide Hips*. *The Washington Post*,2004-11-28.

② 参见:http://www. asymptotejournal. com/article. php? cat＝Criticism＆id＝48,检索日期:2015-06-16。

③ Updike, J. Bitter bamboo:Two novels from China. *The New Yorker*,2005-05-09:84.

了东西方学界的重视。可以预见,随着中国"软实力"的不断提升,中国语言、文学与文化必定会引起西方世界的更大兴趣,而葛浩文的成功将会激励西方年轻一代的汉学家从事中国文学英译。葛浩文本人也希望越来越多的西方人学汉语,他欢迎有更多的竞争者。

葛浩文认为包括他自己在内的莫言的译者都只是莫言的"化身"(avatar)①,他的这种自我定位还是很准确的。这意味着,译者在尽力地传达作者的意思,但又永远成不了"作者"本人,因此,译者只是桥梁、中介,或者是厄普代克所说的"助产士"。

毋庸置疑,对葛译进行宏观描述与评估较为困难。在与葛浩文的笔谈中,笔者对葛译曾有这样的评判:

> 文学之为文学,赖其文学性;翻译之为翻译,因其"翻译性"(translatoriness)。翻译文学,须让翻译成翻译,文学成文学。重译轻文,恐囿于文字,格调多下,行之不远;重文轻译,郁乎文哉,更上一品,然有逾矩之虞。葛译平衡二者,实属难能。

> 葛氏乃一 glocal Chimerican 也,着眼全球,文化中美,译写吾国,语取东西;力倡"读、释、创"三事合一;其译以"忠实"为纲,重可读、求平易、循市场,心向读者。其作忠而不僵,通而不俗,文而不艳,化而不隔,简(减)而不伤。一字一句之内,意或变,象或易,味或寡,神或失;统而观之,化文字,调文化,融趣味,弘文学,扬精神,妙心别裁,臻于上品。葛氏五十卷,我译译我,一言以蔽之,译无邪。

上述评判涉及了葛浩文的文化身份、言说方式、翻译的首要原则、过程"三合一"论、翻译标准、翻译目的、风格描述、创造性等等。

---

① 葛浩文.作者与译者:交相发明又不无脆弱的关系.孟祥春,洪庆福,译.东吴学术,2014(3):33.

需要说明的是,"译无邪"是对葛浩文体现所谓"东方主义"或"文化霸权"的回应。

## 六、结　论

身为美国人的葛浩文谙熟并钟情于中国文化与文学,积极沟通中西文化,堪称文化意义上的 Chimerican;葛浩文既有全球视野,又能观照中国一域,把西方的言说与中国的内容相融合,体现了独特的 glocalism。葛浩文的 glocal Chimerican 这一身份特质让他成为当下中国文学英译领域一个里程碑式的翻译家,承前而启后。葛译追求"忠实",但不是翻译"文字",而是从整体上翻译"文学";"自我凸显"与"创作性"是葛译的一大特征;葛译以目的语读者为中心,追求"可读、平易、有市场";葛浩文重视作品选择,但作品风格并不单一;他重视市场,但并不完全受制于此;其文本选择与关注读者市场没有表现出"东方主义"的文化姿态,他力图在"文学"中进行中西调和融通。面对种种批评,葛浩文虽不能完全置身事外,但依然"我行我素",难能可贵;其翻译思想与实践对中国文学"走出去"有着"颠覆"与"启示"的双重意义;葛浩文既代表了自身,也代表了西方汉学家进行中国现当代文学翻译这一现象,为中国文学"走出去"提供了一条新的出路。对于葛译,我们既要"入乎其内",深入阅读并把握其本身,又要"出乎其外",跳出葛译本身,并置其于更宏大的社会文化语境,以便厘清种种关系。葛译虽属"上品",堪称翻译"经典",但并不完美(没有译作是完美的,甚至"翻译"本身就不完美)。"翻译批评,说到底,就是要给文学翻译一个方向。"①葛译研究的意义正是如此。葛浩文的价值既在于他

---

① 　许钧. 译事探索与译学思考. 北京:外语教学与研究出版社,2002:255.

让某些中国文学作品成功地走向英语世界,更在于他以一种实践而非说理的方式揭示了中国现当代文学"走出去"所必须应对的课题,即谁在译,该谁译,该译谁,为谁译,如何译,以及何时译。有必要指出,这些问题最终关乎"中国文学的中国性"(the Chineseness of Chinese literature)与"中国的中国性"(the Chineseness of China),需要在"中国语境"与"世界舞台"这两大维度中平衡各种要素。无论如何,对中国现当代文学"走出去"而言,葛浩文都是一个绕不开的参照系。

本文为国家社科基金项目"基于大中华文库的中国典籍英译翻译策略研究"(项目编号:13BYY034)的阶段性成果。感谢葛浩文先生阅读本文部分文稿;感谢汪榕培教授与杜争鸣教授对本文提出的建议。

(孟祥春,苏州大学外国语学院副教授;原载于《外国语》2015年第4期)

第二编

中国文学译介与传播:文本与策略

# 显化隐化策略与译者的价值取向呈现

## ——基于《狼图腾》与《无风之树》英译本的对比研究

周晓梅

### 一、翻译研究中的显化隐化策略与译者的价值取向

芒迪(Jeremy Munday)认为,文本代表了作者的世界观,而当译者介入这一行为后,原有的评价基础就会发生改变。[①]那么,这一改变是否会影响译者的翻译策略选择? 这些策略又将如何重现或改变作品中的价值取向? 这是本文试图解决的问题。

(一)翻译中的显化与隐化策略

显化策略(explicitation)指译者从上下文或相关语境中推断出源语中的隐含信息,并在目标语中加以说明。[②]它在文本层面上

---

① Munday, J. *Evaluation in Translation*: *Critical Points of Translator Decision-making*. London: Routledge, 2012: 42.
② Vinay, J. & Darbelnet, J. *Comparative Stylistics of French and English*: *A Methodology for Translation*. Sager, J. C. & Hamel, M.-J. (trans. & eds.). Amsterdam: John Benjamins Publishing Company, 1995.

表现为两种形式:一是增加,即添加一些新的成分;二是具体化,即提供更多细节信息。①Klaudy 将显化细分为四类:(1)强制性显化(obligatory explicitation),指两种语言在语义、形态和句法方面存在差异时,译者不得不将某些信息具体化;(2)选择性显化(optional explicitation),指两种语言在文本构成策略和文体特征方面存在差异时,译者需要增加连接成分、关系从句、强化词等;(3)语用学显化(pragmatic explicitation),指目标语读者无法理解源语文化中的一些普遍性知识时,译者需要添加解释;(4)翻译本身固有显化(translation-inherent explicitation),指由于翻译过程本身的性质,译者在加工源语思想时会影响译文的长度。②

与之对应的隐化策略(implication)指译者依据上下文或语境的要求,隐藏了部分源语中的信息。③它与译文读者的阅读期待密切相关,是指专业译者出于语言、文化、意识形态等方面的考虑,删除了一些源语中的单词、短语、句子甚至段落。④

## (二)显化隐化策略的相关研究

显化和隐化策略通常被用于讨论译作中的得与失。⑤西方翻译研究者一般认为,显化是翻译普遍性中的一种,也是译文文本的

---

① Perego, E. Evidence of explicitation in subtitling: Towards a categorization. *Across Languages and Cultures*, 2003(4): 63-88.

② Klaudy, K. Explicitation. In Baker, M. (ed.). *Routledge Encyclopedia of Translation Studies*. London: Routledge, 2001: 80-88.

③ Vinay, J. & Darbelnet, J. *Comparative Stylistics of French and English: A Methodology for Translation*. Sager, J. C. & Hamel, M.-J. (trans. & eds.). Amsterdam: John Benjamins Publishing Company, 1995.

④ Dimitriu, R. Omission in translation. *Perspectives*, 2004(3): 163-175.

⑤ Klaudy, K. Explicitation. In Baker, M. (ed.). *Routledge Encyclopedia of Translation Studies*. London: Routledge, 2001: 80-88.

一个普遍特征。①根据 Blum-Kulka 提出的显化假说(explicitation hypothesis)②,译者对原作的阐释很可能会导致译作在篇幅上比原文要长。Gile 认为,翻译中的信息显化主要由原作中的次要信息造成,并会引发译者是否忠实的争论。③然而,显化策略与沟通目的相关,并非译作中所有信息都要做进一步的解释。④在翻译中一味采取显化的效果未必理想,因为信息显化会造成译作过于冗长⑤,而且过多的信息线索也会剥夺读者的理解和阐释自由⑥。正如 Vinay & Darbelnet 所言,这样做的结果是"译者谨慎却无知地将文本拉长了"⑦。相比之下,隐化策略并未引起研究者足够的重视,因为隐化往往被视为破坏了原作的完整性,有悖于翻译的忠实原则。

国内翻译研究同样更关注显化策略。贺显斌发现,增加词量、改用具体词、转换人称等翻译方法会提高汉语译文的显化程度。⑧

---

① Baker, M. Corpus-based translation studies: The challenges that lie ahead. In Harold, S. (ed.). *Terminology, LSP and Translation. Studies in Language Engineering in Honour of Juan C. Sager.* Amsterdam: John Benjamins Publishing, 1996: 175-186.

② Blum-Kulka, S. Shifts of cohesion and coherence in translation. In Venuti, V. (ed.). *The Translation Studies Reader.* London: Routledge, 2001: 298-313.

③ Gile, D. *Basic Concepts and Models for Interpreter and Translator Training (Revised edition).* Amsterdam: John Benjamins Publishing Company, 2009: 62-65.

④ Dimitrova, B. E. *Expertise and Explicitation in the Translation Process.* Amsterdam: John Benjamins Publishing Company, 2005.

⑤ Blum-Kulka, S. Shifts of cohesion and coherence in translation. In Venuti, V. (ed.). *The Translation Studies Reader.* London: Routledge, 2001: 298-313.

⑥ Gutt, E. *Translation and Relevance: Cognition and Context.* Oxford: Basil Blackwell, 1991.

⑦ Vinay, J. & Darbelnet, J. *Comparative Stylistics of French and English: A Methodology for Translation.* Sager, J. C. & Hamel, M. -J. (trans. & eds.). Amsterdam: John Benjamins Publishing Company, 1995.

⑧ 贺显斌.英汉翻译过程中的明晰化现象.解放军外国语学院学报,2003(4):63-66.

刘泽权和侯宇主张从词汇、语法、语篇等角度判断译者是否使用了相同的显化技巧。[①]姜菲和董洪学认为,显化翻译思维可以消除原作中心论,有助于译者更好地进行译出语与译入语的语码转换。[②]戴光荣和肖忠华的研究发现,汉语译文与汉语原文在词语、结构和语法形态标记等方面存在差异。[③]韩孟奇认为,在典籍英译的过程中,应当使用显化方式进行语境补缺。[④]柯飞则指出,显化将原文中隐含或文化上不言自明的信息显示出来,使译作更清晰易懂,而一定的隐化则会让译文更简洁地道。[⑤]

## (三)译者价值取向的呈现方式

如何判断译者的价值取向? Martin & White 认为,价值取向可以从文本的评价基调(evaluative key)中发现。[⑥]芒迪进一步指出,这一评价基调可以通过作品中的否定性态度、级差上的强化、平行文本评注中的价值判断,或意识形态的强调等来确定。[⑦]他认为,如果译者在平行文本评注中明确表达出其阅读立场,这就是最明显的价值判断;而如果译者隐瞒了自己在文本层面的改变,也会悄悄改变作品原有的态度价值。

① 刘泽权,侯宇. 国内外显化研究现状概述. 中国翻译,2008(5):55-58.
② 姜菲,董洪学. 翻译中的显化思维和方法. 外语学刊,2009(4):106-109.
③ 戴光荣,肖忠华. 基于自建英汉翻译语料库的翻译明晰化研究. 中国翻译,2010(1):76-80.
④ 韩孟奇. 汉语典籍英译的语境补缺与明晰化. 上海翻译,2016(4):73-36.
⑤ 柯飞. 翻译中的隐和显. 外语教学与研究,2005(7):303-307.
⑥ Martin, J. R. & White, P. R. R. *The Language of Evaluation: Appraisal in English*. Basingstoke: Palgrave Macmillan, 2005: 161.
⑦ Munday, J. *Evaluation in Translation: Critical Points of Translator Decision-making*. London: Routledge, 2012: 109-110.

Martin & White 将评价分为三个子系统。①（1）态度（attitude），用以表达感情，分为三类：情感（affect），与人的感情相关，用以标记正面或负面的思想感情；判断（judgement），与美学相关，指我们对主体及其行为的评价，主要涉及伦理、能力、韧性等；鉴赏（appreciation），与伦理学相关，指依据一定的标准对事物和状态进行评价，包括美学、品味、价值等。（2）介入（engagement），是态度的来源，包括自言（monogloss）和借言（heterogloss），要求交际者对所述内容承担责任和义务。（3）级差（graduation），指将态度的强弱分级，具体分为：语势（force），基于强度，分为强势和弱势；聚焦（focus），基于典型性，分为清晰和模糊。刘世铸指出，评价系统的核心是态度，而翻译中的态度可以通过评价性词语、情景语境、态度意义等来识别。②

基于此，本文将尝试结合评价理论（appraisal theory），分析《狼图腾》和《无风之树》英译本中译者的显化和隐化策略运用。芒迪认为，在翻译中能明显表明译者价值取向（value-rich）之处，也是能够影响读者文本接受的关键之处，主要包括：文本翻译中最容易受价值操控或影响的词汇特征；翻译中需要进行转换，且能够引起读者多重阐释或评价的地方；能够明显体现译者价值观的地方。③笔者希望借助对这些关键之处的分析，探究译者的翻译策略运用是否显示了其价值取向，会带给作品什么样的改变，又会怎样影响译文读者的理解。

① Martin，J. R. & White，P. R. R. *The Language of Evaluation：Appraisal in English*. Basingstoke：Palgrave Macmillan，2005：42-44.
② 刘世铸. 评价理论观照下的翻译过程模型. 山东外语教学，2012(4)：24-28.
③ Munday，J. *Evaluation in Translation：Critical Points of Translator Decision-making*. London：Routledge，2012：41.

## 二、对《狼图腾》与《无风之树》英译本研究的动机

姜戎的长篇小说《狼图腾》是一部关于草原与狼的叙事传奇，故事讲述了知识青年陈阵响应"上山下乡"的号召，奔赴内蒙古，其间对神秘的狼群产生了深深的迷恋，并希望用狼性精神改造汉族的国民性。译者葛浩文（Howard Goldblatt）是美国著名的汉学家，现为圣母大学讲座教授，曾被夏志清誉为"公认的现代、当代文学之首席翻译家"①。葛浩文翻译了莫言、冯骥才、贾平凹等 20 多位作家的作品，极大地提高了中国文学在海外的影响力。

李锐的《无风之树》讲述了公社革委会刘主任(刘长胜)和烈士后代苦根儿(赵卫国)到矮人坪清理阶级队伍，不仅打乱了这里原有的生活方式，更是酿成了拐叔上吊自杀的悲剧。译者陶忘机(John Balcom)现任明德大学蒙特雷国际研究院教授，曾译介曹乃谦、张系国、徐小斌等作家的小说。笔者在该校访学之际，有幸结识了陶忘机教授，并请教了本书翻译中的一些细节问题。

之所以将这两部小说进行对比，主要是由于它们存在一些相似之处：首先，两部作品均以"文革"为叙事背景，译者也都敏锐地捕捉并强调了这一政治因素，努力帮助译文读者了解中国当时的社会和历史背景；其次，两家译文出版社都非常关注读者的感受和反应，尽管推出《狼图腾》的企鹅出版社是商业型的，而译介《无风之树》的哥伦比亚大学出版社偏学术型，但它们都非常重视作品的可读性；再次，两位译者都采用了显化和隐化策略，明显表现了对译文读者阅读习惯的尊重。因此，本文希望对比两位译者的翻译

①　夏志清.夏志清序跋//王稼句.大时代——端木蕻良四十年代作品选.苏州：古吴轩出版社，2004:19.

策略运用,通过分析译文中的关键之处,探究译者的价值取向呈现。

### 三、《狼图腾》与《无风之树》英译本中的显化隐化策略

具体到这两个文本,能够体现译者价值取向的关键之处主要是指与文化、历史、时代等相关的信息词,能够表现小说人物态度的对话,对相关人物的心理描写等。以下,我们将从这几个方面对译者的显化隐化策略运用进行分析,并对译文中价值取向的呈现效果进行评价。

#### (一)文化信息的译介

#### 案例 1A

原文本:两年前陈阵从北京到达这个边境牧场插队的时候,正是十一月下旬,额仑草原早已是一片白雪皑皑。① (注:案例中的下划线均为笔者所加)

目标文本:Two years earlier, in late November, he had arrived in the border-region pasture as a production team member from Beijing; snow covered the land as far as the eye could see. The Olonbulag is located southwest of the Great Xing'an mountain range, directly north of Beijing; it shares a border with Outer Mongolia. Historically, it was the southern passage between Manchuria and the Mongolian steppes, and, as such, the site of battles between a host of peoples and nomadic tribes, as well as a territory in which the potential struggles for

---

① 姜戎.狼图腾.武汉:长江文艺出版社,2004:4.

dominance by nomads and farmers was ever present. ①

评析:这部分的原文本中第一次出现了"额仑草原",译者运用语用学显化策略,补充了额仑草原的地理位置及其在历史上的重要战略地位(见画线部分)。此外,译者还在英译本的正文前增加了一张地图,标出了大兴安岭、蒙古、北京等地的方位,这样有助于弥补读者的知识空缺,保证译文信息的顺畅传递。

## 案例 1B

原文本:二奶奶扑了粉,描了眉,一身的大红绸子,绣了满身的<u>卍字金边</u>,金耳坠,金手镯,<u>小脚</u>上一双绣花鞋。②

目标文本:<u>Her</u> face was powdered, <u>her</u> eyebrows painted, and <u>she</u> was dressed entirely in red silk embroidered with <u>auspicious Buddhist symbols.</u> <u>She</u> wore gold earrings, gold bracelets, and a pair of embroidered shoes for her <u>bound feet</u>. ③

评析:这是传灯爷回想起老邸家二奶奶在棺材里的模样。由于前文已提及,译者此处没有译出人名,而是首先采用了强制性语法显化策略,增加了几个人称代词 she 和 her 进行语义衔接。接着,他运用语用学显化策略,对一些文化负载词进行了词汇具体化处理,例如:将"卍字金边"译为 auspicious Buddhist symbols(吉祥的佛教符号),因为卍字花纹源于佛教,"卍"在梵文中是致福的意思,但陶忘机表示,他使用释义法是因为大部分西方读者不了解佛教,而且这个图案很容易让他们联想起纳粹党的标志;他对"小脚"一词也进行了语用学显化,将其译为 bound feet(缠足),突显了中

---

① Jiang, R. Wolf Totem: A Novel. Goldblatt, H. (trans.). New York: The Penguin Press, 2008: 2.

② 李锐. 无风之树. 南京:江苏文艺出版社,1996:134.

③ Li, R. Trees Without Wind: A Novel. Balcom, J. (trans.). New York: Columbia University Press, 2013: 123-124.

国古代妇女缠足这一特别的文化现象。

原作中的文化信息常常会造成译文读者理解上的困难,需要译者进行转换和解释。芒迪认为,与文化历史相关的表述标记了历史上的重要时刻,代表了当时人们的勇气、精神和价值观,属于"引发联想"的态度,因此如果目标语读者无法产生相似的联想,就应当对它们进行显化。① 这里,两位译者均选择了显化策略:葛浩文解释和补充了一些相关的文化信息,陶忘机也认为可以用释义、信息内嵌、添加尾注或说明等方法补充缺失的源语文化信息。②

## (二)历史信息的译介

### 案例 2A

原文本:这里天高皇帝远,红卫兵"破四旧"的狂潮还没有破到老人壁毯地毯上来。③

目标文本:In this remote area, where "heaven is high and the emperor far away," the Red Guards' fervent desire to destroy the Four Old—old ideas, culture, customs, and habits—had not yet claimed Bilgee's tapestries or rug. ④

评析:这一部分描写了毕利格老阿爸的蒙古包,译者使用语义显化策略,对相关的历史文化信息进行了解释和标记。例如在翻译"这里天高皇帝远"一句时,译者先用 In this remote area(在这个偏远的地方)突出了这一地域的相对自由,再用直译加引号的方

---

① Munday, J. *Evaluation in Translation*: *Critical Points of Translator Decision-making*. London: Routledge, 2012: 157.

② Balcom, J. Translating modern Chinese literature. In Bassnett, S. & Bush, P. (eds.). *The Translator as Writer*. New York: Continuum, 2006: 123-127.

③ 姜戎. 狼图腾. 武汉:长江文艺出版社,2004:14.

④ Jiang, R. *Wolf Totem*: *A Novel*. Goldblatt, H. (trans.). New York: The Penguin Press, 2008: 19-20.

式说明这句话是有出处的。在翻译历史信息时,译者将"红卫兵"译为 Red Guards,用首字母大写的方式标记出这一特殊的组织,又用释义法译出了"破四旧"这场标榜要破除旧思想、旧文化、旧风俗、旧习惯的运动。

**案例 2B**

原文本:暖玉常常一面说一面哭。暖玉说这都是<u>闹跃进闹的</u>,哪有一<u>亩</u>地打一万<u>斤</u>粮食的呀。[①]

目标文本:She usually wept as she spoke. Nuanyu said this was all <u>the result of the Great Leap Forward</u>—there was no way that a single *mu* of land could produce ten thousand *jin* of grain. [②]

评析:在这一案例中,译者采用了音译法来翻译"亩"和"斤",并用斜体标明它们是中国特有的计量单位。陶忘机认为,大部分译文读者都对中国文化有一定的了解,也很容易查找到相关信息,因此译者不必多做解释。在翻译"闹跃进闹的"时,他采用了语用学显化的策略,不仅突显了"大跃进"这一特殊的历史时期,还用置换的方法将"闹"字用名词词组 the result of(是……的结果)译出,更符合英文倾向静态的表述习惯,但原文本中的两个"闹[一情感:满足感]"字表现出暖玉对"大跃进"的不满,以态度铭刻的形式表达了一种负面情感,而目标文本则隐化了这一态度,仅对客观结果进行了事实性描述。

在处理历史信息时,葛浩文较明显地采用了显化策略,这从他在小说最后添加术语表(glossary)也可以看出:他简要解释了书中的一些历史文化关键词,并添加了一些明显的态度标记,以影响或

---

① 李锐. 无风之树. 南京:江苏文艺出版社,1996:40.

② Li,R. *Trees Without Wind*:*A Novel*. Balcom,J. (trans.). New York:Columbia University Press,2013:37.

加深读者的理解;陶忘机也主要采取了显化策略,他主张将情景融入上下文中,通过解释性方法提醒读者,并做出评注或注释。① 可见,显化策略有助于提升读者的阅读体验,帮助其深入理解作品中的历史信息。

### (三)心理信息的译介

#### 案例 3A

原文本:可能正是大青马巨大的勇气和智慧,将陈阵出窍的灵魂追了回来。也可能是陈阵忽然领受到了腾格里(天)的精神抚爱,为他过早走失上天的灵魂,揉进了信心与定力。当陈阵在寒空中游飞了几十秒的灵魂,再次收进他的躯壳时,他觉得自己已经侥幸复活,并且冷静得出奇。②

目标文本:Maybe it was the horse's extraordinary courage that summoned back Chen's departed soul, but when that spirit, which had hovered in the frigid air for a moment, returned to his body, he felt reborn and was extraordinarily tranquil. ③

评析:原文本描写的是陈阵第一次独自遇到狼群时的内心感受,译者使用了隐化策略,将一句画线的话完全删除。原文本中陈阵对腾格里充满了感激,"抚爱[＋情感:幸福感]""信心[＋情感:安全感]""定力[＋情感:安全感]"等都是明显表达其态度的词语,将它们删除不利于表达出人物的情感,也没有再现出原作中的价值取向。此外,译者采用选择性隐化策略,将"勇气和智慧"译为

---

① Balcom, J. Translating modern Chinese literature. In Bassnett, S. & Bush, P. (eds.). *The Translator as Writer*. New York: Continuum, 2006: 123-127.

② 姜戎. 狼图腾. 南京:长江文艺出版社,2004:5.

③ Jiang, R. *Wolf Totem: A Novel*. Goldblatt, H. (trans.). New York: The Penguin Press, 2008: 4.

courage(勇气)[＋判断:韧性],省略了"智慧[＋判断:才干]"这一价值判断;将"侥幸复活"译为 reborn(复活),删去了"侥幸[＋判断:规范性]",同样略去了作者的态度立场。

**案例 3B**

原文本:他忽然觉得眼泪要掉下来,他就在心里骂自己,你他妈哭个啥呀你! 你怎么这么不坚强呀你! <u>可还是没忍住,眼泪还是流了下来,嘴角上咸咸的。</u>①

目标文本:Suddenly he felt the urge to cry and cursed himself inwardly. *Damn*! *What are you crying about*? *Why are you so weak*? <u>But he was unable to control himself, and tears rolled down his face to the corners of his mouth, salty.</u> ②

评析:这是苦根儿在刘主任离开之后的心理描写。大段的内心独白让陶忘机联想起福克纳,因此借鉴了其用斜体区分现实和心理描写的方法。在翻译画线一句时,译者运用了强制性显化策略,添加了一个主语 he(他)和两个 his(他的),明确了动作的发起者,将其译为 tears rolled down his face to the corners of his mouth, salty(眼泪从他的脸颊流到他的嘴角,咸咸的),不仅更符合英文的表述习惯,也更贴切地再现了这一状态。

Wharton 指出,英文小说家需要具备一项重要的才能,即行文上的质朴和简洁。③在翻译心理信息时,葛浩文较大幅度地选择了隐化策略,略去了不少心理细节,因此英译本呈现出更加简洁的风格,但是,他略去了原作中陈阵的内心由惊恐慢慢恢复平静的细节,因此读者难以体会到狼群带给陈阵的巨大冲击,英译本也在一

① 李锐.无风之树.南京:江苏文艺出版社,1996:4.
② Li, R. *Trees Without Wind*: *A Novel*. Balcom, J. (trans.). New York: Columbia University Press, 2013: 2.
③ Wharton, E. *The Writing of Fiction*. New York: Octagon Books, 1977: 62.

定程度上偏离了原作的价值取向。陶忘机则采取了显化策略,不仅保留了原作中第一人称变换视角的叙事方法,还再现了人物的内心独白。从以上案例可见,在翻译心理信息时,隐化策略可以使译文更符合读者的阅读习惯,显化策略则让译文在价值取向上更接近原文。

## (四)对话信息的译介

### 案例 4A

原文本:猎队快到帐篷的时候,包顺贵对巴图说:你们先回去烧一锅水,我去打只天鹅,晚上我请大伙喝酒吃肉。<u>杨克急得大叫:包主任,我求求您了,天鹅杀不得。</u>包顺贵头也不回地说:我非得杀只天鹅,冲冲这几天的晦气!①

目标文本:The hunting party had nearly reached the tent when Bao Shungui said to Batu, "You go on ahead. Boil some water. I'll go get a swan and treat you to some good food and liquor."

"Director Bao," Yang pleaded, "<u>don't kill any of those swans.</u>"

"I have to," Bao said without looking back. "That's the only way to purge the bad luck of these past few days."②

评析:这是包顺贵在去猎杀天鹅前与巴图和杨克的对话。译者将原文本中的三句话分成了三段,添加了引号,使译文更符合英文小说中分段列出对话的形式。目标文本中的对话长短错落有致,也突显了包顺贵一意孤行的性格。原文本里的画线一句中,杨

---

① 姜戎.狼图腾.南京:长江文艺出版社,2004:186.

② Jiang, R. *Wolf Totem*: *A Novel*. Goldblatt, H. (trans.). New York: The Penguin Press, 2008:291.

克因为非常喜爱天鹅,急切地劝阻包顺贵,"急得[一情感:安全感]大叫"一词刻画出他着急的心情,而目标文本中的 pleaded(乞求)则未能再现杨克由于担心和着急而提高了声调,而且 don't kill any of those swans(不要杀任何一只天鹅)与原文本中的"我求求您了,天鹅杀不得"相比,只有劝告,没有表现出人物对大自然的敬畏之心,也未能从深层次上再现作者的价值取向。

### 案例 4B

原文本:他说,曹永福,你这样<u>抗拒</u>到底,我们就要对你<u>实行群众专政</u>,就要召开群众斗争大会斗争你!

天柱说,好我的拐叔啦,快说吧,<u>还得让我求你呀</u>,啊?①

目标文本:He said, Cao Yongfu, <u>on account of</u> this <u>stubborn resistance</u> of yours, we'll have to <u>mobilize the dictatorship of the proletariat</u> against you and convene a mass struggle meeting to struggle against you!

Tianzhu said, Good Uncle Gimpy, hurry up and speak and <u>let me help you, okay</u>?②

评析:这部分是苦根儿和天柱在逼迫拐叔承认和暖玉存在作风问题。第一句苦根儿的话属于官方语言体系,译者运用强制性语法显化策略,在译文中使用了正式文体,并添加 on account of(由于)来进行语义衔接;采用选择性显化策略,将"实行"具体化为 mobilize(组织群众进行);将"群众专政"细化为 the dictatorship of the proletariat(无产阶级专政)。第二句天柱的话则是民间口语,译者解读出这句话的内涵意义,将其译为 let me help you, okay?(让我帮帮你吧,好吗?)。作者用"抗拒[一判断:韧性]"一词标记

---

① 李锐. 无风之树. 南京:江苏文艺出版社,1996:69.
② Li, R. *Trees Without Wind: A Novel*. Balcom, J. (trans.). New York: Columbia University Press, 2013:64.

出负面的态度,译者也使用了标记同样态度立场的 stubborn resistance(顽固不化,坚持抵抗)。

在翻译对话信息时,葛浩文采用隐化策略,略去了一些对话细节,并按照英文小说的叙事规范进行了调整。因为在中文小说中,一般只有在出现情节分割时,对话才分段,所以一段话中可以包含几个不同的叙述者;而英文小说则要求对话尽量简短,出现叙述者转换时需另起一段。陶忘机则采用显化策略,用正式与口语化两种不同的表述方式突显了原文本中人物的语言特色,并保留了其态度立场。可见,在处理对话信息时,译者采用隐化策略,进行调整和重组,可以使其更符合英文小说的表述习惯;而显化策略则有助于再现不同人物的性格特征。

## 四、英译本中译者的翻译策略选择与价值取向呈现

根据 Klaudy 的研究,只要可以选择,译者倾向于采用显化策略,而且无法用隐化策略进行适度的平衡。[①]然而,与其研究结果不一致的是,我们在分析这两部作品的原作及英译本的过程中发现,两位译者均运用了隐化策略对译文进行平衡,因此英译本均呈现出简洁直接的风格。

### (一)译者采用的显化隐化策略比较

相比之下,在《狼图腾》的英译本中,葛浩文更多地运用了隐化

---

① Klaudy, K. The asymmetry hypothesis. Testing the asymmetric relationship between explicitations and implicitations. The Third International Congress of the European Society for Translation Studies, "Claims, Changes and Challenges in Translation Studies". Copenhagen, Denmark, August 30—September 1, 2001.

策略,回避了较多的源语信息,主要表现在以下几点。首先,译者删除了每章开篇的按语部分,这是作者引用的有关狼和狼性精神的记载或论述。其次,原作最后的《理性探掘——关于狼图腾的讲座与对话》①40多页的内容完全被隐化。再次,正文部分的删减情况也很常见,有不少甚至是大段的删除,包括细节、心理、对话等,因此英译本呈现出更加简洁的风格。但是,大幅度的隐化也隐藏了作者的部分思想感情,在级差上弱化了原文本的情感语势,偏离了原作中的价值取向。此外,译者对一些文化历史信息进行了显化,增加了一些态度标记,并重组和调整了部分对话,使英译本更加符合译文读者的阅读习惯。

《无风之树》的英译本在整体风格上与原作更接近,陶忘机主要运用了显化策略,较明显地体现出读者意识。在他看来,"一种语言就是一种世界观。任何翻译中都包含着妥协"②。所以译者常常要用"标准的美式英语"对作品进行一定程度的改写。他调整了部分词汇和句子结构,更加清晰直接地呈现了作品中的文化历史信息和人物的内心感受,同时也采用隐化策略对译文的篇幅进行平衡,较为客观地再现了作品的简洁风格。

两位译者在翻译策略选择上的差异,当然有小说本身篇幅的原因:《狼图腾》是长篇小说,意在传达作者的精神理念,书中有大段的心理、对话和细节描写;《无风之树》是短篇小说,特点在于多视角转换的叙事手法,陶忘机就曾经评价李锐的小说简短精悍且极讲究写作技巧。陶忘机表示,这也与出版社的性质有关:与他合作的出版社是学术型的,只要求译者不要添加原作中没有的部分;而商业出版社则更重视销量和利润,关注译作能否吸引更多的读

---

① 姜戎. 狼图腾. 南京:长江文艺出版社,2004:364-408.

② Morefield, L. Interview with John Balcom. (2013-03-19)[2017-01-26]. http://www. washingtonindependentreviewofbooks. com/features/interview-with-john-balcom.

者。也可以看出,在翻译理论研究中,研究者往往更加重视显化翻译策略,因为这一策略能够突显文化差异,更加清晰地呈现作品信息,但在文学外译的实际操作层面,由于篇幅的限制,译者则会采取隐化策略以保证作品简洁易读。

## (二)译者的价值取向在文本中的呈现

在中国文学外译的过程中,我们希望实现文学作品的审美价值、道德价值和知识价值,为读者展现较为完整的中国图像。[①] 由以上分析可见,两位译者都显化了文化历史信息,这既体现了他们非常重视作品的知识价值,也显示出他们尽力以容易接受的方式向读者呈现这一历史时期的中国面貌。这一点也可以从两部英译本的"译者前言"中看出。葛浩文为译文读者勾勒出了姜戎的生平经历,点明这是一部半自传体小说;还介绍了"四旧""上山下乡""红卫兵"等,帮助读者对"文革"形成较为直观的印象。陶忘机同样突出了"文革"这一关键词,不仅分析了这一李锐亲身经历的"完全混乱"的时期,还指出作者的小说创作大都与那个动荡历史时期的山西农村有关。[②]

此外,葛浩文的译文显示出他对作品道德价值的关注。他这样评价《狼图腾》:"这是一部发人深思的作品,不仅包括小说家亲身经历的一系列充满激情的故事,还记录了一个富有同情心的外来者对这一民族睿智的观察。"[③]他补充了一些与小说相关的事实性信息,例如:姜戎的个人经历,作者强调的狼性精神、国民性格、

---

① 周晓梅. 试论中国文学译介的价值问题. 小说评论,2015(1):78-85.

② Balcom, J. *Trees Without Wind*: Anatomy of a revolution (Translator's preface). In Li, R. *Trees Without Wind*: *A Novel*. Balcom, J. (trans.). New York: Columbia University Press, 2013: vi.

③ Goldblatt, H. Translator's note. In Jiang, R. *Wolf Totem*: *A Novel*. Goldblatt, H. (trans.). New York: The Penguin Press, 2008.

生态平衡关系,小说的惊人销量引发的激烈争论等,而这些后来证明同样是译文读者非常感兴趣的地方,体现出译者对作品透彻的理解和对读者阅读兴趣的了然于心。

陶忘机的英译本则体现出他对作品审美价值的认同。他注意到作者使用了多重视角、意识流叙事、倒叙、反讽等创作方法,指出作者没有遵循线性的叙事模式或者非黑即白的纯粹价值观,"生活变得模糊不清,人类的动机既虚伪又自私,价值观不再单纯,而且好人也未必有好报"[1]。他认为,这部小说彰显了政治和社会变革中的个人利益冲突,是作者最好的小说之一。[2]陶忘机对小说的叙事、内容、风格等的深入研究,体现出他对于这部小说审美价值的认同,这一认同也是他主要采取显化策略的原因之一。

应当说,葛浩文对译文读者做出了准确的预测和判断,调整了相关信息内容,其英译本整体语言流畅、生动且令人印象深刻;然而,过多地运用隐化策略造成了文本结构上的改变,影响了原文意义的表达。葛浩文解释说他是应出版社的要求,经作者同意后删除了书中议论性的文字部分,以使作品更加小说化。[3]然而,这样的删减难免会造成原作信息的流失,导致读者的理解困难。有译文读者表示,"感觉作者在努力讲述一些我无法理解的事情"。陶忘机则认为,西方读者非常重视文学作品中的情节和人物,译者应当努力呈现作品不同层次的价值,因此他主要运用了显化策略,对作品中的文化和历史信息进行解释,同时也采用了隐化策略进行

---

① Balcom, J. *Trees Without Wind*: Anatomy of a revolution (Translator's preface). In Li, R. *Trees Without Wind*: *A Novel*. Balcom, J. (trans.). New York: Columbia University Press, 2013: vii.

② Balcom, J. *Trees Without Wind*: Anatomy of a revolution (Translator's preface). In Li, R. *Trees Without Wind*: *A Novel*. Balcom, J. (trans.). New York: Columbia University Press, 2013: xii.

③ Basu, C. Right to rewrite?. *McClatchy-Tribune Business News*, 2011-08-19.

平衡。可见，平衡地运用显化和隐化策略，不仅有助于译文读者从作品中看到一个完整的中国图像，真实地再现作品的价值，也有利于中国文学作品在海外的传播和接受。

## 五、结　语

在本文中，我们运用评价理论，并结合与相关译者的讨论，分析了《狼图腾》和《无风之树》的英译本，讨论了译者采用的显化隐化策略及其翻译效果，可以看出，两位译者都理解并认同作品的价值，不仅运用显化策略帮助译文读者理解相关的文化历史信息，也采用了隐化策略避免文本信息的冗余。然而须注意，过多地运用隐化策略不仅会造成译文与原文中审美价值的偏离，也不利于译文读者理解作品传递的道德价值。

本文为国家社科基金项目"汉籍外译的价值取向与文化立场研究"（项目编号：13CYY008）的阶段性成果，并得到国家留学基金资助（项目编号：201606485014）。

（周晓梅，上海财经大学外国语学院教授；原载于《中国翻译》2017 年第 4 期）

# 葛浩文翻译策略的历时演变研究

## ——基于莫言小说中意象话语的英译分析

冯全功

## 一、引　言

美国汉学家葛浩文(Howard Goldblatt)被称为中国现当代文学的首席翻译家,至今已出版 50 余部译著,时间跨度近 40 年,几乎每年都有译著问世,为中国现当代文学作品走向世界做出了卓越的贡献。葛浩文及其译文研究在国内引起了极大的关注,尤其是 2012 年莫言获诺贝尔文学奖之后,相关话题集中在某部或某几部小说的译文研究、葛译中国文学作品的译介策略与译介模式、葛浩文的翻译思想(观)研究、意识形态以及诗学等外部因素对葛浩文译本生成的影响等。大多研究属于静态的观察,鲜有动态的分析与描述。然而,任何事物都不是一成不变的,包括译者的翻译观及其翻译策略。在葛浩文近 40 年的翻译生涯中,译者的翻译策略是否有所转向? 如果有的话,他开始采取的主要是什么样的翻译策略,又转向了哪种? 这种转向有没有具体的文本表现? 转向背后的原因是什么? 对中国文学对外译介与传播又有什么启示? 学界对这些问题也有初步的思考,但相对缺乏具体的语料支持,说服力不太强。本文旨在从葛浩文对莫言前后5部小说中意象话语的英译入手分析,探讨译者翻译策略的历时演变及其背后的原因。

## 二、葛浩文翻译策略的转向

葛浩文认为翻译的本质就是阐释、折中与重写,译者要对得起作者,对得起文本,更要对得起读者。①文军等也有过类似的总结:"他认为翻译是背叛、重写,但忠实始终是葛浩文翻译实践的第一准则。而翻译是跨文化交流活动这一观点则是他对翻译本质的认识,正因为翻译的这一特性,使得'背叛'与'重写'成为必要的手段,目的是更为'忠实'地把原义传达给译文读者。"②文军等人的观点较为辩证地看待了文学翻译中忠实与叛逆的关系,还是比较符合事实的。针对学界把"删节""改译""整体编译"等翻译策略视为葛浩文翻译的标签以及部分学者和媒体将葛浩文的翻译定性为"连译带改"的翻译并据此对"忠实"理念进行质疑的现象,刘云虹、许钧曾从翻译忠实性、翻译观念、译者责任、文化接受的不平衡性等几个方面澄清了一些模糊的观点和认识,对中国文学对外译介中的翻译方法与模式等相关问题也有进一步的思考。刘云虹、许钧对忠实的理解同样有很强的辩证意味与历史维度,指出"葛浩文——其他译者也同样——对翻译策略与方法的选择与运用是特定历史时期中主客观多重因素共同作用的结果,具有显著的历史感和时代氛围,也强烈体现着译者的主体意识"③。这种观点在一

---

① 葛浩文.葛浩文随笔.史国强,编.闫怡恂,译.北京:现代出版社,2014.
② 文军,王小川,赖甜.葛浩文翻译观探究.外语教学,2007(6):80.
③ 刘云虹,许钧.文学翻译模式与中国文学对外译介——关于葛浩文的翻译.外国语,2014(3):6-17.

定程度上说明了葛浩文翻译策略的动态性与复杂性,不能简单地将其标签化,尤其是就历时而言。

有关葛浩文翻译策略的历时演变或动态变化,近几年学界也有所注意。何元媛以葛浩文英译莫言的三部小说(《红高粱家族》《酒国》与《生死疲劳》)为例,从意识形态、文化负载词和叙事结构探讨了译者翻译策略的嬗变,发现译者的翻译策略由最初的译入语导向逐渐转到原文导向,这种变化主要受原著在译入语中的地位和读者期待的影响。[①] 何元媛选择的三部译著的出版时间分别为 1993 年、2000 年和 2008 年,最近几年葛译的莫言小说却没有被她作为研究对象,如《四十一炮》(2012)、《檀香刑》(2013)、《蛙》(2014)等,因此很难全面反映葛浩文翻译策略的历时演变。卢巧丹也认为,"在译介莫言小说的过程中,从《红高粱家族》到《檀香刑》,葛浩文的文化翻译观也在反思中衍变,不断走向成熟。从最开始的以目的语文化为归宿的原则,慢慢过渡到以源语文化为归宿的原则,即从以'求同'为主,过渡到以'存异'为主"。卢巧丹还把葛浩文的文化翻译思想概括为"存异求同"四个字,"存异是为了尽可能与原文贴近,保留异域情调,丰富译入语文化,求同是为了使译作更好地为读者接受"[②]。如果说"存异求同"是葛浩文目前文化翻译思想的话,"求同存异"是否理应是其早期的文化翻译思想呢?如果说葛浩文的翻译思想与策略的确存在历时演变的话,这种假设或许是成立的,即葛浩文前期翻译的着眼点在于"求同",后期的着眼点在于"存异"。无论是"求同"还是"存异",译者其实都是为了创造一种"文化的第三维空间",通过"异化与归化的动态

---

① 何元媛. 葛浩文英译莫言小说的策略嬗变——以《红高粱》、《酒国》、《生死疲劳》为例. 株洲:湖南工业大学硕士学位论文,2015.

② 卢巧丹. 莫言小说《檀香刑》在英语世界的文化行旅. 小说评论,2015(4):48-55.

平衡"来实现"源语文化和译语文化的洽恰调和"①,只是不同时期的侧重点有所不同而已。贾燕芹通过研究葛浩文英译莫言系列小说中的不同话语(如政治话语、性话语、戏剧话语等),发现"在作者、源语文本、读者、赞助人等多个影响因素构成的权力关系网络中,葛浩文的译者主体性越来越明显,具体表现为译作中的创造性和异质成分不断增多。大致上说,他的译文正从文化操纵状态逐渐走向文化杂合与对话"②。贾燕芹还从布迪厄的场域理论对葛浩文翻译策略转向的原因进行了分析,具有较强的说服力。孙会军也认为"随着莫言在英语世界影响的不断扩大,随着读者的兴趣和要求的改变,葛浩文的翻译策略也逐步调整,越来越注重传播莫言小说所传达的中国文化的差异性特征和小说本身的文学性特征","不再刻意迎合英语读者,而是努力将莫言小说'原汁原味'地呈现在他们的面前"。③ 卢巧丹、贾燕芹、孙会军三位学者的研究都包括了 2013 年葛浩文英译莫言的《檀香刑》,也都或多或少地有相关语料的支持,如贾燕芹对《檀香刑》中戏剧话语的翻译分析,孙会军对传达原小说中声音(语言的节奏、韵律以及不同人物的声音特色)的分析等,得出了相似的结论——从历时而言,葛浩文对莫言小说的翻译策略从初期的以"求同"为主逐渐转向了后来的以"存异"为主。

从译文本身的分析出发,有时也未必能真正反映译者的翻译观或翻译策略,因为很多话语的删改或结构的调整是出于外部的"压力",如出版社、编辑、赞助人、目的语诗学、目的语国家的意识形态等等。这些外部因素很大程度上决定了翻译本质上是一种重

① 卢巧丹. 莫言小说《檀香刑》在英语世界的文化行旅. 小说评论,2015(4):48-55.

② 贾燕芹. 文本的跨文化重生:葛浩文英译莫言小说研究. 北京:中国社会科学出版社,2016.

③ 孙会军. 葛浩文和他的中国文学译介. 上海:上海交通大学出版社,2016:41,48.

写行为,很多时候也不是译者所能左右的。所以从基本上不受这些外部因素影响的翻译现象着手分析,可能会更真实地反映译者翻译观以及翻译策略的历时演变,如从葛浩文不同时期对莫言小说中人名或称呼语的处理方式切入分析。在《檀香刑》中葛浩文对很多称呼语选择了音译策略,如"爹""娘""干爹""亲家""少爷""师傅""状元"等,并在小说末尾对这些音译术语进行了介绍。葛浩文还在"译者注"中说,之所以不翻译这些术语,是因为更新与增添英语中从汉语而来的外来语的时机已到。①在稍后翻译出版的《蛙》中葛译对其中的核心人物"姑姑"同样采取了音译策略。这说明葛浩文在后期有意通过翻译来实现丰富英语语言的目的。对部分含有特殊含义的人名,如《丰乳肥臀》中的上官来弟、上官招弟、上官想弟、上官盼弟等,《蛙》中的陈鼻、陈眉、王肝、王胆等,葛浩文在其首次出现时,除了采取音译,还在正文中给出人名的含义,如把"来弟"处理为 Laidi(Brother Coming),把"陈鼻"处理为 Chen Bi(Nose)等,同样体现了译者沟通中西文化与表现文化差异的努力。那么,从更为隐蔽的意象话语来分析葛浩文英译莫言小说翻译策略的历时演变将会是什么样的结果? 是否能进一步证实以上学者的观点呢?

## 三、从莫言小说中意象话语的英译看葛浩文的翻译策略

笔者选择葛译莫言小说中的意象话语作为研究对象,主要在于这些意象话语的翻译基本上不受外部因素的影响,都是译者在自己翻译观的指导下相对自主地进行处理的,不管是有意识的还

---

① Mo Yan. *Sandalwood Death*:*A Novel*. Goldblatt, H. (trans.). Norman:The University of Oklahoma Press,2013:ix.

是无意识的。意象的保留、更改与删减更能体现译者对异域文化的态度及其主导型翻译策略。许诗焱通过研究葛浩文英译《干校六记》的过程,强有力地说明了诸如翻译标题、添加注释等有时是"译者、编辑和出版商共同协商的结果,在进行翻译评价时首先不应该将所有责任都推到译者身上,而应该更为客观地还原事实,同时要将翻译评价放在翻译活动所处的特定历史背景中去讨论"①。刘云虹也表达了类似的观点,强调翻译批评的历史维度和文化维度。②研究译者的翻译策略也不例外,不能把所有的内容增删与结构调整等现象都"推到译者身上",把外因使然归为内因表现,也不能僵化地看待译者的翻译策略与翻译思想。为了研究葛浩文翻译策略的历时演变,笔者选择其在不同时期翻译的五部莫言小说,分别为 1993 年出版的《红高粱家族》英译本、2004 年出版的《丰乳肥臀》英译本、2008 年出版的《生死疲劳》英译本、2013 年出版的《檀香刑》英译本以及 2014 年出版的《蛙》英译本。从每部小说中选择 100 个含有意象的话语表达,如"飞蛾投火""羊入虎穴""怒火万丈""井水不犯河水""说得有鼻子有眼""千里姻缘一线牵"等,然后找出其对应的英译,分析其中的意象是否得以保留,抑或删改(删除与更改)。如果是保留的话,基本上可认为对应译文是异化翻译策略的具体表现,如果是更改或删除的话,基本上可认为对应译文是归化翻译策略的具体表现。不管是意象保留还是删改,几乎都是译者相对独立自主的选择,受外部因素影响较小,更能体现其内在的翻译观及其对应的翻译策略。前后意象保留或删改的变化幅度体现了译者翻译策略的历时演变。所选语料中还有很多话语是用双重意象表达同一或相似语义的,如"狐群狗党""狼吞虎咽""翻

---

① 许诗焱.基于翻译过程的葛浩文翻译研究——以《干校六记》英译本的翻译过程为例.外国语,2016(5):98.

② 刘云虹.翻译批评研究.南京:南京大学出版社,2015.

肠搅肚""装神弄鬼""人山人海"等,只要译者再现了其中的一个意象,也被归为保留意象的范畴。

所选语料中葛译对其中意象话语的处理情况如图1所示。

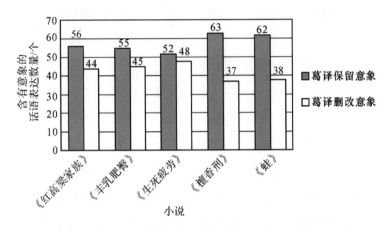

**图1　葛译莫言五部小说中意象话语的处理情况**

由图1可知,所选五部小说中葛译采用保留意象的处理方式的情况都多于删改意象,如果单从意象话语的处理方式而言,葛译的异化成分是大于归化的。胡安江曾指出,"葛氏的归化译法几乎见于他的每一部翻译作品"(似是而非的言论),并据此建议目前中国文学"走出去"要采取归化译法,所谓"归化式译法的现实期待"。① 如果从意象话语的处理方式而言,这种观点是值得商榷的。史国强就对胡安江的观点进行过反驳,指出归化式译法并不是葛译的重要特征,异化方法反而用得更多(主要基于《丰乳肥臀》英译分析),并且推测"葛浩文越是后来越倾向'异化'"②。葛译莫言小说中意象话语的翻译基本上证实了史国强的观点与推测,也

①　胡安江.中国文学"走出去"之译者模式及翻译策略研究——以美国汉学家葛浩文为例.中国翻译,2010(6):10-16.
②　史国强.葛浩文的"隐"与"不隐":读英译《丰乳肥臀》.当代作家评论,2013(1):76-80.

在很大程度上证实了上述卢巧丹、孙会军、贾燕芹等学者的观点。虽然五部小说中意象话语的英译都是异化大于归化,但是毕竟程度还是不一样的,后期两部(《檀香刑》与《蛙》)中的异化手法明显多于前期三部(《红高粱家族》《丰乳肥臀》《生死疲劳》)中的异化手法。这也表明葛浩文在后期(尤其是莫言获诺贝尔文学奖之后)更加注重传达原文的异质性,"存异"的幅度更大。如果说葛浩文的前期译文受外界影响存在更多文化操纵,如把一些敏感的意识形态话语删除、调整故事的叙述结构与叙述视角、对故事内容进行删减压缩甚至改变小说的开头与结尾等,后期则更强调对原文的"忠实"(大幅度的操纵现象相对少见),表现在意象话语的翻译上就是更多地保留原文的意象。

对照分析葛译莫言小说中的意象话语,可以发现很多文化个性较强的意象话语都得到了保留,增强了译文本身的文学性,也在一定程度上丰富了英语表达法,起到了很好的文化交流作用,相信葛浩文是有意为之的。典型的如把《红高粱家族》中的"井水不犯河水"译为 well water and river water don't mix,"三寸金莲"译为 three-inch golden lotuses,"嫁鸡随鸡嫁狗随狗"译为"marry a chicken and share the cop, marry a dog and share the kennel","千里姻缘一线牵"译为 people destined to marry are connected by a thread;把《丰乳肥臀》中的"有钱能使鬼推磨"译为 money can make the devil turn a millstone,"肥水不落外人田"译为 do not fertilize other people's fields;把《生死疲劳》中的"死猪不怕开水烫"译为 like a dead pig that's beyond a fear of scalding water,"悬崖勒马"译为 rein in your horse before you go over the cliff;把《檀香刑》中的"兵来将挡,水来土掩"译为 confront soldiers with generals and dam water with earth,"不看僧面看佛面"译为"if you won't do it for the monk, then do it for the Buddha";把《蛙》中的

"落时凤凰不如鸡"译为 a fallen phoenix is not the equal of a common chicken,"强扭的瓜不甜"译为 a melon won't be sweet if you yank it off the vine,"人不可貌相,海水不可斗量"译为 people cannot be judged by appearance alone any more than the ocean can be measured by bushels,等等。

葛译的意象保留法还体现出很大的灵活性,有时也不是完全"照搬"原文的语义,根据具体语境也会对之有所变通。如把"千军易得,一将难求"译为"soldiers are easy to recruit, but generals are worth their weight in gold",通过添加 weight in gold 的意象,比原文更加生动,更具表现力。"高抬贵手"被译为 raise your merciful hand,通过添加 merciful 修饰语更容易让读者理解这个表达的真正含义。"瓮中之鳖"被译为 a turtle in a jar with no way out,通过添加 with no way out 使话语意义更加明朗。"火上浇油"被译为 adding fuel to the joyous fire,其中的 joyous 则是根据具体语境添加的修饰语。"攀龙附凤"被译为"wanting to curry favor with people of power and influence, society's dragons and phoenixes",既传达了原文的深层所指,又保留了原文的文化意象。针对"龙"的意象,中西虽有很大的文化差异,葛译还是多数予以保留,除"攀龙附凤"之外,其他如把"真龙天子"译为"a Dragon, a Son of Haven",把"人中龙凤"译为 a dragon among men 等,这种异化的做法还是值得学习与借鉴的。还有些例子,译者完全可以采取更换或删除意象的归化译法,但还是保留了原文的意象,在具体语境下译文读者也不难理解,如"掌上明珠"(a pearl in the hand)、"力大如牛"(the strength of an ox)、"三寸金莲"(three-inch golden lotuses)、"三十年河东,三十年河西"(rivers flow east for thirty years, and west for the next thirty)等。汉语中还有大量用双重意象表达同一或相似语义的,葛译很多只保留其中的一个意象,使译文更加简洁、精练,如把"同床共枕"译为 share my bed,把"人山人海"译为 a sea of people,把"装聋作哑"译为 act deaf,把"低声下气"译为 kept her voice low and controlled,把"狼吞虎咽"译为 wolfing down their food 等。葛浩文之所以选择保留原文中的大多数意象,一方面是想竭力传达汉语的语言文化特征,尽量给译文读者带来一种陌生感,另一方面则是因为在特定的语境中保留这些意象也不会给译文读者带来太大的阅读负担,毕竟人类的认知方式大部分是相似的。

从语篇层面而言,任何翻译都是归化与异化的杂合体,只是侧重点有所不同。针对莫言小说中意象话语的翻译,葛浩文的归化译法在前三部更为明显,占了几近半壁江山。葛译之所以用删除或更改意象的译法,总结起来主要原因可能有以下几点:(1)原文中的意象不便再现,如"颠鸾倒凤"(in the thrones of marital bliss)、"水性杨花"(fickle passions)、"不问青红皂白"(guilty or not)、"说得有鼻子有眼"(the details were lurid)、"眠花宿柳,偷鸡摸狗"(whoring around and womanizing)、"恨铁不成钢"(why can't you be a man)等;(2)含有文化典故的意象话语很难再现,如"红杏出墙"(sneaking around the way you have been doing),"虎落平阳"(a stranded tiger),"齐眉举案"(treat each other with respect)等;(3)特殊语境下的话语表达,如"根红苗正"(red as could be)、"残花败柳"(ruined, a fallen woman)、"狼狈不堪"(cutting a sorry figure)、"浑水摸鱼"(groping here and fondling there)等;(4)更改原文意象更有利于读者接受或使表达更加形象,如"鬼迷了心窍"(blind as a bat)、"鼠目寸光"(who cannot see what is under his nose)、"天无绝人之路"(heaven always leaves a door open)等。葛译采取归化的意象话语大多属于难以再现的隐喻话语。

葛浩文偶尔也会用英语中的固定表达来传达原文的语义,如把"不胫而走"译为 spread like wildfire,把"一箭双雕"译为 a two-birds-with-one-stone strategy,把"拐弯抹角"译为 beat around the bush,把"鸡犬不宁"译为 fought like cats and dogs 等,但这种现象在所选语料中比较罕见。厄普代克曾批评葛浩文使用 he licked his wounds,称其"老调没碰出回音",葛浩文也知道"避开陈词滥调是何等重要",然而原文上写的就是"他舔吮他的伤口"①。由此可见,不管是批评者(读者)还是译者本人都讨厌译文中出现英语中类似的僵化表达与陈词滥调。还有部分意象话语,在所选语料中出现了两次或多次,葛浩文对应的英译也有很大区别,后期的译文往往更注重意象的保留,如《红高粱家族》中的"花容月貌"被译为 beautiful,而在《檀香刑》中的两处分别被译为 "flower and moon" beauty 和 a face like moonbeams and flowers;《红高粱家族》中的"人山人海"被译为 was jammed with people,《檀香刑》中的被译为 a sea of people;《丰乳肥臀》中的"呆若木鸡"被译为 stunned,《蛙》中的被译为 stood like wooden statues;《丰乳肥臀》中的"轻车熟路"被译为 you've been down this road before,《蛙》中的被译为 like a cart that knows the way 等。这些相同意象话语在不同小说的不同时期的译文中最能反映同一译者前后翻译策略的历时演变,当然,基于相关语料库的统计分析将会更有说服力。

由上可知,如果撇开外部因素对葛译生成的影响,单从五部小说中意象话语的英译而言,葛浩文前后的翻译策略的确有所改变,后期更加注重意象的保留,更加注重传达原文以及源语文化的异质性,但笔者觉得与其说葛浩文的前后翻译策略发生了转向,不如

---

① 葛浩文.葛浩文随笔.史国强,编.闫怡恂,译.北京:现代出版社,2014:44-45.

说后期的翻译策略更强调异化,是对前期翻译策略的一种强化,因为前期三部小说中意象话语的英译也都保留了一半以上的意象,异化一开始就是葛译的主导策略。然而,如果加上外部因素对葛译生成的影响(包括意识形态与目的语诗学等),尤其是小说内容与结构上的归化式删改现象(在早期小说英译中更为常见),认为葛译的翻译策略前后发生了转向(如从求同到存异,从操纵到对话,从目的语导向到原文导向)也是不无道理的。

## 四、葛浩文翻译策略演变的原因简析

葛浩文翻译策略前后发生的变化是渐变的,而不是突变的,是强化型的,而不是彻底转向的。如果有分水岭的话,笔者倾向于把2012年莫言获诺贝尔文学奖作为葛浩文前后翻译策略发生变化的主要分水岭。从上述莫言五部小说中意象话语的翻译而言,基本上也是这样的,2013年出版的《檀香刑》英译本以及2014年出版的《蛙》英译本相对前面的三个译本保留了原文中更多的意象,译文也鲜有内容删减或结构调整等现象。

葛浩文前后翻译策略发生变化的原因是多方面的。首先,过去的几十年来,中国的经济突飞猛进,取得了举世瞩目的成就,综合国力和国际影响力也大大提高,全世界都在关注中国,对中国文化也激起了一定的好奇心,包括中国文学作品。在这种大环境下,虽然中国文学作品在国外至今依然比较"冷门",真正"走出去"面临着重重困难,但毕竟越来越多的国外读者开始关注中国文学作品,从通过阅读小说来了解中国的社会与历史到越来越关注中国文学作品本身的文学性与艺术性及其对人性的探寻。当然,这和葛浩文等国外翻译家对中国文学作品的积极译介与大力宣传也是分不开的。其次,葛浩文在中国文学作品外译的文化场域内逐渐获得了话语权,拥有"首席翻译家"的称号,积累了雄厚的象征资本,开始自树权威,"正在用他的最新译作,去重新定义什么是优秀的翻译文学作品"①。如果说葛浩文前期对中国文学作品的译介工作受出版社、赞助人、意识形态、目的语诗学等外部因素影响较大的话(如根据出版社与编辑的要求或建议精简小说内容,调整小说结构等),后期他受到的外界影响则相对较小,拥有更大的自主权与选择权,也更容易取信于人,更有利于在自己翻译观的指导下自主选择相应的翻译策略。中国文学对外译介与传播中的翻译方法与翻译策略,就其本质而言,折射的是跨文化交流中如何看待语言文化的异质性、如何对待他者文化的伦理问题。②鉴于葛浩文本人对中国文学与文化的热爱,他在获得话语权之后,自然会倾向于更多地保留差异,更加尊重中国语言与文化。最后,任何文学作品的翻译都是归化与异化的杂合体,译者会根据不同的时间阶段调整自己的翻译策略。弱势文化国家中的文学作品要想打入强势文化国家之中(如把中国文学作品译介到美国),开始阶段译者往往采取相对归化的翻译策略,以符合目的语的诗学规范,用一种比较流畅的、透明的译文赢得读者的认可,给人一种仿佛用目的语写作的感觉。韦努蒂对这种归化倾向进行过批判,认为其本质上是一种种族中心暴力。③然而,由于中西文化交流中"时间差"和"语言差"的存在④,这种归化式翻译策略在弱势民族文学向强势民族文学圈内打入的初期,又似乎是一种必需的"暴力"手段。随着时间的推移以及跨文化交流的深入,有远见、有责任的译者便会选择更

---

① 贾燕芹.文本的跨文化重生:葛浩文英译莫言小说研究.北京:中国社会科学出版社,2016:227.

② 刘云虹,许钧.异的考验——关于翻译伦理的对谈.外国语,2016(3):74.

③ Venuti, L. *The Translator's Invisibility: A History of Translation*. Shanghai: Shanghai Foreign Language Education Press, 2004.

④ 谢天振.超越文本 超越翻译.上海:复旦大学出版社,2014:250-253.

多地传达文化差异,以更加有效地促进跨文化交流。在李文静对葛浩文与其夫人林丽君的访谈中,葛浩文也说自己要比夫人更加注重传达原文的异国情调,他如果也像夫人那样用地道的英文让译文变得更加流畅与透明的话,就会让自己变得像殖民者一样。①若再往之后看的话,随着中国文学的国际影响力不断增加,西方对中国文学与文化的接受程度也将随之提高,到时,无论是西方读者还是中国作家,都会对翻译的忠实性和完整性提出更高的要求,毕竟"原汁原味"的译本才能最大限度地再现文学作品的魅力。②换言之,一个民族对另一个民族文化的翻译和接受总是处于历史演变过程中,因此中国文学在美国或其他国家的接受情况也不会是静止不变的。③国内外各种外部接受环境的历史变迁在很大程度上决定了译者的翻译策略也是流变的(也会影响译者的翻译观),在不同的时期表现出不同的特征。这就启发中国文学作品的外译者要审时度势,做到人与环境的相互适应,或者适度地超越环境也未尝不可。

## 五、结　语

葛浩文翻译策略的历时演变研究首先要持一种历史眼光与辩证立场,可从宏观与微观两个层面着手。译文宏观层面的变动与调整大多是受外部因素的影响。本文之所以选择较为微观的意象话语作为研究对象,主要在于其受外部因素的影响相对较小,更能

① 李文静.中国文学英译的合作、协商与文化传播——汉英翻译家葛浩文与林丽君访谈录.中国翻译,2012(1):57-60.
② 刘云虹,许钧.文学翻译模式与中国文学对外译介——关于葛浩文的翻译.外国语,2014(3):16.
③ 许钧,曹丹红.翻译的使命与翻译学科建设——许钧教授访谈.南京社会科学,2014(2):1-7.

体现译者的自主性与策略的流变性,不管是译者有意识的还是无意识的选择。研究发现,葛浩文英译莫言小说前后策略的确有所变化,后期更加注重保留原文的意象,传达源语文化的异质性。但针对意象话语的翻译而言,保留意象或异化策略一直是占主导地位的,只是前后的比重有所不同而已。如果想把这个话题更加深入地研究下去,将宏观与微观相结合、定性与定量相结合以及更多作家不同时间段的更多译文做对比(包括翻译研究的语料库方法)是可行的途径,也更能全面而真实地反映葛浩文翻译策略的历时演变。这种历史的、辩证的、动态的翻译策略研究对中国文学"走出去"和文学翻译批评无疑具有更大的启示。

本文为国家社科基金青年项目"文学翻译中的修辞认知研究"(项目编号:16CYY008)的阶段性成果。

(冯全功,浙江大学外国语言文化与国际交流学院副教授;原载于《外国语》2017 年第 6 期)

# 基于翻译过程的葛浩文翻译研究

## ——以《干校六记》英译本的翻译过程为例

许诗焱

## 一、引　言

2015 年 1 月,中国文学翻译档案馆在俄克拉荷马大学正式落成。近年来,俄克拉荷马大学在中国文学研究方面成就斐然。2010 年创刊的中国文学英译期刊 *Chinese Literature Today*(《今日中国文学》)目前已经拥有稳定的读者群和较大的影响力。2009 年设立的"纽曼华语文学奖"也已成为世界知名的华语文学奖项,历届获奖者包括莫言、韩少功、杨牧和朱天文。中国文学翻译档案馆目前收藏葛浩文(Howard Goldblatt)、顾彬(Wolfgang Kubin)和叶维廉(Wai-lim Yip)三位翻译家的翻译资料,包括书信、手稿、合同等珍贵的第一手材料。笔者于 2015 年 2 月至 8 月在俄克拉荷马大学访学,有幸成为档案馆的第一位访问学者,对馆藏的葛浩文翻译资料进行整理和研究。本文以葛浩文 20 世纪 80 年代初翻译《干校六记》期间与编辑、出版商、作者、学者以及读者之间的 83 封信件为研究对象,通过《干校六记》的翻译过程对葛浩文的翻译进行研究。这 83 封信件的时间跨度长达 4 年,内容涵盖翻译的各个方面,既有关于文字翻译的细节探讨,也有对于文本风格和文本风格之后的时代历史背景和社会文化因素的思考。希望通过翻译过程研究,为翻译评价提供新维度,为翻译教学提供新素材,为翻译研究提供新思考,进一步推动中国文学"走出去"。

## 二、翻译评价

葛浩文在访谈中多次提到,不少读者喜欢对比原作和译作,然后向他指出翻译中的问题,"读者英语水平的提高和对翻译的浓厚兴趣固然是可喜之事"[1],但很多批评让他"难以接受或信服"[2],因为它们仅仅局限于原文与译文的机械比对,而很少考虑影响翻译过程的诸多因素。翻译过程研究可以帮助翻译评价超越原文与译文之间的简单比对,将葛浩文的翻译置于更为全面的视野之中加以审视和探讨。以《干校六记》的书名翻译为例,如果将原文与译文进行比对:

原文:干校六记

译文:Six Chapters from My Life "Downunder"

"干校"这个具有重要文化负载意义的词被译成 downunder,downunder 与"干校"并无直接联系,它一般是指澳大利亚和新西兰,因为这两个国家位于南半球,相对于大多数位于北半球的国家来说,它们的位置是 downunder(在下面)。2004 年澳大利亚小姐

---

① 李文静.中国文学英译的合作、协商与文化传播——英汉翻译家葛浩文与林丽君访谈录.中国翻译,2012(1):60.

② 葛浩文.作者与译者:交相发明又不无脆弱的关系——在常熟理工学院"东吴讲堂"上的演讲.孟祥春,洪庆福,译.东吴学术,2014(3):36.

Jennifer Hawkins 摘得"环球小姐"的桂冠,当时就有媒体戏称她为来自 downunder 的冠军。用 downunder 这个词来指代"干校",显然是"归化"译法,为了便于西方读者理解,葛浩文似乎在翻译中删减了中国历史文化元素。但是如果深入翻译过程之后再进行评价,也许会得出不同的结论。

笔者在对中国文学翻译档案馆所收藏的相关信件进行整理时,发现葛浩文在交稿时并未确定书名的译法,而是与两位编辑——高克毅(George Kao)和宋淇(Stephen Soong)共同讨论的。高克毅和宋淇都是香港中文大学翻译研究中心的教授,中心于1973年创办中国文学英译期刊 *Renditions*(《译丛》),高克毅当时担任期刊总编,宋淇担任执行主编。考虑到《干校六记》与《浮生六记》之间明显的互文关系,两位编辑首先参照林语堂对于《浮生六记》的译法 Six Chapters of a Floating Life,确定书名的总体结构——Six Chapters of...(译自高克毅 1981 年 3 月 5 日写给葛浩文、宋淇的信)。之后,就"干校"一词的翻译,译者与编辑尝试了三种不同的思路:

(1)按照"干校"的字面意思进行直译,将其译为 Cadre School,但大家都认为这个译法不好,会导致误解,让西方读者联想到干部提拔;

(2)根据"干校"一词的真实含义,将其译为 Reform School 或 Reform Center,但这种译法也不好,会让西方读者联想到改造少年犯的机构;

(3)参考夏志清对于"下放"的翻译 Downward Transfer,将"干校"译为 Down There,但这种译法过于模糊,西方读者几乎无法理解,究竟 Down where?

(译自宋淇 1981 年 5 月 16 日写给高克毅、葛浩文的信)

在这三种思路均未取得理想效果的情况下,高克毅建议借用英语中已有的词 downunder 来指代"干校"。他认为,不论运用何种翻译方法,英语读者都很难理解"干校"的含义,不如借用英语中已有的词 downunder,这个词本身就包含"在下面"的意思,会让人联想到"下放"和"底层",与"干校"的真实含义有一定关联(译自高克毅 1981 年 8 月 21 日写给葛浩文、宋淇的信)。对此,译者和编辑均觉得这一翻译比较"别致",但为了避免误解,应为这个词加上引号(译自宋淇 1981 年 9 月 10 日写给葛浩文、高克毅的信)。《干校六记》书名的译法由此基本确定为 Six Chapters of Life "Downunder"。高克毅又建议将 Six Chapters of Life "Downunder"中的 of 换成 from,表示这里的六记并非作者干校经历的全部,而只是从中选取了一部分加以记录,同时在 life 前面添加人称代词 my,强调文中所使用的第一人称(译自高克毅 1982 年 1 月 29 日写给葛浩文、宋淇的信)。至此,《干校六记》英译本的书名译法才被定为 Six Chapters from My Life "Downunder"。

《干校六记》英译本于1983 年作为 Renditions 丛书之一出版后很快引起反响,华盛顿大学出版社社长 Donald Ellegood 高度赞扬这本书,认为它"记录了'文革'期间知识分子的遭遇,读来令人动容",并建议把它作为单行本发行(译自 Donald Ellegood 1983 年 2 月 19 日写给高克毅、宋淇的信)。在筹备该书单行本发行的过程中,其书名的译法又一次引起争议:香港中文大学有学者担心,用 downunder 指代"文革"期间对知识分子进行改造的"干校",会引起澳大利亚读者的反感,他们有可能认为译者是在暗示澳大利亚最初就是英国政府流放罪犯的地方。当时正在香港中文大学翻译研究中心访学的闵福德(John Minford)曾在澳大利亚求学,并获得澳大利亚国立大学博士学位,两位编辑专门去征求他的意见。闵福德认为,在译本中使用 downunder 应该没有问题,澳大利亚人不但不会介意,反而会觉得这是幽默的双关(译自宋淇 1983 年 5 月 6 日写给高克毅、葛浩文的信)。宋淇在 1983 年 5 月 16 日写给葛浩文和高克毅的信件中汇总了各方意见:downunder 尽管有可能在一部分读者中引起误解,但放在标题中能引起读者的好奇心,有可能成为具有吸引力的译本卖点,因为实在找不到更好的词来替代,downunder 应予以保留。为了避免歧义,宋淇建议:"干校"这个词在史景迁(Jonathan Spence)为《干校六记》单行本所写的序言的第一句中就出现了,应立即加上脚注,以帮助读者理解(译自宋淇 1983 年 5 月 16 日写给葛浩文、高克毅的信)。在华盛顿大学出版社 1984 年出版的《干校六记》英译本第 1 页,葛浩文为 downunder 一词添加脚注如下:

"Downunder", of course, refers to Australia/New Zealand in English. Here it stands for the term *xia fang*(下放), literally "downward transfer". It applies more poignantly to the twenty million intellectuals uprooted from their academic and research institutions to live with the peasants in the countryside under military control during the "Cultural Revolution".

从书名的翻译可以看出,译者与编辑就《干校六记》书名的翻译进行了极其细致的讨论,几乎尝试了"干校"这个词所有可能的翻译方法,对于其中的介词和人称代词也仔细推敲,反映出译者与编辑对待翻译的严谨态度。由于历史文化背景的巨大差异,原书名中所蕴含的意义很难得以完全传递,但不能仅凭原文与译文的比对就简单地做出一个是非判断,而忽略译者与编辑在翻译过程中的主观意愿和努力。《干校六记》书名的翻译过程显示,并不是葛浩文在主观上刻意删减"干校"一词中所包含的中国历史文化信息,而是与两位编辑一起,在一系列异化、归化的反复尝试之后,最终选择了归化的译法。可见,归化与异化都是译者进行文化协调的手段,至于采用何种策略,在很多情况下都是具体历史情境中多方协调的结果。如果在进行翻译评价时能深入翻译过程,将有助于避免"是非判别"的简单化倾向,让翻译评价更为全面和公正。

如果将《干校六记》的原文与译文进一步对比,还会发现一个问题。《干校六记》译本 1983 年由香港中文大学作为 Renditions 丛书之一出版时,只包含 19 个简短的脚注,正文之后只有一个比较详细的注释,是关于钱锺书在"小引"中所提到的"葫芦案"(Kangaroo Court)的。而在华盛顿大学出版社 1984 年出版的单行本中,不仅包含正文中的 19 个脚注,正文之后还附了 Background Notes,包含 20 个非常详细的背景注释,解释与"文革"相关的术语和译文中无法传达的典故与双关。葛浩文在这个版本的 Translator's Afterwords(译者后记)中还专门对此进行了说明:

> In order to make some of the material（specialized terminology, puns, allusions, etc.）more accessible to the reader, a few brief explanatory notes have been supplied in the text. More comprehensive notes have been included in the Background Notes, which follow, as an attempt to expand the base for understanding Yang's remarkable work without intruding upon the reader's right to personally experience and appreciate the sophistication and subtle force of the original. ①

---

① Yang, J. *Six Chapters from My Life "Downunder"*. Goldblatt, H. (trans.). Seattle: University of Washington Press, 1984: 104.

　　　　为了让读者了解文中的一些内容(比如专门术语、双关语、典故等),我们在文中加了简短的脚注。详细的"背景注释"则被放到书后,在帮助读者理解的同时,又不破坏读者的阅读感受,保持原文的含蓄风格。(笔者译)

　　为什么两个版本对于背景知识的处理会存在如此大的差异? 这种差异是否意味着葛浩文翻译思路的改变? 在对这些问题进行评判之前,我们还是先通过档案馆所收藏的 83 封信件追溯《干校六记》的翻译过程。在《干校六记》作为 Renditions 丛书之一出版后,宋淇收到了读者刘绍铭(Joseph Lau)的来信。刘绍铭当时在威斯康星大学任教,他在给美国学生开设的"当代中国文学"课程中使用了这一版本作为教材,但学生们普遍觉得《干校六记》很难理解,因为他们对于作品的背景几乎一无所知。刘绍铭建议为《干校六记》加上详细的背景注释,否则这本书很难在"嚼着口香糖的"美国大学生中引起共鸣(译自刘绍铭 1983 年 8 月 6 日写给高克毅、宋淇的信)。这封读者来信引起了译者和编辑的高度重视。

　　宋淇在 1983 年 8 月 18 日给葛浩文和高克毅的信中认为刘绍铭的反馈非常有价值。参与《干校六记》翻译和修改的人,不论是葛浩文、高克毅还是他自己,对其背景都比较了解,因此没能站在普通外国读者的角度上来进行思考。宋淇建议,在正文之后增加 Background Notes,将原先脚注中需要仔细解释的部分移至其中,集中加以说明。宋淇还亲自为《干校六记》撰写了 33 个非常详细的 notes(注释)。

　　高克毅在 1983 年 9 月 27 日写给葛浩文和宋淇的信中赞同宋淇的看法,认为译本的确需要同时满足了解背景的学者和不了解背景的普通读者的需求,但也不宜"用力过猛"。过多的注释会成为阅读的负担,让小说变成"'文革'参考书"。如果把作者的含蓄风格加以彻底剖析,这种风格的魅力会被削弱,甚至限制读者阅读时的自由思考。因此，一定要找到一个合适的平衡点，避免"喧宾夺主"。

葛浩文在 1983 年 10 月 20 日写给两位编辑的信中指出，其实并不一定需要每一个读者都完全了解文中所指涉的隐含意义，不同的读者对于作品有不同的理解程度是很自然的事，不必事无巨细地对每一处典故和双关都加上注释，只需在译文中适当加以解释就足够了。尽管他很赞赏宋淇所撰写的 33 个经过详细考证的 notes，但还是认为译者不应该代替读者进行判断，而应该让读者自己得出结论，避免翻译过程中的过度解释。葛浩文建议删去与小说内容不直接相关的 notes，以及那些在译文中已经解释得相对清楚的 notes。

针对宋淇、高克毅和葛浩文三人之间的不同观点，出版商 Donald Ellegood 从中协调，最终决定添加 Background Notes，但将宋淇所提供的 33 个 notes 减为 20 个，由葛浩文负责所有 notes 的文字修订（译自 Donald Ellegood 1983 年 10 月 25 日写给高克毅、宋淇、葛浩文的信）。由此可见，为《干校六记》添加详细的背景注释是译者、编辑和出版商共同协商的结果，在进行翻译评价时首先不应该将所有责任都推到译者身上，而应该更为客观地还原事实，同时要将翻译批评放在翻译活动所处的特定历史背景中去讨论。只有还原翻译过程以及当时的历史情境，才能了解和体会翻译家当时的选择，而不是武断地进行是非评判。葛浩文自己曾表示："我比较乐意看到从更宽的视角评论我的译作。"[1]翻译过程研究让翻译评价不仅仅局限于原文和译文之间的对比，而是把静态的翻译结果分析扩展为动态的翻译过程讨论，并将其置于广阔的文化交流和历史语境中加以探索，"避免认识的简单化和评价的片

---

[1]　葛浩文.我行我素：葛浩文与浩文葛.史国强，译.中国比较文学，2014(1)：41.

面性"①,让翻译评价更具建构性,为中国文学"走出去"提供更有价值的参考。

## 三、翻译教学

自从莫言获得诺贝尔文学奖以来,葛浩文的翻译成为国内许多翻译方向硕士生和博士生的论文选题。很多论文从比对原文与译文入手,分析葛浩文所采用的直译、转译、增补、删减等多种手法,找寻译文中所体现的归化、异化策略,证明葛浩文翻译的精彩高妙。这样的研究的确必要,结论也的确合理,但对于中国文学"走出去"的任务而言,葛浩文翻译研究更应关注翻译教学:通过还原葛浩文在翻译过程中的权衡与思考,让从事中国文学外译的译者明白,在自己的翻译实践中何时该直译,何时该转译,何处宜增补,何处宜删减,帮助译者在归化和异化策略上做出更为明智的选择。换句话说,对于葛浩文翻译的研究不应仅仅止步于欣赏他的译本,还应深入他的翻译过程,从葛浩文对译文的修改完善中汲取经验,让葛浩文翻译研究对翻译教学产生更为直接的促进作用。

中国文学翻译档案馆所收藏的 83 封信件涵盖《干校六记》译稿修改完善的全过程。以《干校六记》中六个小标题——"下放记别""凿井记劳""学圃记闲""'小趋'记情""冒险记幸""误传记妄"的翻译为例,葛浩文在提交译稿时并未确定小标题的译法,而是征求两位编辑的意见。他认为每个小标题中都包含"记"字,因此考虑将每一个小标题都译为"A Record of... ",以保持原文的工整结构。高克毅不同意这样翻译,他认为,六个小标题如果都译成

---

① 刘云虹.在场与互动——试析许钧关于翻译批评的思考与实践.外国语,2015
(2):102.

"A Record of…",首先太过重复;即使不考虑重复的因素,用 record 来翻译"记"也不理想,因为 record 过于正式,让人想到 document 甚至 file,因为 record 更多地是指由别人所写的记录,而非自己的叙述,尤其是像杨绛这般细腻委婉、娓娓道来的个人书写,绝对不能被译成 record。高克毅建议参考林语堂对于《浮生六记》中现存的"四记"的翻译:

| | |
|---|---|
| 闺房记乐 | Wedded Bliss |
| 闲情记趣 | The Little Pleasure of Life |
| 坎坷记愁 | Sorrow |
| 浪游记快 | The Joys of Travel |

林语堂在翻译这"四记"时都忽略了"记"字,也舍弃了形式上的排比结构,只着重翻译每个小标题的核心含义。如果采用类似的思路,《干校六记》中的六个小标题可以译为:

| | |
|---|---|
| 下放记别 | Departing for "Downunder" |
| 凿井记劳 | Well-Digging Labors |
| 学圃记闲 | Vegetable Tending |
| "小趋"记情 | "Quickie" Comes into Our Lives |
| 冒险记幸 | My Several "Adventures" |
| 误传记妄 | Home—At Last |

尽管这样翻译已经可以表达原文的含义,但高克毅认为这种翻译方法还是不能让人满意,因为译文没有传达杨绛机智灵动的文风。又经过一番推敲,他将这六个小标题的翻译进一步修改为:

| | |
|---|---|
| 下放记别 | Farewell:Departing for "Downunder" |
| 凿井记劳 | Labor:Digging a Well |
| 学圃记闲 | Leisure:Tending a Vegetable Patch |

| "小趋"记情 | "Quickie"：A Loving Companion |
| 冒险记幸 | Adventure：While All Ends Well |
| 误传记妄 | Wronged：But Home—At Last |

　　高克毅还特别解释了译文中冒号的运用：从语言学的角度来说，字词和标点其实都是符号，因此可以尝试用冒号来代替"记"字，在冒号前放一个单词，模仿原文中"记"的后面是一个汉字的结构，尽量在意义和形式上都接近原文。按照这个思路，他又将钱锺书在"小引"中提到的"运动记愧"译为"A Sense of Shame：Participating in Political Campaigns"(译自高克毅1982年5月12日写给葛浩文、宋淇的信)葛浩文对此的评价是"Excellent！""I agree whole-heartedly."(译自葛浩文1982年5月14日写给高克毅的信)宋淇也非常赞同高克毅的译法，认为其比林语堂对于《浮生六记》小标题的翻译更加工整贴切(译自宋淇1982年5月13日写给高克毅的信)。译者与编辑在对六个小标题进行翻译与修改的过程中，不断对翻译实践进行思考，这些思考是翻译实践的升华，对于翻译教学具有非常重要的价值。

　　特别值得一提的是，作者杨绛也参与了译稿的修改。尽管杨绛和钱锺书都是学贯中西的大师，但他们对于葛浩文的翻译并没有任何干预。在《干校六记》的英译本作为Renditions丛书之一出版后，杨绛通过宋淇转给葛浩文一封信，感谢他的翻译，并对他的翻译大加赞赏，字里行间的谦逊和真诚令人感动。

　　　　读到您翻译的拙作《干校六记》，深佩译笔高妙，也极感荣幸。曾读过大译……只觉得书写得好，忘了其中还有译者(我只读过英译本)。我但愿我自己的翻译，也能像您那么出神入化。专此向您道谢，并致倾慕，即颂著祺。

　　　　　　　　　　(1982年12月27日杨绛写给葛浩文的信)

宋淇是杨绛和钱锺书多年的好友,在杨绛写给宋淇的信中,她委婉地指出了翻译中的几处错误,希望再版时能改正:

《干校六记》原作有些不清楚的地方,容易误解,我校出几点错误,另纸录奉,万一译本再版,可以改正。

p.13 左,末行。"an eastern *kang*",原文看不出是多数少数。其实炕有七、八只,不只一只。

p.14 左,第六行。"a pot of water",原文"一锅炉水",i.e.一个锅炉(boiler)的水,供全连喝并用的。

p.15 右,末 3 至 2 行。"friends and family from their home towns",原文"老乡"有两个意义:(1)同乡(fellow natives),(2)当地居民(natives of the village)。这里指的是本村居民,不是同乡。

p.23 右,末 3 至 2 行。原文"地主都让捡",意思是"even the landlords allowed us to pick them"。

p.39 左,第一行。"her stool",他是男同志。

(1982 年 12 月 27 日杨绛写给宋淇的信)

杨绛的处理方法非常巧妙,既体现了作者对译者的尊重,又从作者的视角指出了译文中必须修改的问题,不仅包括单复数、人称代词等细节,也包括具体器物及方言所指,尤其是对于"老乡"这个称谓的翻译,如果不加修改,的确会引起误解。杨绛所指出的这五个问题在《干校六记》英译本由华盛顿大学出版社作为单行本出版时均得以改正。

从翻译过程的分析得知,译稿因为反复修改而不断完善,如果翻译学习者能在这一过程中同步学习,会对提升翻译水平大有裨益。葛浩文曾在访谈中提到他在最近几年所主持的文学翻译工作坊,由主办单位挑选一部作品让学员和葛浩文一起翻译、共同讨论,作者本人也参与讨论。葛浩文认为,"翻译工作坊的学习经验是一个渐进的过程,大家讨论如何翻译,如何把一个文学作品变成最好的译文"①。从某种意义上说,30多年前葛浩文与编辑、作者围绕《干校六记》的合作,就类似于这样的工作坊,很多关于翻译的具体问题都能在这一渐进的过程中找到答案。目前已有学者对葛浩文在译者序言、译后记及访谈中所提及的翻译过程细节进行归纳和研究,这对于翻译教学非常有意义。中国文学翻译档案馆所收藏的大量资料更为系统地再现翻译过程,如果能对这些资料进行整理和利用,并将其作为翻译教学的素材,一定能培养出更多高水平的译者,为中国文学"走出去"提供保障。

## 四、翻译研究

翻译过程研究的价值不仅在于翻译评价和翻译教学,更在于它以一种实践的方式揭示了翻译的本质,为翻译研究提供了新的思路。在翻译研究经历诸多转向之后,很多学者呼吁,翻译研究要回归本体,"将目光拉回到翻译活动本身,让翻译理论探索围绕翻译活动展开"②。翻译过程研究通过翻译活动本身来探究翻译的本质,"以理性的目光关注文本以及文本背后折射出的翻译根本性问题"③,应该就是这样一种翻译研究的"本体性回归"。

《干校六记》的原文只有大约33000字,而翻译过程中的这83封信件的总字数是原文字数的好几倍,可见翻译的本质绝不仅仅只是从源语到目标语的简单置换,原文与译文之间的复杂过程和

---

① 葛浩文.我行我素:葛浩文与浩文葛.史国强,译.中国比较文学,2014(1):43.
② 许钧.翻译研究之用及其可能的出路.中国翻译,2012(1):9.
③ 刘云虹.在场与互动——试析许钧关于翻译批评的思考与实践.外国语,2015(2):99.

丰富内涵由此一目了然。《干校六记》的翻译过程首先体现了母语为英语的译者和母语为中文的编辑之间的合作。译者和编辑各自发挥自己的母语优势,在两种语言、两种文化之间充分交流,努力使译文既符合目标读者群的阅读习惯与审美趣味,又准确传达原文文字背后深刻的文化内涵。杨绛的写作风格低调含蓄,看似平淡却意味深长,文中暗藏很多典故,而且经过巧妙的戏仿处理,对译者来说是不小的挑战。两位编辑国学底蕴深厚,不仅敏锐地发现穿插于原文中的典故,如"高力士""神行太保""不三宿桑下""八月十五夜赠张功曹"等,还为译者提供可以参考的翻译方法。例如:

> 我记得从前看见坐海船出洋的旅客,登上摆渡的小火轮,送行者就把许多彩色的纸带抛向小轮船,小船慢慢向大船开去,那一条条彩色的纸带先后迸断,岸上就拍手欢呼。也有人在欢呼声中落泪;迸断的彩带好似迸断的离情。这番送人上干校,车上的先遣队和车下送行的亲人,彼此间的离情假如看得见,就绝不是彩色的,也不能一迸就断。①

宋淇认为,杨绛在这里用了李后主《乌夜啼》的典故"剪不断,理还乱,是离愁,别是一般滋味在心头",并且下文中也有呼应——"我们等待着下干校改造,没有心情理会什么离愁别恨,也没有时间去品尝那'别是一般'的'滋味'"②,建议葛浩文加上脚注(译自宋淇在 1981 年 12 月 28 日写给葛浩文的信)。高克毅则对 *The White Pony: An Anthology of Chinese Poetry* 中《乌夜啼》的译

---

① 杨绛. 干校六记. 北京:生活·读书·新知三联书店,1981:7.
② 杨绛. 干校六记. 北京:生活·读书·新知三联书店,1981:9.

文进行修改,将"Cut, and not severed. Disentangled, not unraveled."①修改为"Cut it, and it severs not. Comb it, and it remains a knot."(译自高克毅 1981 年 12 月 28 日写给葛浩文的信)葛浩文采纳两位编辑的意见,添加如下注释:

Here the author adapts a well-known lyric by Li Yu (937—978), "Last Emperor" of the Southern Tang dynasty. The original lines read:剪不断,理还乱,是离愁,别是一般滋味在心头。Rendered loosely, the lyric should read as follows:

*Cut it, and it severs not.*

*Comb it, and it remains a knot.*

*'Tis the sorrow of parting,*

*Yet another kind of flavor in the heart.*

相似的例子还有钱锺书在"误传记妄"中所引用的诗句:"衣带渐宽终不悔,为伊消得人憔悴"②。宋淇提供原诗全文及 James Liu 在《人间词话》英译本中的翻译,并对译文进行修改,将"I have no regrets as my girdle grows too spacious for my waist; with everlasting love for you I pine."改为"Although my girdle grows loose, I care not; For her I pine with no regrets."宋淇还特别指出,这句诗原来是诗人为自己的爱人而写,王国维借用它来描述追求真理的境界,而钱锺书在这里是指自己对祖国的感情(译自宋淇 1981 年 12 月 28 日写给葛浩文的信)。葛浩文采纳了宋淇的建议,将该句译为:

① Payne, R. *The White Pony: An Anthology of Chinese Poetry*. London: Theodore Brun Limited, 1949:160.

② 杨绛.干校六记.北京:生活・读书・新知三联书店,1981:64.

Although my girdle grows loose, I care not; For her I pine with no regrets.

并加脚注:

The final two lines of Liu's *ci* to the tune of *Feng Qi Wu*. Here the "her" clearly refers to the motherland.

除了对典故翻译进行探讨,《干校六记》中出现的学术机构名称也是译者与编辑交流的重要内容。文中所提到的专业机构名称非常集中,需要精确翻译,否则容易混淆,例如:

中国社会科学院,以前是中国科学院哲学社会科学部,简称学部。我们夫妇同属学部;默存在文学所,我在外文所。①

文中还有一些讽刺是建立在学术机构名称之上的,更需要细心传递,否则讽刺意义无法体现。例如:

一九七一年早春,学部干校大搬家,由息县迁往明港师部的营房。干校的任务,由劳动改为"学习"——学习阶级斗争吧?有人不解"学部"指什么,这时才恍然:"学部"就是"学习部"。②

为了解决这些复杂的机构名称的翻译,宋淇在 1982 年 6 月 18 日写给葛浩文的信件中,专门整理出了《干校六记》原文中出现的所有学术机构名称和翻译方法,为葛浩文的翻译提供了可靠的参照。

学院:Academy

学部:Division

---

① 杨绛.干校六记.北京:生活·读书·新知三联书店,1981:4.
② 杨绛.干校六记.北京:生活·读书·新知三联书店,1981:56.

研究所：Institute

中国科学院哲学社会科学部：Philosophy and Social Sciences Studies Department of the Chinese Academy of Science

外文所(外国文学研究所)：Institute of Foreign Literature

学习部：Studies Department

而作为翻译合作另外一方的葛浩文,则利用自己的母语优势,将原文中陌生的中国文化元素用地道的英语传递给英语读者,让英语读者能够跨越语言的障碍真切体会原作细腻委婉的风格。《干校六记》的翻译过程证明,译者与编辑各自拥有母语优势,在翻译过程中同时在场,及时沟通,因而既能全面理解原文的内涵和意境,又能使译文的表达流畅地道,最大限度地传达原作的艺术特色,这一合作模式后来也成为公认的中国文学外译最佳模式。目前在海内外发行的中国文学英译期刊 Chinese Literature Today (《今日中国文学》)、Chinese Arts & Letters(《中华人文》)和《人民文学》英文版 Pathlight(《路灯》)均采用这种"译者-编辑合作模式"完成译稿。①

此外,如前文所述,这83封信件还体现了作者、出版商、学者及读者对于翻译过程的积极参与。杨绛对译者的尊重和对译文的严谨让人崇敬,华盛顿大学出版社社长 Donald Ellegood 也一直对《干校六记》英译本作为单行本发行鼎力支持,著名汉学家史景迁欣然为单行本撰写序言。当时已经是知名学者的夏志清对于"下放"的英译为《干校六记》的书名翻译奉献灵感。当时还是年轻学者的闵福德为是否能将"干校"译成 Downunder 提供咨询。当时在威斯康星大学任教的年轻教师刘绍铭则作为读者,为译本中背景知识的处理提出了有价值的建议。这些日后均成为汉学大家的

---

① 许诗焱.中国文学英译期刊评析.小说评论,2015(4):44.

学者们在中国文学外译尚未全面起步的阶段,就围绕《干校六记》的翻译进行了卓有成效的合作,共同为译本的完善做出了贡献,堪称中国文学外译史上的一段佳话。由此可见,"翻译不仅仅是一种语言转换活动,更是一种跨文化的交流活动"①。余光中曾说:翻译是一种相遇、相知与共存的过程,在这个过程中,有冲突,有矛盾。为相知,必尊重对方;为共存,必求"两全之计",以妥协与变通,求得一桩美满婚姻。②《干校六记》的翻译过程就是这样一个"相遇、相知与共存的过程",不同文化相互接触、相互碰撞、相互了解、相互交流,而"各种关系的和谐是保证涉及翻译的各种因素发挥积极作用的重要条件"③。《干校六记》的翻译过程不仅从实践的角度体现了翻译的本质,更为中国文学"走出去"目前所面临的"为谁译""该谁译""如何译""译如何"等翻译研究核心问题的解决提供了思路。

## 五、结　语

　　本文以《干校六记》翻译过程中的 83 封信件为研究对象,旨在为翻译过程研究提供一个具体案例,唤起大家对于翻译过程的关注与思考。由于当时的条件限制,葛浩文并未保留《干校六记》的翻译手稿,否则一定能为翻译过程研究提供更多的鲜活素材。进入数字化时代之后,保存翻译手稿相对容易:译者只需在电脑中分别保存每一稿,或者在每次修改时将修订功能打开,就可以将翻译的整个过程详细记录下来。俄克拉荷马大学中国文学翻译档案馆

---

①　许钧,曹丹红. 翻译的使命与翻译学科建设——许钧教授访谈. 南京社会科学,2014(2):3.

②　余光中. 余光中谈翻译. 北京:中国对外翻译出版公司,2002:55.

③　许钧. 翻译的主体间性与视界融合. 外语教学与研究,2003(4):290.

馆长石江山(Jonathan Stalling)教授目前正在收集翻译家们的电子版手稿并寻求这些手稿的使用权,筹备建立中国文学翻译档案馆在线资料库,向世界各地的学者呈现更为全面的中国文学外译过程,为翻译评价、翻译教学和翻译研究提供新的空间与可能,助力翻译在中国文学"走出去"的时代背景下发挥更大的作用。

(许诗焱,南京师范大学外国语学院教授;原载于《外国语》2016 年第 5 期)

# 葛浩文翻译再审视

## ——基于翻译过程的评价视角

许诗焱

## 一、引　言

葛浩文(Howard Goldblatt)从 20 世纪 70 年代开始翻译中国文学作品,四十多年以来所付出的努力和所取得的成就让他被誉为"中国现当代文学首席翻译家"[1],也让他的翻译成为中国文学外译研究中一个"绕不开的参照系"[2]。在大力推动中国文学"走出去"的背景下,各界学者对于葛浩文的翻译呈现出相互对立的观点。部分学者将葛浩文的翻译定性为"连译带改"并加以推崇,同时将这种翻译方法视为中国文学译介唯一可行的策略;部分学者则对葛浩文的"不忠实"翻译提出批判,认为通过这样的翻译传播到国外的只能是"经过翻译家'改头换面'的'象征性文本'"。[3]针对这种状况,许钧等学者指出,葛浩文翻译研究不能仅仅依据原文

---

① 夏志清. 大时代:端木蕻良四十年代作品选. 台北:立绪出版社,1996:68.
② 孟祥春. Glocal Chimerican 葛浩文英译研究. 外国语,2015(4):85.
③ 李建军. 直议莫言与诺奖. 文学报,2013-01-10(22).

与译文之间的比对而得出"忠实"或"不忠实"的简单结论,而应更多关注葛浩文的翻译过程,充分考虑具体翻译过程中的多方面因素。①

翻译过程是指翻译的动态意义,有广义和狭义之分。狭义的翻译过程是指"翻译者对具体文本的转换活动过程",而广义的翻译过程则"包括文本的选择、文本的生产和文本生命的历程等过程"②。在葛浩文从事中国文学翻译的历程中,在相当长的一段时间里,中国作家在海外的代理机制尚未建立,中国与世界之间的交流也远不如现在这么便捷,作为"中国当代小说英译孤独领地里的独行者"③,葛浩文所开展的翻译活动不仅仅局限于狭义的由源语到目的语的文本转换过程,还包括翻译活动的发起、原文文本的选择、译文文本的生成、传播与接受等广义的文化交流过程。近年来,已有学者开始关注葛浩文的翻译过程,在季进、李文静、闫怡恂对葛浩文所进行的访谈中,翻译过程也被多次论及。周领顺、孟祥春则从葛浩文译作的译者序、译者后记、公开讲座等资料入手,探究葛浩文的翻译过程。但是,目前可以被用于翻译过程研究的资料非常有限,很难展开系统研究。石江山(Jonathan Stalling)经过近3年的筹备,于2015年1月在俄克拉荷马大学设立中国文学翻译档案馆,收藏葛浩文、顾彬(Wolfgang Kubin)和叶维廉(Wai-lim Yip)的大量翻译资料,包括手稿、信件、出版合同以及翻译过程中所利用的参考材料等,馆藏资料均由翻译家本人提供,大多数资料从未公开发表或出版。档案馆自成立以来,已举办两场公开讲座"解密翻译过程:中国文学翻译档案馆之新发现"和"超越翻译:记

---

① 许钧,曹丹红. 翻译的使命与翻译学科建设——许钧教授访谈. 南京社会科学,2014(2):4.

② 许钧. 翻译论(修订本). 南京:译林出版社,2014:55.

③ Updike, J. Bitter bamboo: Two novels from China. *The New Yorker*, 2005-05-09:86.

录中国文学的海外现场",讲座由俄克拉荷马大学网站全程直播，YouTube和优酷网站均可观看，在国内外引起了较大反响。笔者于 2015 年赴美访学，有幸成为中国文学翻译档案馆的第一位访问学者，通过对葛浩文翻译资料的整理，研究其具体的翻译过程，并基于翻译过程这一评价视角，对葛浩文的翻译态度、翻译立场、翻译动机等问题进行重新审视。

## 二、翻译态度：严谨还是随意?

对于葛浩文的翻译，各界争论的焦点之一是他的翻译态度。不少人通过对比原文和译文，认定葛浩文的翻译态度不够严谨，有随意删节、改译，甚至整体编译的现象，德国汉学家顾彬是持这种观点的代表人物："我发现葛浩文虽然声称他的翻译会忠实于原著，其实他根本不是。"[①]但中国文学翻译档案馆所收藏的翻译资料证明：葛浩文在翻译过程中，对于原文的研读非常细致，他经常为了如何准确翻译原文中的某个词语或句子而与作者反复探讨。葛浩文在与林丽君合作翻译《推拿》[②]的过程中，通过邮件向毕飞宇提出了 131 个问题，就原文中方言的所指、俗语的意义、成语的特殊用法等与作者进行交流。以小说第一章为例，译者与作者之间的部分问答如下。

第 8 页，第 4 行：在祖国的南海边"画"了三个圈——是什么意思?

毕飞宇：当年，改革开放的时候，邓小平决定开放深圳、珠

---

① 顾彬. 从语言角度看中国当代文学. 南京大学学报(哲学·人文科学·社会科学),2009(2):72.

② 毕飞宇. 推拿. 北京:人民文学出版社,2011.

海等地。后来有人写了一首歌,叫《春天的故事》。歌词说:"有一位老人在中国的南海边画了一个圈。"这首歌中国人都会唱。这里是一个俏皮的说法,王大夫也开放了,挣钱了,所以,他"画了三个圈"。

第14页,第5行:"又现实"是什么意思?为什么对股票的印象现实?

毕飞宇:股市其实很诡秘的,并不现实。这里的"现实"指的是它的结果你必须接受,这是很现实的。

第18页,第3段,第5行:扒家——就是顾家的意思吧?

毕飞宇:是的,顾家。这是一个老百姓的说法,就好像一双手把什么东西都往自己的家里"扒"。一般指结婚后的女人。

葛浩文和林丽君在研读2011年版《推拿》时,甚至还发现了原文中的排版错误,比如第95页中出现的"嫉妒傲岸":"为什么说他嫉妒?嫉妒什么?"毕飞宇回答:"你们真是认真,你们发现了一个错误。不是'嫉妒傲岸',是'极度傲岸'。"还有第179页中出现的"随鸡随鸡":"是不是排版排错了?应该是嫁鸡随鸡吧?"毕飞宇回答:"排版错误,我写的是'随鸡随狗'。意思就是'嫁鸡随鸡''嫁狗随狗',只不过简洁一些。"他们还对小说的情节逻辑提出疑问:"小孔拿出来的到底是哪一个手机?292页说是深圳的,293页第2段又说是南京的手机?是她搞错了吗?如果是,故事没有说清楚是她弄错了。"毕飞宇对其严谨的态度赞叹不已:"感谢你们,是我错了……全世界只有你们发现了,到现在为止,除了你们,没有一个人发现。"

在文字翻译与修改的过程中,葛浩文的态度也十分严谨,为了保证原文内容在译文中的准确传达,他总是积极寻求与母语为汉语的人合作。1999 年,葛浩文与林丽君合作翻译《荒人手记》,后来两人结为伉俪,又共同翻译《尘埃落定》《香港三部曲》《青衣》《玉米》《推拿》等多部作品。中国文学翻译档案馆收藏了他们在美国国家艺术基金会(National Endowment for the Arts)的刊物上共同发表的论文"The collaborative approach:A married couple explains how two translators make one work of the art"(《合作翻译:翻译家夫妇谈两位译者如何共同翻译一部作品》),详细介绍他们之间合作翻译的过程。从原文到译文之间要经过两人四至五次的共同修改和润色,这样的合作翻译虽然花费更多的时间和精力,但效果理想:合作双方发挥各自的语言优势,既能全面理解原文的内涵和意境,又能使译文的表达流畅地道,最大限度地传达原作的艺术特色。从中国文学翻译档案馆收藏的翻译资料分析,葛浩文翻译一部小说的时间通常要超过作者创作这部小说的时间,翻译过程中手稿和通信的字数也远远超过原著的字数,葛浩文的翻译态度一目了然。

### 三、翻译立场:美国还是中国?

莫言获得诺贝尔文学奖之后,不少学者对葛浩文的翻译方法进行整理和归纳,认为他在翻译中大量采用归化翻译的策略以迎合海外读者,导致"原作中很多带有中华民族特性的东西都已经褪色、变味甚至消失"[1]。他们认为葛浩文归根到底是个美国人,因此他的翻译在很大程度上"只考虑美国和西方的立场"[2],甚至有

---

① 陈伟.中国文学外译的滤写策略思考:世界主义视角——以葛浩文的《丰乳肥臀》英译本为例.外语研究,2014(6):70.

② 李雪涛.顾彬中国现当代文学研究三题.文汇读书周报,2011-11-23(18).

人将葛浩文的翻译看作是"一种文化侵略"①。但中国文学翻译档案馆的资料表明,葛浩文在翻译过程中的立场居于美国与中国之间,是翻译场域各要素之间的协调人。中国文学翻译档案馆收藏了葛浩文从事中国文学翻译四十多年以来与作家、编辑、出版商、学者、读者之间的大量书信。最初的信件是手写的,通过邮局传递,岁月流逝,纸面泛黄;后来转变为用打字机,打字完毕再用钢笔局部补充或修改,然后用传真机传递;再到后来使用电子邮件,导出纸质稿供档案馆收藏……虽然联系方式随着技术的进步而不断改变,但其中所体现的葛浩文翻译立场始终如一:在翻译过程中积极发挥交流与沟通的作用,保证翻译场域内各种关系的和谐发展。

葛浩文在翻译过程中与中国作家建立了广泛而深入的联系。中国文学翻译档案馆收藏的 6000 多册葛浩文私人藏书中,有很多都是中国作家赠送给葛浩文的,扉页上有作家的亲笔签名,见证葛浩文与作家之间的友谊。从档案馆目前收藏的信件中可见,葛浩文与莫言之间通信最多,从 1988 年开始,在将近 30 年的时间里联系频繁,他们在信件中互称"老莫""老葛",关系非常亲密,通信内容不仅有关于作品内容的探讨,也有关于作品推介活动的沟通等。2009 年莫言获得首届"纽曼华语文学奖"(Newman Prize for Chinese Literature),葛浩文与颁发该奖的俄克拉荷马大学商谈莫言赴美领奖事宜。收藏于中国文学翻译档案馆的演讲海报、访谈译稿、宣传材料显示,葛浩文利用莫言这次获奖的机会,通过各种渠道不遗余力地向美国读者介绍莫言,让莫言在获得诺贝尔文学奖之前就在美国隆重登场。基于长期的交流和深厚的友谊,很多作家非常信任葛浩文,将翻译工作全权委托给他,并且乐于为他解

---

① 林丽君.多即是好:当代中国文学阅读与翻译.王美芳,译.当代作家评论,2014
(3):201.

释原文中的疑难字句。前文提到葛浩文夫妇在翻译《推拿》的过程中所提出的 131 个问题,他们在邮件结尾处写道:"我们问这么多问题,是希望把你的小说翻译得清楚易懂而又通顺流畅,不是因为质疑你的语言好不好。你不要多心。"毕飞宇在邮件中回复:"怎么会?面对你们的问题,我是很开心的,一方面,感受到不同文化之间的区别,另一方面,感受到你们的认真。你们还帮助我发现了不少问题。这种认真是你们对翻译的态度,但是,在我看来,更是对我最大的友善。每一次看到你们的问题,我都是把手头的工作放下,然后,一口气回答完。我真的很高兴的。我的小说能让你们翻译,实在是我的荣幸。"

在翻译过程中,葛浩文还负责将出版社提出的删改要求与作者沟通,并代表作家与出版商协调。在翻译施叔青的《香港三部曲》时,出版社要求把三卷本的小说删减为一卷。合译者林丽君花了 6 个月的时间进行删改,其间一直通过书信与作者密切沟通,经过删改的版本获得了作者的认可之后才开始翻译。翻译李锐的《旧址》时,因为作者在第一章就交代了整个故事,出版社为保证读者的阅读兴趣,要求将这一章删去,葛浩文写信征得李锐的同意后,才把第一章删去。档案馆收藏的信件显示,《手机》的叙述顺序调整和《天堂蒜薹之歌》结尾改动也都是由出版社提出建议,葛浩文获得作者同意后才进行修改的。由此可见,大幅度的改动并非译者单方面的行为,而是编辑和出版社考虑大众的阅读趣味而提出删改建议,译者在改动时也征得了作者的同意。中国文学翻译档案馆收藏的信件显示,当作者不同意删改时,葛浩文会尊重作者的意见。葛浩文曾于 2014 年 4 月 26 日将出版社要求删改《推拿》译本的邮件转发给毕飞宇,毕飞宇回复:"那封英文信超出了我的能力,我读不懂,对我来说,也不重要。我只想保留你的译本。我不愿意删除。"经过葛浩文与出版社协调,最终出版了未经删改的

《推拿》译本。

1983 年,葛浩文翻译的《干校六记》英译本由香港中文大学出版社作为 Renditions 丛书之一出版后,很快引起反响,华盛顿大学出版社决定把它作为单行本发行。在筹备该书单行本发行的过程中,葛浩文与高克毅、宋淇以及华盛顿大学出版社社长 Donald Ellegood 共同商定,邀请海外知名学者为《干校六记》英译本写序言,以扩大该书的影响。几人经过多次书信往来,最终邀请著名汉学家史景迁(Jonathan Spence)为《干校六记》英文版写序。在《干校六记》翻译、出版的过程中,葛浩文还以译者的身份与很多学者进行了沟通:知名学者夏志清对于"下放"的英译为《干校六记》的书名翻译提供了灵感;当时还是年轻学者的闵福德(John Minford)为是否能将"干校"译成 downunder 提供咨询;当时在威斯康星大学任教的年轻教师刘绍铭(Joseph S. M. Lau)则作为读者,为译本中背景知识的处理提出了有价值的建议。在中国文学外译尚未全面起步的阶段,葛浩文就充分发挥译者的主观能动性,积极沟通编辑、出版商和学者,共同为作品的翻译、出版、推广出谋划策,成就了中国文学外译史上的一段佳话。[1]

世界对中国文学的接受不可能一蹴而就,必然经历一个"从无到有、从量变到质变的过程"[2],在中国文学"走出去"的起步阶段,世界对于中国文学的翻译和阅读"多即是好"[3]。葛浩文四十多年以来在中美两国文学界、出版界和学术界的积极沟通,不仅让世界上更多的人读到了更多的中国文学作品,也为海外汉学研究与教

① 许诗焱.基于翻译过程的葛浩文翻译研究——以《干校六记》英译本的翻译过程为例.外国语,2016(5):102.
② 曹丹红,许钧.关于中国文学对外译介的若干思考.小说评论,2016(1):57.
③ 林丽君.多即是好:当代中国文学阅读与翻译.王美芳,译.当代作家评论,2014(3):195.

学提供了丰富的素材:"即使只用葛浩文一个人翻译的作品,也足以建构一整套中国现代小说课程。"①在中国文学翻译档案馆举办的公开讲座"超越翻译:记录中国文学的海外现场"中,石江山这样总结葛浩文的翻译立场:"葛浩文实际上位居汉学界的中心,与各界人士都有密切交往,而这些人互相之间倒不一定有所往来。这也从另一个角度展示了中国文学,任何其他人都难以提供这一独特视角,在任何地方也都很难获取这种视角。"葛浩文在翻译过程中所付出的多方面的努力"改变了英语世界中国现代文学的研究版图"②,为世界更为全面地理解更为广义的中国文学打下了坚实的基础。

## 四、翻译动机:利益还是热爱?

尽管葛浩文在中国文学翻译方面的成就得到了大部分学者的肯定,但也有人批评他在翻译时"所考虑的没有离开西方'市场'二字"③,甚至认为他"一直在以文化殖民者的身份利用中国当代文学"④,让自己从一个默默无闻的美国人变成世界闻名的汉学家。这一观点显然有失公正。首先,翻译的收入非常微薄,中国文学翻译档案馆所收藏的葛浩文译作出版合同证明,翻译收入根本不足以维持生计,葛浩文在从事中国文学翻译的同时一直在大学任教,而在美国大学中,翻译通常又不被看作"创造性成果",对于教职评

① 陆敬思.渴望至高无上——中国现代小说和葛浩文的声音.周末,译.粤海风,2013(4):61.

② 陆敬思.渴望至高无上——中国现代小说和葛浩文的声音.周末,译.粤海风,2013(4):64.

③ 姜玉琴,乔国强.中国文学"走出去"的多种困惑.文学报,2014-09-11(18).

④ 孙宜学.从葛浩文看汉学家中华文化观的矛盾性.同济大学学报(社会科学版),2015(2):95.

定也没有什么帮助。在翻译收入微薄、翻译成果又不被承认的情况下,四十年如一日潜心翻译中国文学作品,如果没有对中国文学的热爱,是很难做到的。

葛浩文对中国文学的热爱首先体现在他对于中国文学的深入研究。尽管葛浩文卷帙浩繁的翻译"使他的其他工作都黯然失色"①,但中国文学翻译档案馆所收藏的很多资料表明,葛浩文不仅是翻译家,同时也是中国文学研究专家。档案馆收藏葛浩文多年以来关于中国文学研究的论文,有些是正式发表在报纸、期刊上的原件或复印件,有些是未发表的随笔,有英文的也有中文的,有繁体字的也有简体字的。葛浩文对于中国文学的研究保证了他在翻译时对原著的深度了解与精准把握,这对翻译过程的展开和译本的最终形态产生了积极的影响。翻译是文字、文学和文化的融合,深厚的学术素养提升翻译视野,让葛浩文在翻译过程中不拘泥于字面,而是更多地考虑文字背后的文学和文化因素。同时,文学研究的功底又让他在翻译过程中关注作品结构、风格以及主题的呈现方式,在译者序言或译者后记中加以说明,帮助读者更好地理解译本。比如在《干校六记》的译者后记中,葛浩文对杨绛写作风格的分析入木三分:"杨绛的写作风格低调含蓄,但她并非刻意回避重大历史事件。她作品中大部分内容都极其个人化,看似平淡,却意味深长。再加上不经意间流露的作者评论,尖锐而贴切,着实令人难忘。"②对于自己翻译的莫言、黄春明、李昂等作家的作品,葛浩文也有深入研究,除了在翻译过程中撰写论文《莫言的禁忌佳肴》《黄春明的乡土小说》《性爱与社会:李昂的小说》等,还曾出版

① 陆敬思.渴望至高无上——中国现代小说和葛浩文的声音.周末,译.粤海风,2013(4):61.

② Yang, J. *Six Chapters from My Life "Downunder"*. Goldblatt, H. (trans.). Seattle: University of Washington Press, 1984:101.

中国文学研究文集《漫谈中国新文学》和《弄斧集》。最能体现葛浩文翻译动机的例子莫过于他对萧红作品的研究与翻译。葛浩文于1972年选定萧红作为他博士论文的主题,当时美国几乎没有关于萧红的资料,连他所阅读的萧红作品都是影印版的。档案馆所收藏的《呼兰河传》《生死场》《商市街》等作品的影印版上,都能找到葛浩文手写的细致批注,关于萧红的研究笔记也大多是葛浩文亲手抄写的。档案馆还收藏葛浩文前往日本、中国港台地区等地进行调研的行程安排和旅行资料,以及他与萧军、端木蕻良、骆宾基等人的书信交流和采访记录。1979年出版的《萧红评传》基于他的博士论文撰写而成,内容翔实,充分体现出葛浩文在文学研究方面的专业水准。在该书的中文版序言中,葛浩文还特别谈到他在研究萧红时所投入的感情:"有好几个月的时间,萧红的一生不断萦绕在我脑海中,写到这位悲剧人物的后期时,我发现自己愈来愈不安,萧红所受的痛苦在我感觉上也愈来愈真实。"[①]可见,葛浩文对于中国文学作品的翻译建立在细致、全面而系统的研究基础之上,而支撑他长期研究与翻译的则是他对于中国文学的热爱。

葛浩文对于中国文学的热爱还体现于他对中国文坛的持续关注。中国文学翻译档案馆收藏了他四十多年来所撰写的关于中国文坛发展的论文和演讲稿,包括1979年、1981年发表在 *World Literature Today*(《今日世界文学》)上的《当代中国文学与新〈文艺报〉》和《鲜花再度绽放:中国文学重生》,1983年在加拿大不列颠哥伦比亚大学的演讲稿《中国文学的现当代》,1989年在波特兰州立大学的演讲稿《字里行间:当代中国小说中的改革话题》,1999年在香港外国译者俱乐部的演讲稿《中国的当代文学景观》等。对于中国文坛的关注让他有开阔的视野和敏锐的视角,努力用自己

---

① 葛浩文.葛浩文随笔.北京:现代出版社,2014:60.

所翻译的作品反映中国文学的真实面貌。莫言、毕飞宇、苏童、贾平凹等作家获得重要国际文学奖项之后,海外出版社希望他集中精力翻译这些作家的作品,保证作品的销路。但葛浩文对此并不十分认同,他坚持扩大自己翻译的范围:"莫言、毕飞宇、苏童、刘震云、王安忆、贾平凹等知名作家的作品已经够我翻译好几年的,可是如果有新来的,特别是年轻的,我会腾出时间来翻译,一定要花一些时间翻译年轻作家的。不能老是那一群熟悉的作家作品。一定要扩大我的翻译对象,以及读者的阅读范围。"①为了出版年轻作家的作品,葛浩文向出版社递交详细的报告,介绍故事情节,分析写作特色,还要试译作品中的好几个章节。尽管花费很多的时间和精力,有时仍然不被出版社接受,但葛浩文一直乐此不疲,在翻译过程中积极构建中国文学的海外生态。

在中国文学翻译档案馆的藏品中,有一篇被收入纪念文集《教授·学者·诗人——柳无忌》的随笔,葛浩文在文中回忆导师柳无忌教授多年以前为他的论文写推荐信、为他争取富布莱特研究基金。"有一次,我问柳教授:他为我写了那么多信——那还是在电脑前的时代——我怎么报答他呢? 他只简单地回答,有朝一日你也可以为你的学生写信。"②葛浩文没有辜负柳教授的期望,在中国文学翻译档案馆所收藏的信件中,的确有不少葛浩文与研究中国文学的美国年轻学者之间的通信。在长期的中国文学翻译、研究及教学中,他一直热心帮助年轻学者。美国汉学家陆敬思(Christopher Lupke)回忆自己1984年鼓起勇气登门造访葛浩文时的情景:"他完全乐意花时间与我交谈(或者应该说把时间花'在我身上'),而毫无学院里常见的装腔作势或傲慢之感。从此以后,

---

① 闫怡恂,葛浩文.文学翻译:过程与标准——葛浩文访谈录.当代作家评论,2014(1):196.

② 葛浩文.葛浩文随笔.北京:现代出版社,2014:200.

我发誓将尽最大努力,不以一种恩赐般的态度与年轻同事讲话。几年之后他在科罗拉多大学组织了一个会议并邀请我出席。他设法使我的旅程获得资助,并在会议议程中收录了我的论文;最终这成了我的第一篇同行评审的学术成果,那时我还只是一名研究生。"①当时的研究生现在已是华盛顿州立大学外国语言文化系主任,在汉学研究和中国文学翻译方面均取得了很大的成就。石江山在俄克拉荷马大学筹建中国文学翻译档案馆的过程中,也得到了葛浩文的全力支持,笔者在档案馆访学期间,仍不断收到葛浩文从科罗拉多州博尔德的家中寄来的最新翻译资料。在随资料寄来的信件中,葛浩文经常谈到自己正在进行的翻译项目以及与中国文学相关的交流活动,年逾七旬的葛浩文对中国文学热情不减。

## 五、结　语

1983 年 2 月 1 日,葛浩文在写给高克毅、宋淇的信件中提到创办 *Modern Chinese Literature*(《中国现代文学》)的设想:"我刚刚获得学校的批准,在旧金山州立大学建立现代中国文学研究中心,中心的第一要务是创办一本中国文学英译期刊,计划每年出版两期……我知道有很多困难要去克服,但是只要有决心,愿意付出必要的时间和精力,有一点好运气,有朋友们的帮助、支持和建议,就一定能实现。"葛浩文三十多年以前的设想已经变为现实:*Modern Chinese Literature* 于 1984 年创刊,成为诸多杰出学者和优秀学术成果的发表平台。自 1998 年起,期刊更名为 *Modern Chinese Literature and Culture*(《中国现代文学与文化》),此外,

---

① 陆敬思.渴望至高无上——中国现代小说和葛浩文的声音.周末,译.粤海风,2013(4):63-64.

与纸质期刊共存的中国现代文学与文化网络资源中心(MCLC Resource Center)也提供丰富的中国文学、文化研究资料,在世界汉学界享有盛誉。近年来,在各方的共同努力之下,中国文学在"走出去"的道路上取得了很大进展,但仍然存在一些问题亟待翻译界研究和解决。本文的研究力求突破原文与译文之间的简单比对,以翻译家提供的第一手翻译资料为依据,深入翻译家的翻译过程,探寻其中所涉及的诸多因素。希望这一基于翻译过程的评价视角可以为翻译研究提供方法论意义上的启示,拓展翻译研究未来的发展空间,为中国文学"走出去"提供更有价值的参考。

(许诗焱,南京师范大学外国语学院教授;原载于《中国翻译》2016年第5期)

# 汉语"乡土语言"英译的译者模式

## ——葛浩文与中国译者对比视角

周领顺　丁　雯

## 一、引　言

在中国文学作品中,最能体现中国文化特色的莫过于乡土文学作品了,而乡土文学是通过各种各样的乡土语言来呈现的,因此研究乡土文学的翻译,就必须研究乡土语言的翻译。

"乡土语言"是指"一切具有地方特征、口口相传、通俗精练,并流传于民间的语言表达形式,它在一定程度上反映了当地的风土人情、风俗习惯和文化传统,如'嫁鸡随鸡嫁狗随狗'"①。具体而言,乡土语言包括方言、熟语、惯用语、谚语、歇后语、俚语、成语、格言和俗语等。对待"乡土语言"翻译研究的态度,周领顺明确了三个方面的意义:"一是因为'乡土语言'是'乡土文学'的物质外壳,讨论'乡土文学'的翻译,实难避开'乡土语言'翻译的讨论;二是因为'土'是文化,越土越有个性,而有个性的文化才最值得推广;三

---

① 周领顺."乡土语言"翻译及其批评研究.外语研究,2016(4):77.

是因为'乡土语言'是汉语表达的一部分,符合汉语对外传播的需要,也是中国文化'走出去'的一部分。"①莫言小说中乡土语言众多,为了细化译者模式的研究,笔者挑出莫言小说中出现频率较高的一些"乡土语言单位"②,对比分析汉学家葛浩文的译文和中国译者译文的异同,以期使有关研究走向深入。

借翻译将汉学家和中国译者进行对比,是"译者模式"研究的有关内容。关于译者模式研究,胡安江认为,汉学家具有天然的语言和文化背景的优势,而且善于与国际出版机构、新闻媒体和学术界沟通,因此是中国文学"走出去"最理想的译者模式。③然而,这种模式存在着一定的局限性。首先是夸大了汉学家在中国文学"走出去"过程中的作用,忽略了中国本土译者群。其次,汉学家的人数有限,能承担文学翻译工作的汉学家更少④,因此不能完全依靠他们来完成这一重任。胡安江认识到汉学家译者模式的局限性后,又提出了汉学家和中国本土译者合作的译者模式,并认为这一模式"不失为当前多元文化语境下中国文化'走出去'的最佳译者模式"⑤。

目前译学界对于外国译者和中国译者的译文的对比,主要是就同一作品外国译者和中国译者译本所做的对比研究,可具体化

---

① 周领顺.汉语"乡土语言"翻译研究前瞻——以葛浩文英译莫言为例.山东外语教学,2016(5):90.

② 周领顺.汉语"乡土语言"翻译研究前瞻——以葛浩文英译莫言为例.山东外语教学,2016(5):89.

③ 胡安江.中国文学"走出去"之译者模式及翻译策略研究——以美国汉学家葛浩文为例.中国翻译,2010(6):11.

④ 黄友义.汉学家和中国文学的翻译——中外文化沟通的桥梁.中国翻译,2010(6):16-17.

⑤ 胡安江.再论中国文学"走出去"之译者模式及翻译策略——以寒山诗在英语世界的传播为例.外语教学理论与实践,2012(4):57.

为以下几个维度:一是译者风格对比研究①;二是从译者主体性角度的对比②;三是从不同理论角度进行的对比③;四是翻译策略的对比④。为了进行实质性的对比并提供相关的佐证,我们拟从葛浩文所译莫言的 10 部小说入手,筛选出出现频率较高的一些"乡土语言单位"。中国译者的译例主要出自吴光华主编的《汉英大词典》(第二版)(上海交通大学出版社 1999 年版)(简称"吴编")和尹邦彦编译的《中国谚语与格言英译辞典》(上海外语教育出版社 2015 年版)(简称"尹编"),部分来自陆谷孙主编的《中华汉英大词典(上)》(复旦大学出版社 2015 年版)⑤(简称"陆编")。我们旨在分析葛浩文和中国译者所处理的"乡土语言单位"的异同,归纳乡土语言的英译实践模式,以期对中国文化"走出去"提供有益的启示。

本文例句均来自课题组自建的"葛(浩文)译莫言 10 本小说'乡土语言'翻译语料库",恕不一一注明出处。

## 二、葛浩文与中国译者乡土语言英译对比

金岳霖指出,"翻译大致说来有两种,一种是译意,另一种是译味。这里所谓译味,是把句子所有的各种情感上的意味,用不同种

---

① 如:黄立波《骆驼祥子》三个英译本中叙述话语的翻译——译者风格的语料库考察.解放军外国语学院学报,2014(1):72-80,99.
② 李建梅.典籍英译批评与译者主体研究——《前赤壁赋》英译两篇对比分析.山东外语教学,2007(5):78-83.
③ 如:霍跃红,王璐.叙事学视角下《阿 Q 正传》的英译本研究.大连大学学报,2015(2):76-81.
④ 戴静.《论语》中文化词汇翻译策略对比研究——以辜鸿铭、刘殿爵、威利和许渊冲《论语》英译本为例.济宁学院学报,2015(6):83-86.
⑤ 截止到 2017 年 4 月,陆谷孙主编的《中华汉英大词典》下部尚未出版,所以部分乡土语言的翻译无法与该词典里的可能译文做对比。

的语言文字表示出来,而所谓译意,就是把字句底意念上的意义,用不同种的语言文字表示出来"①。这里的"意",就是"意义";"味"包括"种种不同的趣味与情感,而这些又非习于一语言文字底结构而又同时习于引用此语言文字底历史环境风俗习惯的人根本得不到"②。在乡土语言的英译中,译意就是译出乡土语言的意义,而译味,就是将其中的乡土味译出来。但是,金岳霖撇开了两者之间的联系,在实质上造成了译意与译味的二元对立,使得一方失去了另一方而单独存在。③古今中外许多翻译理论家在给"翻译"下定义时,都把对原文意义的传达当作翻译的根本任务。可以说,"意义"是翻译活动所致力传达的东西,是翻译的核心和根本。在传达意义的同时,还要"译味",对于乡土语言,尤其如此。"土味"的传达是确保"乡土语言"之为"乡土"语言的根本。因此,在英译乡土语言时,就要尽可能兼顾"乡土味"。正如陈大亮所言:"译意可信,但不可爱,译味可爱,但不可信。"④要想译文既可爱又可信,就需要将"译意"和"译味"有机地结合起来。

奈达等人认为,"做翻译时,要用译语把与原文信息最近的、自然的对应项再现出来,首先从意义上,其次从风格上"⑤。"意"是内容上的,"味"是风格上的。奈达的定义涉及三个方面,"语义""风格"和"最近的、自然的对应项"。结合乡土语言的翻译,前两个分别对应的是"意义"和"乡土味",而第三个方面"最切近而又自然

① 金岳霖.知识论.北京:商务印书馆,1983:811.
② 金岳霖.知识论.北京:商务印书馆,1983:812.
③ 陈大亮.译意与译味的艰难抉择:金岳霖的翻译问题及其解决办法.浙江外国语学院学报,2012(4):38.
④ 陈大亮.译意与译味的艰难抉择:金岳霖的翻译问题及其解决办法.浙江外国语学院学报,2012(4):38.
⑤ Nida, E. A. & Taber, C. R. *The Theory and Practice of Translation*. Leiden: E. J. Brill, 1969:68.

的对等语",指的是译文的"流畅度",也可以说成"地道性"。张谷若提出对于汉译英"不能逐字死译","得用地道的译文翻译地道的原文"。① "流畅度"是指译语行文造句应该符合目的语的表达习惯,提高可读性。"流畅度"高或"地道"的译文,不仅能大大增加译文的可读性,而且有时还能弥补原文的不足,更好地实现将翻译用于交际的目标。

本文将从意义、乡土味和流畅度三个方面,对汉学家葛浩文和中国译者所译的乡土语言进行对比。

## (一)意 义

"意义"历来是翻译研究的重中之重,"翻译理论家自始至终都重视意义的研究"②。瓦德和奈达主张"翻译即译意"③。周领顺分层次将翻译的定义划分为基本层和高级层。④他将翻译基本层定义为"语码(意义符号)的转换和意义的再现",将高级层定义为"译者以语码转换和意义再现为基础并兼顾各要素的目的性活动"。翻译基本层和高级层定义中都出现了"意义",由此可见"意义"在翻译中的重要性。目前,对翻译活动的研究有多种途径,包括价值研究、文本分析等,虽然侧重点各不相同,但都是围绕译者对于原文意义的理解而展开的。

利奇在《语义学》(*Semantics*)一书中将意义分为三类七种:第一大类是概念意义;第二大类是联想意义,其中包括五种意义,即含蓄意义、文体意义、情感意义、折射意义、搭配意义;第三大类是

---

① 张谷若. 地道的原文,地道的译文. 中国翻译,1980(1):19-23.
② Newmark, P. *Approaches to Translation*. Oxford: Pergamon Press, 1981: 23.
③ Waard, J. & Nida, E. A. *From One Language to Another: Functional Equivalence in Bible Translating*. Nashville: Thomas Nelson Inc., 1986: 60.
④ 周领顺. 译者行为批评:理论框架. 北京:商务印书馆,2014:74.

主位意义。[1] 这里主要涉及第一大类,即概念意义。概念意义指的是词语本身所表示的概念,也就是词语的本义。

例 1. 袁大人啊,您难道不知道“士可杀而不可辱”的道理吗?

葛译:Excellency Yuan, has the reality that “you can kill a gentleman but you must not humiliate him” escaped you?

吴编:An upright man prefers death to humiliation. (吴光华,1999:1517)[2]

尹编:You can kill a gentleman but you can't insult him. (尹邦彦,2015:615)

例 2. 李武道:“你这是以小人之腹,度君子之心! 你以为我是为我吗? 我是为这席上的老少爷们儿打抱不平!”

葛译:You are trying to measure the stature of a great man with the yardstick of a petty one! I object not for myself, but for my fellow guests.

吴编:Measure the stature of great men by the yardstick of small men. (吴光华,1999:1987)

尹编:With one's mean measure, one estimates what's in the heart of a gentleman. (尹邦彦,2015:840)

总体而言,在乡土语言的英译过程中,汉学家葛浩文和中国译者都能正确把握乡土语言的意义,并且将其准确译出。

例 1 中的“士可杀而不可辱”出自《礼记·儒行》,是指士子宁可死,也不愿受屈辱。翻译此乡土语言单位时,只需注意将“士”

---

① Leech, G. N. *Semantics*. Harmondsworth: Penguin, 1974: 43.

② 本文例句的出处以“(编者,出版年:页码)”的形式标注。

"杀"和"辱"这几个字的意义译出即可。这三个译本都译出了原文的真意,葛浩文的译文和尹邦彦辞典中的译文更为接近。"士子"也叫"士人",是指中国封建时代的读书人。葛浩文将其译为gentleman,《汉英大词典》和尹邦彦的辞典中分别收录的是upright man 和 gentleman,在意义上基本等同于"士"。

例 2 中的"以小人之腹,度君子之心",常用来指以卑劣的想法去推测正派人的心思。"小人"指道德品质不好的人,"度"指推测,"君子"旧指品行高尚的人。葛译本和《汉英大词典》译本将这三个词都译了出来,而尹邦彦收录的译本虽没有直接译出"小人",却译出了"小人"的特性,因此可以说这三个译本均译出了该乡土语言单位的意义。中国译者精通汉语,因此在翻译时,对于乡土语言意义的理解手到擒来。葛浩文是外国的汉学家,有时在理解乡土语言时,难免会有失误的地方。

例 3. 三十年河东,三十年河西。

葛译:Rivers flow east for thirty years, and west for the next thirty.

吴编:Changeable in prosperity and decline; capricious in rise and fall.(吴光华,1999:1431)

尹编:For thirty years people east of the river prosper, then for thirty years those on the west.(尹邦彦,2015:556)

例 4. 小伙子,你要冷静。我今天来,不是想跟你吵嘴,说实话,我想为你辩护,你应该信任我。我提醒你,不要破罐子破摔。

葛译:Try to be a little more level-headed, my boy. I'm not here to argue with you. To tell the truth, I'm on your side. Trust me. I advise you not to smash your own water jug.

吴编：Smash a pot to pieces just because it's cracked—write oneself off as hopeless and act recklessly.（吴光华，1999：1280）

"三十年河东，三十年河西"中的"河"，指的是黄河。黄河河床较高，泥沙淤积严重，在古代生产力水平低下的情况下，经常泛滥和改道，一个村子以前在河的西岸，后来就有可能改到东岸，所以才有了这样的说法，它常被用来形容世事的盛衰和变化无常。葛浩文的译文是说"河水向东流了三十年，然后向西流了三十年"，显然是不准确的，因为黄河从未西流。《汉英大词典》的译文采取意译的方法，省略了原文中的意象；尹邦彦辞典中收录的译文则采取了直译的方法，也译出了真意。

例4的"破罐子破摔"，表面指的是罐子破了，即使再摔也仍然是个破罐子，比喻已经弄坏了的事就干脆任其发展下去。葛浩文译为 smash your own water jug，进行回译就成了"摔破你自己的水罐"，与原文的意义是有出入的。《汉英大词典》的译文与原文意义相符。汉学家虽然对汉文化有一定的研究，但仍有不够到位的地方。

（二）乡土味

"乡土语言"的基本特征是乡土色彩，葛浩文说过，构成作品长久吸引力的就是"乡土色彩"[1]。谢天振说："'土得掉渣'的语言让中国读者印象深刻并颇为欣赏，但是经过翻译后它的'土味'荡然无存，也就不易获得在中文语境中同样的接受效果。"[2]因此，怎样

[1] 葛浩文.葛浩文文集.北京：现代出版社，2014：40.
[2] 谢天振.超越文本　超越翻译.上海：复旦大学出版社，2014：231.

才能有效地译出乡土语言的"乡土味",需要进行认真的研究。

例 5. 俺早就听人说过,<u>龙生龙,凤生凤,老鼠生来打</u><u>地洞</u>。

葛译:I was used to hearing people say "<u>A dragon begets</u> <u>a dragon, a phoenix begets a phoenix, and when a rat is</u> <u>born, it digs a hole.</u> "

吴编:<u>A child with clever and intelligent parents will do</u> <u>better than a child with dull and stupid ones.</u> (吴光华,1999: 1081)

尹编:<u>Like father, like son. /Like begets like. /As</u> <u>dragons beget dragons and phoenixes beget phoenixes, so</u> <u>what is born of rats is capable of boring into a wall.</u> (尹邦彦, 2015:380)

例 6. <u>一山不容二虎,一槽不容二马</u>,一个小庙里怕也容 不下两个神仙。

葛译:<u>You can't have two tigers on a mountain or two</u> <u>horses at a trough</u>, and I'm afraid two deities will be too much for a small temple like this.

吴编:<u>A great man cannot brook a rival.</u> (吴光华,1999: 1967)

尹编:<u>When Greek meets Greek, then comes the tug of</u> <u>war. /Two tigers cannot live together in the same mountain.</u> (尹邦彦,2015:821)

例 7. 他瞪着眼睛对我母亲说:<u>杨玉珍,我是死猪不怕开</u><u>水烫了</u>。

葛译:Staring at Mother, he'd say: "Yang Yuzhen, I'm

like a butchered pig that has no fear of boiling water. "

吴编:Shameless. (吴光华,1999:1583)

例 5 的"龙生龙,凤生凤,老鼠生来打地洞",包含了三个文化意象,分别是"龙""凤"和"老鼠"。"龙"和"凤"是传说中的东方神兽,在中华传统文化里象征祥瑞,这里用来指众人中的佼佼者。而"老鼠"在中国文化中通常用来指平庸者、无名小卒、懦弱者等。葛浩文译出了这三个文化意象,将这个乡土语言单位中的乡土风味原汁原味地传达给了译语读者。《汉英大词典》采取了意译的方法,省略了这三个文化意象,只译出了其中隐含的意义。尹邦彦编译的辞典中收录了三种译文,"Like father, like son"和"Like begets like"借用了英语谚语,"As dragons beget dragons and phoenixes beget phoenixes, so what is born of rats is capable of boring into a wall"采取的是直译,与葛浩文译本接近。

例 6 的"一山不容二虎"是用来比喻两人不能相容的。葛浩文采取直译的方法,将"山"和"虎"都译了出来,译出了"俗"的特点。《汉英大词典》中的译文译出的是比喻意义,但"俗"味阙如。尹邦彦辞典中"When Greek meets Greek, then comes the tug of war"出自英语谚语,虽然表现出了"俗",却不是中国乡土语言的"俗"。第二种译文"Two tigers cannot live together in the same mountain"与葛浩文译文相似,译出了乡土语言特有的乡土味。葛浩文在求原文意义之真的基础上,同时也保留了原文的乡土味。尹邦彦的辞典收录了两种译文,却将英语谚语放在第一位,可见其首先追求的是译文的交际效果。

例 7 中的"死猪不怕开水烫",指的是已经有足够的心理准备面对困难,或对表面上困难的事情抱着无所谓的态度,通常用于自嘲或调侃。葛浩文采取直译的方法,将原文中的"死猪"和"开水"这两个意象都译了出来,保留了原文的乡土味。而《汉英大词典》

只用了一个 shameless,虽译出了其隐含的意义,但是却失去了乡土味。可见,汉学家译者追求个性的文化,在译文中保留了文化的个性。中国译者则倾向于交际效果的有效传达,只是求取了和原文相似的功能。

### (三)流畅度

直译忠实的是原文的表现形式,而在直译的基础上保持译文的流畅度,便是增强可读性的表现。事实上,周领顺认为,葛浩文坚持的所谓"意译",就是在直译基础上增强可读性的做法,甚至就是译学界所说的非极端形式的"直译"①。译文流畅度包括译文语言是否准确地道和语法是否符合规范等两个方面。

例 8.工欲善其事,必先利其器。

葛译:The best work requires the finest tools.

吴编:It is necessary to have effective tools to do good work. /A workman must first sharpen his tools if he is to do his work well. (吴光华,1999:606)

陆编:He that would perfect his work must first sharpen his tools. /It is necessary to have effective tools to do good work. /Good tools are prerequisite to a good product. (陆谷孙,2015:714)

例 9.这才叫"内行看门道,外行看热闹"。

葛译:This is what's known as "The professional asks How? The amateur says Wow!"

尹编:An expert thinks mainly of the guide to secret or

---

① 周领顺.汉语"乡土语言"翻译研究前瞻——以葛浩文英译莫言为例.山东外语教学,2016(5):92-93.

special skills, but a layman is just watching for the excitement in the crowd.（尹邦彦，2015：421）

例 10. 袁大人道："俗话说，'打人不打脸，揭人不揭短'……"

葛译：There is a popular adage that goes，"Do not hit someone in the face or reveal another shortcoming，"…

尹编：If one has to strike someone he must not smack one's face. /If one quarrels with someone，he must not rake up someone's faults.（尹邦彦，2015：99）

陆编：When you hit sb. don't hit the face. /Don't go too far even when fighting or insulting sb.（陆谷孙，2015：365）

例 8"工欲善其事，必先利其器"是说工匠想要使他的工作做好，一定要先让工具锋利，比喻要做好一件事，准备工作非常重要。葛浩文和《汉英大词典》的译文都采用了直译的方法，保留了原文的意象，也就等于保留了该成语的乡土特色。《汉英大词典》虽然译得很到位，但与葛浩文的译文相比，就显得有点烦琐了。葛译简洁、凝练，符合西方读者的阅读习惯，而后者多少有一点"翻译腔"。陆编前两种译文 "He that would perfect his work must first sharpen his tools"和"It is necessary to have effective tools to do good work"，在用词、句式、语法上虽然都毫无错处，却没有葛译简洁。

例 9"内行看门道，外行看热闹"是指内行人看事情看的是方法和本质，外行人看事情只看外表，多用来说明内行与外行的区别。葛浩文和尹邦彦辞典中的译文，不仅译出了真意，而且在形式上与原文保持一致。然而，对比两个译文，葛译之妙是显而易见的，How 和 Wow 韵味十足，给读者带来了一种生动、形象的画面感。相比之下,尹编的译文稍显平庸,按部就班地译出原文的每个字,却缺少了葛译的简洁和形象。

例10"打人不打脸,揭人不揭短"是说无论我们与别人发生怎么样的纠葛或者对方是多么令人讨厌,也不要随便揭别人的伤疤,否则就会挑起事端。尹邦彦辞典采取直译的方法,照字面翻译了出来,而且在句式上与原文保持一致。葛浩文合并译出后,译出了原文的真意,且更加精练。陆谷孙《中华汉英大词典(上)》给出了两种译文,前者采取直译,后者采取意译,两种译文都使用了从句,与葛译相比,显得不够简洁,也可以说是在流畅度或地道性、可读性上打了折扣。

## 三、结语和余说

葛浩文作为中国文学英译译者群中首屈一指的汉学家,翻译了很多汉语乡土文学作品。本文从意义、乡土味和流畅度的角度对比分析了汉学家葛浩文和中国译者英译相同乡土语言事实的异同之处,发现汉学家和中国译者在英译乡土语言时各有利弊。在理解方面,葛浩文和中国译者总体上能正确译出乡土语言的意义,但是由于葛浩文毕竟不是中国人,在理解上难免出现些许失误;在乡土味方面,中国译者虽然很了解中国文化,但其译文却没有葛浩文的乡土味浓厚,这一点颠覆了传统上的认识;在流畅度方面,以英语为母语的葛浩文,其英译的乡土语言与中国译者的译文相比,流畅度更高。意义、乡土味和流畅度在乡土语言的英译过程中是缺一不可的,只有将三者融合于乡土语言的英译中,才能得到有效的译文。

意义、乡土味和流畅度三者构成了乡土语言翻译的全部。乡土语言的翻译首先要让读者明白原文的意义,其次还要传达出乡土语言的基本特征——乡土味,最后还要追求译文的流畅度,三者缺一不可。意义是最基本的,乡土味和译文流畅度之间有时无法做到两者兼得,这就需要译者在这两者之间找到一个平衡点,换句话说就是要做到"求真为本,务实为上"①。葛浩文说,"希望能做到既保留文化特色又保持译文的流畅。但很多时候不能两者兼得,所以必须做出选择"②。

　　汉语乡土语言理想的译者模式是作者、汉学家译者和中国译者相结合的模式。汉学家既了解中国文化,又了解海外读者的阅读需求与阅读习惯。误读处,需要中国译者的把关。而中国译者虽然深谙中国文化,但是母语毕竟不是英语,需要汉学家在语言上帮其润色。而作者是最了解作品的人,译者在翻译过程中对作品感到困惑时,就有必要求助作者,否则就有可能造成曲解。葛浩文认为译者与作者之间有一种"交相发明又不无脆弱的关系"③。在与葛浩文合作的中国译者中有 20 多位与葛浩文关系良好。在翻译过程中,葛浩文往往与作者进行意义的"共建"④。葛浩文在《天堂蒜薹之歌》译者前言中写道:"与作者一道修改了第十九章部分内容以及第二十章全部。"⑤更有甚者,为了把一种器物解释清楚,葛浩文还收到了莫言的"草图传真"。由此看来,译者在翻译过程中有必要与作者合作,这样才能使译文更加贴近原文,传达出原文

---

① 周领顺.译者行为批评:理论框架.北京:商务印书馆,2014:102.
② 李文静.中国文学英译的合作、协商与文化传播——汉英翻译家葛浩文与林丽君访谈录.中国翻译,2012(1):58.
③ 葛浩文.作者与译者:交相发明又不无脆弱的关系——在常熟理工学院"东吴讲堂"上的演讲.孟祥春,洪庆福,译.东吴学术,2014(3):38.
④ 孟祥春.葛浩文论译者——基于葛浩文讲座与访谈的批评性阐释.中国翻译,2014(3):73.
⑤ Goldblatt, H. Translator's note. In Mo Yan. *The Garlic Ballads*. New York: Arcade Publishing,2012:287.

表达的效果。作者、汉学家译者和中国译者所处的位置不同,因此关注的焦点也不同。正因为如此,他们的通力合作,才会使得乡土语言的英译更加科学,使得中国文化的外译走上一条可持续的、良性发展的道路。

本文为国家社科基金重点项目"汉语'乡土语言'英译实践批评研究"(项目编号:15AYY003)的阶段性成果和扬州大学"高端人才支持计划"的资助成果。

(周领顺,扬州大学外国语学院教授;丁雯,扬州大学外国语学院硕士研究生;原载于《北京第二外国语学院学报》2017 年第 4 期)

# 葛浩文译"狗"

## ——基于葛浩文翻译语料库的考察

周领顺　周怡珂

## 一、研究缘起

大凡在跨文化交际和翻译研究论文以及相关的教学中,一提起"狗"在中西方文化背景中的不同,默认的都是它在西方文化背景中多用于褒义,而在中华文化背景中多用于贬义,这在翻译上表现得十分明显,据信,即使在汉学家葛浩文的翻译实践中也不例外,人人都能从中找到一些例证。译学界有关"狗"所默认的中西方文化差异,总是纠结于褒贬之间,而所谓褒贬,又源于这种动物本身在现实中西方世界承宠的程度和在语言上得到的相应投射。

人们用词虽然有异,但观点大体一致,有关观念早已深入人心。翻译上的事实果真完全如此吗? 周领顺就其中的一种评论,稍稍点出了存在的问题:

> 朱振武、罗丹(2015)在分析汉学家白亚仁的"嫁鸡随鸡嫁狗随狗"的译文"You just have to be prepared to make adjustments when you're married"时,认为好就好在没有把

西方褒义的 dog 翻译出来,否则担心"会为读者所误解"。但同样是西方汉学家的葛浩文,不是把 dog 翻译出来了吗? 我调查了几位美籍教师,并没有对葛浩文的译文 "Marry a chicken and share the coop, marry a dog and share the kennel" 有什么误解,也没有感觉到这里的 dog 有什么褒贬色彩。①

这里引出了译者葛浩文的翻译事实,得出的结论虽然不全凭印象,但仍然不是对葛浩文翻译事实的穷尽性考证,未必完全令人信服。

传统上的有关讨论多有偏颇,是因为研究者几乎都以先入为主的印象,抓住一两个例子,便做有利于自己观点的辩护,或正面,或负面,或异化,或归化,或褒,或贬,总能找到存在的理由。孤立的例子看似有理,实则片面。若综观整个葛浩文翻译语料库,便会发现这些批评有多么的捉襟见肘。也就是说,有关讨论都是举例式的,不是穷尽性的。因此,有必要对译者葛浩文之于"狗"的翻译进行穷尽性统计,并在此基础上进行深入的分析,毕竟它关涉翻译批评的公正性以及跨文化交际和中华文化"走出去"等效果问题。葛浩文是一个成功的翻译者,对于葛浩文翻译实践的考察和研究,足以说明学理上的问题,其对于中华文化"走出去"②,有着直接的

---

① 周领顺. 汉语"乡土语言"翻译研究前瞻——以葛浩文英译莫言为例. 山东外语教学,2016(5):94.

② 称"中华文化"比"中国文化"更准确,"中华文化"不限于中国境内,如国外的华人聚居区(包括新加坡等双语地区)。现在译学界经常说"中国文化'走出去'",而有关国家出台的文件(如 2005 年的《中共中央国务院关于深化文化体制改革的若干意见》、2006 年的《国家"十一五"时期文化发展规划纲要》、2008 年的《关于发布〈2007—2008 年度国家文化出口重点企业名录〉和〈2007—2008 年度国家文化出口重点项目名录〉的公告》、2011 年的《文化产业振兴规划》),均写作"中华文化",只有在涉及"文化产品"之类的表述时才写作"中国"。

指导意义和借鉴意义。为此,本文以自建的"葛(浩文)译莫言 10 本小说'乡土语言'翻译语料库"(以下简称"葛浩文翻译语料库")为考察工具,尽可能穷尽不同语境下涉"狗"的表达和翻译,"小题大做",使研究尽可能走向深入。

一个词既有静态的词汇意义,也有动态的语境意义,"狗"也不例外。例如:

> 在人民大道这边,我就看到了她,也看到了蹲在她身后的狗,你这个狗杂种! (莫言《生死疲劳》)
>
> I spotted her on People's Avenue, her and the dog besides her, the son of bitch.

在这一句话里,第一个"狗"是实的,因为它是现实中的狗,而"狗杂种"是虚的,因为它是比喻说法,是粗俗语,跟现实中的狗无关。所以,葛浩文将第一个"狗"对译为 dog,而将"狗杂种"译为 the son of bitch,虽然偏离了原文的字面表达,但用归化法实现了相应的功能。

结合语境考察其实际意义,才能得出翻译妥帖与否的结论,而译者也正是根据语境译意的。翻译是否妥帖,要看译者对原文语境的理解是不是到位,这直接影响着翻译的得体度。语言里的"狗",起码有生物学上的写实(比如狗的本能"狗吃屎"),也有比喻时的写意(比如粗俗语的"狗娘养的")之分,在汉译英的表现上变化不一,有照直翻译的,也有变通处理的,有求取相当功能的,也有再现深刻意蕴的,绝不可一说到"狗"的汉英互译,就不假思索地以那些跨文化交际的老常识作答,那样未免显得武断和简单划一了,令人信服的结论需要靠充分的事实和分析才能得来,而穷尽性挖掘的事实,才最具说服力。

语料库是进行穷尽性考察最好的方法。目前已经建成的葛浩文翻译语料库主要有侯羽、刘泽权、刘鼎甲的"葛浩文英译小说汉英平行语料库"①、宋庆伟的"莫言 6 本小说葛译语料库"②、黄立波和朱志瑜的"葛浩文英译小说汉英平行语料库"③、张雯的"葛浩文十部译作语料库"④,以及笔者自建的"葛(浩文)译莫言 10 本小说'乡土语言'翻译语料库"等。鉴于笔者自建的翻译语料库限于葛浩文所译的"乡土语言",而与乡土语言关联不大的涉"狗"语料,有的不会出现在本语料库中。但因为本语料库的规模较大,且"狗"作为乡土生活的一部分,时常会出现在人物的乡土语言表达中,所以足可说明问题。

我们的考察对象包括"狗"("犬")及其衍生物(如用作粗俗语的"狗娘养的""狗屎")等(以下提及"狗"时,也包括其衍生物)。为简便起见,例子除了来自有关文献外,其余全部来自本语料库,恕不一一注明具体的出处。在考察语料库之前,有必要对以往有关葛浩文译"狗"成败得失的讨论进行分类分析,以确保语料库考察更加有的放矢。

## 二、传统涉"狗"翻译批评及其反批评

在译学界,以往还没有过对译"狗"专题讨论的。随着近几年对葛浩文翻译研究的深入,有关"狗"的翻译,时不时会进入人们的视野,这不仅是因为译者的名气大,研究的文献多,还因为葛浩文

---

① 侯羽,刘泽权,刘鼎甲.基于语料库的葛浩文译者风格分析——以莫言小说英译本为例.外语与外语教学,2014(2):72-78.
② 宋庆伟.莫言小说英译风格研究.济南:山东大学出版社,2014.
③ 黄立波,朱志瑜.译者风格的语料库考察——以葛浩文英译现当代中国小说为例.外语研究,2012(5):64-71.
④ 张雯.基于语料库的葛浩文翻译风格研究.上海:上海外国语大学博士学位论文,2015.

所翻译的作品差不多都是乡土文学作品,而"狗"是乡土生活、乡土语言中密不可分的一部分。因此,研究者顺势讨论了涉"狗"乡土语言的翻译。传统涉"狗"翻译批评分为四类,即:第一类认为葛浩文故意异化,用 dog 对译;第二类认为葛浩文故意归化,偏离原文"狗"的用词;第三类是原文作为粗俗语时葛浩文归化或异化;第四类是原文作为熟语时葛浩文对原文的偏离。

第一类:认为葛浩文故意异化,用 dog 对译。原文是"狗",葛浩文便对译为 dog,译者"没有迎合英语读者的认知习惯"。或者说,译者为了向原文求真,即使令西方读者出现认知错误,也在所不惜。例如刘庚、卢卫中:

> "正所谓'猫改不了捕鼠,狗改不了吃屎'!"鬼卒乙嘲讽地说。(莫言《生死疲劳》)
>
> "As they say, you can't keep a cat from chasing mice or a dog from eating shit," Attendant Two mocked.
>
> "狗"在西方国家有着积极的意义,而在中华文化和许多汉语表达中,"狗"常常充当不好的角色,如汉语中的"狗仗人势""狗腿子"等。葛氏在这一句的处理上,没有迎合英语读者的认知习惯,将其译为"The wolf may lose his teeth, but never his nature"(狼性难移),而是依然保留熟语的来源义,即源语中采用的转喻喻体,从而还原了这一汉语表达。①

但是,葛浩文说过,"我认为一个做翻译的,责任可大了,要对得起作者,对得起文本,对得起读者……我觉得最重要的是要对得起读者,而不是作者"②。他怎么会甘愿冒着让读者误解的风险而

---

① 刘庚,卢卫中.汉语熟语的转喻迁移及其英译策略——以《生死疲劳》的葛浩文英译为例.外语教学,2016(5):93.

② 季进.我译故我在——葛浩文访谈录.批评家论坛,2009(6):46.

如此翻译呢? 实际情况是,葛浩文充分考虑了目标语读者的认知,原因是原文"狗改不了吃屎"所描述的狗,是现实中狗的本能,中西方皆然。尽管这句话用作比喻,但其中的事实却是客观存在的。

第二类:葛浩文故意归化,偏离原文"狗"的用词。同样是葛浩文,却在努力"迎合英语读者的认知习惯",为防止西方读者出现认知上的错误,故意避开原文贬义的"狗"。例如侯羽、朱虹:

> "这么着吧,伙计,我给三十五块钱吧;我要说这不是个便宜,我是小狗子;我要是能再多拿一块,也是个小狗子!"(老舍《骆驼祥子》)
>
> "How about this, young man—I'll give you thirty five *yuan*. I'd be a liar if I said I wasn't getting them cheap, but I'd also be a liar if I said I could give you even one *yuan* more."
>
> 描写的是一位养骆驼的老者与祥子就三匹骆驼讨价还价的一幕。老者为表示他的坦诚与直率,两次使用"小狗子"一词,这体现了中华文化中"狗"一词卑劣性的一面。在汉语中,很多词都被用来形容对狗的贬低……正是由于"狗"在中西方文化中内涵的差异,葛氏采用了归化译法,将其译为 liar,以避免给读者造成理解上的障碍。①

这是在打赌,"小狗子"在原文中贬义色彩的浓淡情况怎样?实际情况是,"小狗子"在原文中贬义的色彩并不浓。正如我们打赌时自嘲的"小狗"一样。把自己比作异类,高雅是谈不上的,但严肃程度并没那么高,带有戏谑、自嘲、自怜的味道,以此避免争吵,化解紧张的气氛。从这点讲,译者并非不可以将其相应地翻译为

---

① 侯羽,朱虹. 葛浩文为读者负责的翻译思想探究——以《骆驼祥子》英译为例. 燕山大学学报,2013(2):95.

puppy,讲话者打比方,是为了强调、生动和真实,在确保不会产生误解的情况下,还是以能够保留或者部分保留原文的形象为上。翻译成 liar,则将内涵译得更加到位,相当于我们常说的"我要是撒谎就是小狗",求取的是功能相当罢了。

第三类:原文作为粗俗语时葛浩文归化或异化。例如翟卫国:

> 爷爷厉声呵斥道,"你竟为这个<u>狗杂种</u>流泪?……"①(莫言《红高粱家族》)

祖父和父亲抓到了一个日本士兵,日本士兵看着自己家人的照片哭泣,这个场景感染了父亲,父亲也跟着哭了。父亲的哭让祖父很生气,就骂他"狗杂种"。其实,含有"狗"的骂词贯穿于整本小说中。

在中华文化中,狗是一种卑微的动物,大多与狗有关的词都是骂词。但是在西方文化中,狗却是人忠诚、友好的朋友。译者更多考虑的是读者对于异域差异文化的接受,避免了读者的误读。②

但是,用作粗俗语的"狗"跟现实中的狗有关系吗?要将粗俗语的处理说得透彻,有必要对葛浩文翻译语料库中其他粗俗语的处理情况进行考察。在整个葛浩文翻译语料库中,译者并非只是在见到了"狗"才偏离原文的,而是将原文绝大部分五花八门的粗俗语归化为英语中的粗俗语,表 1 为 bastard 对译原文的粗俗语例子。

---

① 葛浩文译为:Or maybe it's for this no-good son of a bitch!
② 翟卫国.葛浩文翻译之读者倾向性探析.鸭绿江,2014(8):138.

表 1  bastard 对译原文的粗俗语例子

| 原文 | 译文 |
| --- | --- |
| 混账王八羔子 | lousy bastards |
|  | scruffy bastards |
|  | bastards |
| 王八羔子 | bastard/bastards |
| 混账东西 |  |
| 王八蛋 |  |
| 杂种 |  |
| 孙子们 |  |
| 混蛋 | bastard |
|  | stupid bastard |
| 你浑蛋,你太浑蛋了 | you bastard, you stupid bastard |
| 老混蛋 | you old bastard |
| 老畜生 |  |
| 畜生 | goddamn bastard |
| 忘恩负义吃里扒外的混账东西 | evil, ungrateful, parasitic bastard |
| 狗娘养的王八蛋 | bitch-fucking bastard |
| 这孙子 | the insolent bastard |
| 狗崽了 | the bastard offspring |
| 狗杂种 | little mongrel bastard |
| 丧了良心的王八蛋 | you heartless bastard |
| 狼心狗肺的畜生 |  |

　　葛浩文对粗俗语的"狗"做了归化处理,但有时他又做了异化处理,和原文保持一致,是否说明他故意不"迎合英语读者的认知习惯"呢? 如果在西方"狗"确为褒义词,那么把汉语原文骂对方的"狗"对译为 dog 时,岂不是会让人误解为在赞美对方吗? 例如张娟举例道:

爷爷咬牙切齿地骂道:"老狗! 你给我滚下来!"(莫言《红高粱家族》)

"You old dog!" Granddad growled through clenched teeth. "Get the hell out of here!"

人物关系和气氛比较紧张,语言激烈的情况下说出的粗俗语,葛浩文套用目标语的粗俗语进行译介,所达到的效果与原文本所差无几。①

实际情况并非如此。除了有的粗俗语汉英吻合(如"老狗"/old dog)外,dog 的劣根性在英语国家中也是客观存在的,正如"Love me, love my dog"中的 dog 一样(下文有说明),并不会在英语读者中产生误解。例如:

日本狗!/Jap dogs!

你这狗日的/you fucking dog

这些狗差役/this pair of nasty dogs

狗眼看人低的东西/Like any dog, the bitch sees people like us as her inferior.

狗屁!/Dog fart!

你这个狗特务/you dog of a spy

把你的狗爪子剁了去/rip those dog fingers right off your hands

你这条摇尾巴舔腚沟子的狗!/An ass-licking, tail-wagging dog is what you are!

有的还认为,译者为保持异化而增添同位语解释,如沈菲、顿祖纯:

---

① 张娟.《红高粱家族》英译本研究.保定:河北大学硕士学位论文,2014.

这条公路是日本人和他们的<u>走狗</u>用皮鞭和刺刀催逼着老百姓修成的。

Japanese and their <u>running dogs</u>, Chinese collaborators, had built the highway with the forced labor of local conscripts.

"狗"这一动物形象在中华文化背景下常含有蔑视和贬低意味,如"狗眼看人低"和"痛打落水狗"等,但在西方文化背景下对狗更多的是尊重和赞赏……所以译文里,葛浩文在 running dogs 后增补了解释内容 Chinese collaborators,这样就既保留了文化意象,体现了乡土气息,又不会引起读者的误解。①

但是,就 running dog 而言,在整个葛浩文翻译语料库中,是不是都是靠增添同位语而避免西方目标语读者的"误解"呢? 实际情况是,译者把用作粗俗语的"狗",归化为目标语中粗俗语的 son of bitch,显然说明是比喻用法,跟现实中的"狗"没有必然的联系。

有人认为如果保持异域的文化,要靠增添同位语加以解释,否则会为西方目标语读者所误解。当然,增添同位语解释原文的意义是一个有效的做法,但上述对 running dog 的解释也是出于如此的考虑吗? 翻译语料库中其他几例含有 running dog 的句子是:

(1)洪泰岳的<u>狗腿子</u>、娶了地主小老婆的黄瞳

and Hong's <u>running dog</u>, Huang Tong, who had married the concubine of a landlord

(2)姑姑是共产党的忠实"<u>走狗</u>"

---

① 沈菲,顿祖纯.改写理论下乡土气息的翻译策略——以葛浩文英译本《红高粱》为例.武汉公安干部学院学报,2016(2):74.

she's a loyal <u>running dog</u> of the Communist Party

(3)这维持会长是日本人的<u>狗</u>,是游击队的驴

The head of the Peace Preservation Corps is a <u>running dog</u> of the Japanese, a donkey belonging to the guerrilla forces

(4)你们这些反革命,地主阶级的孝子贤孙,<u>狗腿子</u>、猫爪子,我永远不屈服!

You're a bunch of loyal sons and grandsons of counterrevolutionaries and members of the landlord class, <u>running dogs</u> and spitting cats, and I'll never knuckle under to you!

在这些句子中,均未出现解释 running dog 的同位语,可见上述有关评论认为只有增添同位语才能让读者明白 running dog 之所指,是站不住脚的。上文为 running dogs 增加的同位语Chinese collaborators, 倒不如说是为 collaborators (running dogs)的 Chinese 身份做的注解,因为被日本人占领的菲律宾、韩国、中国等各个地方均有汉奸走狗,所以并非读者不懂 running dogs 的真正含义。即使不要这个同位语,写成 Chinese running dogs,也是一样的。

第四类:原文作为熟语时葛浩文对原文的偏离。像"耍死狗"这样表面上带有贬义的熟语,译者是怎样对待的呢? 例如王明峰、贤晓彤举例道:

"当然不是真让您去自焚,"吕小胡笑着说,"您去吓唬他们一下,他们最爱面子。"

"你这算什么主意?"他说,"你这是让师傅去<u>耍死狗</u>!"
(莫言《师傅越来越幽默》)

"I'm not saying that you should set yourself on fire,"

Lü Xiaohu said with a smile. "Just give them a scare. They care about face more than anything. "

"What kind of idea is that?" Ding said. "Are you asking me to go put on an act?"

关于"狗",中西方文化中分别赋予其不同的内涵,甚至是截然不同的含义。在西方国家,"狗"往往被视为忠诚的象征,甚至会被当成朋友或家人……原文中"耍死狗"是带有贬义含义的方言,指的是耍赖。汉译英时若直译此词,不仅无法体现出原文的含义,而且不能原汁原味地体现原文的语言风格,甚至造成相反的结果,令人不知所言。因此译者舍弃了"狗"这一动物意象,采用异化的方法直接将其深层意义表达出来。①

译者需要计较熟语组合表面的贬字吗?周领顺从熟语化的角度进行了讨论。②词语在完成熟语化(idiomaticalization)之后,若在翻译时针对无关乎"狗"的语境而再强调它的历史原因和褒贬色彩,就不免显得迂腐了,应以求取功能相当为上,所以译者意译出了熟语"耍死狗"的内涵。其他如"狐朋狗友"(knucklehead friends / no-account friends),甚至还有"劁猪阉狗"(castrate animals)这样临时组合的类固定短语皆如此。

### 三、传统涉"狗"翻译批评的弊病

传统上以先入为主的观念入手分析语料,弊病很多。由于以往的研究者首先将西方文化语境中的狗建立在褒义的基础之上,

① 王明峰,贤晓彤.从葛浩文译本《师傅越来越幽默》看译者主体性.郑州航空管理学院学报,2013(6):129.
② 周领顺.译者行为批评:理论框架.北京:商务印书馆,2014:68-69.

所以就会一边倒地朝自己的理解上靠拢。比如张娟认为，"关于打狗吃狗的描写过于细致，在西方读者眼里是非常残忍且无法接受的事情。因此，对此部分信息省译出去"。例如：

> 他确实是饿极了，顾不上细细品味，吞了<u>狗眼</u>，吸了<u>狗脑</u>，嚼了<u>狗舌</u>，啃了<u>狗腮</u>，把一碗酒喝得罄尽。（莫言《红高粱家族》）
>
> It was delicious. And he was ravenously hungry, so he dug in, eating quickly until the head and the wine were gone. ①

甘露评论道："读之令人触目惊心，不寒而栗，而译者却用eating quickly 将其一笔带过，轻描淡写，目的是照顾目的语读者的心理接受度。狗这种动物在西方文化中是忠诚的象征，同时也被视作人类的朋友，对于西方读者来说，以残忍的方式虐杀并吃狗肉，这种描写是不忍卒读的。深知西方读者接受心态的葛浩文看似对原文进行了背叛，实则是为译作在异域的接受埋下了伏笔。正如葛浩文所说：'我喜欢既要创造又要忠实——甚至两者之间免不了的折中——那股费琢磨劲儿。'"②

如果吃狗肉都要忌讳，那么像莫言作品中的"老狗煮不烂"(the old dog's too tough)岂不也要忌讳吗？正如有人喜欢吃蛇，他可以把制作过程说得绘声绘色，但不愿意吃蛇的人在向别人转述时，省去细节并不说明是出于对蛇的喜爱。译者也同此理。再说，下面这段与狗肉相关的描写也并非不够细致和恐怖：

> "小甲，你这个黑了心肝的，昨天卖给俺的<u>狗肉</u>冻里，吃出了一个圆溜溜的指甲盖儿！你该不是把人肉当成<u>狗肉</u>卖吧?"

① 张娟.《红高粱家族》英译本研究.保定:河北大学硕士学位论文,2014:28.
② 甘露.葛浩文的翻译诗学研究——以《红高粱家族》英译本为例.上海翻译,2017(1):26.

（莫言《檀香刑》）

　　"Xiaojia, you heartless fiend. I found a fingernail when I bit into the <u>dog meat jelly</u> you sold me yesterday. Are you selling human flesh and calling it <u>dog meat</u>?"

　　如果说是"以残忍的方式虐杀"，大概都不会比莫言《檀香刑》对人的凌迟更残忍，而葛浩文也悉数译出。葛浩文出于各种原因而改写原文，但并不仅仅限于涉"狗"的描写，因此孤立地认为偏偏对"狗"的翻译如此，是不足考的。说西方文化背景中有 lucky dog、old dog 等说法，但它们并非真正的褒义词，而是含有戏谑、自嘲、自怜的感情色彩，不然像葛浩文把"这条老狗，作恶到了头"翻译为 the old dog was an evil bastard、把"日本狗"翻译为 Jap dogs 等免不了会受到目标语读者的误解。即使像"Love me, love my dog"这一谚语，《新牛津英语词典》解释为："If you love someone, you must accept everything about them, even their faults or weaknesses." 狗因为与人类关系亲近，虽然可以隐喻为一切的代表，但也暗示了狗作为动物是有毛病和缺点的，并非都可以褒义一概而论。至于英语中说 work like a dog，中国人也说"累成狗""累得像条狗"，与狗伸着舌头呼哧呼哧喘气作比，虽然有爱怜的成分，但总体偏中性，偏于对事实的描写。张玮就基于语料库对英汉"狗"的概念隐喻进行了实事求是的分析。在英语中，"狗"的贬义用法也层出不穷，如 a sly dog(狡猾的人)、yellow dog(卑劣、胆怯的人)、to keep a dog and bark oneself(越俎代庖)、a dirty dog(坏蛋)、dog-eat-dog(残酷的竞争)等。汉英语言中共享的"狗"隐喻就有：(1)喻行为卑劣、道德低下的人；(2)喻能力弱的人；(3)喻拙劣的文学作品；(4)喻咒骂的脏话。[①]把人类比作异类，要说有多么高

---

① 　张玮.基于语料库英汉"狗"的概念隐喻.西安外国语大学学报,2017(2):14.

雅是不可能的,即使在西方,称赞有社会地位的人为"狗",对方也不会感觉真的受到了抬举。中西方的狗与人类的生活密切,以它打比方或作代表,手到擒来,司空见惯。在翻译时,不管它在中西方的差异如何,但有一点可以确信,充分为读者考虑的译者葛浩文,是不可能甘愿冒着在西方读者中产生误解的风险的,这说明我们的传统分析潜存着偏颇。

举例式的翻译批评,不可能综观事实的全貌。葛浩文翻译语料库显示,在非比喻的语境中"狗"和 dog 的对应度几乎百分之百,仅仅以葛浩文是"忠实"原文才如此是讲不通的,仅以几个短语(汉语多贬义,英语多褒义)就概括和肯定一切或者否定一切的做法是不科学的,我们改变的未必是常识,而是认识事物的方式和对于各种语境意义的条分缕析。贬义的"狗"和 dog 只限于比喻的语境中,中西方皆然。

综观全部葛浩文翻译语料库发现,汉语骂人为"狗"的频率明显要高。所以,原文有"狗"的可以选择不译,但原文没有"狗"而译文使用的,只限于目标语中几个常见的归化表达:

(1)Granddad strode forward before anyone else moved and said loudly, "Second Master Cao, working for someone as stupid as you is goddamned suffocating! A dogshit soldier is one thing, but a dogshit general is another! I quit!"(原文:爷爷向前跨一步,率先喊叫:"曹二老爷,跟着你这样的窝囊班主干活,真他妈的憋气,兵熊熊一个,将熊熊一窝! 老子不干啦!")

(2)"Get up, both of you," she said. "What will the neighbors think if they see you fighting like cats and dogs?"(原文:"都给我起来,你们这些冤家……又哭又嚷的,让邻亲百家听着像什么事……")

(3)Fourth Aunt cut him off. "Your father worked like a dog

all his life, and now that he's dead is he to be denied the comfort of a warm *kang*? That would be more than I could stand. "(原文：四婶说:"你爹辛辛苦苦一辈子,死了,连个热炕头也挣不上,我心里不过意啊……")

在真正用作粗俗语的语境中,却要采取归化的做法,以期引起听话人的注意,达到强调口气的目的。

葛浩文以 dog 译"狗"的情况,既包括现实语境中的"狗"(如"只有鸡狗避汽车,哪有汽车避鸡狗?"/Chickens and dogs avoid trucks, not the other way around. ),也包括比喻用法中可以触摸到的实物"狗"及其衍生物(如"狗走遍天下吃屎,狼走遍天下吃肉"/Dogs walk the earth eating shit, wolves travel the world eating meat. ),而避开使用 dog 的,几乎全是粗俗语(如"狗杂种,狗娘养的,走狗"/bastard),此时采取归化,求取的是粗俗语用于强调话语的功能。

## 四、结  论

本文在葛浩文翻译语料库的依托下,全面考察了葛浩文对于涉"狗"语料的翻译和处理。所谓"狗"在西方多用于褒义,在中国多用于贬义,主要反映的是比喻语境中的情况。虽然在中国乡土语言中,"狗"的出现频率高,但在现实语境(也包括比喻语境中的写实描写)中,中西方出现的频率相当,且不会引起歧义。所以,译者葛浩文将现实语境中的"狗"几乎悉数照直译出。未译出的,也只是他对原文所做全部删减的一部分,和"狗"的所谓褒贬义与感情色彩没有必然的关系。意义只有在语境中才变得具体和真实,所以通过翻译传达的意义,应根据具体语境而定。

以往涉"狗"的翻译批评缺乏公正性,主要源于研究者在没有充分考察语料的前提下,以先入为主的态度,以印证自己先入为主的观念为目的,所得结论不乏偏见,这样的做法既不利于翻译批评学科的发展,也未为中华文化"走出去"发掘出翻译的深层规律。

语料库显现了强大的优势,使翻译批评尽可能地做到了客观公正,在穷尽性调查和充分占有事实的基础上,才可能得出比较全面的印象和令人信服的结论。本研究在学科内,对于翻译批评有指导意义;在学科外,对于文化传播有借鉴意义。

本文为国家社科基金重点项目"汉语'乡土语言'英译实践批评研究"(项目编号:15AYY003)、江苏省社科基金项目"苏籍翻译家翻译行为共性研究"(项目编号:14YYB002)的阶段性成果和扬州大学"高端人才支持计划"的资助成果。

(周领顺,扬州大学外国语学院教授;周怡珂,东南大学外国语学院硕士研究生;原载于《外语教学》2017年第6期)

第三编

# 中国文学译介与传播：渠道与效果

# 国际译评与中国文学在域外的"活跃存在"

## 刘亚猛　朱纯深

### 一、"活跃"地存在于其他文学体系是世界文学
### 作品的主要界定特征

中国文学"走向世界"是当代中外文化交流的一个重大议题。尽管论者见仁见智,有两个看法却显然不存争议:其一,即便近年来有少数作家获得耀眼的国际奖项,中国文学在全球化时代的世界文学领域仍未享有突出的知名度及影响力;其二,中国文学之所以在世界文学版图中长期遭受"边缘化",汉英文学翻译不尽如人意是一个关键因素。甚至不再将中国文学未能如愿走向世界归咎于"翻译缺席"的内行学者也认为"将优秀的中国文学作品译成优美地道的英文"是中国文学去边缘化的不二法门。①

的确,任何一个民族的文学非借助翻译无法进入其他语言体系从而"走向世界"。不过我们还应注意到一个更为根本的原因,即"世界文学"概念本身发生的嬗变。传统意义上的"世界文学"指的是全球所有国别及地域文学的总和,但这已经与全球化时代的

---

① 王宁.世界文学与中国.中国比较文学,2010(4):19,21.

文化交流条件和文学实践脱节而难以为继。取而代之的是一个显得实际可行因而广为国际学界接受的新理解,即所谓"世界文学"指的并非是由"不可胜数因而无从把握的[各国]经典作品"构成的那个集合,而仅是那些其流通范围超越了自己的文化"原产地","活跃地存在于"(actively present)其他文学体系的作品,以及体现于这类作品的"流通模式及阅读模式"(a mode of circulation and of reading)。①以越界存在、流通作为世界文学的主要界定特征意味着翻译是所有非通用语言文学作品突破地域属性,在国际文坛赢得一席之地的必由之路。但这种新认识所肯定的翻译,并不止于所谓准确流畅、规范地道、传情达意的"好"翻译,而是能让作品在接受文学体系中"活跃"地存在下去的有效翻译。满足这一要求的前提是文学译作必须同时以"流通"及"阅读"两种模式在接受体系中得到自我实现,缺一不可。

关于译作在接受文学体系中的"活跃存在",我们此前曾通过对"语言翻译"和"话语翻译"的区分做过阐释。②威多森(H. G. Widdowson)在讨论"文本"与"话语"的区别时指出文本"始终处于休止状态",只有当它"通过与语境发生联系而被激活",才能"从原来所处的休止状态进入活跃状态"亦即被转化为"话语"。③由此,我们认定有效的翻译必然通过"产生一个能被目标语境'激活'并实现与目标社群交流互动的译文"而将原文"译入对方话语而不是语言"。译文文本被"激活"的根本标志是它成为目标社群阅读实

---

① Damrosch, D. *What Is World Literature*? Princeton: Princeton University Press, 2003:4.

② (a)刘亚猛. "拿来"与"送去"——"东学西渐"有待克服的翻译鸿沟//胡庚申. 翻译与跨文化交流:整合与创新. 上海:上海外语教育出版社,2009:63-70. (b)朱纯深. 古意新声·品赏本. 武汉:湖北教育出版社,2004:6-15.

③ Widdowson, H. G. *Text, Context, and Pretext*. Oxford: Blackwell Publishing, 2004:8.

践及基于阅读的文化精神生活不可或缺的一部分。①对于特定文
学作品来说,这是一次"全方位的互文语境迁徙",亦即通过开启新
的言说在移入的互文语境中得到阅读而安身且立命,通过翻译而
获得的这种"新","不但是针对作品原作的'新',也是针对接受文
化的大众阅读史的'新'"。②

对世界文学及翻译的这些新理解意味着"将优秀的中国文学
作品译成优美地道的英文"并非"走出去"的充分条件。要想融入
新的语境,作品应该被译成"可激活文本"。一部中文著作的译文
除非体现出对目标社群特有的情趣及价值的了解及敏感,对其读
书界实际上采用(而非口头上宣示)的文学标准有所洞察,对目标
读者在其所处特定历史语境中感受到的具体关切、渴求、兴趣、焦
虑、失落等有所呼应,否则不管多么"地道优美",都将在目标文学
体系中"始终处于休止状态"。但即便译本具有被"激活"的潜质,
最终能否从文本固有的休止状态中被"唤醒",还得靠天时、地利、
人和。

比如,博尔赫斯及辛格等文学大师的小说都曾被业界公认为最
"识货"的美国克诺夫出版社(Knopf)拒绝过,因为审阅意见认为这
些作品的译文难投英语读者之所好。出于同样原因,该社以及其他
几乎所有英美出版机构也都拒绝购买荷兰少女安妮·弗兰克的遗
作《安妮日记》的英文版权,唯独道布尔戴出版社(Doubleday)觉得可
以一试,才使这部不同凡响的作品避免了被埋没的命运。该书 1952
年首版,到 2007 年已经售出超过三千万册。③与此相似的一个近例
是瑞典推理悬疑小说家斯蒂格·拉森的"千禧年"三部曲。其第一

① 刘亚猛. "拿来"与"送去"——"东学西渐"有待克服的翻译鸿沟//胡庚申. 翻译
与跨文化交流:整合与创新. 上海:上海外语教育出版社,2009:67.
② 朱纯深. 古意新声·品赏本. 武汉:湖北教育出版社,2004:9-10.
③ Oshinsky, D. No thanks, Mr. Nabokov. *The New York Times*, 2007-09-09(39).

部(《龙文身的少女》)的文稿曾遭多达 15 家英美著名出版社拒绝，幸而钟爱非英语文学作品的著名英国编辑兼出版人克里斯托弗·麦克利豪斯(Christopher MacLehose)独具慧眼，买下全部英语版权，最终成就了该作品在英语世界的成功。三部曲从 2008 年起陆续问世，不到三年就售出六千万册。①仅从其迄今为止的流通规模及受欢迎程度看，《安妮日记》和"千禧年"三部曲在英美文学体系中属于"可被激活的文本"当无可置疑。但如果它们在"走出去"的历程中未能获得各自的机遇，其流通范围便完全可能仍然局限于荷兰文、瑞典文等局域网络内部。

　　并非每一部具有"可被激活"属性的非英语文学作品都能像上两例这么幸运。即使是那些因为各种机缘被世界出版业的主宰者看中的著作，其英文版推出后也并非一定就会被"激活"而进入国际读者的视野。根据麦克利豪斯提供的数据，"甚至是最优秀的[英文]译著，绝大多数的销售量也仅在 1500 到 6000 本之间"②。连为作者赢得顶级国际文学奖项的译本也不例外。近年来获诺贝尔文学奖的非英语作家的代表作英译本在亚马逊网上书店销量排行榜上能位列万名之后、十万名之内已属难能，所有主要著作的英文版在这一榜上都只列第几十万名也并非不可思议，连尚未售出过的新书都在打折促销的则比比皆是。凭着这样的全球销量，英美出版的译著中即便是"最优秀的"大多也难以实现自己在新语境中的"活跃存在"，不那么突出的就更不用说了。

　　妨碍这些作品成功的因素显然不是译文的语言质量。能得到

---

① Gardner，A. Stieg Larsson's British publisher，Europe in the UK，2011.(2011-01-31) [2014-10-25]. http://www.europe.org.uk/2011/01/31/christopher-maclehose.

② 转引自：Venuti，L. *Translation Changes Everything：Theory and Practice*. London：Routledge，2013：159.

业内行家称许的"最优秀译著",其文字之"优美地道"当是不言而喻的。流通环节也不可能是一个障碍,因为处在世界出版业中心的英美商业或学术出版机构自有其全球畅通的推介销售渠道。其实,一个往往被忽略的关键因素就隐含在上文提及的惨淡销售数据里。这些数据表明包括诺奖获得者代表作在内的多数"最优秀译著"除了馆藏之外,并未能在接受语境中赢得多少真正热情的读者。而对于这样的读者,尤其是对于他们的阅读热情究竟如何产生,译学界尚未有过认真深入的研究。

## 二、文学作品的"国际受众"是个体读者的集合, 还是主流读书舆论的人格化?

当代翻译理论中当然不乏针对译文受众的抽象归纳:诸如受众成员总是"根据接受语境内的语言习惯、文学传统及文化价值阅读并评价译文"①等结论早已成为翻译常识的一部分。只是对于促进中国文学作品"走出去"而言,空泛的理论表述难以提供多少可资参考的洞见。由于对英语读书界这一具体接受体系内的文学作品读者特有的情趣、见解、判断,尤其是对阅读动机缺少系统的观察审视,在探究中国文学作品英译遭到边缘化的问题时,译学界除了常识性地考虑到翻译质量外,便是归咎于东方主义情结之类的意识形态偏见,或以后现代西方图书市场"劣币驱逐良币"的趋势自圆。其实,拉美文学多产期(1960年代至1970年代)涌现出来的严肃作家群体及其继承人,从马尔克斯到波拉尼奥,无不以其作品英译牢牢地吸引住英美读者的兴趣。而日本当代作家村上春树作品英文版则一部接着一部进入英美最畅销小说行列,其新作

---

① Venuti, L. *Translation Changes Everything: Theory and Practice*. London: Routledge, 2013: 161.

《没有色彩的多崎作和他的巡礼之年》英译本目前在亚马逊图书销售排行榜上高居第四名。如果说《安妮日记》或"千禧年"三部曲的大红大紫还可以从同属西方文化的方向加以理解,出自政治倾向左翼的第三世界作家及用非西方语言创作的东亚作家之手的高雅小说可以在英语读书界叫好又叫座,其译文畅销程度甚至压倒绝大多数英文原创的虚构类图书,这些事实要求我们提出更有说服力的解释。

早在 1990 年,宇文所安(Stephen Owen)在他一篇题为"什么是世界诗歌?",以北岛《八月的梦游者》英译为主要对象的书评中就不经意地提醒中国诗坛必须正视想象的与真实的国际读者之间的巨大差别。他坦言英译诗歌的所谓"国际读者"其实就是"我们",即"西方读者",而且是比中国诗人想象的小得多的一个西方读者群体。这一群体虽有通过鉴赏外国诗歌领略异域风情的雅兴,却缺乏为真正了解其他诗学传统而付出艰辛努力的勇气。他们感兴趣的是那种使他们"骨子里觉得熟悉"(essentially familiar)同时又因为带有某些地区色彩及异域主题而略显陌生的译诗。宇文所安还认为这些"国际"读者"所寻求的绝非诗歌本身,而只是用以观察其他文化现象的窗口"。他们对"异域宗教传统或政治斗争"所表现出的兴趣因时而异,说到底不过是此起彼伏并且"转瞬即逝"的"西方时尚"而已。①这些论述虽然不过是一位行家居高临下的观察及印象式归纳,远非系统全面,却不无其深刻的洞察及启发,提醒我们切不可想当然地将异域受众的文学趣味、美学价值、诗学原则或意识形态取向普世化,使我们意识到诉诸"国际受众"的一个重要前提是深入了解以美国为代表的西方读者对翻译文学的真实心态、期待及接受标准。

--------

① Owen, S. What is world poetry?. *The New Republic*, 1990-11-19.

　　然而,即便是"[外国]文学作品的美国读者"这个小众也还是极为多元复杂的一个群体,如何准确把握依然是个难题。就应对这一挑战而言,研究南美文学的美国学者萨拉·波拉克(Sarah Pollack)的一个观点对我们颇有启发。在一篇探讨波拉尼奥《荒野侦探》何以在美国受追捧的论文中,波拉克回顾了南美文学作品进入并高踞当代世界文学要津的历史性进程,并将《纽约时报》读书栏目及美国著名媒体人奥普拉·温弗瑞的"读书俱乐部"确认为这一进程的两个关键推手。① 《纽约时报》每年年终发布的该年度"值得一读"(notable)及"最佳"书单被美国读书界看成是衡量当年英文版新书质量的最具公信力的指标。奥普拉则是美国图书的"终极推荐者"及销售奇迹的创造者。她在自己的读书俱乐部不定期推荐的几乎每一部书都跃入最畅销书籍行列。波拉克认为正是由于 20 世纪 70 年代以来以马尔克斯为代表的南美作者群体几乎不间断地荣登《纽约时报》的两榜,并难能可贵地得到奥普拉的青睐及"钦点",拉美文学才牢牢地攫住美国读者的兴趣并得以跻身当代世界文学阵容的前列。

　　由于这两个权威机构发布的书单与美国读者都在阅读、讨论哪些书相关度甚高,波拉克认为它们应"分别被看成是美国高层次读者及中间层次读者文学情趣具有代表性的反映",并进而得出"一般所称的'美国读者'正是在这两个读者群体的重合之处得到定位"的结论。尽管她所说的"美国读者"并非是在详尽统计数据的基础上做出的科学界定,而仅是"决定书籍的接受及发行的诸多因素的人格化"②,《纽约时报》及奥普拉的书榜囊括了几乎所有受

---

① Pollack, S. Latin America translated (again): Roberto Bolaño's *The Savage Detectives in the United States. Comparative Literature*, 2009, 61(3): 346-365.

② Pollack, S. Latin America translated (again): Roberto Bolaño's *The Savage Detectives in the United States. Comparative Literature*, 2009, 61(3): 347.

到重要媒体关注、广为阅读及讨论因而对公众精神文化生活发挥重大影响的严肃文学作品却是毫无疑义的。《纽约时报》的书单中虽有不少明显出于政治考虑的选择或经不起时间考验的作品,但却包括了几乎所有随后成为经典的作家及其小说。奥普拉的读书俱乐部自 1996 年创建以来向公众不定期推荐的约 70 部书则以总销量超过 5500 万册①的纪录在普及严肃文学作品方面发挥了无与伦比的作用。一部译作如能被列入两机构发布的不管哪一份书单,都意味着其在英语文学体系内赢得足够多的热情读者并得到英美读书界的认可。这并不容易做到,但也并非不可能。进入 21 世纪以来名列《纽约时报》已发布的 14 份年度书单的文学译作不过 43 部(约 3%),其中译自法语、德语的作品分别有 6 部和 5 部,但译自拉美作者的西班牙语作品多达 7 部。就同期上榜的原文本作者看,波拉尼奥、村上春树各以 3 部入选并列第一,帕慕克也有 2 部作品入选。绝无仅有的一部中文英译却是源于海外,并在简介中被誉为"一份重要的政治声明"。译作在奥普拉推荐书目中约占十分之一。其中既有当代德国作家施林克的《朗读者》,也包括托尔斯泰的经典作品《安娜·卡列尼娜》,而拉美文学英译以 3 部作品受推荐而同样独占鳌头。中国作品英译无一入选。

译作在这些书榜中所占的比例及按语言、国别的分布与我们所了解的"世界文学"现状的确高度契合,这也提升了波拉克观点的可信度。认真研读榜上的文学作品尤其是其中的译作,仔细琢磨它们都以什么理由入选,将使我们具体地感受到中国文学作品在海外必然面对的真实"国际读者",了解什么样的英译文学作品才符合这一类读者的期待,从而对如何为中国文学英译争得在接

① Minzesheimer, B. How the "Oprah Effect" changed publishing. (2011-05-22) [2014-10-25]. http://usatoday30. usatoday. com/life/books/news/2011-05-22-Oprah-Winfrey-Book-Club_n. htm.

受体系中的"活跃存在"心中更加有数。不过,在强调这些书单或书目体现了美国中、高层读者情趣因而具有极大"代表性"的同时,波拉克并未进一步探讨它们究竟是如何产生的。她在结论中所用的"代表性"这个关键词似乎意味着美国读者一般都凭自己的个人兴趣及爱好独立地评估并选择自己要看的书,而《纽约时报》及奥普拉正好由于把准了他们的脉而成为他们的"代表"。

事实并非如此。《纽约时报》在发布年度书单时清楚说明所有入选作品都是从自己当年的书评对象中选出的。这意味着一本书除非该报先已刊发书评,否则连得到考虑的机会都没有,遴选完全是基于某种机构性主观判断。例如,上文提及的拉森的"千禧年"三部曲就被排除于相关年份的榜单之外。奥普拉更是公开表示入选其俱乐部推荐书目的都是她自己特别喜爱的作品。这从她对每一部书的推荐词便可看出。例如,书目中唯一一部跟中国有关系的作品——赛珍珠的《大地》所附的推荐词写道:"对我来说,阅读赛珍珠的文字就像是阅读诗歌。我实在太喜欢她的词语所传递的那种含蓄的韵律。这些文字让我们生动地领略到书中人物的淳美以及古老中国文化带有的那种严苛的神秘感。"这些事实使我们意识到两家机构所推出的书单与其说是美国中、高层读者情趣及偏好的表达,不如说是旨在影响及形塑这些读者的阅读态度,引领与规范美国阅读实践的权威意见。换言之,这些发布其实是书评以另一种形式的延伸,除了可能更具影响力及号召力之外,跟书籍护封上的名家评语及通过报刊、电视、网络、沙龙、社交会话等渠道发表的关于(读)书的其他各种意见没有本质上的区别。

理解这一点促使我们进一步思考另一个相关问题:《纽约时报》的机构性意见及判断究竟从何而来? 是其读书栏目编辑的个人意见吗? 即便是,这些编辑的个人意见又源于何处? 常识告诉我们这里所称的"个人意见"不可能是作为个体的读者在一个舆论

真空中独立产生的。称职的读书栏目编辑不仅看书,更大量阅读
跟书相关的信息尤其是评论。他们最终以报社名义发布的书单必
然是在比较、权衡、汲取、扬弃各种流通中的评论意见,包括他们特
地征求的社外专家意见之后做出的抉择。而他们的书单反过来又
成为其他编辑、书评家及读者形成自己意见及选择的重要参照及
依据。事实上,上文提及的通过不同渠道以各种形式发表的评论
并非孤立存在,而是交织互动,相辅相成,融汇成美国公共话语中
一个具有特殊形构及功能的意见网络。正是在汇集于这一网络的
各种涉书观点相互参考、冲突、烘托、制衡而造就的舆论氛围内,个
体读者——从书店顾客、图书馆借阅者到媒体读书栏目的编辑及
书评作者、出版社聘用的文稿审阅者乃至奥普拉本人——形成了
其阅读动机、倾向、期待、解读策略及评价标准。流通于这一网络
的意见当然并不平等。它们处于不同层次,享有不同声望、影响力
及号召力。但即便那些评析判断被引为世范的所谓读书界"意见
领袖"首先也还是受制于该网络的读者。他们的书评归根结底生
成于他们与之形成反馈回路(feedback loop)的同一舆论环境。奥
普拉被誉为"美国最孚众望的读者"①并非没有来由。

## 三、涉华国际译评与中国文学作品的边缘化

有鉴于此,我们的注意力便要从貌似具体实则抽象的"读者",
转向在接受文化语境中形塑着公众的日常阅读习惯、阐释策略及
价值判断,范围有限并易于观察的"有影响书评"——那些通过权
威平台发布、具有极大公信力因而实际上发挥着舆论导向功能的

---

① Minzesheimer, B. How the "Oprah Effect" changed publishing. (2011-05-22)
[2014-10-25]. http://usatoday30. usatoday. com/life/books/news/2011-05-22-
Oprah-Winfrey-Book-Club_n. htm.

意见,因为中国文学作品英译除非赢得英语读书界有影响的书评家的正面评析及解读,几无可能在英美读书话语网络中引起广泛兴趣及议论,使一般读者产生必欲一阅而后快的冲动及从中得到富有意义的阅读经历的热切期待。不管我们是否意识到这一点,赢得书评舆论是中国文学走向世界的一个关键前提。以这一前提为参照观察涉华文学译评,便可更清楚地看到当前问题之所在。甚至出于英美知名译者之手的中国名家诗歌、小说都集体缺席《纽约时报》及奥普拉俱乐部好书榜单(以及其他书评机构的类似发布)。这一事实给英美读书界的间接提示是中国文学作品不在精品出版物之列,谈不上"值得一读"。面向各界精英的英美高层次刊物上极少刊发主要从文学角度谈论中国作品的书评。偶尔一见的重量级涉华文学书评,如上文提及的宇文所安《什么是世界诗歌?》及美国备受尊崇的小说家及书评家约翰·厄普代克(John Updike)2005年以"苦竹:两部中国小说"为题在《纽约客》上发表的书评,所提供的评价意见及引导效果也大都与上述榜单异曲同工。

宇文所安在美国高层次政治、文化综合刊物《新共和》上刊发的书评以杜博妮(Bonnie S. McDougall)译北岛诗集《八月的梦游者》为切入点,全面审视了"五四"以来的中国新诗创作,得出"这些诗作总体上不过是山寨版欧美诗歌"这一尖锐结论。用他自己的话说,"我们——英美或欧洲的'国际受众'——所读到的[由中文]翻译过来的诗歌说到底都是[对方]在阅读我们自己的诗歌遗产的基础上产生的",因而"只是英美或法国现代主义诗歌的一个版本"而已①。这篇影响深远的书评把随西方坚船利炮一起进入中国的欧美浪漫主义诗歌确定为中文新诗的源头,认为浪漫主义诗作最

---

① Owen, S. What is world poetry?. *The New Republic*, 1990-11-19: 28-29.

初的中国译介者不仅对源语理解不到位,对产生这种诗歌的文化及文学史更是懵懵然,造成随后的新诗写作者相信浪漫主义诗人着力宣扬,但任何对英诗有真正理解的人都不难看透的一个"神话",即这一流派的创作模式将使诗人得以摆脱历史的羁绊,无拘无束地创造出全新的"纯诗"。中国新诗作者将"本质上不过是一个地方传统"的欧美诗歌创作当成是普遍模式,未能觉察到在他们所尊奉的写作规范或所采用的日常意象的背面都有着欧洲文学史投下的浓重阴影。不加质疑地接受浪漫主义诗歌对直抒胸臆及纯粹性所做的虚假承诺导致"滥情及作态"成为"现代中国诗歌的痼疾"。诗作者往往违背诗歌用字应植根于单一而独特的语文传统、精准到无一字可替换的传统原则,转而采用"可替换"(fungible)的词语及取材于"被频繁地进、出口,因而翻译起来全不费功夫的具体事物"的"普遍意象"。中文诗作"并不注重词语的格度、词汇的独特性,以及[字句的]音乐效果",只是经过像杜博妮这样"有才华的译者"的再创造,译文读起来才不再是毫无章法地堆叠着"可替换意象"的"世界诗歌",而是有章法有韵律的"真正的英语诗歌"①。

这些描述是否公允姑且存疑,但宇文所安的看法对美国乃至英语世界读者产生的影响却可想而知。当西方首屈一指的当代汉学家,而且是专攻中国古典诗歌及传统文论的专家告诉大家中国现代新诗不仅谈不上有值得称道的原创性和中国特色,甚至连对诗歌的一般技术性要求都未能充分满足,谁还有兴趣阅读这些最多不过是英诗"高仿"的译文呢? 相似情况也发生于当代中国小说。由于意识到中国是"代表着未来的国家",但其文学在西方却静默到令人觉得有些不正常,厄普代克在其漫长写作及书评生涯

①  Owen, S. What is world poetry?. *The New Republic*, 1990-11-19: 28, 32.

接近尾声时特地就莫言《丰乳肥臀》及苏童《我的帝王生涯》两书的英译在美国发表了长篇书评。按理说这是中国小说引起西方读书界重视的一个难得的转机。然而,该书评对小说读者产生的影响却类同于宇文所安的文章对诗歌读者提供的导向。

这位为几乎所有 20 世纪世界文学大师写过书评并以谅察著称的大批评家对待上述两部作品虽然假以辞色,其剖析却是异乎寻常的严厉。出于自己秉持的文学及美学原则,他对两部译作的许多表达手法——从苏童在作者导言中使用的那种"满不在乎、略带点浮浪腔调的口吻"(shrugging, dandyish tone),散落于莫言全书的那些"不着边际"(far-flung)、"余裕而多动"(abundant and hyperactive)的隐喻,到两位作者"对有关性事、分娩、疾病及残杀的描述细致入微、随心所欲,而且显得乐在其中"(cheerfully free with the physical details that accompany sex, birth, illness, and violent death)——深表不以为然。他认为莫言小说据称揭示的"人类退化及中国人性弱化"等道德寓意"被书中当作笑料描述的凶残及由乳房撩拨起来的邪念所屏蔽,可能很难被感受到"(amid so much slapstick mayhem and mammary lewdness, this moral risks being lost)。这样的作品使"读者"看完后感到"精疲力竭",唯一留下的印象是"中国人上个世纪遭受了毁灭性灾难"及中国自古以来就是一个"熔屠杀、酷刑、饥荒、洪灾及惨无人道地让农民大众过度劳作于一炉的炼狱"。①

厄普代克并不把所有这些问题都归咎于原作者,而是认为译者同样必须为小说的糟糕阅读效果负责。例如,他觉得"苏童病态的奇思怪想被刻意涂上一层优雅的不透明漆(Su Tong's morbid

---

① Updike, J. Bitter bamboo: Two novels from China. *The New Yorker*, 2005-05-09: 84-87.

fantasia wears an opaque lacquer of willful elegance),使读者怀疑原著中应该有太多的内容在翻译过程中丢失了"。他从苏童作品的译文中挑出一些特别碍眼的句子,认为其中一些给读者的感觉是"葛浩文教授准是在逐字翻译汉语原文",而另一些句子的"英语表达陈腐得未免太过分了"。紧跟着这些负面评论的一句充满讥讽的归纳——"但是葛浩文所下的这些苦功跟他在翻译莫言时花费的心血比起来简直算不得一回事"——更具杀伤力,使得信任其判断的潜在读者尚未接触《丰乳肥臀》就把整部小说的翻译想象得比实际情况更加不堪,并因此打消了原来可能有的阅读兴趣。①

　　假如这篇重磅书评在英美乃至西方读书界释放的负面影响仅及一两部英译中国小说也就罢了,问题是厄普代克在文中显然有意无意地将这两位作者与"中国作家"、将这两部作品与"中国小说"、将葛浩文的翻译与西方对中国文学作品的译介等同起来。例如,他在文中提及著名华裔美国作家谭恩美(Amy Tan)1993 年时有关莫言将会步昆德拉及马尔克斯后尘"用自己的声音赢得美国读者之心"的预言,然后不温不火地回应道,"话是这么讲,但这可是一颗老韧坚致的心,中国人要想攻破恐怕还早了点"("Well, that's a tough old heart, and I'm not sure the Chinese are ready to crack it yet";译文着重号为本文作者所加,下同)。在谈到书中对具有文化敏感的事物描述起来全无顾忌时,他调侃道,"中国小说可能由于未曾有过类似维多利亚［时代英国小说］全盛期那样的［非礼勿写的］经历,尚未学会表达上的节适"("The Chinese novel, perhaps, had no Victorian heyday to teach it decorum")。在指出美国读者几乎听不到中国大陆文学发出的声音之后,他形

---

① Updike, J. Bitter bamboo: Two novels from China. *The New Yorker*,2005-05-09: 84-87.

褒实贬地补充说"美国对当代中国小说的翻译看上去像是葛浩文一个人的孤独领域"①。这些过度泛化的表述加深了英美读者对中国文学尤其是小说作为一个整体先入为主的成见,使他们在想象及估量所有英译中国文学作品时不能不囿于某个预设的框框。即便是有更多的理由对中国小说感兴趣的谭恩美也不能自外。

谭恩美在发出上述关于莫言的预言二十年后曾接受《纽约时报》读书栏目采访,其回应颇值得玩味。她开出的"最喜爱小说家"名单虽然包括哈维尔·马里亚斯(Javier Marías)这样有多部作品被翻译成英语的西班牙作家,却未列入任何作品同样被译为英语在境外流通的中文作家。被问及她最喜欢的中国文学经典,谭恩美的选择是《金瓶梅》。当进一步被追问在她看来谁是"当代最优秀的中国作家"时,谭恩美以"仅读过译文,没有充分资格做出判断"为由避免正面回答。谈及莫言时,谭恩美乐观不再,仅称"读过[他的]几部小说",还提到他获诺奖后因立场问题引发了一阵子国际"大批判",代表作被斥为"不管是主题还是文风都很粗鄙"。谭恩美虽然对此提出含蓄的批评,称"就奖项而言,文学价值看起来只不过是按照作者的政治作为或不作为做出的浮动计算",她对英译中国文学的总体视角、态度及评价跟由宇文所安、厄普代克等人定下基调的涉华读书舆论并无二致。②

谭恩美尚且如此,其他英美读者受制于这一舆论的程度就更可想而知了。致力于译介现当代中国文学作品的著名翻译家蓝诗玲(Julia Lovell)在发表于《卫报》的一篇题为"大跃进"的著名评论中就从译者的角度强调了这一状况的严重程度。据她介绍,"中国

---

① Updike, J. Bitter bamboo: Two novels from China. *The New Yorker*, 2005-05-09: 84-87.

② Tan, A. An interview with Amy Tan. *The New York Times*, 2013-11-17 (BR9).

文学作品不具阅读、出版价值"的偏见在从出版商到读者的整个英国图书行业大行其道。大出版商因中国现代文学作品"知名度低，被普遍认为缺乏文学价值，难以吸引读者"而对出版这类书极为"谨慎"。主流出版社即便偶一为之，"似乎也先已认定所出版的作品谈不上有多少文学价值"，因而"几乎不花什么心思为翻译把好质量关"。低劣的译文质量反过来又强化了上述偏见并使一般读者及出版界同行"更加自认为不理会中国近期的文学作品并不会招致什么损失"。沈从文、钱锺书及莫言等人对英国读者而言都不过是陌生的名字。①

### 四、倾听，参与，干预：我们应该如何应对国际涉华译评

蓝诗玲在英国主流媒体上对这一现象的揭发批评表明在英美涉华文学书评网络中存在着不同的声音。事实上，从事现当代汉英文学翻译的英美人士理所当然地不会认为自己翻译的作品缺乏阅读价值，因而必然对西方有关英译中国文学作品的主流看法持异议。例如，葛浩文在厄普代克谢世后曾反唇相讥，称厄氏不喜欢莫言和苏童只能令人替他感到遗憾，因为这表明他"对于什么是优秀文学作品持一种狭隘、死板的观点"，"错过了扩展[自己的]视野，进入一个不熟悉的文学领域的机会"。葛浩文提醒大家正是"译者使全球读者得以接触到文学珍品，这些珍品以多种方式丰富了人们的见识，包括使人们意识到关于文学性有许多不同的观念，而这些差异值得我们肯定"②。又如，汉学家兼汉英文学翻译家陶

① Lovell, J. The great leap forward. (2005-06-11)[2014-10-25]. http://www. guardian. co. uk/books/2005/jun/11/featuresreviews. guardianreview29? INTCMP=SRCH.

② Goldblatt, H. A Mi Manera：Howard Goldblatt at home：A self-interview. *Chinese Literature Today*, 2011, 2(1)：97.

忘机(John Balcom)就北岛《古寺》一诗在《翻译评论》(*Translation Review*)发表专文详细阐释,间接反驳了宇文所安的观点,强调不管从风格还是结构看,北岛(以及其他中国当代诗人)的创作都是对中国诗歌传统的承继。在他看来,当代中国新诗的朦胧性可以追溯到唐代诗人李商隐、李贺甚至杜甫的"幽奥"诗风,新诗作遵循的是"起承转合"这一拓展主题的方法规范。①

然而,在对西方涉华译评的主流观点提出挑战的同时,英美文学翻译家不仅因为身为译者而难免会让人觉得不如纯粹书评人或读者那样中立,还往往因为身处这一舆论氛围而不得不深受其影响。蓝诗玲的文章是受《围城》英译本于 2005 年被收入"企鹅经典"文库的鼓舞而写的。她虽然将《围城》的入选看成是英美主流出版界对待中国文学态度上的一个"大跃进",但是对该书及其译本的评价却与自己所批评的俗见略同。蓝诗玲批评企鹅文库采用的译本,认为它"老旧而没有什么神采",未能再现原著"炫目的犀利机锋"(the dazzling, spiked wit),对话译得尤其"木讷而不自然"。她进一步将原文本即中国现代小说经典《围城》描述为"突出存在着一般处女作在驾驭文字及情节方面往往难以避免的败笔","突兀的类推及旁白出现得有点过于频繁,妨碍了叙事文字的流畅,给人的印象是作者为自己那股玩世不恭的机灵劲儿所倾倒,几乎无法克制自我赞赏的流露"(the flow of the prose trips a little too frequently on Qian's pointed analogies and asides, as if he can't quite suppress his admiration at his own cynical cleverness)。② 如此这般的评析除了为"中国文学作品低价值论"再加一脚油门,打消《围城》潜在读者的阅读兴趣,还能有什么语用效果呢?

---

① Balcom, J. On a poem by Bei Dao. *Translation Review*, 2005, 70(1): 49.

② Lovell, J. The great leap forward. (2005-06-11)[2014-10-25]. http://www. guardian. co. uk/books/2005/jun/11/featuresreviews. guardianreview29? INTCMP=SRCH.

　　葛浩文也未能免"俗"。这位被誉为"对中国文学有精深研究的汉学家"及"帮助中国文学[作品走向世界]的'接生婆'"对中国小说的整体评价并不高。在他看来,中国小说大都由"情节及动作驱动""几乎没有对人物内心的剖析""人物形象缺乏深度""不管是表现形式还是内容都同一化,缺乏多样性",因而在西方尤其是美国,甚至不如印度小说或越南小说受欢迎。谈及中国新一代作家,葛浩文的印象包括"人物刻画尚未成为他们最为注重的追求"及"对轰动效果的追求总不过时,而精准选用具有艺术效果的语言仍是一个遥不可及的梦想"。[①] 甚至他自己翻译的名家作品也未能全部赢得他的美言。例如,他对自己所译的《浮躁》及其作者贾平凹的看法远非正面,认为该书"多数内容冗长乏味",叙事用了"过多令人伤脑筋的方言土语"[②]。这些评论除了豁免译者理应承担的责任之外,与厄普代克对中国小说的总体看法及所产生的效果不见得有明显区别。

　　尽管如此,译者针对权威书评意见提出的异议还是表明英美的读书意见网络并非完全封闭固化,仍存在着通过讨论及争议影响并改变其舆论氛围的空间。这一发现不能不使我们对阻碍着中国文学走向世界的一种真正的"缺席"有所警觉,即中国相关作者、媒体及学界在事关中国文学作品翻译在海外命运的国际读书舆论中几乎完全失语。除个别例外,中国作者以"非常合作"著称于国际出版界。莫言对作品被美国出版社"删去十分之一,甚至八分之一"毫无意见,因为"反正我看不懂"。美国编辑认为《手机》开头的倒叙影响到译文的可读性,因为美国读者"想要看的是现在发生的

① Goldblatt, H. A Mi Manera: Howard Goldblatt at home: A self-interview. *Chinese Literature Today*, 2011, 2(1): 97-104.

② Goldblatt, H. Review of narrating China: Jia Pingwa and his fictional world. *China Review International*, 2006, 13(2): 517.

故事",作者刘震云连问一问倒叙是否也被美国作家广泛应用都没有,就欣然同意出版社对其作品的叙事顺序做出调整。毕飞宇更是愿意改掉任何"触犯了英语读者"的字句。①这种"好脾气"的代价是中国作者集体放弃了一个与英美译者和编辑深入讨论自己的创作手法以求得英语读者理解及欣赏的契机。

按理说,关注域外涉华书评并利用各种机会促使其朝着重视及积极评价英译中国作品的方向演变,应是全球化时代中国比较文学研究的主要兴趣之一,但事实并非如此。再以宇文所安为例。相关领域的中国学者非常熟悉这位汉学大师,对他的学术观点及话语实践也表现出极大的研究兴趣。但即便是在以他为研究对象的学术论文中,人们看到的大多是"他的翻译观念和翻译策略……提供了大有裨益的启示"②及他"把译诗的审美效果发挥到最佳状态……是文学翻译和文化翻译的典范"③一类的评价,至于其有关中国诗歌(包括古典诗歌)翻译及现当代诗歌创作影响深远的理论归纳,则未见具有理论深度的讨论及商榷。宇文所安这一级别的学者感兴趣的或许不是溢美之词,而是学术对话的伙伴。就中国学者而言,对他表达敬重的最好方式恰恰是像陶忘机那样,就其观点提出不同看法,以期通过"疑义相与析"影响这位涉华译评权威的视角,并通过他逐步消解西方对中国文学作品的某些成见。

陶忘机坚持认为中国新诗承继了自唐宋以来的诗歌传统,而不是像宇文所安断言的那样,派生于欧美浪漫主义,与本土传统完全割裂。但应该指出的是,陶自己关于当代中国诗歌主流是按传统的"起承转合"结构模式发展主题的观点,不仅颇有可议之处,并

---

① 李文静.中国文学英译的合作、协商与文化传播——汉英翻译家葛浩文与林丽君访谈录.中国翻译,2012(1):59.

② 朱易安,马伟.论宇文所安的唐诗译介.中国比较文学,2008(1):43.

③ 魏家海.宇文所安唐诗英译诗学三层次.天津外国语大学学报,2013(3):36.

且在实际上给西方读者一个印象,认为中国新诗创作囿于固定格套因而缺少形式创新。就此,至今照样没有人提出过异议。的确,翻译研究界对涉华英美翻译家除了表达欣赏与钦佩,从技术层面对其译作是否忠实于原文提出些许批评,或对极个别译者的意识形态取向提出质疑之外,未见通过认真的对话,讨论其译作如何真正做到"接地气"——真正使广大国际读者觉得来自中国的这些文学作品紧扣他们的关切、兴趣及思考并为自己梳理面对的人生难题提供一个新鲜视角。

中国的翻译学者假如主动发起与英美相关译者的这种对话,就将有机会提醒后者除非国际读书界对中国文学的总体看法及评价得到扭转,期待主流出版商、媒体尤其是读者会真正重视、欣赏他们所翻译的个别作品并不现实。可以和他们共同探讨的话题还包括目标读者的定位以及对待这些读者应取的态度。不少英美译者同时也是学者,他们对国际受众及其品位的把握是否准确,是否有利于中国作品赢得众多热情的读者,我们有理由感到疑虑。例如,当译作在公共领域被书评家及读者冷落时不是反躬自省,而是指责读者偏狭、不懂得欣赏译者为他们奉献的"珍品"、不理解文学的"多样性"、不宽容"差异"等等,效果恐怕适得其反。我们或许还可以建议这些译者在选择及推介中国作品时避免按照西方时兴的"政治正确"要求,以作者的意识形态取向作为"卖点"。因为正如宇文所安指出的那样,这一取向只迎合了读者对异域政治或宗教的某种"转瞬即逝"的"时尚",偏离了文学和文学翻译的宗旨。其实,只消看看奥普拉为其俱乐部选择的每一部译作撰写的推荐词,人们就不难理解一般美国读者真正感兴趣的严肃文学作品大体上属于哪一类型。例如,关于《霍乱时期的爱情》,她写道:"这是我读过的最伟大的爱情小说之一。……通过如此优美的文笔,它真实地将你带到一个不同的时空,使你不能不扪心自问对于爱自己还能够,或者还愿意等多久。"又如,关于《朗读者》,她的评语是:"这既是一则关于德国人罪恶及救赎的寓言,也是一个震撼人心的爱情故事。作为文学作品,它以其复杂的心理分析,对道德内在矛盾的精微体认以及含蓄隽永的风格而令人难以忘怀。"英美译者在选译中国文学作品时是否考虑到这一范型呢?他们又是否认真对待体现于厄普代克等人的书评尤其是译评中的高层次读者的期待呢?

有着这么多我们亟应提出来与英美译者商讨的话题——这个事实本身对中国译学界来说就不能不有所触动。假如出于技术上的考虑,现阶段中国文学作品英译可以"外包"给英美译者以最大限度地保证译本具有"可被激活"的潜质,激活这些作品,使之以"流通及阅读"双模式"活跃地存在"于世界文学体系则是一个若无中国作者、学者的主动参与很难圆满完成的复杂工程。这里所说的"主动参与"并非是一个空洞、不切实际的口号,而是一个在现有条件下即可付诸实施的行动纲领。正如上文已经粗略阐述过的,在一般意义上的翻译质量得到保证的前提下,我们应将注意力转向国际文学评论尤其是译评,从倾听这一意见网络中书评者与潜在读者及其他相关各方之间的"对话"开始,一步一个脚印地为自己争得"插话"乃至"正式发言"的资格及机会,最终作为利益攸关方在国际涉华文学译评中发出引人侧耳的声音。

具体地说,我们可以主要从五个方面入手,逐步达到影响并改变涉华书评舆论这个关键目标:(1)审视国际上尤其是在欧美"叫好又叫座"的非通用语言文学译作,破解其成功的"密码";(2)剖析那些发表于权威媒体平台、具有广泛影响力及巨大号召力的国际译评,深刻领会体现于其中的情趣、品位、标准及期待;(3)以实际上指导着国际读者选择、解读、评价文学译作的标准为参照,直面并反省中国文学作品翻译何以未能在世界文学体系中脱颖而出的根本原因；(4)在对这些原因心中有数之后,促成我国作者、国外中国文学作品译者及国内翻译研究、比较文学等相关领域学者坐到一起,共同探讨什么是最有利于中国文学走向世界的"有效翻译";(5)先以"读者来信"、跟帖等形式回应发表在权威国际媒体上的涉华文学译评,然后逐步争取在这些平台上针对新出版的中国文学译作发表替代性解读及评论,就如何理解、欣赏作品在接受体系内所具有的相关性及艺术价值直接诉诸欧美读书界。

　　这里列出的几点都是我国学界通过努力可以办得到的事情。只要译学研究携手世界文学及比较文学乃至中国文学等兄弟领域,按照上文勾勒的路线图分工合作,译入其他语言的中国文学作品在相应接受体系内必然会从物理意义上的惰性流通开始朝着文化、精神意义上的活跃存在转化,而中国文学融入世界文学主流也将不再是一个遥不可及的愿景。

　　*本论文的部分研究为香港城市大学战略研究项目(项目编号：7004323)的成果。*

　　*(刘亚猛,福建师范大学外国语学院教授；朱纯深,香港中文大学(深圳)人文社科学院教授；原载于《中国翻译》2015年第1期)*

# 从莫言英译作品译介效果看
# 中国文学"走出去"

鲍晓英

中国文化"走出去"是国家战略,译介中国文学是实现中国文化"走出去"的途径之一。①当前,一方面,中国文化迫切需要"走出去",国家设立了数十个中国文学译介工程;另一方面,中国文学译介作品在域外接受情况不容乐观,译介效果不佳。

译介学认为翻译是跨文化传播行为,通过翻译促使文学"走出去"不是简单的文字翻译而是译介,翻译文本的产生只是传播的开始,在它之前还有选择谁翻译和译什么的问题,在它之后还有"交流、影响、接受、传播等问题"②。翻译文本能够进入异域阅读层面,赢得异域行家的承认和异域读者的反响才有译介效果③,译介效果是衡量翻译行为成败的重要标准。

中国文学要"走出去"达到译介效果就是要让中国翻译文学作品进入译入语社会,得到传播,为其接受并产生影响,这对于不属

---

① 鲍晓英."中学西传"之译介模式研究——以寒山诗在美国的成功译介为例.外国语,2014(1):68.

② 谢天振.译介学.上海:上海外语教育出版社,1999:11.

③ 吕敏宏.中国现当代小说在英语世界传播的背景、现状及译介模式.小说评论,2011(5):1.

于世界主流的中国文化和文学来说无疑是一项十分艰巨的任务。中国文学译介如何达到译介效果已经成为研究的焦点问题。莫言是中国当代文学领军人物、诺贝尔文学奖获得者,其英译作品译介效果如何,其经验和教训可以为中国文学"走出去"提供有益的参考。

## 一、译介效果

### (一)译介效果的重要性

传播效果指传播者发出的信息,通过一定的媒介到达受众后所引起的受众思想行为的变化[①],只有传播信息到达受众、被受众接受,传播才有效果。没有传播效果的传播行为是毫无意义的,传播效果是检验传播成败的关键。

拉斯韦尔传播模式认为传播由谁说、说什么、通过什么渠道、对谁说、取得什么效果,即"传播主体""传播内容""传播途径""传播受众"和"传播效果"五大基本要素构成。[②] 五大要素中,效果研究是最受重视的部分,研究传播、探讨传播规律,都是为了提高传播效果。[③]

文学译介是文化传播行为,同样包含拉斯韦尔传播模式中的五大要素,即文学译介包含"译介主体""译介内容""译介途径""译介受众"和"译介效果"五大要素。译介作品若到达不了译介受众并为其接受从而产生影响,翻译就达不到传播文化的目的,就没有译介效果,译介行为就失去了意义,对译介主体、内容、途径、受众

---

① 田中阳.大众传播学理论.长沙:岳麓书社,2002:164.
② 郭建斌,吴飞.中外传播学名著导读.杭州:浙江大学出版社,2005:116-125.
③ 张鑫.大众传播效果研究新论.湖南社会科学,2013(1):110.

的研究归根到底是为了提高译介效果,译介效果是检验翻译活动成败得失的重要标尺。

就中国文学译介效果来说,全球化使得处于世界体系顶端或中心的文学加速向全球传播,而处于世界体系边缘的文学则在"向心"传播中阻力重重。①许多西方受众对中国文学还停留在中国文学是"枯燥的政治说教"等负面的认知和判断上②,英语世界的中国作家翻译作品销量若能"成功"地达到两三千册的指标已属不俗③,2014年"镜中之镜:中国当代文学及其译介研讨会"上,葛浩文指出中国文学在西方,地位还没日本、印度甚至越南高。中国文学向西方的译介尚未达到译介效果。中国文学如何在当代西方强势文化影响下对外传播并达到传播效果,已成为不得不思考的问题。④

## (二)影响译介效果的因素

影响文学译介效果的因素有很多,概括来说,译介效果深受译介过程中译介主体、译介内容、译介途径、译介受众等要素的影响。

### 1.译介主体

译介主体是指"谁"翻译,探讨的是译者问题。译者的作用并非单纯是提供译本,译者要在原作者、编辑、赞助人等关系中进行沟通协调,要和商务人士、谈判人、外交家一样,做文化间交往的"中间人"。⑤ 读者对译介主体的认同程度对译本的接受与传播效

---

① 孙艺风. 翻译与跨文化交际策略. 中国翻译,2012(1):19.

② Lovell, J. The great leap forward. (2005-06-11)[2014-10-25]. http://www. guardian. co. uk/books/2005/jun/11/featuresreviews. guardianreview29? INTCMP=SRCH.

③ 王侃. 中国当代小说在北美的译介和批评. 文学评论,2012(5):166.

④ 王俊燕. 影响中国文化融入全球化的原因探析. 阴山学刊,2011(4):100.

⑤ Pym, A. *On Translator Ethics: Principles for Mediation Between Cultures*. Amsterdam: John Benjamins Publishing Company, 2012: 31, 38, 120.

果也尤其重要。①译介主体认同度、知名度与可信度越高,取得的
译介效果会越大。

选择与确立中国文学"走出去"译介主体是影响中国文学"走
出去"译介效果的决定性要素之一。长期以来,承担中译外的任务
落到了中国本土译者肩上②,然而本土译者对外语文学创作功力
欠佳,对异域读者阅读习惯及文学出版市场缺乏深入了解,很难得
到国外行家和读者的认可。③目前,西方汉学家成了中国文学外译
从而得以传播的桥梁。西方汉学家作为译介主体,其知名度、可信
度,会在读者中产生心理学上的威信效应、自己人效应、晕轮效
应④,译介作品会更容易为读者接受从而达到译介效果。然而目
前,欧美文坛从事翻译工作的汉学家不到 20 人,翻译人才的缺乏
已成为制约中国图书乃至中国文化走向海外文化市场的最大障碍
之一。

### 2. 译介内容

译介内容指的是"译什么"的问题,它包括对原作者、作品以及
翻译策略的选择。选择贯穿于翻译全过程。葛浩文曾说"翻译最
重要的任务是挑选,不是翻译",梁启超曾呼吁"故今日而言译书,
当首立三义:一义,择当译之本……"⑤较之"怎么翻译","翻译什
么"是首要问题。⑥"挑选重于翻译"原则可以在最大程度上保障

---

① 王志勤,谢天振.中国文学文化"走出去":问题与反思.学术月刊,2013(2):22.
② 黄友义.中国特色中译外及其面临的挑战与对策建议.中国翻译,2011(6):5.
③ 吕敏宏.中国现当代小说在英语世界传播的背景、现状及译介模式.小说评论,
  2011(5):12.
④ 李春生.网络传播受众心理分析及对策.今日科苑,2008(10):219.
⑤ 郭延礼.中国近代翻译文学概论.武汉:湖北教育出版社,1998:227.
⑥ 许钧.论翻译之选择.外国语,2002(1):64.

翻译成品的可接受度及最终传播力和实际影响力。① 译介内容选择成功,翻译文本就会受到读者的青睐,就会取得较好的译介效果,反之传播就会遭到冷遇,达不到预期的译介效果。

目前我国文学作品的译出多着眼于典籍的英译,现当代文学读物的翻译相对滞后。同时,要达到跨文化传播的目的,译介的作品至少具备这两种要素:"普遍价值"和"地域特色"。②中国文学译介应该选择哪些作品译介、采用何种翻译策略才能达到译介效果越来越成为必须解决的问题。

### 3.译介途径

译介途径解决的是译本"通过什么渠道"传播的问题。传播渠道的多少决定了受众在一定时间范围内有多大可能性接触到信源国的文化信息。接触频率越高,时间越长,越有利于了解所传递的文化信息。③ 译本要走向国际市场,译介途径越多,译介受众接触译本频率越高,时间越长,越有利于得到其接受认同,越容易达到译介效果。没有多样化有效的译介途径,翻译文本往往逃脱不了自产自销的命运,达不到传播文化的译介效果。

多年来中国文化"走出去"的译介途径比较单一,主要包括本土出版社和国外书展,很不容易进入世界的传播系统④,海外营销渠道不畅是制约我国出版物走向世界的主要瓶颈⑤。如何有效地开拓译介渠道,是在文学作品译介促进中外文化交流中必须考虑的因素。

---

① 胡安江.中国文学"走出去"之译者模式及翻译策略研究——以美国汉学家葛浩文为例.中国翻译,2010(6):16.
② 刘意.从莫言获奖谈跨文化传播的符号塑造与路径选择.中国报业,2012(20):33.
③ 蒋晓丽,张放.中国文化国际传播影响力提升的 AMO 分析——以大众传播渠道为例.新闻与传播研究,2012(5):6.
④ 耿强.文学译介与中国文学"走向世界"——"熊猫丛书"英译中国文学研究.上海:上海外国语大学博士学位论文,2010:83.
⑤ 王珺.2012 年新闻出版"走出去"亮点解析.出版参考,2013(3):26.

4.译介受众

译介受众解决的是"对谁译"的问题。传播效果是根据受众的反应来进行评价的,传播者发出的信息如果不被受众接受,传播就没有效果。译介受众是翻译传播活动的对象和终点,是译介效果的具体体现者和最终实现者。对译介受众进行深入了解和研究,有的放矢地调整译介内容、传播策略等,才能提高译介效果。

中国文学"走出去"经常是将海外版权卖给国外出版商,一纸协议签过之后就什么都不管了,对海外读者的需求关注度远远不够。如何了解译介受众、如何根据受众情况调整译介策略等是中国文学"走出去"必须关注的问题。

## 二、莫言英译作品译介效果

### (一)莫言英译作品译介主体、内容、途径和受众

莫言英译作品译介主体是美国著名汉学家葛浩文。葛浩文被誉为"西方首席汉语文学翻译家",在国内外翻译界享有极高的知名度和声誉,是莫言作品在西方世界"落地生根、开花结果的接生婆"。

葛浩文在莫言 200 多部作品中选择了《红高粱家族》《生死疲劳》等 10 部小说作为译介内容,这些作品既具备世界文学普适性,又有着中国文学异质性,并采用了归化改写的翻译策略,正如戴乃迭所说,葛浩文"让中国文学披上了当代英美文学的色彩"①。

莫言作品译介途径多样:其作品最早走向国外是通过《红高粱》的电影拍摄;外国出版社是推动莫言作品走向海外的重要途径

---

① 赋格,张健.葛浩文:首席且惟一的"接生婆".南方周末,(2008-03-26)[2014-02-07].http://www.infzm.com/content/trs/raw/41155.

之一;莫言作品在海外有着较成熟的推广和代理机制,莫言是通过文学代理人桑德拉迪·杰斯特拉才接触到他的"伯乐"拱廊出版社创始人理查德·西维尔的;另外,参加国际书展、加入亚马逊等国际网络销售平台、进入西方主流报纸和学术杂志等大众传媒等都是莫言英译作品的译介途径。

就译介受众而言,葛浩文无论是在作品的选择还是翻译策略的应用上对莫言作品的翻译主要考虑的是西方普通受众的接受度。

### (二)莫言英译作品译介效果

#### 1.奖项

在海外获得奖项是莫言作品译介效果最直接的体现。莫言共有 100 多部不同类型、不同语种的作品在海外发行,作品被翻译成多种语言,是海外翻译出版作品最多的中国当代作家。莫言在国外获得过很多奖项,2000 年获得了法国"儒尔·巴泰庸外国文学奖",2004 年获得了"法兰西文学艺术骑士勋章",2005 年获得了意大利"诺尼诺国际文学奖",2006 年获得了日本"福冈亚洲文化奖",2008 年获得了美国"纽曼华语文学奖",2012 年 10 月 11 日获得了 2012 年诺贝尔文学奖,这些奖项证明了莫言作品的译介效果。

#### 2.世界图书馆馆藏量

图书馆馆藏量能衡量图书的文化影响力,被认为是检验出版机构知识生产能力、知名度等要素最好的标尺。[①]可以用藏有莫言作品的全球图书馆数量来衡量其译介效果。联机计算

---

① 何明星.莫言作品的世界影响地图——基于全球图书馆收藏数据的视角.中国出版,2012(6):11.

机图书馆中心(OCLC)是目前能够提供全球图书馆收藏数据的机构,全世界有近 100 个国家的超过 5 万家图书馆使用 OCLC 服务。

根据 OCLC 数据,表 1 列出了 2012 年 10 月(莫言获得诺贝尔文学奖之前)与 2014 年 4 月(莫言获诺贝尔文学奖一年半以后)莫言英译作品的世界图书馆馆藏量的对比。

表 1    莫言获诺贝尔文学奖前后其英译作品的世界图书馆馆藏量对比

| 书名 | 出版社 | 出版时间/年 | 世界图书馆馆藏量/家 | |
|---|---|---|---|---|
| | | | 2012 年 10 月 | 2014 年 4 月 |
| 《红高粱家族》 | 企鹅出版社 | 1993 | 644 | 659 |
| 《生死疲劳》 | 美国拱廊出版社 | 2008 | 618 | 668 |
| | | 2011(电子版) | | 244 |
| | | 2012 | | 358 |
| 《天堂蒜薹之歌》 | 企鹅出版社 | 1995 | 504 | 500 |
| | 美国拱廊出版社 | 2006、2012 | | 340 |
| 《丰乳肥臀》 | 美国拱廊出版社 | 2004 | 472 | 488 |
| | | 2011(电子版) | | 233 |
| | | 2012 | | 317 |
| 《酒国》 | 美国拱廊出版社 | 2000 | 398 | 412 |
| | | 2011(电子版) | | 179 |
| | | 2012 | | 248 |
| 《师傅越来越幽默》 | 美国拱廊出版社 | 2001 | 357 | 379 |
| | | 2011(电子版) | | 199 |
| 《变》 | 海鸥出版社(纽约) | 2010 | 101 | 266 |
| 《四十一炮》 | 海鸥出版社(纽约) | 2012 | | 545 |
| 《檀香刑》 | 俄克拉荷马大学出版社 | 2013 | | 487 |

从表1中可以看出,莫言获得诺贝尔文学奖后其作品的世界图书馆馆藏量有了一些变化:(1)几乎所有英译作品的馆藏量都有了增加;(2)2012年和2013年出版的莫言英译小说《四十一炮》和《檀香刑》非常迅速地分别被545家和487家图书馆收藏,说明莫言获奖后由于世界图书界对莫言及其作品的密切关注,其作品译介效果得到了很大提高。

### 3.专业人士受众量

专业人士在这里主要指西方翻译研究学术圈。在美国,翻译研究学术圈包括美国文学翻译协会(ALTA)、美国翻译协会(ATA)、美国口笔译研究协会(ATISA),它们分别于2013年10月在印第安纳大学、11月在得克萨斯大学和2014年4月在纽约大学举行会议。对参会的部分专业人士进行的关于莫言的问卷调查(并以2013年诺贝尔文学奖获得者加拿大作家艾丽丝·门罗做参照)可以考察莫言的影响力和其作品的译介效果。问卷问题为:(1)您听说过2012年诺贝尔文学奖获得者中国作家莫言吗?(2)您是在莫言获奖之前还是之后听说过他的呢?(3)您听说过莫言哪些作品?(4)您是通过哪些途径知道莫言的?(5)您听说过2013年诺贝尔文学奖获得者加拿大作家艾丽丝·门罗吗?

在对参加ATA会议的23人的调查中,所有人都听说过莫言,其中19人在莫言获诺贝尔奖之前听说过他,葛浩文、诺贝尔奖、学术会议以及书评是他们了解莫言的主要渠道;在对参加ALTA会议的28人的调查中,所有人都听说过他,并且其中25人在莫言获诺贝尔奖之前就听说过他,并且也是通过葛浩文、诺贝尔奖、学术会议以及书评了解莫言的;在对参加ATISA会议的31人的调查中,20人听说过他,其中6人在莫言获诺贝尔奖之前听说过他,诺贝尔奖和葛浩文是主要了解渠道。

从问卷结果可以看出,莫言在专业人士读者群中的知名度还是比较高的,葛浩文和诺贝尔奖是他们了解莫言的主要渠道。

### 4.西方主流媒体提及率

西方主流媒体提及率是衡量译介效果的一个重要参考。莫言很早就由西方主流媒体提及,如:《纽约时报》于 1995 年刊登文章《你几乎可以触及的乡村中国的"第 22 条军规"》,评价了莫言的《天堂蒜薹之歌》;《纽约客》于 1995 年刊登文章推荐《天堂蒜薹之歌》、2005 年推荐美国人阅读《丰乳肥臀》;《纽约时报书评》分别于 1993 年、2001 年、2008 年刊登文章评价莫言的《红高粱家族》与《生死疲劳》等;《华尔街日报》于 2000 年刊登文章评价了《酒国》;《泰晤士报文学副刊》分别于 1995 年、2000 年、2002 年评价了莫言的《天堂蒜薹之歌》与《酒国》;《出版人周刊》分别于 1993 年、1995 年、2000 年刊登了莫言作品《红高粱家族》《天堂蒜薹之歌》和《酒国》的出版预告并对它们进行了评论……

莫言获诺贝尔文学奖后,西方主流媒体对其及其作品的提及率有了很大的提高。2012 年 10 月 11 日莫言获奖这一天,莫言登上了许多西方媒体的头条,如:《纽约时报》刊出题为"莫言获诺奖让中国当代文学进入世界视野"的文章,详细介绍了莫言的代表作品;《华盛顿邮报》称莫言为亚洲和世界文学的旗手;《华尔街日报》讨论了《生死疲劳》和《丰乳肥臀》…… 之后,莫言及其作品的媒体提及率得到了提高,如《华尔街日报》(2012-10-12、2012-10-13、2012-10-16)、《纽约客》(2012-10-12)、《纽约时报》(2012-10-16、2012-10-19、2013-01-02、2013-02-03)、《出版人周刊》(2012-10-22)、《纽约时报书评》(2013-02-03)、《泰晤士报》(2013-03-01)、《泰晤士报文学副刊》

(2013-03-01)、《图书馆日报》(2013-03-01、2013-04-01)、《伦敦书评》(2013-08-29)等都刊登了文章,介绍评价莫言或莫言的作品。

5.普通受众数量

普通受众是文学译介的主要目标受众,传播信息只有到达普通受众那里,并为其接受和产生影响才真正达到了译介效果。针对莫言作品普通受众的调查问卷有三个问题:(1)您听说过2012年诺贝尔文学奖获得者中国作家莫言吗?(2)您是在其获得诺贝尔奖之前还是之后听说过他的呢?(3)您听说过2013年诺贝尔文学奖获得者加拿大作家艾丽丝·门罗吗?

在深入美国商场、图书馆等公共场所做的美国普通受众的问卷调查中,68%的普通读者听说过艾丽丝·门罗,而听说过莫言的人不到5%,而且大部分都是因为关注诺贝尔文学奖才了解到莫言。虽然普通受众问卷量不够多,统计数据也不够精确,但也基本反映了普通受众对中国作品的了解情况。

6.销售量

译介效果的一个重要衡量标准是图书的销售量。出版莫言英译作品的有美国拱廊出版社、海鸥出版社(纽约)和俄克拉荷马大学出版社等。根据拱廊出版社的数据,莫言获得诺贝尔文学奖之前该出版社出版的五部莫言英译小说《生死疲劳》《丰乳肥臀》《天堂蒜薹之歌》《酒国》《师傅越来越幽默》总共只卖了12525册,到莫言获诺奖一年后的2013年10月,销售记录显示该五部小说总销售量达到了60210册;海鸥出版社(纽约)出版的《变》(2010)和《四十一炮》(2012)英译本截至2013年11月分别销售了4340册和6035册;俄克拉荷马大学出版社2013年出版的《檀香刑》英译本到该年11月时已经卖了4000册。

从三个出版社的销售记录可以看出：(1)美国拱廊出版社出版的莫言五部英译作品在莫言获得诺贝尔文学奖后销售量大幅上升；(2)莫言英译作品《四十一炮》(2012)和《檀香刑》(2013)出版不久就有了几千册的销售量。

## 三、提高中国文学"走出去"的译介效果策略

莫言英译作品译介效果总体看来"喜忧参半"。"喜"的是莫言以及其英译作品在世界图书馆馆藏量、西方主流媒体提及率、专业人士受众中的知名度（尤其获得诺贝尔文学奖之后）等方面已经取得了非凡的成就，体现了极佳的译介效果。"千言万语，莫若莫言"，莫言让世界目光转向中国文学，其英译作品在译介主体、内容、途径等方面的经验给中国文学译介提供了宝贵的参考。"忧"在于莫言英译作品在普通受众中影响力仍然不够，销售量自然难以从根本上提高，而普通受众阅读量和翻译作品销售量也是考量文学译介效果的重要标准。提高中国文学译介效果仍然任重道远，还需不懈努力。提高译介效果的策略应包括以下几点。

### （一）重视译介效果

提高中国文学"走出去"的译介效果首先要对其加以重视，只有重视译介效果，才会努力加以提高。以往中国文学作品被翻译出版之后，出版社宣传力度不大，对作品市场销售情况没有给予足够的重视，对作品受众的接受情况更是不加研究或者无从努力，这些都直接导致了对文学作品的翻译出版停留在一厢情愿自说自话，很难保证作品的译介效果。

## (二)建立反馈机制

翻译不可一厢情愿地说"自己的话",发"自己的声","任何性质的话语都必须以受众为转移"[①],受众意见是传播策略调整的重要依据。[②]文学作品译介要注重对受众接受情况的了解,建立译介受众反馈机制,及时做相应调整。译介受众反馈指的是包括普通读者、专家读者和翻译活动的委托人、翻译作品的出版者、翻译作品的评论者等对作品的意见反馈,反馈越好,译品的"整合适应选择度"就可能会越高[③],作品的译介效果就会越好。

## (三)科学选择译介主体、内容、途径和受众

中国文学"走出去"的译介效果要得到提高,需要科学选择译介主体、译介内容、译介途径和译介受众,莫言英译作品译介效果给中国文学"走出去"的经验和教训有以下几点。

中国文学"走出去"的译介主体应该以葛浩文等西方汉学家和学者为主,为了克服西方译者无法透彻理解汉语的不足,可以辅之以国内本土译者,中外译者通力合作,取长补短,才可能取得较好的效果。鉴于汉学家数量远远不够,满足不了现实需求[④],中国文学在"走出去"的同时需加大对国内精于中国文学翻译人才的培养。

---

① Perelman, C. & Tyteca, O. *The New Rhetoric: A Treatise on Argumentation*. Notre Dame: University of Notre Dame Press, 1969: 45.
② 张春林. 论受众身份与传媒策略调整的关系. 湖南大众传媒职业技术学院学报, 2006(3):44.
③ 胡庚申. 从术语看译论——翻译适应选择论概观. 上海翻译, 2008(2):23.
④ 鲍晓英. 中国文化"走出去"之译介模式探索——中国外文局副局长兼总编辑黄友义访谈录. 中国翻译, 2013(5):43.

在中国文学"走出去"的译介内容方面,目前应多选择译介现当代作品,作品应如莫言作品一样,既具备世界文学普适性又具有中国本土异质性,所选翻译策略应该以归化为主。

中国文学"走出去"的译介途径应该以莫言译介途径作为参考,采取国内外出版机构多渠道合作、优秀文学作品影视拍摄、借用国外报纸杂志媒体宣传、进入国际书展、进入亚马逊等国际销售平台、引入文学代理人制度等多渠道译介途径。

在译介受众方面,中国文学"走出去"应确立以受众为中心的战略,受众不应仅局限于专业读者,而要专业读者和大众读者并重。

## 四、结　语

提高中国文学"走出去"译介效果策略的提出主要基于两点:其一是中国文化、文学在世界上弱势的地位;其二是中国文学对外译介所处的初始阶段。这两点决定了在策略的制定上必须更多地考虑到译入语强势文化的接受和认同。随着中国文学译介的进一步发展、中国文化"软实力"的进一步增强,中国文学"走出去"在译介主体、内容、途径和受众等选择上就会做相应调整。

一个民族接受外来文化、文学需要一个接受过程,要想在"走出去"的口号下,一蹴而就实现一次文化对外介绍的大跃进,迅速大幅占领国外图书市场显然是不现实的[1],只有不断将译介主体、

---

① 鲍晓英."中学西传"之译介模式研究——以寒山诗在美国的成功译介为例. 外国语,2014(1):74.

译介内容、译介途径、译介受众作为研究对象,才可能找到提高中国文学"走出去"的译介效果的方法。

(鲍晓英,上海外国语大学教授;原载于《中国翻译》2015 年第 1 期)

# 中文小说译介渠道探析

王颖冲

## 一、引　言

20世纪翻译文学在英语文化中总体处于边缘位置,中国文学的英译也不例外,源语国家出版"入超"严重。随着跨国文化交流的日渐频繁,中文小说也逐渐打开了局面,通过不同的译介渠道和方式走向世界。

杜博妮(Bonnie S. McDougall)在《现代中国翻译区域》的第一章中提到了学术性、商业性、政治性和个人性质的划分。[①]但遗憾的是,接下来她只对"官方指令"和"礼物交换"这两类英译做了讨论,这两类基本可以看作是官方和民间两条道路。

笔者认为,中国文学输出的渠道复杂多样。基于笔者搜集的史料和编纂的英译书目,本文探讨了自20世纪下半叶起中文小说的译介类型,将其分为官方组织、学术引导、商业驱动和个人主持

---

① McDougall, B. S. *Translation Zones in Modern China*. Amherst: Cambria Press, 2011: 5-6.

四类。分时期、分区域来看,翻译活动的外部环境几经波动变迁,不仅影响了中文小说英译的数量和品种,也影响到译本在目标语社会的传播和接受。

## 二、官方组织的中文小说英译

英译的中文小说中,很大一部分是由中国主动外推的,基本由外文出版社负责,其中官方的主导作用显而易见,文学外译机构的沿革历史就说明了这一属性:

> 1952 年 7 月,经政务院批准,国际新闻局改组为外文出版社;1963 年 5 月 25 日,经全国人大常委会第九十七次会议批准,外文出版社改为由国务院直属的外文出版发行事业局;1982 年 2 月,经国务院批准,外文局成为文化部内设的一个机构;1991 年 12 月,经党中央批准,外文局全建制地从文化部划出,1995 年中央办公厅〔54〕号文件中明确规定"中国外文出版发行事业局是中共中央所属事业单位"。①

外文出版社自 1953 年开始有计划地编译出版古典和现代的中文文学作品,这个外译项目时间跨度长,作家数量多,作品范围广:仅 1953 年到 1954 年就译介了 50 多位现代作家的作品。据笔者统计,从 1950 到 1965 年,外文出版社共英译出版了约 42 部小说单行本和 12 部小说集,几乎都是现代作品,古典小说只有《龙王的女儿》(*The Dragon King's Daughter*: *Ten Tang Dynasty Stories*,1954)、《画皮》(*The Painted Skin*,1957)、《杜十娘怒沉百宝箱》(*The Courtesan's Jewel Box*: *Chinese Stories of the 10th—*

---

① 戴延年,陈日浓.中国外文局五十年大事记(一).北京:新星出版社,1999:III.

*17th Centuries*, 1957)和《火焰山》(*The Flaming Mountain*, 1958)。"五四"以后的文学作品对读者来说更为亲近,能够比较直接地让外国读者了解中国当下的社会状况、思潮走向、文坛动态等。这一时期英译的作品以解放区文艺思想为主导。例如,1950年到1965年,外文出版社英译了12部战争题材的小说(见表1)。

表 1 1950—1965 年外文出版社英译的战争题材小说

| 作者 | 原作标题 | 译作标题 | 译者 | 出版时间/年 |
| --- | --- | --- | --- | --- |
| 刘白羽 | 《早晨六点钟》 | *Six A. M. and Other Stories* | 未标明 | 1953 |
| 刘白羽 | 《火光在前》 | *Flames Ahead* | 未标明 | 1954 |
| 柳青 | 《铜墙铁壁》 | *Wall of Bronze* | Sidney Shapiro | 1954 |
| 徐光耀 | 《平原烈火》 | *The Plains Are Ablaze* | Sidney Shapiro | 1955 |
| 杨朔 | 《三千里江山》 | *A Thousand Miles of Lovely Land* | Yuan Kejia | 1957 |
| 杜鹏程 | 《保卫延安》 | *Defend Yenan* | Sidney Shapiro | 1958 |
| 梁斌 | 《红旗谱》 | *Keep the Red Flag Flying* | Gladys Yang | 1961 |
| 陆柱国 | 《上甘岭》 | *The Battle of Sangkumryung* | Andrew M. Condron | 1961 |
| 马加 | 《开不败的花朵》 | *Unfading Flowers* | 未标明 | 1961 |
| 吴强 | 《红日》 | *Red Sun* | Archie Barnes | 1961 |
| 曲波 | 《林海雪原》 | *Tracks in the Snowy Forest* | Sidney Shapiro | 1962 |
| 徐光耀 | 《小兵张嘎》 | *Little Soldier Chang Ka-tse* | 未标明 | 1964 |

20 世纪 60 年代中后期,革命战争类小说的译介明显减少了。这很可能与 1963 年国务院外办讨论《中国文学》的会议方针有关,时任副总理的陈毅在会上发表讲话:

> 人家造谣说我们中国不讲人情,消灭文化,教条主义,没有自由,不能随便发表意见,是个大兵营。看了《中国文学》,里面有画,有诗,有真正的马列主义,他们就会觉得我们不是

兵营。……人家说中国"好战",看看《中国文学》,觉得不是这样,这里面各派见解都有。我们不能不搞政治,但主张慢慢来。①

无论中国的实际情况是否如当时西方世界想象的那样,在上述译介原则的指导下,军事题材的小说英译便会受到压制。事实上,1962年《中国文学》的个别编辑就提出,选译的杜甫诗歌中有太多是描写战争残酷的,不适合目标读者群。②在编者与译者的精挑细选下,译作中呈现的国家形象将趋于柔和,甚至于比实际更和平、更文明。在一些特殊的历史时期,通过翻译来建构国家形象的意愿尤为明显,正如马士奎所说:"在'文革'意识形态背景下,对外文学翻译进一步成为对外政治宣传的重要工具,其意图在于向外界展示新的自我文化形象,同时也是配合当时国际意识形态领域斗争的一种方式。"③

经历了十年"文革"的译介萧条期,中国翻译界重新蓄积力量,终于在20世纪80年代初又投入了中国文学英译的事业。1981年起,《中国文学》杂志社有计划地将优秀的中文作品译成英、法等语言出版(以英语为主),以赠阅和通过国际书店出售的形式在150多个国家发行。

相比第一时期的官方英译,外文出版社的"熊猫丛书"最显著的特点在于选材和主题都丰富得多,前期被"雪藏"的作家的作品也相继被译成英文,包括沈从文、老舍、萧红等;女性文学、意识流小说陆续出了译本。据耿强统计,张辛欣、桑晔的《北京人》(*Chinese Profiles*,1986)在全球500多家图书馆有馆藏记录,在

---

① 戴延年,陈日浓.中国外文局五十年大事记(一).北京:新星出版社,1999:166-167.
② 周东元,亓文公.中国外文局五十年史料选编(一).北京:新星出版社,1999:215.
③ 马士奎.中国当代文学翻译研究(1966—1976).北京:中央民族大学出版社,2007:11.

这一系列所有图书中居首位,网络上也好评如潮。①

新中国成立之初,文学外译是重要的政治宣传手段,选材重在表现革命建设情怀、渲染胜利的喜悦和美好的前景。到 20 世纪 80 年代,这一局面有所调整,革命战争、英雄人物不再是主流话语,取而代之的是普通人的日常生活。1983 年 2 月,外文局在总结《建国以来外文书刊出版发行事业的十条基本经验》时指出:"必须清除以'推动世界革命'为目的的'左'的指导方针所带来的严重后果,坚决贯彻'真实地、丰富多彩地、生动活泼地、尽可能及时地宣传新中国'的指导方针,但也要注意防止忽视政治宣传的倾向。"②"熊猫丛书"收放有度,有效地执行了上述出版方针,一部分当时十分走红的先锋小说并没有进行英译出版。丛书侧重现实主义小说的译介,希望借文学展现当代中国的社会景象,但选材的基本要求仍然是"适合对外",只不过尺度较六七十年代放宽了一些。

20 世纪五六十年代中国主动译出的小说数量可观,但缺乏人文和人性的关怀,在英语世界产生较大影响的几乎没有,反而形成了中国文学"重社会性、轻艺术性"的刻板印象,与发起人希望构建的积极形象反差很大。八九十年代,中国的文艺环境稍有宽松,但限于译介模式、翻译质量等原因,"熊猫丛书"的接受效果也不尽如人意,只有女性小说较受欢迎,这与 60 年代到 80 年代西方女权运动的蓬勃发展密不可分。官方组织"译出"的中文小说在英语世界总体反响一般,发起人和执行者的初衷与目标语读者最终获得的印象未必吻合,还可能适得其反。

---

① 耿强. 文学译介与中国文学"走向世界"——"熊猫丛书"英译中国文学研究. 上海:上海外国语大学博士学位论文,2010:99.
② 戴延年,陈日浓. 中国外文局五十年大事记(二). 北京:新星出版社,1999:4.

## 三、学术引导的中文小说英译

20 世纪下半叶,不少中文小说的译介是在学术因素的策动下展开的,并由大学出版社组织英译和出版,其中以中国香港地区和美国最为典型。

香港中文大学是香港最大的译介中心,其翻译研究中心长期以来从事英译出版活动,编辑团队、稿件来源和目标受众都具有国际性。《译丛》杂志(*Renditions：A Chinese-English Translation Magazine*)诞生于 1973 年秋,由高克毅(George Kao)和宋淇(Stephen Soong)共同创办。《译丛》声称的定位也是面向大众读者,香港中文大学首任校长李卓敏(Li Choh-ming)在创刊号的前言中明确指出,有关中国研究的英文学术期刊林林总总,但《译丛》的目标群体则是"受过良好教育、对中国文化有好奇心的大众读者"①。不过翻阅过刊我们就会发现,这个"良好教育"的标准显然高于人们通常理解的,刊物的学术性比一般文学读物强得多,所聘译者和编辑也大多是资深学者。期刊收录的小说、散文、诗歌和理论性文章所占篇幅均衡,古典和现当代的都有;虽然不是双语读物,有的内容还是保留了中文,如标题、人名、诗文、古典小说片段等,以便学生和学者追溯原文进行对比研究。

取得良好反响后,高克毅和宋淇又开始酝酿丛书。自 1976 年起,杂志社便开始推出"译丛精装系列",主要供各大图书馆馆藏,而西方从事中国研究的学者是"译丛精装系列"的核心读者群。②随后 1986 年的"译丛文库"平装系列则选择了一条更加"亲民"的

---

① Li, C. Foreword. *Renditions*,1973(1)：3.
② Heijins, A. *Renditions*：30 years of bringing Chinese literature to English readers. *Translation Review*,2003(66)：33.

路线,至今共出版 28 部作品。①

在美国,各家大学出版社也是中国文学英译的主力。自 1978 年起,印第安纳大学出版社出版了"中国文学译丛"(Chinese Literature in Translation Series),其中小说和小说集共 10 部,古典小说译有五卷本的《红楼梦》。20 世纪 90 年代,夏威夷大学出版社出版了"现代中国小说丛书"(Fiction from Modern China)共 12 部。进入 21 世纪后,哥伦比亚大学出版社的"台湾当代中文文学"(Modern Chinese Literature from Taiwan)、"维泽赫德亚洲丛书"(Weatherhead Books on Asia)等也是知名的丛书。

中国香港地区和美国的这几套丛书都由知名学者担任编委会成员。"译丛文库"的总主编孔慧怡主要从事翻译研究,20 世纪时美国的两套丛书的主编则都是身处海外的汉学家:"中国文学译丛"的编者是罗郁正(Irving Yucheng Lo)、刘绍铭(Joseph S. M. Lau)、李欧梵(Leo Ou-fan Lee)和欧阳桢(Eugene Chen Eoyang);"现代中国小说丛书"的总编是葛浩文,他是迄今翻译中国文学作品数量最多的译者。这种由学者主持翻译工作的传统在 21 世纪得以延续,哥伦比亚大学出版社推出的另外两套丛书中,"维泽赫德亚洲丛书"文学类的主编是王德威;"台湾当代中文文学"的主编是齐邦媛(Pang-yuan Chi)和马悦然(Goran Malmqvist),该编辑项目由王德威负责协调。

在编纂和翻译方面,"译丛文库"延续了《译丛》的办刊宗旨,以"翻译这种艺术"为中心,并没有把它视作宣传或科普的工具,而是"在翻译的过程中,希望顺势也能向读者展现中国人的生活和思

---

① 其中英译小说包括现当代作品 18 部、古典小说 1 部。除小说外,另含诗集 7 部(现代诗 4 部、古诗 3 部)、回忆录 1 部(*May Fourth Women Writers: Memoirs*)、英文原创小说 1 部(*Borrowed Tongue*)。

想"①。译者署名齐备,比同期的"熊猫丛书"更关注翻译和译者的地位。美国大学出版社的出品亦是如此,其副文本不是"故事导读",而是重在介绍作家的生平背景、写作时的文学气候、艺术风格和成就,学术性比中国内地和香港的两套书更强。例如,在"现代中国小说丛书"中,《草叶:老舍短篇小说选译》(*Blades of Grass*: *The Stories of Lao She*,1999)最后就是威廉·莱尔(William A. Lyell)长达35页的译者后记"The Man and the Stories",而小说正文部分总共只有225页。这则译跋没有讲述13则短篇小说的情节,而是介绍了老舍的生平、写作风格,肯定了其作品的艺术性,并从道德关怀、人物塑造等方面与鲁迅的作品做了比较,因为译者恰是美国著名的鲁迅研究专家。类似的情况还有林培瑞(Perry Link)、刘绍铭、韩南(Patrick Hanan)和葛浩文等汉学家,他们在"中国文学译丛"各册中写的序跋都是面向专业读者的研究性论文,而不仅仅是通常让大众读者快速融入到故事中去的情节提要。

英译活动由知名大学和学者引导。一方面说明中文小说的翻译离大众读者和商业化运作尚有一段距离,传播范围只能从学者到学生,再逐步扩展阅读群体;另一方面也说明中国研究正积极融入国外的大学课程,部分译文成为相关课程的阅读材料,英语世界对中国文学与文化的兴趣和需要日益增长,并体现到了大学教育的课程设置上。长远来看,这也为英语世界普通读者了解中国文学提供了基础。

不过,海外英译的许多中文小说也隐含着意识形态层面的动机,原文的选择并不是从纯粹文学和美学的角度来考量的。赞助机构往往坚称"纯艺术"与"纯学术"的立场,如马悦然在评述蒋经国国际学术交流基金会时写道:"不能否认基金会的名字是有些政

---

① Li, C. Foreword. *Renditions*,1973(1):3.

治敏感的。然而多位董事会的成员是优秀、廉正的台湾学人,历年来已证实了基金会与政治绝无关系。"[①]这样的观点似乎只能是有待证伪却无法证明,况且我们也无法追溯这些机构实际的资金来源和资助原则。不过,蒋经国国际学术交流基金会资助出版台湾小说的英译,香港艺术发展局资助出版香港小说的英译,地域的框定除了出于文学性、艺术性角度的考虑,至少还流露出保护主义的倾向;而个别小说的意识形态倾向也是显而易见的。

## 四、商业驱动的中文小说英译

勒弗菲尔认为,翻译的三要素是意识形态(ideology)、但是赞助人(patronage)和诗学(poetics),其中赞助人包括政党、社会阶层、宫廷、出版社和媒体等。[②]虽然三者并列,但是赞助人与其他两项并不在同一层面,只有它能够具象化,可以是个人,也可以是团体;可以是一方,也可以是多方。赞助人自身具有特定的意识形态和诗学取向,而这两者都会直接或间接地影响译者和编者的选材标准和翻译策略。

赞助人对翻译活动的影响往往通过三种方式来具体实施:提供经济资助、提高译者地位,以及在意识形态方面加以限制;这三方面的作用力可以统一于同一个赞助人身上(undifferentiated),也

---

① 马悦然. 对汉学研究贡献可观的二十年 // 刁明芳. 国际汉学的推手——蒋经国基金会的故事. 台北:天下远见出版股份有限公司,2008:2.

② Lefevere, A. *Translating Literature*: *Practice and Theory in a Comparative Literature Context*. New York: Modern Language Association of America, 1992: 13-15.

可以分化于不同的赞助人身上(differentiated)。①在"熊猫丛书"的案例中,翻译活动就是在中国外文局的独家资助和管理下进行的。

自 20 世纪末起,商业目的驱动的中文小说英译日渐繁荣,官方出版社和大学出版社的垄断不再,企鹅出版社(Penguin)和哈珀柯林斯(HarperCollins)旗下的威廉·摩罗出版社(William Morrow)也积极参与其中,它们都是综合性、商业性的出版社。许多销量突出、反响巨大的译本就是在商业环境下诞生的。

例如,2007 年李安执导的电影《色,戒》大热之后,张爱玲的同名小说才被重新挖掘,兰登书屋集团(Random House)旗下的铁锚图书公司(Anchor Books)和万神殿图书公司(Pantheon Books)同年在纽约出版了英译本(*Lust, Caution: The Story*)。此前,类似知名的译介案例还有莫言的《红高粱家族》。张艺谋 1987 年的电影率先让小说享誉全球。纽约的维京出版社(Viking)推出了英译本(*Red Sorghum: A Novel of China*, 1993),次年企鹅出版社发行了平装本,标题和装帧都借鉴了电影的风格,顺水推舟地在域外获得了认可。2009 年时,《红高粱家族》的英译本已经发行了两万册左右,《丰乳肥臀》也超过了一万册,这对翻译文学来说很不容易。②译者葛浩文经谭恩美介绍认识了出版经纪人珊迪(Sandra Dijkstra),后者为其争取到了更多的版税。③

事实上,在海外影响较大的中国作家大多经由商业出版的渠道走出国门,包括莫言和余华,其中有一些还出了平装本,降低了价格,吸引了更多大众读者(见表 2)。

---

① Lefevere, A. *Translating Literature: Practice and Theory in a Comparative Literature Context*. New York: Modern Language Association of America, 1992: 16-17.
② 季进. 我译故我在——葛浩文访谈录. 当代作家评论, 2009(6):47.
③ 赋格, 张英. 葛浩文谈中国文学. 南方周末, 2008-03-27(D22).

表 2　非学术机构英译的莫言和余华小说

| 原作标题 | 译作标题 | 译者 | 出版地、出版社、出版时间 |
|---|---|---|---|
| 莫言小说英译 | | | |
| 《红高粱家族》 | *Red Sorghum：A Novel of China* | Howard Goldblatt | New York：Viking，1993 |
| 《红高粱家族》 | *Red Sorghum：A Novel of China* | Howard Goldblatt | New York：Penguin Books（paperback），1994 |
| 《天堂蒜薹之歌》 | *The Garlic Ballads* | Howard Goldblatt | New York：Viking，1995；London：Hamish Hamilton，1995 |
| 《天堂蒜薹之歌》 | *The Garlic Ballads* | Howard Goldblatt | London，New York，Ringwood：Penguin Books（paperback），1996 |
| 《酒国》 | *Republic of Wine* | Howard Goldblatt | New York：Arcade Publishing（hardcover and paperback），2000；London：Hamish Hamilton，2000 |
| 《酒国》 | *Republic of Wine* | Howard Goldblatt | London：Penguin Books（paperback），2001 |
| 《丰乳肥臀》 | *Big Breasts and Wide Hips* | Howard Goldblatt | New York：Arcade Publishing，2004 |
| 《丰乳肥臀》 | *Big Breasts and Wide Hips* | Howard Goldblatt | London：Methuen Publishing，2005 |
| 《丰乳肥臀》 | *Big Breasts and Wide Hips* | Howard Goldblatt | London：Methuen Publishing（paperback），2006 |
| 《天堂蒜薹之歌》 | *The Garlic Ballads* | Howard Goldblatt | New York：Arcade Publishing，2006；London：Methuen Publishing（paperback），2006 |
| 《生死疲劳》 | *Life and Death Are Wearing Me Out：A Novel* | Howard Goldblatt | New York：Arcade Publishing，2008 |
| 《变》 | *Change（What Was Communism?）* | Howard Goldblatt | London，New York：Seagull Books，2010 |

续  表

| 原作标题 | 译作标题 | 译者 | 出版地、出版社、出版时间 |
|---|---|---|---|
| 余华小说英译 | | | |
| 《活着》 | *To Live* | Michael Berry | New York：Anchor Books，2003 |
| 《许三观卖血记》 | *Chronicle of a Blood Merchant* | Andrew F. Jones | New York：Pantheon Books，2004 |
| 《许三观卖血记》 | *Chronicle of a Blood Merchant* | Andrew F. Jones | New York：Anchor Books，2004 |
| 《呼喊与细雨》 | *Cries in the Drizzle* | Allan H. Barr | New York：Anchor Books，2007 |
| 《兄弟》 | *Brothers：A Novel* | Eileen Cheng-yin Chow, Carlos Rojas | New York：Pantheon Book，2009 |
| 《兄弟》 | *Brothers：A Novel* | Eileen Cheng-yin Chow, Carlos Rojas | London：Picadors，2010；New York：Anchor Books，2010 |

近年来文学中介(literary agent)、版权代理在中文小说英译中担任了"星探"或"猎头"的职能,不仅要寻找好的作品,也要联络合适的译者,扮演着越来越重要的角色。2005 年,企鹅出版社抢得《狼图腾》的英文版权,2007 年英译本 *Wolf Totem* 由企鹅出版社推出,这是第一部在全球英语国家同时出版发行的中国小说,一时间在文坛和译坛引发了轰动,作品还获得了曼式亚洲文学奖(The Man Asian Literary Prize)。2012 年,莫言获得诺贝尔文学奖,成为首位获此殊荣的中国籍作家。这一切离不开译者的苦功和商业化出版运作下迎合市场的决策,正如葛浩文针对莫言小说的英译删节所做的澄清:

其实,他的小说里多有重复的地方,出版社经常跟我说,要删掉,我们不能让美国读者以为这是个不懂得写作的人写的书。如果人们看到小说内容被删节,那往往是编辑、出版商为考虑西方读者阅读趣味做出的决定，不是译者删的。[①]

对最终翻译成品负责的不仅仅是署名译者，翻译成品还凝聚了多方的努力和建议，包括译者、作者本人、编辑、出版人、赞助人等。《狼图腾》的英译本删去了每章前的引言和最后一章议论部分，也是因多方担心篇幅过长销路不好，以删节来迎合目标语读者的偏好。

英语世界的文化出版行业已形成一个相对稳定和完备的体系，域外文学要进入会遇到许多障碍，包括语言、风土人情、阅读习惯等各个层面的文化隔膜。如今，国际书展、版权代理、海外宣传等方式都打开了译介渠道；作家和译者的各类访谈、见面会也令纸面的文字融入鲜活的、人的生活，帮助中文小说自然、顺利地进入西方读者群，尽管这个群体的人数和背景仍然颇受局限。作者、译者、编者、出版人和文学中介等各方之间的关系日趋紧密，形成了相对规范的网络化运作模式。

## 五、个人主持的中文小说英译

无论译介的发起者是谁，实际的翻译工作归根结底要落实到译者本人。杜博妮将作者或译者发起的翻译归为"个人翻译"，这类译介不是由第三方(如出版社、政府机关等)发起的，对作者或译者自身来说也未必有利可图。个人主持下的翻译成果最终可能由商业性质的出版社出版，也可能是大学出版社。

马会娟认为，"个人翻译"的发起动机是译者个人的文学兴趣，这样的情况比较常见，一些译者几十年中只翻译了一部小说，或专

---

① 赋格，张英.葛浩文谈中国文学.南方周末，2008-03-27(D22).

门翻译某一位作家的作品。①有的译者自己就是出版人,如:翻译老舍小说的伊万·金(Evan King)拥有自己的书店;艾梅霞(Martha Avery)翻译过张贤亮的多部小说,她担任美国出版在线集团的执行总裁,对亚洲文化和出版业有浓厚的兴趣。不过,个人主持的译介活动不能一概归因于文学旨趣,也许杜博妮自己概括的更为恰当:"personal translations were initiated by the writer or the translator on the basis of a personal relationship"②。作为翻译研究者,我们了解的往往局限于译者作为译者的一面,却常常忽略了翻译以外的生活如何影响他们的翻译主张和策略,包括学人译者的学术背景、译者的个人兴趣爱好、译者与作家的私人关系、译者与出版界的关系等。

每一位译者的身份都不是单一的,皮姆在《翻译史研究方法》中强调译者的多重身份、个人利益和流动性。③从事中文小说英译的人很少单纯以文学翻译为生,大多兼从事多种类型的翻译工作。更多情况下,翻译只是译者生活中的一部分,甚至不是最主要的那一部分。这里面学人译者占了相当大的比例,包括海外汉学家以及文史、翻译等领域的研究者。他们一般都拥有相关专业的博士学位,出版过中国文学方面的专著,如金介甫(Jeffrey Kinkley)、杜博妮等。许多年轻一代的国外译者也都在大学里担任教职,如伦敦帝国学院的尼基·哈曼(Nicky Harman,中文名韩斌)、伦敦大学的蓝诗玲(Julia Lovell)等。

阅读一部小说也许是机缘巧合,大可以随意翻翻,但要把它译

---

① 马会娟.英语世界中国现当代文学翻译:现状与问题.中国翻译,2013(1):64.

② McDougall, B. S. *Translation Zones in Modern China*. Amherst: Cambria Press, 2011: 6.

③ Pym, A. *Method in Translation History*. Manchester: St. Jerome Publishing, 1998: 160-176.

成另一种语言则要耗费许多时间和精力,需要下更大的决心。任何一个译者,大多是从个人的阅读喜好和研究兴趣出发,因喜爱一位作者、一部作品才去着手翻译和研究,反过来又在翻译和研究的过程中加深了对作品的感情,培养出一种情结。学者型和职业型译者能够把翻译场域内的资本转化到自己的专业领域内,所以更容易坚持下来。金介甫译沈从文、葛浩文译萧红,起源都是译者博士论文的主题。论文需要引用小说段落,却没有现成的译本,研究者不得不自己动手,之后全书的英译也就成了水到渠成之事。作为译者,他们也是最细心的读者,熟稔文本为研究打下了良好的基础。这种资本的积累及其在不同领域内的转移,也令"译"之外的译者身份有所重合和转变。

译者的个人喜好、学术背景、人际关系等因素也可能使他们倾向于翻译某一部或某一类作品。事实上,一些译者和作者关系密切,对"译什么"产生了直接的影响。谢冰莹的《一个女兵的自传》是较早的个案。林语堂对谢冰莹曾有知遇之恩,1927 年他将谢冰莹行军作战间隙所写的随笔译成英语,在《中央日报》上连载。林的两个女儿林如斯(凤如)、林无双(玉如)(Adet Lin & Anor Lin)在父亲的建议下翻译了《一个女兵的自传》(*Girl Rebel*:*The Autobiography of Hsieh Pingying*,*With Extracts from Her New War Diaries*,1940)。后来,谢冰莹的女儿和女婿(Lily Chia Brissman & Barry Brissman)重译此书(*A Woman Soldier's Story*:*The Autobiography of Xie Bingying*),作者亲自为新译作了序,2001 年这个译本由哥伦比亚大学出版社出版。

当代小说英译中这类例子也很多,亲密的关系无疑促进了作者和译者之间的沟通与合作。例如,严歌苓的丈夫劳伦斯·沃克(Lawrence A. Walker)将《白蛇》(*White Snake and Other Stories*,1999)译成了鲜活的英语,虹影也有两部小说是当时的丈夫赵毅衡

(Henry Zhao)翻译的。

此外,一些很偶然的事件也会左右英译的选材,所谓可遇而不可求。例如,苏珊·多琳(Susan Wan Dolling)翻译王文兴的《家变》(*Family Catastrophe*,1995)就是出于巧合:1985 年在斯坦福大学的一次会议上,著名华裔汉学家刘若愚(James Liu)初识译者,并把她介绍给了自己的学生张诵圣(Yvonne Sung-Sheng Chang),后者又把自己老师王文兴的《家变》推荐给了她。①这些微观层面的因素复杂多变,有时直接促成英译选材,译者和原作者之间的关系亲疏和交流过程也可能影响翻译策略和方法,这些都可以落实到具体译例中来探讨。

## 六、结　语

自 20 世纪下半叶起,随着中国综合实力和国际影响力的增强,越来越多的中国文学作品经由翻译走出国门。国内和海外的各类机构和个人都对中文小说的英译投入了更多精力和资源,发起者包括政府机构、学术机构、商业出版社和个人。

值得注意的是,译介类型的划分并没有严密的区隔,有许多彼此重合、界限模糊的部分。例如,大学出版社推出的一些译本也有明显的意识形态倾向,官方组织的译介项目也会考虑到成本和收益的问题。每一项翻译活动都可能融合了不同方面的因素,而极少单纯出于某一种动因。深入了解各类译介性质及其对接受效果的影响,对促进中国文学在世界范围内的传播或有助益。

---

① Dolling, S. W. Translator's note. In Wang, W. *Family Catastrophe*. Dolling, S. W. (trans.). Honolulu: University of Hawaii Press, 1995:253.

本研究得到了北京外国语大学"中央高校基本科研业务费专项资金"资助(项目编号:2013JJ010)。

(王颖冲,北京外国语大学英语学院副教授;原载于《外语与外语教学》2014 年第 2 期)

# 《丰乳肥臀》英译本可接受性的调查研究

## ——以美国田纳西州读者的抽样调查为例

曹 进 丁 瑶

莫言获得诺贝尔文学奖后,人们对其作品的翻译给予了空前的关注,并由此引发了对于翻译原则、翻译策略、翻译伦理以及中国文学如何才能更好地"走出去"等各种主题的热烈讨论。[①]但是由于多种因素的限制,从目的语读者的角度,针对译品的接受情况进行的研究,却鲜为所见。而在当代的翻译研究视野中,翻译研究早已不再局限于源语文本与目的语文本,译者的地位与作用、目的语读者的接受情况都是不可忽视的重要方面。孙艺风认为,翻译的有效性不仅仅来自对所译信息内容的合理解读,还取决于目的语读者的能力,在于目的语读者通过获取对异质他者在其文化政治语境中的必要了解,而将该信息同相关文化情境联系起来的能力。[②]

---

① (a)胡安江.中国文学"走出去"之译者模式与翻译策略研究.中国翻译,2010(6):10-16.(b)吕敏宏.论葛浩文中国现当代小说译介.小说评论,2012(5):5-13.(c)邵璐.莫言小说英译研究.中国比较文学,2011(1):45-56.(d)孙艺风.翻译与跨文化交际策略.中国翻译,2012(1):16-23.(e)刘云虹,许钧.文学翻译模式与中国文学对外译介——关于葛浩文的翻译.外国语,2014(3):6-17.

② 孙艺风.翻译与异质他者的文化焦虑.中国翻译,2007(1):5-12.

由于英语的普及程度及重要地位,莫言作品的英译者葛浩文及其译作最为人关注,吸引了研究者最多的目光,也引发了最多的争论。目前对于葛浩文译作的研究,多集中在葛氏的译者风格、翻译模式、翻译策略等方面,采取的方法主要有文本细读①、双语文本对比②、语料库考察③,以及记录、分析葛浩文本人所做的讲座、访谈等④,这些研究中不乏真知灼见,使我们能够深入细致地了解葛氏译本,但是,要想全面客观地评价葛浩文的翻译,深入到目的语读者中去,了解他们对于译作的接受情况,显然是必不可少的一个维度。本文将从潜在目的语读者的角度,研究葛氏译本的接受情况。

## 一、读者反应理论

读者反应理论源自于文学批评,强调文学作品是读者和文本共同作用的结果。读者反应理论认为读者与文本之间存在着

---

① (a)邵璐.莫言小说英译研究.中国比较文学,2011(1):45-56.(b)邵璐.莫言英译者葛浩文翻译中的"忠实"与"伪忠实".中国翻译,2013(3):62-67.(c)吕敏宏.论葛浩文中国现当代小说译介.小说评论,2012(5):5-13.

② 邵璐.莫言小说英译中的信息凸显.当代外语研究,2014(2):48-52.

③ (a)侯羽.基于语料库的葛浩文译者风格分析——以莫言小说英译本为例.外语与外语教学,2014(2):72-78.(b)黄立波,朱志瑜.译者风格的语料库考察——以葛浩文英译现当代中国小说为例.外语研究,2012(5):64-71.

④ (a)孟祥春.葛浩文论译者——基于葛浩文讲座与访谈的批评性阐释.中国翻译,2014(3):72-77.(b)史国强.我行我素:葛浩文与浩文葛.中国比较文学,2014(1):37-49.(c)李文静.中国文学英译的合作、协商与文化传播——汉英翻译家葛浩文与林丽君访谈录.中国翻译,2012(1):57-60.(d)季进.我译故我在——葛浩文访谈录.当代作家评论,2009(6):45-56.

互动关系。①读者的任务并不仅仅是将字词中所蕴含的固定意义提取出来而已。字词意义是文本理解的必要条件,而非充分条件②,读者对文本的理解不会局限于字词。读者的感情、经历、背景,以及他在阅读文本时被激起的任何联想都会影响到他的理解。将这一理论纳入翻译标准的是在当代翻译研究中占有重要位置的奈达。奈达认为,翻译的服务对象是读者或言语接受者,要评价译文质量的优劣,必须看读者对译文的反应如何。他强调说:"不对信息接受者的作用进行全面的研究,对文本的任何分析都是不完整的。"③

Rosenblatt 将读者由阅读文本产生的反应分为两种:输出型(efferent)反应和审美型(aesthetic)反应。在他看来,"阅读中输出型反应的重点是文本信息,主要涉及的读者活动有分析、抽象、读后记忆的累积等",对于阅读中的"审美型反应"而言,"情感、态度和联想是焦点,读者的注意力主要用于体验阅读过程中被激起的感受"④。他还指出,这两种阅读之间并不存在对立或泾渭分明的界限,它们构成了一个连续体。基于 Rosenblatt 的理论,Cox & Many 提出了从阅读的纯输出型反应到纯审美型反应的五级量表,将读者阅读时的反应类型从左至右归类为从纯输出型到纯审

① Rosenblatt, L. M. *The Reader, Text, the Poem: The Transactional Theory of the Literary Work*. Carbondale, IL: Southern Illinois University Press, 1994.

② Liaw, M. Using reader response approach for literature reading in an EFL classroom. *Tunghai Journal*, 1997(38): 113-130.

③ Nida, E. A. & Reybum, W. D. *Meaning Across Cultures*. New York: Orbis Books, 1981: 19.

④ Rosenblatt, L. M. *Literature as Exploration*. 5th ed. New York: The Modern Language Association, 1995.

美型(见表 1)。①

表 1　阅读反应类型归类:文学阅读——从输出到审美的过渡

| 级别 | 一 | 二 | 三 | 四 | 五 |
|------|------|------|------|------|------|
| 描述 | 根据作品外部结构所做的要素分析 | 重述（讲述故事情节、故事内容） | 既有事实分析也有审美体验（以其中一种为主） | 选取故事中的事件或角色来详述自己的偏好、判断或感受（当我读到……我很感动或我觉得这很有趣/很不公平……） | 着重于文学作品激起的生活体验（在阅读过程中构造出来的那个世界以及由此激发出来的情感体验） |

　　第一级和第二级被认为是典型的输出型反应,第一级涉及的主要是文本的信息要素,第二级就是对故事的概括归纳。第三级两种类型的反应都有,因为这时的读者在文本中前后回顾,为加深理解而关注细节。第四级是准审美型反应,读者会选择故事中的情节或角色,进行评判或描述吸引他的内容(例如:我喜欢读这一部分,因为……),读者在这种活动中投入了自己的情感。第五级为纯审美型反应,主要是在阅读文本的过程中读者产生的联想,以及由此激发出的情感共鸣。需要指出的是,这些反应类型处于一个连续体当中,并非是线性排列的。读者的思维常在不同的反应类型中来回跳跃,而各种反应类型在阅读过程中都是必要的。但是,如果读者的反应类型只限于输出型的,那他就没有充分体会到文本中所蕴含的深层次的意义,没有融入个人的情感体验。②

　　除了了解读者反应的类型,完形填空也被认为是测试译文可

① Cox, C. & Many, J. E. Stance towards a literary work: Applying the transactional theory to children's responses. *Reading Psychology: An International Quarterly*, 1992, 13(1): 37-72.

② Vijayarajoo, A. R. Reader-response pedagogy and changes in student stances in literary texts. *The English Teacher*, 2013, XLII(3): 174-186.

接受性的方法。这种方法由奈达①提出。具体说来,就是在文本中每隔一定数量的词空去一个单词,让读者根据上下文去填空,"五十空就能较满意地看出文本的可接受性"。有研究者认为这种方法有效便捷,并将之应用于比较《红楼梦》不同英译本的接受情况。②

## 二、研究设计

### (一)研究工具及测试内容

本文采取完形填空和请读者写阅读日志③的方法来了解读者对文本的接受情况。对读者的测试分为两部分。第一部分采用完形填空的形式,选取了莫言《丰乳肥臀》英译本 *Big Breasts and Wide Hips*④ 的第三章第一节的内容。完形填空部分的前后各有完整无缺的一段,使读者有上下文语境。从第二自然段开始,每 8 词一空,共 50 空,请读者填上他认为合适的词。第二部分请读者在阅读的同时或阅读完成后,记录下个人的所思所想,即由阅读材料激发的形象、联想、情感、想法、观点等。两部分各自都有测试说明(instructions),并请笔者的美方导师逐词审阅,以确保读者明白测试要求。

---

① Nida, E. A. & Taber, C. R. *The Theory and Practice of Translation*. Leiden: Koninklijike Brill NV, 2003: 168-170.

② 刘朝晖. 评《红楼梦》两个英译本的可接受性——以美国亚利桑那州立大学学生的抽样调查为例. 中国翻译, 2014(1): 82-87.

③ Carlisle, A. Reading logs: An application of reader-response theory in ELT. *ELT Journal*, 2000, 54(1): 12-19.

④ Mo Yan. *Big Breasts and Wide Hips*. Goldblatt, H. (trans.). New York: Arcade Publishing, 2004.

## （二）测试对象及测试过程

笔者利用在美国中田纳西州立大学做访问学者的机会,在通过了 CITI(Collaborative Institutional Training Initiative)的网上培训和测试后,邀请该校英语系的 2 位教授和 10 余名学生完成此次测试。问卷由笔者在课堂上发放给参加测试的学生,并由笔者进行简单说明。大约两周以后,受测者将问卷交给任课教师,由任课教师统一交给笔者,以确保测试的匿名性。除此之外,笔者还邀请到 5 位当地居民参加测试。这 5 位居民均受过良好教育,具有学士以上学位,且对中国怀有友好情感,有兴趣完成测试问卷。经整理,收回有效问卷 18 份,完成者均为美国公民,母语均为英语。其中男性 5 人,女性 13 人;有博士学位者 2 人,硕士学位者 7 人,学士学位者 9 人;年龄跨度为 21 岁到 63 岁。

## 三、测试结果和分析

## （一）完形填空测试结果

根据统计结果,笔者将按照答题者和题号统计的正确率列于表 2 和表 3。

表 2　按答题者统计的完形填空正确率

| 答题者 | 答对题数 | 答错题数 | 正确率 |
|---|---|---|---|
| 1 | 33 | 17 | 66.00% |
| 2 | 24 | 26 | 48.00% |
| 3 | 32 | 18 | 64.00% |
| 4 | 32 | 18 | 64.00% |

| 答题者 | 答对题数 | 答错题数 | 正确率 |
|---|---|---|---|
| 5 | 30 | 20 | 60.00% |
| 6 | 28 | 22 | 56.00% |
| 7 | 32 | 18 | 64.00% |
| 8 | 29 | 21 | 58.00% |
| 9 | 32 | 18 | 64.00% |
| 10 | 26 | 24 | 52.00% |
| 11 | 25 | 25 | 50.00% |
| 12 | 33 | 17 | 66.00% |
| 13 | 24 | 26 | 48.00% |
| 14 | 26 | 24 | 52.00% |
| 15 | 33 | 17 | 66.00% |
| 16 | 31 | 19 | 62.00% |
| 17 | 34 | 16 | 68.00% |
| 18 | 32 | 18 | 64.00% |
| 平均 | 29.78 | 20.22 | 59.56% |

　　从表 2 中可以看到,答题者的正确率最高为 66%,最低为 48.00%,因为测试是以匿名形式进行,所以无法将正确率与每位答题者对应。但笔者在整理测试卷时,发现了一个有趣的现象:阅读日志写得较为充实者,完形填空的正确率也较高;阅读日志只有一两句话甚至空白者,完形填空的正确率也较低。这是否意味着读者对作品的接受情况与阅读中读者的投入程度有很大的相关性? 如何激发目的语读者对充满异质文化作品的兴趣,是一个意义深远的课题。

表 3　按完形填空题号统计的正确率

| 试题 | 正确率 | 试题 | 正确率 |
|---|---|---|---|
| 题号 1 | 27.78% | 题号 26 | 94.44% |
| 题号 2 | 5.56% | 题号 27 | 55.56% |
| 题号 3 | 22.22% | 题号 28 | 0.00% |
| 题号 4 | 38.89% | 题号 29 | 66.67% |
| 题号 5 | 94.44% | 题号 30 | 61.11% |
| 题号 6 | 61.11% | 题号 31 | 38.89% |
| 题号 7 | 5.56% | 题号 32 | 61.11% |
| 题号 8 | 83.33% | 题号 33 | 72.22% |
| 题号 9 | 94.44% | 题号 34 | 77.78% |
| 题号 10 | 66.67% | 题号 35 | 83.33% |
| 题号 11 | 44.44% | 题号 36 | 22.22% |
| 题号 12 | 11.11% | 题号 37 | 72.22% |
| 题号 13 | 16.66% | 题号 38 | 61.11% |
| 题号 14 | 83.33% | 题号 39 | 61.11% |
| 题号 15 | 83.33% | 题号 40 | 72.22% |
| 题号 16 | 77.78% | 题号 41 | 94.44% |
| 题号 17 | 72.22% | 题号 42 | 72.22% |
| 题号 18 | 94.44% | 题号 43 | 55.56% |
| 题号 19 | 27.78% | 题号 44 | 61.11% |
| 题号 20 | 83.33% | 题号 45 | 77.78% |
| 题号 21 | 38.89% | 题号 46 | 83.33% |
| 题号 22 | 77.78% | 题号 47 | 94.44% |
| 题号 23 | 83.33% | 题号 48 | 83.33% |
| 题号 24 | 44.44% | 题号 49 | 33.33% |
| 题号 25 | 77.78% | 题号 50 | 5.56% |

　　根据表 3 的结果,正确率高于 90% 的题目共有 6 个,对应的词分别为:She、around、Her、morning、look、held;正确率低于 20%

的题目共有 5 个,对应的词分别为:broke、eggs、only、Manor、lips。

下面我们将这些词放回原文,逐个分析。正确率高于 90% 的 6 个词中,She 和 Her 都是位于句首的代词,在有上下文语境的情况下,本族语者能很轻松地填对它们。around 为介词,含有该词的原文为"Mother... sat them around a large platter"。该句表达的内容简单明了,填对该词只需基本的语法知识。但也有读者在这里选用的介词不是 around,而是 by。能够填对的读者应该是较好地想象出了七八个孩子围坐餐盆旁、争抢分食的场面。morning 和 held 在这里都是伴随着常见的固定搭配出现的(Early the next morning 和 held her breath),所以本族语读者都能轻松填对。look 的情况稍有些特殊,它出现的句子为 gave him the look of a candle guttering in the wind,很多读者在这里实际填的词为 appearance,考虑到这两个词在这里表达的意义没有差异,笔者将 appearance 也作为正确答案对待。

综观这几个词,可以看到,它们出现的语境有较明显的语法标识,这是正确率高的一个重要原因。同时,这也说明读者对相关语句的理解无误,完成了基本的意义建构。

正确率低于 20% 的词中,第一个是 broke(原句为 Mother broke open Grandma's trunk... )。一个 broke(汉语原文为"砸"),包含着母亲与奶奶之间的复杂关系,包含着在那个特殊年代,食物具有的非同寻常的意义。而这些内容,对于只读了这部分节选内容的受测者来说,显然超出了他们的理解范围。他们填的词有 tipped、slowly、flung、consented to 等,不一而足,但罕有人想到开这个箱子需要 broke。第二个是 eggs (原句为 the water set the eggs in rapid motion),受测者填的词有 ingredient、cooking、fire、contents 等,处于异质文化中的读者很难猜测出鸡蛋作为食物对于中国人的特殊价值。第三个词为 only(原句为 Mother only drank the broth),表达出母亲只喝汤,把食物留存给子女们的隐忍形象。受测者们填的有 weakly、then、quickly、also、quietly 等词。从中可以看出,受测者们填的都是副词,从语法角度来说都准确无误,从语义来说也都通顺可读,反映出读者在这里能够成功地完成基本的意义建构,但作品中特殊的时代背景、特殊的人物形象,以及不合常理的行为举止,则超出了这些读者的理解范围。第四个词是 Manor(Sima Ting, the Felicity Manor steward, called out hoarsely...)。与此对应的汉语原文是"'福生堂'大掌柜"。对于葛浩文编撰的 Felicity Manor steward 这一称呼,没有一位读者能够想到用 Manor。他们填在这里的词有 county、area、town、village 等。这些词与 Manor 似乎也有语义相近之处,但都不及 Manor 古雅。同样,笔者认为受测者在这里应该完成了基本层面的意义理解,至于最终选词没能和翻译者达成一致,更多的是文体修辞方面的问题了。最后一个词是 lips(原句为"Desperate grief was written on his lips, in the corner of his mouth, on his cheeks, even on his earlobes"),受测者们填的词有 countenance、face 等,其中填 face 的多达 14 人。原作者在这里进行了独出心裁的细节描写(汉语原文:他的嘴角和嘴唇、腮帮和耳朵上表现出悲恸欲绝、义愤填膺的感情色彩,但他的鼻子和眼睛里却流露出幸灾乐祸、暗中窃喜的情绪),同一个人的五官竟流露出不同的情绪。这种漫画般的反讽手法确实超出了一般读者的能力范围,而大多数读者填在这里的 face,在笔者看来,是这些读者完成了基本的意义理解的例证。

从以上分析可以看出,正确率高的题目都有着较明确的语法标识。而正确率低的题目,情况比较复杂。比如,第 2 空、第 7 空和第 12 空正确率低是因为读者对于作品更多的情节不了解,对于作品中描写的生活情境过于陌生。第 28 空和第 50 空的正确率低则是因为文体和修辞方面的原因。读者填的词与译作中的不一致,并不一定意味着读者未能理解或理解错误。事实上,很多读者填的词倒是表明了他们完成了基本的意义建构,对所读内容有了初步的理解。至于他们的理解达到了什么层次,让我们通过第二部分的阅读日志来了解。

(二)阅读日志统计结果

笔者在 18 份测试问卷中,随机选取了 5 份,对这 5 份的阅读日志逐句编号,共得到 38 个句子。依据上文对阅读反应类型的分类,笔者和另一位同事分别对这 38 个句子进行归类。对二人归类不一致的句子,由二人讨论后形成一致意见。最终的归类结果如图 1 所示。

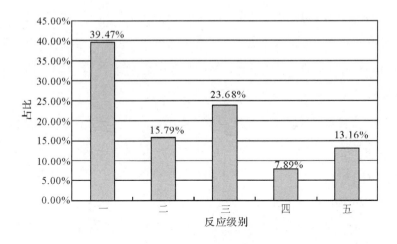

**图 1　阅读日志统计结果**

可以看到,读者对于文本的信息要素的反应所占百分比最大(39.47%)。读者需耗费很大精力才能搞清楚作品中出现的人物数目以及人物之间的关系。这一方面是因为节选的内容十分有限,更重要的原因还是作品中陌生的情境、情节让读者难以迅速理出头绪,把握住故事脉络。有读者写道:"Because of the difficulty of the names, I didn't realize there were 3 deaths until I reached the end." "It took me a while to realize that Mother had had not one baby but twins and that the narrator was not a little boy but an infant."

百分比位居第二的是第三级反应(23.68%),对这一级反应的界定是既有事实分析也有审美体验。"The story quickly took a different tone for me with the descriptions of the milk and food." "I can't imagine a mother giving birth to twins and then cooking dinner for her children."可以看到,读者对作品中的情节做出的判断,是基于自身情感与体悟的,审美型的反应已露端倪。

百分比位列第三的是第二级反应(15.79%),是读者对故事进行概括、归纳和重述。"These twins are born into what seems to be a very difficult life." "The introduction of the dead characters helped me to understand that these men were murdered by the Japanese in harsh retaliation."这些语句表明读者对该部分内容的理解非常准确,没有发生偏移和错置。

属于纯审美型的第五级反应(13.16%)占第四位,这让我们多少有点惊喜。"I feel sorry for Mother and hope that others help care for her and all her children." "It reminds me of the book *Snowflower and the Secret Fan*. It's a forced separation of affection."读者在阅读过程中产生了联想,并由此激发出了情感共鸣。这意味着人类的基本情感有共通之处。对苦难的悲悯,对弱小的同情使得这些异域读者在阅读时投入了自己的情感。值得一提的是,有读者在这里联想到了《雪花秘扇》这本书,让我们再次意识到海外华裔作家作品的力量。

第四级反应所占的百分比最低(7.89%)。这一级反应要求读者选择故事中的情节或角色,进行评判或描述吸引他的内容。虽然这一级被称为准审美型反应，但因为它要求读者针对很具体的情节或人物做出情感评判，所以归到这一类型中的反应数目最少，比如："When Mother said Eighth Sister was the daughter she didn't need, I was afraid that poverty, despair, or madness may have caused her to kill the female twin."根据作品中人物的语言，这位读者不但做出了情感上的评判，而且还基于这种情感去推断情节的后续发展。

## （三）讨　论

通过以上对完形填空和阅读日志的分析，我们可以看到，这些读者对所读到的节选内容理解基本无误，比较成功地完成了基本的意义构建。因为没有同类的研究作为参考，无法界定平均值为59.56％的完形填空正确率是偏高还是偏低。但是，单纯看正确率可能会误导我们的认识。通过对正确率较低的空缺词的分析，我们发现，读者填词错误，并不一定意味着理解错误。文体与修辞风格的差异，使读者的用词很难和译者完全一致。而更主要的原因则是读者对作品情节、背景的陌生。这也直接导致了在阅读日志中，输出型反应（第一级和第二级）的比例高达55.26％。有读者在日志中写道："I have no memories provoked by the reading because it's so different from my life."陌生甚至怪异的人物姓名、陌生的时代背景、陌生的情节设置，这些都阻碍了读者产生更多的审美型反应。

刘绍铭曾经提出，能够吸引西方读者注意的作品并不是英语文学世界中似曾相识的，而是要"different，与别不同，异于凡品"。[①] 莫言小说中蔓延全书异于凡品的浪漫气息正好能满足英语读者对一定程度的"异国情调"的渴求，这使他的作品"入了世界

---

① 刘绍铭.入了世界文学的版图.作家,1993(8):505-510.

文学的版图"。但笔者通过此次调查发现,刘绍铭先生的这种说法似乎过于乐观。就笔者所接触到的这些读者,或者更准确地说,这些潜在读者而言,更符合他们情况的应该是刘亚猛的论述:"必须正视想象的与真实的国际读者之间的巨大差别……他们感兴趣的是那种使他们'骨子里觉得熟悉'(essentially familiar)同时又因为带有某些地区色彩及异域主题而略显陌生的译诗。"①完形填空的测试结果让我们看到,给这些读者造成阅读困难、使他们无法充分地享受阅读带来的审美快感的原因并不在于词句方面,语言问题没有造成阅读障碍。他们面临的挑战来自陌生的故事背景、人物姓名、情节设置等方面,而对于这些困难,他们没有什么可供应对的资源,唯有靠猜测和想象。可以设想,在日常阅读中,这样的阅读体验会使读者很难坚持下去。

　　中国文学输出与西方文学输入之间存在着巨大的逆差。② 西方国家在文化接受语境和读者接受心态两方面和中国都存在着显著差异。要使西方读者的阅读习惯与期待视野能和中国的文学作品相融合,在笔者看来,这是一个与翻译相关,但超越了翻译领域的话题。巨大的文化、历史、社会背景差异,远远超出了单纯的语言转换所能涵盖的范围。仅仅凭借译者的一己之力,这样一个宏大的任务显然是不能承受之重。因此,一方面,对于葛浩文的翻译,我们应该把它置于更广阔的背景中,把它与中国和西方在文学译介上的不平衡性这一客观事实联系起来,才能对它进行公正全面的、有历史视角的评价。另一方面,"中国文化走出去"这一课题是一项全方位、多角度、多渠道的综合性工程,不仅需要各界学人

---

① 刘亚猛,朱纯深. 国际译评与中国文学在域外的"活跃存在". 中国翻译,2015 (1):5-6.

② 刘云虹,许钧.文学翻译模式与中国文学对外译介——关于葛浩文的翻译.外国语,2014(3):6-17.

的扎实工作,还有赖于国家整体实力的提高。一两位译者即便殚精竭虑,也依旧势单力薄。

## 四、结　语

笔者以完形填空和阅读日志两种方式,节选了葛浩文译的 *Big Breasts and Wide Hips* 第三章第一节的内容,调查了美国本族语读者对这部分内容的接受情况。通过对调查结果的分析,笔者认为,这部分读者对所读内容完成了基本的意义建构,但阅读中产生的输出型反应明显多于审美型反应。读者的阅读障碍并非来自词句等语言问题,而是由巨大的文化、历史、社会背景差异构成的。这些差异的融通,不可能全部由译者在翻译中依靠语言手段解决。"功夫在诗外"。"中国文化走出去"这一历史课题,还需要多方发力。

(曹进,西北师范大学外国语学院教授;丁瑶,西北师范大学外国语学院副教授;原载于《中国翻译》2017 年第 6 期)

# 海外民间翻译力量与中国当代文学的国际传播

## ——以民间网络翻译组织 Paper Republic 为例

### 王祥兵

## 一、前　言

　　笔者曾于 2013 年以电子邮件的形式对《人民文学》英文版 *Pathlight*(《路灯》)杂志的编辑总监艾瑞克(Eric Abrahamsen,中文名陶建)就中国当代文学的英译和传播中涉及的翻译选材、意识形态、翻译策略、翻译质量、译本传播、国家政策、译者报酬等一些问题进行了多次笔访,艾瑞克详细地回答了笔者的提问,从一个热爱并积极译介中国当代文学的美国翻译家的眼光和立场对中国当代文学的英译和传播提出了一些极具启发意义的见解。[①] 这些笔访的另一个重要成果是让笔者深度关注了由艾瑞克创建的 Paper Republic(纸托邦)这个民间网络翻译组织。这个组织囊括了当前

---

[①]　王祥兵.中国当代文学的英译和传播——《人民文学》英文版 *Pathlight* 编辑总监艾瑞克笔访录.东方翻译,2014(2):33-37.

国际上最活跃的一批志在翻译与传播中国当代文学的英美译者,
已做出了卓越贡献,这促使笔者反思一些与中国当代文学英译及
国际传播的问题:新中国成立以来,国家花了大量的人力、物力、财
力促使中国文学在国际上传播,为什么效果却不甚理想? 当前以
国家赞助为主体的中国文学"走出去"战略中可能存在的盲点和误
区是什么? Paper Republic 在国际传播中国当代文学方面为什么
做得比较好? 海外民间翻译力量有什么特点和优势,该如何与中
国官方力量合作以更好地促推中国文学"走出去"? 这篇文章以
Paper Republic 为个案,思考并力求回答这些问题。

## 二、Paper Republic 简介

Paper Republic (http://paper-republic.org/)是一个致力于
翻译并传播中国当代文学作品的博客网站,2007 年由美国翻译家
艾瑞克创建,当时只是有关中国当代文学翻译的一个论坛,一群说
英语母语、深谙中国语言文化的中国当代文学英译者因共同兴趣
和事业自发聚集于此,分享有关中国文学作品和作者的信息,讨论
如何翻译这些作品并在英语国家出版。到现在,Paper Republic
已发展成为一个致力于翻译并促推中国当代文学作品在国际传播
的民间网络翻译组织,共有译员 140 人(截至 2014 年 11 月 25
日)。该组织的突出特点是自发性、民间性、松散性,译员散居世界
各地,但通过 Paper Republic 这个网站组织聚集在一起,形成一个
利益共同体,所以本文将所有出现在 Paper Republic 译员库中的
译员都视为其成员。

这个网络翻译组织的核心成员在线上线下都非常活跃,一方
面,他们在 Paper Republic 网站发表大量博文,介绍世界范围内中
国当代文学的翻译出版、接受情况,或是发布各种有关中国当代文

学作品、作家的动态信息;另一方面,他们当中不少人居住在中国,与中国各种机构合作,从事中国当代文学翻译工作,对中国当代文学作品的翻译与国际传播发挥着实质性的作用。比如该组织创始人艾瑞克于2001年来到北京中央民族大学学习中文,在中国居住10年有余,于2011年协助《人民文学》创刊其英文版 *Pathlight* 杂志,之后开始担任 *Pathlight* 编辑总监,在中国当代文学的现场向世界翻译、传播中国当代文学,已经翻译出版了中国当代作家王小波的杂文集《我的精神家园》、王晓方的长篇小说《公务员笔记》、徐则臣的中篇小说集《跑步穿过中关村》、刘慈欣的科幻小说《三体》等大量中国当代文学作品,并管理 Paper Republic 网站,实时更新、整理网站信息,同时自己发表博文,介绍中国当代文学在世界的传播情况。

Paper Republic 网站提供了有关中国当代文学非常丰富的信息,利用网络的优势在出版社和译员之间、译员和译员之间、译员和作者之间、译员和全世界的中国文学爱好者之间搭起了沟通的桥梁。主要信息栏目有以下几种。(1)致出版社(Resources for Publishers)。为英语国家出版社提供中国文学翻译服务信息、译员信息、图书市场信息、中国政治文化信息等。(2)致译者(Resources for Translators)。向译者提供与中国出版商打交道、洽谈翻译业务、参加翻译培训、申请翻译资助等信息。通过这些信息,Paper Republic 把英语国家甚至非英语国家(如法国、德国、意大利)从事中国文学翻译的译者聚集在了一起,形成一股翻译、传播中国当代文学的国际合力。(3)探索(Explore)。这是整个网站的核心部分,提供有关中国当代文学翻译、出版以及国际传播中的极为丰富的信息,包括2007年 Paper Republic 创立以来的所有博文、140位译员的资料库及部分试译样品、347位中国现当代作家资料库、182部中文标题的中国现当代小说信息库、268部已经英译出版了的中文小说信息库、中国 41 家及英语国家 120 家主要出版社信息库等(截至 2014 年 11 月 25 日)。

### 三、Paper Republic 成员对中国当代文学的翻译和国际传播

#### (一)翻译并传播中国当代文学作品

笔者做了三份统计数据,以考察 Paper Republic 成员对翻译和传播中国当代文学的贡献。第一份数据是 2012 年国际出版的英译中国当代文学作品,如表 1 所示。

表 1　2012 年出版的英译中国当代文学作品①

| 作者 | 中文书名及出版年份 | 译者 | 英文书名 | 体裁、出版社 |
|---|---|---|---|---|
| 董启章 | 《地图集:一个想象的城市的考古学》1997 | 董启章、Bonnie McDougall*、Anders Hansson* | *Atlas：The Archaeology of an Imaginary City* | 长篇小说 Columbia University Press(美国) |
| 李锐 | 《无风之树》2003 | John Balcom* | *Trees Without Wind* | 长篇小说 Columbia University Press(美国) |
| 迟子建 | 《额尔古纳河右岸》2005 | Bruce Humes* | *Last Quarter of the Moon* | 长篇小说 Harvill Secker(英国) |

---

① 标星号"*"的译者为 Paper Republic 成员。此表参考了韩斌(Nicky Harman) 2012 年 12 月 31 日发表在 Paper Republic 网站的博文"2012 translations from Chinese—the final list!",网址:http://paper-republic. org/nickyharman/2012-translations-from-chinese-the-final-list/。韩斌还对 2013 年和 2014 年英译出版的中国当代文学作品(小说和诗歌)做了不完全统计,请分别参考以下两个网址:http://paper-republic. org/nickyharman/2013-roll-call-of-chinese-to-english-fiction-and-poetry-translations/;http://paper-republic. org/nickyharman/2014-translations-from-chinese-a-bumper-crop/。

续 表

| 作者 | 中文书名及出版年份 | 译者 | 英文书名 | 体裁、出版社 |
|---|---|---|---|---|
| 铁凝 | 《大浴女》2006 | Hongling Zhang* | *Bathing Women* | 长篇小说 Scribner(美国) |
| 阎连科 | 《丁庄梦》2006 | Cindy Carter* | *Dream of Ding Village* | 长篇小说 Constable(英国) |
| 严歌苓 | 《金陵十三钗》2007 | Nicky Harman* | *Flowers of War* | 长篇小说 Chatto & Windus (英国) |
| 叶广岑 | 《青木川》2007 | 高敏娜、杜丽霞、刘丹翎 | *Greenwood Riverside* | 长篇小说 Prunus Press(美国) |
| 莫言 | 《四十一炮》2003,2008 | Howard Goldblatt* | *Pow!* | 长篇小说 Seagull Books(印度、英国、美国) |
| 莫言 | 《檀香刑》2008 | Howard Goldblatt* | *Sandalwood Death* | 长篇小说 University of Oklahoma Press (美国) |
| 阎连科 | 《受活》2009 | Carlos Rojas* | *Lenin's Kisses* | 长篇小说 Grove Press / Atlantic Monthly Press(美国) |
| 王晓方 | 《公务员笔记》2009 | Eric Abrahamsen* | *The Civil Servant's Notebook* | 长篇小说 Penguin(中国、澳大利亚) |
| 艾米 | 《山楂树之恋》2009 | Anna Holmwood* | *Under the Hawthorn Tree* | 长篇小说 Virago Press(英国) |
| 陈冠中 | 《盛世》2009 | Michael Duke* | *Fat Years* | 长篇小说 Nan A. Talese(美国) |
| 伍美珍 | 《不寻常的女孩》2009 | Petula Parris-Huang* | *An Unusual Princess* | 儿童文学 Egmont(英国) |
| 何家弘 | 《血之罪》(修订版)2010 | Duncan Hewitt | *Hanging Devils: Hong Jun Investigates* | 长篇小说 Penguin(中国、澳大利亚) |
| 沈石溪 | 《红豺》2010 | Helen Wang* | *Jackal and Wolf* | 动物小说 Egmont(英国) |

续　表

| 作者 | 中文书名及出版年份 | 译者 | 英文书名 | 体裁、出版社 |
|---|---|---|---|---|
| 盛可以 | 《北妹》2011 | Shelly Bryant* | *Northern Girls* | 长篇小说 Penguin（中国、澳大利亚） |
| 张辛欣 | 《拍花子和俏女孩》2012 | Helen Wang* | *Pain Hua Zi and the Clever Girl* | 绘本小说 网络 iPad 电子出版（美国） |
| 韩东、朱文、洁尘、徐则臣等 | 《十城:中国城市短篇小说集》2012 | Nicky Harman*、Eric Abrahamsen* | *Shi Cheng: Short Stories from Urban China* | 短篇小说集 Comma Press（英国） |
| 安妮宝贝 | 《别人的路》2012 | Nicky Harman* | *The Road of Others* | 短篇小说集 MakeDo Publishing（英国） |
| 韩寒 | 《这一代人——中国最受欢迎的文学明星（和赛车手）杂文集》2012 | Allan Barr* | *This Generation: Dispatches from China's Most Popular Literary Star (and Race Car Driver)* | 杂文、博文 Simon & Schuster（美国） |
| 韩东 | 《来自大连的电话》1992 | Nicky Harman* | *A Phone Call from Dalian* | 诗集 Zephyr Press（美国） |
| 洛夫 | 《石室之死亡》1965 | John Balcom | *Stone Cell* | 诗集 Zephyr Press（美国） |
| 翟永明 | 《更衣室》2000 | Andrea Lingenfelter* | *The Changing Room* | 诗集 Zephyr Press（美国） |
| 欧阳江河 | 《重影》2012 | Austin Woerner* | *Doubled Shadows* | 诗集 Zephyr Press（美国） |
| 西川 | 《蚊子志:西川的诗》2005 | Lucas Klein* | *Notes on the Mosquito* | 诗集 New Directions Publishing（美国） |
| 柏桦 | 《风在说》2011 | Fiona Sze-Lorrain* | *Wind Says* | 诗集 Zephyr Press（美国） |

续　表

| 作者 | 中文书名及出版年份 | 译者 | 英文书名 | 体裁、出版社 |
|---|---|---|---|---|
| 杨炼、William Herbert（编） | 《玉梯：当代中国诗选》2012 | W. N. Herbert、Yang Lian、Brian Holton*、Qin Xiaoyu | *Jade Ladder: Contemporary Chinese Poetry* | 诗集 Bloodaxe Books Ltd.（英国） |

　　首先，从选材来看，2012年英译出版的中国当代文学作品经过了精心挑选，不少作品获得过或入围过文学大奖或有其他广泛社会影响，在国内外享有良好声誉，具有很好的文学价值和审美价值，例如《受活》是第三届老舍文学奖优秀长篇小说唯一获奖作品，《额尔古纳河右岸》获第七届茅盾文学奖，《檀香刑》和《四十一炮》入围茅盾文学奖，《山楂树之恋》《金陵十三钗》被著名导演张艺谋改编成了电影，《血之罪》被英国《卫报》推荐为"亚洲十大犯罪小说"之一。其次，文学体裁和题材多种多样，有长篇小说、短篇小说、杂文、诗歌；有厚重的历史题材小说，也有活泼的、反映当代中国各种生活层面的小说；有犯罪悬疑小说，也有儿童文学、动物小说。它们向全世界的读者展示了一个真实复杂、有着厚重历史和文化底蕴的当代中国。这些因素构成这些中国当代文学作品在国际传播的价值基础。

　　从出版社来看，相当大的一部分是英美国家的主流出版社，在英语国家的图书市场具有影响力，Penguin 和 Simon & Schuster更是跻身世界四大英语图书出版社行列，其他出版社也各具特色，比如 Virago 专门出版女性作家的作品，俄克拉荷马大学出版社是传播中国当代文学的先锋阵地，Comma 专注于出版短篇小说集和个人文集，New Directions 以出版翻译文学作品和实验诗歌见长，MakeDo 对中国当代文学作品情有独钟，Zephyr 以专门出版世界诗歌在美国享有盛誉，Egmont 则是英国著名的儿童文学出版社。

这些出版社的良好声誉为英译中国当代文学作品在世界的广泛传播打下了基础。而这些英译作品的 29 位译者中有 21 位是 Paper Republic 的成员,占到 72.4%,说明 Paper Republic 成员在 2012 年中国当代文学作品的英译中担当着重任。

第二份数据是英国翻译家、Paper Republic 核心成员韩斌出版的部分英译中国当代文学作品,如表 2 所示。

表 2　Paper Republic 核心成员韩斌翻译出版的主要中国当代文学作品

| 作者 | 中文书(篇)名及出版年份 | 英文译名 | 体裁 | 出版社或期刊名称 |
|---|---|---|---|---|
| 陈希我 | 《冒犯书》2014 | *The Book of Sins* | 长篇小说 | MakeDo Publishing |
| 颜歌 | 《白马》2014 | *White Horse* | 中篇小说 | Hope Road Publishing |
| 陈冠中 | 《裸命》2014 | *The Unbearable Dreamworld of Champa the Driver* | 长篇小说 | Doubleday |
| 谢晓虹 | 《雪与影》2014 | *Snow and Shadow* | 短篇小说集 | East Slope Publishing |
| 孙一圣 | 《牛得草》2014 | *The Stone Ox that Grazed* | 短篇小说 | *Asymptote* |
| 韩东 | 《一声巨响》2014 | *A Loud Noise* | 诗歌集 | The Chinese University Press |
| 谢晓虹 | 《女人鱼》2013 | *Woman Fish* | 短篇小说 | *The Guardian* |
| 谢晓虹 | 《好黑》2013 | *So Black* | 长篇小说 | Muse Publishers |
| 孙一圣 | 《爸你的名字叫保田》2013 | *Dad, Your Name Is Bao Tian* | 短篇小说 | *The World of Chinese* |
| 孙一圣 | 《而谁将通过花朵望天空》2012 | *The Shades Who Periscope Through Flowers to the Sky* | 短篇小说 | *Words Without Borders* |
| 雪漠 | 《新疆爷》2012 | *Old Man Xinjiang* | 短篇小说 | *The Guardian* |

续 表

| 作者 | 中文书(篇)名及出版年份 | 英文译名 | 体裁 | 出版社或期刊名称 |
|---|---|---|---|---|
| 陈希我 | 《带刀的男人》2012 | *The Man with the Knife* | 短篇小说 | *Words Without Borders* |
| 安妮宝贝 | 《歧照:孤岛》2012 | *Qizhao: Lonely Island* | 中篇小说 | *Pathlight* |
| 安妮宝贝 | 《告别薇安》2012 | *Goodbye to Anne* | 中篇小说 | MakeDo Publishing |
| 徐则臣 | 《弃婴》2012 | *Throwing Out the Baby* | 短篇小说 | *Words Without Borders* |
| 严歌苓 | 《金陵十三钗》2012 | *Flowers of War* | 长篇小说 | Chatto and Windus |
| 韩东 | 《来自大连的电话》2012 | *A Phone Call from Dalian* | 诗集 | Zephyr |
| 张翎 | 《金山》2011 | *Gold Mountain Blues* | 长篇小说 | Penguin Canada and Atlantic Books (UK) |
| 韩东 | 《扎根》2009 | *Banished* | 长篇小说 | University of Hawaii Press |
| 欣然 | 《见证中国——沉默一代的声音》2008 | *China Witness* | 报告文学 | Chatto & Windus |
| 梓人 | 《长廊的短调》2008 | *Long Corridor, Short Song* | 短篇小说 | *Renditions* |
| 曹锦清 | 《黄河边的中国》2004 | *China Along the Yellow River* | 报告文学 | Routledge Curzon |
| 虹影 | 《K》2002 | *K: The Art of Love* | 长篇小说 | Marion Boyars |

  韩斌在当今英国译坛非常活跃,曾是英国文学翻译中心(British Centre for Literary Translation)的负责人、帝国理工学院(Imperial College London)的翻译教师,以及英国一些最著名的翻译竞赛(如 Harvill Secker Young Translators' Prize)的评委;从事翻译工作 13 年来,翻译了大量中国当代小说和诗歌,现专职从事中国文学英译工作。她组织中国文学翻译工作坊,讲授中国文学翻译课程,培训中国文学译者,为《卫报》编辑英译中国当代短篇小

说,安排中国作者与英国译者见面会,在伦敦创办"中国小说读书俱乐部"。她经常在《人民文学》英文版 *Pathlight* 杂志上发表译作,并且是 Paper Republic 网站管理人之一,在上面发表了大量博文,介绍中国当代优秀作家、作品以及英国对中国当代文学译介的最新信息,大力在英语国家推广中国当代文学。表 2 这份不完全清单已足够说明韩斌对翻译和传播中国当代文学做出的巨大贡献。2013 年,在首届"中国当代优秀作品国际翻译大赛"中,韩斌翻译贾平凹的短篇小说《倒流河》("Backflow River")参赛,获得英语组一等奖。

第三份数据是《人民文学》英文版 *Pathlight* 自 2011 年 11 月创刊后,前两期所刊登的英译中国当代文学作品,如表 3 所示。

表 3　《人民文学》英文版 *Pathlight* 创刊前两期的英译中国当代文学作品

| 作者 | 原篇名 | 译者 | 英文篇名 | 体裁 |
|---|---|---|---|---|
| 2011 年第一期(创刊号) | | | | |
| 张炜 | 《你在高原》第一卷《家族》、第三卷《海客谈瀛洲》节译 | Joel Martinsen | From the Clans; A Letter to the God of the Sea | 长篇小说 |
| 刘醒龙 | 《圣天门口》第 15 章《天堂气象》节译 | Brian Holton | Did You Remember to Keep Smiling | 长篇小说 |
| 莫言 | 《第八届茅盾文学奖获奖感言》 | Eric Abrahamsen | Prize Acceptance Speech | 演讲稿 |
| 毕飞宇 | 《谈谈〈推拿〉的写作》 | Alice Xin Liu | On Writing *Massage* | 演讲稿 |
| 刘震云 | 《一句顶一万句》(节译) | Jane Weizhen Pan、Martin Merz | An Italian Priest and a Chinese Butcher | 长篇小说 |
| 蒋一谈 | China Story | Eric Abrahamsen | China Story | 短篇小说 |
| 笛安 | 《威廉姆斯之墓》 | Alice Xin Liu | Williams' Tomb | 短篇小说 |
| 七格 | 《吹糖人》 | Joel Martinsen | Sugar Blower | 短篇小说 |

续 表

| 作者 | 原篇名 | 译者 | 英文篇名 | 体裁 |
|---|---|---|---|---|
| 向祚铁 | 《武皇的汗血宝马》《养鲸鱼的故事》 | Brendan O'Kane | A Rare Steed for the Martial Emperor; Raising Whales | 短篇小说 |
| 李娟 | 《2009 年的冬天》《通往滴水泉的路》 | Lucy Johnston | The Winter of 2009; The Road to the Weeping Spring | 短篇小说 |
| 雷平阳 | 诗 6 首 | Eleanor Goodman | 略 | 诗歌 |
| 侯马 | 诗 4 首 | Canaan Morse 等 | 略 | 诗歌 |
| 孙磊 | 诗 1 首 | Brian Holton 等 | 略 | 诗歌 |
| 宇向 | 诗 8 首 | Fiona Sze-Lorrain | 略 | 诗歌 |
| 王良和 | 诗 5 首 | Canaan Morse | 略 | 诗歌 |
| 西川 | 诗 4 首 | Lucas Klein | 略 | 诗歌 |
| 李洱 | 《斯蒂芬又来了》 | Denis Mair | Stephen's Back | 短篇小说 |
| 2012 年第一期 | | | | |
| 铁凝 | 《伊琳娜的礼帽》 | Patrick Rhine | Irina's Hat | 短篇小说 |
| 阿来 | 《水电站》《脱粒机》 | Darryl Sterk | The Hydroelectric Station; The Threshing Machine | 短篇小说 |
| 迟子建 | 《一坛猪油》 | Chenxin Jiang | A Jar of Lard | 短篇小说 |
| 王刚 | 《湖南坟园散记》 | Martin Merz、Jane Weizhen Pan | Recollections of the Hunan Cemetery | 短篇小说 |
| 徐坤 | 《销签》 | Roddy Flagg | Visa Cancelling | 短篇小说 |
| 冯唐 | 《麻将》 | Brendan O'Kane | Mahjong | 短篇小说 |
| 邱华栋 | 《月亮的朋友》 | Joel Martinsen | Friend of the Moon | 短篇小说 |

续　表

| 作者 | 中文篇名 | 译者 | 英文篇名 | 体裁 |
| --- | --- | --- | --- | --- |
| 徐则臣 | 《露天电影》 | Eric Abrahamsen | Outdoor Film | 短篇小说 |
| 盛可以 | 《鱼刺》 | Shelly Bryant | Fishbone | 短篇小说 |
| 张悦然 | 《一千零一夜》 | Anna Holmwood | A Thousand and One Nights | 短篇小说 |
| 刘慈欣 | 《赡养上帝》 | Ken Liu | Taking Care of God | 科幻短篇小说 |
| 金仁顺 | 《云雀》 | Xujun Eberlein | Skylark | 短篇小说 |
| 次仁罗布 | 《放生羊》 | Jim Weldon | A Sheep Released to Life | 短篇小说 |
| 翟永明 | 诗 5 首 | Andrea Lingenfelter | 略 | 诗歌 |
| 韩东 | 诗 7 首 | Nicky Harman 等 | 略 | 诗歌 |
| 沈韦 | 诗 4 首 | Eleanor Goodman | 略 | 诗歌 |
| 春树 | 诗 4 首 | Alice Xin Liu | 略 | 诗歌 |

*Pathlight* 这两期所翻译的作家比如莫言、毕飞宇、刘震云、李洱、西川、铁凝、迟子建、翟永明、韩东等,都是中国当代文学界有影响力的作家,他们的作品在很大程度上代表了中国当代文学的水平,*Pathlight* 精心挑选的这些作品从源头上保证了译作的文学价值。要想让这些价值在英语世界的读者中被接受、领悟和传播,翻译是其中非常重要的环节。人们普遍认为,汉译外的最好译者是精通汉语、熟谙中国文化的外语母语者。为此,*Pathlight* 邀请了热爱中国文化、中文水平较高的英、美、澳等国家的 20 多位翻译,"他们是对中国文学最有感觉的外国人,多为常年研究中国文学的中青年翻译家,他们的感觉很到位,让读者几乎感觉不到跨越不同文化背

景的震动"①。

*Pathlight* 杂志是中国官方力量《人民文学》与 Paper Republic 合作的产物,其译者全部都是 Paper Republic 的成员。他们为 *Pathlight* 提供高水平的翻译,在选材上把能体现中国当代写作水平、能与外国作家和读者产生对话关系的中国作家及其作品翻译给国外读者,同时为该杂志提供管理服务,除前面提到的艾瑞克担任编辑总监外,其成员刘欣(Alice Xin Liu)担任杂志的英文执行编辑,迦南·莫尔斯(Canaan Morse)担任诗歌编辑。以上三份数据表明 Paper Republic 这个民间翻译组织是向英语世界翻译、传播中国当代文学作品的重要力量。

## (二)发表博文介绍、评论中国当代文学

Paper Republic 成员在网站积极撰文或转文介绍、评论中国当代文学。2013 年 3 月 21 日 Paper Republic 网站首页有 85 篇"最新博文",其中有 56 篇探讨中国现当代作家和作品及其翻译。笔者对这些博文进行了整体分析,以管窥 Paper Republic 成员对中国当代文学研究的深度和传播的广度。这 56 篇博文涵盖的中国当代作家及作品相当广泛,作家包括如鲁迅、钱锺书、丁玲、莫言、董启章、铁凝、李洱、余华、阎连科、王晓方、陈冠中、陈楸帆、郭小橹、朱文、西川、柏桦、海子、慕容雪村等;作品有比如《大浴女》《额尔古纳河右岸》《公务员笔记》《裸命》《地图集:一个想象的城市的考古学》《漓江的鱼》《够一梦》《风在说》《蚊子志》等。这些博文能让读者了解到中国当代文学作品在西方世界的译介及传播的一些具体情况,其中有不少学术性的评论文章则为世界更深入理解中国当代文学、深层次影响读者对中国当代文学的认知提供了窗

---

① 李舫.中国当代文学点亮走向世界的灯.人民日报,2011-12-09(19).

口,如《人兽鬼——钱锺书的小说和散文》《挣扎与共生:诗人海子的经典化与当代中国文化话语》《从王晓方〈公务员笔记〉看中国官场小说》《鲁迅和世界文学的生产》《中国现当代文学在西班牙的翻译史(1920—2009)》《金色大道上的里程碑:为中国的社会主义写作(1945—1980)》等。Paper Republic 成员特别重视英美主流媒体对他们翻译的中国文学作品的评论,跟踪自己翻译的作品在国际化媒体上的接受情况。这 56 篇博文关注、跟踪的媒体有英国的 BBC 电台、《泰晤士报》《卫报》《金融时报》《旁观者》《每日邮报》《独立报》以及美国的《纽约时报》《纽约客》、推特等,他们在这些媒体发表评论文章或到电台、电视台参加访谈节目,深入中国当代文学肌理,全方位推介他们翻译的作品。

再选其中 2 篇博文具体看看 Paper Republic 传播中国当代文学的深度。博文《西川的最新诗集〈够一梦〉》的作者是 *Pathlight* 杂志的诗歌编辑迦南·莫尔斯,他长期住在中国北京。他的这篇博文从西川诗歌的基本思想、措辞特点、语言风格、诗歌类别、诗集结构等方面比较详细地介绍了《够一梦》,并把西川的诗与美国诗人 Sylvia Plath、William Carlos Williams、Ted Hughes、Jorge Luis Borges 以及中国古代诗人贾谊和中国当代诗人北岛、于坚的诗进行对比,找出其中共通的东西,然后对其中几首诗的片段进行翻译,具体解析西川诗歌独特的音乐美、建筑美和绘画美。

另一篇博文《从〈额尔古纳河右岸〉看中国的少数民族文学》的作者是美国翻译家 Bruce Humes,也是 Paper Republic 核心成员之一。他的中文名字叫徐穆实,在中国已经居住了 30 年,专门研究及翻译中国少数民族文学。2012 年他翻译了迟子建的《额尔古纳河右岸》,英文译名为 *The Last Quarter of the Moon*,由兰登书屋(Random House)旗下的哈维尔·塞克(Harvill Secker)书局出版,在英美图书市场广受好评,引起众多媒体关注。这是一部描述我国东北少数民族鄂温克人生存现状及百年沧桑的长篇小说,徐穆实在博文中介绍了鄂温克人的生活以及他们的文学文化传统,阐释自己如何通过撰写中国少数民族文学专题博客以及翻译中国少数民族文学来提高中国民族文学的透明度,让世界更好地了解中国境内少数民族的文化、文学与人生观,并探讨中国主流社会如何通过文学作品反映内在的"少数"——非汉族民族,以及非汉族民族本身如何通过强势语言汉语定位自己的文化、讲述自己民族的故事。迟子建说:"文学要飞翔到世界,必须借助翻译的翅膀。现在译者很多,而中国文学要想真正得到世界的认可,需要一批热爱中国文学、熟悉当代中国的译者。好的译者可以让作品获得第二次生命。"①徐穆实正是这样一位热爱中国文学、熟悉当代中国的"好译者",他让《额尔古纳河右岸》获得了第二次生命。Paper Republic 还有不少这样的好译者,中国很多当代文学作品借助他们的翻译翅膀,飞越重洋,传播到了世界各地。

**四、充分调动海外民间翻译力量以促进中国当代文学的国际传播**

在中国政府推行文化"走出去"的战略背景下,中国文学成为中国文化"走出去"的重要砝码,各个学术领域也掀起了研究中国文学国际传播的热潮,学者们从不同角度批判性地考察了中国现当代文学在世界的传播历程,聚焦其中的问题并提出建设性意见。但是从目前的研究文献来看,几乎所有的研究都集中于中国官方力量如何促推中国文学在国际上的传播,笔者在中国知网(CNKI)尚没有查阅到探讨海内外民间力量在其中发挥作用的学术文章。造成这种现状的一个主要原因"恐怕是在现阶段的中国,

---

① 孙达.从额尔古纳河右岸到大洋彼岸.黑龙江日报,2013-02-01.

真正全面推行国际传播的主要力量是国家,组织者是政府,渠道是官方媒体,在中国文化产业'走出去'的过程中,中国政府和媒体依旧扮演着重要角色,民间力量在此过程中是缺失的"①。其实,"在文化艺术领域,官方的、政府的角色在国际交流,特别是国际文化交流中应当'后置',推到前台的应当是国内外高等院校、研究机构、艺术院团及民间文化艺术团体,这样反而能够达到更有效、更广泛的传播效果"②。打开 Paper Republic 这扇门,笔者发现了一支有效促推中国当代文学在国际传播的海外民间翻译队伍,他们的工作让人印象深刻,笔者感觉到很有必要把这种海外民间力量发扬光大,与中国官方力量形成互补,更好地为中国当代文学国际传播服务。

早在新中国成立之初,中国官方就开始采取措施大力向世界译介中国文学作品,五六十年过去后,效果仍不甚理想。③ 为什么会如此? 从一个重要方面来看,"中国文学国际传播是国内译者在国家政府的赞助下,以翻译为工具和掩饰手段,主要对西方文化形式库(culture repertoire)进行的一种'规划'和'干预'"④。而当西方文化在世界文化场域处于中心地位时,其文化系统机构运行平稳,对系统外文化产品的消费需求处于低谷,系统外因素的"规划"和"干预"会引起系统内部强烈的抵触情绪而难以被内部接受,

---

① 刘娜.国际传播中的民间力量及其培育.新闻界,2011(6):36.
② 贾磊磊.全球化时代中国文化传播策略的当代转型.东岳论坛,2013(9):85.
③ 如:(a)谢天振.中国文化如何"走出去"?.文汇读书周报,2008-07-30.(b)吴赟,顾忆青.困境与出路:中国当代文学译介探讨.中国外语,2012(5):90.(c)耿强.论英译中国文学的对外传播与接受.天津外国语大学学报,2012(5):44-50.(d)赵征军.中国戏剧典籍译介研究——以《牡丹亭》的英译与传播为中心.上海:上海外国语大学博士学位论文,2013.这些文献都谈到了这个问题.
④ 赵征军.中国戏剧典籍译介研究——以《牡丹亭》的英译与传播为中心.上海:上海外国语大学博士学位论文,2013:190.

笔者认为这是目前中国当代文学国际传播的最大障碍。Paper Republic 这个海外民间网络翻译组织对中国当代文学的翻译和传播模式为我们解决这个问题提供了以下一些启示。

(1)作为绝大部分是在英语国家文化形式库环境中成长起来的英语母语者,Paper Republic 成员更清楚"译什么""为谁译""怎样译",他们能准确捕捉目标语文化动态,协调市场、机构、读者、形式库等多种因素之间的关系,从前面的介绍可以看出,他们已经卓有成效地做到了这一点,他们的不少译本由英语国家享有盛誉的大出版社出版,引起了英美主流媒体的关注,有些作品正逐步走向英美文化形式库中心。

(2)他们基本不受中国官方意识形态制约,而主要以英语国家读者立场和审美需求为出发点来选择翻译文本和翻译策略,大大拉近了译者、译文与英语国家读者之间的心理距离,拓展了英译中国当代文学作品在英美文化系统内的潜在传播空间;并且他们当中许多人都是以翻译中国当代文学作品为谋生手段,支配他们翻译行动的是优胜劣汰的丛林法则,只有他们翻译的作品通过出版社正式出版,进入市场传播通道,创造市场价值,他们才能生存,为此,他们会尽力把作品译好,充分考虑目标语读者的接受心理。

(3)Paper Republic 的译员多以英语为母语,中国文化和语言功底深厚,在翻译行业从业多年,多有国际背景,熟悉英美等主要英语国家翻译文学出版和传播的机制流程,是中国当代文学在英语世界不可多得的代言人,加强与他们的合作,充分利用好这支海外民间力量,是中国当代文学国际传播的一条有效途径。《人民文学》英文版 *Pathlight* 从诞生到每篇小说、每首诗歌的翻译,再到杂志的发行、传播、整体运作乃至发展规划,都是 Paper Republic 与中国官方全程合作的结晶,为拓宽中国文学对外传播路径提供了典范模式。

(4)民间力量具有天然的合法性,在西方受众中可信度较高,民间的声音更容易得到认可。[①] Paper Republic 作为西方自己的民间组织,其翻译的作品在西方所产生的影响,可能比单纯由中国官方力量推出的翻译项目和翻译产品更能接近人心,产生的影响更深更广。

(5)充分利用网络的强大优势和传播力量。网络消弭了传播的藩篱,把全世界的读者连接为一体,极大拓展了中国当代文学传播的国际空间;并且网络传播汇集了文本、图像、音频、视频等各种媒介方式,可以更生动、更多样化地传播中国当代文学。Paper Republic 正是利用了网络的优势,把散居全世界的中国当代文学译者凝聚在一起,形成了一股翻译和传播中国当代文学的国际力量。

## 五、结　语

为了让国际出版业能及时、充分地获取中国最新的图书市场信息,Paper Republic 与《中国图书商报》(*China Book Business Report*)、上海东方图书数据库(Shanghai Eastern Book Data)于2013 年 4 月开始联合推出《中国畅销书每月分析报告》(Monthly Analyses of Bestselling Books in China)[②],目标是提供正在中国销售和阅读的图书的全面而及时的信息。这些信息内容分为三部分:(1)每月中国图书销售市场的特点和趋势分析;(2)当月畅销书排行榜;(3)当月新书销售排行榜。图书分为普通类、文学类、普通非文学类、科技类、儿童文学类、艺术类、教育类、生活类等,每一类

---

[①]　刘娜. 国际传播中的民间力量及其培育. 新闻界,2011(6):36-39.

[②]　参见:Abrahamsen, E. Book market reports. (2013-01-18)[2013-05-25]. http://paper-republic. org arch2013/4/ # posts.

销售业绩前 20 名上榜。

　　Paper Republic 的这份报告具有权威的数据来源,要想深度了解中国的图书市场及其最新动态数据,这份报告是必不可少的。缺乏中国图书市场的及时信息一直都是中国与国际出版业之间许多潜在联络的一个障碍,《中国畅销书每月分析报告》将大大改善这种状况,让中国的畅销书——其中很大一部分是中国当代文学作品——更好地走向世界。这份图书市场报告也更让我们深深感受到了 Paper Republic 这个海外民间网络翻译组织促推中国当代文学在国际上传播的努力。

　　致谢:艾瑞克(Eric Abrahamsen)和韩斌(Nicky Harman)接受了笔者通过电子邮件的多次笔访,回答了笔者提出的许多有关 Paper Republic 和中国当代文学英译的问题,并为本研究提供了一手资料;另外,本文的直接启发来源于笔者 2009 年 10 月 26 日在英国曼彻斯特大学翻译与跨文化研究中心聆听的韩斌的一次学术演讲:"The Many Lives of the Literary Translator"。特此对两位翻译家致以深切谢忱!

　　本文为国家社会科学基金项目"抗日战争时期延安翻译活动的历史意义与当代价值研究"(项目编号:16BYY021)的研究成果之一。

　　(王祥兵,国防科技大学文理学院教授;原载于《中国翻译》2015 年第 5 期)

第四编

中国文学译介与传播：个案与综述

# 英语世界中国现当代文学翻译:现状与问题

马会娟

## 一、引　言

　　自我国政府提出"文化走出去"战略后,学界人士对如何"走出去"进行了有益探索,对代表中国文化的重要组成部分——中国现当代文学的英译情况和接受效果进行了分析和考察。耿强研究了外文出版社出版的由杨宪益任主编的"熊猫丛书"对中国文学作品的译介情况①;郑晔考察了《中国文学》杂志自 1951 年创刊到 2000 年停刊期间对外译介中国文学的内容和传播问题②;杜博妮(Bonnie McDougall)则根据自己以外国专家身份在中国外文局工作时的亲身经历,撰写了《现代中国翻译区域》(*Translation Zones in Modern China*),分析了国家赞助下的中国文学对外译介的模

---

①　耿强.文学译介与中国文学走向世界——"熊猫丛书"英译中国文学研究.上海:上海外国语大学博士学位论文,2010.
②　郑晔.国家赞助下的中国文学对外译介——以《中国文学》(1951—2000)为个案.北海:新时代语境下的中国翻译研究与教学学术研讨会,2012.

式及存在的问题①。这些研究的结论大致相同,即由中国政府发起,由本土译者主译的中国文学对外译介总体来说不是很成功。然而,与上述研究相比,我国学界对中国现当代文学在英语世界的译介现状和传播情况了解甚少,对英语世界中国文学的翻译研究相对薄弱。中国现当代文学在英语世界的翻译有哪些模式?每种模式又有什么特点?谁在译?译什么?译的效果又如何?本文将依据美国文学翻译家协会会刊《翻译评论》(*Translation Review*)副刊 *Annotated Books Received* 近三十年(1981—2011)刊载的中国文学英译书目,以及中国现当代文学在英语世界的翻译研究尝试回答以上问题,探讨中国现当代文学在英语国家的翻译现状及存在的问题,以便为中国文化成功走出国门做好基础工作。

## 二、中国现当代文学在英语世界的翻译模式

对于英语世界中国文学的翻译模式,不同学者有不同的见解。杜博妮认为目前中国文学的翻译存在以下四种模式:学术翻译、商业翻译、出于政治动机的翻译以及个人翻译。② 这四种模式在翻译发起人、出版社、译者、目标读者群等方面有着不同的特点。

学术翻译:翻译发起人通常是译者,出版社一般是大学出版社,目标读者则是从事学术研究工作的学者和高校学生。译作通常附有导读、注释和难词汇编,一般提供与原作相关的背景信息,评论和解释原作中某些重要词语的细微含义等。这些附加内容对研究者来说非常有用,但对普通读者来说却显得累赘啰唆。夏威夷大学出版社出版的葛浩文(Howard Goldblatt)主编的《现代中

---

① McDougall, B. S. *Translation Zones in Modern China*. Amherst: Cambria Press, 2011.

② McDougall, B. S. *Translation Zones in Modern China*. Amherst: Cambria Press, 2011.

国新小说系列》属于此类。

商业翻译:翻译发起人可能是译者,也可能是文学代理或出版商。他们希望译作能够尽可能地吸引更多的读者,但是实现这一愿望的可能性不大。企鹅出版社下属的子公司及哈珀柯林斯出版集团(HarperCollins)出版的莫言和苏童的小说属于此类。

出于政治动机的翻译:翻译发起人通常是出版社。这类翻译的原作有的具有很高的文学价值,有的则政治色彩浓厚,文学价值不高。

个人翻译:翻译发起人通常是作者或译者。发起翻译的动机不是为了商业利益,而是出于译者个人的文学兴趣。出版社可能是大学出版社,也可能是商业出版商。例如,杜博妮对北岛诗歌的翻译,以及蓝诗玲(Julia Lovell)对韩少功的小说《马桥词典》翻译。

孙慧怡(Eva Hung)根据译作出版流程中参与者所起的关键作用以及扮演的角色,将英语世界中国现当代文学的翻译模式分为以下四种。①

1) 出版社⟸ 译者⟹作者

2) 作者 ⟹ 译者⟹ 出版社

3) 作者 ⟸出版社(⟹文学代理)⟹ 译者

4) 作者 ⟸ 文学代理 (或) ⟹译者
⟱     ⟰
⟹ 出版社 (或)

第一种模式在 20 世纪 80 年代以前较为常见,发起人通常是英语国家学术界,特别是研究中国文学的学者,翻译的目的主要是为了教学需要,或出于对某个中国作家或某部作品的喜爱,这类翻

① Hung, E. Blunder or service? The translation of contemporary Chinese fiction into English. *Translation Review*, 1991, 36-37(1): 39-45.

译的质量较高。葛浩文在 20 世纪七八十年代对萧红作品的翻译属于此类。

第二种翻译模式在 20 世纪 90 年代以后更为常见。中国作家在与英美文学界有了更多的直接接触后,为了使自己的作品被国际读者所了解,主动寻找译者(多为英语国家高校教、学汉语的师生和在中国学习汉语的留学生)来翻译自己的作品。但这种模式下的译者翻译能力参差不齐:有的对中国文学有较深入的了解,能够保障译作的质量;有的则语言能力和文化能力欠缺,不能胜任文学翻译工作。张洁、舒婷以及港台地区一些作者的作品的翻译属于此列。

第三和第四种翻译模式较为复杂,涉及的参与者较多,是目前国际出版界的常规模式。该模式涉及译作出版的两大关键因素:出版商和文学代理人。他们对中国现当代文学虽然不甚了解,但却决定着译作能否在国外出版及销售。与第一种模式下的译者(高校学者)相比,这两种模式下的译者对中国语言和文化的了解不多,但由于他们和文学代理、出版商之间有着密切的合作关系,通常能够保障译作的顺利出版和成功销售。

根据以上两位学者对中国文学英译在英语世界的翻译模式的分类,可以发现,杜博妮提到的"个人翻译"模式与孙慧怡提到的第二种模式目前只存在于很小的范围内。就文学翻译而言,出于政治动机的翻译模式也不占主流。可以说,自 20 世纪 80 年代以来,主要有两种翻译模式在发挥作用:一个是非营利性的大学出版社的翻译模式,一个是市场机制运作下的商业出版社的翻译模式。前者销量少,但销售稳定,译作质量高;后者受市场、读者等影响,盈利菲薄,译作质量因译者能力不一而参差不齐。当然,以上提到的各种翻译模式虽然翻译动机不同、出版风格迥异、目标读者群不同,但之间并没有绝对的界限,彼此之间有重合之处。

## 三、谁在译？——"孤独"的汉英译者

英语世界中国文学的英译者可以分为以下三类：母语是汉语的译者，如林语堂、张爱玲；母语是英语的译者，如闵福德(John Minford)、蓝诗玲；母语分别是汉语和英语的合作翻译的译者，如陶忘机(John Balcom)夫妇、葛浩文夫妇。根据国际翻译惯例，翻译一般是从外语译入母语，并且我们关注的对象是英语世界的文学翻译，因此本文所探讨的译者主要是后两种类型。

近些年来，随着我国经济的快速发展和国际地位的提升，文化输出成为展现我国软实力的一种形式，中国文学英译被赋予了传播文化的使命。在中国文化输出的过程中，英语世界的汉英译者发挥着不可替代的重要作用。但是，就英语国家从事汉英翻译的译者群而言，中国现当代文学的翻译现状并不乐观。在美国，文学作品的英译，特别是亚洲国家作品的翻译市场很小。美国文学翻译家协会主席、蒙特雷国际研究院高级翻译学院陶忘机教授认为，文学翻译在美国仅占 3% 的市场份额，而中国文学英译作品大约是每年出版一本。① 具体到专业译者，被美国哥伦比亚大学夏志清教授称为"中国现当代文学首席翻译家"的葛浩文认为，目前英语世界致力于中国文学翻译的只有两个人：一个是他本人(翻译中国小说)，另一个是陶忘机(翻译中国诗歌)。其他译者"或是热情有余但经验不足且学业繁重的研究生"，或是"担负更多其他重要

① Balcom, J. Translating modern Chinese literature. In Bassnett, S. & Bush, P. (eds.). *The Translator as Writer*. New York: Continuum, 2006.

工作、翻译只是偶尔为之的高校教师"。① 中国诗歌翻译家、美国
学者 J. P. "Sandy" Seaton 对此也表达了相同的观点。在谈及中
国文学英译的未来时,他不无忧虑,认为英语国家"不仅(从事汉英
文学翻译的)译者少,而且对(汉英文学)的翻译资助也少得可
怜"②。在英美等英语国家,单凭翻译文学作品来谋生是不可能
的。这从包括翻译了 40 余部中国文学作品的葛浩文在内的汉英
译者同时担任高校的教学工作、承担繁重的笔译教学任务可以看
得出来。

英美国家汉英翻译人才缺乏在设有中文翻译项目的高校有明
显体现。在英美不少大学(如英国爱丁堡大学、美国蒙特雷国际研
究院)里,中文翻译项目的研究生人数要比其他语言项目的人数多
很多(2012 年蒙特雷翻译学院中文系毕业的学生多达 80 个,而人
数居第二位的西班牙语系仅 16 个),但绝大多数学生都是母语是
汉语的学生,母语是英语的学生屈指可数。毕业后专门致力于文
学翻译的人就更少。

对于英语世界从事汉英翻译的译者奇缺的原因,葛浩文根据
其对美国翻译市场的了解,认为主要有以下三个方面。

"首先,中国文学翻译没有什么市场。我们知道,翻译文学在
美国并不被看好,比如说,比不上欧洲的许多国家。其次,由于中
美之间存在的爱恨关系(或者说用相互敬畏又相互忌惮来描述这
种关系更为妥当),以及美国读者普遍对亚洲国家不了解和缺乏兴
趣,中国的小说和诗歌很少能吸引美国读者的兴趣。有一些出版

---

① Goldblatt, H. Of silk purses and sows' ears: Features and prospects of contemporary Chinese fictions in the West. *Translation Review*, 2000, 59(1): 21-27.

② Bradbury, S. A conversation with J. P. "Sandy" Seaton. *Translation Review*, 2005, 70(1): 33-44.

商会对某个仍在世的中国作家或偶尔会对某本书表现出兴趣,但是他们通常缺乏热情,也很少对译作进行市场推销。《纽约时报》书评夸张的溢美之词、封底上性感的中国女人,或"中国禁书"的标签也许能够引起一点销售业绩,但仅此而已。"①

英国爱丁堡大学中文系教授杜博妮结合自己多年从事中国文学教学、翻译和研究的经历指出,中国文学英译人才在英国之所以极度缺乏,是由于多年来英国高校采用的中国文学教材翻译质量不高,这导致了中文系学生对中国现当代文学不感兴趣,很少有人愿意致力于汉英文学翻译。② 在英国,目前翻译中国现当代文学较为知名的译者只有蓝诗玲,她翻译的张爱玲的《色,戒》(2007)、鲁迅小说全集(2009)被收录进了英国著名的"企鹅经典"翻译丛书。

英语世界中国文学的翻译,除独立的个人翻译和中西互补的合作翻译外,还有一种特殊的合作翻译形式。这种合作翻译与林纾、庞德的翻译活动相似,即从事汉英文学翻译的译者一般不懂中文,通常和讲汉语的人(学者或学生)进行合作翻译。这种合作翻译的质量常因合作者翻译能力的不同而参差不一。例如,在美国诗人芬科尔(Donald Finkel)翻译的诗集 *A Splintered Mirror*: *Chinese Poetry from the Democracy Movement*(《破碎的镜子:中国民主运动诗歌选》)里,由于译者不懂中文,其译文"不只是'意

---

① Goldblatt, H. Of silk purses and sows' ears: Features and prospects of contemporary Chinese fictions in the West. *Translation Review*, 2000, 59(1): 21-27.

② McDougall, B. S. *Translation Zones in Modern China*. Amherst: Cambria Press, 2011: 42.

译',有时还添加了原文所没有的内容"①。这反映了英语国家的一些译者虽然有翻译中国文学的愿望,但受限于语言能力,不得不采用这种非正规的翻译操作模式。这种模式存在着一个致命的缺点,即不论对中国文学作品的诠释还是译作的质量都难以得到保障。当代作家毕飞宇曾结合自己的亲身经历,中肯地指出对文学感受力不强且缺乏生活经验的合作者"最好不要去揽活儿。要不然,你会把翻译的状况拉进一个非常可怕的死胡同"②。

## 四、翻译选材广泛但缺乏系统性

翻译选材涉及的是译什么的问题。英语世界对中国现当代文学作品的翻译涉及广泛,主要包括以下方面。

### (一)经典作品的翻译情况

#### 1. 现代文学中被视为经典作品的翻译

在现代文学作家中,鲁迅、老舍、萧红的作品最受英语译者的关注。其中,鲁迅的小说英译版本最多,最近英国翻译家蓝诗玲推出了鲁迅小说全集 *The Real Story of Ah-Q and Other Tales of China* (2009)。老舍的《骆驼祥子》除了 Evan King(1945)、Jean M. James(1979)以及施晓菁(1988)的三个译本外,近期又推出了葛浩文的译本(2010)。萧红的作品也因葛浩文的青睐基本上全部被翻译为英文,包括《生死场》(*The Field of Life and Death*,

---

① Kinkley, J. C. A bibliographic survey of publications on Chinese literature in translation from 1949 to 1999. In Chi, P. & Wang, D. D. (eds.). *Chinese Literature in the Second Half of a Modern Century: A Critical Survey*, Bloomington: Indiana University Press, 2000.

② 何碧玉,毕飞宇. 中国文学走向世界的路还很长. 东方翻译,2011(4):59-63.

1979)、《呼兰河传》(*Tales of Hulan River*, 1979)、《萧红作品选集》(*Selected Stories of Xiao Hong*, 1982), 以及《商市街》(*Market Street*, 1986)。

2. 重新被中国现代文学史经典化的作家作品的翻译

最典型的是张爱玲的作品翻译。张爱玲在被夏志清在《中国现代文学史》一书中推崇为"今日中国最优秀最重要的作家"后, 其作品如《金锁记》《色, 戒》《倾城之恋》《流言》等陆续被译为英文, 知名的译者包括金思白(Karen Kingsbury)、蓝诗玲、安德鲁·琼斯(Andrew Jones)等。其他被重新经典化的现代作家(包括沈从文、钱锺书、金庸)的作品也得到了汉学专家译者的重视, 如金介甫(Jeffrey Kinkley)翻译沈从文的《边城》(*Border Town*, 2009)和小说选集(*Imperfect Paradise*: *Stories by Shen Congwen*, 1995), 珍妮·凯利(Jeanne Kelly)和茅国权(Nathan K. Mao)翻译钱锺书的《围城》(*Fortress Besieged*, 2004), 以及闵福德翻译金庸的《鹿鼎记》(*The Deer and the Cauldron*: *A Martial Arts Novel*, 1997, 1999, 2002)。

## (二)不同地区作品的翻译情况

### 1. 中国台湾和香港作家作品的翻译

在英语世界, 中国文学作品的翻译不限于中国大陆, 也包括台湾和香港作家作品的翻译。美国翻译家陶忘机长期以来一直致力于台湾文学的翻译, 特别是台湾诗人诗歌的翻译, 如洛夫的诗集《漂木》(*Driftwood*)的英译。与大陆的文学作品英译相比, 台湾文学作品英译要更为繁荣, 这得益于台湾蒋经国国际学术交流基金会对中国文学外译计划的支持。该计划支持下的"台湾现代小说英译系列"自1997年起由哥伦比亚大学东亚研究所主任王德威主持、汉学家马悦然(Goran Malmqvist)和台湾大学教授齐邦媛合作策划,聘请英语世界一流的优秀译者翻译。目前哥伦比亚大学出版社已出版了30余部台湾文学作品,包括郑清文的《三脚马》和朱天文的《荒人手记》(1999年分别获得美国桐山环太平洋书卷奖和美国翻译家协会年度翻译奖)。另外,台湾还有两家刊物刊登台湾文学英译作品,译者多为母语是英语的专家学者,译作质量基本上得到了保障。相比而言,英语世界香港作家的英译作品不是很多。香港学者孔慧怡组织翻译过一些香港女作家的作品,但都由香港的大学出版社出版。

### 2.中国大陆作家作品的翻译

#### (1)现当代中国大陆诗歌的翻译

相比于小说,现当代中国大陆诗歌的翻译不占主流。尽管如此,自20世纪80年代以来,朦胧派诗人如北岛、杨炼、顾城、多多等的一些作品已有英译版,这一方面是由于作者努力,积极寻找译者翻译,另一方面是由于一些英美学者对中国大陆现当代诗歌的喜爱,主动将其翻译为英文。例如,北岛创作的诗歌迄今已有七部译为英文,包括 *The August Sleepwalker* (1990)、*Old Snow* (1991)、*Forms of Distance* (1994)、*Landscape Over Distance* (1996)、*Unlock* (2000)、*At the Sky's Edge*:*Poems 1991—1996* (2001)、*The Rose of Time*:*New and Selected Poems* (2010),全部由美国新方向出版社出版。杨炼诗集英译选集也已出版五部,全部由苏格兰诗人霍布恩(Brian Holton)翻译。

#### (2)当代中国大陆作家小说的翻译

被英语国家选择翻译的作者主要包括莫言、苏童、余华、毕飞宇。这些作家的作品之所以被选中有的是因为根据作品改编的电影在国际上受欢迎(如莫言的《红高粱家族》、苏童的《妻妾成群》、余华的《活着》都是由于根据小说导演、拍摄的电影在西方获得成功后引起西方读者兴趣才翻译的），有的是因为他们的作品在翻译成其他语言（如法语）后，引起英语国家出版社翻译和出版的兴趣（如毕飞宇的作品《青衣》《玉米》等也都是先有法译本，后有英译本）。当然，也有的作品凭借小说的内容以及作品的艺术性和文学价值赢得英语国家译者的青睐，如李锐的《旧址》、曹乃谦的《到黑夜想你没办法》等。

　　总之，从翻译选材来看，英美译者对中国现当代文学作品的选择广泛，但被选作品并不均衡，缺乏系统性。一方面，作品的选择受学术界的影响：一个作家的作品是否被翻译与学术界对其文学地位的肯定有很大关系。张爱玲的作品之所以受关注和被翻译，与夏志清在《中国现代小说史》中对其文学创作的艺术性的肯定是分不开的。近年来英语国家对山西作家李锐和曹乃谦的作品的翻译，也与瑞典汉学家马悦然对他们作品的肯定是分不开的。另一方面，对于贴上中国禁书标签的作品，英美出版商似乎情有独钟，而不管这类文学作品的质量如何。一些作品虽然译成了英语，但其艺术价值和文学性都不高，德国汉学家顾彬（Wolfgang Kubin）和瑞典汉学家马悦然都认为有些译成英语的作品是中国文学的垃圾。在题材选择方面，中国小说翻译得最多，诗歌翻译次之，而剧本翻译少见，尽管有两部剧本英译选集值得一提：颜海平编的《戏剧与社会：中国当代戏剧选集》（*Theater and Society：An Anthology of Contemporary Chinese Drama*）和余晓玲（Shiaoling Yu，音译）编的《"文革"后的中国戏剧》（*Chinese Drama After the "Cultural Revolution"*）。遗憾的是，小说之所以更多地被选择翻译，并不是由于西方读者关注中国小说作品的文学价值，而是由于英语国家阅读中国文学的读者通常将翻译作品作为了解中国社会的社会学著作来看待。① 真正关注中国文学的英语读者寥寥无几。有关翻译中国文学的书评很少,像英国的《泰晤士报文学副刊》和《伦敦书评》等有影响的杂志即使对中国文学进行评论,评者也多为历史学或政治学教授而不是中国文学研究者或汉学家。而且,书评多侧重小说内容分析,探讨的是书中传达的信息,很少提及翻译的质量,对译作的文学价值也缺乏分析。② 同样的情形在世界范围内存在着。即使在译介中国文学最多的法国,不少有关中国文学作品的广告宣传也都强调作品的文献价值,强调中文小说是了解现当代中国的窗口。③

## 五、两种翻译方法并存

西奥多·萨瓦利(Theodore Savory)在其所著《翻译的艺术》一书中提到两条针锋相对的翻译方法:(1)译文应该读起来像原文;(2)译文应该读起来像译文。④ 在英语世界中国文学作品翻译中,这两种翻译方法长期以来一直同时并存着。采用直译/异化翻译方法的,多为学者的学术翻译;而采用意译/归化翻译方法的,多为目标读者为一般大众的文学翻译。

对译者偏好直译的倾向,孙慧怡认为是由以下两种原因造成的:(1)一些译者认为不采取直译便不能反映出自己对原作所在语言文化的了解;(2)一些译者的翻译能力不高,不了解文学翻译的

① Goldblatt, H. Of silk purses and sows' ears: Features and prospects of contemporary Chinese fictions in the West. *Translation Review*, 2000, 59(1): 21-27.
② McDougall, B. S. *Translation Zones in Modern China*. Amherst: Cambria Press, 2011.
③ 何碧玉,毕飞宇.中国文学走向世界的路还很长.东方翻译,2011(4):59-63.
④ Savory, T. *The Art of Translation*. London: Cape, 1957: 50.

性质和特点。① 欧阳桢则进一步指出这种翻译方法的弊端,认为西方译者翻译中国文学的方法类似于基督教中的基督徒"说方言"现象,是一种学术上的"说方言"(scholarly glossolalia or academic "speaking in tongues"),即翻译不是以交流沟通为目的;译文语言对于普通英语读者来说晦涩难懂:"许多'说方言'的译者所翻译的中国文学作品对于普通读者来说像是复杂难解的谜语,使读者感到困惑;只有那些从事学术研究的学者才能弄懂其中的奥秘。"② 这些译者甚至认为,"如果读者不能明白翻译中国文学的译者想要传达的意思,那是因为他们不是译者想要的读者,是读者愚钝,是他们不懂中文造成的"③。J. P. "Sandy" Seaton 将这一错误的翻译倾向归咎为美国文学编辑不懂中文,对中国作品及翻译的性质有错误的认识。他指出,美国的文学翻译编辑"似乎更乐意中国作品的翻译'读起来像翻译',像他们总是认为的那样,而不管别的优点"④。

然而,在英语世界,如果翻译文学不是文学,不是独立的艺术作品,译作不仅难以出版,而且也更难为普通的英语读者所接受。一般的英语读者不喜欢读翻译作品,更不喜欢阅读带有翻译腔的作品。中国文学翻译作品要想在英美国家出版,首先需要满足英美读者的阅读期望。⑤ 僵硬的直译法在文学作品翻译中很难行得

① Hung, E. Blunder or service? The translation of contemporary Chinese fiction into English. *Translation Review*, 1991, 36-37(1): 39-45.

② Eoyang, E. C. *Borrowed Plumage: Polemical Essays on Translation*. Amsterdam: Rodopi, 2003: 56.

③ Eoyang, E. C. *Borrowed Plumage: Polemical Essays on Translation*. Amsterdam: Rodopi, 2003: 56.

④ Bradbury, S. A conversation with J. P. "Sandy" Seaton. *Translation Review*, 2005, 70(1): 33-44.

⑤ Balcom, J. Translating modern Chinese literature. In Bassnett, S. & Bush, P. (eds.). *The Translator as Writer*. London: Continuum, 2006.

通。优秀的中国文学作品如果要想在译入语国家成为独立的文学作品,译作应该像原作一样读起来"通顺易懂"。译文"需要被润色,直到我们忘记它们是翻译作品,就像一扇明亮的窗户,我们几乎意识不到在我们和我们所视的东西之间存在着什么"①。

还需要指出的是,中国文学作品在英语世界的翻译还存在着一种特殊的现象,即出版社编辑和译者在翻译过程中对原作的改写。在英美文化中,编辑对所编辑的作品有着很大的权利。当编辑认为原文需要进一步修改时,他/她通常会建议译者(译者在和作者进行沟通后)对译文进行改写,以符合译文读者的审美习惯。葛浩文曾谈到他在翻译李锐的小说《旧址》时的一个插曲。美国出版社的编辑在阅读该小说英译本时,发现第一章的描写"过于突兀",容易使读者产生困惑,认为小说的开始部分过早地暴露了以后的故事内容。于是,编辑勾勒出一个更短的版本,并说服作者同意了这种改写。更为有意思的是,此后李锐的小说在译成其他外语时,译者们参考的版本也不是中文原作而是改动后的英译本。②

以上谈到的改写是成功的改写,但也有不成功的改写。例如,有的改写破坏了原文叙述手法的含蓄,如对张洁的《爱是不能忘记的》结尾添加的大段描写文字③;有的改写甚至完全改变了故事的情节,如伊万·金(Evan King)翻译的老舍的《骆驼祥子》把原作结局中小福子在白房子自杀和祥子最后的彻底堕落改编为祥子从白房子成功地救出小福子、奔向幸福生活的乐观结局;译本通过"删

---

① Jenner, W. J. F. Heading for the hills. *Times Literary Supplement*, 2001-03-09.

② Goldblatt, H. Of silk purses and sows' ears: Features and prospects of contemporary Chinese fictions in the West. *Translation Review*, 2000, 59(1): 21-27.

③ Hung, E. Blunder or service? The translation of contemporary Chinese fiction into English. *Translation Review*, 1991, 36-37(1): 39-45.

减、重新编排、改写以及添加小说人物,改变了老舍原著的故事结局"①。

至于编辑(和译者)为什么要对文学作品进行改写,可能既涉及不同语言之间存在的文学差异、审美趣味的异同,也涉及原作的文字质量、意识形态的问题。葛浩文承认他在翻译中国文学作品时,对多部作品进行了编辑和改写(除了李锐的《旧址》,还包括莫言的《红高粱家族》《天堂蒜薹之歌》、姜戎的《狼图腾》等)②。陶忘机也承认自己在翻译中国台湾地区一些作家的诗歌、散文或小说时,对原作有意识地进行了改写。③ 有些中国文学作品在翻译成英语的过程中,由于语言文化的差异,以及原作中存在的语言问题等,需要译者的改写。而且,有时只有通过对原作的改写,中国文学翻译作品才能够满足英语国家出版界和读者的要求和期待。④葛浩文解释说:"除非我们跟美国出版商玩这种游戏,否则中国小说不仅在评论家笔下会遇挫(我们已经遭遇了读者对中国文学毫无兴趣的挫折),而且可能更难出版。此外,由于原作在创作阶段缺失编辑把关,翻译阶段有意识的编辑有其合理性的一面。"⑤

① James, J. M. *Rickshaw: The Novel Lo-t'o Hsiang Tzu*. Honolulu: The University of Hawaii Press, 1979.
② Goldblatt, H. Of silk purses and sows' ears: Features and prospects of contemporary Chinese fictions in the West. *Translation Review*, 2000, 59(1): 21-27.
③ Balcom, J. Translating modern Chinese literature. In Bassnett, S. & Bush, P. (eds.). *The Translator as Writer*. London: Continuum, 2006.
④ Goldblatt, H. Of silk purses and sows' ears: Features and prospects of contemporary Chinese fictions in the West. *Translation Review*, 2000, 59(1): 21-27.
⑤ James, J. M. *Rickshaw: The Novel Lo-t'o Hsiang Tzu*. Honolulu: The University of Hawaii Press, 1979.

## 六、译作接受情况不容乐观

要考查中国文学作品在译入语国家里的接受和传播效果,除了查看作品在英语世界的销量外,最为直观的就是考察中国文学作品在书店和网上的销售情况。而这却是令人失望的。葛浩文曾这样描述他在书店里查找自己翻译的作品的情况:

> 要在书店里找到我翻译的白先勇(Hsien-yung Pai)的《孽子》(Crystal Boys),你需要在 H 字母的最后找 Hsien-yung。类似于在 Henry 下查找 Henry Roth 的小说。《玩的就是心跳》的作者王朔不在 Wang 姓作者一栏,而是单独在 Shuo 这一栏。我主编的夏威夷大学出版社的系列丛书包括古华、白桦和余华三位小说家。但是每次我和夫人在书店查找他们的作品时,我们开玩笑似的直奔 H 字母,去了解这些"Hua"作家的销售情形。我明白书店这样安排的原因,但是上帝呀,为什么是这样?①

笔者近些年也曾借出国访学的机会,访问了英美国家十余所大学的图书馆、公共图书馆,发现书架上中国现当代文学的翻译作品都是屈指可数,借阅量更是小得可怜。由此可见,中国文学翻译作品在英语世界的接受情况不容乐观。造成这种情况的原因主要有以下几点。

首先是由于英美普通读者普遍对亚洲国家不了解和缺乏兴趣,以及西方一些学者对中国文学特别是现当代文学带有偏见。

---

① Goldblatt, H. Of silk purses and sows' ears: Features and prospects of contemporary Chinese fictions in the West. *Translation Review*, 2000, 59(1): 21-27.

欧阳桢指出,西方一些学者(即使是貌似反对西方霸权主义的学者)通常以高高在上的姿态来解读第三世界国家的作品,用西方标准来衡量非西方的文学作品,认为中国现当代文学作品缺乏艺术性,目前仍停留在现实性描写上:"第三世界国家的小说作品不会达到人们对法国普鲁斯特和爱尔兰乔伊斯的满意程度;比这更有损害性的是,也许是其发展倾向使我们想起第一世界文化发展已过时的那些阶段,使我们得出他们仍然像德莱塞或安德森那样写小说。"①金介甫②、葛浩文③、杜博妮④等汉学家也反复提到,自 20 世纪 80 年代末以来,西方媒体和普通读者对中国小说普遍缺乏兴趣,英译中国文学常被看作是了解中国历史、政治和社会的窗口,而作品的文学性则很少受到关注。

其次,问题出在中国作家身上。翻译了 40 余部中国现当代小说的葛浩文认为,由于长期以来中国作家遵循文艺服从于政治的创作原则,以及受"文革"十年的影响,中国当代小说家很多不懂外语,写作缺乏国际视野。此外,他们的写作又普遍存在着以下问题:(1)创作技巧欠缺;(2)没有很好地继承和掌握汉语写作和文学创作的优良传统。"当代(中国)作家写作松散、拖沓、粗糙,需要精

---

① Eoyang, E. C. *Borrowed Plumage*: *Polemical Essays on Translation*. Amsterdam: Rodopi, 2003: 56.

② Kinkley, J. C. A bibliographic survey of publications on Chinese literature in translation from 1949 to 1999. In Chi, P. & Wang, D. D. (eds.). *Chinese Literature in the Second Half of a Modern Century*: *A Critical Survey*. Bloomington: Indiana University Press, 2000.

③ Goldblatt, H. Of silk purses and sows' ears: Features and prospects of contemporary Chinese fictions in the West. *Translation Review*, 2000, 59(1): 21-27.

④ McDougall, B. S. *Translation Zones in Modern China*. Amherst: Cambria Press, 2011.

细打磨。"①由此看来,中国现当代文学要走向世界,还需要作家们关注世界文学的发展,以及耐心打磨自己的作品,锤炼自己的语言,写出可与国际一流作家创作的作品相媲美的文学佳作。

最后是优秀汉英译者缺乏。合格的汉英译者的缺乏是制约中国现当代文学成功外译的瓶颈。一些优秀的中国现当代文学的译作由于译者能力欠缺而质量不高。翻译家海特(Gilbert Highet)认为,"写得差劲,只是一种失策;好书庸译,简直就是罪过"。孙慧怡指出,"中国文学英译的质量不仅决定着英语读者对某一中国作者的看法,而且影响着对所有当代中国文学翻译的看法。因为普通读者对中国现当代文学几乎是一无所知,如果翻译作品译得糟糕,读者会误以为原作不好,而根本没有想到这是翻译的问题"②。而莫言荣获2012年度诺贝尔文学奖毫无疑问与包括葛浩文在内的优秀译者对其作品的成功翻译是分不开的。

## 七、结　语

到目前为止,中国现当代文学在英语世界文学大家庭中仍处于边缘地位。英语国家的普通读者对于中国现当代文学了解甚少,即使是在中国家喻户晓的现代文学家鲁迅也是知者寥寥。③中国现当代文学要走向世界还有很长的一段路:不仅需要优秀的

---

① Kinkley, J. C. A bibliographic survey of publications on Chinese literature in translation from 1949 to 1999. In Chi, P. & Wang, D. D. (eds.). *Chinese Literature in the Second Half of a Modern Century: A Critical Survey.* Bloomington: Indiana University Press, 2000.

② Hung, E. Blunder or service? The translation of contemporary Chinese fiction into English. *Translation Review*, 1991, 36-37(1): 39-45.

③ 参见:http://www. danwei. org/translation/julia_lovell_complete_lu_xun_f. php,检索日期:2012-07-25。

中国作家创作出艺术价值高的作品,还需要优秀的汉英翻译家翻译出文学价值高的作品。本文通过探讨中国现当代文学在英语世界的翻译模式,分析每种模式的特点,考查了目前英语世界从事汉英翻译的译者现状,以及翻译的选材、翻译的方法和翻译的接受效果等,希望对中国文学的成功外译有所启发,对中国文学更好地走出国门与融入到世界文学中去有所借鉴作用。当然,因中国现当代文学翻译涵盖内容广泛,本文探讨难免挂一漏万。相关的一些问题(如翻译的方法和策略、翻译的接受效果等)尚需要进一步的深入研究。

(马会娟,北京外国语大学英语学院教授;原载于《中国翻译》2013年第1期)

# 洞见、不见与偏见

## ——考察 20 世纪海外学术期刊对中文小说英译的评论

王颖冲　　王克非

## 一、引　言

中文小说的英译于 20 世纪中叶初具规模,其主题、风格和出版形式渐趋丰富。经多方统计,20 世纪全球英译出版了近 600 部中文小说的单行本和小说集,总量虽无法和同期译入中文的英语小说相比,但已远远超出此前零星译介的总和。特别是改革开放以来,中国文化和文学在世界上获得了更广泛的认知,现当代小说受到了前所未有的关注,译介量大幅攀升。近年来,有关中文小说在英语世界的译介出版情况有不少论述,但关于这些英译本的接受情况我们却失之于大致印象,罕有系统而扎实的文本数据的考察统计。

海外专业型读者是中国小说英译的中坚阅读群体,他们的评论性文章起源较早、数量较多,反映出中国文学域外接受的一个方面,亦能引导媒体及大众读者的观念。本文搜罗了 20 世纪英美主要学术期刊中的 400 多篇译评,勾勒出了不同时代的数量特征和各类期刊的收录情况。中文小说里只有很少一部分经由翻译进入了英语国家读者的视野,受众面狭窄,影响也相当有限。而且,目标语社会比较关注小说的政治意义和社会价值,对译本的评价主要不是其文学性,常常片面地解读了中国文学。

### 二、海外读者的"不见":20 世纪英译中文小说的译评概况

中文小说英译的读者群很狭窄,大部分是中国文学与文化研究的学者、学生。欧阳桢将二战后中国文学英译的读者分为三类:对汉语一无所知的英语人士、懂汉语或正在学习的英语人士,以及讲英语的中国人。① 这里面只有第一类是目标语社会的大众读者,但他们对外来小说的英译本知之甚少,通常需要依靠书商宣传和专家推介去亲近一部小说。与此同时,赞助人也依靠业内专家(包括批评家、审稿人、教师、译者等)的言论来让文学系统归顺在自己的意识形态之下。②

文学作品所谓的"国际受众",并不是普通读者个体的集合,而是各种媒体舆论的人格化,而后者却是一个小众的群体。③ 评论家阅读图书,也阅读他人的书评。信息、观点和态度在这个圈子里辗转流通,如滚雪球一般积蓄力量,继而影响圈外个体。在电视、网络普遍化之前,报纸的文学副刊、文化专栏、期刊中的译评和论文等承担了这一功能。

主流报纸及其副刊面向的是英美两国的普通读者,能够反映

① Eoyang, E. *The Transparent Eye: Reflections on Translation, Chinese Literature, and Comparative Poetics*. Honolulu: University of Hawaii Press, 1993: 68.

② Lefevere, A. *Translation, Rewriting and the Manipulation of Literary Fame*. Shanghai: Shanghai Foreign Language Education Press, 1992: 14-16.

③ 刘亚猛,朱纯深. 国际译评与中国文学在域外的"活跃存在". 中国翻译,2015 (1):6-8.

出英译小说的大众接受程度。不过很长一段时间里,中文小说的译评基本"缺席"于此类大众读物,获荐的极少,20 世纪后期才逐渐增加。相比之下,学术期刊刊载的中文小说英译评论起步较早且数量较多,构成了其域外关注度的显著指标,也是专业读者将文学情趣播撒至大众读者的重要渠道。有鉴于此,通过学术期刊中的译评来把握译本在目标语社会的接受动态,是针对这一时期比较可行的方法。

　　本研究所搜集的书评全部来自西文过刊全文数据库(JSTOR),1900 年到 2000 年共 413 篇。[①] 根据笔者的前期统计,1900 年到 1999 年英译出版的中文小说共近 600 部。相比之下,译评量看似不少,但其实它们集中于相当有限的一部分作品:《西游记》的多译本有 30 多篇译评,《红楼梦》有 12 篇,《金瓶梅》和《水浒传》各 5 篇,而大多数译作则无人问津。1900 年到 1949 年,JSTOR 搜到的书评有 24 篇,其中关于《中国古代小说选》(*Traditional Chinese Tales*)、《八月的乡村》(*Village in August*)的各 4 篇,关于《西游记》(*Monkey*)的 3 篇,关于《唐代散文集》(*Chinese Prose Literature of the T'ang Period*)、《阿 Q 正传》(*Ah Q and Others*)、《女兵日记》(*Girl Rebel:The Autobiography of a Chinese Girl*)、《中国神鬼与爱情故事》(*Chinese Ghost and Love Stories*)的各 2 篇。而同期英译出版了 61 部小说单行本和 23 部选集,可见大部分译本在英美文化语境中影响微弱。

　　百年里中文小说英译的书评数量和译介数量的变化趋势相似,骤增和突降的转折点大致吻合(见图 1)。前三四十年虽有零星译介,但在英文学刊上基本没有什么评论,图形呈现出平缓的直线。

---

① 　20 世纪末译介的部分小说到 2000 年后才出现书评,因此未统计在列。

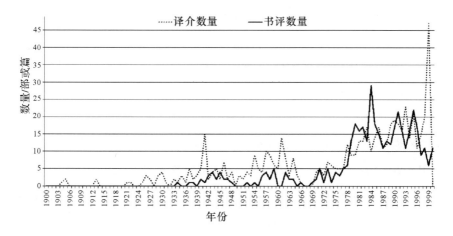

**图 1　1900—1999 年中文小说译介和书评数量对比**

　　初期书评匮乏并非由于创刊时间晚,本研究所涉期刊的活跃期跨越了整个 20 世纪。例如密歇根大学主办的《美国东方社会》(*Journal of the American Oriental Society*)起源于 1843 年,但直到 1938 年才发表了第一篇关于中文小说英译的书评(*Chinese Prose Literature of the T'ang Period*)。从译介出版到获得关注,之间有一个较长的时间差。这种中国声音的失语和后期的爆发皆受到国际关系和文学气候变化的影响。清末闭关锁国政策一度阻隔了中外文化交流,持续影响了 20 世纪初期的译介与传播。此后因战争和意识形态的分歧,目标语读者对中国文学的关注度依然不高,也就造成了海外译评的"不见"。

## 三、专业读者的"洞见":中文小说英译评介的非文学观察视角

　　不管译介者源自中国本土还是海外,他们都希望通过文学来展示中国社会及其特色;而西方读者也期待以此为窗口来了解现当代中国的面貌与发展。相应地,英译书评的期刊来源也从侧面反映出英语世界读者的观察视角。笔者搜集到的书评源自 41 种

期刊,主要由美国大学及研究所出版,每种登载书评多则上百篇,少的只有一篇。

这些期刊分属不同研究领域,包括文学、区域研究、社会学、宗教和语言研究的刊物。这些书评反映出综合多面的中国之"像",不仅是文学艺术一面。译评最集中的来源期刊有两大类。第一是文学类(文学研究、图书推介),最主要的期刊是《今日世界文学》(*World Literature Today*)和《中国文学:随笔、报道、评论》(*Chinese Literature:Essays, Articles, Review*),共计 207 篇,约占书评总量的 50%。当然,大部分译评并没有着力分析小说的文学性,而重在介绍作者和故事梗概,图书推介的功能大于文学翻译评论的功能。第二是区域研究类(地域有中国、东亚、亚洲、亚太、亚非等,主题包括政治、国际关系等),代表期刊有《中国季刊》(*The China Quarterly*)、《亚洲研究杂志》(*The Journal of Asian Studies*)、《亚非学院院刊》(*Bulletin of the School of Oriental and African Studies*)、《太平洋事务》(*Pacific Affairs*)和《美国东方社会》(*Journal of the American Oriental Society*)。这类期刊共登载了相关书评 179 篇,约占 43%。其他还有约 7% 的书评来自社会学研究杂志(包括民俗学 14 篇、人类学 2 篇、女性研究 4 篇),以及少量来自宗教研究(4 篇)、语言学(2 篇)和政治学(1 篇)的刊物。

学术期刊中的书评常倾向于从文学和翻译以外的角度去解读和衡量译本,包括女性主义、社会学、政治学、国际关系等。例如,关于萧军(署名"田军")的《八月的乡村》有两篇译评,它们对该小说文学性的看法截然相反:一篇批评故事情节过于简单、结构太松散(The story itself is slight. It lacks intricacy of plot and tightness of construction. )①;另一篇则称赞其情节和人物没有设置得太复杂,字里行间都透露出作者的真诚,粗线条式的结构酷似中国的写意画(The plot is not complicated—it is simple and honest as the characters themselves … Structurally, the story is stark, bold and undecorated and creates somewhat the same impression as do the famous thumb-paintings of China—that of line and force, rather than that of detail and intricacy. )②。尽管在文学性的问题上意见相左,两篇译评却一致强调了小说的政治意义,负面评论也认为情节和结构的缺陷并不重要,因为作者关注的是人物对奴役和压迫的抵抗(But that is unimportant. The author is concerned only with his characters in their revolt against slavery and oppression. )③。

《八月的乡村》是第一部译成英文并出版成书的现代长篇小说,也是为数不多的由国外英译的革命题材小说。译本于 1942 年出版,正值美日"珍珠港事件"爆发之后、第二次世界大战激烈之时。小说由伊万·金(Evan King)翻译,埃德加·斯诺(Edgar Snow)作序,前者曾任美国驻华外交官,而斯诺则长期致力于报道中国,让美国人认识到这是二战时期的一个重要伙伴。这些背景都暗示,该译本最大的价值也许不在于介绍一部中国文学的佳作,而在于刻画中国北方普通人民的生活,向美国读者展现中国的朝气和抗日革命精神。20 世纪英译的现当代中文小说绝大多数是现实主义作品,借助文化产物向英语世界推广某一阶段的价值观

---

① Schoyer, P. *Village in August* by T'ien Chun (review). *Pacific Affairs*, 1942,15(3):374.

② Kullgren, H. G. *Village in August* by T'ien Chun (review). *The Far Eastern Quarterly*, 1943,2(2):221.

③ Schoyer, P. *Village in August* by T'ien Chun (review). *Pacific Affairs*, 1942,15(3):374.

和国家形象,充分发挥文学和翻译的历史功利性。

中文小说英译的海外译评贯彻了"主题先行"的原则,文学视角则退居次席。少数几篇译评用了几页来给翻译挑错,别的只是笼统地评价译文优劣。由书评的来源、数量和内容可以看出,英语世界对中文小说中反映出来的中国社会、政治、民族、女性等问题表现出很强的兴趣;即使是综合性文学期刊上发表的文章,也往往从上述角度来评述译本,文学、语言和翻译问题常常只是顺带提及。杜迈克在1986年金茨堡的国际会议上曾批评外文出版社常常"译好了不值得译的作品"(bad works well, or, at least, adequately translated),这些"工农兵"文学的中文原著都难以吸引读者,只适合文学社会学的研究;还点名批评了戴厚英的《人啊,人!》(*Stone of the Wall*, 1985),认为这完全是艺术上的失败,但在政治上却是一部重要的作品。[①] 本研究搜集到的400多篇书评中类似的话语很多,专业读者常常把虚构(fictitious)的小说(fiction)当作详细了解现实生活的重要渠道,由此了解遥远东方国度的历史、文化、政治、宗教和社会风貌,译本更多是被当作文献来研读。

### 四、对中文小说英译的"偏见":海外译评发展阶段及其特征

根据图1所示,中文小说在英文学术期刊中译评数量的波动可以划分为以下几个阶段:潜伏期(1900—1933)、发轫期(1934—1949)、发展期(1950—1965)、蓄势—爆发期(1966—1999)。第一阶段历时最长,但在西文过刊数据库中还没有相关译评。在中文小说的"前英译时代",英语世界里的中国形象一直很神秘,人们停

---

① Duke, M. S. The problematic nature of modern and contemporary Chinese fiction in English. In Goldblatt, H. (ed.). *Worlds Apart: Recent Chinese Writing and Its Audiences*. New York: M. E. Sharpe, Inc., 1990: 210-211.

留在对东方文明古国的原初想象,且这种想象基本依赖西方文献中为数不多的记叙:

> 中国被西方所认识并纪之以书,大抵应从《马可·波罗游记》算起;其后的利玛窦更以"西儒"之身份撰写了多种著作,力图在基督教文化与儒家文化之间寻找到结合点。在这些著作的影响下,十八世纪的欧洲汉学界充满了对中国社会理想化的描述……十九世纪中叶以后,中国在席卷世界的近代化浪潮中被抛在了后面。①

这种"隐形"随着国家半自主、半被迫的开放,国力增强和国际交流日趋频繁而有所好转。中文小说的英译从数量、主题、出版和发行范围等方面都逐步增加,海外学术期刊中的译评也开始在欧美文化语境中"盘活"蛰伏的译作,却也带来新的问题,所评译本类型化,造成了中国文学"艺术价值低"等偏见。

## (一)发轫期:简化与片面的初识

奚如谷认为,在中国文学外译的初始阶段,随便译出点什么东西能让西方人读懂,对学术界而言就已经可喜可贺了。② 选材随意的结果是质量良莠不齐,到 20 世纪三四十年代依旧如此,使得英语世界对中文小说的认识和评价有失偏颇。

古典小说方面,哥伦比亚大学出版社于 1944 年推出了王际真翻译的《中国古代小说选》(*Traditional Chinese Tales*),国外汉学界认为该书译、注均不错,但里面的一些短篇源自民间口口相传,

① 罗伯茨.十九世纪西方人眼中的中国.蒋重跃,刘林海,译.北京:时事出版社,1999:序言 3.
② West, S. H. Translation as research: Is there an audience in the house?. In Eoyang, E. & Lin, Y. (eds.). *Translating Chinese Literature*. Bloomington: Indiana University Press, 1995: 133.

只是略经书面加工,艺术价值高下不均(of uneven artistic value, both in content and composition; merely loosely stitched together)①。译介的经典名著也多以节译为主,错综的情节与纷繁的人物被极度简化。例如王良志翻译的《红楼梦》(*Dream of Red Chamber*,1927)基本就是以"宝黛之恋"为主线节译出爱情故事;王际真的译本(*Dream of the Red Chamber*,1928)则是围绕宝玉、黛玉、宝钗三人的恋爱关系展开,这样的主线设置恰好顺应了当时流行的"才子佳人"模式。大量的节译和改编为西方世界认识中国经典打开了窗口,但也将原著片面化了,减损了广度与深度,影响了它们在海外的第一印象。

而中国现当代小说在英语世界的登场则面临更加尴尬的开局。"艺术价值低、社会价值高"是对中国现当代小说英译的常见评价,并不一定符合中国国内对作品的普遍认知。最早英译出版的现代小说以鲁迅作品为代表,包括梁社乾、敬隐渔和王际真翻译的不同版本的《阿 Q 正传》(1926,1930,1941),斯诺编译的《活的中国》(*Living China*,1936),以及肯尼迪(Cze Ming-ting)②翻译、史沫特莱(Agnes Smedley)作序的《中国短篇小说》(*Short Stories from China*,1934)。这些译本有一个共同的特点,即选材注重作品的思想性,在推介时不关注其艺术价值。肯尼迪和史沫特莱的译著是第一部中国革命小说译文集,源自共产国际的英文周刊《中国论坛》(*China Forum*),收录的都是左翼小说,政治倾向极强。③但这部文集出版后悄无声息,此后外文出版社翻译的革命小说也

---

① Lessing,F. D. Traditional Chinese tales by Chi-chen Wang (review). *California Folklore Quarterly*,1945,4(2):203.

② Cze Ming-ting 系肯尼迪(George Kennedy)的笔名。

③ 吕黎.现代小说早期英译个案研究(1926—1952)——以全局策略为中心.上海:上海外国语大学博士学位论文,2011:53-54.

基本被人遗忘,更没有专文来推介评述。

1937 年,《太平洋事务》发表了关于《活的中国》的文章,这是西方学术期刊里有关中国现代小说英译最早的评论。时值中国革命和文坛的动荡时期,这部小说集旨在给不懂中文的人们展现现代中国文学的创造力和革命性。戴德华认为该书是一部生动的社会纪录片(extremely vivid social document),当时的文学作品充满了血泪、苦难和强烈的情感,不过收录的单篇在文学和学术性方面有严重的缺陷。① 总体而言这称不得积极的评价。

1940 年之后,英译小说里现当代作品的比例逐渐增大,中国形象也由遥远变得切近,但它们初入英语世界时就选取了一条不讨巧的路径。1942 年,高克毅在《远东季刊》上发表了有关《阿 Q 正传》英译的第一篇书评,认为这是"中国最好的文学",但同时也提醒读者故事可能有些沉闷,缺乏情节性(Should the reader find these stories on the dull and plotless side he might be told that Lusin never was by choice a devotee of the storyteller's art. )②。"中国最好的文学"尚且如此,别的篇章受到的批评更多。王际真翻译的《现代中国小说选》因其宣传性质而遭诟病(They are frankly "propaganda"... In many of the stories it is a savage earnestness of intense emotionalism. )③。这一时期的现代小说,不管是由国内还是国外发行,都注重批判封建社会下的传统和国民性;但小说的文字却不一定令人赏心悦目,有的还与西方主流诗

---

① Taylor, G. E. *Living China* by Edgar Snow (review). *Pacific Affairs*, 1937, 10(1): 88-91.

② Kao, G. *Ah Q and Others: Selected Stories of Lusin* by Chi-chen Wang (review). *The Far Eastern Quarterly*, 1942, 1(3): 280.

③ Cameron, M. E. *Traditional Chinese Tales* by Chi-chen Wang; *Contemporary Chinese Stories* by Chi-chen Wang (review). *The Far Eastern Quarterly*, 1944, 3(4): 385.

学和意识形态相悖,给目标语读者造成了很大压力。

### (二)发展期:译介与译评的失衡

基于英文学术期刊中的译评,我们可以发现这一时期中文小说的译介与译评严重失衡,而原因也是多重的。首要的表现是数量上的失衡。1950—1965 年出版的英译小说很多,绝大部分来自位于北京的外文出版社,少量来自英国、中国港台地区的出版社,来自美国出版社的则非常少。这一时期译评和译介数量也远不成正比(17∶96),甚至还不如中华人民共和国成立前的接受情况。中文小说英译"遇冷"和当时严峻的国际形势密不可分。中华人民共和国成立,美苏冷战,中美展开对峙,其间又爆发了朝鲜战争,中美关系进一步恶化。美国把中国港台地区当成了远东战略的重要基地,毫不掩饰对这两个地区的文学创作、译介、文艺评论的干涉。《旋风》《秧歌》《赤地之恋》等历史上著名的"反共小说"都涌现于这一时期,作为"冷战文学"的一部分受到美国新闻处(United States Information Service)的资助出版。张爱玲于 1954 年创作了《赤地之恋》,很快香港的友联出版社(Union Press)就出版了其英译版(*Naked Earth*,1956),1964 年还曾再版。由于政见原因,《赤地之恋》的中文原版当时在内地都很难找到。这部小说的艺术成就不算高,但由于不同地区意识形态的差异,它在海外颇受重视。以今天的文学眼光来看,《金锁记》《倾城之恋》等作品的评价远高于《赤地之恋》,但它们的英译本反而姗姗来迟。

失衡的另一个方面体现在译介初衷与评价内容的出入。这十几年中,美国翻译出版中文小说的积极性降至谷底,外文出版社翻译的革命文学大多与英语国家的审美情趣格格不入。适逢两国关系紧张,译本的推介和传播几乎销声匿迹,只有俄克拉荷马大学出版社出版的《域外图书》(*Books Abroad*)留意到现代小说的英译,评介了《阿 Q 正传》《黎明的河边及其他》《山乡巨变》《耕耘记》和《上海的早晨》。该刊的书评普遍非常简短,甚至只有短短几行,最常见和醒目的字眼就是"propaganda""communist /communism""socialist",但认为这些小说的文学性乏善可陈。

中国官方英译的部分作品销量据称不错,包括 20 世纪五六十年代出版的一些小说。根据戴乃迭的回忆,新中国的小说和剧本在国外很受欢迎,她翻译的小说《原动力》(*Primum Mobile*,1950)在布拉格的会议上一个小时内就销了 2000 册。① 不过编者和译者单方面的说法未必客观,除此之外找不到其他数据来说明五六十年代外文出版社英译小说的销售情况,也找不到该书的译评。而且《原动力》是在特定学术交流场合下销售的,依赖于这批参会者对新中国文学的好奇和兴趣,并不能当成那个时期中书外译的典型,会后在评论界也没有得到后续关注。

译介与译评的失衡,反映出当时源语和目标语社会的需求并不吻合,意识形态的分歧很大。中华人民共和国成立之初,外文出版社组织的翻译重在外宣,以解放区文艺思想为主导,小说题材集中于革命战争、农村生活、工业建设,大量对外译出原本旨在塑造积极健康的国家形象②,但综合考虑小说政治宣传的色彩和中美两国的紧张局势,译本获评的概率很低,口碑也不高。这类译本不断强化了目标语世界对中国现当代文学的刻板印象,也给后继的英译小说打上了深重的烙印。

### (三)蓄势—爆发期:争鸣之声的勃发

随着"文革"的爆发,中国的英译动力偃旗息鼓。1966 年到

① 姜庆刚.戴乃迭短文两则.新文学史料,2011(3):157.
② 王颖冲,王克非.现当代中文小说译入、译出的考察与比较.中国翻译,2014(2):34.

1976 年,由中国大陆译介的小说只有三部。其中知侠的《铁道游击队》(*The Railway Guerrillas*,1966)于 1954 年由上海文艺出版社首次出版,是新中国成立初期的作品,内容体现革命运动精神,迎合时代需求。此外还有浩然的《彩霞集》(*Bright Clouds*,1974)和《树上鸟儿叫》(*The Call of the Fledglings and Other Children's Stories*,1974),他在百花凋零的中国文坛充当了旗手,也几乎是当时中国大陆"唯一的作家"(authorized author),顺理成章地成为官方译出的对象。与前一阶段英译的"红色小说"一样,这几部作品也没有在英语国家流传开去,在学术期刊中未见评介,只是一厢情愿的外推行为。

不过,海外译评并没有完全停下脚步,反而比前一阶段有所回温,只不过选择了另一类译作。双边关系的改善对文学译介的促进十分显著,且立竿见影。1968 年尼克松当选总统,次年宣布调整对华政策、改善两国关系,中美关系开始解冻,政府和文艺界对中国文学不再怀有强烈的抵触情绪。20 世纪 70 年代书评量再次攀升,美国有选择性地推介中文小说英译,例如共有 4 篇书评围绕詹纳尔翻译的《现代中国小说集》(*Modern Chinese Stories*,1970)展开,推荐英语读者通过这些短篇来体验现代中国社会,尤其是中国农村和农民生活。

20 世纪 70 年代末,中国开始在国际舞台上扮演更为重要和积极的角色,各类文化交流也越来越频繁,这为英语世界的读者全面了解中国文学,特别是现当代文学打开了窗口。1979 年,美国印第安纳大学出版社与中国签订了合作出版中国文学翻译的协议,半外推、半引进的译介方式不仅有利于版权输出,也促进了中文小说亲近目标语读者群,尽管这个群体的人数和背景仍然颇受局限。自 1979 年起,主要国外学术期刊对中文小说的年译评总量基本都是两位数,步入了稳定而繁荣的阶段。

## 五、结　语

　　综观百年间国外期刊里有关中文小说英译的评介,我们可以看出中国文学域外传播之艰辛,大多数译本都未获得读者的认可,这很大程度上是由于选材与目标语社会的意识形态和诗学不契合。除了受到译介数量与题材的客观限制,海外译评的"遇冷"和"回暖"与中国对外政策、国际政治形势联系紧密。如何在新世纪推进中国文化和文学的对外传播则值得我们进一步思考和摸索。400 多篇译评的来源分布和具体内容也显示,英语世界普遍着眼于中文小说的非文学因素,借此了解中国社会,而对其文学性的评价不太高。可惜海外学术期刊中译评并未展现译介全貌,各时期着重投射某些类型的小说,经由此了解中国社会或有偏差。

　　20 世纪后期起,主流报纸和网络上有关中文小说英译的评论大幅增长,尤其是在一些中国作家获得国际大奖之后。在媒体宣传的褒奖之间,文学经典和获奖作品也不乏批评之声,蓝诗玲、厄普代克、谭恩美、葛浩文等人都曾对中文小说的特点或翻译质量提出质疑。[1] 专家在报纸、网络等相对大众化的平台上论争,说明中国文学不再仅仅流通于专业圈子里。学术译评只是了解海外中国文学面相的一个视角,不是唯一的标准,在交流频密、信息爆炸的今日可能也不是最主要的标准。但无论如何,它们提供了新的研究资料,并持续影响主流媒体和个体读者,从而为我们考察英美大众对中国文学的接受情况打下了基础。

---

① 刘亚猛,朱纯深. 国际译评与中国文学在域外的"活跃存在". 中国翻译,2015(1):5-12.

本研究受北京市社会科学基金项目"京味小说翻译及其在英语世界的传播"(项目编号:14WYC053)资助,特此致谢。

(王颖冲,北京外国语大学英语学院副教授;王克非,北京外国语大学中国外语教育研究中心教授;原载于《中国翻译》2015 年第 3 期)

# 社会翻译学视阈中中国文学在英国传译的历时诠释

王洪涛

## 一、引 言

"社会翻译学"最初由当代西方翻译研究学派创始人霍姆斯(James Holmes)在其译学名篇《翻译学的名与实》(1972)一文中提出,其后在翻译学"文化转向"的历史化、语境化研究中得到进一步酝酿。20 世纪 90 年代以来,随着斯密奥尼(Daniel Simeoni)、帕克斯(Gerald Parks)、古安维克(Jean-Marc Gouanvic)、沃夫(Michaela Wolf)、梅赖埃兹(Reine Meylaerts)、赫曼斯(Theo Hermans)等西方学者纷纷借鉴布尔迪厄(Pierre Bourdieu)的反思性社会学理论、卢曼(Niklas Luhmann)的社会系统理论等开展翻译研究,社会翻译学研究在翻译学经历的这一"社会学转向"①

---

① Merkle, D. Translation constraints and the "Sociological Turn" in literary translation studies. In Pym, A., Shlesinger, M. & Simeoni, D. (eds.). *Beyond Descriptive Translation Studies*. Amsterdam: John Benjamins Publishing Company, 2008: 175-186.

中发展成为一种成熟的译学研究范式,并初步成长为翻译学的一个分支学科。作为翻译学一个崭新的分支学科,社会翻译学旨在探索社会因素及社会变量与翻译活动及翻译产品之间双向、互动的共变(covariance)关系。[①] 社会翻译学在形成过程中,吸纳了布尔迪厄用于消解主客二元对立的"场域(field)"[②]、"惯习(habitus)"[③]、"资本(capital)"[④]等反思性社会学概念与理论,借鉴

---

① 王洪涛. 建构"社会翻译学":名与实的辨析. 中国翻译,2011(1):16.

② "场域(field)"是布尔迪厄反思性社会学理论的核心概念:"从分析的角度来看,场域可以界定为由不同位置间各种客观关系形成的网络(network)或构型(configuration)"(Bourdieu, P. *The Logic of Practice*. Stanford: Stanford University Press,1992: 133-134.);而在《文化生产场》一书中,布尔迪厄又用相对通俗的语言将"场域"进一步解释为一种具有自我运行规则且其规则独立于政治及经济规则之外的"独立社会空间(social universe)"(Bourdieu, P. *The Field of Cultural Production: Essays on Art and Literature*. New York: Columbia University Press,1993: 162.)。

③ "惯习(habitus)"在布尔迪厄的社会学理论中指的是那些可持续、可转换的倾向系统,倾向于把被结构的结构(structured structures)变成具有结构功能的结构(structuring structures),简单说来就是个人所拥有的性格倾向、思维方式、行为习惯等,在社会的制约中生成,而一旦生成后又顺应并反作用于社会。

④ 布尔迪厄根据"资本(capital)"所处的具体场域和转化的成本高低,将其区分为三种类型:可直接转化为货币、经常表现为产权的"经济资本(economic capital)";以教育文凭等为表现形式且在某些条件下可以转化为经济资本的"文化资本(cultural capital)";由个人社会职责和社会关系构成、经常表现为各种头衔爵位且在某些情况下可以转化为经济资本的"社会资本(social capital)"(Bourdieu, P. The forms of capital. In Richardson, J. (Ed.). *Handbook of Theory and Research for the Sociology of Education*. New York: Greenwood, 1986: 243.)。

了其"关系主义(relationalism)"①方法论,因而较之以往囿于语际转换规律的语言学研究范式和陷入"文化决定论"的文化研究范式,社会翻译学引领的研究范式得以"从一个更接近翻译本质属性的角度观察和阐释翻译活动和译者与社会、文化、全球化之间的千丝万缕的联系"②,进而能够更加客观、深入地揭示出翻译活动在国际社会文化背景下从发生到发展、从传播到接受的整体运作轨迹、规律与逻辑。

作为东学西渐的一部分,中国文学在英国的传译活动迄今大致已有四百年历史,依据传译的规模、水平与整体影响,先后经历了17世纪初至18世纪中的"萌芽期"、18世纪中至19世纪初的"肇始期"、19世纪初至20世纪初的"兴盛期"、20世纪初至20世纪中的"沉寂期"、20世纪中至20世纪末的"复苏期"、20世纪末至今的"发展期"等六个阶段。对于中国文学在英国的传译,国内学者张弘③、宋柏年④、马祖毅与任荣珍⑤、黄鸣奋⑥、夏康达与王晓平⑦、顾伟列⑧等分别主要从海外汉学研究、汉籍外译研究、比较文

---

① 布尔迪厄认为"存在的就是关系的(the real is the relational)"(Bourdieu, P. *The Logic of Practice*. Stanford: Stanford University Press, 1992: 97.),因而在方法论上提出"关系主义(relationalism)"的原则,目的在于超越传统社会学研究中个体主义与整体主义、主观主义与客观主义之间的二元对立,而该"关系主义"方法论主要贯穿于其提出的"场域""惯习""资本"这三个彼此关联、互鉴互证的基本概念与理论方法之中(Bourdieu, P. *The Logic of Practice*. Stanford: Stanford University Press, 1992: 15-19.)。

② 王悦晨.从社会学角度看翻译现象:布尔迪厄社会学理论关键词解读.中国翻译,2011(1):12.

③ 张弘.中国文学在英国.广州:花城出版社,1992.

④ 宋柏年.中国古典文学在国外.北京:北京语言学院出版社,1994.

⑤ 马祖毅,任荣珍.中国翻译简史.北京:中国对外翻译出版公司,1997.

⑥ 黄鸣奋.英语世界中国古典文学之传播.上海:学林出版社,1997.

⑦ 夏康达,王晓平.二十世纪国外中国文学研究.天津:天津人民出版社,2000.

⑧ 顾伟列.20世纪中国古代文学国外传播与研究.上海:华东师范大学出版社,2011.

学中的影响研究等角度进行了考察,并就中国文学在英国传译的基本史实、主要特征以及英国文学对于中国文学的接受等问题做了扎实可贵的探索。然而,虽然中国文学在英国的传译主要发生在向来关注中国文化典籍的汉学场域之中,且不少传译活动的确有着很多文学性考量,但无论是从单一的海外汉学研究角度,还是纯粹的汉籍外译研究角度,抑或是传统的比较文学中的影响研究角度,都难以将其中的多重动因、多种变量、多维影响考察清楚,因为中国文学在英国的传译活动不仅受英国以及国际汉学、文学、文化、教育乃至政治、经济、宗教、军事等各个场域的影响并同时反作用于这些场域,而且受制于并以某种形式反制于其中的经济资本、文化资本和社会资本,另外还与不同场域中具体的译者惯习彼此关联。

鉴于此,本文拟在社会翻译学的视阈下,借鉴布尔迪厄反思性社会学的"场域""惯习""资本"等概念与理论,依据中国文学在英国传译的历史进程,将其萌芽、肇始、兴盛、沉寂、复苏、发展等六个阶段的传译活动分别还原到当时整个国际社会文化背景之下,通过高度语境化和深度历史化的方式对其进行"关系主义"解析,以诠释出不同阶段传译活动与当时社会文化之间互相影响、互相制约的共变关系,进而揭示出中国文学在英国四百年传译活动的整体运作轨迹与规律。

## 二、中国文学在英国的传译:社会翻译学视阈中的历时诠释

中国文学在英国的传译活动在萌芽期、肇始期、兴盛期、沉寂期、复苏期、发展期等不同历史阶段分别呈现出"间接传译""直接英译""系统英译""少量英译""专业英译"以及"新型传译"等各种形态,而这些具体形态与当时英国乃至国际社会文化语境中的"汉学场域""宗教场域""商业场域"及"权利场域",与充斥于各种场域

之中的"经济资本""文化资本"及"社会资本"，与在不同场域中凝塑而成的"译者惯习"等社会文化因素之间构成了多维多向、彼此制约的"共变"关系。

## （一）萌芽期（17世纪初至18世纪中）：汉学场域空缺中的间接传译

综观东学西渐史，中国文学在英国的传译活动既没有规模化的译者队伍，也没有专门性的组织或机构，因此难以形成独立的场域。事实上，除了早期来华传教士、外交官以及一些来自其他领域兼职译者的部分译介活动外，英国以大学汉学系、汉学研究院所或其他相关机构为依托的汉学界在其专职工作之余承担了大部分的中国文学英译活动，因此在很大程度上构成了决定中国文学在英国传译或盛或衰的"汉学场域"。然而，早期中国文学在英国的传译活动，却恰恰缺少这样一个当时业已在欧洲大陆发轫的汉学场域，而其直接原因可以追溯到与之相关的宗教场域。

16世纪早期英王亨利八世发起的宗教改革，使得英国脱离罗马天主教建立了自己的国教。英国因此也在很大程度上置身于罗马天主教会的传教事业之外，从而迟于意大利、法国等国家来华传教，对于中国的了解也相对较少、较晚，所以到16世纪末17世纪初欧洲大陆汉学已经发轫之时，英国的汉学研究还处于洪荒阶段。正因为如此，对东方抱有浓厚兴趣的英国只好借助欧洲其他国家来华传教士、汉学家的有关中国的译作、著述和记载来了解中国，而英国在17世纪初至18世纪中期对于中国文学的间接传译活动也由此而来。

作为西方汉学奠基人之一的意大利传教士利玛窦（Matteo Ricci）生前曾留下一部关于中国概况及其在华传教经历的意大利语手稿，人称《利玛窦札记》。1615年，法国传教士、汉学家金尼阁（Nicolas Trigault）在德意志出版了他用拉丁文翻译并扩展和润饰的利玛窦手稿,被称为《基督教远征中国史》,书中涉及有关中国诗歌、《四书》和《五经》等中国文学概况的描述,据称"它对欧洲文学和科学、哲学和宗教等生活方面的影响,可能超过任何 17 世纪的历史著述"①。由于该书用欧洲知识界广泛流行的拉丁语刊行,因此出版后便不胫而走。1625 年,英国出现了一个英文摘译本,被收入《普察斯朝圣者丛书》之中。② 这虽是一个简单的摘译本,但却标志着英国对于中国文学的译介由此开始萌生。1735 年,法国神甫杜赫德(J. -B. Du Halde)根据来华传教士们提供的资料编撰了一部《中华帝国全志》,其中收录有《诗经》数首、《古今奇观》数篇以及法国来华传教士、汉学家马若瑟(Joseph de Premare)于 1731 年法译的中国元曲《赵氏孤儿》,而英国很快就出现了该书的两部转译本:1736 年出版的布鲁克斯(R. Brookes)节译本(书名改称《中国通史》)以及 1738 年至 1744 年出版的凯夫(Edward Cave)全译本;1762 年,英国又出现了柏西(Thomas Percy)选辑出版的《中国杂文选编》,其中载有对凯夫译本润饰而成的《赵氏孤儿》新译本。③ 至此,英国便拥有了转译自法语的三个《赵氏孤儿》译本。由于缺少汉学场域,缺少对中国文学有研究的汉学家,英国早期对于中国文学的传译便处于这样一种从欧洲其他国家汉学家译作那里间接转译的萌芽状态。

(二)肇始期(18 世纪中至 19 世纪初):经济资本刺激下的直接英译

18 世纪中期以后,英国进入资本主义的上升时期。其商品经济高度发展,对于经济资本的追逐使其迫切需要打开中国市场。

---

① 利玛窦,金尼阁. 利玛窦中国札记. 北京:中华书局,1983:31-32.

② 利玛窦,金尼阁. 利玛窦中国札记. 北京:中华书局,1983:29-30.

③ 马祖毅,任荣珍. 中国翻译简史. 北京:中国对外翻译出版公司,1997:222-223.

19 世纪初,英国东印度公司将鸦片销售到中国,同时从中国进口茶叶和丝绸,两国之间的商业往来日益频繁。由于中英两国语言截然不同,英国所有的对华贸易都不得不依靠翻译来完成,因此"正是商业发展的需要促使英国开始关注起中国的语言和文化"①。1825 年,英国商人邀请当时著名的汉学家马礼逊(Robert Morrison)在商业中心伦敦开设了具有汉学教育前身意味的"伦敦东方学院(London Oriental Institution)",进行汉语教学。② 虽然三年后这一具有英国汉学教育前身意味的机构随着马礼逊动身赶往广东而不得不关闭,它却成为英国商业场域促进其汉学场域形成的一个有趣例证。在此背景下,英国开启了对于中国文学直接英译的大幕。

1761 年,柏西的英译本《好逑传》(*Hau Kiou Choaan*:*The Pleasing History*)问世,该译本直接译自中国明末清初的长篇侠义爱情小说《侠义风月传》。然而柏西本人并不懂汉语,那么译者究竟为谁呢? 1774 年,该书再版时,柏西在前言中做了解释,指出译稿出自英国商人魏金森(James Wilkinson)之手:原来,魏金森供职于东印度公司,曾在广州居住多年,译稿是他学习汉语时的翻译练习,共分四册,前三册为英文,末一册为葡萄牙文,其汉语辅导教师可能为葡萄牙的来华传教士。③ 柏西将英译稿进行了润饰,同时将葡文译稿译成英文,于是形成了英国第一部直接从汉语翻译成英文的中国古典小说。因此,如果说意大利传教士利玛窦和法国传教士马若瑟最初对于中国文学的翻译主要是出于传播基督教的目的,那

① Ch'en,Y. S. & Hsiao,P. S. Y. *Sinology in the United Kingdom and Germany*. Honolulu:East-West Center,1967:1.

② Ch'en,Y. S. & Hsiao,P. S. Y. *Sinology in the United Kingdom and Germany*. Honolulu:East-West Center,1967:2.

③ 马祖毅,任荣珍. 中国翻译简史. 北京:中国对外翻译出版公司,1997:224-225.

么英国商人魏金森翻译中国古典小说的直接目的则是"将其作为学习汉语的一种练习(as an exercise while learning Chinese)"①,而其最终目的显然并不仅限于此。鉴于魏金森当时正供职于东印度公司的驻华机构,沈安德(James St. André)指出其翻译动机是不"单纯的(pure)",认为其翻译是一种带有"东方主义(orientalist)""殖民主义(colonialist)""商业主义(mercantilist)"性质的行为。② 不难理解,沈安德此处所谓"商业主义",指的是魏金森进行翻译的一个重要动机是为了在商业场域中更好地获取经济资本。

　　然而,这一时期英国东方学家琼斯爵士(Sir William Jones)对于《诗经》片段的直接翻译则是个例外。1770 年,琼斯爵士读了比利时传教士柏应理(Philippe Couplet)等人的拉丁文译著《中国哲学家孔子》,通过其中的《大学》部分接触到了《诗经》片段,深受感动,于是找来巴黎皇家图书馆所藏的《诗经》汉语原本,仔细研究,然后对照着柏应理等人的译作将《卫风·淇奥》第一节重译成了拉丁文,十多年后又将其译成英文,另外他还将《周南·桃夭》和《小雅·节南山》各一节译成了英文。③ 马祖毅、任荣珍指出,与耶稣会士的翻译不同,琼斯并没有将《诗经》视作"经",而是把它当作文学作品意义上的"诗"来进行翻译。④ 诚然如此,琼斯对于《诗经》

---

① St. André, J. Modern translation theory and past translation practice: European translations of the *Haoqiu Zhuan*. In Chan, T. L. (ed.). *One Into Many: Translation and the Dissemination of Classical Chinese Literature*. Amsterdam: Rodopi, 2003: 42.

② St. André, J. Modern translation theory and past translation practice: European translations of the *Haoqiu Zhuan*. In Chan, T. L. (ed.). *One Into Many: Translation and the Dissemination of Classical Chinese Literature*. Amsterdam: Rodopi, 2003: 46.

③ 张弘. 中国文学在英国. 广州:花城出版社,1992:58-59.

④ 马祖毅,任荣珍. 中国翻译简史. 北京:中国对外翻译出版公司,1997:226.

的英译别具深义。

(三)兴盛期(19 世纪初至 20 世纪初):汉学场域确立后的系统英译

19 世纪初以后,中英之间的商业往来更为频繁,而此后爆发的两次鸦片战争更是使得中国国门被迫向英国敞开,大批的英国商人和传教士涌入中国。1854 年中英正式建立外交关系以后[①],许多英国外交官也来到中国,其中兼具学者身份的就有 40 余人。由此一来,在商业场域中经济资本的刺激下,在宗教场域中传教事业的推动下,尤其是在具有支配地位的国家"权利场域"(field of power)的影响下,英国的汉学场域开始逐渐形成。

1837 年,伦敦大学作为接受斯当东爵士(Sir George Staunton)捐赠马礼逊藏书的条件,授予基德(Samuel Kidd)汉学教授一职,其继任者分别为华人齐玉堂和霍尔特(H. F. Holt)、比尔(Samuel Beal)等;八年后,斯当东又在国王学院设立了汉学教席,费尔森(J. Fearson)、萨默尔斯(James Summers)、道格拉斯(Robert Kennaway Douglas)等先后担任该教席。[②] 1876 年,牛津大学设立汉学教席,首任教授为理雅各(James Legge)。1888 年,剑桥大学也设立汉学教席,首位教授为威妥玛(Thomas Wade)。1906 年,英国财政部任命雷伊勋爵(Lord Reay)为主席,成立一专门委员会开展调查,以提高汉学研究;经过调查,该委员会于 1909 年在报告中提议伦敦大学成立东方学院(只是该学院迟至 1916 年

① Ch'en, Y. S. & Hsiao, P. S. Y. *Sinology in the United Kingdom and Germany.* Honolulu: East-West Center, 1967: 3.

② Ch'en, Y. S. & Hsiao, P. S. Y. *Sinology in the United Kingdom and Germany.* Honolulu: East-West Center, 1967: 2-4.

方成立,后改称亚非学院)。① 至此,英国的汉学场域便由小到大、由点到面地正式确立起来。

随着汉学场域的逐渐确立,英国对于中国文学的英译也走向了兴盛,而尤其以汉学三大"星座"——理雅各、德庇时(John Francis Davis)、翟理斯(Herbert Allen Giles)对于中国文学的系统英译为突出代表。理雅各早年曾任香港英华书院校长,并在港居住达三十余年,自1841年起开始系统地研究和翻译中国古典文学作品。1861年至1872年,理雅各将其在王瑫、洪仁玕等协助下英译而成的5卷本《中国经典》(*The Chinese Classics*)先后出版,其中包括《论语》《大学》《中庸》《孟子》《书经》《诗经》《春秋左传》几部中国典籍。返回英国出任牛津大学汉学教授后,他又于1879年至1891年间,在牛津克莱仁登出版社(Clarendon)的"东方圣书集"(Sacred Books of the East)中以6卷的篇幅出版了其英译的《诗经》(与宗教有关的部分)以及《孝经》《易经》《礼记》《道德经》《庄子》等中国典籍。德庇时曾在中国担任英国驻华商务总监、驻华公使、香港总督,其对中国文学的英译涉及诗歌、戏剧、小说等多个方面。德庇时是中国唐诗英译的先行者,1829年他在伦敦出版的《汉文诗解》一书中包含了杜甫的《春夜喜雨》和王涯的《送春词》等诗歌的英译,而其戏剧方面的翻译有1817年在伦敦约翰·默里(John Murray)公司出版的《老生儿:中国戏剧》和1829年通过伦敦东方翻译基金会出版的《汉宫秋:中国悲剧》。② 另外,德庇时1822年在伦敦出版的《中国小说选》收录了他对《三与楼》《合影楼》以及《夺锦楼》等小说的英译,同时他还在1829年以更加尊重原作的态度重译了《好逑传》。翟理斯早年曾在中国担任英国驻华

---

① Ch'en, Y. S. & Hsiao, P. S. Y. *Sinology in the United Kingdom and Germany*. Honolulu: East-West Center, 1967: 6.

② 马祖毅,任荣珍. 中国翻译简史. 北京:中国对外翻译出版公司,1997:240,271.

外交官,回国后任剑桥大学汉学教授。他对中国文学的英译十分广泛,从诗歌到散文,从神话故事到佛教传记,均有涉及。他所翻译的《聊斋志异》(1880)被一版再版,深受西方读者欢迎。翟理斯在中国文学英译方面做出的最大贡献当属他编译的两卷本《中国文学瑰宝》(上卷为诗歌,1883;下卷为散文,1898),其中精心收录了中国历史上各个时期著名诗作和散文的英译。此外,他撰写的《中国文学史》(1901)也收录了多种体裁中国文学作品的英译片段。

较之先前,英国这一阶段的中国文学英译呈现出了系统、全面而深入的特色,而其中的根本原因则要归功于其汉学场域的确立。在英国汉学研究进入高等学府、汉学场域逐渐形成的背景下,汉学研究从原先依附的传教、经商、外交等活动中独立出来,成为一门走向专业化(professionalization)、专门化(specialization)和世俗化(secularization)的学问①,汉学家们的研究在时间、经费、出版渠道等方面有了充分的保障,从而极大促进了其对于中国文学的全面研究和系统英译。以理雅各为例,其在牛津汉学教席的设立在经济资本意义上就得到了伦敦涉华商界的巨额经费支持②,另外其后期对于《易经》《庄子》等几部中国典籍的英译和出版则直接得益于缪勒(Max Müller)与牛津大学出版社合作的"东方圣书集"项目,而正是由于缪勒将理雅各英译的中国典籍引入了西方主流文化场域的生产和流通环节,汉学意义上的东方学"在西方学术话语圈中取得了学科性的认可"③。

---

① Girardot, N. J. *The Victorian Translation of China*: *James Legge's Oriental Pilgrimage*. Oakland: University of California Press, 2002: 123.
② Girardot, N. J. *The Victorian Translation of China*: *James Legge's Oriental Pilgrimage*. Oakland: University of California Press, 2002: 163.
③ Girardot, N. J. *The Victorian Translation of China*: *James Legge's Oriental Pilgrimage*. Oakland: University of California Press, 2002: 142.

### （四）沉寂期（20世纪初至20世纪中）：译者惯习影响下的少量英译

20世纪初期至20世纪中期，由于两次世界大战的影响，英国的汉学研究受到了很大冲击，加之第一代汉学家已逐渐淡出历史，自身受到严重削弱的汉学场域难以再对中国文学的译介活动提供有效的支撑，因此英国对于中国文学的翻译在整体数量和规模上都出现了明显下降，而与先前的兴盛期相比，更是陷入了某种沉寂。在此背景下，汉学家韦利（Arthur Waley）却在中国文学英译方面取得了骄人的成就，究其原因，则是与韦利本身在汉学场域中形成而又反作用于汉学场域的个人"惯习"息息相关。

韦利于1907年进入剑桥大学国王学院学习，专业为古典文学。作为著名教授迪肯森（G. L. Dickinson）和摩尔（G. E. Moore）的学生，韦利深受两位学者仰慕东方古代文明的影响，萌生了致力于东方文化研究的愿望，因此于1913年应聘进入大英博物馆东方部做馆员。① 出于工作需要，开始自学汉语，研读汉学书籍，并到伦敦大学亚非学院深造，而后来更是到该院授课，对中国古典诗歌和古典文学产生了浓厚兴趣，决意将其译介给英国读者，从而走上了英译中国古典诗歌和古典文学的道路。其对中国文学的英译作品主要包括《汉诗一百七十首》（1918）、《诗经》（1937）、《论语》（1938）、《猴王》（即《西游记》，1942）、《中国诗歌》（1946）、《敦煌歌谣与故事选集》（1960），以及散见于各种期刊的大量中国诗歌英译作品。十分可贵的是，韦利的译作质量上乘，深受英国读者喜爱，并且在英语文学界产生了良好的影响。《牛津英语翻译文学导读》一书对韦利做出了很高的评价："事实上，韦利是唯一将其中国文学英译作品在众多普通读者中间流传开来的译者，这足以证明其

---

① 马祖毅,任荣珍.中国翻译简史.北京:中国对外翻译出版公司,1997:229.

文学才华横溢、翻译方法得当。"①而《不列颠百科全书》在介绍韦利的词条中也说:"他优秀的东方古典著作英译作品对叶芝和庞德等现代诗人有深刻影响。"②那么,韦利为何能在英国对于中国文学译介处于相对沉寂的这一历史时期脱颖而出,取得如此骄人的成就呢? 究其根本,除去其文学天赋突出的因素,大概与其在汉学场域中形成的乐于并善于研究、翻译中国文学的个人"惯习"有关,因为"惯习"不仅是环境和社会的产物,而且"具有改造自然,变革社会的潜在功能"③。

当然,除了韦利,这一历史时期还有翟理斯之子翟林奈(Lionel Giles)对于《论语》(1910)、《孟子》(1942)等作品的少量英译以及其他译者对于中国文学作品的零星英译。

(五)复苏期(20世纪中至20世纪末):汉学场域恢复中的专业英译

二战以后,英国政府逐渐意识到其在中国问题及中国历史文化方面存在着认知上的缺失,而这种缺失曾在其战时带来了诸多困难,因此战后英国政府对于汉学研究的态度发生了转变:"从先前的轻视变成了积极地开展调研,而从总体上来说,学生对于中国研究的兴趣更浓了,主修中国语言和文化的学生人数也增多了。"④在这种背景下,英国的汉学教育很快得到了复苏和发展:牛津和剑桥开设了可以授予荣誉(优秀)学士学位的汉学课程,伦敦

---

① France, P. (ed.). *The Oxford Guide to Literature in English Translation*. Oxford: Oxford University Press, 2000: 225.

② 美国不列颠百科全书公司. 不列颠百科全书 18. 北京:中国大百科全书出版社, 1999:65.

③ 赵一凡. 从卢卡奇到萨义德:西方文论讲稿续编. 北京:生活·读书·新知三联书店,2009:751.

④ Ch'en, Y. S. & Hsiao, P. S. Y. *Sinology in the United Kingdom and Germany*. Honolulu: East-West Center, 1967: 10-11.

大学亚非学院增设了关于中国哲学、历史和艺术等领域的讲师职位;除此之外,1952 年杜伦大学设立了汉学讲师职位,1963 年利兹大学开设了中文系,1965 年爱丁堡大学成立了中文系。这样一来,受两次世界大战影响的英国汉学场域逐渐恢复起来,而一直栖身于其中的中国文学英译活动也慢慢复苏并活跃起来,虽然就翻译规模和译者人数而言,这一时期难以与先前的兴盛期相比,但在具体的翻译水准和研究层次上却愈发专业。在当时规模并不甚大的译者队伍中,霍克思(David Hawkes)堪称翘楚。

霍克思 1945 年至 1947 年在牛津大学研读中文,1948 年至 1951 年作为研究生在北京大学深造。返回牛津后,霍克思以"楚辞"为题完成其博士论文,并于 1959 年发表了包含《楚辞》英译的专著《楚辞:南方之歌——中国古代诗歌选》,同年起担任牛津大学中文系教授。1971 年,霍克思辞去牛津大学中文系主任的职务,全心投入《红楼梦》的英译。经过十年的深入研究和精心翻译,霍克思将《红楼梦》前 80 回译成英文,先后于 1973 年、1977 年、1980 年分三卷列入著名的"企鹅经典"丛书之中出版。作为少数在中国高等学府深造过的英国汉学家之一,霍克思对于红学有很深的造诣,因此其《红楼梦》英译水平堪称专业而精湛,比如他在《红楼梦》英译的源语文本选择上就极有见地。由于《红楼梦》原书存在着甲戌本、己卯本、庚辰本、程甲本、程乙本等多个版本,霍克思没有简单地选择其中任何一个版本,而是在不同的版本之间斟酌,选择自己认为足以构成最佳故事的东西,自行组织了一个特殊的本子作为源语文本,而这样一来,"差不多每一个不同版本之间的选择都要求译者解决一连串的基本问题。这些问题涉及小说的作者情况及其发展演变,评注者身份的确定,早期编订者的可信程度,他们的版本性质,等等"①。由此,霍克思《红楼梦》英译的专业水准可见一斑。在霍克思的指导下,《红楼梦》后 40 回由其女婿、汉学家闵福德(John Minford)英译完成,并于 1982 年和 1986 年作为后两卷在"企鹅经典"丛书之中出版。至此,西方世界第一部《红楼梦》英文全译本便诞生了。值得一提的是,这部《红楼梦》英译本借助企鹅出版社的平台,真正进入了西方主流文化场域的生产、流通和消费环节,成为中国文学作品英译的成功典范。

另外,该时期著名汉学家葛瑞汉(Angus Charles Graham)英译的《列子》(1960)、《晚唐诗选》(1965)、《庄子》(1981,1986)以及白之(Cyril Birch)在话本小说研究基础上英译的《明代短篇小说选》(1958)等都显示出了很高的专业水准。

### (六)发展期(20 世纪末至今):汉学场域变革中的新型传译

自 20 世纪末以来,随着中国经济实力和国际影响的持续上升,作为新型汉学的"中国研究"(Chinese Studies)正在海外蓬勃兴起。与向来致力于中国古典研究的传统汉学(sinology)不同,"中国研究"所关注的是当代中国问题,侧重面是当代中国的经济、政治、社会和国际关系,其中也包括当代中国的文化和文学。在此背景下,英国的汉学场域也在经历着同样的变革:除了从事"中国研究"的新型汉学外,传统汉学在继续研究古汉语以及中国古典文学、历史与文化典籍的同时也开始关注起中国当代文学,而在这种变革中成长起来的英国新一代汉学家蓝诗玲(Julia Lovell)也由此成为中国当代文学英译的杰出代表。

蓝诗玲毕业于剑桥大学中文系,后又获现当代中国文学博士学位,其博士论文探讨的是中国作家的诺贝尔奖情结。博士毕业

---

① 张弘.中国文学在英国.广州:花城出版社,1992:267-268.

后,她曾在剑桥讲授中国历史和文学,现在伦敦大学任教。2003年,她将韩少功的《马桥词典》翻译成英文,在哥伦比亚大学出版社出版,2007年又将朱文的《我爱美元》译成英文在哥伦比亚大学出版社出版。而2013年,她又将朱文的8篇小说译成英文,取名《媒人、学徒及足球迷》在哥伦比亚大学出版社出版。最值得称道的是,她于2007年翻译的张爱玲的《色,戒》和2009年翻译的鲁迅小说全集《〈阿Q正传〉及其他中国故事》被纳入"企鹅经典"丛书出版,在英国乃至整个英语文学界产生了广泛影响。

事实上,作为西方主流出版商的英国企鹅出版社,一直是中国文学与文化在英国乃至英语国家翻译和传播的重要平台。近年来,列入"企鹅经典"丛书出版的中国典籍英译作品还包括《山海经》(1999)、《大学与中庸》(2004)、《孟子》(修订版,2005)、《聊斋志异》(2006)等。而最近几年来,该社凭借其在国际传媒场域的不断拓展,又逐渐成为中国当代文学作品英译与传播的组织者和推动者。2008年,企鹅出版社同时在伦敦和纽约推出了由美国翻译家葛浩文(Howard Goldblatt)英译的《狼图腾》,获得巨大成功。2011年,企鹅出版集团在中国的子公司购买了盛可以的《北妹》、王晓方的《公务员笔记》、何家弘的《血罪》三部小说的版权,开启了每年出版5到8本中国题材小说(英文版)的计划。

需要指出的是,由于英国与美国及其他英语国家之间在语言、文化、学术研究等领域的相互贯通,加之当前文化场域日益加速的全球化进程,中国文学作品在美国及其他英语国家的英译本也同样在英国传播开来。比如,美国翻译家葛浩文英译的中国现当代作家巴金、莫言、萧红、苏童、贾平凹、阿来、张洁、王朔等人的作品,在英国也得到了同样的流通和传播,并且产生了一定的影响。

## 三、结　语

作为一门新兴的翻译学分支学科,社会翻译学旨在探索翻译与社会之间双向互动、复杂多样的"共变"关系,以克服语言学研究范式囿于语际转换规律的客观主义之不足,同时规避文化研究范式"文化决定论"的主观主义的缺陷,而致力于消解主客二元对立的布尔迪厄反思性社会学理论于是便成为社会翻译学的重要理论来源。鉴于此,本文在社会翻译学的视阈下,借鉴布尔迪厄反思性社会学的基本理论与方法,将中国文学在英国近四百年来的传译活动还原到当时英国及整个国际社会文化背景之下,通过高度语境化和深度历史化的方式对其进行"关系主义"解析,剖析了英国"汉学场域""宗教场域""商业场域""权利场域",以及充斥于各种场域之中的"经济资本""文化资本""社会资本",连同汉学家和翻译家身上的"译者惯习"等因素如何与其中国文学传译活动之间形成了多维多向、彼此制约的"共变"关系,从而揭示出中国文学在英国传译活动从萌芽期的"间接传译"推进到肇始期的"直接英译",进而跃升至兴盛期的"系统英译",然后消退为沉寂期的"少量英译",继而演进至复苏期的"专业英译",直至衍化为发展期的"新型传译"的整体运作轨迹与规律。

应该指出,尽管就整体而言,从先秦散文、唐诗宋词到元曲杂剧、明清小说以及现当代各种文学作品,从纯粹的文学作品到亦文亦论的诗话词话乃至研究性的文学理论,中国文学的主要方面在英国都基本得到了翻译和介绍。然而,就中国文学在英国传播与接受的效果而言,我们却不得不保持一个清醒的认识。不久前,笔者赴英国牛津大学访学期间曾以"中国文学英译作品的传播与接受"为题,在该校英语语言文学、汉学以及其他人文社科专业的师生群体中间开展过一次问卷调查,初步的统计结果难以令人乐观。仅以 *The Story of the Stone*(《红楼梦》霍克思译本)、*A Dream of Red Mansions*(《红楼梦》杨宪益、戴乃迭译本)、*All Men Are Brothers*(《水浒传》赛珍珠译本)、*Red Sorghum*(《红高粱家族》葛浩文译本)四部英译作品的接受效果为例,调查结果显示:真正读过上述译作的读者分别仅占调查读者总数的 8%、4%、0 和 6%,而这为数不多的读者基本上又都来自原本就熟悉中国文学的汉学专业师生。由此不难推断出中国文学英译作品在英国普通读者中间传播和接受的整体现况。从社会翻译学的角度来看,这其中的原因不仅与译者所采取的英译策略相关,而且更与英国读者在其自身所处的各种场域中形成的个人惯习相关,与各种资本支配下中国文学英译作品在英国乃至整个英语国家文化场域的生产、流通及消费状况相关。

(王洪涛,北京外国语大学英语学院教授;原载于《外语学刊》2016 年第 3 期)

# 论中国现当代文学在英国的译介和
# 接受:1949—2015

邓 萍 马会娟

## 一、引 言

近些年来,随着中国文化"走出去"战略的实施,现当代文学英译的研究成为新的研究热点。综合来看,大致有微观和宏观两类。微观的研究多以个案研究的方式透视中国现当代文学的英译,比如对一些当代中国知名作家(如老舍、莫言等)作品译介的研究①,以及对某些知名汉学家(如葛浩文、蓝诗玲等)翻译策略和模式的研究②。另外,也有对中国现当代文学中的某一文类进行历时梳理的研究,

---

① 朱振武,杨世祥.文化"走出去"语境下中国文学英译的误读与重构——以莫言小说《师傅越来越幽默》的英译为例.中国翻译,2015(1):77-80.

② (a)刘云虹,许钧.文学翻译模式与中国文学对外译介——关于葛浩文的翻译.外国语,2014(3):6-17.(b)文军,王小川,赖甜.葛浩文翻译观探究.外语教学,2007(6):78-80.

比如对不同时期中国现当代小说、诗歌、戏剧英译的研究。① 宏观的研究通常以某一时期为线索,从历时的视角研究中国现当代文学在英语世界的出版、传播和接受。比如 Yu 梳理了 1979—2009 年在中国内地和香港、英语国家出版的英译中国现当代小说及其接受情况②;李德凤和鄢佳对 1935—2011 年英译中国现当代诗歌进行了统计分析③。Bruno 对 1980—2010 年中国当代诗歌的英译本进行了统计及研究。④ 金介甫对 1949—1999 年中国文学英译本出版情况进行了述评。⑤ 由此可见,对中国现当代文学的英译研究不仅涉及范围广泛,而且研究内容也在向纵深发展。但是,当前的研究似乎忽略了一个很重要的方面:中国现当代文学在英国的出版情况如何? 传播和接受效果怎样? 虽然以上提及的研究中有所涉及,但是并未从整体上对中国现当代文学在英国的出版、传播进行研究,无法帮助人们得到一个清晰的整体样貌。鉴于此,本文对 1949—2015 年在英国出版的中国现当代文学作品进行了较为全面的统计,并根据相关文献尝试探讨和分析中国现当代文学在英国的翻译和接受情况。

---

① (a)吕敏宏. 中国现当代小说在英语世界传播的背景、现状及译介模式. 小说评论, 2011(5):4-12. (b)王颖冲. 中文小说英译研究若干问题. 解放军外国语学院学报, 2015(6):101-108. (c)吕世生. 中国戏剧外译的双重制约. 中国翻译,2015(5):83-87. (d)Ma, H. J. & Guan, X. Z. On the transcultural rewriting of the Chinese play *Wang Baochuan*. *Perspectives*: *Studies in Translatology*, 2017, 25(4): 556-570.

② Yu, S. The era after reform and opening-up: Developments in English translations of Chinese fictions, 1979—2009. *Perspectives*: *Studies in Translatology*, 2010, 18 (4): 275-285.

③ 李德凤, 鄢佳. 中国现当代诗歌英译述评(1935—2011). 中国翻译,2013(2):26-38.

④ Bruno, C. The public life of contemporary Chinese poetry in English translation. *Target*, 2012, 24(2): 253-285.

⑤ (a)金介甫中国文学(一九四九——一九九九)的英译本出版情况述评. 查明建,译. 当代作家评论,2006(3): 67-76. (b)金介甫. 中国文学(一九四九——一九九九)的英译本出版情况述评(续). 查明建,译. 当代作家评论,2006(4):137-152.

## 二、数据来源与研究方法

本研究所获得的 1949—2015 年中国现当代文学作品在英国的出版目录主要有以下几个来源:(1) Index Translationum:联合国教科文组织运行的"世界翻译出版目录"(World Bibliography of Translation);(2) 大英图书馆主目录;(3) 纸托邦 (Paper Republic) 提供的近几年中国文学英译年度目录。另外,英译当代诗歌的目录参考了 Bruno① 的数据。综合以上数据来源,进行交叉比对,避免了只凭一个来源可能发生的错漏现象,所得数据较为全面。

Index Translationum 可以帮助研究者设定起止年代、源语、目标语以及出版地,但是所生成的数据只有最基本的信息。通过在大英图书馆主目录中输入关键词"translated Chinese"以及设定起止年代获得的相关数据,每个条目都有非常详尽的信息,但这样检索出来的数据也可能会有遗漏。Paper Republic 是由海外汉学家自发组织的译介中国现当代文学的网络平台,其主创者之一是英国汉学家、翻译家韩斌 (Nicky Harman)。她每年都会整理出当年出版的英译中国当代文学作品目录。这些目录对弥补前两种搜索方式的不足有很大帮助。得到初步数据之后,对于一些不确定的信息,笔者亲赴大英图书馆借阅相关书籍进行求证,最终得到了 1949—2015 年在英国出版的中国现当代文学作品目录。需要指出的是,本研究所关注的是中国大陆当代文学(1949 年之后)在英国的出版和译介,不包括中国台湾、香港地区作家的作品,以及

①     Bruno,C. The public life of contemporary Chinese poetry in English translation. *Target*,2012,24(2):253-285.

在英国以外国家、地区出版的中国现当代文学英译本。原作在1949 年前出版,而其英译本在 1949 年之后才在英国出版的中国现代文学作品也被收录在内,比如老舍、张爱玲、钱锺书等作家的作品。

对 1949 年后中国现当代文学作品在英国的译介研究,本文主要采用了描写翻译学的研究方法,从译作的各种副文本信息(如作者序、译者序、后记、评论、翻译批评、报道等),以及相关的研究论文或论著中获取信息,力求客观描写这一段历史时期中国现当代文学作品在英国译介的真实面貌。

## 三、中国现当代文学在英国译介的三个阶段

1949—2015 年横跨 66 年的历史,时代变迁伴随着中英两国国情、政治外交发展等各方面的变化。中国现当代文学在英国的译介也随之经历了不同的发展过程。通过仔细分析这一时期的出版情况,本研究发现中国现当代文学在英国的出版译介受到了其自身的发展变化、国际范围内汉学研究发展,以及出版界的商业化和国际化趋势等多方因素的影响。鉴于此,本文将这一时期中国现当代文学作品在英国的出版与译介分为三个阶段:1949—1979年;1980—1999 年;2000—2015 年。

1949—1979 年这 30 年间,中西方处于冷战的历史背景之下,中英意识形态差异大,中国现当代文学在英国的出版困难重重,不仅数量少,而且影响范围也小,是中国现当代文学译介的沉寂期。1980 年前,仅有为数不多的学术性出版机构(如大学出版社)对翻

译的中国文学有出版的兴趣。① 本研究梳理的出版目录显示：1949—1979 年,英国的现当代中国文学译本基本全部由学术性出版机构出版,如牛津、剑桥等大学出版社。大部分的现当代中国文学都是汉学家为学术目的而翻译的。② 在这一时期英国出版的现当代中国文学译本中,单本小说有 6 部,小说戏剧选 1 部,个人文集 2 部,诗歌集 1 部以及自传 1 部。综合来看,这 30 年间英国出版的中国现当代文学作品英译本仅有 11 部,而且其中 8 部译自民国时期作家的作品。

1980—1999 年是中国现当代文学在英国译介的过渡期。20世纪 80 年代中国的改革开放令中国当代文学创作获得了更大的发展空间。同时,中国由封闭走向开放,反映中国时代特色的文学作品也成了西方了解中国的桥梁。在几十年的中西隔绝后,"海外读者想通过文学看中国的状况,争论性和具有轰动性的作品,又常常是反映文艺思潮和政治斗争……以及中国的社会尖锐矛盾的媒介,而且有情节"③。综观这一时期在英国出版的中国现当代文学作品英译本,数量较 1949—1979 年有了很大增长。其中,单本小说译本 30 部,诗歌译本 18 部,其他译本 19 部。就小说来看,主题为"伤痕文学"或"先锋文学"的作品被出版和翻译得最多。

2000 年之后,中国现当代文学在英国的译介进入了发展期,这主要得益于以下四个方面。一是中国当代作家如莫言获得了诺

---

①   Hung, E. Blunder or service? The translation of contemporary Chinese fiction into English. *Translation Review*, 1991, 36-37(1): 39-45.

②   (a)Kneissl, E. Chinese fiction in English translation: The challenges of reaching larger Western audiences. *LOGOS: The Journal of the World Book Community*, 2007, 18(4): 204-208. (b) McDougall, B. S. Problems and possibilities in translating contemporary Chinese literature. *The Australian Journal of Chinese Affairs*, 1991, 25(1): 37-67.

③   梁丽芳. 海外中国当代文学的英译选本. 中外文化交流,1994(1):44-48.

贝尔文学奖,提高了华人文学的国际知名度。二是中国经济的崛起,加快了中国的国际化进程,中国从各方面开始积极与国际接轨,文学也不例外。三是网络文学的发展加速了中国文学的传播速度。互联网以及网络文学的发展,使过去要花几十年甚至几百年才能树立的文学经典可能一夕完成。① 四是出版业的国际化和商业化趋势,使图书译介的参与者和影响因素更为复杂,但同时也有助于提高选本和翻译的质量。这一时期共有 99 部中国现当代文学作品被译介到英国,其中单本小说译本 71 部,诗歌译本 15部,文集 5 部,散文 3 部,戏剧 1 部,自传 1 部,纪实文学 3 部。在此期间,出版的文类较前两个时期更加丰富,小说数量翻倍,而诗歌和文选的数量有所下降。另外,被译作品的题材更加多元化,除一部分仍然关注中国农村生活或"文革"伤痕的作品外,新生代作家反映中国当代都市生活的小说逐渐受到关注。诗歌的翻译和出版基本与前一时期持平,而当代话剧和儿童文学的翻译和出版则有所突破。

## 四、中国现当代文学在英国的翻译、出版和接受情况

如上文所述,自 1949 年以来,中国现当代文学的英国之旅已走过了半个多世纪,从最初的乏人问津,到如今的译者与出版商主动翻译、出版,有了一定的进步。这与历史的进程、社会的变迁、中国自身的发展以及世界格局的变化等都有密切的关系。这些文学作品被翻译成英语之后,在英国的接受情况如何? 又有怎样的影响? 我们拟从翻译出版、翻译选材以及接受和影响三个方面进行讨论。

---

① Wang, K. North America, English translation, and contemporary Chinese literature. *Literature Studies China*, 2012, 6(4): 570-581.

## (一)翻译出版

1949—2015 年中国现当代文学在英国的出版随着时代的变迁而变化。英国出版社出版图书以市场为导向,是一种商业行为,对于出书范围、计划和种类可以自行决定。几家大型出版商,如 Macmillan、Penguin Group UK、HarperCollins Publishers 等占据了图书销售的绝大部分份额,但是也有众多的中小型出版社做得非常出色[①],他们专门发展特定领域和方向的图书出版业务。自 20 世纪 80 年代以来,英国的大型出版商开始关注并出版中国现当代小说。Penguin Group UK 先后出版了莫言的《天堂蒜薹之歌》、钱锺书的《围城》、张爱玲的《色,戒》《倾城之恋》《半生缘》以及麦家的《暗算》。同时,Macmillan 下属的 Faber and Faber 出版社专门经营文学作品的出版,自 20 世纪 80 年代以来总计出版了 7 部中国当代小说译本,包括苏童、叶君健、严歌苓、叶兆言等作家的作品。另外,HarperCollins 出版了张贤亮的《习惯死亡》和杨红樱的《老师的宠物》。美国 Random House 在英国的分支 London Viking 和 London Vintage 出版了 4 部中国当代小说,如张贤亮的《男人的一半是女人》、王安忆的《小鲍庄》。

由此可见,由大型出版商选中出版的中国现当代文学译本,或者为经典,如钱锺书的《围城》,或者原作者享有较高的国际声誉,如莫言、严歌苓等,或者在某一领域具有代表性,如杨红樱的当代中国儿童文学作品。但在选材上只选择小说,这与其以市场为导向的方针相关。出版数量虽然不多,但可以反映出自 20 世纪 80 年代以来,英国大型出版商在持续关注中国现当代文学作品。相

---

① 参见:http://gb.mofcom.gov.cn/article/i/201202/20120207965543.shtml,检索日期:2016-07-26。

比而言,一些对中国现当代文学感兴趣的小型出版社在出版中国现当代文学译本上更加活跃,比如伦敦 Wellsweep 出版社就出版了多部翻译的中国当代诗歌集。而如牛津、剑桥这样的学术出版社,则比较钟爱出版中国现当代文学选集的译本。这类选集一般缺乏大众读者,多为欧美高校的师生为了教学的目的而翻译出版。

### (二)翻译选材

就翻译选材而言,涉及什么样的作品被选中、为什么被选中译介的问题。通过数据整理,表 1 体现了 1949—2015 年中国现当代文学在英国译介的三个阶段所选作品的类型对比。

表 1　1949—2015 年中国现当代文学在英国译介的三个阶段选本类型

| 阶段 | 总计 | 单行本小说 | 诗歌 | 文集 | 散文 | 戏剧/电影剧本 | 自传/回忆录 | 纪实文学 |
|---|---|---|---|---|---|---|---|---|
| 沉寂期 1949—1979 | 11 | 6 | 1 | 2 | 0 | 1 | 1 | 0 |
| 过渡期 1980—1999 | 67 | 30 | 18 | 13 | 1 | 1 | 4 | 0 |
| 发展期 2000—2015 | 99 | 71 | 15 | 5 | 3 | 1 | 1 | 3 |

由表 1 可见,单行本小说在英国的翻译出版呈大幅上升趋势,而诗歌在后两个时期出版的数量基本持平。文集的翻译出版在 2000 年之后呈现大幅下降趋势。其他文类作品的翻译出版在数量上一直极少。一方面,单行本小说的翻译出版呈上升趋势,并且相对其他文类占据了绝对的优势,这是由于英国素有阅读小说的传统,在大众读物中小说的销量最大,"约占英国图书销售总额的

74%"①。另一方面,中国当代小说的创作与出版在 20 世纪 80 年代之后也开始繁荣起来。除此之外,各个时期的翻译选材又各有其特点,下文将进行详细讨论。

### 1. 沉寂期(1949—1979)的翻译选材

就沉寂期的翻译选材来看,共有 6 部单行本小说译本译介到英国,但是其中 5 部译本都是译自民国时期的作家作品,包括老舍的《四世同堂》《牛天赐传》、巴金的《寒夜》、钱锺书的《围城》,以及萧红的《生死场》《呼兰河传》,这些作品所描述的都是民国时期城市和乡村普通人的生活状况。其中,老舍的《四世同堂》英译本 *The Yellow Storm* 由老舍与美国人埃达·浦爱德 (Ida Pruitt) 合作翻译,1951 年在美国出版②,同年在英国出版。这一时期出版的其他文类译本 5 部,有 2 部译自民国时期作家作品(闻一多的《红烛》、鲁迅的《无声的中国:鲁迅作品选》)。

由上可见,由于历史、政治等多方面原因,这一时期新中国的文学基本未被选译,民国时期的文学经典仍然占据了被译介的主要位置。

### 2. 过渡期(1980—1999)的翻译选材

过渡期的翻译选材比前一时期有较大变化,小说占据近半,而其他文类数量较少。就小说选材而言,首先,仍有民国时期的作家作品被译介,一共 4 部,各具代表性。其中,《一个女兵的自传》作者谢冰莹是中国第一位女兵。《二马》完成于 1929 年,是老舍描写在伦敦生活的中国父子俩的小说,反映了老舍在 20 世纪 20 年代

---

① 参见:http://gb. mofcom. gov. cn/article/i/201202/20120207965543. shtml,检索日期:2016-07-26。

② 魏韶华,刘洪涛. 埃达·浦爱德(Ida Pruitt)与老舍《四世同堂》英译本 *The Yellow Storm*. 东方论坛,2008(3):64-68.

旅居伦敦时的所见所想,"可能是第一部直面英国人对中国人种族歧视的中文小说"①。《柳湖侠隐》则是第一部被翻译成英语的中国武侠小说。② 茅盾的《虹》创作于 1929 年,描写了"五四"之后,一位知识青年走上革命道路的曲折历程。

其次,译介的当代中国作家小说占据主要部分,包括戴厚英、张洁、陆文夫、叶君健、张贤亮、王安忆、阿城、莫言、苏童、王朔等当代知名作家的小说,而且有的作家有多部作品被译介。其中尤以"伤痕文学"和"先锋文学"作品为多。戴厚英的《人啊,人!》、张贤亮的《绿化树》《习惯死亡》《男人的一半是女人》均是"文革""伤痕文学"的代表。莫言、苏童等是"先锋文学"的代表,在这一时期也分别有多部作品被译介到英国。同时,"寻根文学"的一些作品也受到关注,并被译介,包括王安忆描写苏北农村生活的《小鲍庄》、陆文夫描写苏州平民生活的《美食家及其他》。海外华人以中文创作的作品也有译介。比如美籍华人聂华苓的《桑青与桃红》,以及旅居英国的女作家虹影的作品《饥饿的女儿》。

还值得一提的是,中国电影开始成为中国文学译介的有力载体。1987 年阿城的《孩子王》由陈凯歌改编成电影剧本,杜博妮翻译,以配合电影在英国的上映。原著后来也由杜博妮翻译,1990年在英国出版。另外,张艺谋根据原著改编的电影《红高粱》和《大红灯笼高高挂》也是先于原著打入西方市场。③ 这可以看作是电影带动文学传播的范例。

诗歌翻译方面,北岛等出走海外的诗人都有多部个人诗集被翻

---

① Lovell, J. Introduction. In Lao She. *Mr. Ma and Son*. Dolby, W. (trans.). Sydney: Penguin Group, 2013.

② Chard, R. Translator's preface. In Huanzhulouzhu. *Blades from the Willows*. London: Wellsweep Press, 1991.

③ 金介甫. 中国文学(一九四九——一九九九)的英译本出版情况述评(续). 查明建, 译. 当代作家评论, 2006(4):137-152.

译出版。其他几部诗集的译本分别收录了多位中国当代诗人在"文革"之后的诗歌。另外,还有一部中国女诗人的诗集《红土地上的女人》(*Women of the Red Plain*: *An Anthology of Contemporary Chinese Women's Poetry*)于 1992 年由 Penguin Group UK 出版。可以说,在这一时期当代中国诗歌的翻译出版激增,但仔细审视可以发现,所选择出版的诗歌译本多为出走海外的诗人所著,其余出版的诗集译本主题也与"文革"等政治运动相关。因此,诗歌翻译虽然在数量上有较大增长,但所选译诗歌的题材比较单一。

在出版的文选译本中,美籍华裔女作家聂华苓编译的《百花文集》(*Literature of the Hundred Flowers*)比较有特点。该文集共两卷,收录了 1956—1957 年中国文学运动中当代作家的小说、诗歌、散文及文学评论,为管窥那个时代的中国当代文学提供了视窗。王德威编译的《狂奔:中国新生代作家》(*Running Wild*: *New Chinese Writers*)则收录了 20 世纪 80 年代后中国大陆及港台地区新生代作家,包括莫言、苏童、余华等的中短篇小说。

### 3. 发展期(2000—2015)的翻译选材

发展期的翻译选材仍然以小说居首,但有其自身的特点。"伤痕文学"作品译本明显减少,但批判中国社会的作品仍比较受出版商青睐。"先锋派"作家莫言、苏童、余华等的作品仍然持续受到关注。获奖作家作品较受欢迎,如莫言有多部作品的译本出版。华裔女作家的作品也继续受到关注。除虹影继续有作品在英国出版以外,旅居英国的薛欣然所著的报告文学《中国的好女人们》英译本自 2002 年出版以来,在英国反响较好,一版再版。

这一时期,中国电影继续带动中国现当代文学在英国的译介。比如,美籍华裔女作家严歌苓的小说改编成电影后,其作品《金陵十三钗》(*The Flowers of War*)、《不速之客》(*The Uninvited*)等英译本也先后在英国得以出版。兼编剧、作家、导演于一身的旅英华人郭小橹有 3 部作品的英译本在英出版。姜戎的《狼图腾》也是借电影的热映而受到西方读者的关注,其英译本(*Wolf Totem: A Novel*)于 2008 年在英国出版。张爱玲的小说《色,戒》借着由同名小说改编的电影的成功又火了一把,《色,戒》《半生缘》《倾城之恋》这三部小说的英译本也先后在英国出版。

中国新生代作家如韩寒、卫慧、春树等,由于其文风犀利、言辞大胆,主题涉及当代中国都市青年的生活,与"伤痕文学"和"先锋文学"的文风迥异而受到关注。2014 年,慕容雪村的网络小说《成都,今夜请将我遗忘》的英译本(*Leave Me Alone: A Novel of Chengdu*)在英国出版。这一方面印证了网络已逐渐成为迅速传播文学的平台,另一方面也说明英国的出版界选择中国当代文学作品的范围更为扩大。另外,儿童文学的翻译出版在这一时期也有了突破,一共有 4 部中国儿童文学作品的译本在英国出版,分别是:*Teacher's Pet*(杨红樱《老师的宠物》)、*An Unusual Princess*(伍美珍《不寻常的女孩》)、*Jackal and Wolf*(沈石溪《红豺》)、*Bronze and Sunflower*(曹文轩《青铜葵花》)。

比起小说翻译和出版的升温,以及选材的多样化,这一时期的诗歌翻译与前一时期相比,变化不大。被翻译的仍然主要是出走海外的诗人,如北岛等。在戏剧翻译方面,这一时期有了突破。在之前两个时期,现当代戏剧在英国的译文主要出现在文集中,与小说、诗歌一起,是为了阅读而翻译的,"不大可能引起西方读者的兴趣"①。2005 年,王小力的当代剧作《囊中之物》被爱丁堡特拉弗斯剧院(Traverse Theatre)选中。剧本先由 Cris Bevir 直译,再由爱

① 金介甫.中国文学(一九四九——一九九九)的英译本出版情况述评.查明建,译.当代作家评论,2006(3):67-76.

丁堡剧作家 Ronan O'Donnell 根据英国舞台表演的需求进行修改,王小力也被请到爱丁堡参与整个翻译过程。翻译后的作品 *In the Bag* 于 2005 年 4 月 29 日在爱丁堡特拉弗斯剧院公演,是第一部在英国公演的中国大陆当代话剧①,同年,翻译剧本在英国出版。

## (三)接受和影响

1949—2015 年,中国现当代文学在英国的译介走过了三个阶段,长达 66 年。那些被译介到英国的作品接受情况如何? 又产生了怎样的影响? 下文将就这些问题进行讨论。

### 1. 中国现当代文学在英国的接受

尽管近年来中国政府做出了相当大的努力,向世界推介中国文学,中国当代文学在世界文学中仍然处于边缘地位,在英语世界的接受度并不高②,在英国尤其如此。这是由多重原因造成的。

首先,中西方语言文化的差异成了中国现当代文学英国之旅的首要障碍。西方读者普遍缺乏对中国历史、政治、语言等的了解,而这些却恰好是理解和读懂中国现当代文学作品所必需的。杜博妮指出,翻译中国当代小说的难点在于日常生活词汇、政治经济术语等,因为这些词汇具有太强的地域性和时代性特色。③ 陶忘机认为,影响中国当代文学译本接受的主要问题涉及"原作的语

① Mendelsohn, K. The journey to staging *In the Bag*. In Wang, X. & O'Donnell, R. In the Bag. London: Nick Hern Books Limited, 2005.

② McDougall, B. S. World literature, global culture and contemporary Chinese literature in translation. *International Communication of Chinese Culture*, 2014, 1(1): 47-64.

③ McDougall, B. S. Problems and possibilities in translating contemporary Chinese literature. *The Australian Journal of Chinese Affairs*, 1991, 25(1): 37-67.

境、内容、词汇和风格,以及译入语一方对此的期待和要求"①。其次,英语作为通用语的地位造成的对非西方文学的偏见是另一阻碍。英国文学传统悠久,文学创作活跃,英国读者从心理上并不容易接受非英语文学。再次,中国现当代文学作品,尤其是小说,自身具有一些问题,影响其在英国的接受。中国小说中,角色缺少深度,缺乏心理描写,而且主题雷同,这些都影响其在英语世界的接受。② 最后,某些类型的文学如"伤痕文学"和"先锋文学"这样具有时代烙印的中国当代文学被译介的数量偏多。然而随着时代的变迁,这样的作品逐渐引起了英国读者的审美疲劳,从而降低了读者对中国当代文学的兴趣和期待。

另外,英国出版界一直对出版中国现当代文学持谨小慎微的态度。③ 英国出版公司都是自主经营,自负盈亏,因此出版商特别重视出版图书的盈利情况。这也从侧面反映出,英国出版业对于中国现当代文学作品的市场反响没有信心。选择出版中国现当代文学译本大致出于以下几种情况。一是再版或是分销已经在美国出版的译本。比如葛浩文翻译的所有作品都是先在美国出版,英国才随后出版,或是进行分销。二是转译已经有其他语种(尤其是法语)的译本,且反响较好的作品。比如周勤丽的《花轿泪》在法国出版后,引起轰动,随后才有了英译本。作家毕飞宇曾坦言,"法国,或者说法语是我的第一站,我的作品都是从法语开始的,然后

---

① Balcom, J. Bridging the gap: Contemporary Chinese literature from a translator's perspective. *Wasafiri*, 2008(3): 19-23.

② Goldblatt, H. A Mi Manera: Howard Goldblatt at home: A self-interview. *Chinese Literature Today*, 2011, 2(1): 97-104.

③ Kneissl, E. Chinese fiction in English translation: The challenges of reaching larger Western audiences. *LOGOS: The Journal of the World Book Community*, 2007, 18(4): 204-208.

慢慢地向四周散发"①。三是选择已经有国际声誉的作家作品以确保销路。比如萧红、莫言、苏童等作家的作品因葛浩文的译介而在国际上享有一定的声誉,尤其是莫言后来获得了诺贝尔文学奖,为这些作家的作品打开了通往英语世界读者的大门。四是出版社倾向于出版旅英华人作家或华裔作家的作品。华裔作家即使以中文写作,其面向的阅读群体却是西方读者,所以在写作时已经将读者接受度考虑在内,出版社也会认为这样的作品市场有保障。比如旅英作家虹影在创作小说《K》时,灵感来自弗吉尼亚·伍尔夫的外甥 Julian Bell 在中国的经历。《星期日电讯报》(*Sunday Telegraph*)评论该小说"第一次将布鲁姆斯伯里文化圈(The Bloomsbury Group)和不太为人所知的东方类似团体新月社联系在一起"②。这样将东西方元素结合的作品在英国更易俘获读者。

由此可见,中西方语言文化的差异、英语读者对非英语文学的态度、中国现当代作品本身存在的问题以及英国出版业的现状等都成为中国现当代文学作品在英国难以被很好接受的阻力。

### 2. 中国现当代文学在英国的影响

中国现当代文学在英国的接受度虽然不高,但是对英国大众如何看待当代中国还是产生了一定的影响。大致说来,有四类现当代中国小说比较受英国出版商青睐。第一类是"痛苦回忆"(misery memoir)类;第二类是关于"文革"的"政治小说",如"伤痕文学";第三类则是当代女性小说,如春树、卫慧等的作品;第四类则是华裔作家的作品。

然而,这些文学作品在英国受欢迎并不是因为其文学价值,而

---

① 参见:http://culture. ifeng. com/gundong/detail _ 2012 _ 07/01/15696196 _ 0. shtml,检索日期:2016-08-02。

② 参见小说《K》封底的《星期日电讯报》评论。

是因为其他的社会或文化因素。如当代女性作家卫慧的作品受欢迎是由于其作品因对当代中国都市一些滥用毒品的现象以及性的过分描写而在中国成为禁书。西方出版商利用其是"中国禁书"作为卖点,以博取更多关注。① 西方出版商也喜欢出版以中国农村生活为主题、批判中国社会或者描写民族问题的作品。阎连科、马建等以此为主题进行创作的作家都有多部作品在英国出版。这些作品译介到英国,让英国读者产生了对当代中国的普遍印象:痛苦、折磨、犯罪、毒品、性等。而华裔作家的作品受欢迎则是因为这样的作家在国外生活多年,其作品创作迎合了西方读者的口味。同时,华裔作家的身份本身是"分裂而多重的",他们塑造的形象"经由西方译者翻译,重新汇入到西方主流话语中,就形成了一种被'双重东方化'了的'中国形象'"②。他们为迎合西方读者创作的中文作品本身"中国性"就已经所存不多,再经翻译的过滤,作品传达给西方读者的是虚幻的、不真实的中国印象,传递了较为负面的中国形象,阻碍了西方读者对于当代中国的客观认识,可以说整体影响是较为负面的。

## 五、结　语

本文梳理了 1949—2015 年这 66 年间中国现当代文学在英国的译介情况,并根据不同时期的特点,分别对中国现当代文学在英国译介的三个时期,即沉寂期(1949—1979)、过渡期(1980—1999)

---

① Kneissl, E. Chinese fiction in English translation: The challenges of reaching larger Western audiences. *LOGOS: The Journal of the World Book Community*, 2007, 18(4):204-208.

② 朱健平,邹倩. 创作与翻译的共谋——《扶桑》中国形象"双重东方化"研究. 外国语文,2015(5):116-121.

以及发展期(2000—2015)进行了概述,同时从翻译出版、翻译选材、接受和影响三个方面对中国现当代文学在英国的译介进行了评述和分析。由于受到英语文化的主流感、中西语言文化差异、作者与译者文化身份、中国现当代文学作品本身的问题、英国出版业的现状等多重因素的影响,中国现当代文学在英国的接受度不高,对英国读者建构客观的中国形象产生了一定的负面影响。

当然,随着中国当代文学创作自身的发展和繁荣,以及出版业的国际化和商业化,越来越多的国外出版商开始主动寻求中国当代文学作品进行翻译和出版,翻译的作品开始受到普通英语读者的关注。另外,海外的民间力量也参与到这一事业中来(如网络组织 Paper Republic)。这都会进一步促进中国现当代文学在英语世界的翻译和接受。

致谢:笔者在写作本文期间,受到了伦敦大学亚非学院 Cosima Bruno 博士的无私帮助,特此对 Bruno 博士表示衷心感谢!

(邓萍,北京外国语大学英语学院博士生,中国石油大学(北京)外国语学院讲师;马会娟,北京外国语大学英语学院教授;原载于《外国语文》2018 年第 1 期)

# 论中国现当代文学在美国的译介：
# 1949—1978

叶秀娟　马会娟

## 一、研究背景

近年来，随着"中国文化走出去"战略的推行，中国现当代文学英译研究渐受关注，中国现当代文学的译介史开始得到梳理。现有研究的梳理线索主要有4类：(1)以某一作家作品为线索，如老舍作品译介史、沈从文小说译介史；(2)以某一种刊物或丛书为线索，如"熊猫丛书"、英文版《中国文学》《天下月刊》；(3)以某一类文学作品为线索，如小说、诗歌、戏剧；(4)以某一重要时期为线索，如新中国成立17年、"文革"10年间中国官方发起的对外文学翻译。从时间上看，针对1949年前和1980年后两个时段的研究较多；从空间上看，国内译出的研究较多，国外译入的研究较少，20世纪50年代至70年代国外译入的研究更少见。许方、许钧[①]指出，

---

① 许方,许钧.关于加强中译外研究的几点思考——许钧教授访谈录.中国翻译,2014(1):73.

梳理目标语国家某一重要时期的翻译现象、翻译主体活动和重大翻译事件,有助于我们更加深入地了解和认识目标语文化的语境,从而更有针对性地从事中译外工作。本文旨在考察 20 世纪 50 年代至 70 年代这一特定时期中国现当代文学在美国的译介历程。

20 世纪 50 年代至 70 年代见证了中美关系的重大演变:1972年 2 月 21 日尼克松访华,标志着中美关系融冰;1979 年 1 月 1 日中美建交,中美关系进入崭新的阶段。这 30 年,美国国内风云际会,各种文学思潮此起彼落。两国从紧张到舒缓的外交关系变化以及美国国内的社会环境势必会对中国现当代文学在美国的译介造成一定的影响。然而,现有文献显示关于这一特定时空的译介鲜有深入的研究。宋绍香描述了中国现代文学在美国的译介概貌,但所收集的译本数据欠完整,影响了结论的准确性。① 另有一些研究者(如王颖冲②、吴建、张韵菲③、李德凤、鄢佳④、刘江凯⑤、张翠玲⑥)在梳理特定文体的译介史时虽涉及这一段特殊时期,但并未深入考察该时期的译介特点,也未充分考量各种因素对译介的影响。那么,1949—1978 年,中国现当代文学哪些作品在美国得到了译介? 译介有怎样的特点? 受到哪些因素的影响? 本文旨在通过搜集出版数据,发掘翻译遗迹,梳理这一特殊历史时期中国现当代文学在大

① 宋绍香.中国新文学反映 20 世纪中国发生的革命变化——美国中国现代文学译介研究概观.文艺理论与批评,2014(4):70-80.

② 王颖冲.透镜下的中国之"像"——中文小说百年英译研究.北京:北京外国语大学博士学位论文,2013.

③ 吴建,张韵菲.汉语新诗在英语世界的译介.外语研究,2012(6):70-75.

④ 李德凤,鄢佳.中国现当代诗歌英译述评(1935—2011).中国翻译,2013(2):26-38.

⑤ 刘江凯.西洋镜下看戏——中国当代戏剧的英译.戏剧,2010(4):16-20.

⑥ 张翠玲.中国现代戏剧在美国的译介和传播.解放军外国语学院学报,2016(1):18-26.

洋彼岸的译介特点,并揭示各种因素对作品异域之旅的影响。

## 二、中国现当代文学在美国译介的三个阶段

本研究依托美国俄亥俄州立大学中国现代文学与文化网络资源中心(MCLC Resource Center)、美国国会图书馆、中国国家图书馆以及国内外相关论文的数据,搜索 1949—1978 年美国出版的收录中国现当代文学英译作品的书目,结果共搜集到 40 本符合本研究目的的书籍。本文以美国《国防教育法》颁布和尼克松访华这两个重大事件为界限,将所考察的时期分为三个阶段:1949—1958年、1959—1971 年和 1972—1978 年。

### (一)沉寂期:1949—1958 年

新中国成立后,中美陷入冷战。整个 20 世纪 50 年代,美国仅在最初两年出版了 3 部中国现当代小说英译本:《四世同堂》《鼓书艺人》和《新儿女英雄传》(见表 1)。前两部是老舍的作品。老舍在访美期间分别与浦爱德(Ida Pruitt)、郭静秋(Helena Kuo)联手翻译,并于归国前和出版社签订了合同。[①]《骆驼祥子》1946 年译本在美国发行的成功促使这两个译本在美国得以顺利出版。沙博理翻译《新儿女英雄传》完全是其兴趣所致,译稿拿到美国后有出版社感到"比较好奇",于 1952 年出版了"第一部红色中国文学作品"[②]。二战后至 50 年代初期,恰逢战争文学在美国文学中位居主流,恐怕这也是促成这 3 部有关中国抗日战争的作品在美国出

---

① 张曼,李永宁. 老舍作品在美国的译介与研究. 上海师范大学学报(哲学社会科学版),2010(3):103.

② 参见:http://www. people. com. cn/GB/32306/143124/147550/14789799. html,检索日期:2014-06-01。

版的重要因素。自1953年起,麦卡锡主义的影响蔓延到了文学出版界,许多作家的作品被列为禁书,甚至连马克·吐温的作品也被列入"危险书籍"。在冷战阴影弥漫的岁月,中国现当代文学在美国的译介陷入了沉寂。

表1　1949—1958年美国出版的中国现当代文学译本

| 英文书名 | 中文书名/译名① | 译者/编者 | 出版地、出版社、出版年 |
| --- | --- | --- | --- |
| *The Yellow Storm* | 《四世同堂》 | Ida Pruitt(浦爱德) | New York：Harcourt Brace，1951 |
| *The Drum Singers* | 《鼓书艺人》 | Helena Kuo(郭静秋) | New York：Harcourt Brace，1952 |
| *Daughters and Sons* | 《新儿女英雄传》 | Sha Po-li(沙博理) | New York：Liberty Press，1952 |

## (二)关注期:1959—1971年

随着冷战期间美苏对抗的升级,美国逐渐意识到加强外国语言学习和地区研究的重要性。1958年9月,《国防教育法》从国防的战略高度,首次将外语列为核心教学内容并提高其地位,使之与数学和科学并驾齐驱。② 国防部与高等学校签订合同,建立现代外语的教学中心,除外语课程外,还提供历史学、政治学、经济学、社会学等必要学科课程,以使学生全面了解使用该语言的国家和地区。③ 在这样的历史背景下,美国的中国学研究突飞猛进,中国现当代文学作品也随之得到了翻译和研究。如表2所示,除了2

---

① 以下几张表格中,除作品明确标注中文名或已有约定俗成的中文译名外,其余的均为笔者所译。
② 秦珊.一九五八年美国国防教育法述评.广西师范学院学报,1994(4):99.
③ 王英杰.美国高等教育的改革与发展.北京:人民教育出版社,1993:231.

部个人作品集《盐：诗集》和《周作人》①以及老舍《猫城记》的双译本外，另有 7 部文集收录了中国现当代文学作品。

表 2　1959—1971 年美国出版的中国现当代文学译本

| 英文书名 | 中文书名/译名 | 译者/编者 | 出版地、出版社、出版年 |
|---|---|---|---|
| A Treasury of Modern Asian Stories | 《现代亚洲小说宝库》 | Daniel Milton & William Clifford | New York：New American Library，1961 |
| Twentieth Century Chinese Poetry：An Anthology | 《二十世纪中国诗》 | Kai-yu Hsu（许芥昱） | Garden City：Doubleday，1963 |
| City of Cats | 《猫城记》 | James E. Dew | Ann Arbor：University of Michigan，1964 |
| 50 Great Oriental Stories | 《东方小说 50 篇》 | Gene Z. Hanrahan | New York：Bantam Books，1965 |
| A Treasury of Chinese Literature | 《中国文学宝库》 | Ch'u Chai（翟楚）& Winberg Chai(翟文伯) | New York：Appleton Century，1965 |
| Salt：Poems | 《盐：诗集》 | Ya Hsien(瘂弦) | Iowa City：Windhover Press，1968 |
| Modern Drama from Communist China | 《共产主义中国的现代戏剧》 | Walter J. Meserve & Ruth I. Meserve | New York：New York University Press，1970 |
| Cat Country：A Satirical Novel of China in the 1930's | 《猫城记》 | William A. Lyell | Columbus：Ohio State University Press，1970 |
| Twentieth Century Chinese Stories | 《二十世纪中国小说选》 | C. T. Hsia（夏志清） | New York：Columbia University Press，1971 |
| Chou Tso-jen | 《周作人》 | Ernst Wolff | New York：Twayne Publishers，1971 |

① Twayne Publishers 推出的"世界作家丛书"（Twayne's World Authors Series)有现代中国作家系列，但 1978 年前出版的只有《周作人》一书收录了作品译文。

## (三)逐步发展期:1972—1978 年

1972 年尼克松访华,中美关系正常化,中美文化交流迈进了一个新的历史阶段。中国现当代文学的译介明显增多,仅 1972 年当年就出版了 9 部相关译本,随后几年内都保持一定的出版数量。1974 年 11 月,美国学术团体理事会和社会科学理事会召开会议倡导"优先考虑中国研究",提议在未来 10 年里"继续采取以发展当代中国研究为主的方针"[①]。随着中国学研究向中国现当代研究的倾斜,现当代文学的译介与研究稳步增长。从表 3 可见,1975 年中国现当代文学的译介又出现了一次小高峰。这个阶段还出现了重印的现象,如艾克敦和陈世骧编选的《中国现代诗选》、乔治高的《中国智慧与幽默》以及谢冰莹《一个女兵的自传》的译本。再如 1936 年出版的《活的中国》在 1973 年得到重印,就与编译者埃德加·斯诺(Edgar Snow)1972 年受邀访华并参加国庆天安门阅兵有密切的关系。另外,由于早年出版商不感兴趣而在箱底压了近 30 年的《草鞋脚》也因偶然的机会而得到出版。这些现象从侧面说明了中国现当代文学的译介得到了更多关注。

**表 3  1972—1978 年美国出版的中国现当代文学译本**

| 英文书名 | 中文书名/译名 | 译者/编者 | 出版地、出版社、出版年 |
|---|---|---|---|
| *Modern Verse from Taiwan* | 《台湾现代诗歌》 | Angela Jung Palandri(荣之颖) | Berkeley: University of California Press, 1972 |
| *The Orchid Boat: Women Poets of China* | 《兰舟:中国女诗人》 | Kenneth Rexroth(王红公)& Ling Chung(钟玲) | New York: McGraw Hill, 1972 |

---

① 孙越生,陈书梅.美国中国学手册.北京:中国社会科学出版社,1993:11.

续 表

| 英文书名 | 中文书名/译名 | 译者/编者 | 出版地、出版社、出版年 |
|---|---|---|---|
| *China on Stage: An American Actress in the People's Republic* | 《舞台上的中国:一位美国女演员在中国》 | Lois Wheeler Snow | New York: Random House, 1972 |
| *Anthology of Chinese Literature Vol. II* | 《中国文学选集 II》 | Cyril Birch (白之) | New York: Grove Press, 1972 |
| *The Family* | 《家》 | Sidney Shapiro① (沙博理) | Garden City: Anchor Books, 1972 |
| *The Poems of Mao Zedong* | 《毛泽东诗词》 | Willis Barnstone | New York: Harper & Row,1972 |
| *Poems of Mao Tse-tung* | 《毛泽东诗词》 | Hua-ling Nieh Engle (聂华苓) & Paul Engle | New York: Simon & Schuster, 1972 |
| *Mao Tse-tung: An Anthology of His Writings* | 《毛泽东文集》 | Anne Fremantle | New York: New American Library,1972 |
| *Modem Chinese Poetry: An Introduction* | 《现代中国诗歌介绍》 | Julia C. Lin (张明晖) | Seattle: Washington University Press, 1972 |
| *The Red Pear Garden: Three Great Dramas of Revolutionary China* | 《红梨园》 | John D. Mitchell | Boston: David R. Godine, 1973 |
| *Living China* | 《活的中国》 | Edgar Snow | Westport: Hyperion Press, 1973 |
| *Modern Literature from China* | 《中国现代文学》 | Walter J. Meserve & Ruth I. Meserve | New York: New York University Press, 1974 |

---

① 又名 Sha Po-li。

续　表

| 英文书名 | 中文书名/译名 | 译者/编者 | 出版地、出版社、出版年 |
|---|---|---|---|
| *Straw Sandals: Chinese Short Stories 1918—1933* | 《草鞋脚》 | Harold R. Isaacs | Cambridge：MIT Press，1974 |
| *Chinese Wit and Humor* | 《中国智慧与幽默》 | George Kao（乔志高） | New York：Sterling Publishing Co.，1974 |
| *K'uei Hsing: A Repository of Asian Literature in Translation* | 《魁星：亚洲文学译集》 | Wu-chi Liu（柳无忌）et al. | Bloomington：Indiana University Press，1974 |
| *Ten Poems and Lyrics* | 《毛泽东诗词10首》 | Wang Hui Ming（王慧明） | Amherst：University of Massachusetts Press，1975 |
| *Modern Chinese Poetry* | 《中国现代诗选》 | Harold Acton（艾克敦）& Ch'en Shih hsiang（陈世骧） | New York：Gordon Press，1975 |
| *Five Chinese Communist Plays* | 《中国共产主义戏剧五部》 | Martin Ebon | New York：The John Day Co.，1975 |
| *Girl Rebel: The Autobiography of Hsieh Pingying* | 《一个女兵的自传》 | Adet Lin（林凤如）& Anor Lin（林玉如） | New York：De Capo Press，1975 |
| *The Chinese Literary Scene: A Writer's Visit to the People's Republic* | 《中国文学景象：一位作家的中国之旅》 | Kai-yu Hsu（许芥昱） | New York：Vintage Books，1975 |
| *The Barren Years and Other Short Stories and Plays* | 《那些不毛的日子》 | Shu-ching Shih（施叔青） | San Francisco：Chinese Materials Center，1975 |
| *Chinese Stories From Taiwan: 1960—1970* | 《台湾中文小说：1960—1970》 | Joseph S. M. Lau（刘绍铭） | New York：Columbia University Press，1976 |

续　表

| 英文书名 | 中文书名/译名 | 译者/编者 | 出版地、出版社、出版年 |
|---|---|---|---|
| *Lu Xun：Writing for the Revolution (Essays by Lu Hsun and Essays on Lu Hsun from Chinese Literature Magazine)* | 《鲁迅：为革命而写作》 | | San Francisco：Red Sun Publishers，1976 |
| *Revolutionary Literature in China：An Anthology* | 《中国革命文学选集》 | John Berning Hausen & Ted Huters | New York：M. E. Sharpe，1976 |
| *Chinese Arts and Literature：A Survey of Recent Trends* | 《中国艺术和文学：最新趋势综述》 | Wai-lim　Yip（叶维廉） | Baltimore：University of Maryland School of Law，1977 |
| *The Execution of Mayor Yin and Other Stories from the Great Proletarian "Cultural Revolution"* | 《尹县长》 | Nancy Ing（殷张兰熙）& Howard Goldblatt（葛浩文） | Bloomington：Indiana University Press，1978 |

## 三、翻译选材

### (一)以文集为主

1958 年,美国从国防战略的高度重视中国学的研究,一系列从事中国学研究的专门机构相继成立,大学也开设了有关中国研究的课程和项目①,对相应的教材和配套阅读资料的需求迫在眉睫。因此,这一阶段的中国现当代文学主要是以文学选本集的形

---

① 朱政惠.美国中国学的由来和发展.华东师范大学学报(哲学社会科学版),1996(5):81.

式译介的,本研究收集到的 40 部译作中就有 30 部诗歌、戏剧、小说或综合文集。由于编者的个人偏好、学术背景、文化身份等各不相同,文集选材角度也呈现出多样性。以中国现当代小说为例,《中国文学宝库》的编者翟氏父子在选材时兼顾了作品的质量、作者的重要性及广大读者的兴趣①,现当代小说部分收录了《孔乙己》《春风沉醉的晚上》《春蚕》《骆驼祥子》《龙朱》和《小二黑结婚》。而夏志清编译的《二十世纪中国小说选》以"不收录已经翻译出版的作品"为由,略去了老舍、鲁迅、茅盾等知名人物,仅编选了 9 篇小说"向西方读者展示中国小说的印象和活力":郁达夫的《沉沦》、沈从文的《静》和《白日》、张天翼的《春风》、吴组缃的《樊家铺》、张爱玲的《金锁记》、聂华苓的《王大年的几件喜事》、水晶的《嘻里嘻里嘻里》、白先勇的《谪仙记》,因为这些作品具有"内在的文学趣味,在中国小说发展史上有代表意义"②。白之编辑的《中国文学选集》第二卷在介绍民国后的文学时分为 6 个部分:现代短篇小说、新诗、历史剧、人民文学、流亡小说家、台湾新诗,表现出较大的随意性。"人民文学"一节收录的是王铁的《摔龙王》,并不能很好地代表当时蓬勃发展的人民文学创作已取得的成就。编者专辟一节介绍作家张爱玲,并节选了张的英文小说《怨女》,与"现代短篇小说"一节收录的鲁迅的《祝福》和茅盾的《春蚕》并列,体现出编者对张爱玲的偏爱。

### (二)诗歌翻译异军突起

诗歌翻译异军突起是该时期的一个显著特点,共出现诗集 9

① Chai, C. & Chai, W. *A Treasury of Chinese Literature*. New York: Appleton-Century, 1965: vii.
② Hsai, C. T. *Twentieth Century Chinese Stories*. New York: Columbia University Press, 1971: vi.

部,综合文集也大多收录诗歌。诗歌翻译的热潮与美国 20 世纪 60 年代诗歌运动的蓬勃发展密不可分。率先编译诗集的是华裔美国学者许芥昱,其《二十世纪中国诗》采取开放的译介姿态,在诗人的选择上做到了客观公正。① 许芥昱按照 20 世纪中国新诗发展历程中出现的流派分类,收录了众多诗人作品,包括白话诗先驱、新月派诗人、先验玄学派诗人、象征主义诗人、独立诗人等。② 许芥昱不仅注意到了西方文学对新诗的影响,而且一再强调民歌提供给中国诗歌的营养,因此最后部分还收录了 1958 年劳动人民赛诗大会的新民歌。诗歌创作也是台湾地区在 20 世纪 60 年代最活跃最繁荣的文学活动,通过痖弦自译诗集《盐·诗集》、荣之颖的《台湾现代诗歌》、王红公和钟玲合作编译的《兰舟:中国女诗人》等诗集,商禽、郑愁予、洛夫、叶珊、痖弦、余光中、叶维廉等台湾诗人的作品相继被介绍到英语世界。20 世纪 70 年代毛泽东的诗词受到关注,4 个译本得以出版。

### (三)戏剧翻译类型较为集中,以革命历史剧为主

20 世纪 60 年代中国大陆戏剧发展进入高潮,但由于中美两国关系僵化,中国现当代戏剧并未得到及时译介,仅有纽约大学于 1970 年出版了 Walter J. Meserve ＆ Ruth I. Meserve 编的《共产主义中国的现代戏剧》,该书收录了《过客》《龙须沟》《白毛女》《妇女代表》《马兰花》《南方来信》《红灯记》等剧目。1972 年后,美国对中国当代戏剧的翻译出版有所增加,风格类型比较集中,当代革命历史剧尤其是"样板戏"成为这一时期戏剧翻译的主体。③ 70 年代第一位对此予以热情关注的是斯诺的夫人罗伊斯·惠勒·斯诺

---

① Prušek, Y. Review. *Journal of the American Oriental Society*,1964(2):67.

② 李德凤,鄢佳.中国现当代诗歌英译述评(1935—2011).中国翻译,2013(2):26-38.

③ 刘江凯.西洋镜下看戏——中国当代戏剧的英译.戏剧,2010(4):16-20.

(Lois Wheeler Snow)。1970 年 8 月至 12 月,斯诺夫妇应中国政府之邀访问中国。因为职业的原因,身为好莱坞演员的斯诺夫人对中国当时的戏剧发展饶有兴趣,深入剧场考察了中国戏剧和舞蹈的现状,回国后旋即写就《舞台上的中国:一位美国女演员在中国》,评论中国戏剧的发展历程,介绍经典样板戏的情节和演出过程。该书收录了外文出版社出版的《智取威虎山》《沙家浜》《红色娘子军》《红灯记》4 个样板戏英译本,最后还附有中国戏剧与舞蹈的术语解释以及当时部分戏剧与舞蹈的索引。1973 年出版的《红梨园》是为戏剧教学而编辑的,选取 3 部 1949 年后编写的京剧:传统剧目代表田汉版的《白蛇传》;融合传统元素的《野猪林》;完全现代化的《智取威虎山》。译者在翻译剧本的过程中非常注重可表演性,采取了灵活变通的策略雕琢英文台词。1975 年在纽约出版的 Martin Ebon 编的《中国共产主义戏剧五部》更突出意识形态,收录了《白毛女》《红色娘子军》《智取威虎山》《红灯记》《杜鹃山》。

### (四)小说单本翻译少,渐露偏爱有争议小说的倾向

对于 1949—1978 年这一时期,本研究仅发现 8 部小说译本:《四世同堂》《鼓书艺人》《新英雄儿女传》《家》《尹县长》,以及《猫城记》(双译本)和《一个女兵的自传》(重印)。在 20 世纪 80 年代以后,偏爱有争议小说的倾向表现得更加明显。

老舍《猫城记》的翻译是否与这种倾向有关呢?《猫城记》有两个译本:1964 年的 James E. Dew 译本和 1970 年的 William A. Lyell 译本。选择老舍,无疑与老舍在美国文学界已有的声誉相关。但为什么选择翻译文学价值不高、连作者本人都不推崇的《猫城记》呢?夏天认为这是因为《猫城记》契合了"恐惧期"的美国对

中国的想象：红色围墙之后的中国既神秘又"具有威胁性"。① 夏指出，美国在这一特殊时期迫切希望了解中国的状况，既希望获知真实的状况，又希望中国的状况越"糟糕"越好，因此译者 Dew 故意将 20 世纪 60 年代的中国和 20 世纪 30 年代的中国混为一谈，在前言中反复强调小说所讽刺的各种现象与中国现实状况相对应。如果 1964 年的版本是为了满足美国读者对当时中国的想象，那么 1970 年的译本就当另有原因。因为译本的题目"Cat Country：A Satirical Novel of China in the 1930's"本身就澄清了时间概念，杜绝了时空错乱的影射。译者 Lyell 在译本前言中虽然承认了作品的文学价值，但认为它更大的价值在于记载了 20 世纪 30 年代初的中国社会。② 老舍通过书写《猫城记》讽刺了当时社会的种种怪象，讽刺了学生运动、共产主义等社会现象，这些可能就是《猫城记》"东方不亮西方亮"的内在原因。当然，文本的选择受到宏大的社会文化环境影响，不仅仅限于政治因素或意识形态。20 世纪 60 年代美国文学受到反文化思潮的影响，揭示社会荒诞、充满黑色幽默的作品受到追捧，而《猫城记》恰恰迎合了当时的文学阅读期待。

## 四、译作的接受和影响力

中国现当代文学在英语世界的传播涉及选材、翻译、出版、接受等诸多环节，如何揭示译本的接受和影响是个颇为棘手的问题。近年来，一些学者开始尝试用多元方法探索英译作品的接受境况，如收集专业读者的译评，调查目标语读者对译本的阅读反应，搜集

① 夏天.《猫城记》1964 年英译本研究. 外语教学理论与实践,2012(2):83.
② Lao She. *Cat Country：A Satirical Novel of China in the 1930's*. Columbus：Ohio State University Press，1970.

再版数据、馆藏情况、网上图书销售数据及书评数据、读者反馈、出版商业数据等。这些尝试固然有益,却不太适合本文所考察时期的译介接受度研究,因为早期译本的馆藏情况和销售量均不高,译评寥寥可数,更难窥见当时读者的阅读反应。我们必须另辟蹊径,尝试从其他的角度来推断 1949—1978 年被译介的中国现当代文学作品的接受度和影响力。

本阶段的译本数量不多,译评乏善可陈,接受度也不高,却奠定了美国学界和专业读者对中国现当代文学的评论基调,影响了中国现当代文学经典的重构。如前文所述,中国现当代文学主要是以文学选本的形式译介的,而很多文选是为美国大学本科中关于亚洲地区通识教育编辑的教材。例如,夏志清《二十世纪中国小说选》是受美国国防部之托开发的教材,他对中国现当代文学的经典重构不仅影响到美国汉学界,而且影响到了国内的经典重构。白之的《中国文学选集》受到亚洲协会的亚洲文学项目赞助,后又被联合国教科文组织列入"中国文学系列译丛",成为美国 20 世纪六七十年代各大学教授东亚文学和中国文学的权威教材[1],影响极为深远。

在 1949—1978 年编译者构建的中国现当代文学经典体系中,中国大陆文学普遍被打上了政治标签,而中国台湾地区文学则受到较高的褒奖。例如,白之编辑的《中国文学选集》第二卷专门辟出"台湾新诗"章节,收录周梦蝶、洛夫、商禽、痖弦、叶维廉、叶珊的作品,因为他认为台湾新诗"将中国诗歌丰富的河流注入世界文学的主干道"[2]。《台湾现代诗歌》的译者荣之颖认为 1949 年后中国

---

[1]　陈橙.论中国古典文学的英译选集与经典重构:从白之到刘绍铭.外语与外语教学,2010(4):82.

[2]　Birch, C. *Anthology of Chinese Literature Vol. II*. New York: Grove Press, 1972: 450.

诗歌发展兵分两路:大陆诗人学会了新的表达模式,歌颂新社会;而台湾新诗诗人既继承了文学传统,又了解了世界文学,视野更加宽广。①

这个时期少量的小说译本中也有具影响力之作产生。《猫城记》1970 年译本使得文学界重新认识了原作的文学价值和社会价值。1971 年《中国现代小说史》再版时夏志清增补附录,重新评估《猫城记》,肯定小说所蕴含的深刻人性主题。Lyell 的全译本得到认可,2013 年由企鹅出版社再版,列入"企鹅经典"丛书。

## 五、结　语

本文对 1949—1978 年中国现当代文学在美国的译介史进行了梳理,勾勒出 30 年间中国现当代文学在美国传播的大概面貌,旨在为深入探讨现当代文学英译的其他问题提供资料基础。虽然这个时期中国现当代文学译本数量不多,却有着鲜明的时代特点,既受到当时的两国关系、意识形态、诗学等宏观因素的影响,也带有编译者个人偏好、文化身份等微观因素的烙印。审视这一重要时期的翻译现象和重大翻译事件,有助于我们更加全面地勾勒中国文学在英语世界的译介轨迹,并能以史为鉴,更有的放矢地推动中国文学走向世界。

---

① Palandri, A. J. *Modern Verse from Taiwan*. Oakland: University of California Press, 1972: 18.

本文为国家社会科学基金项目"中国现当代文学在英语国家的翻译和接受"(项目编号:13BYY041)、教育部人文社会科学研究青年基金项目"1949—1979 年中国现当代文学在美国的译介研究"(项目编号:15YJC740120)的成果。

(叶秀娟,北京联合大学外语部副教授;马会娟,北京外国语大学英语学院教授;原载于《解放军外国语学院学报》2017 年第 3 期)

# 从"寂静无声"到"众声喧哗":刘震云在英语世界的译介与接受

胡安江　　彭红艳

## 一、引　言

美国汉学家桑禀华(Sabina Knight)在其撰写的牛津通识读本《极简中国文学史》(*Chinese Literature：A Very Short Introduction*)一书中,曾经这样向西方读者介绍 20 世纪 80 年代以来的中国现当代文学:"文学记录了这个让人眼花缭乱、朝气蓬勃时代的轨迹。新现实主义和先锋派作品,以及日渐崛起的报告文学,都对新兴的消费主义、大规模的城乡移民、环境的恶化以及中国的'人文精神'危机表达了深切关注。"①此时的文学作品,除了继续关注和摹写改革开放初期社会主义建设的宏大题材,更多地将叙写的重点转向生活在社会基层小人物的日常琐事,这与后现代史学转而关注小人物的历史命运如出一辙。在这一重要的转型期,文学多元系

---

① Knight，S. *Chinese Literature：A Very Short Introduction*. Oxford：Oxford University Press，2012：109.

统经历了一次"从阁楼到地窖"的集体转向,普通人的生活境遇和生存状态成为叙事主体,文学创作开始更广泛地关注小人物的日常俗事与内心情感。

在 20 世纪八九十年代各种西方理论冲击文学创作与文学研究的大背景下,花样翻新的文学样式轮番粉墨登场。大量关于中国文学史的记述都印证了桑禀华对于文学后现代景象的描述,在齐邦媛和王德威主编的《20 世纪下半叶的中国文学》(*Chinese Literature in the Second Half of a Modern Century*: *A Critical Survey*)一书中,就有论者指出:"文学的后现代景象在 20 世纪 80 年代末让人耳晕目眩,尽管 1989 年短暂终止,但 90 年代又重新崛起,并且由不同背景的作家将其发扬光大,其中就包括最初被归入 80 年代中期'寻根作家'的莫言,以及作为 90 年代早期新现实主义代表人物的刘震云。"①新现实主义作为中国文学后现代图景中的重要一脉,在 20 世纪 90 年代初期开始获得高度关注。而在众多的新现实主义作家当中,刘震云②随着他 1987 年处女作《塔铺》的发表而开始为人瞩目。

---

① Yang, X. B. What is Chinese postmodernism? In Chi, P. Y. & Wang, D. D. (eds.). *Chinese Literature in the Second Half of a Modern Century*: *A Critical Survey*. Bloomington: Indiana University Press, 2000: 193-215. 有论者称莫言和刘震云为"无根的一代"的幸运者和代言人,并认为属于这一群体的作家还包括路遥、贾平凹、张炜、阎连科、海子等人。见:张均. 沉沦与救赎:无根的一代——重读莫言、刘震云. 小说评论,1997(1):62.

② 刘震云的代表作包括长篇小说《故乡天下黄花》《故乡相处流传》《故乡面和花朵》《一腔废话》《手机》《我叫刘跃进》《一句顶一万句》《我不是潘金莲》,中短篇小说《塔铺》《新兵连》《单位》《官场》《官人》《一地鸡毛》《温故一九四二》等。其中,《塔铺》获得全国优秀短篇小说奖,《一地鸡毛》获得第五届《小说月报》百花奖,《一句顶一万句》获得第八届(2011 年)茅盾文学奖。2016 年 1 月 29 日,在第 47 届开罗国际书展上,刘震云被埃及文化部授予"埃及文化最高荣誉奖",以表彰其作品在埃及乃至阿拉伯世界的巨大影响。这也是中国作家第一次获此殊荣。

英国新生代汉学家蓝诗玲(Julia Lovell)认为："在 20 世纪 80
年代和 90 年代,刘震云的为人所知是因为他是一位富有同情心
的、极具幽默感的日常琐事的记录者;同时他还是一位所谓的'新
现实主义作家'。在 20 世纪 80 年代涉足现代主义和魔幻现实主
义之后,他尝试向日常生活回归,关注城市小资产阶级的生存细
节。"①客观而言,蓝诗玲对于刘震云的文学认知是比较准确的。
自 20 世纪 80 年代以来,刘震云先后在《新兵连》《头人》《单位》《官
场》《一地鸡毛》《官人》等作品中描写城市里体制内的"小人物",引
发了强烈反响。除了城市小资产阶级,刘震云也有多部作品专力
于描写农民的生存状态,例如他的故乡系列以及《温故一九四二》
和《一句顶一万句》等。事实上,正是因其小说创作中的平民意识、
民间立场以及简洁质朴的民间白描话语,刘震云被认为是新现实
主义②的代表作家。他的多部作品被改编成电影或电视剧,同时
也被译成英、法、德、意、西、日、韩等多种文字;而在英语世界,刘震
云的作品的译介与接受却经历了一个从"寂静无声"到"众声喧哗"
的华丽转身。

---

① Lovell, J. Finding a place: Chinese Mainland fiction in the 2000s. *The Journal of Asian Studies*, 2012, 71(1): 19.
② 在中国,这一文学思潮大致出现在 20 世纪 90 年代初,因为它不同于传统现实主义的宏大叙事,而以描写社会基层普通人的日常生活琐事为归旨,因此人们当时称其为"新写实主义"。有论者指出:"新写实有两个主要方面:一是客观冷静的叙述态度和方法。二是写凡人小事、琐碎丑陋的东西,不像传统现实主义那样是理想主义的。"(丁永强. 新写实作家、评论家谈新写实. 小说评论,1991(3):15-16.)按照中国作家协会王干的说法,新现实主义作为现实主义的延续,是"传统现实主义与先锋文学相互妥协、相互渗透的结果"。(丁永强. 新写实作家、评论家谈新写实. 小说评论,1991(3):15-16.)也有论者认为:"新现实主义以客观冷静的写实手法描摹社会转型期的各种矛盾,以及社会底层普通老百姓的日常生活,这类作品因此而更加具有生活气息,它常常'以世俗化的语言叙写故事,不回避俗言俚语'。"(杨剑龙. 论新现实主义小说的审美风格. 复旦学报(社会科学版),1999(3):130.)

## 二、寂静无声

就目前所见,刘震云作品中最早译入英语世界的是 1994 年 12 月由中国文学出版社推出的《官场》英译本(*Corridor of Power*),隶属于"熊猫丛书"(Panda Books)。同时收入该译本的还有刘震云的《单位》(*The Unit*)、《一地鸡毛》(*Ground Covered with Chicken Feathers*)和《塔铺》(*Pagoda Depot*),译者均为 David Kwan。也许是因为当时的刘震云及其译者在国外尚无知名度,之后引起关注的那几部刘氏影视作品也尚未问世,加之"熊猫丛书"的所谓官方背景,以及当时对译作未有任何市场推介,因此它在英语世界没有引起多少反响。①

2009 年,《一地鸡毛》②英译本(*Ground Covered with Chicken Feathers and Other Selected Writings*)由外文出版社以"熊猫丛书"单行本出版发行。2012 年,《一地鸡毛》(*Ground Covered with Chicken Feathers*)又以"英汉对照"形式,由外语教学与研究出版社出版。译者马爱英就职于澳大利亚维多利亚大学。对于此书,编者称,它属于"中国传奇"(Legend of China)系列,是 2011 年"经

---

① 就目前掌握的情况来看,除了 2004 年奥地利翻译家维马丁(Martin Winter)在夏威夷大学出版社出版的《中国研究书评》(*China Review International*)上将该部小说与晚清李伯元(1867—1906)的《官场现形记》进行了一句话的简单类比之外(Winter, M. Review: *Kontexte der Gewalt in moderner chinesischer Literatur. China Review International*, 2004, 11(12): 329.),该译本在英语世界并未产生预期的影响。

② 《一地鸡毛》由法国翻译家 Sebastian Veg 在 2006 年译入法语世界,书名为 *Peaux d'ail et plumes de poulet*,由著名的"中国蓝"(Bleu de Chine)出版。事实上,2004 年,该翻译家还翻译了刘震云的《官人》(*Les mandarins*),也由"中国蓝"出版。

典中国国际出版工程"①的一种,该工程致力于向海外介绍中国文化、中国文学以及著名作家的作品。对于"一地鸡毛"这一意象,编者指出,它反映了 20 世纪 80 年代大多数中国人的日常生活和生存状态,真实生动地折射出改革开放带给中国人的内心和外在的变化。编者同时指出,小说因生动的细节描写和人物塑造而大获成功。毫无疑问,絮叨琐碎的叙事主题、略显平淡的介绍文字以及英译文的中规中矩,尤其是英文标题与"一地鸡毛"的中国文化意象很难让人产生认知上的正向迁移,甚至误导读者的审美认知,这些都在很大程度上阻碍并制约了该小说在英语世界的传播与接受。2014 年,该书又被外文出版社纳入"中国文学大家译丛"(Gems of Modern Chinese Literature)出版发行,译者为 David Kwan,目前来看,该译本依旧反响平平。

可以说,无论是"熊猫丛书",还是"经典中国国际出版工程",抑或是"中国文学大家译丛",均代表中国官方认可的文学价值,以及该文学作品在中国文坛的合法性与权威性,加之上述作品无一例外均由中国的出版社负责出版发行和营销推介,这无疑也在很大程度上影响了英语读者对于这些作品的阅读与接受。

---

① "经典中国国际出版工程"是中国新闻出版广电总局为鼓励和支持适合国外市场需求的中国优秀图书选题的出版、有效推动中国图书"走出去"而开展的一项重点工程。该工程于 2009 年 10 月启动。截至 2016 年 2 月,该工程共资助 2900 多种外向型图书,总金额近 1.5 亿元。近年来,20 多位当代作家的近 40 种作品通过该项目顺利输出国际版权。(张贺. 精彩中国故事、吸引世界目光——中国出版"走出去"综述. 人民日报,2016-02-16(04).)事实上,2012 年,《中国文学》丛书(法语版、西班牙语版)获得该项目资助。2013 年,刘震云的《温故一九四二》(意大利语版、瑞典语版)、《手机》(法语版)、《我不是潘金莲》(德语版、法语版、意大利语版、西班牙语版)、《我叫刘跃进》(法语版、西班牙语版)、《一句顶一万句》(德语版、西班牙语版)、《故乡天下黄花》(德语版)入选该工程资助项目。

2011 年 1 月,刘震云的《手机》①首度由美国汉学家葛浩文以
"Cell Phone：A Novel"之名译入英语世界,由莫文亚洲
(MerwinAsia)出版社②出版发行,并于同年 7 月再版。对于刘震
云,该英译本介绍说,刘震云生于 1958 年,在过去的 20 多年里,他
以最严肃和最执着的现实主义小说践行者著称。③ 而关于小说,
译本的推介认为:"《手机》有喜剧的成分,也颇有些浪漫气息;同时
也是对中国社会变迁以及技术影响人际关系的一种社会评论。小
说……讲述了一个关于友情、爱情和背叛的故事。"④或许因为译
本对小说作者的介绍带有些许官方色彩,而且小说的叙事主题相
对"私人化",加之其所描述的关于"友情、爱情和背叛"的故事情节
在中外文学中早已司空见惯,因此该译本在英语世界的传播和流
通也并未引发太多关注。

2003 年年底,冯小刚执导的同名电影《手机》在国内公映;
2004 年,这部电影被哥伦比亚三星(Columbia TriStar)影业引入
英语世界。影评人艾德礼(Derek Elley)认为:"《手机》描绘了东亚
生活中敏感的第三者角色,著名小说家刘震云的剧本在不经意间
与他的文化开了许多玩笑。但电影无意将这种种玩笑渲染成闹

---

① 2013 年,《手机》的西班牙语译本 Teléfono móvil 由五洲传播出版社推出,译者
是中国西班牙语翻译家赵德明和西班牙塞万提斯学院的艾芳菲(Edith Cuéllar
Rodríguez)。值得一提的是,艾芳菲还翻译和审校了中国作家麦家的作品《暗
算》(En la oscuridad)。
② MerwinAsia 出版社由 Doug Merwin 在 2008 年创立,是一家独立出版商,专门
致力于向英语世界介绍东亚地区的人文社会科学作品。从 2009 年至 2015 年,
该出版社共出版了 40 余部东亚地区作品。
③ Liu, Z. Y. Cell Phone：A Novel. Goldblatt, H. (trans.). Portland, MN：
MerwinAsia, 2011：248.
④ Liu, Z. Y. Cell Phone：A Novel. Goldblatt, H. (trans.). Portland, MN：
MerwinAsia, 2011, back cover.

剧。"①事实证明,影评人重点推介的"第三者"情节以及"刘氏幽默",也无助于这部影视作品的海外传播。

客观而论,无论是《一地鸡毛》还是《手机》,其反映的文学主题都是新现实主义的"平民故事",其中的人情世故难免给读者"私人化"及普通琐碎之感,这样的"故事性"及负载于其中的中国文化意象很难在西方读者那里产生实质性的共鸣;而且就小说的"文学性"而言,这种白描的、欲语还休的叙事方式,尤其是在此叙事过程中所传递的"中式幽默"甚至"刘氏幽默",对西方读者来说,似乎都是难以逾越的阅读障碍。

## 三、柳暗花明

然而,随着《我不是潘金莲》(*I Did Not Kill My Husband*)英译本的出版,刘震云作品在海外的接受状况有了巨大转机。2014年,刘震云的《我不是潘金莲》②由葛浩文和林丽君夫妇翻译,拱廊出版社(Arcade Publishing)③出版发行。对于作者,译本在后勒口如是介绍:"他是六本畅销小说的作者,其中《我不是潘金莲》在中国卖了120万册。他的小说,无论长篇还是短篇,在内地和香港地区都获奖无数,并且被翻译成数种文字。他的知名度还有一部分

---

① Elley, D. Film reviews: *Cell Phone* (*Shou Ji*). *Variety*, 2004, 395(6): 40.

② 2014年12月,《我不是潘金莲》由五洲传播出版社推出西班牙语译本。2015年3月,法国的 Gallimard 出版社推出该小说的法译本 *Je ne suis pas une garce*(《我不是坏女人》)。2016年,该小说又被德国汉学家米歇尔 · 康-阿克曼(Michael Kahn-Ackermann)译为 *Scheidung auf chinesisch: roman*(《中国式离婚》),由 Ehrenwitrh 出版社出版发行。

③ Arcade Publishing 最初是一家1988年在纽约创立的独立出版社,主要出版美国及世界各国的文学和"非虚构"文学作品。2009年宣布破产后,由 Skyhorse Publishing 收购。2011年,Arcade Publishing 正式并入 Skyhorse Publishing,出版范围除了文学,也开始涉猎艺术领域。

来源于根据其小说改编的电影,包括引起巨大轰动的《手机》,这些电影都是由中国备受欢迎的导演冯小刚执导的。刘是北京大学中文系的毕业生。"①可以说,刘震云文学声名的不断提升,近年来中国作家在海外各类书展的频繁曝光,莫言获诺奖后西方读者对中国故事的好奇,中国题材电影在世界各大电影节的获奖,刘震云和冯小刚的推介组合等因素,确实激发了英语世界读者的猎奇心理和阅读兴趣。目前,由刘震云编剧、冯小刚执导、范冰冰主演的电影《我不是潘金莲》②已在全国上映。同时,这部电影也受邀参加了第 41 届(2016)多伦多国际电影节最具商业价值和艺术担当的全景展映单元。相信有了电影的配合和推波助澜,《我不是潘金莲》的海外传播效度会得到进一步提升。

众所周知,"潘金莲"在中国文化中是"妖冶淫荡、心狠手辣"的"坏女人"的代名词,尤其是在《水浒传》中,作者施耐庵所塑造的潘金莲"杀夫"情节在中国更是妇孺皆知。如果采用音译,西方读者未必知道潘金莲何许人也。因此,葛氏夫妇将书名巧妙处理为 *I Did Not Kill My Husband*(《我没有杀夫》)。而"杀夫"③题材,在某种程度上正迎合了西方读者对于中国女性的"东方主义想象";除此之外,译本的封面后勒口上还赫然印着"一位中国畅销书作家讲述的关于当代中国的政治题材故事";编者更是进一步指出:"茅盾文学奖得主刘震云笔下政治意味的故事情节,读起来像是一出

---

① Liu, Z. Y. *I Did Not Kill My Husband*. Goldblatt, H. & Lin, S. (trans.). New York: Arcade Publishing, 2014: back cover.

② 有意思的是,这部电影的宣传海报将其英译为 *I Am Not Madame Bovary*(《我不是包法利夫人》)。而《包法利夫人》所描写的是一位小资产阶级女性因为不满足于家庭生活的平淡无奇与枯燥乏味而与他人通奸,最后身败名裂、服毒自杀的故事。

③ 葛浩文在 1986 年曾经翻译过台湾作家李昂的《杀夫》(英译名 *The Butcher's Wife*,出版社为 North Point)。

荒谬嬉闹的喜剧,但他的小说却暗含着对中国独生子女政策的辛辣控诉以及对腐败现象的迎头痛击。"①对于译者和出版社如此的推介模式,有论者指出,在翻译文学中,"通过对敏感标题的选择,以及在副文本中巧妙使用各种修辞话语,符合西方认知中国的大趋势"②。而出版社也总会通过"选择性地挪借一系列事件或元素"③来激发和填补读者的好奇心。事实上,这种选取"敏感话题",对当下的政治与社会进行批判与反讽的"伦理化"写作模式在英语世界有很好的接受市场和读者群体;加之诸如"女子杀夫""政治题材""独子政策""腐败"之类"吸引眼球"的舆论引导,同时考虑到西方世界人口老龄化矛盾突出,以及2014年中国政界如火如荼的"中国式"反腐行动,这些使得西方媒体与读者对译本充满各种好奇。因此,该书一经出版就引来了英语世界如潮的书评。

例如,美国权威书评杂志《柯克斯评论》(*Kirkus Reviews*)在该译本上市半个月之后,即推出书评称:"在中国,如果一对夫妇想要第二个孩子,该怎么办呢?很简单,通过假离婚避开一胎政策就好。但是在中国著名作家刘震云先生狡黠微妙的讽刺手法下,事儿可没那么简单。……刘震云先生用平易近人的语言,让读者仿佛在听街坊四邻的家长里短一般,有的是满纸荒唐言,一把辛酸泪……他对于人物动机的深刻剖析精妙绝伦。刘先生用幽默渲染悲情,令读者以悲情感悟幽默。一幕终了,究竟孰是孰非,仍不

---

① Liu, Z. Y. *I Did Not Kill My Husband*. Goldblatt, H. & Lin, S. (trans.). New York: Arcade Publishing, 2014: front cover.

② Tong, K. China as dystopia: Cultural imaginings through translation. *Translation Studies*, 2015, 8(3): 264.

③ Baker, M. Reframing conflict in translation. *Social Semiotics*, 2007, 17(2): 155.

得而知。"①毫无疑问,"平民百姓和达官贵人间政治和人性的爱恨纠葛"、官民之间的"尔虞我诈",以及寓言化、伦理化的底层写作方式,对于读者而言,都具有一定的吸引力。

创刊于 1872 年的《出版人周刊》(*Publishers Weekly*)也紧随其后发表评论:"震云的最新畅销小说讲述了一个讽刺故事……他没有说教,而是戏谑地讲述了……各色人物的怪诞言行。"②

主流媒体突显和强调了小说中的政治色彩,部分迎合了英语世界通过文学作品"偷窥"中国政治的好奇心,加之小说独特的"女性＋政治＋腐败"题材,使得它声名鹊起。对于《我不是潘金莲》在西方世界的火爆程度,2014 年有报道称:该书当时就已有英语、法语、德语、意大利语、西班牙语、瑞典语等多个版本;其中意大利语版本还创造了中国作家版权预付 8 万欧元的销售预付新纪录。③值得一提的是,2016 年 8 月,葛氏夫妇的英译本在初推精装本的基础上又加推平装本,显示出良好的销售业绩。

## 四、众声喧哗

自从《我不是潘金莲》译本在英语世界主流媒体那里获得一片叫好声之后,英语世界对刘震云作品的好奇心和阅读热情便开始慢慢升温。2015 年 8 月,《我叫刘跃进》由葛氏夫妇首次译入英语世界,仍由拱廊出版社出版发行。英译本标题为 *The Cook*, *the Crook*, *and the Real Estate Tycoon*: *A Novel of Contemporary*

① Anonymous. Fiction reviews: *I Did Not Kill My Husband*. *Kirkus Reviews*, 2014(LXXXII): 19.

② Anonymous. Fiction reviews: *I Did Not Kill My Husband*. *Publishers Weekly*, 2014 (260): 41.

③ 参见: http://v. ifeng. com/ent/mingxing/201408/018aca56-66a5-4f8b-b184-4b15c9ac717b. shtml,检索日期:2016-07-28。

China(《厨子、骗子、有钱的主子：一部关于当代中国的小说》)。如果直译中文标题，小说对英语读者没有任何阅读吸引力，即便是葛译本的英文标题，也不过透露出惯于描写小人物的新现实主义的文学趣味。然而，在该译本的封面后勒口上，却出现了这样的文字："在这部严厉的、复杂的、可读性强的小说里没有英雄，有的只是对中国掠夺式资本主义——腐败的阴暗面以及下层人民生活困境的描述。《我叫刘跃进》是当代中国的一个缩影。它描述了社会阶层中的两个极端，超级富庶阶层和外来务工人员，他们在谎言文化以及官员腐败的背景下，各自发家致富。"①可以想象，上述引言对身处经济困境、经历失业危机和贫富悬殊的读者，以及对中国官场政治充满阅读兴趣的读者而言，无异于一剂强心针。于是，各种评论之声不绝于耳。

实际上，早在该书正式出版前两个月，《柯克斯评论》已先期发表评论："作家用这样的社会评论方式书写了关于生存危机的黑色幽默。这里没有真正的朋友，也没有英雄，只有每个忙于生存的人。刘震云的小说是当代北京的聚合物，来自全国各地的外来务工人员与亿万富翁和官员们在这里争斗。小说是对现代中国的一种扭曲，是一部娱乐性极强的作品。"②对物欲横流的社会现实以及城市化进程中各种丑恶现象进行"社会评论式"的伦理批判，在新世纪以来的中外文学创作中已经成为比较普遍的文学主题。而中国版本的资本主义、小说中所反映的各色"小人物"的生存压力、各级官员的腐败堕落，以及刘震云的各种文学叙事技巧，尤其是他

---

① Liu, Z. Y. *The Cook, the Crook, and the Real Estate Tycoon: A Novel of Contemporary China*. Goldblatt, H. & Lin, S. (trans.). New York: Arcade Publishing, 2015: front cover.

② Anonymous. Fiction reviews: *The Cook, the Crook, and the Real Estate Tycoon*. *Kirkus Reviews*, 2015(LXXXIII): 11.

的"反讽叙述"和"不露声色的戏谑"①,使得他的小说在虚拟世界和现实世界中可以不断拓展其叙事空间和精神内涵,从而赢得海内外更多读者的文学认同。

此外,《出版人周刊》也在译本出版前发表书评称:"中国畅销作家刘震云所著的这部复杂、黑暗的犯罪小说于 2011 年获茅盾文学奖②,现已被译成英文。……刘震云雄心勃勃地在其小说中编织了一张欺骗、出卖与背叛之网,情节复杂曲折,深刻描绘了种种地下犯罪活动。"③社会犯罪小说,发端于 19 世纪早期浪漫主义的哲学、美学和诗学向现实主义的哲学、美学和诗学转型之际,在当下的英语世界(尤其是英国、美国)和日本颇为流行。因此,从社会犯罪小说的视角进行推介,书评者可谓用心良苦。

而《图书馆学刊》(*Library Journal*)的书评则认为:"小说的开头很粗疏,出现了无数的简短章节和太多的人物角色,很难记住他们的名字。然而,当主要人物介绍得差不多之后,读者就可以把握故事的主线,也能领略到刘氏写作的反讽色彩,这不禁让人想起科恩兄弟(Coen Brothers)电影中的情节。当然,小说不适宜于那些寻找消遣的普通读者阅读,而那些喜欢中国文学的读者,则能体

---

① 傅元峰.一种被推向极致的反讽叙述——试读《故乡面和花朵》.小说评论,2000 (4):49.

② 原文如此。其实刘震云获得茅盾文学奖的是《一句顶一万句》而非《我叫刘跃进》。而《一句顶一万句》就目前所见在英语世界暂无译本。原因可能如王德威所言,"在国外,当我们看到这个茅盾文学奖的作品,就想这个作品我们可以暂时先不要去看它。之所以形成这样的现象,恰恰也说明了现在这个文学史的形式,也隐含了对'什么是文学'这个基本问题的质问。而这个问题,不只是一个理论的问题,或文学创作的问题,它更是一个政治的问题"。(季进,王德威.当代文学:评论与翻译——王德威访谈录之三//季进.另一种声音——海外汉学家访谈录.上海:复旦大学出版社,2011:91-105.)

③ Anonymous. Fiction reviews: *The Cook, the Crook, and the Real Estate Tycoon: A Novel of Contemporary China*. *Publishers Weekly*, 2015(262): 26.

会到小说对于经济社会各阶层之间的不平等,以及几乎在每个社会都能见到的腐败行为的赤裸裸的批评。"①显然,《图书馆学刊》的推介另辟蹊径,将小说和美国大名鼎鼎的电影人"科恩兄弟"进行类比,而后者在世界电影独立制片领域是公认的绝对权威,曾在各种电影奖项中获奖无数。因此,这样的推介模式,自然会让喜欢科恩兄弟电影的读者对小说充满期待。事实上,《我叫刘跃进》在2008年被改编成电影,英文片名为 Lost and Found,宣传词为"一个 U 盘引发的命案"。有学者认为它模仿了当时网络红人胡戈的恶搞剧《一个馒头引发的血案》,而当时的中国主流影院,为了追求商业利润,都倾向于采取这种恶搞方式而改走平民线路,拉拢普通观众。② 可以说,"小说+"的立体推介模式,应该成为中国文学提升海外传播力的重要渠道。

值得一提的是,刘震云的《温故一九四二》③英译本 *Remembering 1942:And Other Chinese Stories* 已于 2016 年 11 月由拱廊出版社出版发行,译者仍为葛氏夫妇。编者称:"这是一位当代中国最伟大作家创作的荡气回肠的、诙谐幽默的、感人至深的故事。"关于这部小说,译本推介称:"《温故一九四二》呈现了六个最好的故事。……每个故事都充满了智慧、洞见和同情,它们让人聚焦于中国的过去与现在,清晰而辛辣地唤起人们对于这个世

---

① Quan, S. et al. Book review:*The Cook,the Crook,and the Real Estate Tycoon:A Novel of Contemporary China*. *Library Journal*,2015(140):15.

② Rea, C. Spoofing (e'gao) culture on the Chinese internet. In Davis, J. M. & Chey, J. (eds.). *Humour in Chinese Life and Culture:Resistance and Control in Modern Times*. Hong Kong:Hong Kong University Press,2013:155-156.

③ 2013 年,《温故一九四二》作为"中国当代文学精选"系列由五洲传播出版社推出西班牙语版本(*De regreso a 1942*),译者为 Javier Martín Ríos。同年,法译本 *Se souvenir de 1942* 作为"中国蓝"(Bleu de Chine)丛编系列,由 Gallimard 出版社在法国出版发行。德语译本则由奥地利翻译家、诗人维马丁(Martin Winter)翻译。

界人口最多的国家类似卡夫卡式荒谬的当代生活境遇的记忆。"①很显然,译本的推介选取了世界闻名的德语小说家、西方现代派文学先驱弗兰兹·卡夫卡(Franz Kafka,1883—1924)为着眼点,将刘震云的"灾难叙事"与"新写实笔法",同卡夫卡"荒谬怪诞"的"寓言式"创作风格进行类比,尝试唤起西方读者对于当代人生活与生存境遇的反思与共鸣。众所周知,卡夫卡毕生创作的都是生活在社会底层的小人物形象,并且其作品大都反映一战前后的经济萧条、政治腐败和民生多艰,而这一系列景象在《温故一九四二》中得到了跨时空再现。可以想象,拿世界级的现实主义文学大师做类比,加上"干旱和饥荒""战争与革命"的中国题材,无疑为译本在英语世界的传播与接受做了最好的舆论铺垫。

事实上,以《温故一九四二》为底本、冯小刚执导的电影《一九四二》在 2012 年 11 月 17 日第七届罗马国际电影节入围电影节主竞赛单元,影片虽与最大奖项无缘,但仍获得了青年评审团金蝴蝶最佳影片奖,以及意大利摄影家协会最佳摄影奖。美国影评人杰伊·维斯伯格(Jay Weissberg)在当时的影评中称:"冯小刚执导的热门影片《唐山大地震》,震撼场面中不乏情感元素。但在《一九四二》(Back to 1942)中,取而代之的是大众的苦难以及从未披露的大型战斗机扫射人群的场景。……冯导的史诗巨制以河南骇人听闻的大饥荒为背景,讲述了国民政府令人扼腕的预判是如何加重大旱灾情和日本侵略威胁的。影片真实演绎而非主观刻画了个人苦难与政、商考量之间的博弈。"②显然,无论是英译本还是电影,均着眼于激发读者心目中的历史与政治叙事空间,尤其是来自中国的"灾难叙事"文本,与近年来欧美文学界和影视界风靡的"灾

①　Liu, Z. Y. *Remembering 1942*: *And Other Chinese Stories*. Goldblatt, H. & Lin, S. (trans.). New York: Arcade Publishing, 2016: front cover.

②　Weissberg, J. Reviews: *Back to 1942*. *Variety*, 2012, 429(2): 35.

难文学"创作热潮遥相呼应,加之贯穿作品始终的中国政治与日本侵略主题,自然能够激发部分读者的阅读与观赏兴趣。

可以说,对于刘震云的小说创作与文学成就,英语世界各大主流媒体都给予了积极正面的评价,尤其是对于其作品中的政治叙事、灾难叙事、女性叙事以及在描述各类社会问题和各色平凡"小人物"时所使用的"寓言反讽"和"伦理写作"手法,更是给予了高度评价。美国汉学家桑禀华甚至指出:"刘震云是我心目中诺贝尔奖的候选人。他的作品兼具故事性、哲学性和文学性。我认为很能吸引读者。"①这无疑是非常高的评价,因为当下的文学发表为了考虑市场发行和商业利润,一味追求故事性和轰动效应,从而使得作品的文学性大打折扣。而刘震云的小说,无论在历史与现实的把握与呈现方面,还是在人物生存境遇、生活态度以及人情世故的刻画方面,都融故事性与文学性为一体,而且对于人性、伦理、道德等都有独到的哲学层面的思考与批判。他用一种冷静客观,但又不乏"刘氏幽默"的写实叙事方式,书写琐碎乏味的"小人物"的日常生活,并透过这些"小人物"的塑造,对中国政治、经济以及社会各领域中的权力关系进行寓言式反讽。尽管其本人并不太认同所谓"新写实/新现实主义"的说法,但他却因为他小说中的小人物主题、对于虚拟世界与现实世界的洞察力与批判性而被贴上"新写实/新现实主义代表作家"的标签。在 2011 年凭借《一句顶一万句》荣获茅盾文学奖时,评论界称赞刘震云小说的叙事风格类似明清的野稗日记,语句洗练,情节简洁,叙事直接,冷幽默却画龙点睛,有汪曾祺和孙犁等前辈作家遗风。众所周知,野稗日记正是以描写街谈巷议、琐碎之言见长;而汪曾祺和孙犁的文风也以直接、

---

① 参见:http://v. ifeng. com/ent/mingxing/201408/018aca56-66a5-4f8b-b184-4b15c9ac717b. shtml,检索日期:2016-07-28。

洗练著称。如此看来,西方汉学家以及英语世界各大主流媒体对刘震云的文学定位与文学认知,基本沿袭了国内文学界对于他的文学评价。所不同的是,英语世界从传播与接受的现实考虑与市场推广出发,有意识地发掘并夸大了其文学创作中的政治意味、灾难叙事、社会犯罪、伦理道德等元素,以此拉近其与西方读者之间的距离。

然而,不同于主流媒体和专业人士的正面评价,英语世界普通读者对于刘震云小说的评价却普遍不高。如署名 Sherri Belicek 的读者对《我不是潘金莲》英译本的评论:"我根本无法读完全书,它相当无趣而且情节重复。"而署名 Veronique Bise 的读者也称:"我无法继续读完全书。我不习惯阅读发生在中国的故事,因为当中所有的名字都那么复杂和让人困惑,而且故事也不吸引我。"① 对于《我叫刘跃进》的英译本,读者 mfw13 称"不知何故,这本书不太适合我。可能是因为书中没有哪个角色合乎我的心意,也有可能是其故事情节扭曲,感觉就像一群大雁相互追逐却不知所踪"。读者 Coral Russell 也认为:"书中人物对我而言有些古怪,以致我觉得他们所处的环境不那么可信。"② 毋庸讳言,西方读者对于阅读中国文学作品,其实还存在比较大的语言和文化隔阂,尤其是中国故事的叙事方式、人物塑造、语言表达以及诸如"小人物"等叙事主题,很难激发他们的审美想象和阅读兴趣,这无疑会将许多普通大众读者排拒在外,而这使得中国文学"走出去"之路因为缺乏广

---

① 参见:https://www. amazon. com/Did-Not-Kill-My-Husband/dp/1628726075/ref＝sr_1_2? ie＝UTF8＆qid＝1469600669＆sr＝8-2＆keywords＝liu＋zhenyun,检索日期:2016-07-10。

② 参见:https://www. amazon. com/Cook-Crook-Real-Estate-Tycoon/dp/1628725206/ref＝pd_sim_sbs_14_2? ie＝UTF8＆dpID＝51Xhq32PPDL＆dpSrc＝sims＆preST＝_AC_UL320_SR214％2C320_＆psc＝1＆refRID＝341KR0VBKX6F7D4VW196,检索日期:2016-07-10。

泛的读者群体而变得异常曲折和艰难;客观而论,这也正是目前中国文化海外传播所面临的最大挑战。

## 五、问题与思考

毋庸置疑,要扭转目前中国现当代文学海外传播的各类瓶颈问题,需要各方面的共同努力。限于篇幅,我们仅就作家、译者和读者谈些粗浅的看法。就作家而言,无疑需要加强同国际同行之间的海外文学交流,除了自己"走出去",也邀请海外作家"走进来",增进彼此间的信任、沟通和了解;同时,作家们如果能紧跟世界文学研究的潮流,就能够准确洞悉当下的文学气候,从而创作出接地气的、既有"世界性"又有"中国气度"的文学作品。很显然,如果我们的文学创作仅仅强调和突出"中国性"和"中国文学传统",这样的作品在翻译及理解上都会对西方读者构成极大的挑战。例如有学者就谈到贾平凹工笔细描的、庞大繁复的文学创作风格以及他心仪于《红楼梦》"日常生活"书写与关注的艺术追求,虽然"他的写作深得中国文学传统神韵,但我们也不得不认识到,贾平凹的艺术追求对他的作品在世界的'传播'构成了某种障碍"①。因此,作家应主动将自己以及自己的作品置身于世界文学。

对于译者而言,毫无疑问,理想的译者模式当属汉学家群体。他们不仅深谙西方读者的阅读兴趣与阅读习惯,而且稔熟西方出版界、各大主流媒体及其文学传播机制,而这些对于中国现当代文

---

① 房伟,张莉,梁鸿,等.莫言、诺奖及其它.山花,2013(5):130.按照该论者的说法,"故事"比"神韵"更容易翻译,"情节"比"气息"更能流通。(房伟,张莉,梁鸿,等.莫言、诺奖及其它.山花,2013(5):131.)但需要指出的是,文学的价值并不能以世界传播和海外流通论英雄,贾平凹式坚持的文学传统对于中国文学的发展无疑也是极为宝贵的。

学的传播而言，都是不可多得的助力。因此，中国政府以及各级作家协会应积极调动各方资源创立"世界汉学家资源库"，定期邀请汉学家来中国进行文学和文化交流，同时设立各类"汉学家中国文学翻译奖""汉学家中国文学特别贡献奖"等奖项，引导和鼓励汉学家进行中国文学的翻译、研究和推介工作。客观而论，在当下中国现当代文学"养在深闺人未识"且普遍缺乏海外接受者的起步阶段，充分发掘西方汉学家的各种资源优势，是中国文学通向世界的重要一环。

与此相应，中国政府还应设立专属于海外出版社的"中国文学出版基金"，邀请并资助诸如中国蓝、友丰书店、毕基耶出版社、哥伦比亚大学出版社、斯普林格出版社、莫文亚洲出版社、拱廊出版社等愿意帮助中国文学海外传播的机构或实体来华进行研讨、调研、发行推广、版权输出、翻译出版以及资本运营。通过这种"请进来"的方式让海外出版社近距离地了解中国文学与作家，这对于中国文学的传播而言，是至关重要的一环。近年来，我国出版业先后实施了经典中国国际出版工程、中国图书对外推广计划、中外图书互译计划、中国出版物国际营销渠道拓展工程、重点新闻出版企业海外发展扶持计划、边疆新闻出版业"走出去"扶持计划、图书版权输出普遍奖励计划、丝路书香工程等八大工程。据称这八大工程的实施，打开了190多个国家和地区的出版物市场。但我们也清楚地看到，八大出版工程，以及2010年国家设立的中华学术外译项目，主要采取的仍然是"走出去"的战略思路。如果能以"请进来"的姿态、以平等协商的对话方式处理和推进中外文学关系以及中国文学的海外传播，中国文学在世界文学版图中一定会书写新的文学气象。

具体到目标读者，众所周知，他们往往从接受语境出发，即从自身所处的文化语境的语言模式、文学传统以及文化价值观等视角来阅读与评价翻译作品,因此对于汉学家等各类译者在翻译过程中所做的"归化式"改写与改编,我们应持宽容的态度。当然,对目标读者的培育,无疑是中华文化海外传播的重中之重。各级政府部门和各大高校应设立针对海外青少年的留学、访学、夏令营、交换生、奖学金项目等,吸引海外青少年来华学习交流。很显然,中华文化能否"走出去",关键在于接受语境的改变。而这种改变,必须要从海外青少年抓起。可以想象,当这些年轻人学成归国,他们自然就成了散布于世界各地的中华文化海外传播的点点"星火",而有了这些"星星之火",中华文化海外传播才可能成就预想中的"燎原"之势。我们相信,而且无数的事实也证明,单方面的"走出去"远不如积极的"请进来"让人感觉友好且有效。

(胡安江,四川外国语大学翻译学院教授;彭红艳,四川外国语大学翻译学院研究生;原载于《外语与外语教学》2017 年第 3 期)

# 木心短篇小说在英语世界的文化飞散之旅

卢巧丹

## 一、引　言

中国现当代小说是中国文学发展史上的一座丰碑,自 21 世纪以来,它正进一步走向世界。2012 年 10 月 11 日,瑞典诺贝尔委员会宣布中国当代作家莫言获得 2012 年诺贝尔文学奖,莫言,连同中国现当代小说,成了全世界的焦点。莫言作品获奖,除了其本身独特的艺术魅力,翻译功不可没,文学译介是推动中国文学走向世界的最重要的途径。

目前,中国文学的译介主要有四种模式:中国译者翻译、外国译者①翻译、作者自译和海外华人②翻译。1981 年出版的"熊猫丛书"(Panda Books)是由中国本土策划的大规模文学"走出去"活动,其得与失耿强在其论文中已有详述。③作者自译的成功例子有

---

① "外国译者"或"外国翻译家"等在本文指在国外土生土长的非华人译者,母语为外语。
② 本文指从中国移民国外的华人及其后裔。
③ 耿强. 文学译介与中国文学"走出去". 解放军外国语学院学报,2010(3):82-87.

张爱玲、凌叔华等,但这样的译者毕竟是少数。就影响力而言,现在能把现当代中国小说译成英语并保持原著文学水准的,还是外国翻译家。现在中国现当代小说在英语世界最有影响力的译者是美国的葛浩文(Howard Goldblatt),他翻译了近50本中国现当代小说,其中包括莫言的10本小说,对推动中国文化"走出去"做出了巨大的贡献,但愿意或者有能力翻译中国文学作品的外国翻译家只是少数。优秀的海外华人,精通双语,又熟悉东西方文化,是中国文学跨文化译介的又一理想人选。

2011年5月,由童明(原名刘军)翻译的第一本木心短篇小说集《空房》(*An Empty Room*)由美国知名文学出版社新方向出版社(New Directions)出版,并由全球知名的企鹅出版社(Penguin)在加拿大同步出版。译本一经出版,即在美国引起较大关注,《出版人周刊》(*Publishers Weekly*)、《百分之三》(*Three Percent*)等都发表了评论,有力地助推了该小说集在英语世界的传播。

海外华人本身是飞散者,翻译的过程也是中国文化的飞散过程。童明认为翻译是原文的飞散状态,飞散可以看作是一种和翻译有亲缘关系的形式。飞散至少涉及两种文化或文化语言,以此创造一种"更丰富的语言"。飞散者既要坚持自己家园文化的差异性,又要将这些差异用另一种文化语言再创造,形成跨民族的特征。[①] 本文以《空房》的英译为例,来探讨现当代小说在原文转化成译文的过程中,语言文本如何在不同文化间通过碰撞、沟通、逐渐融合,完成文本行旅,产生新的文化视野,获得新的生命。

---

① 参见:童明.飞散.外国文学,2004(6):57.

## 二、飞散之始:作者与译者的相遇相知

《纽约》(*New York*)杂志社的马克·史蒂文斯(Mark Stevens)说:"木心熟知亚洲和西方——他是我们时代的人——他创造了交流的艺术,汲取各自的传统精华,连接过去和现在。"①木心的作品,连同中国的传统和文化精粹,走进了英语世界,吸引着读者。他的作品之所以能产生震撼力,不仅由于其本身的独特风格,而且还跟译者精湛的翻译艺术分不开。

木心,本名孙璞,1927 年出生,浙江桐乡乌镇人。上海美术专科学校西画系毕业,曾任杭州绘画研究社社长,上海市工艺美术协会秘书长,《美化生活》期刊主编,交通大学美学理论教授。1982 年移居纽约,从事美术及文学创作。2006 年返回乌镇,2011 年 12 月21 日在故乡逝世,享年 84 岁。从 1984 年起,台湾地区多家出版社陆续出版了木心作品,包括散文集《琼美卡随想录》《散文一集》《即兴判断》《素履之往》《鱼丽之宴》,诗集《西班牙三棵树》《巴珑》《我纷纷的情欲》,小说集《温莎墓园日记》等。从 2006 年开始,其作品由广西师范大学出版社在大陆陆续出版。

译者童明是美国加州州立大学洛杉矶分校英语系教授,20 世纪 80 年代初期,曾任联合国总部高级译员。1992 年获美国麻省大学英美文学博士学位;2000 年和 2005 年两次被列入"美国教师名人录"。1998 年获加州州立大学终身教授职位,在国内外发表 60 多篇学术论文,涉及飞散、民族主义、美国现代文学、亚裔文学等多个主题。

---

① Mu Xin. *An Empty Room*. Liu, T. J. (trans.). New York: New Directions, 2011: back cover.

　　童明从 20 世纪 80 年代末起就开始读木心的作品,在 90 年代,他多次对木心先生进行访谈,请他谈对艺术、历史和文化的看法,部分已整理发表。2006 年,他在《中国图书评论》上发表了文章(该文也被收录在《读木心》一书中),给予了木心热情洋溢的赞美:"二十年来,我一直在读他的小说、散文、诗歌、俳句、箴言式评论,幽邃往复,历久弥新……我的认知是:木心是以精神为体的中国作家。他与世界思想和文学的相通,体现着他与现代的中国思想和文学的相关……对木心风格的认知加深,促使我下了将木心作品译为英语的决心。"①

　　童明所译的木心短篇小说刊登在《没有国界的文字》(*Words Without Borders*,为美国的在线世界文学杂志)、《北达科他季刊》(*North Dakota Quarterly*)(1997 年春季)、《柿子》(*Persimmon*)(2002 年)、《圣彼得堡评论》(*St. Petersburg Review*)(2009 年)等文学刊物上。从 2010 年起,他担任纪录片《木心》的主题顾问。2011 年,木心先生作品的第一部英译本终于与读者见面。里面共有十三篇短篇小说,是童明从木心的《散文一集》《温莎墓园日记》和《巴珑》三本书中精心挑选翻译的,译作就以其中的短篇小说《空房》作为书名。

　　童明与木心先生交往二十多年,关系密切。童明长期生活在美国,精通英语和汉语,在诗歌、文论、翻译等方面都有很深的造诣,对东西方文化有着双重体悟,加上对作者风格的深刻理解,使原作的视野可以很好地在译者的理解中得到展现,是最理想的跨文化交流使者。遇有疑问之处,童明随时向木心请教;每逢有创造性的转换之处,也随时同木心先生商量。童明在译作后记中提到:

---

① 童明.木心风格的意义——论世界性美学思维振复汉语文学//孙郁,李静.读木心.桂林:广西师范大学出版社,2008:21-24.

"在过去的十来年,我经常就该书的一些问题向他请教。哪些细节该保留,哪些细节该删除,他都给了我很好的建议。翻译过程中细节的保留或改变看似微不足道,其实意义重大。譬如,《芳芳 No. 4》我译成了'Fong Fong No. 4',这里芳芳没有用汉语拼音'Fang Fang',因为'Fang Fang'在英语中有着不好的联想,容易引起误解。"①可以说译作《空房》是建立在译者与作者不断对话的基础上的。更恰当地说,译者以非凡的洞察力,直达原文的情感世界,与作者达到心神的和谐,产生思想共鸣,开始木心小说的文化飞散之旅。

### 三、飞散之旅:异、易和移

飞散(Diaspora)是个古词,究其词源,是希腊文,原意是种子或花粉"散播开来"(to sow/scatter across),植物得以繁衍;自《旧约》行世以来,这个词长期与犹太民族散布世界各地的经历联系在一起,增添了在家园以外生活而又割不断与家园文化种种联系这层含义。但是,近十几年来,飞散概念不断被重构,在当代文学创作和文化实践中,飞散成为一种新概念、新视角,含有文化跨民族性、文化翻译、文化旅行、文化混合等含义。当代意义上的飞散少了些离乡背井的悲凉,多了些生命繁衍的喜悦,更贴近飞散词源的本意。②

飞散至少涉及两种文化或文化语言,以此创造一种"更丰富的

---

① Mu Xin. *An Empty Room*. Liu, T. J. (trans.). New York: New Directions, 2011: 149-150.

② 参见:(a)童明.飞散.外国文学,2004(6)52-59.(b)童明.飞散的文化和文学.外国文学.2007(1):89-99.(c)童明.家园的跨民族译本:论"后"时代的飞散视角.中国比较文学,2005(3):150-168.

语言(Greater Language)"①。翻译是两种语言和文化间的"旅行",原文转化成译文的过程也是文化飞散的过程。飞散者的家园文化如不参与跨民族活动,也无法体现出自身的差异。他只有参与跨民族实践,才能实现他的故国文化的可译性,使其在飞散中繁衍。② 在翻译中,原文(包含原文代表的文化和语言)是译者寄怀在心的家园。译者成了飞散者,译者离开家园是带根旅行,最后,在另一个语言文化里再现故国风貌。

在翻译过程中,译者首先要坚持自己家园文化的差异性,然后把这些差异用另一种文化语言再创造出来。在这一过程中,翻译应巧用"转换",完成文化旅行。童明把翻译中差异、转换、旅行这三个相关环节简称为"异、易和移"③。

"移"的核心概念是"旅行",从原文进入译文的过程,是文化飞散繁衍的过程。认识"异",灵活"易",正是为了成功"移"。

译者首先要对英汉之间的差异了然于心,才能做到下笔如有神。英汉翻译向来被认为是最具挑战性的翻译之一,因为它首先要跨越语言藩篱。英语属于印欧语系(Indo-European languages),汉语属于汉藏语系(Sino-Tibetan languages),两个不同语系在词法、句法、修辞、逻辑结构等方面都存有巨大差异。译者在充分意识到双语间差异的基础上,采用恰当的翻译策略,进行灵活转换。根据需要"增一点,减一点",以求译文通顺自然,合乎译入语的表达习惯。以下例子可见译者在翻译时如何做到知彼知己,灵活转换。

例1:我是小叔,侄女只比我幼四岁,三人谈的无非是年

---

① Benjamin, W. The task of the translator. In Arendt, H. (ed.). Zohn, H. (trans.). *Illuminations: Essays and Reflections*. Berlin: Schocken, 1969: 78.

② 童明. 飞散. 外国文学, 2004(6): 57.

③ 作者在2011年7月有幸就《空房》的翻译采访了童明教授。文中提到的童明教授的一些翻译观点直接来自这次访谈。

轻人才喜欢的事。虽然男女有别,她们添置衣履,拉我一同去品评选择,这家那家随着转——这就叫作青年时代。(《芳芳No. 4》,木心,2010:79)①

译文:I'm only four years older than my niece—her youngest uncle. Talking with her and Fong Fong wasn't any different from conversing with my other friends. And despite the gender difference, they dragged me along when they went shopping for dresses and shoes as they respected my opinions in such matters. We went casually from store to store, idling away that wondrous phase of life called youth. ("Fong Fong No. 4", Mu Xin, 2011: 33)

这段译文译者增加了 as they respected my opinions in such matters,把原文隐含的信息烘托了出来,译文读起来更加流畅。另外,译文没有拘泥于原文的字词,把"这就叫作青年时代"译成了 idling away that wondrous phase of life called youth,很好地把上下文隐含的意义用非常地道的英语表达了出来。

例2:门开着,院里的落叶和殿内的尘埃,告知我又是一个废墟。这里比教堂有意思,廊庑曲折,古木参天,残败中自成萧瑟之美。(《空房》,木心,2010:34)②

译文:The gate was open. Fallen leaves in the yard and dust floating in the hall indicated that this was another place in ruins. The temple was more appealing than the church, though. The corridors crisscrossed and the tall ancient trees

---

① 木心.温莎墓园日记.桂林:广西师范大学出版社,2010.《芳芳No. 4》选自该小说集,为方便起见,文中引用译例时原文和译文出处都直接在例子里注明。
② 木心.哥伦比亚的倒影.桂林:广西师范大学出版社,2010.

provided heavy shade so that even in decay there was a tranquil beauty. ("An Empty Room", Mu Xin, 2011: 28)

译者在翻译时,形式上并没有拘泥于原文字面,而是灵活运用了各种转换技巧,例如把"这里比教堂有意思"译成"the temple was more appealing than the church, though",这里用 though 强调了原文隐含的让步关系。"廊庑曲折,古木参天,残败中自成萧瑟之美"中的两个四字格译成了 The corridors crisscrossed and the tall ancient trees provided heavy shade,然后用 so that 与后面分句构成结果状语从句。

在社会和文化实践中,一方面,飞散者不能向同化的压力屈服,不能因为别人认为他的文化太"异域",就放弃自己的文化差异。另一方面,他的家园文化一定要参与跨民族活动,才能在飞散中繁衍。从以下例子,我们可以管窥译者处理文化信息的匠心。

例 3:不满十岁,我已知"寺"、"庙"、"院"、"殿"、"观"、"宫"、"庵"的分别。(《童年随之而去》,木心,2010:13)

译文:Before I was ten years old, I already knew the nuanced differences between the seven types of Buddhist temples: si, miao, yuan, chan, guan, gong, and an. ("The Moment When Childhood Vanished", Mu Xin, 2011: 3)

中国的佛教和道教文化源远流长。第一句中的"寺""庙""院""殿""观""宫""庵"如果只用汉语拼音,英语国家读者可能会不知所云,如果每一个都细加解释,又会烦琐冗长,让读者失去兴趣。这里,译者巧妙地加上了 the seven types of Buddhist temples,点明了原文的文化信息。这里"殿"音译成了 chan,这是译者跟木心商量的结果。不过,这里译者如果只用 the seven types of Buddhist temples 来概括,也有不妥之处,因为"观""宫"等一般是道教供奉神灵的场所,所以可以改为 the seven types of Chinese temples。

例 4:我家素不佞佛,母亲是为了祭祖要焚"疏头",才来山上做佛事。"疏头"者现在我能解释为大型经忏"水陆道场"的书面总结,或说幽冥之国通用的高额支票、赎罪券。阳间出钱,阴世受惠——众多和尚诵经叩礼,布置十分华丽,程序更是繁缛得如同一场连本大戏。(《童年随之而去》,木心,2010:12)

译文:My family never failed to honor the Buddha. It was for the purpose of worshipping our ancestors and burning *shu-tou* that my mother had decided to make this trip. As far as I could explain then, *shu-tou* was the written penance sent to the dead ancestors "by water route and by land route," the entire rite involving an elaborate performance. Or, as I understood it, a kind of bank check with a high monetary value acceptable in the other world, an otherworldly currency for penance. People in the world of Yang supposedly paid for the benefit of the people in the world of Yin. Many monks were involved in this extravagantly observed rite of complicated procedures as if it were a grand drama acted out in sequential segments with monks reciting the scriptures and kowtowing on the grand. ("The Moment When Childhood Vanished", Mu Xin, 2011: 4)

英美读者对神秘的东方文化充满好奇,包括宗教文化。原文中对中国做佛事的描写非常生动,译文忠实于原文,用地道流畅的语言把"佛事文化"描写得惟妙惟肖。"疏头"用了音译法译为 *shu-tou*,因为后面对这一佛事用语有解释,不影响读者的理解,同时又能激发读者的好奇心。"阴"和"阳"也用了音译法,分别翻译成了 Yin

和 Yang,很好地保留了源语中的文化。"如同一场连本大戏"中的"大戏"一般指中国传统戏曲,如京剧、越剧等,但这里译者翻译成了 drama。译者在最大限度地保留源语文化和最大限度地吸引译入语读者方面拿捏自如。

但是,译者在翻译时会受到译入语的文化和意识形态的操控。为了能让译作在译入语国家更好地被接受,译者一般都会以译入语的文化为依归,也就是说译者翻译时采取什么策略,往往会受译入语文化的影响。除了译入语文化,意识形态方面的影响则更为深远。

翻译文化学派代表安德烈·勒弗菲尔(André Lefevere,1946—1992)就提出了意识形态、赞助人、诗学三要素理论,他认为译者翻译时,主要受到两方面的限制:意识形态(ideology)和诗学形态(poetology)。译者往往会对原作进行一定程度的调整,使其符合当时占统治地位的意识形态和诗学形态,使改写的作品尽可能多地被读者接受。[①]

童明在访谈中也提到在翻译过程中经常会受到编辑干预,编辑要求根据他们的意愿删除或改变一些信息来迎合读者,有时甚至态度非常傲慢。但童明认为,译者不能向同化的压力屈服,不能因为别人认为他的文化太"异域",就放弃自己的文化差异。他字词力争,不向编辑屈服,尽最大力量在保持民族文化和考虑译语文化间找到最佳平衡点。他认为译介作品时,译文既要保持作品的民族性,又要使作品具有世界性,翻译最终会繁衍家园。

---

① Lefevere, A. *Translating Literature: Practice and Theory in a Comparative Literature Context*. Beijing: Foreign Language Teaching and Research Press, 2006.

## 四、文化的繁衍:再创艺术胜境

童明用"异、易、移、艺"四个字概括了他的翻译观。他说:"所谓可译,意味着可异、可易、可移。归根结底,可译,亦为可艺。'艺术'则是翻译中神秘的第四维。"①如果说"异、易、移"是基本功,"艺"就是译者灵性的发挥。译者在翻译过程中异中求同,在易、移之中取得神似,完成艺术性,原作则将在另一种语言和文化中"投胎转世",文化得到飞散,生命得以繁衍。

译作散发的艺术魅力对译本的接受与传播起着至关重要的作用。"熊猫丛书"传播失败的原因之一就在于"丛书所选的中国当代文学本身在诗学层面上还比较稚嫩,那些对中国文学语境毫不知情的英美读者自然不会关注。纯粹从文学技巧、主题、结构等角度观察,中国现当代文学借鉴西方的多,自我创造又因种种客观因素局限在本土文化语境中,没有更深入地参与世界文学的交流"②。而"木心是以世界精神为体的中国作家。他与世界思想和文化的相通,体现着他与现代的中国思想和文学的相关"③。童明从译本选择,到细细品读,到字斟句酌,认真领悟作者的匠心,抓住行文中的"文脉",准确把握原文的语气、口吻、结构等,最终再创艺术胜境,带给了读者阅读的愉悦与惊喜。美国诗人唐纳德·琼金斯(Donald Junkins)说:"我喜爱短篇小说,但是好多年不读了,因为没有太好的作品。看到木心的短篇小说让我惊喜。短篇小说又

① 童明."创作是父性的,翻译是母性的":木心《魏玛早春译后》.中国翻译,2013(1):117-123.

② 耿强.文学译介与中国文学"走出去".解放军外国语学院学报,2010(3):84.

③ 童明.木心风格的意义——论世界性美学思维振复汉语文学//孙郁,李静.读木心.桂林:广西师范大学出版社,2008:22.

有生命力了。"蒂莫西·斯蒂尔(Timothy Steele)教授认为木心的小说"以含蓄的笔法唤醒心灵……使我想起读霍桑小说时经历的那种虽不同却又相似的感觉;生命看似平凡,而在平凡的浅象之下却是魂牵梦萦的神秘"[①]。一位读者在亚马逊网上评价认为"木心的小说是一个宝藏……作者是位极具才华的作家,译者童明翻译水平精湛,这本小小的译作精彩绝伦,值得拥有"[②]。

从读者的评价中可以看到,木心的作品已经跨越界限,尤其是国家民族界限,而童明将家园的历史文化在跨民族的语境中加以翻译,形成本雅明所说的那种"更丰富的语言",在新环境中繁衍出了新的文化。

木心的短篇小说文字简洁高雅,语气平淡,却饱含情感和智慧。童明在译文中也用了简明的句式和诗性语言,以再现木心风格。

例 5:正殿后面有楼房,叫了几声,无人应,便登楼窥探——一排三间,两间没门,垩壁斑驳,空空如也。最后一间有板扉虚掩,我推而赶紧缩手——整片粉红扑面袭来,内里的墙壁是簇新的樱花色。感觉"有人",定睛搜看,才知也是空房,墙壁确是刷过未久,十分匀净,没有家具,满地的纸片,一堆堆柯达胶卷的空匣。我踩在纸片上,便觉着纸片的多了,像地毯,铺满了整个楼板。(《空房》,木心,2010:34)

译文:Behind the main hall stood a two-story building. I called out a few times but received no response. I walked upstairs to look around. Two of the three rooms didn't have

---

① 童明. 木心风格的意义——论世界性美学思维振复汉语文学//孙郁,李静. 读木心. 桂林:广西师范大学出版社,2008:24.

② 参见:http://www.amazon.com/review/RLAMZNDH2NUTN,检索日期:2013-04-25。

doors, their dilapidated wooden walls exposed within. Empty, empty. I came to the third room and found a screen door ajar. I pushed it open but withdrew my hand immediately—a sudden flood of pink washed over me. The walls inside were painted color of flowering cherry blossoms. I felt a "human presence," but after a quick inspection it was clear that this room, too, was empty. The walls, however, were freshly painted with a clean evenness. No furniture. The floor was covered with pieces of paper and piles of empty Kodak boxes. Stepping on the paper scraps, I felt as if a rich carpet covered the entire floor. ("An Empty Room", Mu Xin, 2011: 28)

该译文以直译的方法为主,多用简单句,力求在词汇、句法和语篇各个层面上传达出原文的语言特征,再现木心朴实无华的文字风格,如"空空如也"译成了"Empty, empty",并且单独成句。分句"没有家具"译成了"No furniture",也是单独成句,原文四句"流水句子"被译成了十三句短句,节奏明快,突显了"空"的意象,吸引着读者迫不及待地往下读,跟随着"我"在粉红色的空房、柯达胶卷空盒、信纸片中,在想象和现实中去解读"空房"。

《芳芳 No. 4》是探索"文革"前后人性为何失落的短篇小说。以下这段文字是"我"与芳芳最后一次见面的情景。

例 6:她在重复着这些:

"……要满十年才好回来,两个孩子,男的,现在才轮到啊,轮到我回上海……他不来,哈尔滨,他在供销社,采购就是到处跑,我管账啰,也忙,地址等忽儿写给你,来信哪,我找到音乐会,噢不,音乐协会去了,一回家,弟妹说你是上海三大名人,看报知道的,报上常常有你的名字,你不老,还是原来那样子,怎么不老的呢……"(《芳芳 No. 4》,木心,2010:89)

　　译文:Her words didn't stop:"Ten years is how long it has taken for me to return... two children... yes,boys... it took me all these years to be able to return to Shanghai... he didn't come this time... yes,he works in a food and goods co-op in Harbin and travels everywhere for supplies... I'm the accountant of course... very busy... I'll give you the address so do write me... I went to the Musicians' Congress... sorry, Association... the first thing that my brother and sister told me when I came home is that you are one of the most prominent celebrities in Shanghai... I also read it in the paper... your name is often in the paper... you don't look old, still your former self... how is it that you haven't aged... " ("Fong Fong No. 4",Mu Xin,2011:44)

这段译文共用了 16 个省略号,来表示芳芳的"话语连连",但这些省略号的用途可能远不止这些,随着她的"话语连连","我""几乎听不清说什么",这些省略号在帮助"我"延长"幕间休息",希望她能静下来,能让"我"找回往昔的芳芳,"也就是从前的我"。这些省略号为"我",也为读者留下了许多思索的空间。译者把木心小说优美的语言连同古今相通、中西合璧的艺术意境一起传递给了读者。

　　译者在再创造的过程中,想作者之想,思作者所思,把木心的思想精髓和人生感悟用优美地道的译入语传递给目标读者,他的译文被读者誉为"极具文学性的译文"。他的译文完成了艺术之旅,也完成了文化飞散之旅。

## 五、结　语

　　童明在木心短篇小说翻译过程中,以"异、易、移、艺"翻译观为准则,以文化飞散传播为己任,以再现木心文学艺术为目标,融合了译介和传播中的策略选择、营销战略等,努力保持译作的民族性和世界性,译作最终在英语世界获得了新生,完成了文化飞散之旅。

　　木心短篇小说的成功译介在由谁译、译什么、译者和作者对话、如何出版推广等方面给中国现当代小说更好地译介与传播提供了很多启示。

　　其一,译者童明是海外华人,精通英汉双语,深谙中西文化,知识广博,学养深厚,对原作风格有着深刻的洞察力,为正确理解原文和译文流畅表达打下了坚实的基础。译者独特的飞散视角,更为文化的有效传递增加了砝码。

　　其二,中国文学作品在"走出去"时,如果为了赢得市场,一味屈从于译入语文化和意识形态,随意删改原文,破坏了原文的完整性,也会失去译文的民族性,对推广中国文化产生消极影响。因此,在译介作品时,既要使作品具有世界性,又要保持作品的民族性。译者童明并不屈从于来自译语主流文化的压力,字词力争,在保持民族文化和融入译语文化之间找到了很好的平衡点。

　　其三,《空房》由美国知名出版社新方向出版社出版,并得到了积极推广。杜迈克(Michael Duke)也呼吁,中国现当代文学要获得其应有的声誉和地位,"必须选择有竞争力的商务出版社出版译本"①。选择译入语国家的知名出版社能保证图书销售渠道的畅通,所以要力争让更多的英美国家的主流出版机构参与到中国文学的译介与推广中来。

其四,童明翻译的木心短篇小说,先发表在美国文学刊物上,获得了不俗的评价,这也可能是新方向出版社有信心来出版该译作的原因之一。为了作品能在国外有更深入的传播,要注重国外文学研究界的评论。《空房》在美国出版前,《出版人周刊》就已经进行了推广,高度评价了原作和译作:"童明的翻译堪称完美,成功抓住了这些故事中敏锐的、清澈透明的品质。"②随着该书的出版,《出版人周刊》对该书的网上评论也不断增多。同年 6 月 17 日,维尔·伊尔斯(Will Eells)在《百分之三》(*Three Percent Review*)也发表了对该译本的评论,表达了自己读到译文的惊喜:"无论用什么标准来看,这都是一本极其优秀的小说集。小说的质量和情感的深度都给我带来了惊喜,我衷心希望能在将来读到更多的木心作品。"③

木心短篇小说的文化飞散之旅为中国现当代小说在英语世界的传播做出了贡献,相信会有更多优秀的海外华人承担起译介中国现当代小说的重任,中国文化在英语世界会继续繁衍生息。

---

① Duke,M. S. The problematic nature of modern and contemporary Chinese fiction in English translation. In Goldblatt,H. (ed.). *World Apart*:*Recent Chinese Writing and Its Audience*. New York:M. E. Sharpe, Inc.,1990:216.

② 参见:http://www. publishersweekly. com/978-0-8112-1922-8. 检索日期:2012-11-20。

③ 参见:http://www. Rochester. edu/College/translation/threepercent,检索日期:2012-11-20

本文为 2010 年教育部人文社会科学研究青年基金项目(项目编号:10YJC740076)和浙江省哲学社会科学规划课题青年重点项目(项目编号:10CCWW01ZQ)"中国现当代小说在英语世界的译介与接受"的阶段性成果。

(卢巧丹,浙江大学外国语言文化与国际交流学院高级讲师;原载于《中国翻译》2014 年第 1 期)

# 麦家《解密》在英美的评价与接受

## ——基于英文书评的考察

缪　佳　　汪宝荣

## 一、引　言

麦家被誉为"中国谍战小说之王"[①]、"特情文学之父"[②]。他的长篇小说《解密》(2002年初版,获国家图书奖)、《暗算》(2003年初版,获茅盾文学奖)、《风声》(2007年初版)等都被改编成了影视作品,在国内颇受欢迎,但其成名作《解密》在国内初版12年后才走进英语世界:2014年3月,英国汉学家米欧敏(Olivia Milburn)和克里斯托弗·佩恩(Christopher Payne)合译的《解密》英文版由企鹅兰登图书公司旗下的Allen Lane出版社和美国FSG出版公司联合出版,在21个英语国家和地区同步发行[③]。《解密》英文版还

---

[①] 王迅.文学输出的潜在因素及对策与前景——以麦家小说海外译介与传播为个案.文艺评论,2015(11):103-112.

[②] 季进,臧晴.论海外"《解密》热"现象.南方文坛,2016(4):82-85.

[③] 2015年,麦家的《暗算》也由米欧敏和佩恩英译,由企鹅兰登图书公司出版,并被收入"企鹅经典"文库。

被收入"企鹅经典"文库,使麦家成为迄今唯一入选该文库的中国当代作家。《解密》被英国《经济学人》杂志评为"2014 年度全球十佳小说"①,被译成 30 多种语言,"在西方形成了一股强势的'《解密》旋风'"②。

国内学者对《解密》海外译介与传播的论述主要有:王迅述评了西方国家一些重要媒体对《解密》的评论,指出《解密》走红于西方,"从根本上说,还是在于其叙述视角、叙述主体、叙事过程以及艺术形象等多个层面的独特创造"③;时贵仁认为,《解密》畅销西方,主要得益于作品中"中西文学元素的共鸣",包括英雄主义、推理和悬疑、爱情④;吴越认为,"世界性的畅销题材加上恰到好处的中国特色"是《解密》成功走进海外市场的关键⑤;季进、臧晴则另辟蹊径地指出,《解密》在西方的畅销有赖于"包括译者、出版商、媒体等在内的一系列非文本因素的市场运作"⑥;李强、姜波从小说的内容、英文版市场化运作方式及翻译质量等方面探讨了《解密》在海外的成功对中国文学"走出去"的启示⑦;陈香、闻亦指出,《解密》所体现的"麦家的英雄主义"及其全球营销模式促成了"麦家现象":从目前收藏《解密》的海外图书馆类型看,70％是公共、社区图书馆,30％是学术研究型图书馆,表明《解密》的接受人群主要是大

---

① Anonymous. Best Books of the Year 2014. *The Economist*,2014-12-22.

② 季进,臧晴.论海外"《解密》热"现象.南方文坛,2016(4):82-85.

③ 王迅.文学输出的潜在因素及对策与前景——以麦家小说海外译介与传播为个案.文艺评论,2015(11):103-112.

④ 时贵仁.古筝与小提琴的协奏曲——麦家文学作品走向海外的启示.当代作家评论,2017(2):187-193.

⑤ 吴越."麦氏悬疑"拓展西方读者群.文汇报,2014-02-25(09).

⑥ 季进,臧晴.论海外"《解密》热"现象.南方文坛,2016(4):82-85.

⑦ 李强,姜波.从"麦旋风"解密中国文学"走出去".人民日报,2014-08-03(07).

众读者,"是中国文学进入美国大众文化消费圈的可喜现象"①。

以上学者从小说本身、非文本因素(相关行为人、市场运作模式等)或图书馆收藏情况分析了《解密》在国外走红的原因,有的也用到了部分英文书评(如:王迅;季进和臧晴),但因论述目的和侧重点不同,都没有把书评收集得尽量齐全,并据以做出全面的考察,因此这些学者论及的是《解密》在西方被评价、接受的部分情况。有西方学者指出,对书评进行考察是了解作品接受情况的一种有效的方法,因为书评反映了"评论界对作家作品的各种反应";书评作者被视为"超级读者","从他们的评论可知一个抽象的或实质上的读者群对作家作品的反应"②。诚然,这种主观评价性的"评者反应"并不都是可靠可信的,有的甚至带有个人偏见,但至少能为我们考察中国作家作品在国外接受情况提供一个重要的信息源。

笔者利用一所美国大学的图书馆数据库及互联网进行了穷尽式搜索,收集到英美两国媒体在《解密》英文版上市一年内发表的英文书评 32 篇③。通过对书评进行分类梳理和核心内容述评,本文旨在考察《解密》在英美的评价和接受情况,具体回答以下问题:(1)《解密》的哪些文本因素获得西方评论人的好评? 在如潮的好评中是否也有批评、挑剔的声音? 对译文的总体评价如何? (2)这些书评反映《解密》在英美的接受情况如何? (3)《解密》在西方走红对中国当代文学对外译介与传播有何启示?

---

① 陈香,闻亦.谍战风刮进欧美:破译中国文学"走出去"的"麦家现象".中华读书报,2014-05-21(06).

② 转引自:汪宝荣.阎连科小说《受活》在英语世界的评价与接受——基于英文书评的考察.南方文坛,2016(5):60-66.

③ 同一篇书评刊发在不同媒体的不做重复统计。因数据收集渠道所限,实际书评数量肯定大于这个数字。

## 二、刊载《解密》书评的英美媒体

本节简析刊载这 32 篇书评的英美媒体的性质、种类、影响力以及重要书评作者的背景。[①]

首先,发表《解密》英文书评的专门特色网站(不包括纸质媒体网络版)主要有 6 家:对世界各国文学奖项进行追踪解析的"书评大全"网站(http://www.complete-review.com)、亚太美国中心创办的"书龙"网站(http://smithsonianapa.org/bookdragon/)、美国"喧哗"网站(http://www.bustle.com)、专业书评网站(http://marywhipplereviews.com)、"故事的故事"专业文学书评网站(https://jseliger.wordpress.com)、涉及专门知识领域的"犯罪分子"网站(http://www.criminalelement.com)。这些网站具有传播迅疾、覆盖面广、可及性高等特点,有力地推动了《解密》在英语世界的传播。

其次,根据其面向的主要读者群及书评内容的学术性和专业程度,可将刊载这些书评的英美纸质媒体分为学术性、普及性和图书行业性三类。学术性媒体最少,主要有英国的《泰晤士报文学副刊》和《伦敦书评》等。普及性媒体最多,影响力也最大,主要包括全国性主流刊物,重要的有:美国的《纽约时报》《华盛顿邮报》《芝加哥论坛报》《华尔街日报》《新共和周刊》;英国的《泰晤士报》《卫报》《每日电讯报》《金融时报》《独立报》《经济学人》等。第三类是图书行业刊物,有美国的《出版人周刊》《书目》《书页》。

最后,为普及性媒体撰写《解密》书评的有:专业评论家或中国

---

① 对西方媒体及书评的分类梳理,可参见:汪宝荣.阎连科小说《受活》在英语世界的评价与接受——基于英文书评的考察.南方文坛,2016(5):60-66.

问题专家希尔顿(Isabel Hilton)、范嘉阳、海因斯(Emily Bartlett Hines);汉学家林培瑞(Perry Link)、吴芳思(Frances Wood);作家兼学者威尔逊(Edward Wilson)、拉曼(Alexander Larman)、克里斯坦森(Bryce Christensen)、赛里格(Jake Seliger);密码学等相关领域学者埃文斯(David Evans)、罗素(Anna Russell);旅美中国作家陈葆琳(Pauline Chen)、美籍华裔学者欧大旭(Tash Aw)等。

## 三、英美媒体对《解密》的评价

通过对重要书评内容的梳理和择要述评(均由笔者译成中文),我们发现对《解密》的正面评价主要涉及作品主题、故事情节、叙事方式、作者背景与小说主题及情节的契合、与西方类型小说的关联、中国元素等,同时也有一些负面评价。

### (一)正面评价

#### 1. 小说的主题内容

(1)破解人性之密码

匿名评论人在《出版人周刊》指出,麦家在《解密》中要做的其实"就是不断破译人这个最玄幻的密码"①。林培瑞在《纽约时报》也评论指出:"在这部小说中,麦家描述的真实的密码或侦探工作并不多,其引人入胜之处在于对主人公容金珍的心理研究以及扣人心弦的情节、阴森森的氛围和华丽的细节。"②

英国《金融时报》评论人埃文斯认为:"麦家的兴趣似乎更在于

---

① Anonymous. Review of *Decoded*. *Publishers Weekly*,2014-03-18.
② Link,P. Spy anxiety. *The New York Times*,2014-05-04.

描写人性之复杂,并通过文学的方式来揭示苦难的现实。"①

吴芳思指出:"这部小说有许多引人入胜之处,从诡异的迷信般的故事开端到 20 世纪以来容氏家族的衰落,以及动荡的 20 世纪 30 年代这个家族因为站在了国民党的政治立场而遭遇的种种危机,但归根结底《解密》永恒的魅力在于探索人性之复杂。"②

陈葆琳在《芝加哥论坛报》评论指出:这部小说告诉我们"人性是最大的迷,是唯一无法破解的密码"③。

威廉姆斯在英国《独立报》也指出:"《解密》绝不是一部传统的间谍小说……它为读者带来的是一种迷人且极不寻常的阅读体验。……阅读《解密》时最好将其视为一个复杂的密码,一个最终难以完全破解的秘密。"④

(2)玄奥学科知识的交织

《解密》涉及多个学科和专业领域,给西方评论人和读者带来新奇的阅读体验。吴芳思评论道:"《解密》对密码术、政治学、解梦术及其意义做了微妙而复杂的探索。"⑤美国《出版人周刊》匿名评论人指出:"阅读这部小说,读者不知不觉地沉浸在中国情报史和数学学科之中","这是一部引人入胜、扣人心弦并巧妙地穿插着复杂的数学理论的伟大小说"。⑥

英国《卫报》评论人希尔顿认为,"作者娴熟地对密码、数学领域进行了探索……吊起了读者的胃口,使他们想要阅读这位不同

---

① Evans, D. Review of *Decoded. The Financial Times*, 2014-03-28.

② Wood, F. Review of *Decoded. Times Literary Supplement*, 2014-01-22.

③ Chen, P. *Decoded* is no spy thriller, but it does reveal certain truths. *Chicago Tribune*, 2014-03-28.

④ Williams, R. China in their hand: Review of *Decoded. The Independent*, 2014-01-26.

⑤ Wood, F. Review of *Decoded. Times Literary Supplement*, 2014-01-22.

⑥ Anonymous: Review of *Decoded. Publishers Weekly*, 2014-03-18.

寻常的作家的更多作品"①。

### 2. 故事情节和叙事方式

故事情节和叙事方式也被英美评论界视为《解密》独特魅力之所在。书评人主要提到三方面:浓墨重彩的细节描写、密码般复杂曲折的情节以及创造性运用中国古典小说叙事手法。

#### (1)浓墨重彩的细节描写

欧大旭指出:"这部小说的细节主要涉及解码术、数学和记忆系统。……这些细节描写的数量之多,分量之重,让人感觉似乎与惊悚小说的传统背道而驰。……但它们让人着迷,而不是乏味,因为麦家把故事情节与现实中的人和事联系了起来,例如美国普特南数学竞赛、中国内战等。"②

#### (2)密码般复杂曲折的情节

英国《经济学人》匿名评论人认为,《解密》是"一部故事磅礴恢宏、情节跌宕起伏的作品。全书完美的节奏掌控,让它在众多的中国小说中脱颖而出,生动离奇的情节和新颖奇诡的叙事方式,让你从第一页开始就欲罢不能"③。

埃文斯指出:"金珍精神崩溃后,便从叙事中消失了……小说剩余部分的内容变得支离破碎……读者必须对这些信息进行过滤,才能找到关于主人公最终命运的线索";"在不大娴熟的作家的笔下,这样的故弄玄虚可能会让人懊恼,但此处却因作品主题之故,读者觉得恰到好处,因为我们就是要像解开谜团和破译一直折磨金珍的密码一样去寻找叙事线索"。④

---

① Hilton, I. An intriguing Chinese thriller. *The Guardian*, 2014-04-04.

② Aw, T. Review of *Decoded*. *The Daily Telegraph*, 2014-03-05.

③ Anonymous. The Chinese novel everyone should read. *The Economist*, 2014-03-22.

④ Evans, D. Review of *Decoded*. *The Financial Times*, 2014-03-28.

(3)创造性运用中国古典小说叙事手法

麦家在《解密》中对中国古典小说技法的创造性运用吸引了不少英美评论人的眼球。林培瑞指出："麦家的小说继承了中国古典小说的叙事方式。……叙事人有时在章节结尾处故意设置悬念，以激发读者对后面故事情节的兴趣。这正是中国几个世纪以来的小说叙事方式。"[1]

陈葆琳也认为："全书几乎用一半篇幅描述金珍的家族史和他的童年，跨越了六代人，呈现了错综复杂的人物关系。这种叙事方式沿袭了《红楼梦》等中国古典小说的传统。"[2]

欧大旭评论道："小说中对家谱和历史的厚重描写不是为了强调金珍来自数学世家，也不是为了用我们熟悉的方式介绍历史背景，而是隐含了中国古典小说的风格。小说中充斥着似乎与情节完全无关的故事和人物，结构显得枝繁叶茂。初读它的西方读者可能会产生一种挫败感，但这种似梦似幻、慵懒闲淡的偏离使小说走出刀锋相见的惊悚小说的范畴，走入一个充满超现实元素和奇诡情节的世界。"[3]

3. 作者背景与小说主题情节的契合

希尔顿指出："麦家在中国人民解放军的情报机构工作了17年。孩童时期的麦家很孤独，他只能疯狂地记日记来宣泄自己的孤独感，总共写了36本日记，这足以证明他遭受的疏远和对写作的痴迷，这两点在《解密》中都有所体现。"[4]

威尔逊在英国《独立报》上评论道："金珍在破译'紫密'过程中

---

[1] Wood, F. Review of *Decoded*. *Times Literary Supplement*, 2014-01-22.

[2] Chen, P. *Decoded* is no spy thriller, but it does reveal certain truths. *Chicago Tribune*, 2014-03-28.

[3] Aw, T. Review of *Decoded*. *The Daily Telegraph*, 2014-03-05.

[4] Hilton, I. An intriguing Chinese thriller. *The Guardian*, 2014-04-04.

进行的孤独的奋斗,反映了小说家本人同样被孤立的劳动——无止境的阅读、学习和研究同仁的成果。……该书所写的与其说是如何破解敌人的密码,不如说是作者在'破译'他本人。这是一本在侦探小说的外衣包裹下的作者自传。"①

埃文斯也指出:"麦家曾在中国的情报机构与专业间谍人员和密码破译专家共事过,他把自己的这段特殊经历写进小说,小说因而有了文学上的复杂性和商业上的吸引力。"②

### 4. 与西方类型小说的关联

在西方类型小说体系中,推理、悬疑、惊悚等元素占据着重要的位置,颇能吸引西方读者,如柯南·道尔的《福尔摩斯探案集》、阿加莎·克里斯蒂的《东方快车谋杀案》等,都已成为类型小说的经典。有趣的是,一些英美评论人在《解密》中读到了与西方类型小说的某种渊源关系。

林培瑞指出:"《解密》最明显的渊源来自 20 世纪 50 年代从苏联引入中国的'反间谍'小说。……其典型元素在《解密》中都有体现,包括哥特式的国防、巫师般的外国人、先进的小仪器以及层层掩盖的事实。"③

埃文斯具体评论道:"人们很容易把麦家比作中国的约翰·勒卡雷(John le Carré,英国谍报小说作家)……但《解密》的中心人物、天才解密专家容金珍与勒卡雷的《锅匠、裁缝、士兵、间谍》(*Tinker Tailor Soldier Spy*)中的厌世特工斯麦丽有着天壤之别","麦家曾提到博尔赫斯(Jorge Luis Borges)和纳博科夫(Vladimir Nabokov)对他的影响。此外,在他描写的令人同情而

---

① Wilson, E. Review of *Decoded*. *The Independent*, 2014-02-14.
② Evans, D. Review of *Decoded*. *The Financial Times*, 2014-03-28.
③ Link, P. Spy anxiety. *The New York Times*, 2014-05-04.

又高深莫测的主人公身上，我们还能看到美国作家梅尔维尔（Herman Melville）笔下人物巴特尔比的影子"。①

《经济学人》匿名评论人认为："我们从这部小说中可以看到加西亚·马尔克斯（Gabriel Garcia Marguez）的魔幻现实主义，也能读到像彼得·凯里（Peter Carey，澳大利亚小说家）的小说那样把读者带进一个全新世界的神秘主义。"②

拉曼在《观察家报》上评论道："《解密》故事情节的发展与德国作家聚斯金德（Patrick Süskind）的畅销小说《香水》（*Perfume：The Story of a Murderer*）有点相似。"③

5. 中国元素

《解密》中的中国元素主要包括两方面：一是东方神秘主义元素，如一再提到的梨花和梨花水、解梦术、家族遗传的大头、超常的数学能力等；二是革命英雄主义和中国式的爱国情怀。

威尔逊指出："《解密》的魅力之一是蕴含了丰富的中国文化，包括对梦境解析这门与破译密码完全不同的艺术的浓墨重彩的描写、主人公用梨花花瓣泡水当作治疗便秘的疗法等细节。"④

欧大旭评论道："这部小说体现了中国特色的爱国情怀"；"真正能吊起读者胃口的是小说描写的复杂的密码工作以及故事发生的年代——'文革'前动荡的十年"；"小说勾画了中国解放前期与中欧学术界和西方著名大学的联系，微妙地表达了中国在1949年前世界历史中的位置感"。⑤

范嘉阳在美国《新共和周刊》上也评论指出："麦家写了一个博

---

① Evans，D. Review of *Decoded*. *The Financial Times*，2014-03-28.

② Anonymous. The Chinese novel everyone should read. *The Economist*，2014-03-22.

③ Larman，A. Review of *Decoded*. *The Observer*，2014-02-02.

④ Wilson，E. Review of *Decoded*. *The Independent*，2014-02-14.

⑤ Aw，T. Review of *Decoded*. *The Daily Telegraph*，2014-03-05.

格斯式的情节微妙且复杂的故事,让读者感受到了革命时代中国独具的政治特征。"①

以上评论指出的中国元素无疑引起了西方读者对神秘东方文化的想象。此外,主人公牺牲小我、成就大我的爱国情怀,以及为信念而活的革命精神体现了独特的时代风尚,也引起了西方读者的关注。这些也是促使《解密》在英美走红的重要文本因素。

### (二)负面评价

由上可知,《解密》获得了英美主流媒体的普遍好评,但《解密》的内容和形式本身不是无懈可击的,同时,不同评论家的文学批评眼光和审美视角不同,难免见仁见智,因此也有一些负面评价。概而言之,主要包括两方面。

一是针对《解密》的叙事方式。有的评论者认为《解密》的叙事有些拖泥带水,故事情节繁复冗长,损害了阅读的乐趣,不符合西方读者的阅读习惯等。例如,拉曼在《观察家报》上评论指出:"麦家的叙事风格有时显得繁重而费力,这是因为这部小说中包含了有时看来与其他角色不相关的第一人称叙事,且常常以日记或访谈的形式出现,读来颇感冗长。"②陈葆琳也认为:"麦家沉溺于描写惊悚小说惯用的曲折情节,但由于没能把握好平衡,小说的悬念被冲淡了,金珍破译顶级密码的过程越来越像一场没有结果的唯我的游戏。"③

二是针对作品思想内涵的批评。林培瑞评论指出:"《解密》的结尾提出了一些关于人性的复杂问题,甚至还提到了上帝,但它仍

---

① Fan, J. China's Dan Brown is a subtle subversive. *New Republic*, 2014-03-25.

② Larman, A. Review of *Decoded. The Observer*, 2014-02-02.

③ Chen, P. *Decoded* is no spy thriller, but it does reveal certain truths. *Chicago Tribune*, 2014-03-28.

称不上是当代中国最好的作品。《解密》在思想内涵深刻性方面仍不能与鲁迅的短篇小说、张爱玲的长篇小说媲美。"①

### (三)翻译评论

我们收集到的 32 篇英文书评长短不一,但都主要针对《解密》的内容和形式展开评论,很少有作者对译文本身进行评论,即便有,大多也只用片言只语评论译文质量和风格。这些译评文字大部分是正面的,指出译者米欧敏和佩恩的译文精湛通顺,对《解密》在英美的顺利传播和接受起到了重要作用。例如,吴芳思评论道:"米欧敏和佩恩的译文通顺流畅。"②林培瑞也认为,《解密》的英译文"极为通顺"③。希尔顿指出:"米欧敏精湛优雅的译文让作者和读者都大大受益。"④威尔逊认为:"米欧敏的译文绝对是质量上乘的典范,完全保留了汉语的味道。"⑤威廉姆斯指出:"米欧敏对格言警句的翻译既简练又优雅。"⑥

另外,由于中文小说英译难度很大,错漏误译在所难免,能读原文的评论人就会忍不住挑译文的毛病。例如,陈葆琳指出译文最后一处是误译。

原文:我看着她顿时涌现的泪花,一下子觉得鼻子发酸,想哭。⑦

译文:Her eyes immediately filled with tears and she

① Link,P. Spy anxiety. *The New York Times*,2014-05-04.

② Wood,F. Review of *Decoded*. *Times Literary Supplement*,2014-01-22.

③ Link,P. Spy anxiety. *The New York Times*,2014-05-04.

④ Hilton,I. An intriguing Chinese thriller. *The Guardian*,2014-04-04.

⑤ Wilson,E. Review of *Decoded*. *The Independent*,2014-02-14.

⑥ Williams,R. China in their hand: Review of *Decoded*. *The Independent*,2014-01-26.

⑦ 麦家.解密.北京:北京十月文艺出版社,2014:303.

began to sniffle as if she was about to cry. ①(回译:她的眼里立即噙满了泪水,她开始抽泣,似乎要哭出来。)

陈葆琳指出,对以上原文准确的理解应是:"When I saw her eyes immediately filled with tears, I began to sniffle as if I was about to cry."②(回译:我看见她的眼里立即噙满了泪水,我也感到鼻子一阵发酸,想哭。)也就是说,此处的主语不应该是第三人称 she,而是第一人称 I,这样才能准确再现原作者的写作意图,即"金珍的悲惨遭遇及其才华得不到充分的施展,这不仅仅使他的妻子感到悲伤,也让我们所有人感到悲痛"③。

## 四、结　语

通过书评梳理和述评,我们试图回答本文开头提出的三个问题。

《解密》能够吸引西方读者并赢得广泛好评,主要归因于这部小说具有的世界性和本土性特征。首先,《解密》的主题具有世界性,即对复杂人性的探索一直都是中外文学永恒的主题。其次,麦家曾不止一次提到国外作家对其创作的影响,如他所说"博尔赫斯是我阅读生活中的'太阳'"④。一些英美书评人也提到《解密》中有西方作家作品的影子,可见《解密》与这些世界文学作品"构成了

---

① Mai Jia. *Decoded: A Novel*. Milburn, O. & Payne, C. (trans). London: Allen Lane, 2013:315.

② Chen, P. *Decoded* is no spy thriller, but it does reveal certain truths. *Chicago Tribune*, 2014-03-28.

③ Mai Jia. *Decoded: A Novel*. Milburn, O. & Payne, C. (trans). London: Allen Lane, 2013: 315.

④ 陈苑,李岩. 麦家谈阅读:博尔赫斯是我阅读生活中的"太阳". 广州日报,2016-04-23.

文学性互文关系,融入了多种文化的基因,因而富有了世界性的品质"①。《解密》与西方类型小说的种种关联,符合西方读者的阅读期待并与他们产生共鸣,拉近了这部中文小说与西方读者的距离。这其实也是世界性的体现。《解密》的本土性体现在其中包含的大量的中国元素,使作品带有浓郁的东方神秘主义色彩,包括对中国传统小说叙事手法的借鉴,小说叙述的革命英雄主义和中国式的爱国情怀,以及反复出现的带有中国独特文化特征的隐喻意象,如梨花水、大头、解梦术、"紫密"等。不少英美评论家多次提到这些隐喻,无疑这是吸引他们的元素,同时也成为他们理解小说中所体现的中国文化的钥匙。此外,麦家独特的个人背景和小说故事情节的紧密联系,也让英美评论家对小说中可能包含的国家意识形态和政治因素有所期待,这些也成为他们关注的焦点。正是《解密》世界性与本土性并存的特点使西方读者有了既陌生又熟悉的阅读体验,为作品赢得了好评。但是像任何一部文学作品一样,《解密》的内容和形式本身也不是完美的,同时由于东西方文学传统不同,批评家的文学批评和审美眼光不同,《解密》也招致了一些批评的声音,如有评论人认为其繁重的故事情节和叙事方式会导致阅读疲劳等。此外,从翻译评论可见,英译文大致忠于原著,且行文通顺流畅,符合西方人的阅读习惯。一部能让西方读者读下去的英文译本无疑是一部中文小说得以在域外顺利传播的先决条件。

从《解密》在英美的总体接受情况看,我们发现,虽然有评论人认为《解密》的叙事冗长,思想内涵不够深刻,但总体上有一种批判接受的倾向。首先,刊载《解密》的英美媒体主要是普及型媒体,它们面向普通读者,发行范围最广,影响力最大,从而有力地促进了

---

① 查明建.论比较文学翻译研究.同济大学学报(社会科学版),2016(4):98-106.

《解密》的传播。其次,从书评分析,《解密》获得的好评在数量上远远多于负面评价,这表明该小说在英美的总体接受度较高,是中国当代小说走进英语世界的又一成功典范。

《解密》的译介和传播方式不同于汉语文学经典作品先经典化后译介的模式,也不同于某些当代汉语作品通过影视再创作的成功传播后"反哺"原著传播。其传播有以下特点。第一,《解密》走红西方带有一定的偶然性,尤其表现在译者米欧敏和《解密》的不期而遇上。① 第二,是出版社的有力推动。英美两大出版业巨头的联手,借助于出版商雄厚的资本实力和强大的销售网络,《解密》在市场上取得了很大的成功。第三,在这种偶然性和外力助推的背后,是作品自身魅力这种内在因素。由此可见,中国当代文学作品要成功走进西方市场,首先取决于作品自身的"内力",尤其是作品蕴含的中西共通的世界性元素,其次有赖于文学输出的规模、图书市场的推介力度以及全球化的程度等"外力"。

本文为国家社会科学基金项目"翻译社会学视阈下中国现当代小说译介模式研究"(项目编号:15BYY034)和浙江省哲学社会科学规划课题"基于语料库的浙籍当代作家翻译研究"(项目编号:15NDJC128YB)的阶段性成果。

(缪佳,浙江财经大学外国语学院副教授;汪宝荣,浙江财经大学外国语学院教授;原载于《中国现代文学研究丛刊》2018 年第 2 期)

---

① 米欧敏在上海候机时在机场书店看到《解密》,机缘凑巧才翻译了这本书。参见:陈梦溪. 麦家谈作品受西方青睐:这其中有巨大的偶然性. 中国日报,2014-03-24.

图书在版编目(CIP)数据

　　中国文学译介与传播研究.卷三／冯全功,卢巧丹
主编.—杭州:浙江大学出版社,2018.10
　　(中华翻译研究文库)
　　ISBN 978-7-308-18593-6

　　Ⅰ.①中… Ⅱ.①冯… ②卢… Ⅲ.①中国文学—文
学翻译—文集 ②中国文学—文化交流—文集 Ⅳ.
①I046-53 ②I206-53

　　中国版本图书馆 CIP 数据核字(2018)第 204512 号

中华译学馆 言真题

**中国文学译介与传播研究(卷三)**

冯全功　卢巧丹　主编

| | |
|---|---|
| 出 品 人 | 鲁东明 |
| 总 编 辑 | 袁亚春 |
| 丛书策划 | 张　琛　包灵灵 |
| 责任编辑 | 董　唯 |
| 责任校对 | 董齐琪　杨利军 |
| 封面设计 | 程　晨 |
| 出版发行 | 浙江大学出版社 |
| | (杭州市天目山路 148 号　邮政编码 310007) |
| | (网址:http://www.zjupress.com) |
| 排　　版 | 浙江时代出版服务有限公司 |
| 印　　刷 | 浙江新华数码印务有限公司 |
| 开　　本 | 710mm×1000mm　1/16 |
| 印　　张 | 32.25 |
| 字　　数 | 437 千 |
| 版 印 次 | 2018 年 10 月第 1 版　2018 年 10 月第 1 次印刷 |
| 书　　号 | ISBN 978-7-308-18593-6 |
| 定　　价 | 88.00 元 |